Fearless whispers

黄琛 蒲维 ●著

隐秘而伟大 上

天地出版社 | TIANDI PRESS

图书在版编目（CIP）数据

隐秘而伟大／黄琛，蒲维著. 一成都：天地出版社，
2019.10
　ISBN 978-7-5455-5002-3

　Ⅰ．①隐…　Ⅱ．①黄…②蒲…　Ⅲ．①长篇小说-中
国-当代　Ⅳ．①I247.5

　中国版本图书馆 CIP 数据核字（2019）第 121717 号

YINMI ER WEIDA
隐秘而伟大

出品人	杨　政
作　者	黄　琛　蒲　维
责任编辑	袁静梅
装帧设计	叶　茂
内文排版	四川胜翔数码印务设计有限公司
责任印制	王学锋

出版发行　天地出版社
　　　　　（成都市槐树街 2 号　邮政编码：610014）
　　　　　（北京市方庄芳群园 3 区 3 号　邮政编码：100078）
网　　址　http://www.tiandiph.com
电子邮箱　tianditg@vip.163.com
经　　销　新华文轩出版传媒股份有限公司

印　　刷　北京文昌阁彩色印刷有限责任公司
版　　次　2019 年 10 月第 1 版
印　　次　2019 年 10 月第 1 次印刷
开　　本　710mm×1000mm　1/16
印　　张　51
彩　　插　0.5
字　　数　767 千字
定　　价　88.00 元（全二册）
书　　号　ISBN 978-7-5455-5002-3

人 ， 要 忠 于 年 轻 时 的 梦 想 。

1

一九四六年，劫后余生的上海正在渐渐恢复生气。五月，在这个法国梧桐长满新叶的时节，市长吴国桢提出了令人振奋的"大上海计划"。整座城市都沉浸在百废待兴的喜悦中。

天还是鱼肚白时，福安弄里的扫地声就响起来了。很快，各家的炊烟也袅袅地升了起来。主妇们拎着水灵的茭白青菜从菜场回来，男人们在水门汀砌成的水斗前刷牙刮胡子。偶尔能看见一只老猫从晒着菜干和黄豆的窗台上窜过。半空密密麻麻地晒着衣服；再往上看便是各家的晒台，大多都放着几盆花，虽不是什么名贵品种，但不妨碍这些小花小草在阳光里自得其乐。

不知谁家的收音机放得很大声，女播音员软软糯糯地念着新闻："八月份，上海市都市计划委员会成立，市长吴国桢任主任委员。有记者提问，战后上海都还没有恢复，为什么要做这样一个远大的计划？吴市长的回答是：'即使为重建，也要先确定今后都市建设标准，制定大纲及目前施政准绳……'"

几个男人已经凑到了一起，七嘴八舌讨论着吴市长的大上海计划，嘴里的牙膏泡丝毫不妨碍他们指点江山。

其中一个男人说话时也不停刷着手里拿的皮鞋，仿佛是件了不得的艺术品："就算真的能把大都市搞成，那又怎样？我跟你算算账。一百元法币，十年前买两头大牛，五年前买一头猪，现在只能买一个鸡蛋。说到底，要是在政府里头没有人，走不通关系，那日子就不好过。"

其实说这么多，意思只有一个，自己家有人到政府里头了。

"顾先生好福气，你们家耀东今天去警察局一报到，往后就算吃上官粮了呀！"

"耀东从小读书就厉害，人聪明，不出几年肯定要往处长、局长升！"

男人嘴上谦虚着，脸上却是藏也藏不住的得意："年轻人，哪有那么容易？我是告诫过他的，第一，做人要讲良心。第二，做事要踏实。第三……

顾家二楼窗户被"啪"地推开，一个中年女人探身嚷嚷："顾邦才！你又在外面一二三四，都几点了！不要回来帮忙的呀？"

也许每户人家的早晨，都有一个心急火燎的母亲，一个无所事事的父亲，以及不紧不慢的孩子。

耀东母亲来回奔忙准备早饭，见顾邦才刷着皮鞋慢悠悠晃进来，登时更来气了："一双皮鞋刷三天三夜，儿子马上要报到，你就不能腾只手出来帮忙？"

"我专门打理出来给耀东报到的。这可是蓝棠皮鞋店的手艺。"

"十年前的样式，现在早就不时兴了。"

"笑话，蓝棠的皮鞋就像王兴昌的衬衣，什么时候拿出去都镇得住场子。"

"坏了！"耀东母亲一拍大腿，朝二楼大声喊："悦西！顾悦西！快去帮你弟弟把衬衣熨出来！我忘了！"

顾家大女儿顾悦西睡眼惺忪地从房间出来。身上的睡衣虽是丝绸质地，但颜色已经很旧了，一看便知是穿了很多年也舍不得花钱换新的。

"好不容易回趟娘家，连个懒觉都睡不清净！"她越想越气，三步并作两步，一把推开弟弟的房门："顾耀东！到底你报到还是我报到？我都是当妈的人了！别指望还跟小时候一样天天替你擦屁股！"

屋里整整齐齐，连书架上的书也是从高到低有秩序地排着。顾家唯一的儿子顾耀东站在书架边，穿着笔挺的制服，戴着警帽，一个立正朝姐姐敬了个礼。他用另一只手抬了抬帽檐，露出帅气的脸庞。

"警员顾耀东，向姐姐报到！"

顾悦西居然看得愣了会儿神："我来熨衬衣。"

顾耀东咧嘴一笑："我昨晚就熨好了。"他笑起来时干净、坦荡，眼睛里闪烁的稚气，让二十四岁的他像极了一个孩子。

一九三二年日本人入侵上海时，十来岁的顾耀东爬到顾家顶楼晒台，从这条位于公共租界中区的小弄堂朝北望去，只能望见黑烟滚滚。听着闸北和虹口绵延不断的炮火声，他还有些懵懂。一九三八年上海沦陷，孤岛里依然繁盛。直到太平洋战争爆发，福安弄才真正陷入兵荒马乱。然而幸运的是，住在这里的人几乎都安然无恙。抗战胜利后的第一年，顾耀东以第一名的成绩从东吴大学法学院毕业了。他是个幸运儿，因为即便是在硝烟遮天蔽日的那几年，顾家也有阳光和烟火。

顾家在福安弄里算是相对富足的。进门是一个敞亮的天井，两边摆满了不算名贵的花草，泥上的青苔渗着水珠。屋里并不奢华，但收拾得井井有条。地上的小花砖已经很旧了，不过也不妨碍主人将它们擦得光可鉴人。墙上、柜子上随处可见顾家人的照片。窗帘是一层白纱一层花布，像是刚洗过。桌上铺着本白色的钩花桌布，每个房间都摆着一只花瓶，插着几束平实的花草。木头楼梯已经有裂痕了，锈红色的油漆磨掉了又刷，里外几层，看得出一家人在精心呵护着它。而灶披间则是顾家的心脏，只要这里的炉火扑通扑通腾起来，顾家就开始运转了。

一家人总算在饭桌前坐了下来。顾耀东捧着碗狼吞虎咽，忽然觉得脚边有什么东西。他把埋在碗里的脸伸出来一看，是父亲蹲在脚边，轻轻将那双蓝棠皮鞋放到地上。

"试试。"

顾耀东鼻子有点酸，生怕被看见，赶紧把脚伸进鞋子，不大不小，刚好合适。

"爸，我是新人，穿这个会不会太招摇了？"

"男人蹩脚就蹩在脚上，鞋子是一定要讲派头的。穿这双鞋往新人里一站，人家不高看你都不行。"

顾悦西往嘴里塞着油条，翻着白眼："爸，那是市警察局，里面都是什么人？谁眼瞎了会高看他。"

耀东母亲："凭什么不？你弟弟，东吴大学法学院第一名，比他读书厉害的，全长得歪瓜裂枣；比他模样好的，脑子全一锅粥。"耀东母亲和她男人顾邦才不一样，她夸儿子的时候从来不需要任何铺垫，更不留任何余地。

顾邦才："我们呢，确实是条件好，但做人还是要谦逊一点，不然容易惹人眼红。"

顾耀东频频点头。顾邦才说得特别认真，他听得也特别认真，仿佛这真的是一个即将横在他面前的严肃问题。

从福安弄出来，是车水马龙的北京东路。路口一队警察设了关卡，正在抽查行人证件，但凡有随身物品的，都要开包检查。这已经是近半年来的常态了。

电车站已经有十多个人排队，排头蹲在地上塞塞窣窣擦皮鞋的人，正是顾耀东。时间还早，从这里坐电车到警局不会超过半个小时，就算司机开得优哉一点，也能提前到。他越想越踏实，嗤嗤笑着，脚上那双皮鞋越发闪耀起来。

就在这时，顾耀东余光瞥见队伍末尾有个东西晃来晃去。是个中药包。再循着往上望去，一个白净清瘦的年轻女人站在队伍最后，看上去脸色不太好。

顾耀东走到她面前，问道："小姐，你不舒服？"

"什么？"女人愣了一下。

顾耀东指了指她手里的药包："我看你拎着药，脸色也不太好，需要帮忙吗？"

"不用了，谢谢。"

顾耀东"哦"了一声，很干脆地扭头就走了。那个站在队伍末尾的女人偷偷看了他几眼，神色里带着警惕。

电车靠站了，就在此时，几名警察从街对面的车站走来。

顾耀东兴冲冲地上了车。今天坐车的人格外多，排在前面的几个人刚挤上车，就已经满员了。

司机大喊着："载不下了！等下一辆吧！"眼看要关车门，那个拎药包的女人忽然挤到车门外喊着："警官？警官？"

顾耀东从车上人堆里挤出个脑袋来："你叫我？"

"我赶着去看一个病人，给他送药，也不知道下一班车什么时候来。能不能麻烦你……"

顾耀东看手表："可我要去警局报到，时间已经……"他看着那个女人一脸焦急，最后还是跳下了车。

"上车吧。"

电车离开时，几名警察也到了。

望着车窗外越来越远的车站，女人长长地松了口气。她穿着一袭旗袍，拎着菜篮子和一包中药，看起来和街上那些一大早去赶早市的女人没什么不同。其实这是她担任地下警委交通员的第四年。从嘉兴路巡捕房建起警察系统内的第一个中共地下支部，到现在整整十五年时间，中共上海警察工作委员会已经从当初两三个人的小支部，发展到了现在的十一个支部，一百多人。他们渗透在包括警察总局、各个分局以及监狱在内的各个要害部门，像一个个隐秘在巨大机器内的齿轮，在需要的时候，他们便会啮合，启动，共同运作成某件事情。而她，沈青禾，也是其中之一。

尽管沈青禾有合法的公开身份——一个只身在上海跑单帮的小贩，但她的中药包里除了中药，底部还藏着几份足以让她被立刻逮捕的证件。

繁华的商业大街上，到处挂着蒋介石的巨幅画像以及"大上海计划"的宣传语，人人都相信和平真的到来了。然而从年初开始，警察局就多了一项见不得光的任务——借登记户籍之名行搜捕地下党之实。几名同志连续暴露。沈青禾藏在中药包里的新证件就是给他们准备的。这关系到一群人的性命。迫于无奈，她只能出此下策，骗了那个小警察。好在用不了多长时间，下一班电车就会到北京东路，他应该可以顺利去报到。

然而，下一班车并没有很快就来。

顾耀东背着挎包狂奔在大街小巷，生硬的皮鞋底啪啪啪地拍在地上，恨不得下一秒就散架。只要再穿过两条大街和一个菜场，警局就不远了。

此时的沈青禾正在菜场挑挑拣拣。不远处，有一间鸿丰米店。她一边煞有介事地讨价还价，一边观察米店情况。片刻后，一个中年男人在米店外挂上了"新米到货"的牌子，意味着联络点鸿丰米店一切正常，允许接头。米店周围也一切正常，没有眼线，没有探子，没有形迹可疑的人，这很好……

沈青禾一回身，电车站的小警察杵在她面前。

菜贩埋头数着零钱，哪壶不开提哪壶地揭穿她："小姐你可真会过日子。像你这年纪，愿意来赶早市抢便宜菜的可不多。省下的钱又够买一天的菜了吧？"

顾耀东汗流满面地看着她篮子里的青菜，确实很水灵。青菜滴着水，他也滴着水，他忽然觉得自己就是棵菜。

远处，海关大楼的钟声传来。八点了。

顾耀东看了这女骗子片刻，最终什么也没说，转身跑掉了。

"脸怎么这么红？发烧了？"那个刚刚在米店门口挂牌子的中年男人，此刻正和沈青禾坐在密室里。

沈青禾已经汇报完了所有工作，但她的脸依然火烧火燎。"没有，路上走得热了。"她回答得有些勉强。

"哦。快到夏天了，是该热起来了。"董建专心致志地翻看从中药包里取出的那些证件。作为中共上海地下警委书记，他既是这间米店的老板，也是沈青禾的上线。

沈青禾重新包好中药，丝毫看不出里面少了东西，然后又用袋子装了些米准备带走。这是规矩，来米店一趟，空手出去多少会惹人疑心。她做这些事时井井有条，只是那个小警察的眼神始终挥之不去。

"老董，白桦说警局新人今天几点报到？"

"八点。"董建抬头看了看沈青禾，有些奇怪："怎么了？"

沈青禾没说话，这些细碎琐事就没必要汇报了。只不过，如果下次再在北京东路的电车站遇到，应该跟他道个歉，也许还应该送他一些最近跑单帮搞到的畅销货，罐头或者肥皂。

很久以后沈青禾才意识到，在这个初夏的早晨，她亲手推倒了一个人的命运多米诺骨牌。

十九世纪五十年代的上海，还是一个三界四方，华洋混居的城市。工部局用职业化的外籍警务机构"巡捕房"代替了民间更夫，并且建造了公共租界内的第一所捕房——中央捕房，这便是中国领土上最早的近代警察机构。到一九三一年，工部局又购得福州路185号（当时的124号）地块，在此筹建新的中央捕房，一直留存了下来。

抗战胜利后，国民政府派员接收了伪上海市警察局，合并了公共租界警务处、万国商团、火政处等八个机构，成立了上海市警察局，局址仍设在福州路185号。这便是顾耀东今天要去报到的地方。

局内共四幢高楼，北面一幢面朝福州路，共九层，内设电梯，主要为办公所在。其余三幢楼内，各设有餐厅、澡堂、警员宿舍以及礼堂等生活设施。

顾耀东冲到警局的时候，新人入职大会已经接近尾声。

警卫不客气地把他拦在了礼堂门口："这都几点了？局长有令，凡是迟到者一律不许入内。"

礼堂大门紧闭，顾耀东盯着门，喘着粗气，不知所措。门里不断传出热血沸腾的掌声，门外却寂静得像是被遗忘的世界。他不自觉地又靠近了一些，想着站在警卫身边至少不会出错。

"边儿上去！"

顾耀东一个人默默去了角落。没人看着，他依然站得笔直。警卫瞄了两眼，只觉得这新人傻气逼人。

也不知道等了多久，礼堂的门终于开了。新警员们一个个神采飞扬地拥出来。

顾耀东赶紧迎上去："请问……"话还没说出口，他就被人流挤开了。

好不容易等到所有人离开，他才走进空荡荡的礼堂。地上散落着废纸。在讲台旁的地上，顾耀东看到了自己那份被人踩过几脚的人事档案。他捡起来，看到在任职部门一栏写着"刑警一处"。

刑一处里没有一个闲人，换句话说，就是没人搭理一个新人。顾耀东在门边杵了很久，只有在挡了路时，才会被人注意到。

蓝棠皮鞋被踩了好几个大脚印子。顾耀东心疼地用手擦干净，然后硬着头皮进了刑一处。

偌大的办公室里闹哄哄的，做笔录的，拍桌子踢板凳恐吓犯人的，各种声音此起彼伏。顾耀东打算先找个不挡路的地方待着，刚在角落找到张空椅子，屁股才坐一半，一名警员就抱着东西过来要放在椅子上。

"让开让开！"

他赶紧让座，战战兢兢地问道："请问，我来报到……"

"没空！"

顾耀东第一次体会到，什么叫站着多余坐着也多余。

就在这时，刑一处处长王科达带着队长杨奎和几名警员进来了。顾耀东谁也不认识，听见有人喊"处长"，这才反应过来。

"报告，我是新来的警员。"

顾耀东把被踩得皱巴巴的材料整理好，递到王科达面前："这是我的档案。"

王科达没有伸手去接，脸上看不出喜怒。顾耀东站在那里仿佛空气。他以为找错了人，手僵在半空中，不知该不该收回来。

王科达问杨奎："这谁啊？"

杨奎接过档案，看了上面的名字："你就是顾耀东？"

"是。警员顾耀东，受命来刑一处报到！"

杨奎："处长，这就是早上迟到的那个。人事处把他分给我们了，但是迎新会都快开完了，他还没到。"

王科达："第一天报到就迟到，还来干什么？"

王科达径直进了自己的办公室，把门一关，不再理会。

杨奎又看了几眼档案，笑呵呵地问："东吴大学毕业的？"

"是。"

"高才生啊。"

一股感激之情油然而生，这是今天到目前为止唯一一个和善可亲的人。顾耀东想起出门前父亲那番关于"做人要谦逊"的叮嘱，认真想着该如何自我介绍。还没来得及开口，杨奎就把档案扔到了他脚下，转头跟旁人说："人事处是不是有毛病，把这种人往我们一处塞？不知道刑一处在局里什么地位吗？"

屋里的人都看着这位稀有的高才生。

杨奎没读过什么书，但他知道一句话，百无一用是书生。他坚信在警察局里尤其如此，"这里没你的位置，自己换地方吧。"

顾耀东昏昏然地捡起档案，最终什么也没解释，转身朝门口走去。刚走到门口，杨奎忽然又叫住了他。

"哎！等等！"

顾耀东充满希望地转回身。

"出门记得把门关上。"

在哄笑声中，顾耀东走出刑一处，轻轻地，很有礼貌地关上了门。在门掩上的一瞬间，他听见杨奎说，"皮鞋倒是很有派头啊。我看他不应该当警察，应该去当电影明星。"

顾耀东把档案装进挎包，站在人来人往的走廊上，无所适从。

刑警一处对面，是刑警二处。办公室大门敞开着，处长夏继成就坐在正对大门的位置。在他面前的桌上，放了一包香气扑鼻的烤鸡，油已经渗透了牛皮纸，然而他的目光却越过烤鸡，停留在走廊上的顾耀东身上，似乎被那个硬生生杵在外面的生瓜蛋子妨碍了吃鸡。谁也不知道他坐在这里看了多久。

"赵志勇！"

一名和顾耀东年纪相仿的警员赶紧跑了过来。

夏继成指了指走廊上的顾耀东："把外面那小子领进来。"

"是！"

很快，顾耀东就被领了进来，像极了一只从大街上被人领回来的小猫，茫然而忐忑。

刑二处和刑一处的格局相同，不同之处在于，二处没有任何新警员来报到，看起来很是闲适。处长夏继成并没有坐在他的专用办公室里，而是和几名警员凑成一圈，津津有味吃着烤鸡。

烤鸡太香了，甚至没人察觉到屋里来了新人。

赵志勇有些不好意思地朝顾耀东笑了笑，小声喊着夏继成："处长，人带过来了。"

夏继成这才抬起头来。他一手拿着鸡翅，一手拿着鸡腿，满嘴是油。顾耀东一时瞠目结舌，忘了说话。直到赵志勇在背后悄悄推了一把，他才反应过来，赶紧敬了个标准的军礼。

"处长好！我是警员顾耀东！今天第一天来报到。"

夏继成笑呵呵地站起来，看了看自己的双手，把鸡翅扔到牛皮纸上，随手蹭了蹭，朝顾耀东伸出手："欢迎加入刑二处。"

顾耀东盯着那只油乎乎的手犹豫了几秒，最后还是伸手和他握了握，那油腻的感觉让他心里一阵发毛。

夏继成把另一只手上的鸡腿递给他："吃个鸡腿？"

"报告，我在家吃过早饭了。"他缩回握过的油手，不知该如何安放，一旁的赵志勇悄悄塞给他一张报纸。顾耀东心存感激地擦了擦手。

刑二处的一切都很随意。桌椅板凳随意地横着，窗台上几盆不知名的植物随意地歪着，警员们就更是变本加厉了，有人剪指甲，有人看报，年纪最大的警员竟然在织毛衣。

一名警员问道："处长，我记得二处今年没有申请要人啊？"

夏继成认真回忆着："没申请吗？"

看报的警员忽然不合时宜地叫嚷："看看看，金价又涨了！那我们这个月的薪水不是等于又降啦？"

有人赶紧小声提醒："处长在说新人呢，喊什么！"

顾耀东面红耳赤，仿佛被训的人是他而不是别人。他甚至觉得，是自己打扰了一屋子人的清梦。既然来了，还是只能硬着头皮从挎包里拿出人事档案，递给刚擦干净一嘴油的处长。

夏继成连眼珠子都没动一下："我不看这个。"

他只得又尴尬地收了回去。

赵志勇凑过来："这么重要的日子，你到底为什么迟到啊？"

顾耀东正要说话，被夏继成有意无意地打断了。

"赵志勇，一会儿拿档案带他去人事处办调动。"

"是！"

"随便聊聊。为什么想当警察？"

顾耀东的眼里忽然有了光，这让他带着稚气的脸灿烂起来，像一朵向日葵。

"为了匡扶正义，保护百姓。"

他回答得很真诚，也很自然，就好像说自己的名字一样。

然而所有人都停下了手里的事情，目瞪口呆看向他。织毛衣的老警察悠悠地感叹了一句："处长，你这是从一处捞了个宝贝啊！"

处长的脸上倒是看不出喜怒："上哪儿抄的口号？"

"报告，不是抄的，是我的真心话。"

"以后少装腔作势。行了行了，腾个桌子给他。从现在开始，这就是我们二处的人了。"从顾耀东身边经过时，夏继成上下瞟了他几眼："皮鞋不错。"

顾耀东尴尬地往桌子后面挪了挪，似乎想把脚藏起来。

夏继成似笑非笑地离开了，剩下一屋子警员各怀心事地瞄着生瓜蛋子。唯一一个真心欢喜的人是赵志勇。他拍了拍顾耀东的肩膀："好好干，以后刑二处就是你大显身手的地方！"

这话对于顾耀东来说太深奥了。

离开警局的时候，他站在"福州路 185 号"的门牌下，望着四幢九层高的灰色大楼呆怔了半天。刑二处不好吗？很好。可是他期望中的警察生活，原本并不是这样。

天光微露。家家户户都还门窗紧闭，会计杨一学已经在弄堂里扫地。

顾耀东比头一天更早地起床了。他怕吵醒家人，轻手轻脚从楼上下来。刚走到门口拿了双普通鞋子准备换上，就看见那双蓝棠皮鞋已经郑重其事摆在了门口中央位置。鞋子油光水亮，仿佛能照出父亲半夜三更在灯下兴高采烈刷鞋的样子。

顾耀东望了望楼上，犹豫了一下，最终还是穿上了皮鞋。

刑二处的早晨，一如既往的无所事事，哈欠连天。

顾耀东抱着一大摞材料放到自己桌子上。

赵志勇和顾耀东的位置挨得很近，他好奇地凑过来："干什么?"

顾耀东很诚恳："从档案柜里找了些案子。我没上过警察学校，想学习学习。"

赵志勇"哦"了一声，作为一个拼尽全力才从小学毕业的人，他完全不明白有什么可学的。对他来说，正经事就是端茶跑腿等一切勤杂。没了他，整个二处都会卡壳。这是一个光荣而重要的职位——当初刚来警局，他们就是这么骗自己的。如今终于盼来了新人，他也可以欢天喜地将接力棒交出去了。

这时，夏继成端着一小筐杨梅走进来："有人吃杨梅吗? 齐副局长给的。"他走到织毛衣的老警察面前："李队长，来点。"

李队长赶紧起身，客气地说："谢谢处长，您吃。"

夏继成拿着杨梅晃了一圈，大家都很识趣地纷纷推辞。他最后走到了顾耀东面前。

"研究什么呢?"

顾耀东赶紧站起来："报告，我在学习以往的办案材料。"

"吃杨梅吧，刚洗的。知道你们一听副局长给的都不敢接，不用跟我客气。主要是太多了，我一个人也吃不了……"

他还在叽里呱啦说着，顾耀东已经"唰"地端走了杨梅，很爽快地甩出一句："是! 谢谢处长!"

夏继成蒙了，手僵在半空中，好半天才尴尬地收回来。只见这位新人把杨梅放在桌上，吃一颗，看几行字，很是惬意。

夏继成："味道怎么样?"

顾耀东认真品了品，抬头咧嘴一笑："特别甜。"

二处各个角落里憋出了笑声。

夏继成瞪了他们一眼，吧唧两下空嘴，悻悻地找了个空位坐下看报纸。

赵志勇凑过来："你还真接啊？"

"处长给的。"

"那是客套！客套，懂吗？"

顾耀东"哦"了一声，一脸茫然地想了想，然后就接着吃杨梅看档案去了。

赵志勇明白了，这小子什么都不懂，很可能他还觉得这么做是在给处长大人面子。看来，要想培养他成为一名合格的二处警员，是件任重而道远的事情。

尽管刑二处的一切都和期待中的警察生活不一样，顾耀东还是每天第一个到警局。曾经属于赵志勇的所有杂务，现在都落在了他头上：给所有热水瓶加满热水，扫地擦窗，就连窗台上几盆不知名的植物，他也每天按时浇水，眼看着它们愈发水灵。做完这一切，他就开始看档案柜里的案子。

二处一帮人都憋着看笑话，但是憋着憋着，就发现没那么可笑了。再憋着憋着，就开始浑身不自在。因为不管睡觉、看报还是剪指甲，总有个人没完没了地在角落里翻着档案。

"唰——唰——唰——"

谁都知道，刑二处在局里无足轻重。大案重案历来是一处的，剩下给他们的几乎都是民事案子。谁家两口子大动干戈了，谁家健忘的老太太又走失了，甚至谁家的猫上树了，总之一地鸡毛。柜子里锁着的，除了这些鸡毛和一堆打着各种幌子追查共党但统统没下文的未结案子，还有他们的自尊心。大家都心照不宣地不去提起。如今却来了一个人，一门心思要把柜子翻个底朝天，好像要把锁在里面的自尊全翻出来扔在地上。

终于有一天，那名天天看报研究金价的警员不怀好意地告诉他，他天天浇水的那盆绿得快流油的盆栽其实是假的，他每天干的这些事，屁用没有，而且还很滑稽。

所有人都期待着，看他无地自容，看他失望，看他愤怒，最后就此打住。然而顾耀东除了不再给假植物浇水，其他还是一切照旧。

赵志勇见他这样，竟有些恨铁不成钢，一把将他从角落的档案堆里拉出来。

"你得学点有用的。"

顾耀东很期待："什么是有用的？"

"知道这些人都叫什么名字吗？知道他们喜欢吃什么说什么做什么吗？"

顾耀东一脸茫然。

"什么都不知道，用你们读书人的话说，将来怎么经营关系？"赵志勇叹了口气，"我先给你介绍要经常打交道的几个吧，其他的以后慢慢认识。刚刚跟你说话那个叫肖德荣，我们都叫他肖大头。"

顾耀东盯着肖大头的脑袋看。

赵志勇压低了声音："别看了。叫他肖大头是因为他以前喜欢收集袁大头，不过现在最爱的是金子。他每天早上要看《今日财经》，只要金价跌了就骂人。脾气吧，有点那个，反正没事少招惹。最矮的是小喇叭，包打听各种小道消息，局里没有他不知道的事。胖子叫于大同，惜命！爱吃！李队长年纪最大，就等着退休了。他看谁都像孙子，我意思是，他是个好心人，对谁都好得不得了，就跟爷爷看孙子似的。看见他手里的毛线了吗？这已经是给孙子织的第四条围巾了。最后就是处长，喝茶喜欢碧螺春，烤鸡喜欢三分焦的。现在明白了吗？我说这些才是有用的。"

赵志勇以为，这么多信息足以耗费他好几天去消化，可还不到午饭时间，顾耀东就已经倒背如流。但也仅此而已，他并不明白把这些东西背下来是要干什么用。

顾耀东不知又从哪里看来了两个词——一个"尸绿"，一个"尸斑"，他想知道人死以后到底是哪个先出现，于是到处折磨人。赵志勇在睡觉，李队长让他去找法医，于胖子和小喇叭嫌晦气不肯搭理。

顾耀东望向夏继成，夏继成也正望着他，好像已经做好准备，就等着他来提问了。但是这次顾耀东动了脑筋，他想清楚了，那是处长，不合适，于是把问题咽了回去，扭头去找肖大头。

夏继成怔了怔，只得尴尬地清了声嗓子，从桌上抓了张报纸来看。

肖大头看顾耀东朝自己走过来，忍无可忍，用茶杯啪啪拍着桌子："连口茶都喝不上！热水瓶空了没人管吗？"

"我马上去！"

顾耀东吓得赶紧拎上水瓶跑了出去。

一屋子被折磨的人终于不用再假装睡觉，假装聊天了。

肖大头："处长，这小子是怎么进的警察局啊？"

夏继成悠闲地喝了口茶："人事处招的啊。"

小喇叭："肖大头的意思是怎么招了他？他条件不行嘛。"

"哦。你们都研究过人事处的招人标准了？"

夏继成瞄了面前的诸位一眼："二十到三十岁，未婚。"

拖家带口的肖大头不吭声了。

"初中以上学历。"

赵志勇继续装睡觉。

"身高不低于五尺二寸。"

小喇叭往于胖子身后挪了挪。

"体重不高于七十公斤。"

于胖子放下了手里的点心。

夏继成看着面前一帮歪瓜裂枣，温柔地说："哎，幸亏你们早生几年。"

李队长一直在座位上织毛衣。他是个老好人，说话做事慢悠悠，每次这帮年轻警员吵吵嚷嚷，他都在边上看着他们，安抚也好，管教也好，脸上从来是老父亲看孩子般的慈爱。

李队长："处长说得对。耀东是高才生，是来给我们长脸的。别欺负人家一个老实孩子。"

肖大头还不死心："他有点影响气氛！"

于胖子："要不，把他弄回一处？"

小喇叭："人家一处就是不想要他才塞过来的。"

肖大头："不走也行，得让他改改那股傻气！"

夏继成："你跟傻子较什么真啊？"

肖大头语塞。

夏继成："散了散了！"

众人悻悻散去。夏继成继续喝茶看报，琢磨着是该给这小子安排点正经事了。

顾耀东拎着热水瓶回来时，遇到刑一处的警员声势浩大地从武器科出来。带队的是杨奎，每个人都配了枪。顾耀东看得有些出神，忽然想到什么，兴冲冲地跑回刑二处。果然，二处警员也在佩戴警棍和警哨。

顾耀东兴奋地问："是不是有任务了？"

赵志勇："每周一次，街区例行巡逻。"

"我能参加吗？"

赵志勇忽然意识到自己也是二处的老前辈了，说话得带点威严才行："带上你也行，不过得约法三章。你是新人，我是前辈。一会儿上了街你必须听我指挥，如果擅自行动，那就没有下次了。"

"是！保证一切听指挥！"

顾耀东想起一件事，有些不好意思："可是我还不会用枪。"

"谁告诉你要用枪了？"

"我刚刚看到一处都带了枪。"

赵志勇心里骂着"哪壶不开提哪壶"，嘴上还是一本正经："都是例行巡逻，但是就只有他们一处有资格配枪。会用警棍警哨吗？"

夏继成进来的时候，顾耀东正在认真操练警棍和警哨。

夏继成："顾耀东。"

顾耀东兴冲冲地拿着警哨和警棍跑过来："到！"

"东西放回去。"

顾耀东很纳闷："处长，例行巡逻不是要用这个吗？"

"谁同意你出任务了？跟我来。"

顾耀东跟着夏继成站在户籍科门口，东张西望，依然像那只被人从大街上捡回来的小猫小狗。

顾耀东鼓起勇气小声说："处长，我想上街巡逻。"

夏继成看也不看他："你不合适。"

"为什么？"

"会用枪吗？"

顾耀东回答得很干脆："不会啊。"

"会擒拿格斗吗？"

"不会。"

"受伤会自救或者给别人急救吗？"

顾耀东的头越埋越低，不是很想再回答他的问题了："不会。"

"所以啊！"

户籍科孔科长是个头发花白的老头，他从里面走出来，扶了扶老花镜，把厚厚一摞户口登记簿塞到顾耀东手中："年轻人，会骑自行车吗？"

"会。"

孔科长很满意地放了把车钥匙在登记簿上："那就辛苦你了。"

顾耀东看向夏继成，夏继成却只笑眯眯地看着孔科长。

夏继成："跟他客气什么，年轻人，就该消耗消耗精力。"

顾耀东拿着登记簿正要敲第一户人家的门，门正好开了，一名中年妇女一盆水泼在地上，浇透了他的皮鞋。

这座城市有一半以上人住的是弄堂。直到太阳落山，顾耀东也才只完成了一小半登记任务。他是土生土长的上海人，这天却迷失在了弄堂里。他觉得自己离匡扶正义、保护百姓的梦想有点远了。

回到警局时，天已经黑了。警局大楼里空空荡荡。上楼拐了一个弯，他蓦然看见有个身影从走廊尽头走过来。这么晚了，还有人没有回家？等到那个身影走到灯光下，定定地站住，顾耀东才惊讶地认出是夏继成。

顾耀东："处长，您怎么在这儿？"

夏继成手里拿着一份折起来的报纸，冷冷地打量他。皱巴巴的制服，白衬衣脏兮兮的袖口随意往上挽着，那双蓝棠皮鞋更是泥泞不堪。

他冷冰冰地："我还以为你回不来了。"

顾耀东惭愧地埋着头："对不起，我走错路了……"

"查完了？"

顾耀东望了一眼夏继成来的方向，那是户籍科："只查完一半。我想回户籍科，先把登记完的户籍交上去。"他有些纳闷，一个连上班时间都在吃烤鸡的人，怎么会在警局留到这么晚？难道是因为担心，所以专门等自己？

"都几点了，谁还有工夫等你？"

顾耀东被吼得一哆嗦。

"回家！"夏继成转身走了。

顾耀东在他身后大声问："处长，查完了户籍我还能回来当刑警吗？"

夏继成头也没回地扔下一句："你现在不是刑警吗？"

顾耀东很认真地想了片刻，觉得有了答案。

顾耀东回到福安弄时，顾邦才正好先一步进了弄堂，手里拎着刚买的小菜。他想追上去，这时有人跟父亲打招呼。

"顾先生，你家耀东还没有下班呀？"

顾邦才的口气很是自豪："他去的是刑警处，警局最忙的地方。肯定早不了啦！"

顾耀东愣了愣，急忙摘掉"户口调查"的袖章，塞到衣服兜里。低头时才注意到脚上的蓝棠皮鞋像从泥里捞出来的。正好一户人家门口放了桶水，他赶紧用手沾了水，匆匆把鞋子清理干净了，这才往家走去。

一推门进来，就看到桌上已经摆好热腾腾的饭菜，母亲正在盛米饭，温馨得让他鼻子有点发酸。

耀东父亲端着小菜从灶披间出来："这么晚，是不是上街抓犯人了？"

顾耀东："大家照顾新人，这两天让我先整理档案。"

耀东母亲高兴地："这个好呀！你一个东吴大学的高才生，我倒觉得上街抓犯人是浪费人才了！坐在办公室看看档案，帮他们分析分析案子，又轻松又安全，赚得也不比他们少。这样最好！"

顾耀东大口大口扒着米饭："妈，我早晚还是要上街抓犯人的。处长说了，不管干什么，我都是刑警。"说这话的时候，他很踏实。来警局这些天，他总算有一些找到起点的感觉了。

华灯初上，正是家家户户最温馨的晚饭时光。

夏继成的公寓里却没有一点饭菜香气。屋里到处都很整洁，尤其是厨房，仿佛住在这里的人不食人间烟火。该有的家具都有，并且都质地上乘，只是怎么看都更像摆设。

写字台上的茶杯冒着热气。夏继成打开那份折起来的报纸，从里面拿出了五本证件。这是他刚刚从户籍科存放失踪人口的柜子里拿来的。他将其中一本扣到茶杯上熏了片刻，照片湿润后，用刀片轻松剔了下来，接着又从抽屉里拿出另外五个人的照片，将其中一张贴在上面。照片上的人取代了原来的主人。第一本证件制作完成了，看起来天衣无缝。

初夏夜晚的街上，还有一丝凉意。

沈青禾独自等在电车站，过了一会儿，老董也来了。两个人随意地站在一起，好像只是两个等车的普通人。

沈青禾隐隐有些担心："这么晚见面，出事了？"

"杭州那边有交通员被捕，有可能会让上海这边一支情报小组暴露。上级决定马上给他们更换新身份。晚上八点一刻，在国泰有一场电影，这是电影票。白桦会在那儿把东西交给你。"

"好。我拿到东西以后找谁？"

"明天中午十二点，你到瑞贤酒楼和一个五十岁左右的男人接头，他手里会拿一本五月刊的《新世界》。你把证件放在"周福记"的点心盒子里交给他。"

电车适时靠站，老董一个人走了上去，电车又悠悠缓缓地开走了。他站在车窗边，回头望向渐渐在视野里远去的沈青禾。

如果说警委这支队伍是由若干个隐秘在敌人内部的齿轮组成，那么沈青禾的作用就是把这一个个齿轮连接起来，而白桦是轴心。但就在不久前上级做出了一个决定，要将白桦调往南京。调令已经下来了，现在只等一个合适的时机。

沈青禾问过这件事，老董的回答只有四个字，非他不可。他知道这个女孩的心事。对她来说，白桦也是她的轴心。师从白桦，能让她比同龄地下工作者更快成长，只是不知道，能不能让她更幸福。

八点一刻，国泰电影院正在放映美国电影《卡萨布兰卡》。沈青禾独自坐在光线昏暗的后排座位。荧幕上，男主角正一脸冷漠地拒绝一位妙龄女子。

——"你昨晚去哪里了？"
——"那么久以前的事我记不起来了。"
——"我今晚可以见到你吗？"
——"我从不计划那么遥远的事情。"

影院里的多情男女一片唏嘘，只有沈青禾看起来无动于衷。这部电影已经在上海滩风靡好一阵子了。沈青禾记得里面的每一句台词。太喜欢或者太不喜欢一部电影，才会记忆如此深刻。

片刻之后，一个男人坐到她身旁，将那份折起来的报纸交给她。里面装的是几份新的户籍卡和身份证。

两个人安静地看了一会儿电影，男人低声开了口："最近一个月警局都会在市区严查证件。出门尽量避开中心街道，上次在电车站太危险了。"

沈青禾有些诧异地转头看着他："你不是走了吗？"

坐在沈青禾身边的男人是夏继成——上海市警察局刑警二处处长，中共地下警委成员，代号白桦。

"我看他们临时设岗，所以返回来了。"

沈青禾望着他，可夏继成只是望着荧幕。

沈青禾："下次我会注意的。"

"明天还是老规矩，行动前半小时先去联络点。万一有情况我会电话通知你。"

"知道了。"

两人再次陷入沉默。

沈青禾专心望着荧幕，却不知所云。尽管她努力让自己做到只谈任务，可压在心里的心事，实在让她无法平静："什么时候离开上海？"

"还没有决定。"

"真的不能换其他人吗？毕竟你最熟悉上海的工作。"

"如果上级决定让我去，一定因为我是最合适的人选。"

"如果我说，我不想让你去呢？"

沈青禾说得像一句玩笑，夏继成也很配合地笑了笑。

"看电影吧，票可不好买。"

两人之间，似乎除了任务再无其他。面对白桦的时候，沈青禾偶尔会偷偷地希望他是夏继成。至少夏继成喜欢烤鸡，会开玩笑。他比白桦有温度得多。

"调动时间定下来了，记得提前告诉我一声。"

"如果上级允许，老董会告诉你的。"

沈青禾起身，沿着黑暗的通道独自离开了电影院。她不喜欢这部电影，非常不喜欢。那个小城里的酒吧老板里克说，我猜在卡萨布兰卡一定有很多破碎的心，我从未置身其中，所以不得而知。这话总让她想起夏继成。他也从未把自己置身于上海，或者说，他从未把自己置身于任何一座城市。

顾耀东从挎包里拿出一双胶底的普通鞋子换上，然后很爱惜地把蓝棠皮鞋收进纸袋，放进了办公桌。"处长，那我去户籍科了。"

夏继成面无表情地"嗯"了一声。他一直看着顾耀东离开,神情有些凝重。就在刚刚,他在齐升平办公室汇报招收新人情况的时候,王科达突然来了,一副欲言又止的样子。出于避嫌,他主动退出来了。显然,王科达要汇报的绝不会是招收新人的事情。

刑二处的门敞开着,对面刑一处大门紧闭,四名一看就是新人的年轻警员老老实实守在门口。过了片刻,门开了。王科达带着队长杨奎和一众警员匆匆离开。杨奎临走时,特意交代门口的新人把房间收拾干净,该销毁的销毁。

四名新人返回一处,门再次关上了。

夏继成喝着茶,不紧不慢走到窗边,望向楼下院子。

"赵志勇?"

赵志勇赶紧跑过来:"处长,您叫我?"

"天天喝碧螺春,腻了。还有别的茶叶吗?"

赵志勇想了想:"我们处好像就准备了碧螺春。您想喝什么?我出去买。"

和估计的时间差不多。刑一处的人已经从楼里出来了,他们浩浩荡荡上了三辆车,驶出警局院子。

夏继成顺手将茶水倒进一旁的花盆:"临时换个口味,用不了多少。去问王处长要点吧。"

赵志勇敲开刑一处门的时候,里面烟雾缭绕。

夏继成佯装咳嗽,迅速看清了屋里的情况——

两人在擦黑板。黑板上的内容已经被抹去大半,从残留的信息来看是几组人名,应该是人事安排。两人在收拾桌子,桌上乱七八糟地放着烟灰缸、茶杯,还有行动图纸。

眼看着一名新人将行动图纸揉成团扔进了垃圾桶,夏继成咳得更厉害了:"王处长他们抽了多少烟啊,这么呛。赶紧去把烟灰倒了!"

新人慌忙将烟灰倒进刚刚扔行动图纸的桶里:"对不起夏处长,我们马上收拾干净!"说罢,战战兢兢拎着垃圾桶出去了。

赵志勇跑过来："处长，只有普洱行吗？"

"不用了，喝不惯。"夏继成一直瞟着新人跑了出去，小声说道："赵志勇，给你个教育新人的机会。"

警察局后院有一块僻静的地方，所有生活垃圾都统一扔弃在这里。那名新人拎着垃圾桶正要倒，被赵志勇叫住了。他一脸严肃地从桶里捡出那团纸递给了夏继成。

图上详尽标注着"瑞贤酒楼"的楼内结构以及周边街道。这意味着，夏继成他们的行动暴露了。

夏继成阴沉着脸："没学习保密规则？"

新人吓坏了："对不起！我是新来的！"

夏继成看了赵志勇一眼，赵志勇便抖了抖衣领，义正词严地拿着保密规则一通教训，"随意丢弃""泄露情报"，这一个个从警员手册上抠下来的名词训得新人灰头土脸。

回去的路上，赵志勇格外高兴，他从没想过自己也有这么一天。一路上自说自话，丝毫没注意到夏继成的脸色很难看，"一处的新人也不过如此，王处长还瞧不上顾耀东，我看他明显比这些人聪明多了！还是您挑人有眼光！"

一串叮叮当当的自行车铃声从二人身后传来。只见顾耀东摇摇晃晃地从后面骑上来。他背着挎包，挽着裤腿，车龙头上还立了一幅上海地图。要不是夏继成及时跳开，就被他撞翻在地了。

"处长！我上街查户口去啦！"顾耀东意气风发地朝二人挥手，下一秒自行车就撞到了墙上。他爬起来重振旗鼓，继续意气风发地骑车离开。

赵志勇像是被人打了个耳光不吭声了。显然，夏处长的眼光更不怎么样，挑来挑去挑了个最傻的。

夏继成看了眼手表，把茶杯塞给他："我去趟茶叶店。"

按照惯例，接头前半小时沈青禾会在联络点等消息，如果没有消息，就说明一切安全，允许接头。但是半小时已经过去了，夏继成拨往联络点的电话也已经无人接听。他看了一眼手表，现在是十一点三十五分，接头时间是十二点，也就是说，他还有二十五分钟的时间来阻止沈青禾陷入危险。

夏继成并不觉得这是"必须"要做的事。因为"必须"二字多少带着权衡和选择的意味。但他没有，这是一种本能反应。

汽车停在僻静角落。周围没有人。他打开后备箱，脱掉制服，换上风衣，然后拆下车牌，从后备箱抽出一个藏得很隐蔽的假车牌挂上。在干净利落地完成这一切后，他朝瑞贤酒楼疾驰而去。

当夏继成的黑色轿车呼啸而过时，顾耀东正如沐春风地骑着自行车，朝同一个方向而去。一路上阳光正好，不急不躁。有了车头的地图，顾耀东觉得查户籍没那么晕头转向了。一切都很顺利，这是来警局这段时间，最惬意的一天。

穿过几条大街，他停在了安庆里路口。今天的任务，就是登记这一带的住户。顾耀东一边确认地址，一边观察周围情况。安庆里都是平常百姓家，除了住户，几乎不见行人。但是不远处的大街就很热闹了，尤其是那家瑞贤酒楼，从这里都能望见酒楼门口宾客如云。顾耀东用毛巾擦了把汗水，骑车进了安庆里。

十一点四十五分。

王科达坐在瑞贤酒楼二楼包间，看了眼手表。这还是他从浙江警官学校毕业那年自己买给自己的。手表几乎花光了他的所有积蓄，但他不是很在意。他喜欢准时，因为他相信当一名好警察最需要的是懂得抓住时机。这些年从麦兰捕房到市警察局刑警处，他一直是名干将，尤其在抓捕共党方面。他很享受从暗处一个一个把他们揪出来的瞬间，这比普通案件更能带给他荣誉感。

两天前，杭州警察局端掉了一个共党交通站，并在一本没来得及销毁的联络手册上发现了一支活跃于上海的情报小组。成员一共五人。这份名单送到王科达手中后，他很快就展开了秘密搜捕，并抓到了其中一人。就在刚刚，这个人扛不住酷刑和盘托出，今天中午十二点，他所在的情报小组组长要在瑞贤酒楼和人接头。

此时，这名叛徒就畏畏缩缩地站在王科达身边，从虚掩的包间窗户朝楼下大堂张望。瑞贤酒楼已经被刑一处的便衣警察里外控制，只要组长现身，就会立刻被指认出来。但王科达给杨奎的命令是不见接头不动手。既然这位组长在上海是排得上号的人物，他相信被派来接头的也不会是普通人。

安庆里的老房子里，偶尔传出老人浑浊的咳嗽声。顾耀东正要敲门，忽然看见一个年轻男人从二楼的一户人家翻窗出来，并且顺手拎走了晾衣竿上的两条咸鱼。

二人看见对方时都愣住了。

"有……有小偷!"

顾耀东拼尽全身力气吹响了警哨，以至于连警哨都破了音。小偷拔腿就跑。小路坡坡坎坎太多，顾耀东干脆扔了自行车，跑着追上去。

这一声警哨不仅惊动了整条安庆里，也惊动了在附近的夏继成。

就在几秒前，他看到沈青禾拎着点心盒子进了酒楼。他计划到最近的电话亭给酒楼打电话，通知沈青禾撤离。然而几秒后，他就听到了这声石破天惊的警哨声。

再几秒后，只见顾耀东挥着警棍吹着警哨，张牙舞爪地追着一个男人从弄堂窜出来。二人一路狂奔着朝瑞贤酒楼的方向去了。

这突如其来的一幕让夏继成愣了几秒。但他很快想到了什么，开车迅速跟了上去。

小偷被顾耀东追到了瑞贤酒楼所在的大街，他本想钻进弄堂，夏继成却暗中开车迫使另一辆车横在了弄堂口。唯一的出路，只剩下瑞贤酒楼了。

此时的瑞贤酒楼依然看不出任何异常。沈青禾选了一个靠窗的位置坐下，将周福记的点心盒子放在了桌上显眼的位置。她并不知道，从踏进酒楼那一刻起，二楼虚掩的窗户后就有一双阴鸷的眼睛盯上了他。

王科达认识沈青禾，是因为她跟夏继成甚至齐副局长都有生意往来。据他所知，他们一直借这女人之手在南北各地倒卖紧俏物资，赚得盆满钵满。王科达不谙此道，也志不在此。所以他与沈青禾向来只是点头之交。也许……是自己还不够了解这位沈小姐？

王科达再次看了眼手表，正好十二点。

就在这时，楼下的沈青禾也随意地看了一眼手表。时间到了。她望向窗外，一个戴着帽子的中年男人从街对面走来。待他从沈青禾身边的窗户经过时，她看清了对方手里的杂志正是五月刊的《新世界》，而对方也看到了放在桌上的周福记点心盒子。

然而就在这个男人要踏进瑞贤酒楼之际，小偷一路带风地从后面冲了上来，把他往边上一扒拉，抢先冲进了酒楼。他还没回过神来，又嗖地窜上来一个警察，吹着警哨一跃而入。

顾耀东以鱼跃入水的姿态将小偷扑倒在一双高跟鞋面前，结束了这场追逐，他的鼻尖也狠狠磕在了那双穿高跟鞋的脚上。顺着高跟鞋往上望去，顾耀东看到了一脸惊诧的沈青禾。二人都认出了对方，愣了几秒。

顾耀东浑然不觉自己的鼻血流了出来，一脸正义地大喊："大家不要惊慌！是警察在抓小偷！"

混乱之中，沈青禾看到附近几桌有人开始暗暗摸向腰间。一名便衣按捺不住掏出了枪。

"有枪——！有人开枪了！"

人们尖叫着拥向门外，一切都失控了。杨奎鸣枪示警也是徒劳，谁也无法阻挡争相逃命的人流。沈青禾和那名组长也混在人群中离开了酒楼。

最终，顾耀东将小偷死死坐在了屁股下面。他抹了一把汗水，刚坐直身子，几个黑洞洞的枪口就对准了他。顾耀东这才发现酒楼里早就人去楼空，而自己正被一圈人用枪指着，顿时吓傻了。

咔咔几声，一圈枪齐刷刷上膛。其中一支枪戳了戳顾耀东，他这才战战兢兢抬起头来。

坐在二楼的王科达目瞪口呆。

2

　　漆黑安静的房间里，一束白光"啪"地打在顾耀东脸上。他就像受审的犯人一样，下意识地用手挡住了眼睛，手里还捏着一份认错书。过了几秒，不见动静，他这才挪开手悄悄张望。只见他灰头土脸，胆战心惊地眼珠子乱转。可是周围一片黑暗，什么也看不见。

　　黑暗中，一个男人吼道："念！"

　　顾耀东赶紧拿起认错书战战兢兢念起来："我叫顾耀东，是警察局刑警二处新晋警员。今天中午十二时抓捕小偷时，没有看清情况，冲动行事，导致刑警一处的重要行动被干扰。最后，从小偷身上共缴获咸鱼两条……"

　　两条咸鱼从黑暗中飞来，"啪"地砸在顾耀东头上。

　　王科达朝他吼道："滚！拿着你的臭咸鱼，滚——"

　　顾耀东从审讯室出来后，又浑浑噩噩地被人带到了副局长办公室门口。他垂头丧气地站在走廊里，手里拎着两条同样垂头丧气的咸鱼。每个从旁边经过的人都掩着鼻子，一脸厌弃。

　　此刻的副局长办公室里，气氛有些沉闷。杨奎带着手下汇报了情况，原本期望能找到点被遗漏的细节，挖出新线索，但一无所获。其实来之前，王科达还让杨奎私下查了沈青禾，根据店老板的说法，她确实是酒楼常客，今天去是为了拿货款，也没什么疑点。

唯一让王科达提起兴趣的，是挡住小偷去路的那辆车。

"怎么挡的？什么车？开车的什么人？"

夏继成和王科达一样，满怀期待地看着杨奎。毕竟是他手底下的人闯了祸，他甚至看起来比王科达更期待知道答案。

杨奎："说是街上常见的黑色轿车。"

两名刑一处的警员赶紧帮腔："那小偷当时被顾耀东追得太紧，忙着逃命，没注意车牌，也没看清开车的人。""不过他记得那辆车也是被别的车挡了一下！"

王科达意犹未尽地等着他们说重点，但是已经没有下文了。他憋火地吧唧了两下嘴："尽打听些鸡毛蒜皮。屁用没有！"

于是杨奎只能带着两名手下灰头土脸地撤了出去。一出来就看到杵在那里一脸抱歉的顾耀东。杨奎很是窝火地朝他啐了一口。

办公室里剩下的三个男人半天没有说话。通常行动失败时，他们都会开个会，分析失败原因，总结经验教训，有时还能在这个过程里发现新的线索。可今天的行动要分析和总结什么呢？

副局长："夏处长，这个顾……"

夏继成悻悻地："顾耀东。"

"他不是你们刑二处的人吗？怎么跑去查户口了？"

夏继成看起来也很无奈："是我发配他去户籍科帮忙的。可他好像更认同自己是个刑警，报到那天就喊着口号要'匡扶正义，保护百姓'。"

"口号倒是喊得响亮。到底缴获了什么赃物？"

"咸鱼。一共两条。"

副局长有些错愕。他忽然觉得，自己和警局最有分量的两位刑警处长坐在这里，就是为了要认真研究两条咸鱼，并指望能从这臭咸鱼里研究出点什么惊喜来。

一声长叹。

副局长只得给他们三个聪明人找台阶下："两条咸鱼就让王处长无功而返，这是四两拨千斤的高手啊！"

夏继成："手底下来这么个愣头青，我也头疼。"

王科达："那还不如借这次机会让人事处把他开了，省得再惹麻烦。"

夏继成看起来比谁都头疼："话是这么说。但是真要开除也有后患，既打击警员维护治安的积极性，也对政府强调提高公务人员的文化素质大不敬啊。"

副局长渐渐觉得有点乏了。"这个人根本不重要。说说瑞贤酒楼。现在打算怎么办？"

王科达不动声色地看了一眼夏继成。刚刚回警局，他听说夏继成在他离开后去过一处，据说是要茶叶。好在负责打扫的新人说，行动图纸当时已经销毁了。

王科达："我们还是掌握了一些线索，户籍方面的，杨队长会继续查。"

副局长："这件事抓紧。至于这个顾什么，等瑞贤酒楼的事有结果了再来定夺怎么处罚。"

夏继成似乎并不关心王处长后面的计划，只一门心思要把顾耀东给收拾了。

"罚！一定得罚！今天也不能就这么算了！先罚他打扫澡堂子去！"

顾耀东拎着咸鱼，一路小跑地跟在夏继成后面。

他鼓起勇气小声问："处长，一处到底在抓什么人？"

夏继成自顾自地往前走，头也不回："关心这个干什么？"

"我想帮他们把犯人抓回来。"

"狗拿耗子。一个小户籍警，用得着你操那份心吗？"

顾耀东跟在后面，很沮丧："我因为抓小偷坏了人家真正的大事。我想将功补过。"

夏继成忽然停下脚步，回转身盯着他。顾耀东一头撞上去，吓得大气不敢出。

夏继成一脸嫌弃地嚷嚷："能不能把你的臭咸鱼处理了？熏得我头晕！"说罢捂着鼻子大步流星地离开了。顾耀东犹豫了好一会儿，才敢跟上去。

刑二处对顾耀东的评价，总结起来就是"怀揣一颗当英雄的心，偏偏是条查户口的命"。只有赵志勇小声替他辩解了两句，他是为了抓小偷，也不算犯多大错。

顾耀东默默用报纸裹好咸鱼，塞进挎包，然后拿着水桶墩布去了警局澡堂。他知道，自己让所有人都难堪了，尤其是处长。

杨奎和两名手下经过澡堂时，腰酸背痛地发牢骚："本来在酒楼把人一抓，事情一了，我们现在都应该去洗土耳其浴了。全托那颗老鼠屎的福，这个时间了还得加班！"

澡堂大门敞开着。一行人放慢了脚步。

顾耀东正埋头刷地，忽然"砰"的一声，澡堂门被关上，并从外面用东西别住。顾耀东听见了杨奎的声音，便明白是怎么回事了。他没说话，继续打扫。一边扫一边想着，不知道处长怎么样了，是不是也在某个没人的地方，生着闷气。

杨奎走进户籍科的时候，夏继成正和孔科长吃着点心，兴高采烈地下象棋。

杨奎看到夏继成，迟疑了一下："孔科长……夏处长，您也在。"

夏继成笑呵呵地："还没下班啊？"

杨奎有些怨气："是啊，还是瑞贤酒楼的事。"

"别太着急，我看逃犯是跑了初一跑不了十五，迟早会落到杨队长手里。"

"借您吉言吧。"应付了两句，杨奎把一张纸条给孔科长："孔科长，麻烦把这个人的资料找出来。"

夏继成事不关己地盯着棋盘，似乎在专心谋划自己的新棋局。

孔科长："知道了，明天让人给你们送过去。"

杨奎皮笑肉不笑地："不好意思，您紧紧手，现在就得用。户籍底卡和身份证底册两份都要。"

"这么着急？你看我这儿干活的人都走了。"

"那是您的事，我管不着。"

孔科长顿时恼了，将纸条扔在桌上："哎？你这什么态度？"

时机成熟，夏继成这才笑着过来当和事佬："杨队长，老孔毕竟是科长，客气点。"转头他又对孔科长说："都辛苦。杨队长今天确实是忙了一天，有点火气就不计较了。"他顺势从桌上拿起纸条递给孔科长:"您帮个忙,让他回去好交差。改天我从王处长那儿给您拿盒好茶来。"

在递出纸条的一瞬间,夏继成看清了上面写的名字——陈宪民。

孔科长白了杨奎一眼:"也就是看夏处长的面子!"

夏继成与人无害地笑着。

夏继成准备离开警察局时,已经是傍晚了。当他看到澡堂门被扫帚别住的时候,愣了好几秒。他拿掉扫帚,猛地拉开门,果然,正在擦门的顾耀东摔了出来。

夏继成吼道:"你不知道门被人锁了?"

顾耀东很老实地说:"知道。"

"知道怎么不喊人?"

"本来也没有打扫完。"

顾耀东对答如流,夏继成一时竟然不知该如何接话。

"行了行了,警局的人都走光了,副局长也没工夫来检查。回去吧。"

"我打扫完再回去。"

"脑子不好,脾气还倔!你要是长官会要这种手下吗?"

顾耀东不假思索:"不会。"

夏继成盯着他看了几秒,感慨万千地拍了拍他肩膀:"哎,我不如你啊。"

顾耀东一脸茫然地望着处长离开,又继续回去刷地了。

夜色下的上海街头,依然车水马龙,流光溢彩。

夏继成将车停在一间杂货铺外。铺子里一个客人也没有,电话在桌上闲置着,老板正百无聊赖地打着哈欠。他盯着电话迟疑了片刻,最终还是没有下车,一脚油门离开了。

江边的码头漆黑寂静,这里远离城区,也失去了城区的温度。沈青禾已经在码头的电话亭外等了整整一天。离开瑞贤酒楼后,她没有回家。按照纪律,在没有确认安全的情况下,她是不能回到固定住处的。是安全还是暴露了,是去,是留，一切都要等白桦通知。可是已经这么晚了，电话依然死一般寂静。

带着腥味的夜风吹得她的头发凌乱了。沈青禾依然拎着那个没能交出去的周福记点心盒子，她下意识地将身体缩起来，抱紧了胳膊。就在这时，远处有亮光晃过来。她有些警惕，很快辨别出那是车灯。那辆车停在不远处，一个身影下车朝她走来。她很意外地认出那是夏继成。

"没事了。"

沈青禾一直悬着的心终于落地。她偷偷望了夏继成一眼，心底有些小小的欢喜和期待。"不是说电话联络吗？怎么直接过来了？"

"杂货铺人太多，不方便打电话。"他面朝江水，回答得很随意，甚至有些冷淡。

"这么晚了，杂货铺还有很多人买东西？"

"可能都是附近街坊，喜欢聚在铺子里聊天吧。"

夏继成在装傻，沈青禾也很配合地调着皮："还以为你是因为担心我，所以故意找了个借口特意跑过来看我。"

夏继成有些无奈："我像是那么闲的人吗？"

沈青禾"哦"了一声。这样的回答在她意料之中。认识他十年，每次她都只能用这种方式问出真正在意的问题，而每一次的答案也都是千篇一律地让她失望。

二人各怀心事地望着江水，沉默了半晌。

沈青禾很有分寸地收起了心事，变回了那个专业的交通员："差点以为今天必须撤离了。"

"警局内部没有针对你的调查。但在查和你接头的人。"

"现在怎么办？"

"还有时间给我们想办法，等我的消息吧。你怎么回去？"

沈青禾被江边夜风吹得打了个寒战："可以坐电车。"

她看出夏继成有些犹豫，故作轻松："想送我回去？我一个人早就习惯独来独往了。什么时候等你真的担心我了，我才答应坐你的车。"

夏继成笑了笑，他脱掉外套，本打算给她披上，却又犹豫了，最后把衣服递给了她："披上吧，江边风大，别着凉了。"

沈青禾望着他离开，看了看手里的衣服，惆怅地望向江面。

顾耀东背着挎包，回到了白天那条弄堂。他从挎包里拿出报纸包着的两条咸鱼，挂到遭遇小偷的那户人家门口，转身离开了。

从弄堂出来不远，就是一个车水马龙的十字路口。行人三三两两，只有沈青禾独自一人走在人群中。

顾耀东拖着疲惫的脚步，走到路口的电车站。站了片刻，电车靠站，他上车离开。之后，同样失意的沈青禾也走到了电车站。

夜晚的车站，只有她还在独自等车。

刑二处一众警员筋疲力尽地执行任务回来了。一进办公室，他们就叫苦连天地瘫在各自的座位上。

见顾耀东还在擦桌子，肖大头敲着空杯子吼道："东吴大学的！你来警局几天了，怎么一点眼力劲儿都没有？赶紧倒水啊！"

"是！"顾耀东慌忙去拿水瓶，挨个给每个人倒水。

肖大头越发来气："知道大家为什么这么累吗？"

"我听孔科长说，你们去赌场查走私货了。"

"知道为什么去查吗？"

顾耀东老实地摇头。

肖大头嚷起来："因为要替你擦屁股啊！就因为你得罪了一处，处长只能让我们赶紧戴罪立功，不然二处就成过街老鼠了！"

顾耀东不知所措地端着水瓶，不知还该不该继续往杯子里倒水。

夏继成一边吃着油乎乎的烤鸡腿，一边悠哉地朝刑二处走去。远远看见杨奎正好从对门一处出来。他把鸡腿扔回纸袋，笑眯眯地迎了上去。

"杨队长。"他主动朝杨奎伸手，"昨天晚上加班到很晚吧？"

杨奎赶紧恭敬地和他握手："都是为了警局。"

夏继成紧紧握着杨奎的手，看起来对下属十分关怀，"王处长好福气啊，手底下有你这么优秀努力的警员。"说到感慨处，夏继成又重重地握了握，"不像我，收了个顾耀东，傻到半夜三更被人反锁在澡堂里。"

说罢，他笑呵呵地松开手，从纸袋里拿出啃过的鸡腿："吃鸡腿吗？"

"不了，谢谢。"

"哦。"夏继成继续吃着鸡腿，若无其事地进了二处。

杨奎埋头看着自己一手的油，很是郁闷。

夏继成一进刑二处，就看到肖大头用手戳着顾耀东的脑袋："下午新老警员联谊会，南京路国际饭店，局长出席，知道这是什么规格吗？全局都去了，就剩我们二处苦巴巴地加班！自己闯祸，还连累我们所有人！你说今年局里招了那么多新人，怎么偏偏来二处的就是你这么个蹩脚货？"

赵志勇故意大声地："处长，您回来啦！"

肖大头迅速变成摸顾耀东的脑袋，并且语重心长地："批评是为了让你有长进，大家都是为你好。不过这件事你最该感谢的是处长，换其他人，早把你开除了。"

顾耀东尴尬地看向夏继成。

夏继成装作刚刚什么也没发生："李队长，赌场的货清点完了吗？"

"是，该登记的都登记入库了。"李队长压低了声音，"剩下的一车……等您指示。"

"辛苦了。"说罢，夏继成继续津津有味地啃起烤鸡来。

王科达坐在客栈窗户边，抽着烟，静静望着外面。这间客栈在闹市区，附近就是跑狗场，平时来来往往的人多，进出不容易引人注意。这样的地方用来藏身再合适不过了。而被他藏在这里的，就是瑞贤酒楼站在他身边的那名叛徒——石立由。

"我们都是单线联系，我是个发报员，就只见过组长陈宪民。"

"那关于陈宪民，你还知道什么？"几天下来的徒劳，让杨奎烦躁到了极点。他已经带人搜了陈宪民的住处，全是些无关紧要的东西。连带他户籍卡上登记的家庭成员也都查了，全是假的。

石立由有些委屈："我连他长什么样子都告诉你们了，那天瑞贤酒楼的接头就是我唯一知道的消息，谁能想到……突然有你们的人抓小偷呢？"

王科达冷冷地看了他一眼，不想再提这件丧气事："再好好想想，关于陈宪民，还有什么细节遗漏了？"

石立由被反反复复问得实在烦躁了，随口说道："他心脏不好，这算吗？"

原本只是想敷衍一下，没想到王科达很感兴趣："有心脏病？"

"具体的不太清楚。最后一次跟他碰面的时候，他刚好不舒服，我看他在吃药。"

"什么药？"

石立由想了想："好像叫……科德孝。"

王科达对杨奎说："马上查这种药。"

杨奎看起来面有难色："处长，药倒是好查，就是保密局的人催好几次了，要我们把人交给他们审。我快顶不住了。"

王科达也沉着脸："这个你不用管了，我去找顶得住的。"

副局长办公室里的气氛很融洽。齐升平没有坐在他的办公桌前，而是和夏继成坐在沙发上聊天。他跷着二郎腿，靠在沙发上，看起来更像两个朋友在闲聊。

"联谊会你没去，局长还特意问起来。"

"处里新人闯了祸，实在没脸在这种场合面对局长啊。还是躲起来将功赎罪吧。"

副局长意味深长地看着他，话锋一转："下午的行动，听说你们收获颇丰？"

夏继成低声："查到一批走私货。参茸、皮货、美军罐头，整整一船。不过最值钱的是一批四玫瑰牌威士忌。"

夏继成拿起茶几上的报纸，翻到一则报道，递给他："您看，这里摘抄了一段小说内容，正好就提到这种酒。"

副局长看着报纸念起来："晶莹的黄色酒，晶莹的玻璃杯搁在棕黄晶亮的桌上，旁边散置着几朵红玫瑰——一杯酒也弄得那么典雅堂皇。"他笑了两声，不以为意："一杯酒，倒还喝出风月的味道了。"

夏继成有些神秘地压低声音："这种威士忌在上流社会的太太圈里非常流行，所以一直供不应求。而且我得到消息，制造四玫瑰的法兰克福酿酒集团将要被施格兰公司收购，也就是说，这批酒是绝版货。"

副局长眼睛亮了，坐直身子往前挪了挪："绝版……你就没有开一瓶品鉴品鉴?"

夏继成心领神会："卑职不懂酒，不过我留了二十箱，再加十箱参茸和皮货，已经让人搬到您的仓库了。"

"经手的人可靠吗?"

"都是自己人，很可靠。等沈小姐打听好行情，就可以出手了。"

副局长很满意。夏继成办事总是让他放心的，这些年把生意交给他打理，一直顺风顺水。比起王科达的生硬，他更欣赏夏继成的变通和识时务。但他同时也很清楚，想抓共党出成绩，他需要王科达。一个能帮他在仕途步步高升，一个能帮他财源广进，后半生衣食无忧，这两个人，缺一不可。

副局长笑盈盈地重新靠在沙发上："跟沈小姐合作得还不错吧?"

夏继成："您介绍的人，合作起来当然没问题。"

"继成啊，还是你了解我。这年头，什么都不如一杯美酒更能让人身心愉悦!"

夏继成一脸惭愧："您过奖了。瑞贤酒楼的事让您为难，卑职一直很惭愧。"

"他人的过错，与你无关。"

"毕竟是我手底下的人。本来我也想过直接开除顾耀东，可那小子主动抓小偷，做的也是警察应该做的事。要是因为这件事开除了他，被捅到媒体那儿，对警局的形象不利啊!"

副局长看了他两眼："我看你是醉翁之意不在酒，想替他求情?"

"吴市长提出要提高警员整体素质，好不容易来个大学生，还在我的二处，多少还是想用他撑撑门面。"

"你的考虑也不是没有道理。这件事你自己把握吧。"

夏继成松了一口气。他很清楚，这种廉价的顺水人情，齐升平还是会送的。

这时候，王科达敲门进来，看到夏继成，他脸色有些不好："副局长，我有点事想跟您汇报。"

夏继成装作要回避："那我先回去了。"

副局长看起来心情很好，示意夏继成坐下："不必，你跟科达都是刑警处的，说到底是一家人。有事一块儿商量。"他又对王科达说："我正好也想找你。瑞贤酒楼的事有进展了吗？"

"我就是来跟您汇报这件事的，一直在查，但进展不大。"

"你不是掌握了一个情报来源吗？"

王科达很警惕地用余光瞟了瞟夏继成："已经没什么用处了。这回是真的损失大了！这么大的事要是还不处理顾耀东，不给下面一个交代，我这个一处处长的分量恐怕也要打折扣了！"

夏继成假装听不懂话外之音："王处长，别动怒。"

"我也不想啊！保密局虎视眈眈，催我把关于陈宪民的情报交出去，那我不就白成全别人了？夏处长，你别怪我针对你的手下，我火气是有点大，实在是被他们逼得冒火！"

副局长思忖片刻，他想起了夏继成刚刚的一番说辞："下午的联谊会，局长专门提到要响应吴市长号召，提高警员素质。我们局正需要几个高学历的代表，顾耀东这个东吴大学的文凭，还是有一定分量的。"他看了看夏继成："这样吧，先记过，并罚三个月薪水，留在警局再观察一段时间。"

王科达择重避轻："副局长发了话我当然没有异议，下面的人我也可以安抚，但是保密局那边怎么办？他们三天两头催，我又不能直接挡回去，实在扛不住了啊！"

副局长怒道："他们有什么资格坐享其成？你不用理会，我去交涉。"

王科达这才作罢："有您这句话我就安心了。说到底都是为了警局。"

夏继成笑吟吟："王处长，这件事您多担待。我那儿刚好来了两盒碧螺春新茶，一会儿给您送一盒过去，喝口好茶消消气。"

天色已晚。

一辆黄包车停在路边，夏继成下车付了钱，独自朝另一条街走去。他习惯在离鸿丰米店一条街以外的地方下车，然后走着去见老董。

米店已经关门了。老董匆匆披上外套来开门。二人什么也没说，径直去了密室。

如果不是情况紧急，夏继成是不应该在这个时候过来的。王科达在齐升平面前演那出苦肉计，显然是为了保护所谓的"情报来源"。这指的是什么？他和老董同时想到了一种可能——情报小组出了叛徒。如果真如此，王科达处心积虑隐藏这名叛徒的目的，才是最可怕的。

"杭州交通站被查到的那本联络手册上面没有陈宪民，只有他手底下的五名组员。王科达应该是拿到了这五个人的名单，而且很大可能抓到了其中某一个。"老董推测。

夏继成同意这个看法："给他们做的新证件，还在青禾手上。现在这五个人情况不明，最好等我弄清楚了再联络。对了，陈宪民现在情况怎么样？"

"已经启用了新身份，现在叫刘泽沛，是一名木匠。"

"这个也只能应付一时，他现在是王科达的抓捕重点，必须尽快离开上海。"

"上级也是这个意思。现在出城的路口应该都挂上通缉令了。有办法出去吗？"

夏继成思忖片刻："前两天副局长收了一批走私货，可以利用出货的机会，把人送出去，然后从码头离开。"

"好，我来安排船。不过现在用船紧张，最快也得两天后才能从十六铺码头出发。"

"那就定在两天后。我再想办法弄一张免搜查的通行证。"

沈青禾站在一间木工坊门口，一边敲门，一边装作随意地查看周围情况。

一个中年男人在屋里问道："谁？"

"先生，我订了一箱木轮，来提货。"

这是约定的暗号。很快，门开了。开门的正是在瑞贤酒楼那个手里拿五月刊《新世界》杂志的男人，也是情报小组的组长——陈宪民。

空气里弥漫着木屑的味道。屋子中间是一张很大的操作台，上面放着手工锯、刨、锉刀等工具，墙边堆满了大小木板，地上到处是刨花木屑。这一看便是间再普通不过的木工坊，而此时的陈宪民一身木匠打扮，手里拿着槽锯，头发上落满木屑粉尘，俨然就是木匠"刘泽沛"。

"陈组长，上级让我来通知您，两天后我们会安排您从十六铺码头撤离。"

陈宪民有些担心："我的其他组员呢？"

"现在情况不明，我暂时不能和他们接触。如果最后查清楚小组成员没有问题，警委会把新证件交给他们，启用新身份后会很安全的。"

陈宪民这才放心。

沈青禾又问："现在您是警局的抓捕重点，这里确定安全吗？"

"这个木匠身份我从来没对别人透露过，应该没问题。"

"好。两天以后，我到这里接您，送您离开上海。"

夏继成和副局长齐升平坐在轿车后座说话，司机守在外面。车里的空间很私密，通常那些不便让旁人知晓的生意，都会选择在这里进行。

"这是你要的通行证。这么快就找到出货渠道了？"

夏继成翻开看了看，上面盖有警局的红章："还是沈小姐办法多。跟她合作过的一个美国人正好在收购四玫瑰威士忌，想拉到天津去卖，给的价格也很可观。唯一担心的就是在码头出货会被开箱盘查。有您的通行证就万无一失了。"

副局长很满意地笑了："这个沈小姐，办事能力确实不错。当初行政院救济总署的人把她介绍给我，我心里还犯嘀咕。没想到这女人还真有点门路。"

夏继成附和："听说，她以前是帮渔管处的人出货？"

"嗯，不过她只是其中一个而已。渔管处那帮人，自从上了复兴岛，那就是老鼠掉进了米缸。从太古码头到苏州河的泥城桥码头，全是他们的人在兜售从警卫仓库偷出来的紧缺货。"

夏继成震惊："那帮人胆子也太大了，行政院直接管辖救济物资啊，监守自盗，就不怕哪天被人告发？"

"你不拿，自有别人拿，白铁皮、电动马达，还有金属零件，这些东西只要拿出来就有人愿意买。这中间的渔利，想想都可怕啊！"

"难怪沈小姐出货这么快，我们这批货跟他们一比，那真是小巫见大巫了。"

副局长一脸神往："她常年跑单帮，消息来源和路子都很多。继成啊，你要经营好这个关系，将来大家都方便。"

夏继成笑着："这个您放心，沈小姐是通财路的人，卑职一定不敢怠慢。"

刑二处的警车驶向郊外。开车的是肖大头，车上坐着李队长、赵志勇、小喇叭和于胖子。夏继成的私事，通常都是交给这几个人办。不过今天还多了一个顾耀东。

他一个人坐在靠窗的位置，傻傻地开心着。虽然不清楚这一趟是要出来干什么，但不管干什么，这都是刑二处第一次带他出来执行任务。顾耀东觉得自己好像属于这个集体了。

车停在了一处仓库外，周围很荒芜。

顾耀东跳下车时，有些激动。他忙着四处张望，丝毫没注意到肖大头、小喇叭和于胖子正在不怀好意地互使眼色。

李队长慢吞吞地下了车："处长交代，天黑之前把仓库里的货都搬出来，一会儿有人来提货。"

小喇叭小声问："是那批没登记的走私货吗？"

李队长："瞎打听什么！肖大头，钥匙。"

肖大头装傻："钥匙？哎呀，忘了！"

李队长："出门的时候我不是给……"

话没说完，肖大头就把他拉到了警车上，恭恭敬敬扶他坐下："这种体力活就交给我们，您受这个累干什么。安心养神吧队长。"

说完，肖大头回到队友跟前："抱歉啊，出门的时候钥匙忘在桌上了。"

小喇叭："那怎么办？"

赵志勇："仓库倒是有个后门，不过只能从里面开。"

顾耀东很认真地站在一旁听他们一唱一和。

肖大头笑盈盈地转头看着他："顾耀东，你年轻，腿脚灵活。只能你翻进去开门了。"

顾耀东见所有人都看着自己，明白了是怎么回事。

"好，我马上去。"

等到顾耀东跑远了，小喇叭坏笑着伸手从肖大头衣兜里拎出钥匙，叮叮晃了晃。肖大头瞪了他一眼，一把抢回钥匙。

顾耀东跑到仓库边，看到上面有窗户可以爬进去。他想跳起来够到窗户，试了几次都没成功。于是又跑回来："我差一点就能够到窗户了，能来个人帮我搭一把吗？"

赵志勇刚要上前，被肖大头一把搭住肩膀。他看了看其他人，大家都没有要帮忙的意思。赵志勇畏畏缩缩地退了回来，他从来不是一个敢为谁出头的人。

顾耀东看着大家，大家也看着他，只是谁也不说话。

顾耀东挤出一个尴尬的笑容："好像也不用。"说完，他又一个人朝仓库跑去。

肖大头依然在凶巴巴地嚷嚷："不是他坏了一处的事，处长犯得着指挥我们干这个干那个？"

于胖子也凶巴巴地帮腔："这是实话。不是他，我这会儿已经在家搂着老婆孩子休息了。"

顾耀东从附近找来几块大石头垫着，这才勉强够着窗台爬了上去。

仓库里光线很昏暗。顾耀东蹲在窗台上，一眼望下去，没有任何能搭脚的东西。窗户位置很高，他有些腿软，最后还是一咬牙，双手抓着窗台往下滑去。滑到一半，衣服被支出来的硬物挂住，整个人悬了起来。于是顾耀东就像一只被鱼钩拎起来的八爪鱼，在半空中张牙舞爪地挣扎，最终"吧唧"一声掉在了地上。

但是磨难并没有结束。他跑到后门边时，发现门被堆满杂物的小推车堵住了。车很沉，推了半天，小推车纹丝不动。顾耀东撸起袖子就开始往外搬杂物，一边搬一边开心地想，这是个好东西，等会儿卸货的时候正好可以用得上！

一辆卡车开过来停在了仓库门口，跳下车的是沈青禾。她笑盈盈地递给李队长一张纸条："李队长，这是提货单。您检查检查。"

李队长象征性地瞟了两眼："行啦，我还敢仔细查你吗？这回又是什么大买卖？"

"您这可是打听上级私事。"

"你跟我们处长那点买卖，也不是秘密。"

"那也无可奉告。货呢？"

李队长刚要说话，肖大头抢了过去："仓库钥匙忘带了，我们刚派了一个人进去开门，稍等。"

小喇叭和于胖子对视一眼，心领神会。

小喇叭："肖大头，你不是还要去银行兑金条吗？"

肖大头反应过来："是呀！金条又涨了！再不攒两根，这个月又算白干！队长，我请假先走一步。"

小喇叭挤眉弄眼："队长，您不也要回家陪老人听戏吗？"

李队长既无奈又恼火："你们几个小子……别太过火了！"

小喇叭和于胖子拽着李队长就往警车走。

沈青禾有些茫然地看着这出戏。

肖大头："沈小姐，里边那位警员一会儿会负责帮你把货搬到车上。我们就先撤了。"

赵志勇小心翼翼地说："他一个人哪搬得动？"

肖大头："你闲得慌，要不留下来帮他？"

赵志勇不敢吭声了。

沈青禾："他要是半路也跑了，剩我一个人怎么办？耽误了夏处长的事你们可脱不了干系。"

"放心，给他十个胆子也不敢。他现在是惹出点风吹草动就要被开除的人。"肖大头说罢也走了。

赵志勇犹豫再三，最终还是跟着大家上了车。于胖子发动了警车。

肖大头探出身子朝仓库大喊："里面的——！动作快点呀！我们还等着你开门哪——！"

小喇叭笑着大喊："等得好着急啊——！"

赵志勇埋头窝在角落，没有吭声。他有些不好受，刚到警局时他也经历过这一切，他知道那种滋味。李队长默默看着他们，也有些不好受。因为他知道，在这群小浑球里，曾经和顾耀东很像的并不只有赵志勇一个。

沈青禾一头雾水地等在仓库门口。

忽然，后门打开了，只见顾耀东满脸汗水和黑灰，兴冲冲推着小车跑了出来，一边跑一边高兴地大喊："来了来了！我找了个好东西，可以省不少力气！"

两人看到对方，都愣住了。顾耀东这才看清门口只剩沈青禾一个人，而远处，还能看见刑二处警车远去的黑烟。

沈青禾明白了一切，沉默片刻道："我来提货。"

顾耀东什么也没说，一个人推着推车回了仓库，把货箱一只一只搬到推车上，然后又一个人推着货车，把货箱搬到沈青禾的货车上。沈青禾想帮忙，刚伸手去拿箱子，就被顾耀东抱走了。

顾耀东朝她笑笑："很快就好。"

沈青禾看他一个人车上车下的忙碌，有些不忍："他们经常让你一个人做事？"

顾耀东仿佛没听见。弯腰搬东西的时候，挎包总是晃来晃去地碍事，于是干脆把包取了下来："我能把包放在这儿一会儿吗？"

沈青禾："随便。"

顾耀东把包挂到卡车边上，继续搬货。沈青禾看着他，不再说话。

天已经黑了。除了仓库，周围没有丁点亮光。夜晚的郊外安静得只能听见蛐蛐叫声。在这样一个开阔的天地间，两个人却渐渐有些拘束起来。

顾耀东终于将最后一个货箱搬上卡车。青禾正想说点什么打破沉默，一辆黑色轿车从远处驶来，车灯照在二人脸上。

下车的是夏继成。

顾耀东："处长。"

夏继成打量着他，从头到脚都脏兮兮，制服也被划破了。他看了看周围，刑二处的人一个都不见踪影，于是明白了是怎么回事。

"就你一个人？"

顾耀东没吭声。

夏继成："还能在警局干活就不错了，垂头丧气给谁看？"

沈青禾走过来，夏继成立刻换了一副笑脸："沈小姐，辛苦你了。"

"我上去点货。"她跳上货车车厢，留下顾耀东和夏继成两个人大眼瞪小眼。

夏继成："这么晚应该没电车了。会开车吗？"

"不会。"

"那只能我这个处长送你回去了。"

顾耀东没说话，看起来很失落。

"处长亲自送，换个正常人不应该激动一下吗？你这脸怎么比我还臭？"

"我以为自己能当个好警察，结果来警局以后，没做过一件对的事。"

沈青禾在卡车上一边清点数量，一边望着二人。

夏继成看着他，沉默片刻："什么是对的事？"

"匡扶正义，保护百姓。"

"哦，看来口号还是没忘。"

顾耀东认真起来："这真的不是口号。我想当个好警察，只是没想到我的警察梦想是从查户口开始，更没想到，我连查户口都干不好。"

夏继成看他越来越低沉，扔了只手套砸他脑袋上："不忘初心，方得始终。听过这句话吗？"顾耀东有些崇拜地看着他，但夏继成显然不领情："别用那种肉麻眼神看我！这话不是我说的。别想着一步登天，查户口就是你的起点。"

"处长，你的起点也是查户口吗？"

夏继成的脸上看不出答案："你觉得呢？"

顾耀东想了想，自己掐灭了这个念头。

沈青禾跳下卡车："夏处长，货齐了。"说着话，她熟练地塞给夏继成一个信封，"这笔买卖多谢您和副局长照顾，还是老规矩，这是您那份。"

夏继成朝远处抬抬下巴，示意顾耀东避开，但对方显然不懂这种暗示。他有些无奈，只得明白地告诉生瓜蛋子："那边儿去。"

顾耀东这才反应过来，赶紧走到远处。

夏继成乐呵呵地抽出一沓钱数着："你办事可靠，我当然愿意找你出货，帮长官把事情办成了，顺便还能赚点外快。"

沈青禾笑笑："要是再有货，您第一个通知我，保证回扣丰厚。"

站在远处的顾耀东看到那一沓钞票时，忽然意识到自己看见了不该看的东西，立刻很紧张地背过身去。

夏继成和沈青禾一边说着客套话，一边观察周围情况。

"这种走私货可不好弄，现在查得严。"

"那也是你们警察在查，有路子大家一块儿发财嘛。"

夏继成拿出齐升平盖章的通行证交给她，压低了声音："两天后船到十六铺，把人藏在货箱里上船。这是特别通行证，警察看见就不会再开箱检查了。"

"知道了。"

顾耀东小心翼翼地回头，只见夏继成仍然在热火朝天地数钱。他赶紧又转回脸去。

沈青禾望着远处顾耀东笔直的背影，目光停留在他制服下面那道长长的口子上："警局的人孤立他，是因为瑞贤酒楼的事吗?"

没有回答，代表默认。警局里的事不是沈青禾应该过问的，那个小警察的事更不是。沈青禾很快意识到这一点，于是再没往那边看一眼。她跳上卡车，开车离开了。

顾耀东还紧绷绷地站着，丝毫没发现夏继成已经走到他身后。

夏继成拍了他脑袋一下："上车!"

从郊区回来的路上，几乎已经看不到任何车辆。夏继成开着车，顾耀东坐在后面，望着车窗外的一片阴沉灰暗，心事重重。

"处长，您让我不要忘了当警察的初心，那您当警察的初心是什么呢？"顾耀东打破沉默。

夏继成从后视镜看了他一眼，有些想笑："你想问，利用警局职务之便中饱私囊，这是不是我当警察的初心，对吗？"

顾耀东不吭声。

"以后不许打探上级长官的隐私！"

"是。"

过了片刻，顾耀东再次开口："处长，我还能再问个问题吗？"

"不能！"

十字路口的大世界依然灯火通明。霓虹灯几乎照亮了夜晚的天空，也照亮了从门口经过的沈青禾的货车。再过两条街，就能回到她独居的公寓了。

就在这时，沈青禾无意中从后视镜看见卡车边上有一个东西晃来晃去。她赶紧下车查看，是顾耀东的挎包。从郊外回来的路上太黑，她竟一直没发现。

挎包里放着顾耀东的身份证，上面写着"福安弄"。

夏继成将轿车停在福安弄弄口，从后视镜瞄着后排，只见顾耀东睡得连嘴都合不拢了。

"哎！哎！"

顾耀东猛然惊醒。

"要不，我背你回去？"

顾耀东还有点迷糊："不用了，我家就在弄堂里面。"

"那还不下车！"

他这才彻底清醒过来，赶紧开门跳下去。

弄堂里正好有主妇出来倒水，远远看见顾耀东从亮堂堂的黑色轿车上下来，立刻朝他挥着手大喊："哎哟！顾大警官回来啦，还有专车送呀——"

顾耀东杵在那里，不知该挥手回应还是装作看不见，手伸出去又收回来，最后想跟夏继成敬个礼，夏继成已经开车离开了。

顾家的灶披间弥漫着油烟香气。灶台上放着五碗面条，耀东母亲在"噼噼啪啪"地煎鸡蛋。顾邦才和邻居杨一学拎着一篮鸡蛋，小心翼翼地往橱柜里拣。

顾邦才："杨先生，谢谢你的鸡蛋呀！"

杨一学憨厚地笑着："看见新鲜就多买了几个。倒是要感谢你们经常替我照顾女儿。"

顾邦才："你当会计，事情忙，照顾不过来也正常。"

耀东母亲："邻里邻居，互相照顾应该的嘛。再说你一个男人把女儿拉扯大，不容易！看看你家福朵，多招人喜欢！"

杨一学："呵呵呵，都好，都好。耀东和悦西也好。"

顾邦才嘴上谦虚着，其实骄傲都已经快溢出来了："你可不要夸那小子。依我看他还且得好好努力！"

顾耀东一进家门，就听到父母在灶披间说话。

"你知道，我这个人对子女要求是很严格的呀！耀东是堂堂东吴大学法学院毕业，而且年年成绩第一，我对他期望很高的！"顾邦才刚开了个头，他老婆就知道他又要开始王婆卖瓜自卖自夸了。

"又来了！现在儿子在市警察总局当刑警，还不够？"

"市警察总局，还是资格的刑警，当然是不错的。我的意思是年轻人不能止步于此，刑警是一个很好的起点，将来还要步步往上才行嘛。"

"我反正已经知足了。儿子从小想当警察，现在他了了心愿，我也高兴。"

顾耀东站在灶披间门口默默听着，有些难过地摘下了警帽。

杨一学笑呵呵道："都好，都好，都争气。顾先生顾太太，你们忙，我回去了。"

耀东母亲翻着锅里的煎鸡蛋："留下来一起吃面吧。这鸡蛋还是你送来的！"

"不了不了，炉子上还烧着饭。"

耀东母亲赶紧从橱柜里拿了两盒罐头塞给他："拿两盒水果罐头回去，福朵爱吃。"

杨一学刚一走进客堂间，就看到顾耀东："顾警官回来啦。"

耀东母亲一听，高兴得一把将锅铲塞给顾邦才就跑了出去："儿子回来了！"

顾耀东装作若无其事地脱外套。耀东母亲忙着帮他挂衣服，拍灰，丝毫没察觉到他的异常："你爸爸正在煎鸡蛋，马上开饭。赶紧洗手去。"

话音刚落，顾悦西从楼上噔噔噔下来："开饭了？"

又是一天最温馨的晚餐时间。屋里亮着橘红色的灯，桌上五碗面条在灯光下冒着袅袅热气，白润的面条上面还零星撒着翠绿的小葱花。一碗再平常不过的面条，耀东母亲也一定会让它有滋有味。对她来说，幸福就是热锅热灶，刚洗过的窗帘，晒台上晾的一排排荠菜。再平淡无奇的生活，她也要让它开出一朵朵小花来。

一家人围坐在饭桌前。顾悦西七岁的儿子多多在周围跑来跑去。

顾悦西打量一圈，饭桌上一共四个煎鸡蛋。顾耀东碗里两个，多多碗里一个。饭桌中间的盘子里还放了一个。

顾悦西很是惊喜："一顿饭四个蛋！我们家发财啦？"

耀东母亲把盘里剩下的一只煎蛋夹到她碗里，瞪了顾邦才一眼："你爸爸亲自煎的。"

顾邦才嘟嘟囔囔地不敢吭声。

"还是回娘家好。"顾悦西高高兴兴地夹起来正要咬，这才看见鸡蛋朝下的一面已经煳了，顿时嚷嚷起来，"为什么顾耀东有两个煎蛋，我就只有一个煳的！"

多多依然在周围跑来跑去地玩闹："因为舅舅是警察！"看到顾耀东挂在一旁的制服，多多偷偷穿在了身上。谁也没注意到，他从制服兜里摸出了户籍警的袖章。

顾悦西故作不满道："偏心！"

"我还没嫌你三天两头回娘家蹭饭呢，没个结婚的样子。"耀东母亲话虽这么说，但顾悦西三天不回来蹭饭，她心里就空落落得像是丢了女儿。

"这不是多多爸爸又出海了嘛！"

"反正我已经把亭子间贴出去招租了，你的房间也是迟早要拿去出租的。等有了租客，你就搬回自己家，老老实实过日子。"

"知道了知道了，明天多多爸爸一回来，我就回家去。"

多多戴上袖章大喊着："我也是警察啦！"

顾耀东转头一看，看到了他胳膊上的袖章。他惊得被面条呛了一口，多多已经一溜烟跑出了家门。

弄堂里，几个男人聚在路灯下打牌，几个女人在旁边嗑着瓜子闲聊。

多多穿着大得像浴袍的警察制服从顾家跑出来，边跑边喊："我是警察——不许动！"一个下棋的男人端着茶杯起身，多多一头撞在了他身上。

男人一把拉住他的衣服，打趣地吓唬道："哎哟！小鬼头，穿你舅舅的制服出来招摇，小心抓你去警察局！"

多多吓得站着一动不敢动，胳膊上的户籍警袖章掉在了地上。那个男人好奇地捡起来，看清上面的字："咦？这怎么写的'户籍警'？"说着，他拿给其他人看。

大家都面面相觑，不自觉地压低了声音七嘴八舌起来。

"户籍警？那就是查户口的蟹脚呀！"

"他们家耀东不是去当刑警吗？"

"看样子，是有人乱冒充金刚钻了。"

这个尴尬的发现，让他们立刻扔掉了牌局，凑在一起闲话起来。谁也没注意顾耀东走到了一旁，而顾耀东也不知道父母和姐姐就站在自己后面。

弄堂里的吴太太幸灾乐祸地拉着先生叫唤："幸亏我那天拦着你没请他喝酒，不然钱就白花啦！"

另一个女人附和着："要不是今天看见这个袖章，我们还被蒙在鼓里呢。"

"哎哟，你说大家都邻里邻居的，顾家一家子还来这套。真没想到是这么虚荣的人。"

多多缩头缩脑地站在一群大人堆里不敢动弹。忽然从缝隙里看到了顾耀东，仿佛见到救星般大喊："舅舅——！

众人这才看到顾耀东站在一旁，很是尴尬。

吴先生小声责怪妻子："就你话多！"

多多又是一声大喊："妈——"

顾耀东一怔，回头看去，家人都脸色难看地站在自己后面。而在更远的地方，还站着一个来还挎包的沈青禾。

男人尴尬地把袖章递回来："耀东……"

顾耀东接过袖章，无地自容地转身离开了。

吴太太也赔着笑："顾太太，我们随口聊聊闲话，不要计较呀！我也不是说你们耀东不好……"

顾悦西像点燃的炮仗一样噼啪炸响了："我们当然知道的呀！我们家耀东是东吴大学货真价实的高才生，刚毕业就进了警察局而且是上海警察总局，吴太太你怎么可能还嫌他不够好？你又不是那种吃不到葡萄嫌葡萄酸的人！"

耀东母亲暗暗拽了她一下，想息事宁人。顾悦西生在福安弄，长在福安弄，从小到大谁都要让她三分。平日里甜的时候比谁都贴心可人，捉弄顾耀东的时候比谁都心狠手辣，但若有旁人敢讲她弟弟一句坏话，她是想也不想就会头一个替他出头。吴太太深知自己不是对手，一脸难堪地闭了嘴。

顾耀东闷头朝家走去，从沈青禾身边经过时，青禾把挎包递了过来。

"你的包落在车上了。"

"谢谢。"

"是夏处长让你去查户口的？"

"处长刚刚教育了我，下属不得妄议上级。"

沈青禾想起下午在仓库他被孤立的一幕，再看看眼前，想说点什么安慰他，但是刚一开口就被顾耀东打断了："放心，下午在仓库我什么都没看见，什么都不知道。"说完，他情绪低落地回了家。

沈青禾心情复杂地看着他的背影，转身离开了福安弄。

顾家的这个夜晚，既平静，也不平静。多多趴在床上被顾悦西揍屁股，揍得吱哇乱叫。顶楼晒台上倒是一如往昔的安宁。初夏的夜风轻轻吹着，陶盆里不知名的小花和架子上挂的荠菜轻轻晃着。顾邦才坐在晒台边抽烟，望着夜幕下的灯火，一言不发。

耀东母亲已经把那套警察制服洗干净了，刮破的口子也已经补上了。她正要把制服晒在晾衣绳上，顾耀东拿了过去："我来吧。"

耀东母亲一把拿了回去："赶紧下去休息。查一天户口也不轻松。"

"对不起，让你们丢人了。"

"靠自己吃饭有什么丢人的？再说户籍警也是警察，对不对呀耀东爸？"

顾邦才吐了口烟，笑眯眯地："耀东啊，你妈妈的话是很有道理的！其实之前听说你当刑警，我们都担心得不得了，怕你遇到危险。这下总算放心了，户籍警很安全，是个好工作！"

父母从来就不是善于说谎的人。顾耀东红了眼睛。

夜已经深了。客堂间没有开灯。

顾耀东一个人蹲在鞋柜前，借着月光，从挎包里拿出纸袋包着的蓝棠皮鞋，轻轻用布擦干净放进鞋柜，摆整齐。

这时，顾邦才轻轻走了过来，有些惆怅地站在他身边，看着那双皮鞋。

两父子谁也没有去开灯。

"查户口满大街跑，穿这双鞋……实在可惜了。"

"样子是有些过时了。时间久了，皮子也硬了，穿着肯定不舒服。你妈妈说得对，这种老家裳，还是放在家里看看就好了。"顾邦才笑着拍了拍耀东的肩膀，转身上楼了。

顾耀东沉默片刻，关上了鞋柜。其实他也说不清心底的失落是为了什么，是自己在刑二处和户籍科之间找不到位置？是与想象中完全不一样的警局？是那个假公济私中饱私囊的夏处长？也许都是，也许都不是。

杨奎跟着王科达进了刑警一处的处长办公室，一进去，杨奎就很谨慎地关上了门。

瑞贤酒楼失手之后，王科达一直在秘密追查陈宪民，唯的一线索，就是叛徒石立由说陈宪民要定时服用一种叫科德孝的药物。

"现在上海能买到科德孝的医院，只有仁济、同仁和广慈。这是处方药，只有医生才能开药，而且病人必须登记身份。"杨奎交给王科达一张名单，"这些就是最近三个月买过科德孝的人。我看了，没有叫陈宪民的。"

王科达翻看名单："这么说，他还有其他身份……把这上面所有的男性单独列个名单，让户籍科把底卡找出来。"

刑二处照旧是一派懒洋洋的氛围。唯一一个站着在活动的人，就是正在打扫卫生的顾耀东。

小喇叭朝一处张望了两眼，似乎没什么可看的，于是继续低头翻那本封面是泳装女郎的《海上女郎》杂志："一处这两天好像没动静了，估计瑞贤酒楼那个案子没戏了。"

赵志勇："到底跑了什么人？"

小喇叭："听说是个杀人犯。"

顾耀东不由自主望向他们。

小喇叭和赵志勇、于胖子凑成了一堆，小声议论着。

"也可能只是幌子，谁知道呢？"

"还真有这个可能。去年刚签了《双十协定》，蒋主席说了，要以和平民主团结为第一基础，倡导政治民主化，党派平等合作，避免内战。所以现在就算抓共党，他们也得找个借口。"

夏继成已经在门边站了半天，没有人注意到他进来了。他看着顾耀东那副恨不得伸只耳朵过去偷听的样子着实可笑。他故意抬高声音喊道："顾耀东。"

顾耀东吓得一个立正："到！"

"怎么还不去户籍科报到？"

"马上去。"和夏继成对视的一瞬间，他赶紧看向别处。

夏继成心里明白这小警察在介意什么，嘴上只嘀咕了一句："鬼鬼祟祟。"

赵志勇凑到顾耀东身边，小声说："一会儿查户口你可千万别再多管闲事了！对新人来说，破不破案不重要，能每个月一分不少领薪水，那才最重要。你总不想再被扣三个月薪水吧?"说罢,他拍了拍新人的肩膀,起身出去了,一边走还一边回头喊:"记住!除了查户口,就是天塌下来你都别管!"

静安寺附近,有一条小街,从前叫赫德路,前几年改了名叫常德路。路不长,半小时光景就能从头走到尾。

顾耀东从路口第一户人家登记过来,很快就到了195号。这是一栋七层楼高的法式公寓,铁门掩映在葱郁的法桐树下,使得原本就安静的住处更加清幽了。他拿着户口登记簿确认了楼牌号后敲响了铁门。

门房开门让顾耀东进去后他正要关门,一个记者忽然不知从什么地方窜出来,挤进了铁门。

门房赶紧把他往外推:"哎哎哎,你不能随便进去!"

"我跟刚才那位警官是一起的!"记者一边说着,一边快步跑进了公寓楼。

顾耀东拿着登记簿走进公寓楼门厅。光线有些昏暗,两位穿着讲究的女士刚好走进漆成绿色的老式奥斯汀电梯。他不想占用住户的空间,沿着一旁的木楼梯朝上走去。楼梯拐角处的窗台上,摆着精致花盆,种着被精心呵护的云竹。看得出,这栋楼里的住户都是体面人士。

顾耀东很快登记到了六楼。他看了看登记簿,敲响了602的房门。"请问丁放女士在吗?"

屋里没有动静。他又敲了好半天,屋里才有了回应:"哪位?"

"您好!我是上海市警察局警员,我来登记户口。"

说着话,他的余光瞥见有一名记者在楼梯口猥琐地张望。顾耀东一转头朝他看去,对方就立刻埋头假装拨弄相机。

屋里的女声传来:"门没锁,进来吧。"

顾耀东有些生疑地看了那名记者一眼,见对方也不再有什么动作,便推门进了屋。

屋里很凌乱,地上散落着书稿,书稿下面还露出一只被埋了一半的拖鞋。放眼望去,屋里最庞大的家具就是被塞得满满的书柜,但它依然不够用。桌上、沙发上、地上，到处都堆满书，几乎没有落脚的地方。

顾耀东看了半天，屋里并没有人。

洗手间的门关着。他以为屋子主人在里面，于是朝着洗手间一本正经地说道："为配合市中心区域实施居民区管辖制，警局要重新登记户口。麻烦您出示户口簿。"

"这边。"一个年轻女孩从床后面探头出来。她随意扎着头发，鼻梁上驾着大大的眼镜，身上裹着毯子，像只从洞穴探头出来的兔子。

顾耀东这才发现自己在朝着一个没人的方向说话，赶紧转了个身，出示证件："这是我的证件。"

丁放看也没看："户口簿就在书柜左边从上往下数第三个抽屉里。你自己拿吧。"说完，她又缩了回去，坐在地上背靠着床，将书稿放在膝盖上，继续写稿子，仿佛屋里没有其他人存在。

顾耀东只得识趣地自己翻出户口簿，又在桌上找了个没被书籍占用的空位，弓着身子一笔一画登记。

丁放的声音又一次从床背后传来："登记完了放桌上，走的时候记得把门关上。"

就在这时，那名记者讪笑着挤了进来："警官，我找丁小姐办点事。"

丁放一听，从床后面噌地站起来："你怎么进来的？"

记者朝顾耀东一指："这位警官带我进来的！"

丁放显然很冒火："你不是来登记户口吗？怎么能把陌生人带到别人家里来！"顾耀东一时有点蒙，正要解释，丁放已经转头跟记者说话了。

"都讲了多少次了，我不是你要找的东篱君。麻烦你不要再来骚扰我了。"她很是不满地瞪了顾耀东一眼，嘀咕着："居然连警察都能被收买。"

顾耀东很无奈："丁小姐，你误会了，我和这位先生不认识。我是……"

话还没说完，记者又打断了他："东篱君火遍了整个上海文坛，但是一直不肯露面。这不就是你们明星用来吊人胃口的小伎俩吗？我跟踪你一个月了，不会错的。"

顾耀东看着他死皮赖脸的样子，有些厌恶。但自己是名户籍警，任务是登记，不应该再卷入一场没头没脑的纠纷。于是他把户口簿放到桌上："我登记完了。谢谢。"

丁放冷冷地回道："既然查完了那就请离开。麻烦把这位先生也带出去。"

顾耀东看着记者，也不说话。那人瞟了瞟他的警察制服，装作低眉顺眼地跟着朝门口走去。

二人走出房间，顾耀东刚要关门，记者突然伸了只脚抵着，小声说："一点小误会，是私事。我跟丁小姐说几句话，说完就走。"

既是私事，也不好再劝什么。顾耀东走了两步，犹豫片刻还是回来对屋里的丁放说："根据民事法，如果有人通过非法手段私闯民宅，您可以马上报警。如果妨碍您的人身自由，那就又多一项罪名。"说罢，他看了那名记者一眼，转身离开了。

记者朝他的背影无声地骂了两句。

丁放快步过来关门，记者硬是用脚抵开门，挤了进去。

"你干什么？"

顾耀东听见丁放有些慌张的声音从后面传来，在楼梯拐角停了下来。窗台上的陶盆已经长了青苔，阳光从窗口照进来，能看到灰尘在光束里飞舞。他盯着灰尘看了好一会儿，终于还是继续朝下走去。

3

桌上堆满了各种各样的书。记者眼尖地发现了什么,从书堆里抽出一本叫《鸾凤禧》的小说:"就是这本《鸾凤禧》,我看过东篱君的手稿,和你的笔迹一模一样,何必不承认呢?"

丁放也不搭理他,冲过去想开门,被记者挡住。

"丁小姐,只要你透露一些独家消息,尤其是传说中那些风花雪月的情史,我保证写一篇报道让你比现在还出名!"

"对不起,我没有兴趣,请你离开。"

记者冷笑一声,拿出一张照片:"告诫你一句,别把名利双收的事搞得两败俱伤。"

丁放一看,脸色大变。照片上的自己正在换衣服,衣不蔽体。

"你偷拍我?!"

顾耀东已经快走到一楼门厅了。楼上隐约传来乒乒乓乓的声音,像是有东西摔碎了。

屋里一片狼藉,花瓶已经在地上摔得粉碎。丁放在记者手上狠狠咬了一口,想抢他手里的照片。记者气得一把抓住她的头发,将她推倒在地。这一下摔得不轻,眼镜也甩了出去。

记者气焰嚣张地晃着照片:"你抢这一张也没用!我还有底片!"

忽然一只手钳住了他的手,径直拿走了照片。记者回头一看,是顾耀东。

顾耀东看了眼照片,又瞥了眼地上的丁放,赶紧面红耳赤地将照片递给她,然后扶正了警帽对记者正色说道:"请你跟我回警局一趟。"

记者挑衅地拍着顾耀东胳膊上的袖章:"你就是个查户口的,管什么闲事!"

顾耀东让开几步,捡起摔在地上的眼镜还给丁放,以此掩饰着自己的紧张:"户籍警也是警察。"

"少管三管四断我财路!你让开!"

丁放戴上眼镜,诧异地看着挡在自己前面的小警察。他看起来那么坚决,可放在背后的手一直在颤抖。

顾耀东强作镇定:"麻烦你把相机交出来,然后跟我回警局。"

"不给你点颜色瞧瞧,当我软脚蟹!"对方看出他是一介书生,于是卖弄起花拳绣腿。顾耀东只是挡,并不还手。记者打得手生疼,干脆操起那本《鸾凤禧》当武器挥来,没想到顾耀东一一躲开了。

记者被他的油盐不进激怒,一个饿虎扑食猛扑过来,顾耀东本能地往旁边一退,他就撞在门上摔了个狗啃屎,相机也摔坏了。

刑二处的桌上,放着那架摔坏的相机和《鸾凤禧》。

记者头上乌青一团,"啪"地拍案而起:"滥用职权!殴打平民!我要投诉!"

顾耀东灰头土脸地站在他面前,几名刑二处警员围在一旁交头接耳。

肖大头一副事不关己的样子,跷腿坐在自己的位置上:"自从顾大警官来了二处,我们就没有一天安宁日子!"

赵志勇痛心疾首:"你怎么又管闲事?不是千叮咛万嘱咐,除了查户口什么事都不要管吗?耳朵呢?"

"可是他的确擅闯民宅,而且威胁到他人人身安全。"

记者胡搅蛮缠:"动手打人,就是你的错!相机都给我打坏了!"

赵志勇指了指放在相机旁边的小说说:"那这本书又是什么意思?"

"凶器呀！他拿这本书打我！"这谎撒得理直气壮。

顾耀东分辩："我没有动手……"

"动没动手不是你说了算。你要是不赔礼道歉，赔我一台新相机，明天一早我就让你见报，臭名远扬！"

小喇叭看不下去了："哎哎，这是警察局，你再嚷嚷……"

李队长把织了一半的毛衣往桌上一拍："行了行了，一屋子乌烟瘴气。"

此时，局长的电话已经打到了副局长齐升平的办公室。电话那头的人显然很不高兴，齐升平拿着电话，脸色难看，不断说着"是，是"。夏继成毕恭毕敬站在一旁，脸上看不出喜怒。

挂了电话，齐升平顿时火冒三丈："让他查个户口也能搅得鸡飞狗跳！招惹什么人不好，偏偏招惹记者！他还嫌警局的负面新闻不够多吗？"

夏继成劝解道："那个小报记者不过是跳梁小丑，不值得您动气。我马上处理。"

"报社那边暂时已经压下去了。赶紧把那个记者打发走。另外你通知顾耀东，即刻停职！"

夏继成有些意外，正要说话，齐升平手一挥打断了他："你不用替他求情！为了芝麻大的事惹一身腥臭，简直愚不可及！这种人留下来干什么？让他自己去人事处办辞职手续。我不开除他，就是给他留最后一点脸面，这也是看在你的面子上！"

刑一处警员凑在门边看对门的热闹。

夏继成从远处走来，远远就看见二处有骚乱。他黑着脸走了进来，警员们都识趣地退开。只有背对着夏继成的记者还在不依不饶地拍桌子叫嚣。

"打了人还想赖账，现在的年轻警察就是这种素质吗？"他一边说一边推搡顾耀东，"去去去，把你上级叫来！我不跟你讲！叫你上级来跟我讲话！"

"我就是他的上级。"

顾耀东回头一看，说话的是处长，一时既委屈又愧疚。

"处长，我真的没有动手打人……"

夏继成凶巴巴地："需要你解释吗?"顾耀东不敢吭声了。

记者见夏继成板着脸，也稍作收敛："这位长官，作为一名普通市民我现在要向你投诉! 你的手下滥用职权，一个查户口的，凭什么让我来警局?"

夏继成倒是很客气："他是上海市警察局刑警二处二级警员，有权传唤犯罪嫌疑人到警局接受调查。对于无正当理由不接受传唤的人，可以强制实行。"

"他限制我的人身自由! 我看你们应该送他去好好学一学法律!"

夏继成看起来很不解："又送去学法律? 可是他刚刚才以全校第一名的成绩从东吴大学法学院毕业啊!"

记者有些瞪目，仍然嘴硬着："他，他打人!"

"怎么打? 为什么打? 用的钝器还是锐器?"

"他摔坏了我的相机!"

"哦，那就性质恶劣了。"夏继成"唰"地拎了把椅子坐下，跷着二郎腿盛气凌人，"这样吧，我亲自做笔录。你把案情经过、前因后果仔细讲一遍，我以处长的名义担保，这件事一定查得清清楚楚，决不包庇警员，也决不姑息不法之徒。"

这番义正词严的表态把记者听得一愣一愣的。

夏继成："赵志勇?"

赵志勇讨喜地奉上纸笔。

记者吧唧着嘴犹豫了一下，悻悻然："我很忙，没工夫再做笔录。我这个人呢，没什么大本事，当记者的也就是善于借用舆论和群众的力量，所谓众口铄金。要是三天还不见赔款，后果自负。"

夏继成皮笑肉不笑地起身："我送你。"

记者拿上摔坏的相机，瞪了顾耀东一眼，转身出去了。

顾耀东下意识地要跟上去："处长，他偷拍受害人，有底片!"

夏继成看也没看他，直接伸手拽着他的后衣领往后一拉，顾耀东跟跄着跌回办公室。

到楼梯拐角的地方，夏继成停下脚步。记者看了看周围没有人，意识到对方可能是想私了，于是又有底气了。

果然，夏继成笑着说："兄弟，三天不合适吧？"

"三天不短了！"

"太长了。我现在就把丁小姐请来警局，三个小时，足够把事情查得清清楚楚。就从你为什么出现在丁小姐的公寓开始说起，你看怎么样？"

记者这才反应过来。他望着一脸笑意的夏继成，有些发怵。夏继成凑到他面前："要我马上派车去请吗？"

记者吓得脖子一缩："不用了！丁小姐是个大忙人，我总不能因为自己受了委屈，就去麻烦她吧？我这个人是很懂分寸的！"

"我想你也应该不会再打扰她了。"夏继成掏出一些钱，塞到记者兜里，"其实也不是什么大事，大家都少点麻烦，没必要见报的就不要见报了。你觉得呢？"

记者就着台阶赶紧下来："那倒也是。那位警官太年轻，办事粗鲁点也理解，看您的面子我就不跟他计较了。"

"那就好。另外，我也给你三天时间，把底片放到顾警官桌上。不然，按规矩这案子我只能一查到底。"说这话时他一直笑盈盈的，可记者越发觉得胆寒。

"您都发了话，我当然配合。三天之内我一定送来。"

夏继成目送对方离开，笑容渐渐消失了。

赵志勇看见处长黑着脸回来，赶紧拽顾耀东的衣服，小声说："快去写份检讨书，认个错就没事了！"

"顾耀东即刻起停职。等待处理结果。"夏继成说得毫无人情。

所有人都很意外地停下了手里的事。

赵志勇："这意思……是要开除他吗？"

夏继成没说话。顾耀东望着他，愣住了。

于胖子小心翼翼地把纸袋放到夏继成面前："处长，给您买的烤鸡……快凉了。"

夏继成依然一言不发，脸黑得吓人。

李队长带着大家识趣地撤走了。刑二处里只剩下顾耀东和夏继成。记者拿走了相机，桌上还剩那本已经皱巴巴的《鸾凤禧》。顾耀东很认真地把封面抚平了，很认真地收进抽屉。他木然地想着，也许应该抽个时间去把书还给主人，可脑子嗡嗡作响，怎么也想不起书的主人叫什么名字。

夏继成一直盯着他看，似乎想穿透他的制服和皮囊，看到更多东西。

"英雄救美的滋味怎么样？"

"我这就写检讨书。"

"检讨什么？"

"我的任务是户口登记，不该越权多管闲事。"他想了片刻，"但是我认为作为一名警察，还是应该匡扶正义，保护百姓……"

"这是认错的态度吗？"

顾耀东不吭声了。

夏继成从纸袋里拿了一只金灿灿油汪汪的鸡腿给他。

也许是因为太沮丧没有胃口，顾耀东并不领情："谢谢处长，我不饿。"

夏继成嚷嚷起来："让你吃你就吃，没问你饿不饿！"

李队长五人刚走到食堂门口，厨师就锁门了："不好意思，午饭卖光了。"

五个人只好到外面路边随便买了几个烤红薯，在警局院子里蹲了一圈，一人捧着一个烤红薯狼吞虎咽。

肖大头感叹："这会儿的刑二处，怕是一片疾风骤雨，刀山火海啊……"

然而此刻的刑二处里肉香弥漫，夏继成和顾耀东吃着香喷喷的烤鸡，满嘴是油。

顾耀东包着一嘴肉，含混不清地问："处长，今天要是换您查户口遇见这种事，您会怎么做？

夏继成回答得很无情："我不查户口。"

"我是说如果……"

"没有如果。"

顾耀东只得闭嘴。

"想过不当警察以后做什么吗？"

"我爸以前希望我当律师，我妈希望我去报社当文员，我自己还没想过。"

"都是不错的工作。从警局辞职也不一定是坏事。这里不适合你。"

"可您说过，做人不能忘了初心。"

夏继成放下烤鸡，难得认真地看着他："不一定非得当警察才能匡扶正义，保护百姓。"

不知道为什么，顾耀东听着这句话突然有些感动。他偷偷看了面前这个男人两眼："处长，您当初为什么当警察？"

夏继成笑了笑，继续啃烤鸡："上次和沈小姐的生意，你不都看见了？"

"您没有自己的信仰吗？"声音里明显带着失望。

"我信仰生活。"

顾耀东沉默了。信仰生活，似乎并没有什么不对。

"把工作交接完，去人事处辞职吧。离开警局你会过得不错，没必要为了一句口号把自己碰得头破血流。"

顾耀东不吭声，不表态。

"听见了吗？"

顾耀东吃完最后一口烤鸡，站了起来："我不想辞职。只要您不开除我，我还是想继续留在警局。谢谢您的烤鸡。"

夏继成默默望着他离开了。

刑一处处长办公室里，杨奎正在向王科达报告情况。"最近三个月买过科德孝的男性，一共三百二十七人。已经把名单交给户籍科了，他们现在找出来二十六张户籍底卡，我已经拿给石立由辨认了，剩下的还在找。"

王科达很不满："怎么这么慢？"

"户籍科人手不够啊，大部分都上街登记去了，就三个人在筛查。"

王科达的电话很快就打到了户籍科，孔科长在电话里被王科达一通质问。挂了电话，他憋气地对旁边正在按名单找户籍底卡的警员说："你们晚上加班，把名单上这些人的户籍底卡找出来再走！"

顾耀东刚好走到户籍科门口，听见大家在抱怨。

"科长，一共三百多个哪！"

"犯人是因为顾耀东才跑的，他怎么不来加班?"

孔科长："他要被开除了。你们就少说两句吧。"

"还得替他受罚。怪不得一处说他是老鼠屎。触霉头!"

孔科长一出来就看见了顾耀东，赶紧冲办公室里喊："少说多做!"他又看了看顾耀东，遗憾地说："我听说你的事了。要是真待不下去，换个地方好好干吧。"说罢，他摘下老花镜叹了口气，仿佛这番话也是说给自己的。

孔科长离开了。三名警员看见顾耀东进来，个个都没好脸色，也一齐起身离开了。其中一人恼火地把笔扔到地上，好像朝他示威似的："出去透口气!"

顾耀东被孤立在户籍科，默默站了会儿。他们说的似乎也没错，于是他捡起笔，拿起被扔在桌上的名单。如果真的会被开除，起码在走之前把自己的烂摊子收拾完吧。

一晃就是夜里了。

户籍科有一个巨大的房间，里面像图书馆一样，立着一排排专门存放户口底卡的木柜子。这种柜子和药材铺里的中药斗柜很像，上面全是小抽屉，每个小抽屉上都贴着一个标签，上面写着一个姓氏。户籍科就是用这种方法，把全上海的户籍底卡按照姓氏存放在了一个个抽屉里。

三名户籍科警员已经趴在桌上鼾声四起。只有顾耀东一个人还坐在办公桌前写写画画。名单上有三百多个人，按照名单顺序一个一个去翻抽屉，效率太低。常常是这一分钟刚找了"张三"的卡片，过一会儿又得走回来找"张四"的卡片。时间全浪费在来来回回走路上了。

顾耀东将名单细化归类，用表格把相同姓氏的人统一罗列出来，这样一次就可以把一个姓氏的卡片全找完。这是他在东吴大学法学院读书时养成的习惯，没想到会在这里派上用场。

就这样到天蒙蒙亮的时候，名单上的户口底卡有很多已经被找出来了。

下一个是"刘泽沛"。

顾耀东很快翻出了底卡——"刘泽沛，男，五十三，木匠。籍贯上海市青浦县三保五甲廿四户"。

天已经完全亮了。孔科长一进户籍科就看到三名警员趴在桌上睡觉。他似乎已经司空见惯，摇了摇头，也没打算叫醒他们。这时他听见档案室里有动静，进去一看，是顾耀东。

顾耀东递给他一摞户籍底卡："孔科长，这是四十张底卡。我再接着找。"

孔科长很诧异："你一个人整理的？"

顾耀东黑着眼圈傻笑，没说话。

"一晚没睡吧？"

"我不困。"说完，他又回卡片柜前继续干活去了。

孔科长看着手里的一摞户籍卡，又看着顾耀东，叹了口气："可惜了。"

这批户籍底卡很快由王科达直接转到了石立由手里。事情进行得悄无声息，并且极其迅速，以至于从石立由辨认出"刘泽沛"就是"陈宪民"，到杨奎查出木匠铺地址，时间还不到上午九点。

这原本是一个天气不错的早晨。沈青禾在九点准时到了木匠铺。警委安排的船已经在码头了，她来接陈宪民上船。木匠铺里照旧木屑飞舞。桌上放了一箱看起来像是婴儿车一类的小推车零件。这是陈宪民给沈青禾准备的，她来木匠铺，总得有个合适的理由。

沈青禾声音很轻："船十点到十六铺码头。"

陈宪民把一张单子递给她："好，这是木轮的提货单。一共十个。"

沈青禾看了眼提货单，收进坤包："如果有人问起来，您就说出门是帮我搬货的。货车就停在路西口的集市，您上车后藏在空货箱里，到了码头直接和货箱一起上船。"

"这几天和外面断了联系，不知道情报组怎么样了？"

"他们都处于隐蔽状态，暂时没有坏消息。"

陈宪民苦笑："这也算是个好消息了。"他当组长很多年了，手底下来了很多人也走了很多人，他记得每一个人的故事。"组长"二字对他而言已经不仅仅是个头衔。

窗外忽然一阵尖锐的刹车声。沈青禾赶紧从窗帘缝隙往外看，只见三辆车停在门口。杨奎和数名刑一处的警员匆匆下车，朝木匠铺而来。

她心里一沉："是刑一处的人。"

陈宪民果断放下箱子，脱掉外套，恢复正在干活的样子："你赶紧去晒台，从那儿翻上屋顶可以到旁边的弄堂。快走！"

敲门声响起。

"您跟我一起走！"沈青禾很坚定。

"警察都是冲我来的，你没有暴露，必须分开走！"陈宪民也很坚定。

"我的任务是要把您安全转移出去！"

"你只是交通员，没有上级命令不得介入行动！这是纪律！"陈宪民刻意强调了那个"只"字，几乎是警告沈青禾不要越级，然后将她往楼梯上一推："走！"

沈青禾咬牙跑了上去。

敲门声再次响起。陈宪民确认沈青禾上了楼，这才从窗帘后看了看外面的情况。三辆车停在门口，警察已经包围了木匠铺。他淡然地整理了装束，不慌不忙开了门。

杨奎站在门口："警局登记户籍，请您配合，出示证件。"

证件应声递了过来，上面写着"刘泽沛"。杨奎随手翻了翻，瞟着陈宪民。

"警官，您打家具吗？上好的木料。"陈宪民说得很自然。门边放了一箱小型木轮，工作台上的木工锉还放在木料上，种种迹象都表明开门之前他正在干活。

杨奎冷笑着推开他进了屋。似乎是有狗的嗅觉，他停在了楼梯下面。两名警员控制住陈宪民。杨奎掏出手枪，轻轻上了楼。

沈青禾一到屋顶晒台就下意识反锁了从楼梯通往顶层的门，但她立刻意识到不对，又将一切复原。

屋顶晒台和其他人家的晒台相连，高低错落。木匠铺子一共三层，相邻两边的房子都是四层，要想离开必须翻上隔壁屋顶，再从屋顶撤离。弄堂里，木匠铺的前后门都有警察守着。沈青禾选了一个他们从下面望不见的角度，正要往上爬，忽然听见有人在开门。

杨奎拿着手枪，使劲一推，门开了。晒台上空无一人。他快速扫视一圈，停在晒台中央的杂物间面前。这是一间搭建起来的小木屋，只有一人高。杨奎猛地拉开门，猫着腰探进去看了看，里面除了木工工具什么都没有。沈青禾躲在杂物间另一侧，听着杨奎的一举一动，汗水渗了出来。

杨奎似乎察觉到了什么，握着枪悄悄朝杂物间背后挪去，猛地一转，然而那里什么都没有。

下面弄堂里有警员守着，杨奎大声问了几句，回答都是没有异常。他还是不放心，趴在平台边朝下张望。在他正下方是一个小阳台，阳台上放了几盆花，其他什么都没有。而此时的沈青禾就像壁虎一样紧紧贴在阳台底下的外墙上，一手拎着高跟鞋，一手撑着头顶的阳台底，赤脚踩在凸出来的一小段排水管上。

杨奎趴在那儿看了半天，确实没有异常，这才离开了。沈青禾心惊肉跳地翻回晒台，爬上隔壁屋顶，像只矫健的猫从屋顶离开了。

杨奎一边下楼，一边收起手枪。

一名警员跑过来："杨队长，屋里没有其他人了。"

杨奎"嗯"了一声，走到陈宪民面前，冷笑着从箱子里拿起一个木轮把玩："手艺不错，就是不知道该称呼您刘木匠，还是陈主编呢？"陈宪民静静看着他，不置可否。

杨奎装模作样地晃了晃证件："我是上海市警察局刑警一处行动队队长。现在怀疑你和一起凶杀案有关，请回警局协助调查。"

沈青禾从远处一户人家翻下来，跳进了一条安静的小弄堂。她穿上高跟鞋，若无其事地从弄堂走出来。谁也看不出这女人刚刚还是个女飞侠。就在这时，她看到人们三三两两往木匠铺方向跑去。木匠铺门口已经聚集了一圈围观的群众。她赶紧快步跟去，刚到门口，就看见陈宪民被两名警察押了出来。

杨奎摸着腰间的配枪："请吧。"

陈宪民看到了站在人群后面的沈青禾，暗中示意她立刻离开。沈青禾僵硬地站着，没有挪步。两名警察粗鲁地将陈宪民推上了车。

杨奎一脚踢翻了那箱木轮："散了散了！"

警察局的三辆车扬长而去，围观看热闹的人们也作鸟兽散。周围渐渐恢复了平静。沈青禾望着散落一地滚来滚去的木轮，红了眼睛。

夏继成坐在刑二处里看了眼手表，已经上午十点。如果一切顺利，陈宪民应该已经上船前往解放区。

肖大头敲着空杯子："顾耀东呢？几点了还不来泡茶？"

李队长织着毛衣："人家昨天已经被停职了。"

赵志勇："他在户籍科，说是要把事情做完才离开。我刚才去看他，眼圈都熬黑了。"

肖大头："装模作样，户籍科能有什么事？"

"好像是筛查什么名单。"赵志勇看着顾耀东的空桌子，有些同情，"队长，你看他会被开除吗？"

李队长："凶多吉少。"

肖大头："早就该了。处长都因为他背多少次黑锅了！"

二处的门敞开着，正好能看到几名参与行动的刑一处警员回一处。

小喇叭随后嚷嚷着冲进来："最新消息最新消息！一处又立功了！"

肖大头："抓什么人了？"

小喇叭："就是瑞贤酒楼跑了的那个！听说是个杀人犯。"

夏继成被这突如其来的消息弄蒙了，电话铃响了好几声才回过神。

"喂？副局长。好，我马上来。"

挂了电话，夏继成默默坐了片刻，将刚刚的情绪收拾干净了，这才起身离开。

于胖子："处长脸色不大好啊。"

肖大头："哎，眼看着对门又立功，心情能好吗？"

夏继成刚走到齐升平办公室门口，就看见他春风满面地走出来。

"副局长。"

"走，一块儿去审讯室！"

审讯室光线很暗，几架刑具散发着金属夹杂血腥的刺鼻味道。屋里除了王科达和杨奎，没有任何警卫在场。

夏继成与陈宪民面对面站着，仿佛他只是在看一个不相干的犯人。对方显然已经扛下了酷刑，浑身伤痕累累，血迹斑斑。他抬头，目光停在很远的地方。

副局长对王科达问道："怎么样？"

"油盐不进。"王科达把陈宪民的证件和刘泽沛的证件递给副局长。副局长看了看，递给夏继成。

"你也看看。"

夏继成仔细对比："是同一个人。"

副局长转向陈宪民："陈主编，把你的组织交出来吧。"

"我没有组织。"

王科达咆哮："没有组织？我告诉你，不管你是陈宪民还是刘泽沛，你的全部材料都已经有人交出来了。"

陈宪民笑了笑："既然有人交了材料，那不是很好吗？"

副局长也笑了："在这里，就不要玩什么文字游戏了。这里既不是保密局，也不是中统，这是上海市警察局。进了这个地方，我就有一百种办法可以定你的罪，让共党打不出一个喷嚏。合作还是顽固抵抗，自己掂量。"

副局长起身，夏继成也随即起身："陈组长，期待你的弃暗投明。"

夏继成和陈宪民对视着，眼里都没有一丝波澜。

从审讯室到办公室，齐升平都在想一个问题，为什么陈宪民能够变成刘泽沛？

王科达把陈宪民的两套证件放在桌上："我已经让户籍科的人辨认了，两套证件都是真的，都是从户籍科正儿八经发出去的。"

"全市户籍统计、户籍清查搞了好几年，怎么一直就没搞清楚过！"副局长感叹，转而又问夏继成："夏处长，户籍科经常跟你借人。你跟户籍科关系应该不错吧。"

夏继成很淡定："是，我跟孔科长经常下棋，算是难得的棋友。"

"嗯。这本来是一处的案子，找你来，也是想听听你的意见。你跟他们打交道多，这件事你怎么看？"

夏继成很谨慎："您是怀疑户籍科内部出了问题？"

副局长一边说话，一边打量着夏继成："不然怎么解释两套证件？"

夏继成："不排除这种可能性。但客观来讲，也有很多人在钻户籍科的空子。有为了多领一份配售物品冒领身份证的，还有公职人员私压迁出和死亡报告，利用缴销的身份证，套购配售物品的。"

王科达："这倒确实是，刑一处在黑市也抓到过有人兜售失踪人口证件。"

夏继成始终很坦然，看不出任何心虚："上海一共五百多万人口，户籍科人手少，登记户口的又都是底层警员，没受过专业训练，指望他们来分辨真假，太难了。"

副局长一声叹息。这套说辞合情合理，再深究下去就是庸人自扰了："共党真是无孔不入啊。"

夏继成："这么看来，市政府号召我们提升警员素质，还是有道理的。"

副局长起身活动了两下，心情转好："罢了。头疼的事今后再说。抓到陈宪民还是一桩大喜事。走吧，一块儿上春林酒楼，我自掏腰包给你们庆祝。"

夜色下的春林酒楼高挂着大红灯笼。宾客进进出出，个个油光满面。

这里的招牌菜是虾子大乌参，乌光亮丽，肉皮软糯，自然价格也不菲。齐升平豪气地要了五份，每个警员都分得一碗。其他诸如八宝鸭、红烧肉、枫泾丁蹄之类更是摆了满满一桌。一处警员坐了两张大圆桌，酒足饭饱之余大声笑闹着。

夏继成和副局长、王科达坐在一门之隔的包间里，一边吃饭一边聊天。

副局长："我们警察局，总算也扬眉吐气了一回。科达啊，这回你是功臣。"

"全靠副局长您出面，刑一处才有这个机会。卑职不过是大树下面乘凉。"王科达说这话时看起来很客气，但也仅此而已。王科达从来都是这样，只要是自己应得的赞美，即便是从副局长嘴里说出来，他也不会过分谦虚。

夏继成："恭喜王处长，抓了共党的情报组组长，你的嘉奖令怕是要和晋升令一块儿下来了。"

王科达："那就不奢望了。《双十协定》一签，现在满大街都在喊要和平、要反内战，就这个陈宪民，我们还是打着逮捕杀人犯的名义抓回来的。"

副局长："这件事，大家心照不宣就可以了。就按王处长的说法，对外咬定抓的是个杀人犯。笔录做干净一点，走个过场，一周以后就转到提篮桥监狱去。"

王科达："明白。"

夏继成倒酒，装作随意："瑞贤酒楼的事过去这么多天，我还以为姓陈的石沉大海了，王处长的情报员实在神通广大啊。"

王科达装模作样："我哪有什么情报员。"

"人都抓到了还保密？"

"只不过是……抓了他们一个舌头罢了。"王科达明白，这时候再瞒着多少有点伤面子，但他不想多提石立由的情况，于是话锋一转："真要说起来，这件事顾耀东倒是有一份功劳。"

夏继成举到嘴边的酒杯定住了，这完全是在他意料之外的情况。

"陈宪民有心脏病，必须定时买药，我把所有买药人的名单交给户籍科排查，陈宪民就是顾耀东找出来的。"说完，王科达瞄着夏继成。

夏继成已经收起意外，皮笑肉不笑："那是将功补过，说立功，太抬举他了。"

副局长："刚说要开除，这就立了功。"

夏继成："我已经通知他去人事处辞职了。"

"关于他的处理……再议吧。哎？王处长，不是说了让顾耀东一起来吃饭吗？怎么没看见人？"

王科达打开包间门，警员们已经喝得东倒西歪，那其中并没有顾耀东。

"杨队长，我不是让你通知顾耀东来喝庆功酒吗？"

杨奎醉醺醺地："谁？"

"顾耀东！东吴大学那个！"

杨奎半天才想起来："哦，那个查户口的！他不是都要被开除了吗？"他转身推搡周围警员："哎哎哎！有人通知顾耀东犯人已经抓到，不用再找了吗？"

无人应答。没有人在乎这个查户口的，即使他们能坐在这里一人一碗虾子大乌参是因为他。

杨奎笑嘻嘻地："对不起处长，把他忘了。"

夏继成冷笑着喝掉了杯里的酒。

警局大楼里空无一人，远远望去，只有户籍科还亮着灯。

顾耀东趴在桌上睡着了，桌上一大堆户籍底卡，还有吃了一半的烤红薯。夏继成走到他身旁，神情复杂地看了这傻子片刻，忽然一脚蹬掉了他屁股下的凳子。

顾耀东摔在地上惊醒了。一看夏继成站在旁边，他噌地站起来。

"处长！"

"在这儿浪费电，还不如回家去睡。"

顾耀东睡眼蒙眬："对不起，我今天一定把名单上的户籍卡都找齐！"

"一处想抓的人已经抓到了……回家吧。"说罢夏继成转身离开，顾耀东怔怔地看着他的背影，有点没反应过来。

夏继成开着车，从头到尾一言不发。顾耀东在后面如坐针毡，处长又一次亲自开车送他回家，本是件高兴的事，可他一点也不高兴，只觉得自己像是被抓上来的。车里的气氛很奇怪，夏继成看起来不太高兴。

顾耀东小心翼翼："处长，真的不用您开车送我，我不是小孩子了，自己可以……"

"闭嘴。"

顾耀东不敢吭声了。他忽然冒出一个念头，难道是因为一处抓到犯人立了功，二处没有，所以不高兴？他不禁看向那个臭着脸开车的小气处长。

顾家二楼有两间卧室，一间是顾耀东的，一间是顾悦西的。楼梯拐角的地方还有一间大约六七平米的亭子间。和上海所有的老房子一样，顾家的亭子间也是窗户朝北，天花板的高度比平常房间矮，狭小阴暗，冬冷夏热，所以一直被空置着。

近来市面上房租涨了不少，耀东母亲想着把亭子间租出去多少能补贴家用，于是一个星期前在街上贴了招租广告，可一直无人问津。她站在又脏又乱的亭子间里，一边拍打怎么都不亮的电灯，一边大声喊："亭子间的灯泡又坏了！"

顾邦才的声音从楼下传来："反正也没有人住！"

耀东母亲："招租广告贴出去这么久了，怎么连个来打听的人都没有呢？"

顾邦才正在客堂间很不情愿地写招租广告："本来亭子间住着就不舒服，更何况我们家这一间又老又旧，在福安弄都算是条件差的，租得出去才怪了！"

"我要的租金又不高，赶紧多写几份，我再往人多的地方贴一贴。"耀东母亲一边说着，一边开窗透气，正好远远望见一辆黑色轿车停在弄口。

夏继成刚一停车，顾耀东就逃也似的跳了下来。

"谢谢处长。我到家了。"

夏继成看了看周围的环境，板着脸："不请我进去喝杯茶吗？"那样子就好像是顾耀东欠了他很多杯茶。

"嗯？"

没等他反应过来，夏继成已经朝福安弄走去。顾耀东赶紧追上去。

耀东母亲兴冲冲跑下楼，一边跑一边喊："儿子回来了！还是坐的专车！"

顾邦才写着广告，头也不抬："瞎扯，户籍警怎么可能有专车。"

"我亲眼看见的，就停在弄口！"

这时，敲门声响了。耀东母亲开门一看，门口站着一个三十多岁的陌生男人。

耀东母亲："您是……"

顾耀东从夏继成后面钻出来："妈，这是……"

耀东母亲反应过来："哦！你是送我们家耀东回来的司机吧？"

顾邦才一听，赶紧扔下纸笔噔噔噔跑过来："真有专车？"

耀东母亲很得意："这位是司机！"

顾邦才抬起老花镜上下打量夏继成，正要开口说话，顾耀东赶紧说道："爸妈，这是我们夏处长。"

夏继成一改车上的阴沉，笑容满面："二位好。"

在顾家一家三口无地自容的目光中，夏继成笑呵呵地进了客堂间，也不把自己当外人，随便找了个地方坐下。

顾耀东红着脸给他端茶："处长，刚刚不好意思……"他一抬头看夏继成，夏继成脸上的笑容就没了，吓得他赶紧又埋下头，像一个突然遇上老师家访的学生。

夏继成从鼻子里哼了一声，喝了口茶，看到桌上放着的招租广告："你家里在出租空房？"

"是。亭子间。"

"能上楼看看吗？"夏继成说完就自顾自地上楼了，顾耀东只得又跟上去。

耀东父母在灶披间烧水，但他们根本不关心炉子上的水，两人趴在门边偷看客堂间的情况，患得患失着。

顾邦才埋怨道："都怪你，这下得罪上级了！没看见人家肩膀上好几条杠吗？"

"我又不懂这个！再说我哪里想到处长这种大人物会亲自上门？"

顾邦才很严肃地思考了半天，给事情定了性："看样子，这小子要么闯了祸，要么立了功。"

顾家处于福安弄尽头，位置恰好在福安弄和另一条马路交叉处，晒台在三楼，比周围两层楼的房子高出一截。

夏继成站在晒台边，放眼望去周围情况一览无余。他眼里有了亮光，心里盘算着什么。但顾耀东并不知道他在盘算什么，对他来说，两个人站着没说话太让人尴尬了。

"处长，空气不错吧？"

夏继成敷衍地"嗯"了一声。

"好像有点冷。"

夏继成定定望着远处的加油站，不想再搭理他。

"顾耀东，你不是一个擅长聊天活跃气氛的人，别没话找话了，我都替你尴尬。"

顾耀东松了口气，总算可以闭嘴了。

夏继成嘴角隐隐有一丝笑意："不过这确实是个好地方。"

临走的时候，夏继成从桌上拿了一张招租广告。顾耀东送他上车，直到车消失在远处，他还是一头雾水。

夏继成赶到鸿丰米店的时候，沈青禾已经在里面了。她看起来很消沉。出事后她一直在想，如果当时能早一点到木匠铺，或许杨奎就扑空了。眼睁睁看着同志被捕，自己却什么都不能做，这比内疚更让人痛苦。

夏继成没有急于安慰她。他先把春林酒楼得到的消息汇报给了老董。事情正如他们之前所担心的，情报小组内部出了叛徒。

老董："要不惜一切代价把这个人找出来。陈宪民的情报小组对华东地区的地下战线至关重要，不除掉此人，迟早还要出事。"

夏继成："王科达把他藏得很深，我会找出来，但需要时间。"

"好，我会让警委其他同志全力配合你。"

沈青禾始终漠然地坐着，好像没有听他们说话。

"关于陈宪民，我现在有一个营救计划。"夏继成看着沈青禾："青禾，你是最合适的人选。希望这能让你心里好过一点。"

沈青禾很平静，仿佛她一直在等着说这一句："你说，需要我做什么？"

"一周后，陈宪民会从警局转移到提篮桥监狱。路上会经过一个加油站，那里是最佳营救点。我找到一所房子，正好可以看到加油站和周围的情况。我要你设法搬进去。"

"好。房子在什么位置？"

夏继成把顾家的招租广告放到她面前："福安弄，顾耀东家。"

沈青禾很意外："那个小警察？"

"对。"

"你要我和他住在一起？"

"以租房的名义。"

沈青禾还是有点犹豫："福安弄的其他房子不行吗？"

"顾家的位置很特殊，第一次去我就注意到了。刚才我特意去确认过，三楼晒台是最佳瞭望点。"

"可他毕竟是警察，住在一起会不会妨碍行动？"

"他已经被停职了，可能还会被开除。"

又是一个更大的意外。

沈青禾瞪大眼睛："为什么？"

夏继成神情有点复杂："他是一个好警察，但警察局并不需要这样的警察。"

沈青禾说不清应该庆幸自己住进去以后不会被小警察妨碍行动，还是应该替这个小警察难过。

"那好。我尽快搬进去，任务呢？"

"尽快摸清从福安弄到加油站的路线，还有加油站周围的情况，每天送油的时间，越详细越好。"

星期日是所有人的休息日。

顾家午饭做了阳春面，清汤绿葱，看着很有食欲。一家人坐在天井里，晒着太阳，一边聊天一边吃面。顾耀东随便穿了条短裤，拖鞋，头发也没怎么梳，端着一碗面条吃得唏里呼噜。这是被停职以后的第一个星期日，他尽可能让自己看起来一切正常，因为不想让父母担心。

耀东母亲问专心吃面的顾邦才："让你再多写几份招租广告，写了吗？"

"写再多也没用。这亭子间不是漏水就是漏风，谁能看得上？"

耀东母亲一听就来气："还好意思说，那你怎么不修？天天就知道看报。"

"不看报怎么了解国家大事？怎么了解世界格局？我炒股票轧金子都是要以这些为参考的呀！你看我只是在看报，其实我是在筹划家里的经济大局！"作为一家之长，顾邦才总是被质疑，这让他很不服气。但是听众显然已经不耐烦了。

耀东母亲："你还吃不吃面了？"顾邦才只得埋头吃面。

顾耀东："妈，那屋子确实太长时间没修了，我也觉得不容易租出去。"

耀东父亲冷笑一声："除非来个傻子。"

话音刚落，有人敲门。

耀东母亲："谁呀？"

一个甜甜的女孩子的声音从门口传来："请问，这里有房子出租吗？"

三人捧着面碗，面面相觑。那个声音出现得有点不真实。

敲门声再次响起。顾耀东趿拉着拖鞋、抱着面碗去开门。门一开，他就被面呛了一口。

站在门口的是沈青禾，她拿着出租广告，地上放着两大只行李箱。看到顾耀东这副"尊容"，她实在有点不自在，只得看向别的地方："请问是这里有亭子间出租吗？"

"你怎么……"

耀东母亲从后面挤出来，上下打量沈青禾。只见这女孩笑容甜美，衣着整洁，连鞋子也是干干净净的，这说明她起码是正当人家出身，生活习惯也不错。再看她说话做事斯文礼貌，像是老师或者文员，总之交房租应该不成问题。十来秒的时间她已经盘算了很多，结果是满意得不得了："是这里是这里，请进！"

沈青禾从顾耀东身边经过时，顾耀东抱着面碗下意识往后躲了躲，好像很不愿意和这女人有交集。但耀东母亲可不这么想，这是顾家历史上的第一个租客，也许人总是会对"第一个"怀有特殊感情，反正她怎么看沈青禾怎么顺眼。

"姑娘，是你一个人住吗？"

"是我一个人。"

耀东母亲的满意已经写在了脸上："箱子放这里吧，我先带你上去看看。"说罢朝父子二人挤了挤眼睛，领着沈青禾上了楼。

顾邦才和儿子齐刷刷抱着面碗，齐刷刷看着沈青禾上楼。顾邦才很纳闷，这么体面的姑娘，看着也不傻，居然花钱来租这破旧的亭子间。他瞥了眼顾耀东，以为他在和自己纳闷同样的事。"看着不傻，是吧？"他小声问道。

顾耀东很茫然地看着父亲，这问题没头没脑。但是过了一会儿他忽然回过味来。是啊，上海有这么多好房子，她和处长做生意赚了很多钱，为什么偏偏来我们家的亭子间？

从进门到亭子间门口，耀东母亲就一直笑眯眯地打量沈青禾，沈青禾只能装作不知道。

"姑娘，你做什么工作的？"耀东母亲说着话，打开了亭子间的门。

沈青禾很坦然地："一个人做点小买卖。"

就在耀东母亲开门的空当，她已经迅速看清了周围的情况。亭子间旁边有通往三楼晒台的楼梯。对门和侧面各有一个房间，其中一个应该是顾耀东的。

亭子间里面光线昏暗，沈青禾伸手开灯，灯没有亮。

耀东母亲小声嘀咕："老刮皮，就舍不得换个新灯泡！"她拉开窗帘，屋里的破旧景象顿时一览无余。她有些不好意思："这房子一直空着，所以没怎么打扫。收拾出来肯定不错的！"

顾耀东悄无声息溜进来，靠在墙边狐疑地打量沈青禾。

"小是小了点，不过外面景色还是不错的。"耀东母亲正要开窗，顾耀东主动跑了过来："我来！"他故意一使劲，半扇窗户都被拉了下来。

顾耀东一本正经地说："窗户是旧了点，不过景色是挺好，还透气。"

耀东母亲脸都绿了："行了行了，你让开。"

顾耀东装傻地"哦"了一声，让开的时候又故意"不小心"地踩翻了地上的空盆。

"赶紧把盆子收起来！"

"不行啊，屋顶漏雨，要是没有盆子接着，那不是一下雨就把屋子淹了吗？"他说得很认真，还带着点忧虑。

沈青禾顺着他的手抬头一看，屋顶赫然一个洞。

"老房子嘛，有点小毛病也正常……姑娘，要不房租我再便宜点？"耀东母亲狠狠瞪着儿子。烧香都求不来的租客，恐怕是要落空了。

沈青禾漠然地望着那个洞，望了很久。这是她见过和到过的所有房间里最不想住的一间。她转头望着耀东母亲，一脸灿烂笑容："我很喜欢这里！"

耀东母亲简直受宠若惊："那太好了！"她一把拉过顾耀东："这是我儿子顾耀东，在市警察局工作！所以你租我们家的房子，安全问题可以一百个放心！耀东！快帮沈小姐把行李拿上来！"

顾耀东拎着大包小包的行李，一脸郁闷地看着母亲在客堂间翻箱倒柜找灯泡。

"妈，换个租客。"

耀东母亲头也不抬地嚷嚷："顾邦才！家里到底还有没有新灯泡了？"

顾邦才屁颠屁颠跑过来帮忙："明明记得就在这里呀！"两个人埋头在柜子里翻得热火朝天，没人搭理杵在一旁的儿子。

顾耀东还不死心："就不能换个租客吗？"

耀东母亲："为什么？"

"这个人……连这种条件的亭子间都愿意租，说明经济拮据。我担心她根本交不起房租啊！搞不好会一拖再拖，白住一个月然后就拎着行李偷偷溜啦！"

"瞎说，我看沈小姐既懂事又大方，这么好的租客上哪儿去找？"

顾耀东悻悻地闭嘴了。他终于明白在这件事上自己完全没有发言权。

耀东母亲："赶紧帮人家把行李拿上去！"

顾耀东拎着行李进亭子间时，沈青禾正在聚精会神地数钱。看他进来，她还故意背过身子挡了挡，好像生怕见者起了歹心似的。顾耀东想着，这女人恐怕见谁都觉得人家想要抢她的钱。

"你真要租这间房子？"

"我连房租都准备好了。"沈青禾把钱分成两叠，其中一叠放在床上，剩下的放进一只小木箱，用钥匙锁上收进了柜子。

"这房子冬天冷，夏天热，一般人都住不惯。你还是……"

耀东母亲适时地笑呵呵地进来了，放了一只灯泡在桌上："沈小姐，这是新灯泡。"

沈青禾甜甜地："谢谢您。"

"用不用帮你找工人把房间修一修呀？"

"不用了，这种小问题，我自己就能解决。"

"哦，好，好。"耀东母亲瞪了顾耀东一眼，离开了。

"你连房子都自己修？"

沈青禾拿起床上那叠钱数起来："抠门呗！大钱得赚，小钱得省。省下来的钱拿去买两罐菠萝罐头，再倒手一卖，赚来的钱又能买四罐，四罐变八罐，八罐变十六罐……"她数钱时眼睛炯炯有神。顾耀东第一次觉得原来财迷的眼睛是会发光的。

"这房子的毛病比你想的多多了。"

"亭子间都这样，没关系。"

"我知道附近还有别的房子在出租，也有亭子间，比这里条件好很多。"

"这儿离电车站近，出门方便。"沈青禾唰唰唰地来回数着钞票，丝毫不影响她对答如流。

"车站附近我也可以帮你打听，反正还没交房租……"

耀东母亲突然又进来："沈小姐。"

沈青禾几步走过来，把钞票往耀东妈妈手里一塞，甜甜地："顾太太，这是三个月的房租。"

"不是只用先交一个月吗？"

"还是三个月一块儿给您吧，这样我住着也踏实。"沈青禾看着耀东母亲，话却像是说给顾耀东听的。

"好好好！往后你就安心住在顾家，耀东，你怎么还没换灯泡！可不能让人家女孩子动手做这种事情呀！"说完她欢天喜地离开了。

这番唇枪舌剑终于被沈青禾的一叠钞票彻底终结了。顾耀东很郁闷，但他还是在沈青禾准备爬上桌子换灯泡的时候，先爬了上去。

他一边拧旧灯泡一边说："沈小姐，我觉得你太奇怪了。"

"有吗？"

"上海那么多房子，你为什么非得选这儿？"

一直应对得很轻松的沈青禾忽然愣神了。顾耀东的问题让她想起了和夏继成一起看的那场电影，那部她最不喜欢的《卡萨布兰卡》。

顾耀东以为自己问到了关键点："这间亭子间真有这么好？还是你来我家有别的目的？到底因为什么？"

片刻的死寂。

"因为便宜啊！"

"什么？"这次换顾耀东蒙了。

"我看了大半个月的招租广告，这是我能找到的最便宜的房子。不然还能因为什么？"

"啪"的一声，沈青禾拉了下灯绳，灯泡在顾耀东的头顶亮了，把他那张憋气的脸照得亮堂堂的。

"亮了！谢谢你呀顾警官。"她小心翼翼地问，"这个新灯泡我就不用给钱了吧?"

夜晚的晒台空无一人。沈青禾推门上来。

周围视野开阔，远处可以看到加油站。一辆油车停靠，工作人员卸油桶。她看了眼手表，晚上八点。回亭子间后，她反锁了房门，拉上窗帘，就着昏黄的灯光在纸上画起了地图，以福安弄为起点，向加油站延伸……

很久以后，顾耀东去看了一场美国电影。电影里的男主角说："世界上有那么多城镇，城镇里有那么多酒馆，她却偏偏走进了我的。"他忽然想起自己曾经问过的一个问题，那时候沈青禾没有给他答案，这一刻终于明了。那部电影，叫《卡萨布兰卡》。

清晨的福安弄还静悄悄的，杨一学已经在扫地了。当他扫到弄口时，弄堂里的第一缕炊烟升了起来。

顾耀东穿着睡衣和贴身短裤，顶着一头鸡窝就从房间出来了。沈青禾正好端着水盆走到亭子间门口。两人大眼瞪小眼地愣了片刻，"嗖"地逃进各自房间。

顾耀东贴在门背后，用了半分钟时间才想起来刚刚那个女人是怎么回事。那一瞬间他恨不得钻进被窝睡到地老天荒再也不起来。更可怕的是，今后很长一段时间这个女人都会在自己家出没。

早上七点三十分，顾耀东一如往常地穿着制服背着挎包出门了。

自从瑞贤酒楼的逃犯被捕后，户籍科终于不用再加班找户籍卡，刑一处和户籍科皆大欢喜，失落的只有顾耀东一个人。他连户籍科也没有理由去了，那是停职以后唯一还能被需要的地方。他不知道还能在警局待多久，也许今天，也许明天，停职的书面通知就会下来，接着大概就是开除。但至少现在没有。

沈青禾跟在顾耀东后面走着，看着他的背影，越看越于心不忍。

"顾警官。"她从后面快步上来。

顾耀东只能停下脚步等着，早上的事让他有些不敢正眼看对方。

沈青禾倒是落落大方："我有个朋友在贸易公司，负责上海和宁波之间的货运。他老婆要生孩子了，得回家去照顾，所以想找个人接替工作，你有兴趣去帮忙吗？"

顾耀东很老实地说："我不会开车。"

"那去学校教书呢？我正好有个朋友在那儿当老师。"

"他老婆也要生了？"

"我从夏处长那儿听说你被停职了，想帮你想想办法。"沈青禾总算明白了，跟有点傻气的人说话必须直截了当。

顾耀东这次听懂了，一脸尴尬。

"如果需要换工作，说不定我能帮上忙。"

顾耀东这回抬头正眼看她了，看得沈青禾反倒有些不自在起来。

"只要一天没被开除，我就还是警察。不过还是谢谢你的好意。"说完他离开了弄堂。沈青禾发现自己对这个回答并不太意外，也许是因为想起了夏继成的那句评价，他是个好警察。

齐副局长在办公室毕恭毕敬接电话，王科达等在一旁。

"是……我会在内部口头嘉奖……谁？您是说那个东吴大学新来的警员？"副局长显然很惊讶。

"知道了局长，我一定妥善处理。"他挂了电话，沉吟片刻，对王科达说："陈宪民的案子就按刑事案件处理，找一个没结的凶杀案，做一份口供，按了手印就行。现在局势紧张，稍有点风吹草动，就会有别有用心之人大做文章，说我们如何破坏协定，制造摩擦。不能让人家抓到把柄。"

"我明白。"王科达知道这不是重点，电话里显然提到了那个大学生，那才是重点。

副局长有些为难地说："另外，最近总有抱怨警局不作为的声音出现，局长想借这个案子重塑警局形象。你的嘉奖迟早是会有的，不过这一次……局长想把顾耀东推到前面。"

王科达愣了："什么意思？"

"你也说过，找到陈宪民的关键线索，是从他整理的户籍卡里发现的。他是东吴大学高才生，学历高，形象也不错，把他推出去，显示我们警局人才济济，新人辈出，有助于美化警局形象。"

"这是局长的意思？"他问得很唐突，齐升平只当没听见。他不可能为了一个刑警处长就去顶撞局长。

"局长让我马上给报社发通稿，尽快见报。科达啊，这件事只能委屈你了。"

王科达的怨气已经写在脸上："一切以大局为重，我没有意见。"

但是这股怨气在他回到刑一处并做出一个决定后，彻底消散了。

刑一处的处长办公室锁着门。杨奎依然在愤愤不平："顾耀东？马上都要被开除的人，就这么咸鱼翻身了？搞了半天我们是白忙活呀，最后功劳都成他的了！"

"我倒是忽然觉得，这个好处送给他也无妨。"王科达冷静地说道，"我一直有个想法，趁石立由没有暴露，把他原封不动地安插回去，继续给我们提供情报。"

杨奎明白了，但是有疑虑："陈宪民被捕，共党可能已经察觉到出叛徒了。"

"他们即便怀疑，短时间内也甄别不出叛徒的身份。现在，正好可以利用顾耀东来掩盖石立由的存在。咬定找出陈宪民就是因为顾耀东，让共党相信，陈宪民的暴露完全是因为户口登记这个巧合，并没有人叛变。"

办公室里只有王科达和杨奎两个人。两个人高效并且秘密地定下了这个计划，而计划里最重要的那颗棋子却全然不知。

顾耀东一进刑二处就看见自己桌上堆满了杂物，他的私人物品被扔在地上。

"都停职了还来呀。"肖大头看着报纸也不忘刻薄一句。

赵志勇小声提醒他："上边还没下通知呢。"

"还用等通知吗？都停职了，最后肯定是开除。正好，赶紧把你的东西收走，那张桌子有另外的用处了。"

在这种事情上，顾耀东从来不善于争取。他找了一只空箱子收拾东西。

赵志勇叹了口气，从抽屉里拿出个小纸袋给他："刚才那个小报记者来了，他放你桌上的。"

顾耀东打开看了看，是底片。他将小纸袋夹到那本《鸾凤禧》里，然后继续蹲在地上收拾被扔了一地的东西。

赵志勇在旁边唉声叹气："你说你，就为了一个不认识的作家，为了这么几张底片，把自己的前程全毁了。值得吗？这到底有什么好啊？"不知不觉，"这到底有什么好"成了他最爱问顾耀东的问题。他真的很不理解这个人的行为。名校，高才生，这说明他是个聪明人，可聪明人为什么总做傻事？

门"啪"的一声被推开，杨奎进来了。他扫了一圈，没看见蹲在办公桌后面捡东西的顾耀东："顾耀东呢？"

顾耀东刚要站起来，却被站在旁边的赵志勇偷偷按住了脑袋。看了看还在淡定地织毛衣的李队长，赵志勇小声喊："队长，赶紧救火啊！你们都是队长，能说上话！"

李队长放下手里的毛线活，慢腾腾起身："杨队长，有什么事呢，听我说两句……"

"你坐下！"杨奎面无表情。

于是李队长无奈地坐下继续织毛衣。

顾耀东还是站了起来，一脸视死如归："杨队长。"

所有人都屏气凝神望着二人，等待压死骆驼的最后一根稻草掉下来。

"王处长让我通知你，准备准备，一会儿领奖。恭喜了啊，顾大警官！"

顾耀东和刑二处所有警员愣住了。

肖大头："瞎扯什么呢？"

小喇叭一阵风似的冲进来，大喊着："快快快！副局长和夏处长、王处长马上就到！"

一群人云里梦里地匆匆整理仪表。很快，齐副局长带着夏继成、王科达、方秘书一行人走了进来，这阵仗把一群孬兵都震得不轻。

夏继成："顾耀东？"

顾耀东呆站着，好像叫的不是他。赵志勇赶紧拿走他手里的家什，把他往前一推。

顾耀东："报……报告！"

副局长打量他一番，小声对自己的秘书说："方秘书，赶紧给他处理处理。"

夏继成："肖德荣，去后勤处给他领一套新制服。"

肖大头憋着气，不情不愿地离开了。

方秘书亲自上手给顾耀东整理发型，周围一圈警员都看傻了眼。顾耀东昏昏然站着，一动不敢动。他从来听不懂别人的反话，但这次听懂了，杨奎说"领奖""恭喜"一定是反话。他马上要被开除了，只是没想到最后的仪式这么隆重，仿佛临刑前的最后一餐。

很快，顾耀东整个人焕然一新，新制服很笔挺，头发被方秘书捏了个老气横秋但一看就很有派头的造型。

王科达皮笑肉不笑地说："顾警官，感谢你全力协助我们一处破案。"

杨奎嗤之以鼻。夏继成在一旁笑而不语。

顾耀东仰着一张很茫然的脸："我吗？"

王科达："全靠你整理出来的户籍卡提供了线索，杨队长才能抓到犯人，否则真是一点头绪都没有啊！人虽然是一处抓的，但功劳是你的。"

副局长很赞许地点头："利用户籍登记协助破案，你是第一人。年轻有为，值得鼓励。"说完，他亲自把一张奖状递到顾耀东面前，"警局就是需要像你这样既细心，又有能力的年轻人。"

他接过奖状："谢谢副局长！"

随行的警员已经架好照相机开始拍照。方秘书则捧着笔记本，手写记录副局长讲话。

副局长："夏处长，一会儿你要负责亲自把奖状送到顾警官家里。"

夏继成："是。"

副局长："要让市民知道，我们警察局也是很重视人才培养的！今后，我们会多多吸纳像顾警官这样优秀的年轻人，壮大警察队伍。要让大家相信，我们完全有能力维护社会治安，保证市民安全！我们当警察既不是为了名，也不为了利。是为了匡扶正义，保护百姓！"

说完他小声问方秘书："记下来了吗？"

方秘书："记下来了。我马上通知报社！"

副局长很满意："给我们拍张合照，发新闻的时候一块儿登出来。"

副局长时而和顾耀东共同举着奖状，时而搂着对方肩膀。他对自己平易近人且不失身份的表现十分满意，至于顾耀东是否上镜，他不在乎，他甚至都没看清他的脸长什么样。

顾耀东杵在旁边仿佛是个道具。闪光灯晃得他什么都看不见，看不见处长，看不见刑二处的人，好像他被这片白光隔离在了另一个世界里。如果说这就是成功的滋味，他的惶恐多于幸福。

"来来来，笑一笑！"照相的警员喊着。顾耀东木讷地配合，闪光灯晃得他咧了一下嘴。

耀东母亲坐在美发店里看着报纸烫头发，忽然就坐直了身子。报纸头版头条标题写着"为响应市长号召，警局启用高学历警官，甫入职即立大功"，下面配的照片上，那名年轻警察不甚雅观地咧着嘴，露出了一口因为曝光过度而白得发光的牙齿。

她把围布一掀，顶着满头发卷就跑回了家。

报纸拍在饭桌上时，顾邦才还不太相信。他戴上老花镜看了半天，报纸上那个牙齿发白光的人还真是自己的儿子！

耀东母亲一边拆发卷一边激动地说着："我就知道，我们家耀东这个大学不是白念的！这才多长时间，他就立了大功，还上报纸了！这福安弄上下三代就没有一个上过报纸的！"

顾邦才匆匆摘下老花镜，把报纸随手往桌上一放，拿上钱夹，拎着菜篮子就乐颠颠地出去了。

耀东母亲在后面喊："多带点钱——！要买肉——买好肉——！"

沈青禾正好拎着菜篮子回来，耀东母亲笑盈盈地拉住她："沈小姐，晚上和我们一块儿吃饭！"

"谢谢啦顾太太，我自己煮碗面就行了。"

"晚上给我们家耀东摆庆功宴，人多才喜庆！"

沈青禾一听，既意外也高兴："顾警官立功了？"

"还是大功！"耀东母亲欢天喜地去了灶披间。

沈青禾想到了什么，跑回亭子间。过了一会儿，她抱着一堆罐头兴冲冲地下楼来。

灶披间已经热气腾腾，水盆里泡着西瓜，壶里烧着水，锅里熬着汤，耀东母亲正在砧板上哒哒哒切着菜，一看就是打算使出十八般武艺来操持这顿庆功宴。

沈青禾把一堆罐头放在一旁："我刚从天津进了一批昌黎公司的红果罐头，打算在上海卖，晚上先开两罐大家一块儿尝尝！"说着又从自己的菜篮子里拿出一块肉，"正好刚才还买了一块新鲜肉，我再做个红烧肉，就会这么一个拿手菜。"

耀东母亲："你是客人，怎么好意思让你动手的呀！"

沈青禾真心地："顾警官立功，我也替他高兴！"

天色已近黄昏，福安弄里的路灯亮了起来。

夏继成的车停在弄口。下车后，他亲手给顾耀东整理了帽子和衣领。顾耀东似乎还没有从闪光灯的晕眩中清醒过来。刚刚这几个小时内，他承受了太多关爱和赞誉，这让他有点无所适从。

夏继成笑得很刻意："你这表情可不像立了功的人。"

"我以为今天就要被开除了，这太意外了。"

"说实话，我也很意外。高兴一点吧，顾警官。"

顾耀东很听话地咧嘴笑了："是！"

夏继成转身朝福安弄走去，脸上始终保持笑容。

沈青禾和耀东母亲在灶披间忙得昏天黑地，兴高采烈。

耀东母亲："当初这弄堂里的人一听说耀东被派去查户籍，脸色都不一样了。我知道他们在背后说什么。现在耀东立了功，上了报，总算能扬眉吐气了！"

"还上了报？"

耀东母亲一边说一边比画："是呀！报纸中中间间，这么大一张照片！"

沈青禾似乎也被她感染了，傻笑着："顾警官这下成名人了。"

"出不出名倒无所谓的。不过连副局长都夸他年轻有为，我看离升职也不远啦！"

"他到底立了什么功？"

"听说是抓了个杀人犯。"其实耀东母亲不关心抓了什么人，她现在的心思都在炉子上的汤和锅里咕嘟咕嘟的红烧肉上，"哎哟！你这个红烧肉可烧得真不错！"

沈青禾尝了一口汤汁："好像应该再加点盐。顾警官平时吃得咸还是淡？"

"淡一点吧。"

"那我少加点盐。他喜欢汤汁多一点还是干一点？"

耀东母亲笑眯了眼："怎么样都行。沈小姐，这顿庆功宴你比我还用心呀！"

沈青禾避开了她的目光："这是大喜事，应该的。顾太太，家里还有黄酒吗？加一点去去腥味。"

"就在外面饭桌上。"

其实沈青禾心里一直觉得顾耀东走到被开除这一步，和报到那天自己害他迟到有关。在这个节骨眼立功，也许他的警察生涯不用就此终结了，他还可以继续在夏继成的二处当他的好警察。于公于私，她都真心替他高兴。

沈青禾拿酒瓶时，随手拿起饭桌上放着的那张报纸来看了一眼。顾耀东的照片比耀东母亲形容的还要更大，更显眼，尤其是那一口曝光过度的炫白牙齿，简直让人过目不忘。沈青禾一边看一边嗤嗤地笑，可当她往下读到内容时，笑容渐渐僵住了。

灶披间里传来耀东母亲的声音："沈小姐——找到酒了吗？"

沈青禾死死盯着报纸，似乎什么也听不见。

"烧肉的火用不用小一点呀？"耀东母亲从灶披间跑出来，"红烧肉快烧干了！还用不用加黄酒啦？……沈小姐？"

就在这时，顾耀东兴冲冲地开门进来："我回来了！"

4

　　沈青禾阴沉着脸将报纸放回原处。耀东母亲已经欢喜地跑向儿子，仿佛迎接凯旋的英雄："报纸上都登啦！照片拍得真不错！这是大喜事，你爸爸去菜场买了肉，今天晚上给你烧了一桌好菜庆祝！沈小姐也来帮忙啦！"

　　顾耀东看向沈青禾，沈青禾看着桌上的黄酒，整个人是冰冷的。

　　耀东母亲丝毫感觉不到这份异样，她整个人都是沸腾的："哎呀！夏处长也来了，快请进！"她又喊道。

　　"又来打扰了。"夏继成笑容满面地进来，"哎呀，沈小姐怎么也在？"他很惊讶地问道。

　　"我在这儿租了房子，刚搬进来。"沈青禾的声音很冷。

　　"这真是巧了。"夏继成小声对顾耀东说，"我和沈小姐认识的。上次在仓库，还记得吧？"

　　顾耀东刚要说话，沈青禾拿起黄酒转身就去了灶披间："锅里烧了东西。"

　　耀东母亲拉着儿子嘀咕："你还劝我别把房子租给沈小姐，人家一听说你立了功，高兴得不得了，主动给你烧红烧肉庆功。遇上这么好的租客真是运气！"这番话说得顾耀东有些惭愧，也有些感动。

　　耀东母亲在客堂间张罗着，顾耀东去灶披间拿水果。一进去就听见沈青禾在当当当地切萝卜。沈青禾当然听见了他进来，埋着头切得更使劲了，仿佛要把菜板碎尸万段。

顾耀东蹲在水盆边洗西瓜，偷偷回头看了几次沈青禾的背影，好半天才腼腆地开口说："沈小姐，谢谢了。"

沈青禾头也不抬："我有什么好谢的？"

"你租我们家房子，还辛苦你帮忙烧饭。"他回答得太实在了，仿佛在说刚才那个兴高采烈烧红烧肉的沈青禾就是个傻子。

沈青禾回头看着他的背影："你立这么大的功，我能无动于衷吗？恭喜你了，顾大警官。"

"谢谢。"依然是很腼腆的声音。

"前两天以为你会被开除，还想帮你另外找份工作。我真是瞎操心！"

"我只是在户籍科找到一点线索，没想到大家会这么照顾我。不过这次真的很险。听说再晚几分钟，那个犯人就要跑了！"

哐当一声，菜刀被扔在了菜板上。

顾耀东吓得跳起来："怎么了？"

沈青禾一脸皮笑肉不笑："刀有点钝。"

一把明晃晃的菜刀很快递了过来。顾耀东很贴心地说："换这把吧，刚磨的，特别锋利。"

沈青禾瞪了他片刻，瞪得人有点发怵了，她才接过菜刀："犯人到底犯了什么罪？"

"听说是杀了人。"

"杀人可是重罪，不会抓错人吧？"

顾耀东从水盆里把西瓜抱起来："不会的。我们警察局一定是有证据了才会抓人。谋杀是重罪，绝不可能玩忽职守，冤枉好人。"说这话的时候，他特别自豪，特别有荣誉感。一转身，沈青禾的菜刀就插到了他怀里的西瓜上。

顾耀东愣愣地看了看西瓜，又抬头看着沈青禾。

沈青禾："刀是够快的。"

夏继成靠在灶披间门口，笑盈盈地看着他们："沈小姐好眼光啊，我们耀东是个好警察，你租他的房子，真是租对地方了。"沈青禾冷笑了一声作为回应。

顾家这顿庆功宴格外丰盛，再加上还有夏继成出席，就更显隆重了。耀东母亲专门铺了白桌布，又把原本放在卧室的一瓶鲜花挪到了饭桌中间。顾邦才专门换了件最白的白衬衣，衣角扎进裤子，系了皮带，头上抹了把发油，不知道的还以为他要去市政府开大会了。

顾邦才："处长您坐主位！"

夏继成："打扰了。"

长官一客气，顾邦才就不自觉地赶紧拉近距离，恨不得称兄道弟："这叫什么话，不打扰不打扰！耀东，快陪处长坐下！"

顾耀东不知道应该怎么陪，只是闷头坐到了夏继成身边。沈青禾端着红烧肉出来，看见顾耀东和夏继成坐在一起，顾邦才坐在另一侧，便把红烧肉放到了顾邦才面前，然后扭头回了灶披间。

顾邦才："哎呀，今天这个红烧肉烧得地道！浓油赤酱的！"

耀东母亲也端着菜从灶披间出来："顾邦才！你怎么把肉放到自己面前？"

顾邦才："这是……"

"这是沈小姐特地给耀东烧的庆功菜！再说人家处长还坐在这里呢！真是拎不清！"耀东母亲把红烧肉换到了夏继成和顾耀东面前，换了笑脸："不要客气呀！"

沈青禾从灶披间端菜过来，见红烧肉换到了顾耀东面前，没好气地一把端到自己面前："刚才打翻了糖罐子，这道菜不好给你们吃了。"

耀东母亲尝了一块肉："咦，刚刚好呀！"说着她又把肉端回到顾耀东和夏继成面前："沈小姐一听说耀东立了功，特地烧了这道红烧肉庆祝。前前后后烧了有一个小时，又是炒糖色又是小火焖，精心得很嘞！"

顾耀东笑着说"谢谢"，夏继成笑着说"辛苦了"，两个人笑得连嘴角弧度都一样。沈青禾脸色越发难看。

夏继成："说到庆功，顾先生、顾太太，我今天是奉副局长之命，亲自上门给顾警官送奖状。像他这样既非警察学校毕业，又才入职一周的新人，能有这样的成绩，在我们警局也是头一例。感谢二位为我们培养出这么优秀的人才。"

夏继成郑重其事地拿出了奖状："顾警官立功，也是我们刑二处的荣耀。这是奖状，希望我们的小顾警官再接再厉。"

顾耀东腼腆地笑着，这一整天他笑得牙都酸了。

耀东母亲欢欣地捧着奖状怎么也看不够："明天我就去买个新画框裱起来挂墙上。沈小姐，你在外面跑单帮，认不认识卖画框的朋友呀？"

沈青禾回答得很礼貌，也很冷淡："不好意思，不太熟悉。"

"那我是买个正方形的好呢，还是长方形的好看？"

"您觉得合适就好。"

顾邦才一声令下："别光顾着说话了，先吃饭，先吃饭。"

顾耀东并不觉得坐在长官身边吃饭有什么不同，筷子"嗖"地伸出去，精准地抢在夏继成前面夹了一块红烧肉。沈青禾亲眼看着他一口塞进嘴里，吃得津津有味。她越看越气，"啪"地放下筷子。

所有人都看着她。

"不好意思，我刚想起来跟人约好了打电话谈笔买卖。你们吃吧。"沈青禾起身离开了。

晚饭后的福安弄是极其热闹的。孩子们跑来跑去地打闹；几个中年男人照例围在橘黄的路灯下打牌，时不时为着输赢争论几句；女人们在旁边看热闹，聊家常，手上做着各自的针线活。夏继成从顾家出来，穿过熙熙攘攘的人群，越走越冷清。

轿车就停在弄口。上车关上车门，他就意识到后座有人，但并不意外。坐在后排的人是沈青禾。对她来说不用钥匙打开车门并不是难事，她已经在这儿等很久了。

沈青禾："顾耀东为什么是功臣？"

夏继成："陈宪民被捕是因为出了叛徒。顾耀东只是被利用了。"

"为什么偏偏利用他？"

"因为他够努力，够无知，王科达需要一个幌子掩盖叛徒的存在，他是最合适的人选。"

沈青禾几乎要冷笑出声："你的意思他是无辜的？"

"对。"

"我就不相信这件事和他一点关系都没有。他自己都承认在户籍科找到线索了。我们费尽周折，好不容易拿到了特别通行证，只差最后一步我就能把他送上船安全撤离了！就因为顾耀东，我们这么多人的努力全白费了！"

夏继成一直静静地听沈青禾说话。怀疑，不满，愤怒，她有很多情绪只能在他面前表现出来。好在情绪慢慢过去以后，她依然会思考，会分辨。

两个人沉默地坐了片刻。

"火发完了吗？"

沈青禾不再说话。真相也许就是夏继成说的那样，只是难以接受。

"发完了就回去睡觉。明天该干吗就干吗。"夏继成的声音有些不近人情，沈青禾从后面看着后视镜，里面是一张不容置疑的脸。

顾耀东开心地捧了一盒红果罐头，一边舀着吃一边从灶披间出来，刚好遇到回来的沈青禾。

"沈小姐，这个红果罐头太好吃了！谢谢啦！"

沈青禾不想搭理他，闷头上了一段楼梯，忽然又停下转身看着他："有这么好吃吗？"

"是很好吃！"

"那你都吃了吧。反正都过期一年了。"说完，沈青禾头也不回地上了楼。

顾耀东回味着红果的味道以及沈青禾的话，不禁干呕两下。

还是初夏时节，亭子间的夜晚就已经闷热起来。沈青禾郁郁地开窗，往外一推，窗户扇就往下掉，吓得她赶紧扶住。窗外一丝风也没有，屋里屋外都不爽快。也许再有几日，天气就真的要热起来了。她翻出工具敲敲打打，盼望着营救陈宪民的行动能一切顺利，这样就能尽快离开这个徒增烦恼的地方。

刘警官从大昌客栈拿回那几张让石立由辨认的户籍卡时,不小心蹭上了油漆,回了刑一处,他还在想办法清理,但是怎么也弄不干净。

杨奎从旁边经过时看见了,"不是让你给那个人送日用品过去吗?还在弄什么呢?"

"有几张户籍底卡,不小心蹭脏了。"

杨奎看了看:"都脏了还费这个劲干什么,直接扔了,让户籍科重新做几张。你赶紧办正事,把东西送过去。"

夏继成站在走廊里,从窗口远远望着楼下的院子,刘警官拎着包裹和杨奎说了几句话,然后将包裹放到汽车后座,开车离开了警局。夏继成注意到刘警官穿的是便衣,他看了眼手表,离开了窗边。

刑二处依然一片闲适,只有赵志勇在来回忙碌着收拾顾耀东的桌子。顾耀东以为要卷铺盖走人那天,把所有私人物品收在了一个纸箱子里。赵志勇还原的时候,不小心把那本《鸾凤禧》掉在了地上,里面掉出来一个小纸袋。

肖大头:"赵志勇,二处还有比你更会见风使舵的人吗?"

赵志勇一边捡起书放到桌上,一边赔着笑:"耀东毕竟也是二处的人,咱们也得表示起码的尊重,对不对?"他光顾着和肖大头说话,扔地上的废纸时,顺手把小纸袋也扔进了垃圾桶。

顾耀东回刑二处的时候,看见孔科长和杨奎在刑一处门口说话。

"杨队长,你们送回来的户籍底卡怎么少了五张?"

"扔了。"

"扔了!这是户籍科的东西,你们用完怎么能给扔了呢?"

"去取的时候弄脏了。叫人重新做几张新的吧。"

"可你起码得告诉我扔的是哪些啊,不然我还得一个一个查。"

杨奎说得满不在乎:"哎哟,抱歉啊,没注意看。"

这时,几名警员匆匆跑出刑一处,一名警员对杨奎说:"杨队长!车等在外面了!"杨奎没工夫再搭理孔科长,被警员们簇拥着离开了。

孔科长气得脸都白了:"什么人哪!有借无还!"他愤怒地离开了,顾耀东正要追上去，赵志勇从刑二处跑出来，兴冲冲地把他拉进去："快来看看！"

顾耀东被赵志勇拉到办公桌前，只见桌子擦得亮堂堂，自己的东西摆得整整齐齐。刚要转身说"谢谢"，赵志勇猛地端出一小盆仙人球，扎得顾耀东差点叫出来。

"男人之间送花太肉麻，就送你一颗仙人球。恭喜你啊，耀东。"赵志勇郑重其事地把仙人球摆到顾耀东桌上，一脸讨喜地朝他笑了笑。

顾耀东发现，自己不知道什么时候从"新来的"变成了"耀东"，好像一夜之间二处就对他有了情分，一时还有些不适应。

肖大头发现茶杯空了，下意识地敲了敲杯盖："顾耀东？"

"到！"

肖大头想了想，起身自己去倒开水："没事，我自己去吧。"

顾耀东更加不适应了。

小喇叭小声对于胖子说："连肖大头都不使唤他了，这回是真的咸鱼翻身喽！"说着，他起身去倒茶，发现热水瓶被肖大头倒空了，只得嘀嘀咕咕地拎着热水瓶出去打水。刚到门口，他就好像看见了什么惊人的东西。"快快！赶紧过来看！千年难遇！"

肖大头和于胖子赶紧凑过去，顾耀东也被赵志勇拉了过去。四人凑在门边往走廊张望，只见李队长和一个穿着旗袍的年轻女孩站在远处说话。那女孩看着约莫二十三四岁，披着一头精心卷过的长发，但没有一丁点俗气。

小喇叭："这样貌，这身材，我说千年难遇不过分吧？"

肖大头和于胖子一起"嗯"了一声。赵志勇没说话，他已经完全看呆了。顾耀东也没说话，因为他不明白到底要看什么。

小喇叭："有人认识吗？"

肖大头、于胖子和赵志勇一起摇头。

小喇叭："顾耀东，你见过吗？"

顾耀东很笃定："没有。"

不一会儿，李队长带着年轻女孩进了刑二处。他扫了一圈，顾耀东已经摆弄那盆仙人球了。

李队长："顾耀东。有人找你。"

"谁?"

"这位小姐。"

众人茫然地看向顾耀东，但是顾耀东比他们更茫然。

年轻女孩："顾警官，方便出来说几句话吗?"

顾耀东稀里糊涂地跟着对方去了走廊一处无人的角落，女孩停下脚步，他也赶紧停下。

年轻女孩："听说那名记者把我的照片底片交给你了，能还给我吗?"

顾耀东："我不认识你啊。"

对方显然怔了一下："我们前两天刚见过。"

顾耀东很认真地想了半天："没有，没见过。"

"你来我家登记户口，遇到记者。我叫丁放。"丁放说得很无奈。

顾耀东实在不能把眼前这个女孩和那个窝在书堆里不修边幅的女作家联系起来，扑哧笑出声："怎么可能，那个丁小姐明明邋里邋遢……"话说一半，他终于认了出来，不敢再吭声。

丁放没好气地说："现在能把底片还给我了吧?"

顾耀东领着丁放去了自己办公桌，里里外外找了好几遍，那本《鸾凤禧》也翻了又翻，但并没有底片。

二处警员聚在周围窃窃私语。

小喇叭："这小子行啊，刚立功就有红颜找上门来了。"

李队长专心织毛衣："那姑娘就是上次被记者骚扰的那个。"

大家恍然大悟。

赵志勇不由得感叹："英雄救美，看来还是值得的。"

顾耀东还是没找到底片。

丁放："你肯定没记错?"

"肯定没记错。"

丁放看着他翻箱倒柜，眼神越来越怀疑。

顾耀东忽然想起什么："赵警官，你刚才收桌子看见一个小纸袋吗？"

赵志勇痴痴地望着丁放，全然听不见他说话，直到肖大头踢了他一脚才回过神来。

顾耀东拿起那本《鸾凤禧》："看见一个小纸袋了吗？我就放在这本书里的。"

"没有啊。"

"奇怪，我明明夹在书里了。"

"清洁工刚才来过，会不会是……"

顾耀东拿着小说就跑了出去。

来到警局后院几个大垃圾桶前，顾耀东把制服和书放在一旁，挽起衬衣袖子，伸手到垃圾筒里翻找。丁放站在旁边默默看着，从办公室到现在，她越来越怀疑这是演的一场戏。

"顾警官，你知道那些底片值多少钱吧？"

顾耀东似懂非懂地看了她一眼，继续翻找。

"我实在不相信这么重要的东西会被人扔进垃圾堆。要是你已经卖给别人，不如直接告诉我，省得演戏浪费大家时间！"

"找到了！"顾耀东花着脸从垃圾堆里捡出了那个小纸袋，递给丁放："不好意思，味道不太好闻。"

"谢谢。"丁放依然是一脸冷冷的样子，接过底片转身就走。

"等等。"顾耀东把放在制服上的《鸾凤禧》递给她："这本小说好像是你的？"

丁放一脸"我明白了"的样子，从坤包里拿出一支笔："直说就好了，何必拐弯抹角。"

"什么？"

丁放看他一脸木讷，径直拿过他手里的书，在小说扉页写下"东篱君"三个字，还给他。"我从来不答应任何人的签名要求，今天破例一次，算是感谢。不过下不为例，这也不代表我就愿意跟你继续有来往。"

"哦。"表示他听见了，"为什么要签名？"

丁放的手定在空中，半天没反应过来："你那天替我解围，又一直留着底片，不是为了要东篱君的签名？"

"东篱君是谁？"

"你没听说过东篱君？"

摇头。

"也没看过她的书？"

"就是这本吗？讲的什么？"顾耀东看了看手里的小说，上面写着"东篱君著"。

丁放没好气："灯红酒绿，男男女女！"

顾耀东笑呵呵地把书还给她，老实得让人下不了台："我不感兴趣。"

丁放接过书，只觉得自己在这个小警察面前越来越低，越来越低，简直要低到尘埃里。

"丁小姐，如果没别的事，我就回去做事了。你认识出去的路吗？"

"当然认识。"丁放转身就走。

"反了！"

于是丁放乖乖掉了个方向，"从容"地离开了。她默默在心底发誓，除非被枪抵着头，否则绝不再踏进警局半步！绝不再见这个小警察！最好老死不相往来……想到这里，她不禁又回头望了一眼顾耀东，只见他正在整理被弄脏的衬衣，拍拍打打也无济于事，衬衣上的污渍显然是清除不掉了。

顾耀东舍不得把制服套在脏兮兮的衬衣上，只好拿在手里。这时他无意中看见垃圾堆里有几张卡片。捡起来一看，是五张沾满油漆的户籍底卡。他忽然想起了孔科长和杨奎的那番对话，有些高兴，也许自己能帮上忙了。

一辆车停在警局院子里，刘警官从车上下来。夏继成拿着一包烟假装偶然经过，一边走一边在兜里摸着什么。

刘警官敬礼："夏处长。"

夏继成："嗯。哎？你有火吗？"

"有。"刘警官赶紧从口袋里摸出一包火柴，不小心掉了一张纸票出来。夏继成捡起来一看，是一张丽园跑狗场的票。刘警官顿时紧张起来。刚刚去大昌客栈送完日用品，他见跑狗场就在附近，便一时手痒去赌了两把，没想到会这么倒霉被夏继成撞见。

夏继成若有所思："你不知道警员禁止赌博吗？"

"这……这是刚刚帮别人买的……"

"上班时间，私自外出帮别人买狗票？"

"不不不！我是到丽园附近执行任务，顺便买的！"

夏继成瞟了眼车后座，那个包裹没有了。"撒谎。"

刘警官："是真的！我到丽园对面送东西，送完就顺便买了一张，真的不是专门去的！"

"有人可以证明吗？"

"这……这是杨队长给我一个人安排的任务，只有他能证明。可是……夏处长，这件事……您能不能别告诉杨队长？"

夏继成沉吟片刻，故作严厉："狗票没收，下不为例。"

刘警官感激涕零，冲着夏继成的背影鞠躬："谢谢，谢谢！"

夏继成一边走，一边摩挲着手里的狗票，思忖着什么。忽然一个人影从走廊拐角处冒出来撞到他怀里，是顾耀东。

夏继成被臭得连退三步，捏着鼻子打量他："你几天没洗澡了？"

"对不起！我马上去清洗！"

夏继成瞥了一眼那几张一看就是从垃圾堆里翻出来的户籍卡："你很闲吗？怎么还捡垃圾回来？"

"是一处借走的户籍卡，孔科长好像在找这个。"

夏继成一听，不动声色地拿过来看了一眼，上面的油漆很显眼："这就是你筛查出来的那些户籍卡？"

"是。不过这些只是其中五张。"

"怎么扔垃圾堆了？"

"听杨队长说是去取的时候弄脏了，清理不掉。处长，这像蹭了油漆吧？"

夏继成看了他片刻："没亲眼看见就别瞎猜。赶紧给孔科长送过去。"

"知道了。"顾耀东转身要走，夏继成又叫住他："顾耀东。"

"嗯？"

"送完东西回二处。以后跟着我执行任务。"

立正，敬礼，习惯性地做完这两个动作后，顾耀东愣住了。等他反应过来的时候，嘴已经笑得咧到了耳根上："是！"

夏继成转身离开，脸上带着一丝笑意。

一个小时以后，夏继成已经和沈青禾坐在了垂柳依依的湖边长凳上。

沈青禾："已经查清楚了，丽园跑狗场对面，有一家大昌客栈，最近几天确实在刷油漆。"

夏继成："那就没错了。杨奎曾经把户籍底卡带给叛徒指认，带回来的时候卡上蹭了油漆。应该就是这家客栈了。"

"地方确定了就好办。老董已经拿到了有叛变嫌疑的人员照片，一共三个人。我马上通知行动队的同志去甄别。"

"客栈里应该有便衣，小心一点。"

"知道了，行动由他们执行。事情办妥了我就离开。"沈青禾看起来心情不错，"还以为得等几天，没想到这么快。你怎么找到油漆这个线索的？"

"是顾耀东碰巧提醒了我。"

沈青禾有些意外，转而不屑："小人，就算是，那他也是无心的！"

大昌客栈门口是一条不算很繁华的马路。一名警委行动队队员从客栈出来，朝马路对面的茶楼走去。此时沈青禾和另两名队员已经等在包间里。这天天气很清爽，沈青禾穿着旗袍，外面还套了一件小开衫。桌上放着泡好的茶，还有两件油漆工的衣服。

很快那名队员就到了。他匆匆进来，反锁了门，然后快速汇报刚刚侦察到的情况。

"已经确认了。他们藏在客栈的人叫石立由，叛变之前是情报组的发报员。"

沈青禾拿出三张照片，拎出其中石立由的照片："是这个人吗?"

对方看了片刻："对，就是他。"

沈青禾在烟灰缸里烧掉三张照片。另外两名队员迅速套上油漆工的衣服。

一名队员问道："哪个房间?"

"三楼靠走廊最里面的 14 号房，对面房间里是两名便衣。行动的时候得先把他们支出去。"

"知道了。"

沈青禾："我在一楼，如果有意外情况，马上通知你们。"

现在正是吃午饭的时间，客栈一楼大堂里坐了不少食客。沈青禾坐在一个方便观察情况的位置，悠闲地吃着荠菜馄饨。客栈里依然有很浓的油漆味，楼梯口还立着"油漆未干"的牌子。她已经提前打听过，那两名油漆工今天休假。所以他们的同志会告诉客栈老板，漆匠铺想趁这几日天气晴好尽早完工，增派了他们二人来加班加点干活。

两名地下党乔装的油漆工已经到了石立由房间门口，他们先敲开了对门便衣所在的房间。

"先生，打扰了，我们来给窗户补刷油漆。"

屋里一共两名便衣，一人半躺在床上看杂志，开门的便衣上下打量着他们："这会儿?"

"很快就完工，味道重，怕熏着您，要不您上外面透透气?"

那名便衣转头问同伴："下去抽根烟吧?"

另一个人懒洋洋地放下杂志，从床上起来："动作快点!"

两名便衣离开了房间。确认对方已经下楼后，二人迅速反锁房门，从油漆桶底部抽出枪支和绳索。

沈青禾吃着馄饨，看着两名便衣警察出了客栈。街上很安静，两人在客栈外抽着烟，一切都很顺利。然而就在一分钟后，一辆黑色轿车在门口停下，杨奎下了车。

两名便衣看见他，赶紧扔掉烟头。

杨奎走过来，不满地压低声音："不是交代了至少留一个人守着吗？怎么都出来了？"

"屋里有工人刷漆，我们就下来抽根烟。"

杨奎狐疑地望向楼上，示意二人跟他进去。经过一楼大堂时，他扫了一眼，食客们聊天的、吃饭的，热闹而随意，并没有谁在意他。

三楼倒是安静。两名"油漆工"轻声开门，站到石立由房间门口。其中一人将枪藏在身后，示意另一人敲门。

杨奎带着人匆匆上楼，越走越快，两名便衣一路小跑跟着。前面右转就快到了。杨奎暗暗抽出了手枪，猛地一转弯，只是一条安静的走廊，走廊尽头放着一个"油漆未干"的牌子，除此以外什么都没有。

杨奎去了石立由的房间，一切正常。他又敲响了对门的房间。很快，一名"油漆工"开了门，屋里还有一名"油漆工"正在刷窗框，除此以外没有其他人，也不见任何异常。

"先生，这么快就回来啦？我们才刚刷了一小半。"

杨奎晃了晃证件："警察。身份证带了吗？"

两名"油漆工"应声递上证件。一个"张明文"，一个"张明武"，职业一栏都写着"油漆工"。

杨奎打量他们："张明文，张明武，哥俩？"

"啊。"

"文武双全哪。"杨奎又盯着二人看了几眼，这才把证件还了过去，"动作快点，刷完了赶紧走。"

油漆味道很刺鼻，杨奎捂住鼻子退了出去。

石立由和杨奎在屋里关着门说话，两名便衣被安排等在门口，无聊至极。其中一人拿出香烟想来一根，发现空了，悻悻地将盒子揉成一团扔在地上，随意一脚踢给同伴，一来一回，二人就这样在走廊上踢起"球"来。

又是一脚，"球"蹦跳着滚向走廊尽头。那里放了块"油漆未干"的牌子，走廊到此为止。往右转，有一扇通往客栈外部消防通道的安全门。门上了锁，所以这相当于一条死路。但是在走廊尽头和右边的安全门之间，有一处仅能一人容身的死角。沈青禾就一动不动地躲在那里。刚刚如果不是她及时中断两名同志的行动，他们就和杨奎撞上了。但是她自己也因为来不及撤退被堵在了这里。

眼看"球"越滚越近，沈青禾下意识地挺直背，又往后靠了一些。

忽然，一只脚伸出来拦住了"球"。

"技术不错吧？"那名犹如在足球场上成功停球的便衣得意地问同伴。两人继续你来我往。

又是一个长传，这一次那名便衣没能停住"球"，纸团从他脚边蹿过，直奔走廊尽头，最后停在了沈青禾脚边。她静静地从坤包里摸出手枪。那名便衣一边埋怨同伴踢的角度太刁钻，一边嘟嘟囔囔地朝沈青禾藏身的地方走去。脚步声越来越近。

沈青禾静静站在逼仄的死角，旗袍已经汗湿贴上了后背。

"吱呀——"悠长的开门声响起，是杨奎从石立由房间出来了。

两名便衣赶紧迎过去。

杨奎看了看周围："在干什么呢？"

一名便衣赔着笑："没烟了，踢着盒子玩玩儿。"

杨奎瞥了一眼躺在走廊尽头的纸团："这两天没出什么岔子吧？"

"没有，您放心。"

"嗯。吃饭了吗？"

"还没。"

"走吧，一块儿吃点。"杨奎和两名便衣离开。

走廊里恢复了平静。两名"油漆工"拎着工具出来，轻轻敲响叛徒的房门。

很快，门开了，石立由一个人站在门后。

一名"油漆工"笑盈盈地："先生，我们来给窗户补刷油漆。"

沈青禾将手枪放回坤包时，瞥见小开衫的袖子后面蹭了什么东西。仔细一看，是锈红色的油漆。

大昌客栈的后门出去是一条狭窄小路，路上停了一辆轿车。沈青禾在路口的报摊翻着杂志，手臂上随意地搭着小开衫。很快，她就看见两名"油漆工"扛着裹成卷的地毯从后门出来了。二人将地毯扔进后备箱，迅速上车驶离了客栈。

沈青禾给手里的杂志付了钱，朝远处走去，在离大昌客栈十条街开外的地方，她将沾了油漆的开衫扔进了垃圾桶。

到了黄昏时分，沈青禾已经回到北京东路，前面不远处就是电车站，再往前走就是福安弄了。她抱着一袋苹果，像是刚从菜场回来，心情舒畅。

一辆电车靠站。顾耀东刚一下车，就看到沈青禾从不远处走来。对方好像也看见了他，高兴地朝他挥手。顾耀东很意外，出于礼貌，也只好腼腆地挥了挥手表示回应。

沈青禾朝他走过来，从纸袋里拿出一只苹果："吃苹果吗？"

"不用了，谢……"话没说完，沈青禾就已经和他擦肩而过。顾耀东这才发现她是在和站在自己身后的母亲说话。

"顾太太，我刚买的苹果，又脆又甜。"

耀东母亲拎着菜篮子，里面也放了几个苹果："不用啦，沈小姐，我刚好从菜场回来，也买了苹果。哎？不过好像没有你这个水灵呀。"

"下回您要买苹果提前告诉我，菜场好些人经常从我这里买肥皂和罐头，所以每次有好的蔬菜水果，他们也会给我留一点。"

"难怪你总能买到好东西。"

顾耀东戳在一旁，干巴巴地说："妈，下次不用来车站接我了。"

耀东母亲一心一意地欣赏苹果，"哎呀，还真是越看越好……"她热络地挽住沈青禾的胳膊，"沈小姐，你认识的人多，那有没有路子买到又便宜品质又好的火腿咸肉呀？"

"我跟好几家南货店都熟得很，下次您要买火腿咸肉先告诉我，我让他们给您留着。"

两个女人聊得火热，从苹果到咸肉，从烫头发到新新百货月末的促销，天上地下琐琐碎碎，就是没有顾耀东插嘴的份儿。

他自讨没趣地说："我回去了。"果然无人理会。顾耀东悻悻地跟在后面，忽然觉得这个叫沈青禾的女人正在润物细无声地渗透进顾家。

吃过晚饭，沈青禾到门口哼着歌洗苹果。顾耀东出来刷鞋，正好听见邻居跟沈青禾说话。

"沈小姐心情不错呀！有大买卖吧？"

沈青禾笑盈盈地："小生意，赚的钱也就够买两天小菜的。"她洗完了苹果，从顾耀东身边经过时看了他一眼。

顾耀东："恭喜啊。"

沈青禾原本没理会，走了两步又停下，有些认真地说："今天这笔买卖对我来说太重要了，真没想到会这么顺利。钱虽然没赚几个，但是特别解气。"

"你在跟什么人抢生意吗？"

沈青禾笑而不语，转身进屋。顾耀东只觉得好笑，开心成这样还说没赚钱，这女人也不见得有多会说谎。

沈青禾回了客堂间削苹果，耀东母亲端着一大盆脏衣服，从她背后的楼梯间下来。

"咦，沈小姐，你的衣服蹭上脏东西了，用不用我顺手帮你一道洗了？"

沈青禾削着苹果，埋头东看西看："哪儿脏了，我怎么没看见呢？"

"你当然看不见啦。"

顾耀东听着二人说话，有些好奇地望去。

耀东母亲走到沈青禾身后，指着后腰："喏，在背后，这里……"

沈青禾心里一沉。

耀东母亲凑近了仔细端详："锈红色的，像是油漆，估计不太好洗。"

"我今天就去过菜场，那儿没有人刷油漆啊。"

"那会不会是……什么东西的血啊？"

"哦，我是去过一趟肉店。"

耀东母亲恍然大悟的样子："那就对了！"

听着又像是在闲聊。顾耀东没太在意，回头继续刷他的鞋子。

"我正好去门口洗衣服，换下来顺手帮你一道洗了吧。"

沈青禾客气着："谢谢啦顾太太，我又不是小孩子，晚些时候我自己洗吧。"说完，她吃着削好的苹果，慢悠悠回了亭子间。

关上门后，她迅速反锁，快步到梳妆镜前查看。后腰上果然蹭了一些锈红色油漆。沈青禾一面庆幸只有耀东母亲看见了，一面从衣柜里拿出干净衣服换上。

深夜，顾家人都睡了。沈青禾拎着忽明忽暗的煤油灯轻声上楼。关上门窗，她吹灭了煤油灯，从里面取了一些灯油抹在旗袍的油漆印上。

第二天清晨，大昌客栈的两名便衣警察敲着石立由的门。"石先生？起床了吗？……石先生？"敲了好半天也没有回应，二人意识到不对劲，赶紧叫来老板开门。

屋里很安静，床上的被褥没有打开，看样子整夜都没人睡过。茶几上放着喝了一半的茶水和摊开的杂志，没有任何打斗痕迹，一切都定格在昨天中午杨奎来时的样子。但石立由不见了，房间里空空荡荡，地上光溜溜的……

老板一拍大腿，喊得痛彻心扉："地毯！我的地毯没了！"

夏继成在刑二处窗边，蒙着报纸睡大觉，阳光暖洋洋地照在身上，很是惬意。

于胖子放下电话："队长，有客栈老板报案，说是有客人失踪了！"

其他人都还在等着李队长发话，只有顾耀东好像屁股装了弹簧，"噌"地站起来——终于有任务了！

李队长这才慢悠悠地放下毛线活："过去看看吧。哪家客栈？"

于胖子："陕西南路，大昌客栈。"

夏继成掀开脸上的报纸："日子怎么就这么不太平呢……"

李队长："处长，我们去就行，您不用亲自出马了吧？"

夏继成已经懒洋洋地朝外走了："走吧。睡得腰酸背痛，正好活动活动。"

顾耀东兴高采烈地跟着二处警员下楼，一边走一边整理警棍、警哨，"赵警官，您看我这么戴对吗？"

赵志勇放下勘察箱，帮他调整："以后叫我赵志勇就行。"

"您是前辈，一会儿上街我保证听指挥！"顾耀东说得很认真，也很大声，赵志勇恨不得钻到地缝里。

"小点声小点声！以前我这么说，那是因为你是新人。现在不一样了！以后大家互相照顾。"

这是第一次有人对顾耀东说"互相照顾"，这让他感觉自己变得有用了。这种感觉很好，很振奋。

警察局院子里停了一辆巡逻车。顾耀东倒数第二个上车，看见大家都已经坐好了，窗边还剩一个很不错的位置，便乐呵呵地坐了上去。赵志勇刚要叫他，被肖大头按住。

顾耀东看见赵志勇和肖大头挤在一起："肖警官，这个位置宽敞，你来坐吧？"

肖大头难得客气："你坐，你坐。"

顾耀东笑得很甜："那就谢谢了。"他又瞥见了赵志勇的勘察箱，"赵警官，我能看看勘察箱吗？我上的那个学校，看不见这些东西。"

赵志勇："要不你还是坐……"肖大头一把拎过勘察箱塞给顾耀东，"人家要看就看呗，别废话。"赵志勇看了肖大头一眼，只得把话咽了回去。

最后一个上车的是夏继成。他走到顾耀东面前，对方正兴致勃勃地埋头研究勘察箱里的一堆稀奇玩意儿。

夏继成："哎？哎？"

顾耀东抬头一脸傻笑："处长！"夏继成朝前面抬了抬下巴。顾耀东看了看，车最靠前的地方还有一个空位，是背朝司机的。

顾耀东："不用了，我就坐这儿挺好的。坐前面我怕晕车。"

"哦，要不你来当处长？"

周围一阵窃笑，肖大头尤为幸灾乐祸。

赵志勇实在忍不住了，小声说："那是处长专座！"

"对不起！处长您坐！"顾耀东红着脸赶紧起身，灰溜溜地拎着东西去了司机背后的座位，面朝所有人，无地自容。

在刑二处接到电话之前，王科达就已经到了大昌客栈。他站在空荡荡的房间中央，不敢相信这样的事会发生在自己手里。

一名便衣说："昨天晚上我们吃完饭，洗了个澡，回来的时候已经很晚了，想着石先生已经睡了，就没敲门。早上再来，人就已经不见了。"

王科达："就是说，连人什么时候失踪的都不知道？"

杨奎给了他俩一人一脚："蠢货！"

没过一会儿，二处也到了大昌客栈。客栈老板并不知道屋里几个穿便衣的就是警察，打完电话就在门口眼巴巴等着。二处警车一到，他就像见了救星，赶紧跑过来。在这种场合，二处警员还是很要面子的，一个个利落地从车上跳下来，仿佛一车精兵强将。顾耀东最后一个歪歪倒倒下来，刚一下来就哇地吐了一地。谁也没说话，那感觉就像所有人憋足力气吹了个球，结果被人防不胜防地泄了气。

从下车到进客栈上楼，客栈老板一直跟在队伍旁边絮絮叨叨说个不停："我开门一看，妈呀，就剩一个光溜溜的木地板！地毯没了！那地毯我买来才一年多，还新着呢！"

肖大头："别老说地毯了。你不是报的失踪案吗？我问你失踪的是什么人？"

"就是那间房的房客呀！地毯没了，人也没了，哪那么巧？我那条地毯能抵他一个月的房钱！肯定是他偷走了！"

李队长："房客把地毯卷走了？"

"是啊！"

李队长："那不就是丢了条地毯吗？"

"是啊！"

于胖子："丢地毯你报什么失踪案？"

老板振振有词："我要只说丢了条地毯，你们能来吗？"

几乎所有人都停下了脚步。只有夏继成还往前走着，还有一个例外是顾耀东。他昏昏然地跟在处长屁股后面，根本分不清东南西北。

肖大头在后面喊："处长！您回去休息吧。就是失窃案，我们办就行了。"

夏继成哼了一声："这么贵的地毯，得给人家找回来呀！"

客栈老板："谢谢长官！"说完白了肖大头一眼。

顾耀东望着夏继成的背影，也许是因为晕车，天旋地转中，他觉得处长好像和平时有点不一样。

刚到出事的房间门口，王科达就出来了。双方人马碰面，似乎都很意外。

夏继成："王处长，你怎么也在这儿？"

王科达挤出笑容："来给你当个马前卒啊。"

夏继成："就是桩失窃案，还搞得你我都跑一趟，这客栈面子不小啊。"

两名处长说话的时候，二处警员已经进屋勘查现场。杨奎和两名便衣也在屋里。现场气氛变得有些敏感。杨奎从来没有这么窝火，这是他的地盘，就因为出了点闪失，现在居然轮到"后勤部门"来横插一脚。

王科达也同样憋着火。他把夏继成拉到一旁："实话告诉你吧，这不是普通的失窃案。我丢了一个重要的人。"

夏继成脸上写满惊讶："你是说这儿的房客？"

"是我策反的一名共党。我一直安排他住在这儿，还派了人守着。现在人没了。"王科达显然说得很不情愿。

"我说怎么连王处长你都惊动了，原来还有这些瓜葛。"

王科达："这件案子，我想申请接手调查，你看怎么样？"

"说'申请'太见外了。王处长能接手，我当然求之不得。"夏继成笑得很坦然，从惊讶到恍然大悟，他演得滴水不漏。

顾耀东终于不觉得是踩在棉花上走路了，也终于能看清屋里的情况了。衣帽架上挂着外套；桌上有一只烟头掉在烟灰缸外面，烟灰呈一根圆柱状；他又到处翻翻看看，掀开枕头时，看见下面压了一只手表，刚拿起来想细看，杨奎直接从他手里拿走手表，交给刑一处的便衣："现场找到的东西都带回一处，案子我们接手了。"说完，他不屑地瞟了一眼顾耀东。

夏继成和王科达刚好走进来。

夏继成："现在开始，案子由一处接手。李队长，带二处的人出来吧。"

二处的人既意外，也不意外。李队长动了动嘴最终什么也没说，挥手让二处警员离开房间。顾耀东还磨蹭着东看西看，被赵志勇拉着出去了。

客栈老板一看穿警服的人全都往外走，顿时慌了："各位警官，你们不能不管了呀！"

夏继成笑眯眯地："里面那位长官穿上警服比我厉害。房客我管不着，但是地毯一定给你找回来。"

小喇叭忽然一惊一乍地喊道："哎呀，于胖子！你衣服蹭脏了！"

于胖子上下左右地找："哪儿脏了？我怎么没看见呢？"

"你当然看不见啦。"小喇叭指着于胖子背后："在背后，这里。看着像是油漆。"

顾耀东忽然像被什么东西电了一下。

顾耀东："老板，你们新刷了油漆？"

客栈老板："是啊，这客栈有些年头了，想着修补修补。"

顾耀东凑到门框前，观察着锈红色油漆，若有所思。夏继成在一旁观察着他，也若有所思。

刑二处警员悻悻地上车准备打道回府。顾耀东走到后面，见夏继成身边有空，立刻凑了上去。

"处长，处长！我觉得这不是普通的失窃案！我看见枕头下面有一只手表。手表比地毯值钱，他要是为了钱，怎么会只偷地毯，真正值钱的手表反而不要了？"

夏继成："可能忘了吧。"

顾耀东认真想了想："不对不对，您听我说。我刚刚看见衣帽架上还挂着外套，外套都不穿就出门，这不合常理。"

刑二处其他警员已经上了车。于胖子坐在门边，热情招呼夏继成："处长，快上车吧！外面太热……"话音未落，"啪"的一声，夏继成就关上了车门。车外只剩他和顾耀东两个人。

顾耀东一看这架势，有些忐忑。

"还有吗？"

"桌上烟灰的形状，一看那支烟就不是抽完的，是靠在烟灰缸旁边，自己烧完的。"

"那又说明什么？"

"说明这个房客没有出门的打算。我怀疑是另外有人带走了他和地毯！处长，我怀疑这是绑架案！房客被人绑架了！"

"哦……有理有据，分析得很精彩啊。"

顾耀东高兴起来："我也觉得。"

"要不你改行去写侦探小说吧，我在出版社有熟人，给你推荐推荐？"夏继成嘴角不屑地"啧"了一声，转身上了车。

于胖子喊着："顾耀东，你还走不走了？"

顾耀东只能不甘心地上了车。看着夏处长跷腿坐在窗边那个最好的位置，一副饭吃三碗闲事少管的样子，他忽然明白了，来时觉得处长和平时不一样，一定是因为自己晕车晕过了头。

王科达从房间里出来，杨奎丧气地跟在后面。

王科达："给老板再付几天房钱，房子暂时别让住人，案子没结之前，我们可能随时要回来再查。另外，如果有人回来，让他第一时间通知我们。"

杨奎："知道了。对不起处长，下次我用人再谨慎一点。"

"守门的两个，滚蛋吧。别让我再在警局看见他们。"说完，王科达大动肝火地离开了。

顾耀东并没有因为夏继成的冷嘲热讽就打消怀疑。这个阳光明媚的星期天上午，他和邻居任伯伯那只叫"二喵"的老猫一起躲在福安弄弄口。二喵在等耗子，他在等沈青禾。

看到沈青禾拎着菜篮子从弄堂出来，他立刻跟了上去，一路上闪转腾挪，好不惊险。但是一进菜场，沈青禾就像鱼入大海再也不见踪影。顾耀东认出这就是报到那天遇到沈青禾的菜场，难道又是来买便宜菜？

周围人头攒动，顾耀东站在人群中间搜索着，周围是高声叫卖的菜贩肉商和挑挑拣拣的男女老少，赤橙黄绿的蔬菜让人眼花缭乱。补鞋匠在缝缝补补，面摊老板在摔打抻拉，还有旧书摊、典当铺、四明发廊、鸿丰米店……就是没有沈青禾的身影。等他瘪着肚子拖着腿回家，一进门就吓一跳，沈青禾好端端地坐在客堂间，一碗热腾腾的面条已经下肚，连汤带水喝得干干净净。

顾耀东咽了两下口水，假装去倒水喝。耀东母亲听见声音，从灶披间出来："沈小姐刚买的面条，给我们也买了一份，一直等你回来下锅，上哪儿去了？"

"出去逛了逛。"

"都两个小时了，还以为你不回来吃饭了。"耀东母亲嘟囔着回了灶披间。

"谢谢啦，沈小姐。"顾耀东说话时偷偷打量对方，沈青禾朝他笑了笑，起身去了灶披间。顾耀东揣摩着那像是一丝冷笑。

耀东母亲在门口水斗洗桌布，顾耀东又凑了过来，小声说："妈，问你件事。"

"干什么呀？神神秘秘的。"

"沈青禾昨天回来的时候，你看见她衣服上蹭了脏东西？"说"沈青禾"三个字时，他几乎只用了口型。

耀东母亲被他弄得一头雾水："是啊。"

"是油漆吗？"

"我开始看着像，不过应该不是。她去过肉店，可能蹭了血水。"

"什么颜色的？"

"怪不得你姐说你读书读傻掉了。血水嘛，当然红的喽，不然还能什么颜色？"

"你看清楚了？真的是血水，不是油漆？"

耀东母亲又想了想："当时就瞄了一眼，没仔细看，现在也记不清楚了。你老揪着这个问东问西干什么？"

沈青禾出来洗碗，顾耀东立刻很拙劣地假装洗手。

"顾太太，您炉子上烧了菜吗？闻着有点煳味。"

"坏了！我忘了！"

"您快去吧，桌布我来洗。"

耀东母亲匆匆跑进屋，沈青禾挽起袖子，很干练地洗起来，似乎完全没有听到之前的对话。顾耀东忽然想到了什么，不动声色地回了屋子。

三楼晒台上晾着一排衣服，其中一件旗袍正是沈青禾在大昌客栈穿的那件。顾耀东见周围无人，捧着旗袍就开始翻来覆去地检查。后腰位置已经没有任何污渍。他还是不死心，凑过去贴着闻了闻，肥皂味下面似乎还掩盖着某种特殊的、熟悉的味道。他反复嗅着，回忆着……

"我衣服没洗干净吗？"

顾耀东僵住，转头一看，沈青禾就端着木盆站在旁边。她鄙视地白了他一眼，去一旁晒桌布。

顾耀东犹豫着，故作随意地问道："沈小姐，你的衣服是用肥皂洗的吗？"

"对啊。"

"我闻着有一股灯油味呢？"

"昨天晚上丢了颗扣子，屋里太黑，只好拎着煤油灯找，可能染上味道了。"

沈青禾说话时，顾耀东一直盯着她看，但是看不出一丝异样。

"听我妈妈说你衣服上沾了油漆，我本来是想提醒你用灯油就能洗干净。"

沈青禾看起来很费解："什么油漆？就是在肉店蹭了点血水，水一冲就没了。"顾耀东听得半信半疑，沈青禾说话了："问题问完了吗？"

"完了。"

"好，那现在换我问。一个男人，你抱着女人的衣服闻是什么意思？"

顾耀东完全没想到对方会甩出这个问题，一时哑了口。

"顾警官，你是不是以为我租了顾家房子，和你同一屋檐下，你就能打我的主意？"

"不是，我没有那个意思！"

"那你抱着我的衣服干什么？"

"今天遇见一个失窃案，在大昌客栈……你去过大昌客栈吗？"顾耀东准备换个思路。

"没有。"

"客栈在刷油漆，我以为你衣服上蹭的也是油漆，所以想问问你是不是去过。

万一你知道什么线索呢?"

"就算我衣服上是油漆,上海那么大,刷油漆的地方那么多,我就一定是在大昌客栈蹭的吗?"

"不一定……"

"我也不相信,一个东吴大学法学院的高才生会做出这么幼稚的推理。所以很明显啊,这些都是你在为自己的龌龊行为编借口!顾警官,你对异性有好奇之心,我能理解……"

"不不不,我对异性没兴趣!"话一出口,他更尴尬了。顾耀东已经没有了思路,他甚至觉得自己不应该再说话。

"我对你不光没兴趣,甚至还觉得讨厌。要不是已经交了三个月房租,我现在就搬出去了。下次要是再看见你偷偷摸摸干这种恶心事,我就去警局投诉!别忘了,我在警局里面有人,让你从警局滚蛋也不是什么难事。"

沈青禾抱着空木盆从顾耀东身边经过,顾耀东本能地退了两步。沈青禾似乎还不解气,走到楼梯口又回头说道:"好心劝你一句,赶紧找个女朋友吧。"说完她才一脸鄙夷地下楼去了。顾耀东像是劫后余生,杵在那里找不着东南西北。

第二天中午,沈青禾去了鸿丰米店。和老董假装询问两句米价,二人就去了密室。

老董关上门:"昨天怎么没过来?"

"那个姓顾的警察在跟踪我。"

"他怀疑你了?"

"已经解决了。他没什么经验,很容易对付。"沈青禾转而高兴地说,"昨天我看见他们把人带走才离开的,路上没出什么问题吧?"

老董看起来心事重重:"路上倒是没问题,石立由也带回去审了。但是他交代了一些情况,很棘手。"沈青禾这才意识到事情并没有自己想的那么简单。

"这个人叛变前是发报员,他违规保留过几份重要电报,想留在关键时候保命。东西被藏在客栈了。电报涉及我们最近在南京的人员部署。一旦泄露,会牵连到很多人。"

沈青禾想了想："东西藏在哪儿了？我想办法去取。"

"说在客栈卫生间。问题是现在没办法确认他交代的是实话，还是一个圈套。"

老董还在思考着，沈青禾已经起身准备离开："交给我解决吧。这个风险必须去冒。"

刑二处里依然是织毛衣、看报、剪指甲，一屋子警员都在安静、忙碌并且专注地游手好闲着。顾耀东望向夏继成的座位，那里空着。

他问赵志勇："处长呢？"

"陪副局长吃饭去了。"赵志勇两手在空中搓着麻将，小声说道，"下午他们有牌局。"

顾耀东的心又凉了一截："大昌客栈的案子，我们还查吗？"

"查什么查，案子都变成一处的了。"

"要不再去客栈找找线索？我总觉得这不是一个简单的失窃案。"

赵志勇翻着杂志，打了个哈欠："有空再说吧。"顾耀东看了看他，又看了看周围，大家都闲着，可也谁都没有空。

肖大头："赵志勇！"

"到！"

"出去帮我买盒烟。"

"马上去！"离开前，赵志勇对顾耀东小声说，"案子是永远查不完的，但是薪水只有那么多。来了二处，你就得学会享受生活啊！"看顾耀东没吭声，赵志勇担心他又在动歪脑筋，特意叮嘱道："现在那是刑一处的案子，你去查就叫越权。到时候被发现了人家饶不了你。"说完，赵志勇很积极地跑出去买烟了。

于胖子拿出象棋，问小喇叭："来两盘？"

棋局摆了起来，刑二处也亢奋了起来。顾耀东一个人坐在座位上，在于胖子"我刚刚看错了"的哀号声以及小喇叭"人生如棋，落地无悔"的训导声中，他默默做了一个决定。

黄昏时分的天空已经像是夜里八九点般暗沉。空气里弥漫着潮湿的味道，远处乌云压顶，沉闷地响着雷声。

耀东母亲站在家门口，拿着两把雨伞朝屋里喊："顾邦才——你快点呀！"

沈青禾端着一盆热水从灶披间出来："顾太太，这么晚了还出门呀？"

"要下大雨了，去车站给耀东送伞。也不知道在忙什么，这么晚了还不回家。"

沈青禾端着水盆回了亭子间，从窗后看着耀东父母撑着伞离开了弄堂，这才换上干练的衣裤和鞋子，然后从衣柜里拿出一只小木箱，用挂在脖子上的小钥匙开了锁，取出一把小匕首别在腰间。

离开顾家时，她没有拿伞，只将头发扎起来塞进了帽子，就匆匆跑了出去。杨一学每天都要骑自行车上下班，这会儿，车就停在他自家门口。沈青禾看了看自行车，又看了看天空中越来越密布的乌云，转身跨上车，骑进了暮色中。

大雨将至，街上仅剩的行人都是行色匆匆，大昌客栈门口几乎看不见什么人了。沈青禾将自行车停在附近的小路上，确认周围没有异常后，进了客栈。

丽园跑狗场附近，一辆电车靠站了。顾耀东下了车，朝一条街外的大昌客栈跑去。

5

　　客栈里依然弥漫着浓郁的油漆味。沈青禾从衣服里抽出一根铁丝，借着走廊里昏暗的灯光，轻轻插进石立由房间的钥匙孔。很快，门开了。进屋后她直奔卫生间，反锁房门，从内兜取出一支手电筒，借着那一束光，寻摸着石立由留在这里的情报。

　　顾耀东刚要跑进客栈，忽然想起了赵志勇的叮嘱，这确实是刑一处的案子了。悄悄地来悄悄地走，也许更合适。于是他没有从正门进去，而是绕到了后门小路上。石立由房间的窗户关着。他又看了看周围，有一户人家门口靠着一架木梯。顾耀东轻声走过去，背起木梯，看见旁边还有一堆破铜烂铁，又从里面抽了一根钉子。

　　轻轻将木梯子搭在墙边，他爬到梯子顶端，踮起脚伸直手刚刚能够到窗户。推了推，果然锁住了。屋里黑灯瞎火，应该是没人。他从口袋里摸出那根钉子，从窗户缝隙伸了进去……

　　卫生间的壁灯上布满灰尘，当手电筒光束照在上面时，灯罩上隐隐显出几道指印。她正小心翼翼拆着灯罩，忽然，外面传来"啪嗒，啪嗒"的响声。她立刻关掉手电筒，将门推开一条缝朝外张望。

　　屋里一片漆黑，窗外也是一片漆黑，看不见任何异常。

　　随着雷声和风声大作，"啪嗒"声也随之停止了。

沈青禾又侧耳听了片刻，确实没有声音，只能疑惑地关上门，重新打开手电筒。她轻轻拆掉灯罩，在灯座里摸索着。

待到那一阵雷声和风声过去，雨水就劈头盖脸打了下来。此刻的顾耀东踮着脚挂在窗台下面，活像一只眼巴巴等着上岸的落水狗。刚刚那一阵风吹得梯子直晃，他手一滑把钉子掉在了窗台上。这会儿好不容易捡回来，又开始继续拨弄插销。插销刚拨起来，又掉下去，再拨起来，再掉下去……每拨动一次插销，就发出"啪嗒"一声响。

沈青禾第二次小心翼翼地推开门缝，查看情况。屋里还是没有任何异常，门和窗户都关得好好的。窗外漆黑一片，只有偶尔亮起的闪电照亮玻璃上的雨点。

关上门后沈青禾不自觉地加快了动作。灯座里果然藏了一根卷得很细的纸条，她将纸条展开，借着手电筒光一看，正是电文。她迅速将电文装回衣服内袋，然后将灯罩复原。

又是一道闪电。只见那根钉子慢慢地伸向插销，慢慢地挑起……这一次，插销终于被拨开了。踮着脚扒着窗被淋得鼻涕横飞的顾耀东，眼睛一亮。

沈青禾收拾妥当，再次确认没有疏漏后，从卫生间闪身出来，刚一出来就看见一个身影正在翻窗户。她心里一惊，立刻退了回去。那个身影从窗外挤了进来，站在窗边拧着衣角的水。一道闪电闪过，沈青禾从门缝里看清来者竟然是顾耀东。

大雨中，客栈老板撑着伞站在后门外的小路上，顺着架在墙边的木梯子朝上望去，只见三楼丢地毯的那个房间窗户大开着。

顾耀东全然不知自己的出现打乱了沈青禾的计划。他很高兴地拧干了衣角，又用手抹了一把脸，然后就从挎包里拿出手电筒开始到处找线索。

沈青禾从门缝里看着外面的手电筒光晃来晃去，有些焦灼。好不容易等到顾耀东去了内屋，她赶紧开门出来，然而刚出来就听见有人在用钥匙开门。她只得再次躲回卫生间。前脚刚关上门，还没来得及反锁，后脚顾耀东就冲了过来。开门声也惊到了他，屋里无处可躲，他第一反应就是往卫生间里钻。可是这门似乎有什么毛病，怎么推都推不开。

此时的沈青禾正在里面拼命抵着门，一边抵一边拼尽全力拉上插销，终于反锁了门。

就在这时，房间门吱呀一声开了。屋里静得可怕。过了几秒，灯也被打开了。只见客栈老板站在门口，举着扫把探头探脑："是谁！谁在里面？"他扫了一圈，屋里一个人都没有。

只要再往里几步，他就能看见卫生间门口的顾耀东。沈青禾和顾耀东一个在门里一个在门外，两人都死死贴着门一动不敢动。

"还躲？我都看见窗户外面的梯子了！"

沈青禾听者有心。

客栈老板越想越来气："当我这里是茅厕啊！想来就来想走就走！地毯都给我卷走了，还想偷什么？"

顾耀东终于一脸尴尬地站了出来。

对方看清了他的制服："你是警察？"

顾耀东无地自容地走过去，鞠了一躬："对不起，吓着您了。我是想来看看作案人还留下什么线索没有。"

"警察你光明正大地进来好了呀，翻什么窗户？"

"这个案子不归我们处管了。我是偷偷来的。"

客栈老板上下打量他："大半夜的，你真是警察？"

"这是我的证件。"

客栈老板戴上老花镜费劲地看着："上海市警察局……刑警二处……"

"警员顾耀东。"

两人说着话，在他们看不见的地方，沈青禾溜出卫生间，矫捷地从顾耀东来时的窗户翻了出去。

客栈老板把证件还给顾耀东，换了笑脸："长官，那您可一定要好好查，我还等着你们帮我把地毯找回来呢。"他一边唠叨着，一边转身离开了："哎，这两天真是触霉头，丢了地毯，还得提心吊胆，生怕再有什么奇怪的人回来。"

屋里只剩顾耀东一个人了。他回到卫生间门口，试探地一推，门竟然开了。他愣了愣，忽然意识到什么，跑回窗边一看，一个戴帽子的人影正顺着木梯往下爬。

他大喊："喂——"

对方正好爬到最后一格，轻盈落地。顾耀东翻窗出去，腿都跨上窗框了，对方竟然抽掉了梯子。

"喂——什么人！"顾耀东跨在三楼窗台上，朝下一看，顿时有点晕眩。他转身跳回屋里，冲出房间朝楼梯跑去。眼前的走廊蜿蜒曲折，还要经过很长一段才能跑到楼梯。两秒之内，他已经朝相反方向的走廊尽头冲去。上一次跟着刑二处来，他就注意到走廊尽头有一扇安全门，门后就是户外消防通道。顾耀东猛地一推，门上挂着的生锈的锁就松开了。他三步并作两步冲上消防通道，举着手电筒朝下照去，夜雨中，手电筒的光束照在了那个正想逃之夭夭的戴帽子的人身上。

顾耀东大喊："警察！站住——！"

喊声一出，对方抬腿就跑。

由于年久失修，金属的消防通道已经被锈穿了，前几级台阶摇摇欲坠。顾耀东一咬牙，奋力一跳，"当"的一声落在了二楼。

手电筒滑落下去，灯泡摔得粉碎。

周围再次陷入一片漆黑。

沈青禾微微回头望了一眼，朝附近弄堂跑去。

雨越来越大了。

沈青禾压低帽子，穿梭在大小弄堂，顾耀东在后面穷追不舍。在这个大雨倾盆的夜晚，当人们都躲在屋里开着橘红小灯享受这份诗意时，两个人在街上跑得水花四溅，仿佛整个城市只剩下这一对玩命的猫和老鼠。

沈青禾拐进一条小路，靠在墙上喘粗气。刚喘几口，顾耀东就一个急刹车出现在路口，也大口喘着气："别跑了！我……我是不可能放过你的……投降吧，免得……大家都跑断气……"

话音未落，对方就已经冲了出去。顾耀东只能咬牙切齿地继续跟上。哪怕最后不能把这小贼抓回警局，起码也要看清他是男是女，长相如何。

顾耀东追着神秘人拐进一条小路，一进去就愣住了。前面是一堵高墙，死路一条。两侧都是门窗紧闭的民居，对方却不见了踪影。他试着往上爬了爬，连三分之一的高度都够不到。

此时的沈青禾正挂在高墙另一侧，手脚并用往下爬。刚爬一半，顾耀东忽然从背后冲了出来，短短一分钟的时间，他竟然已经找到捷径绕了过来。这是沈青禾万万没想到的。她心一惊，手一滑，从高墙上摔了下来。顾耀东冲过来就是一个猛扑，对方灵活地埋头一钻，从他臂弯里钻了出去。

追逐只能很不情愿地再次上演。

耀东父母撑着伞等在雨中。又一辆电车靠站，下来两个乘客匆匆撑伞离开，依然不见顾耀东的身影。

耀东母亲有些担心："都末班车了。耀东这顿饭局时间也太长了。"

顾邦才："他现在是警局红人，要跟上司和其他警员搞好关系，时间长一点也正常。"

耀东母亲叹了口气，很是心疼："哎，总归是辛苦。有时候我倒希望生的是两个女儿，像沈小姐一样，白天做点小买卖，晚上在屋里看看小说，早早就睡了，不用大半夜的还在外面辛苦。"

顾邦才："饭局再怎么说也就是吃吃喝喝，总比这么晚了还要上街抓犯人好吧？"

沈青禾"嗖"地拐进一条小路，顾耀东很快就追了进来。这是一条两栋楼房之间的通道，两侧高墙陡峭，漆黑狭窄，几乎仅能容一人通过。沈青禾正跑着，忽然一只猫擦着她的脸一跃而过，她本能地一个急刹车，顾耀东避之不及直接撞在她后背上。他顺势往前一环抱，紧紧箍住了对方。沈青禾从腰间摸出匕首，本想拔刀出鞘，犹豫了几秒还是别了回去。

两人一直纠缠着，僵持着。沈青禾完全没想到这是个如此难缠的拼命三郎，如果是其他人，她早就下狠手三两下解决战斗了，偏偏是他。

"警察！不许动！把手举起来！"沈青禾已经筋疲力尽，小警察还生龙活虎，"快把手举起来！"

忽然，沈青禾停止了挣扎，咬牙切齿地举起手来。顾耀东刚露出一丝得意，忽然也僵住了。他发现自己的双手正死死箍着对方的胸部——女人的胸部。那一瞬间，他的血液好像停止流动了。曾经听街上的小混混开玩笑说，男人摸到女人这个部位时，会有一种电流通遍全身的酥麻的触电感。可是顾耀东并没有，他只是僵硬，几乎所有感知器官同时丧失能力的僵硬。

沈青禾趁机在他手上狠狠咬了一口，过了好几秒，顾耀东才痛得一声大叫松了手。等回过神来，对方早就跑远了。

他从小路追出来，只见戴帽子的神秘人骑着自行车消失在夜雨中。临到头他还是没有看见对方的长相，只知道或者说摸到，那应该是个女人。

顾耀东垂头丧气地沿着小路往回走，在刚刚打斗的地方，一个东西在地上闪着银光。他捡起来一看，是一把钥匙。

夜雨依然下着，齐副局长家的用人将窗户打开一条缝，混着法桐清香的空气透了进来。公寓里灯火通明。副局长太太穿着祖母绿旗袍，坐在黑色皮质沙发上，用雕花小银叉吃着用人切成小丁的苹果。红木地板映着铜质吊灯的灯光，墙上挂着西洋风景画，窗帘是釅釅的藏青色，绣着钴蓝色花纹，在灯光下仿佛潋滟的湖面。屋里的一切摆设都是讲究的，哪怕最不起眼的角落，放的也是挂棱雕花玻璃六角柜。

小客厅关着门，里面烟雾缭绕。夏继成、齐升平和另外两个中年男人在打麻将，一看便都是这里的常客。

牌桌上闲聊时，夏继成有意把话题引到了顾耀东身上，嫌他抢了老警员风头。齐升平今天手气不错，一边摸牌，一边半开玩笑地打趣夏处长是刀子嘴豆腐心。

夏继成正好顺水推舟："我照顾他，也是看在东吴大学高才生这个名头上。真要说感情，那还是跟老警员深。"他打出一张三万。

齐升平："碰！"

夏继成："说起这个，正好有件事想跟副局长您申请申请。陈宪民的案子二处一点没参与，我看那帮老警员都有点低落，要是方便，押送那天能不能让他们也跟着去？"

"行啦，你这个处长的心情我理解。这样，下周移交犯人去提篮桥监狱，一处负责执行。你带二处也参加。"

"王处长不会介意吧?"

"我去跟科达说,他这个人心胸还是有的。再说刑一处、刑二处合作又不是什么大事。"

"那我替二处谢谢副局长了。"说着话,夏继成看似很顺手地打了一张五万。

副局长高兴地把牌一推:"和了!"

末班车已经过去很久了,耀东父母还等在车站。远处,终于出现了一个拖着脚步筋疲力尽的身影。耀东母亲撑着伞就跑了过去:"这么大的雨,你怎么淋着雨走回来呀?二十多岁的人了,看见下雨也不知道找个地方躲一躲!"

顾邦才:"看你这么晚不回来,还以为你跟警局的人吃饭去了。湿成这样,那是长官给你派任务了?"

顾耀东有些心不在焉:"也不是……今天警局有点事。爸妈,下次我回来晚了你们也别来车站接了,这么大的雨,你们也当心身体。"

顾邦才:"你就别担心我们了,你要是生病了,你妈更操心。"

耀东母亲:"快回去吧,沈小姐一个人在家,万一亭子间又漏雨了,她一个人也不好应付。"

顾耀东一个激灵:"她自己一个人在家?"

耀东母亲:"对呀,我们出门的时候她正打算睡觉。"

福安弄的路灯在大雨里忽明忽暗。经过杨一学家门口时,顾耀东看到屋檐下放着那辆自行车。满大街的自行车几乎都长一个样,这似乎说明不了什么。他望向弄堂尽头自己家的亭子间,窗帘后透出橘黄色的灯光。

亭子间开了一盏小台灯,沈青禾已经换上了睡衣睡裤,桌上放着刚才那身湿漉漉的衣裤。她匆匆从湿衣服里掏出电文,藏在床下夹板中,同时把从大昌客栈到亭子间的全部过程回想了一遍,应该没有留下纰漏。刚刚在杨一学家门口停自行车,她还特意用袖子擦了一遍车身,在这种大雨的夜里应该不会有人专门盯着一辆自行车研究。

顾耀东蹲在自行车前，摸了摸车身，有些潮。自行车停在淋不着雨的屋檐下，但是车轮却滴着水。

一进家门，他就注意到门边放着一把干爽的雨伞。"那是留给沈小姐的。"耀东母亲说，"看样子是没用。"她一边说话一边去了天井里晾伞。"赶紧上楼把湿衣服脱下来。还有啊，下次再遇见下雨，你也别一个人站街上躲雨了。叫辆黄包车舒舒服服坐着回来，别光心疼钱不心疼自己。车钱妈妈给你出。"

从门口到楼梯，地上一直有水渍。顾耀东顺着水渍朝楼上望去，完全没听清母亲在说什么。他满腹狐疑地朝楼上走去。

耀东母亲嘟囔着："心不在焉。看着吧，明天一早肯定是打着喷嚏下来。"

顾耀东一身湿透地在亭子间门口站了片刻，敲响了房门。沈青禾迅速将桌上湿漉漉的衣裤裹成一团，寻找安全的藏匿地点。

敲门声再次响起。

沈青禾："谁呀？"

门外传来顾耀东的声音："是我，顾耀东。"

沈青禾一边应付，一边在屋里寻找可以放这团湿衣服的地方，衣柜里面，下面，写字台，窗帘后，似乎都不够安全，

"不好意思，我已经睡觉了。有事明天再说吧。"她一把将湿衣服塞进了被窝里。

"雨太大了，我担心屋里漏水。"

"可我已经睡下了。"

沈青禾用毛巾迅速擦干桌子，擦干出门穿过的鞋，放到床边，然后把湿毛巾也塞进了被窝。这时，她从梳妆镜里看见自己的头发还是湿漉漉的。

顾耀东站在门口，再一次很有礼貌地敲门："万一把地板泡坏了就不好修了。麻烦你开一下门。"

屋里没有声音了。又敲了几下，还是没有回应。他犹豫了几秒，正要撞门，门开了。站在门后的沈青禾穿着睡衣睡裤，踩着拖鞋，戴着睡帽，神态慵懒。

"顾警官，你这样半夜进来，我很不方便的。"

目光碰触的一瞬间，两人忽然都下意识地避开了对方的眼睛，似乎这一碰触让彼此都想起了某件尴尬的事。小台灯太过幽暗，显得小小的亭子间也遮遮掩掩，不明不白。顾耀东干咳两声打开了顶灯，屋里顿时亮堂起来，那一丝混乱的东西也消散了。

"漏雨了吗?"他从沈青禾身边走过，进了屋。沈青禾杵在门边竟有一丝拘谨。

放在床边的鞋子是干的，但地板上到处有水渍。漏雨的正下方摆了一个水盆，雨水滴在盆子里溅得到处都是。

"漏得越来越厉害了啊……晚上家里来客人了吗?"话题转得很生硬，他实在不擅长套话。

沈青禾冷冷地："没有。"

顾耀东把桌子拖到漏雨处的正下方，又把水盆放到桌上："这样不会把地板弄湿。"然后他装作随意地说："我看从楼下到这儿全是湿脚印，还以为来了客人。那是你出去了? 这么大的雨还出门呀。"

"屋子里漏了一地的水，我穿着湿拖鞋下楼，当然把地上踩湿了。我租房子的时候可没想到漏雨会这么厉害，早知道这样，便宜我也不会租的。"

沈青禾一脸愤愤然地应对自如，倒是顾耀东被她说得矮了一截，老实巴交地："真不好意思，我明天找人来修。"说完他才想起自己来这里的目的，假装检查地板，眼珠子却四处乱瞟，被子里鼓着一团，像是放了什么东西。

沈青禾发现了他的疑心，立刻朝床边走去："本来想好好看看小说，就因为漏雨，我折腾了一夜，好不容易睡着了你又进来搅和一通。我好歹是个女孩子，就算怕漏雨泡坏地板，也不能半夜三更的……"顾耀东一回转身，刚好撞上，二人顿时像被点了穴，一齐变得口舌迟钝目光闪躲。

沈青禾闷头坐到被窝里，下了逐客令："这雨怎么没完没了……还有事吗? 没事的话我要睡了。"

顾耀东走出亭子间，轻轻关上了身后的门。他很想再仔细咀嚼一遍亭子间里的所有细节，可不知道为什么，脑子有点乱。

沈青禾懊恼地一把摘掉睡帽，一头湿漉漉的头发披散下来。她跳下床，从衣柜里拿出小木箱，又从床夹板中取出电文，想放到小木箱里。可在那团湿衣服里摸索了半天都没找到钥匙。沈青禾愣住了。

屋里没有开灯。顾耀东睁眼躺在床上，抬手看着被那个神秘人咬的伤痕。是沈青禾吗？他努力回忆着关于大昌客栈神秘人的一切线索，可唯一真正称得上线索的，就是对方被他狠狠箍在手臂里的胸部……每每想到这里，他就想不下去了。

夜已经深了，顾耀东依然翻来覆去睡不着。他起身从制服口袋里掏出了那把小钥匙，走到窗边，迎着夜空的微光仔细端详着。

第二天，顾耀东少见地起晚了半个小时。他打着喷嚏刚到饭桌边坐下，一碗热腾腾的姜汤就摆到了面前。

耀东母亲："淋得一身都湿透了，能不感冒吗？快把姜汤喝了。"

桌上放着报纸，版面上很大一张当红女影星的照片。头发微卷，眼神迷离，衣服已经褪到了低得不能再低的位置，胸前一大片雪肌甚是抢眼。顾耀东只瞄了一眼，就立刻面红耳赤地埋头喝汤。

耀东母亲顺手拿起报纸看了一眼，啧啧摇头："现在这些女明星，生怕别人看不见。谁还没见过世面一样的呀！再这样下去不让你爸爸订报纸了。啧啧啧……"顾耀东抱着碗，脸埋得更深了，生怕被人看见他那一脸没见过世面的面红耳赤。

这时，沈青禾也打着喷嚏下楼来。

耀东母亲："哎呀，沈小姐也感冒了？"

沈青禾笑着："夜里看书受了点凉，不严重。"正说着话，耀东母亲已经热情地把她拉到饭桌前坐下："正巧耀东也感冒，我熬了一大锅，你也喝一碗。"

"真的不用了，顾太太。"

"顺道的事情呀，又不是现熬，住在一起就不要这么生分啦。"

再推辞就显得不近人情了，沈青禾只好坐下。

耀东母亲去了灶披间，只剩顾耀东和沈青禾面对面坐着。两人一言不发。顾耀东偷偷看了沈青禾一眼，就是这一眼，竟有一股电流瞬间通遍了他的全身。昨晚箍住那个女人胸部时没有出现的触电的感觉，竟然在看见沈青禾的这一刻出现了。不仅如此，那时通通罢工的感官也凑热闹似的活跃了起来，视觉听觉嗅觉味觉触觉像潮水一样涌来，他甚至能听见沈青禾的头发丝滑动的嘶嘶声，异常鲜活，异常敏感。

顾耀东埋头往肚子里猛灌姜汤，喝得呼呼作响。他不知道昨天夜里那个人是不是沈青禾，想不清楚，也不敢想。也许看一眼她的胸部就能确认，但是他连沈青禾的一根头发丝都不敢看。

沈青禾也不自在地弄弄衣服，弄弄头发。面前这明明就是个普通人，是毫无情分的房东；是差点坏了她行动的警察；是原本营救结束搬出顾家后，就应该再无交集的普通人，可一夜之间突然就没办法把他当普通人了。她尴尬，拘束，不安，更恼火的是自己会莫名地脸红。

耀东母亲端了碗姜汤给沈青禾。

"谢谢啦，顾太太。"

"哎哟，看看你的脸，红得来。"耀东母亲摸了摸沈青禾的额头，"哎？没有发烧呀！怎么会这么红？"

沈青禾的脸更红了："可能……屋里有点热。"

"我觉得还好呀。"

"我看街上已经有女孩子穿裙子了……"

耀东母亲一听，又把那张印着低胸女影星的报纸拿过来："我刚刚还在讲。看看，这才几月，还没多热呢，这些女明星就穿成这样。我是不是应该写信去反映一下？街上那么多连女孩子手都没碰过的年轻人，像我们家耀东，看着多尴尬！"

顾耀东和沈青禾不敢看对方。

耀东母亲反应过来，有些不好意思："好了好了，不说这些了，赶紧喝姜汤吧。我闭嘴，不啰唆了。"但是她并没有闭嘴，而是一声尖叫："哎呀！你的手怎么了？"

"被咬了。"

"被什么咬了？"

顾耀东看着伤痕，想了想："野猫。"

沈青禾呛了一口："姜汤有点辣。"

两个人此起彼伏打着喷嚏，不遗余力地给自己灌着姜汤，只为了能让杵在旁边的耀东母亲少说两句话。这顿早饭，大概是有生以来吃过的最难受的一顿早饭。

经过杨一学家时，顾耀东正好看见他在开自行车锁。

杨一学憨厚地笑着朝他挥手："早啊，顾警官。"

"杨先生早。"他本来已经走过去了，想起什么，又退了回来，"杨先生，您昨天骑车回来的时候下雨了吗？"

"没有啊，怎么了？"

"回来的时候看车停在屋檐下，我担心它淋着雨，就过来看了看，车轮是湿的。"

"那可能是雨水溅上去了，哎呀，你倒是提醒我了，以后下这种大雨还是拿回屋里吧。"

"是啊，停在门口，也容易被别人骑走吧？"

杨一学说得很肯定："那不会的，我上了车锁。正规锁店买的，人家店老板保证了，别说一般毛贼，就是神偷也打不开的！"

顾耀东望着杨一学骑车远去的背影，越发糊涂了。

沈青禾站在晒台边，默默看着顾耀东的一举一动。另一个方向，运送油桶的卡车开进了加油站。她看了眼手表，在笔记本上写下了时间。

沈青禾带来的电报让老董格外高兴，电报内容一旦泄露，很多工作都会前功尽弃。沈青禾解除了一个大隐患。叛徒的问题彻底解决了，但是这名功臣看起来却是心事重重。

老董："你去的时候，还顺利吧？"

沈青禾："有点问题正想跟您汇报，不知道严不严重。"她抬头看着老董，欲言又止，不知道这件事究竟该从哪一部分说起。

"啪"的一下，顾耀东踉跄着被推到房间中间戳着。还是大昌客栈那间客房，夏继成和王科达黑着脸坐在一旁。推他的人是杨奎，后面还站了一圈刑一处警员，个个虎视眈眈，恨不得生吞了他。

王科达正要开口，夏继成先说话了："谁允许你一个人来现场的！这是刑一处的案子，你来就是越权，不知道吗？"

"知道……"

"知道来现场之前为什么不申请？"

顾耀东很老实地说："您昨天打麻将去了。"

"什么？"

"我没找到人。"

夏继成吧唧两下嘴："我打麻将，叫个黄包车就能到的地方，又不是隔了十万八千里！找不到我你就越权办事？我下回要是真离开上海了，你岂不是要上天？半夜三更来一通胡闹，今天才来汇报情况，还敢嘴硬！"

王科达听得心烦："算了，他来这一趟毕竟还是有发现。也不算完全胡闹。"

夏继成随手抓起桌上的一本杂志，气哼哼地："王处长，你想问什么你问吧。我不想跟他讲话了，看他就来气！"

顾耀东拘谨地戳着，一动不敢动。

王科达："顾警官，你这趟也算歪打正着。既然你跟他们的人面对面交手了，那我就跟你了解一下情况。对方来了几个人？"

"一个。"

"来干了什么？"

"她一直躲在卫生间，我也不知道在干什么。"

"什么时候来的？"

"不清楚。"

"看见对方的样子了吗？"

"没有。"

王科达不敢相信他竟然一问三不知："追了半天，你就一点线索没发现？"

顾耀东犹豫着，摇了摇头。

夏继成一脸平静地看着杂志。

杨奎带着几名警员搜查卫生间。刘警官踩在一名警员身上查看天花板，另两人在水箱、洗手池等地方摸摸看看。

刘警官："队长，上面什么都没有！全是灰！"

一名警员盯着灯罩看了会儿。

杨奎："怎么了？"

警员："报告，就是觉得有点干净。"

杨奎扒开他，亲自上手拆了灯罩灯座，摸了半天，什么都没有。

他又问另一名检查地面的警员："下面呢？手印，脚印？"

警员："没有。"

杨奎："不可能啊，姓顾那小子说人一直躲在卫生间。"

刘警官："也可能就是躲一躲吧，不然在卫生间还能干什么？"

杨奎看了看壁灯，又看了看抽水马桶，彻底蒙了："是啊。难不成专门回来一趟，就是为了拉泡屎？"

客栈老板愁眉苦脸地等在门口。王科达一行人从房间出来时，两名油漆工拎着工具，正好走到对门房间门口。

一名工人问客栈老板："老板，这房间还刷漆吗？"

客栈老板："刷呀。"

杨奎一愣："不是已经刷过了吗？"

油漆工也一愣："刷过了？没有啊！我们只刷了走廊，还没开始刷屋里。"

杨奎冲进两名便衣住的房间，到窗边一看，窗框确实已经刷了油漆。

王科达警觉起来："怎么回事？"

杨奎："那天下午我来的时候，正好遇到两名工人说要进屋刷漆，让我们的人出去避避。"

王科达："是这两个人吗？"

杨奎打量两名工人："不是。"

王科达恼火地质问老板："你客栈里来两名假油漆工，你不知道？"

客栈老板："我联系的是漆匠铺，他们派谁来我也管不着呀！"

王科达又问杨奎："看那两个人的证件了吗？"

杨奎："看了。兄弟两个，一个叫张明文，一个叫张明武，我当时还说了句文武双全。"

王科达："马上去户籍科查他们的地址。"

夏继成靠在门边，不动声色地听着。顾耀东忽然从他背后凑了上来，小声说道："处长，我说这不是普通失窃案吧？"夏继成瞪了他一眼，抬腿走人了。

刑一处警员准备打道回府。顾耀东下楼的时候，忽然想起什么，他从裤兜里摸出了那把钥匙，追上正要走出客栈的杨奎。

"杨队长！"

杨奎一脸嫌弃："有话快说！"

顾耀东拿出那把钥匙："昨天追那个人的时候，我捡到这把钥匙，有可能就是犯人遗落的。"

"怎么不早说？"杨奎接过钥匙看了看，"不就是最常见的钥匙吗？这能有屁用！"

顾耀东很认真地指给他看："您看，这上面写了两个字——'铭玉'，应该是生产钥匙的公司名字。说不定从公司能查到点什么。"

这时一名警员跑进来："杨队长，车准备好了。"

杨奎瞄了顾耀东两眼，把钥匙揣进自己的裤兜，转身走了。

顾耀东刚要跟出去，夏继成忽然悠悠地从后面走上来，站到他身边。

夏继成："会打麻将吗？"

顾耀东："什么？"

"麻将，会吗？"

"不会。"

"哦，那得赶紧把你教会。"

顾耀东小声说道："处长，我不太喜欢这种浪费时间的活动。"

夏继成鼻子哼了一声："再不把你的时间浪费掉，迟早被你拖累死！"

回警局的时候，王科达主动邀请夏继成坐自己的车。他开着车，夏继成坐在副驾驶座上。同为刑警处处长，一个踌躇满志，一个愁云惨淡。

夏继成："我就不该把这小子从户籍科弄回来，这才立功几天就开始惹麻烦了。"

王科达："当初劝你开除他，你就是心软。你说留着这个人到底有什么用？"

夏继成："是啊，都跟对方直接遇上了，这么好的机会，结果他一个重点都抓不住。哪像人家杨队长，一来就查证件，两三下就抓到重点！"

此刻，王科达的心情已经比在客栈时舒畅了许多。原以为大昌客栈的事彻底没戏了，没想到杨奎关键时候没有掉链子。在看人这方面，自己还是比夏继成更具慧眼。

"杨奎确实不错。客栈这边虽然失手了，但他很敏锐啊，马上揪出来两名假油漆工，有可能查下去就是一锅端。"他说得有几分得意。

夏继成长叹一口气："所以说，还是你好命啊，科达兄。"他悻悻地望向窗外，似乎已经开始琢磨起教顾耀东打麻将的事。

在乡村气息十足的松江郊外，一栋年久失修的老宅子已经被各种爬藤植物占领了。墙上停了几只乌鸦，呱呱叫着，备显凄凉。杨奎和一众警员站在老宅门前，目瞪口呆。

一名警员问道："杨队长，是这儿吗？"

杨奎低头看看手里拿着的户籍底卡，又抬头看看面前的老宅子："张明文，张明武，松江县九亭镇老街13号，没错啊。"他上前轻轻一推，门吱呀开了，里面荒草丛生，破败不堪。

警员们在荒废的院子里四处查看，一名老农背着鸡蹒跚而过。

杨奎喊道："哎！等会儿！"

老农停下脚步。

杨奎："住在这儿的人是叫张明文、张明武吗？"

"是啊。"

"人呢？"

"早死啦。"

杨奎一怔："死了？"

"都死五六年了。肺痨，十痨九死啊。"背篓里的鸡"咯咯咯咯"叫个不停，老农颤巍巍地离开了。周围又恢复了寂静。

警员们面面相觑。一阵冷风吹过，院子里的荒草簌簌晃动，众人不寒而栗。

广阔的田野上，一条马路蜿蜒而过。沈青禾的货车沿着平坦的马路，迎着阳光朝远处驶去。车后面坐着的，正是那两名乔装油漆工的警委行动队队员。如果不是夏继成提前准备了文武兄弟的一套证件，事情也许不会这么顺利。

货车最终停在一条僻静的小河边，警委的同志已经在船上等着他们。沈青禾送两名队员上了船。"船上的同志会带你们撤离。等这件事平息了，你们再回来。"

一名队员和她握了握手："辛苦你了。也替我们谢谢白桦同志。"

沈青禾笑着说道："保重。"

小船静静地驶离了岸边，顺流而下，消失在远处。

刑一处的处长办公室敞着门，两本证件"嗖"地飞了出来，掉在地上。外面的人小心翼翼地瞅了瞅，是"文武兄弟"的证件。再朝里张望，只见杨奎和另几名弟兄正在挨训。

王科达："还'文武双全'？两个大活人，说变成死人就变成死人？你们就一丁点儿线索都找不出来？"

众人都瞪眉耷眼不吭声。杨奎犹豫半天，吞吞吐吐地："处长……其实，我这儿还有一个东西，就是不知道算不算线索。"

"什么东西？"

杨奎把顾耀东给的钥匙拿了出来："这是顾耀东那晚捡到的，说是从那个逃走的人身上掉下来的。"

王科达拿着钥匙看了片刻："然后呢？"

杨奎很认真地指点给他看："您看，这上面写了两个字——'铭玉'，应该是生产钥匙的公司名字。说不定从公司能查到点什么。"

王科达看了他片刻，从自己身上掏出钥匙，扔在桌上："把你们的钥匙通通拿出来。"

杨奎和众警员赶紧拿出钥匙，在桌上一字排开。

"睁开眼睛，好好看一看。"

杨奎仔细一看，六把钥匙五把都写着"铭玉"。

王科达："上海五百多万人，五百多万把钥匙，两百多万把都是铭玉公司生产的，你告诉我怎么查？顾耀东是傻子，你也傻了？"

警局走廊的窗户边，杨奎"啪"地将钥匙拍在窗台上，冲面前的顾耀东吼道："上海五百多万人，五百多万把钥匙，两百多万把都是铭玉公司生产的，你告诉我怎么查？你是傻子，当我跟你一样是傻子？"

顾耀东被他吼得缩头缩脑。

"滚！赶紧滚！看见你就来气！"杨奎气得一把将钥匙扔出窗外，转身就走。

午休时间的警察局很安静。大家都在房间里打着瞌睡，只有顾耀东一个人蹲在院子里到处扒拉着。远处的草丛里，一个什么东西闪着银光。

顾耀东赶紧跑过去，果然是那把钥匙。他刚要伸手去捡，一只脚伸过来踩住了钥匙。他抬头一看，是夏继成。

夏继成看了他几秒，这才挪开脚，慢慢地捡起钥匙，递给了他。

顾耀东："谢谢处长。"

"嗯。"

顾耀东想说点什么，最后还是没开口。他恭恭敬敬地后退几步，转身要走。

"顾耀东？"

"到！"

夏继成笑眯眯地："没事。走吧。"

顾耀东"哦"了一声，离开了。夏继成摊开手，手心里是被他调包过来的沈青禾的钥匙。

夜幕下的中正东路熙熙攘攘，与西藏南路交界的地方就是夜晚最热闹的王国——大世界。在这个繁华中心背后，是僻静的弄堂区。夏继成的车就停在这里。从车窗望出去，能看见被大世界映得流光溢彩的夜空。

他坐在驾驶座上，把钥匙递给了坐在后排的沈青禾。

沈青禾松了口气："真的是被顾耀东捡到了。"

"我给他换了一把没用的仓库钥匙，不会怀疑到你身上。"

沈青禾想了想："可我还是觉得，最安全的办法是搬出来。肯定能另外找到合适的地方作为观察哨。"

"明天起就要开始布置营救点。临时再找不容易。"

"万一那天晚上我真的留下了破绽呢？他一直在试探我。"

"那就应付过去。"

"他虽然没有经验，但总能抓着要害，人又一根筋，早晚会给我带来麻烦的！"

沈青禾说得特别严肃，夏继成忽然笑了，笑得她有些心虚。

"笑什么？"

"你这个结论，怎么听都像是在夸他。"

"我会夸他？一副春风得意的样子。他就是想趁热打铁再多抓几个人，多立几次功！无耻！混蛋！"

沈青禾简直已经出离愤怒，夏继成很诧异地从后视镜看着她，这么强烈的情绪，总得有什么缘由。

"你跟他之间是不是发生了什么事没告诉我？"

"没有！"

这时，老董从外面走来，打开车门坐到了副驾驶座上。两人停止了谈话，安静得有些突兀。

老董察觉到有些不对："出问题了？"

夏继成和沈青禾已经各自收拾好了情绪，在任务面前，其他任何事，都是不重要的。

夏继成："私事。已经解决了。"青禾没有说话，这表示默认。

老董很干脆地："好。那我说任务。行动队的人已经安排妥当了。警局那边怎么样？"

夏继成："副局长答应让二处和一处共同押送。明天开始我们就动手准备。"

沈青禾从内兜拿出一张手绘地图交给二人。上面重点圈出了顾家以及附近的加油站，并且详细画出了这两个点之间的大小弄堂，其中几条用红色画了线。

老董仔细看着地图："油罐车每天几点往加油站送油？"

沈青禾："晚上八点一次，偶尔早上七点半还会有一次。"

夏继成："好。这两个时间都可以利用。行动当天我们就在加油站动手。人救出来以后，从小路撤离，这样容易甩掉他们。"

沈青禾："地图上的每一条路我都亲自去了，红色标注的这些里弄，就是能够通行卡车的。"

老董："青禾，你在顾家的任务完成得不错啊！"

沈青禾本想说什么，看到夏继成投来的目光，把话咽了回去。

"明天开始，先动手准备撤离用的卡车。"夏继成用笔在地图上画圈，"一共四辆，分别停在我安排好的这四个地方。"那四个圈里，其中一个就是远处五光十色的大世界。

夜已经深了。夏继成开车将沈青禾送到福安弄附近。

"就在这儿下吧。"他说得没什么人情味，沈青禾已经习惯了。正要下车，夏继成又问了一句："你和顾耀东之间真的没什么？"

她犹豫了一下："没事。"

夏继成看到了她一闪而过的犹豫，但是他不打算戳破："行动当天需要你在顾家放置安全信号，所以现在不能出任何意外。尽快处理好他的事。以你的能力，打消顾耀东的怀疑不会太难。"

沈青禾沉默地下了车。

第二天中午，顾耀东趁警局午休的时间溜回了福安弄。沈青禾果然不在家，这是个好机会。他站在亭子间门口，坏笑着拿出了那把夏继成捡给他的钥匙。

弄堂里的卢太太牵着九岁儿子，和耀东母亲一边说话一边朝顾家走来。

卢太太："这孩子，非要缠着我看明星警察，只好来打扰你们家耀东了。"

耀东母亲已经自豪到满脸放光了，嘴上还使劲谦虚着："哎哟，哪是什么明星，都是一个弄堂看他长大的。"

"报上都说了，耀东现在就是我们上海警察最年轻的形象代言人。"

耀东母亲开门："明星倒说不上，不过人家局长也讲了，警局现在就是要培养像他这样有文化、学历高的警员。再加上我们家耀东模样不错，说话做事又光明磊落，报纸这么写倒也不算夸张。"

说着话，三人已经穿过客堂间，站在了楼梯下面。抬头一望，只见顾耀东在亭子间门口猫着腰，拿着一把钥匙反复试探往锁孔里插，穿着制服的背影竟显得有些猥琐。钥匙怎么也插不进去，他稍一用力，门竟自动开了，他几乎是跌进了亭子间。

耀东母亲和卢太太面面相觑，彼此都尴尬得不知说什么好。

顾耀东拿着钥匙在屋里每个有锁孔的地方试探，但是没有一个地方能插进去。他不死心，又在衣柜里翻了片刻，结果翻出了那只藏在衣服堆里的小木箱。他顿时来了精神，满怀期待地一插，还是插不进去。

耀东母亲轻声走过来，看了片刻："干什么呢?"

顾耀东连忙站直，满面通红："没什么。我回警局了!"说完他匆匆将小木箱放回衣柜，逃也似的离开了亭子间。

当天吃晚饭，顾耀东一直心不在焉，顾邦才酒喝完了面吃完了连汤都喝干了，他才只动了几筷子。终于，门口有人招呼道："沈小姐回来啦!"他立刻将一直捏在手心的钥匙放到桌上。沈青禾进来看了他一眼，就去一旁倒热水喝。顾耀东以为她没看见，趁她倒水赶紧又把钥匙往桌角上推了推，推到最显眼的地方。然而沈青禾甚至没有朝他这个方向转一下身，就端着水杯去了楼上。

他还是没有死心。沈青禾去水斗洗衣服，他就蹩脚地假装踩滑，将钥匙"落"进了沈青禾的水盆。沈青禾面无表情地将钥匙捞出来，晃晃，顾耀东只能识趣地领回去，还得说声"谢谢"。

他仍然没有死心。沈青禾上楼，他就下楼，一把钥匙刚好就掉出来，掉在对方脚尖前。

"咦？沈小姐，是你丢了钥匙吗？"

沈青禾终于从衣领里拎出了一把挂着的钥匙，笑着对他说："我的钥匙在这里。"说完，她头也不回地上了楼，剩下顾耀东戳在那里。这一幕，被站在楼梯下面的耀东母亲看得真真切切。

顾邦才坐在卧室床上看报，耀东母亲忧心忡忡地走进来，关了门。

顾邦才头也不抬地问道："今天又有邻居来看我们家明星啦？"

"还明星呢……顾邦才。我觉得你应该和儿子好好谈一谈了。"

"谈什么？"

耀东母亲压低了声音："他追女孩子的方式好像有问题。"

顾邦才一脸诧异地摘下老花镜。

警局午饭时间，顾耀东跟着刑二处警员去食堂。下楼时正好遇见杨奎和刑一处的人吃完饭上楼。几名一处警员小声抱怨着。

"这案子真是晦气！"

"刘警官当天回去就发烧了，我今天肚子也不舒服，是不是撞鬼了？"

"我当警察三年，头一回遇见死人作案的。现在想起来还浑身发毛。"

杨奎厉声说道："不就是假证件吗？瞎说什么！我看，不是撞了鬼，是撞见老对手了。"

顾耀东望着刑一处的人走远了，好奇地凑到赵志勇身边打听："赵警官，他们刚刚说撞见老对手，是查到那个人的身份了吗？"

赵志勇："听说过'白桦'吗？"

顾耀东想了想："树？"

赵志勇笑着："两年前我刚来警局时，也这么以为。"说完他进了食堂，顾耀东怔了怔，赶紧追进去。

李队长等几个人已经坐了一桌边吃边聊，顾耀东和赵志勇也端着饭盒过来。

李队长："依我看，杨奎分析得没错。能把他们从一开始就当猴耍的，也只有'白桦'了。"

肖大头："这个人在保密局挂号多少年了？这么多年也没有人动过他一根手指头。"

赵志勇对顾耀东说道："现在知道了吧？'白桦'是一名共党地下情工的代号，保密局的宿敌。"

顾耀东："有人见过他吗？"

赵志勇："从来没有。"

小喇叭说得绘声绘色："飞檐走壁，神出鬼没。连我这样的包打听，到现在也没搞清楚他是男是女，是人是鬼。"

赵志勇："碰见'白桦'，一处这次怕是要哑火。别看他们在我们面前神气，'白桦'面前，一处和我们就是一个档次，人家根本不把他们当对手。"

夏继成吃着烤鸡，悠哉地走进来。赵志勇和顾耀东背对门口，完全没注意到。

顾耀东小声插话："可是你们刚才说没人见过他。"

赵志勇："是没人见过他的正脸，但不代表没有人跟他交过手啊！"

顾耀东一下子来了精神："我们警局有人跟'白桦'交过手？"

赵志勇无比自豪："就是我啊！以前我也以为这人是杜撰出来的。直到后来有一天，我被他从背后一秒打晕！"

啪啪两下，夏继成从后面给了一人后脑勺一巴掌，拍得二人脸都快贴饭盒里了。

"处长……"

夏继成板着脸："在这儿替别人吹嘘聒噪，让法察处的人听见，会以为你们同情共党。"

众人顿时噤若寒蝉。

回了刑二处，大家准备各自午休了，顾耀东思来想去终于还是拉住赵志勇，小声问了一句："'白桦'会是个女人吗？"

他说得很小声，但是所有人都听见了。众人齐刷刷看了他片刻，憋出一阵大笑，笑得顾耀东不知所措。

顾耀东却一言不发，一脸认真。

赵志勇有些起疑了："你那天晚上是不是看见什么了？"

李队长："说'白桦'是女人，依据到底是什么？"

顾耀东"噌"地红了脸，半天憋出来一句："猜的。"

肖大头不屑地说："不仅是女的，还是个美人，是不是还希望她像传说中的田螺姑娘一样就住在你家里啊？"在一旁喝茶的夏继成呛了一口。顾耀东不吭声了。

这时，两名警员从外面回来，其中一人说道："不用争了。大昌客栈的案子已经结案了。"

顾耀东很惊讶："案子破了？"

"不是破案。听说是客栈老板主动销案，一处当然没理由再查了。"

"他报的是失踪案，房客找到了吗？"

"那谁知道。反正案子销了。"

夏继成看了一眼顾耀东，说道："销案也好，最近到处都不太平，没必要为这么点小事浪费警力。"顾耀东看着一脸无所谓的处长，把话咽了回去。

他赶去大昌客栈的时候，客栈老板正在看报纸。

顾耀东："老板，我是前两天来查失踪案的警察。我想再跟您了解了解情况。"

客栈老板："我不是已经撤销报案了吗？"

"为什么？"

"因为人已经找到了呀！没有人失踪，我还报什么案？"

顾耀东很意外："什么时候找到的？在哪儿找到的？"

"这个我不关心，反正有人说人已经找到了，而且漆匠铺也把地毯钱赔给我了，地毯就是被他们的人弄脏了，那两个工人怕赔钱，所以偷偷给我扔了。其他事我不清楚！"

顾耀东心情复杂地走出客栈。来之前赵志勇就告诉过他，来也是白来。其实顾耀东隐约能感觉到，他明白的事所有人都明白，地毯不一定是被扔了，人也不一定真的找到了。只是大家因为一些原因选择了饭吃三碗闲事少管，至少这样到每个月领薪水那一天，可以分文不少。那是最合时宜的警察，但未必是顾耀东想当的警察。

福安弄里欢声笑语，沈青禾正在和几个小孩玩闹。杨一学的女儿杨福朵摇摇晃晃地骑在自行车上，沈青禾和两个小孩在后面推车。远远望去，她笑得灿烂无邪，仿佛和十一岁的福朵一样是个小女孩。

福朵跳下车："青禾姐姐，该你了。"

沈青禾："我哪里会骑自行车呀！"

"没关系，我们扶着你。"

"我是真的一点都不会，为了学这个我摔过好多次，实在太笨了！

一群小孩起着哄把她拉到车边："我们帮你——"

"好好好，那你们可得扶稳了。"

沈青禾惶恐地骑上自行车，几个小孩在后面推着。没骑多远，她的车龙头就偏向了路边的路灯杆子。越是想避开，反而越是摇摇晃晃地直冲过去。眼看就要撞上了，她龙头一歪，尖叫着连车带人摔在地上。顾耀东忍不住笑了一声，想起自己当初学骑自行车也是这么狼狈。他忽然觉得，身边的很多人都和自己以为的不一样。原来觉得简单的人，可能很复杂；原来觉得复杂的人，其实可能很简单。

从一户人家门口经过时，顾耀东看见门口放着垃圾桶。他摸出那把钥匙，犹豫片刻，扔了进去。等他走远了，沈青禾回头望向他的背影。她当然知道他站在那里，这出蹩脚的苦肉计，能骗住的大概也就只有像顾耀东这样简单的人了。夏继成曾说顾耀东是一张白纸，打消他的怀疑对沈青禾来说不应该是难事。但她偶尔会觉得，这真的是一件很难的事。

顾家的傍晚总是温馨的。屋里亮着橘色灯光，收音机放着音乐，桌上摆着热气腾腾的饭菜。顾邦才在客堂间看报，耀东母亲在灶披间盛饭，顾悦西打着帮忙的幌子不断偷吃灶台上摆的几盘菜。

"还是回娘家好。"顾悦西小声道，"妈，家里新来的租客怎么样啊？"

"反正比你省心。"

顾悦西刚刚"喊"了一声，沈青禾就进来了，手里拿着一个小盒子。"悦西姐，初次见面，送给你一个小礼物。"她递上小盒子，"力士新出的牡丹香皂。据说最近很受欢迎的，你试试。"

顾悦西惊喜万分："味道很好闻呀！谢谢你啦，沈小姐！"

耀东母亲："沈小姐和我们一块儿吃晚饭吧，吃完还可以打打牌！"

沈青禾刚想拒绝，就被顾悦西打断了："住在一起就不要见外了。再说顾耀东那个书呆子很没趣的，从来不打牌，你不参加，我们就玩不了了。"

沈青禾只好笑笑："那我试试，就是牌技不怎么样。"

晚饭后，一家人坐在天井里活动。牌桌上，耀东父母一组，沈青禾和顾悦西一组，四人玩骨牌，顾耀东陪多多在旁边玩沙包。

刚刚第三局结束，耀东父母就不出意外地吵了起来。

"顾邦才你会不会出牌啦！跟你一组连输三局！"

"我怎么知道你出这张什么意思！"

这时候，敲门声响了。

顾耀东起身去开门。昏暗的夜色中，一个陌生男人站在门口。

"请问……沈青禾小姐是住在这里吗？"

顾耀东："是。"

沈青禾在屋里听见了声音："我去看看。"说完她起身去了门口，看到对方的一瞬间，她显然很意外，甚至有些紧张。

站在门口的男人只是笑着："沈小姐，我来通知一声，你订的货到了。"

顾悦西在屋里喊："顾耀东——！快过来替沈小姐一局！"多多跑过来将顾耀东拉进了屋。

门口只剩沈青禾和那个男人。男人警惕地看了看周围，小声说道："我们有一辆卡车出意外了。"

屋里笑语不断，夹杂着耀东父母不时的两句吵吵。顾耀东打着牌，瞟着门口，沈青禾和夜色中的男人说着什么，脸色有些凝重……

6

站在门口的男人是警委行动队队员，这个时候突然来顾家，只可能是坏消息。

男人低声说道："有一辆卡车被撞了。"

沈青禾："哪一辆？"

"大世界的那辆，我们的人在仓库停车，结果被一辆轿车撞了。他现在脱不了身，车上又有行头，不然我不会冒险来找你。"

沈青禾看起来很镇定，心底却免不了有些焦灼。她和大世界常年有生意往来，几乎每个月都往那里送洋酒、山货、香烟、茶叶。这辆装了枪械的卡车就是以送货的名义停在那里的。既然是她的车，现在出了事，也必须由她亲自去解决才合适。

目送男人离开后，沈青禾关了门，笑盈盈地走到天井说道："顾太太，你们打牌，我出去一趟。"

耀东母亲："这么晚了还要出门呀？"

"刚刚有一批货到了。顾警官，只能你来替我了，我那个位置手气不错的。"沈青禾说笑着，从容地回了亭子间，迅速收拾东西。除了订货单，车辆证件，她还从小木箱里拿了一叠钱塞到空信封里，然后装进了坤包。

顾耀东看着沈青禾出了门，转头很认真地研究手里的牌，脑子一边想，嘴上还一边念念有词。等到把桌上四个人的牌都心算了一个遍，这才胸有成竹地开口道："该我出牌了。"刚一出牌，就被母亲一巴掌打掉。

耀东母亲："你还坐在这里？"

顾耀东很委屈："是你们说三缺一啊！"

顾悦西又是一巴掌拍他头上："怪不得你到现在还没交过女朋友！脑子读书读坏掉了！"

"我怎么……"

耀东母亲："这么晚了，人家一个女孩子出门，你就不怕她遇到坏人？"

"可她……"

顾悦西："亏你还是个警察！"

两个女人一人一句，说得顾耀东毫无招架之力。最后，一直没说话的顾邦才"啪"地拍了一下桌子："还愣着干什么？赶紧去啊！"

顾耀东被推出家门时，弄堂里已经不见沈青禾的人影。顾邦才远远看见杨一学骑着自行车回来，赶紧朝他挥手："杨会计！杨会计！借您的自行车用一用！"耀东母亲又追出来塞了一把雨伞给他："晚上怕要下雨，带着吧。"

顾耀东只得怏怏地骑着自行车带着雨伞出发了。出了弄堂骑了一小段，他远远就看见沈青禾上电车离开了。犹豫了一下，他还是不情不愿地骑车跟了上去。

沈青禾坐在窗边，余光瞥见一个身影总是忽近忽远地跟在电车旁。当她看清那是顾耀东时，暗暗一惊。

电车到了中正东路站。顾耀东远远看见沈青禾下了车，赶紧使劲蹬几下追过去。沈青禾去到马路对面，进了一家灯火通明的女士沙龙，似乎今晚出门就是直奔这里而来的。顾耀东追到门口时她已经不见了，门边竖着一块"谢绝男士"的牌子。无奈，他只得在门口找了个地方等着。

中正东路上满是形形色色的店铺，各自在夜幕下闪着花花绿绿的霓虹灯。丁放就坐在其中一间咖啡馆的角落里，戴着眼镜，装束随意，一脸素淡，甚至连口红都没抹一下。对于一个真正沉浸在写作中的人来说，形象是最不重要的东西。

手稿的题目旁，署着她的笔名——东篱君。"采菊东篱下，悠然见南山。"出身注定了她这一生都放浪不了。取"东篱"二字，是她给自己造的梦。丁放不知不觉停了笔，抬头望向窗外。街上行人熙来攘往，马路对面的女士沙龙门口，突兀地停着一辆自行车，一个熟悉的身影蹲在车旁。是顾耀东。丁放有些意外地望着他，从早晨坐进咖啡馆写到现在，这是她停笔时间最长的一刻。

沈青禾从沙龙后门出来，沿着小路，匆匆走向远处染亮了夜空的大世界。

事故发生在大世界的仓库门口，一辆黑色小轿车的车头撞进了卡车侧面，两辆车现在就停在这里，不少人在周围围观，闻讯赶来的老董和给沈青禾报信的男人都混在人群中。

卡车司机是警委行动队的一名队员，他原本是要把车停在这里就走的，没想到车已经停好了，却突然冲出来一辆黑色轿车。警察也已经来了好一会儿，但事情还是迟迟解决不了。

他客客气气地对轿车司机说："先生，我的卡车一直停在这里，确实不会是我撞了您啊。"

轿车司机是个大腹便便的中年男人，满身酒气，一看便是刚从大世界喝得烂醉出来的。他上前就推了"卡车司机"一把，叫嚣道："老子在警局上面有人，我说是你撞了，就是你撞了！"

沈青禾从围观的人群后面挤了进来。

一名警察捂着鼻子问道："你喝了多少酒？"

轿车司机喷着酒气："管得着吗？你们黄浦分局的对吧？我已经给你们黄队长打了电话，赶紧抓人，扣车！再废话，小心黄队长把你们一个个都开除了！"说完他又揪着司机吼道："今天不把这辆车查个底朝天，那老子在大世界就算白混了！"

一名警察小声对同伴说："快去问问黄队长还有多久到！"

沈青禾看向老董，老董朝她微微摇了摇头。和一个醉鬼纠缠，容易再生枝节。现在只能等警察队长来了再想办法周旋。

顾耀东依然还等在沙龙门口。路上行人渐少，霓虹灯也逐渐开始熄灭了。丁放是今天坐到打烊的最后一个客人。她抱着手稿刚走出咖啡馆，头顶咖啡馆的霓虹灯也灭了。她望着马路对面的顾耀东，似乎打算过去打个招呼，刚抬脚，又想起了什么，转身对着咖啡馆的窗户玻璃整理起头发和衣服来。

夜空飘起了小雨。两辆警车从顾耀东面前驶过，朝着远处大世界的方向去了。

他刚跑到屋檐下躲雨，一个身影就匆匆跑到他身边，他转头一看，是丁放。

"丁作家？"

"我叫丁放。"她瞟了顾耀东一眼，看见他手里拿着雨伞，"我没带伞，送我一段路吧。"

"不好意思，我在这里等人。"顾耀东丝毫没有察觉到自己让丁放下不了台，还认真地给她指路，"前面大世界门口有很多黄包车，你到那儿可以叫到车。不贵。"

丁放想起上一次见面他在警察局翻垃圾堆，同样也让自己下不了台，就像个没脑子的笨蛋。她看了看沙龙："你等的人在这里面？"

顾耀东"嗯"了一声。

"可这里早就打烊了。"

顾耀东赶紧敲开沙龙大门一问，才知道这里已经没有客人了。他一头雾水地走出来，丁放还等在门口。"现在能送我了吗？"

二人朝大世界的方向走去。顾耀东右手推自行车，左手撑伞。丁放走在他左边，抬头望了望，伞只遮住了自己右边肩膀。于是她往顾耀东身边靠了靠。顾耀东木讷地往旁边挪开。丁放瞟了他一眼，又往他身边靠了靠，想躲到伞下，顾耀东怕挤着她，又让开了。丁放一气之下快步朝前走去。

"你不打伞了吗？"

丁放没好气地说："雨已经停了！"顾耀东放下伞一看，雨确实停了。

大世界门口停了几辆黄包车，只有其中一辆有车夫，其他全不见了人影。顾耀东觉得有些奇怪，望了望周围，零星有人朝同一个方向跑去。

他领着丁放走到车夫面前："麻烦您送这位小姐去……你去哪儿？"丁放没理他，径直上了车："常德路 195 号。"

顾耀东随口问道："先生，那些车夫怎么都不见人影了？"

车夫："旁边出了乱子，都去看热闹了。听说仓库门口有辆小轿车撞了拉货的卡车。连警察都来了！"

顾耀东一听"拉货"和"卡车"，隐隐担心事情会不会和沈青禾有关。

"丁小姐，那你注意安全！"说完，他骑上自行车，跟着那些看热闹的人朝仓库方向去了。黄包车朝相反方向跑了一小段，丁放望着顾耀东的背影，忽然叫住车夫："等一下！"

两辆黄浦分局的警车停在仓库门口，几名警察守在车旁严阵以待。一名队长模样的警察头子正和现场两名警员窃窃私语。

顾耀东挤到围观人群里四下张望，果然，他看到了沈青禾。

过了一会儿，那名警察头子和手下说完话，吐了口痰，走到了轿车司机和卡车司机面前。

轿车司机："黄队长，这事怎么解决？"

黄队长看了他一眼，对卡车司机说道："你的卡车挡路了，明白吗？"

卡车司机："真不好意思，我马上开走。"

"把人家车撞坏了，就这么走？"黄队长朝手下抬了抬下巴，"人带回局子里，车扣下。"

卡车司机："我的车停在这里，一动也没动。这位先生开车撞上来，我也很无奈呀。"

沈青禾从人群里走过去，拿出车辆证件给警察头子："黄队长，这辆车子是我的，这是证件。"她小声说道，"能借一步说话吗？"对方看了她两眼，跟着她去了警车背后。

黄队长："你谁啊？"沈青禾从坤包里拿出订货单给他看："这是订货单。车上是我给大世界送的货，临时停一停，没想到惹出这麻烦。"说着话，她又遮遮掩掩地拿出一个信封塞给他，压低了声音："修车钱我赔给那位先生，这些您留着喝喝茶，打打牌，高抬贵手放个行吧。"

黄队长打量沈青禾片刻，掂量掂量信封里的钞票："什么货？"

"就是几箱洋酒，几箱烟，还有点山货。"

黄队长眯缝着眼又打量了她几眼，说得很刻意："大晚上的，扰乱治安。"

沈青禾赶紧又拿了一叠钱，塞到之前的信封里，笑盈盈地说："下回送货一定注意。"

黄队长这才把钱收起来："司机是你的人？"

"是。"

"人，我可以放一马。但是车，必须扣了。"说罢他转身就走了回去，朝手下喊道："把车拖回去。"沈青禾追过来还想说什么，黄队长一把推开她："再妨碍公务，连你一起带走。"沈青禾往后踉跄两步，一个人扶了她一把。她转头一看，是顾耀东。

"警官，我觉得你们不应该拖走卡车。"

黄队长不耐烦了："你又是谁？"

顾耀东赶紧认真地递上证件："我叫顾耀东，是上海市警察总局刑警二处警员。"

黄队长心里咯噔一下，怎么把总局的人引来了？他诚惶诚恐地双手接过证件："不好意思顾警官，不知道您是总局过来的。"

"这辆卡车停在仓库旁边，并没有妨碍交通。我认为，这起事故是轿车司机酗酒驾车造成的。"这一瞬间，顾耀东的腰板挺得特别直，好像变回了法学院那个大学生。

轿车司机想辩解，黄队长瞪了他一眼让他闭嘴，然后赔着笑对顾耀东说："没想到这件事会惊动总局，我这就处理好！其实也没伤着人，小案子，真的没必要往总局上报的。大晚上的还劳累您……"正说着，他忽然看清了顾耀东证件上的内容。

黄队长："进警察局还不到一个月？"

顾耀东："三周零两天。"

黄队长变了脸，把证件扔给身边一名警察："什么东西，拿本证件就想冒充金刚钻？"顾耀东一时没反应过来，黄队长在地上啐了一口："在总局顶多也就是个泡茶跑腿的，还真当自己是警察了！"几名警察传看证件，窃笑不断。

黄队长瞥着二人："你跟这女人一唱一和，串通一气，怕是有什么见不得人的交易吧？搞不好连这本证件都是假的！"

顾耀东："这上面盖着章，要是不相信您可以核实。"沈青禾在后面轻轻拉了他一下，示意他不要再说话。

黄队长："说对了，我就是不相信！证件没收，等我拿回局里鉴定完了再说。另外，要想取车，明天老老实实来局里接受处理，不然谁也别想提车！"说罢他带人扬长而去，货车被警察开走了，围观的人群也开始散去。

沈青禾走到那名警委面前，很镇定地给了他工钱："人没事就好。货我自己想办法，辛苦了。"对方会意，迅速离开了现场。沈青禾又看了看那名报信的同志，示意对方也撤离。目送两人都安全离开后，她装作随意地看向老董，老董微微点了点头，消失在散去的人群中。

现场还有一个计划之外出现的人需要处理。沈青禾最后走到顾耀东面前，抬头看着他。

"家里不放心你晚上出门。我送你回去吧。"

沈青禾很冷淡："不用了，谢谢。我还有事。"

"那我跟着你。"

沈青禾看了眼手表："我去谈买卖的事，有警察跟着不方便。"

"你想自己找他们把货要回来？"

"这不是你需要关心的问题吧。"

"这么晚了不安全。"

沈青禾压低了声音："对我来说钱比命重要！都说了是去谈买卖的事，我刚刚才损失了一车货，你是不是存心要让我再损失一笔生意？再说你跟去有什么用？有警察证件吗？有枪吗？什么都没有，就算我真的遇到危险你又能帮什么忙？别逞英雄了行不行？"她声音不大，但字字直戳痛处。她不能让一个局外人卷进这件事，尽管看得出来这个小警察不好受，可也只能用这个办法和他保持距离。

"顾警官，我只是租了你家的房子，其实我们之间并不熟，最近你总是过分关心我的事，实在让人觉得难受。希望你我之间能保持起码的男女距离。"说完，她埋头就要走，顾耀东忽然拉住她。沈青禾有些怔忡，不知道还该不该继续发火。

然而顾耀东只是把雨伞递给了她："抱歉，没能帮上你。"沈青禾有些愣住了。最终她什么也没说，接过雨伞转身离开了。

围观的人们逐渐散去。丁放站在人群最后，望着这一幕，转身上了等在一旁的黄包车。

顾耀东落寞地推着自行车，朝与沈青禾相反的方向离开。

远处的街角，沈青禾默默站在那里，望着顾耀东的背影越来越远。她用力甩了甩雨伞上的水珠，咬牙熬过心里的内疚。

从大世界离开后，沈青禾按照老董的暗示去了鸿丰米店，详细说了车上那批货的情况。其中一只箱子里装的是行动当天的装备，就混在二十多箱山货里。好在时间已经很晚了，他们不太可能有兴致熬夜开箱检查。警委司机得以脱身，这是不幸中的万幸。至于天亮以后的事情，就不需要青禾介入了。

临时走，老董把雨伞递给她："别落东西。外面又在下雨吗？"沈青禾看着这把不属于自己的伞，勉强地笑了笑："没有。"

顾家的人都已经睡下了。沈青禾轻声上楼，看见顾耀东房间门缝里透出灯光。犹豫片刻，她还是轻轻敲了敲。

顾耀东开了门，沈青禾递上雨伞："谢谢你的伞。刚才心情不好，不好意思。"顾耀东沉默地接了过去。沈青禾欲言又止，转身朝亭子间走去。

"沈小姐。"

沈青禾回头看他。

"你听说过'白桦'吗？"

"树？"

顾耀东苦笑了一下："是啊，一棵树。我怎么会怀疑是你呢？"

沈青禾故作一脸茫然："怀疑我什么？"

"不重要。我可能脑子坏了。"

沈青禾憋着笑："怎么能这么说自己呢！那……现在为什么又不怀疑了？"

"除了赚钱和塞钱，什么都不会。怎么可能是你？"说完他转身回了房间，沈青禾还没反应过来，顾耀东的房门就关上了。

沈青禾回了亭子间，关了门，站了好半天才回过神来。居然跟他道歉？大概自己的脑子才坏了！

第二天，顾耀东从早上到警局开始，就一直坐在办公桌前写东西。

赵志勇凑过来看了两眼："新人总结？写得怎么样？"

顾耀东苦笑："写结案报告才发现，我进警察局以后一共就参与了两个案子，一个陈宪民，一个大昌客栈，两个都写不出结果。"

自从木匠刘泽沛被刑一处逮捕后，就再也没了下文。顾耀东只知道他还有个名字叫陈宪民，犯了杀人案，除此以外，他对案件的了解仅限于报纸上一则豆腐块大的报道。寥寥几十个字，说得不明不白。他在警局里打听过案件的调查情况，但是大家都只说案子已经了结，除此以外只字不提。一桩杀人案就这么无声无息地结案，封存了。

一根手指在桌上"咚咚"敲了两声，顾耀东这才回过神来。

夏继成拿起报告看了几眼："客栈失踪案的人已经找到了，为什么写'未结案'？"

顾耀东很认真地回答："因为我没有亲眼见到那个人。在哪儿找到的，人是死是活，还有那天晚上来客栈的到底是什么人，这些都没查清楚。"

夏继成看了他片刻，"哼哼"冷笑两声，把报告随手扔桌上了。

"处长，您不问为什么陈宪民的案子也是未结吗？"

"一处的案子。我没兴趣。"

顾耀东犹豫了一下："那……我能打听一下，陈宪民最后是怎么判决的吗？"

"别跟个长舌妇似的光打听别人的事。自己的事解决了？"

"我？"

"你的证件呢？"

顾耀东顿时矮了半截："您都知道啦……"

夏继成瞪了他一眼，走到办公室中间，颇有气势地一声吼："集合!"

一屋子懒散的警员赶紧站起来。

夏继成清了清嗓子："去黄浦分局。"

两辆警用卡车急刹车停在黄浦分局门口。刑二处警员几乎全体出动，各个穿着制服戴着警帽，精神抖擞，气势十足。夏继成只穿了衬衣，连警帽都没戴，看起来反倒是最随意的一个。

顾耀东小心翼翼地最后一个下了车："处长，我们这样冲过来，会不会影响不好……"

一向温和的李队长把车门"啪"地一关，吓了顾耀东一跳。

李队长："堂堂上海市警察总局刑警二处的人，被一个分局的小队长把证件没收了，这才叫影响不好!"

顾耀东诧异地看着他。

李队长："看什么？以为我只会织毛衣?"

肖大头伸了个小指头尖："顾耀东，你在我们刑二处虽然是这个，但也轮不到他们来欺负。懂吗?"

顾耀东一脸似懂非懂的样子，赵志勇拉着他小声说道："别看他们平时爱骂你，这种关键时候，不会含糊的。"

顾耀东："可他们确实没把我怎么样，大不了我去总务处补办证件。处长，真的不用为了我把事情闹大了。"

夏继成："你丢的只是证件吗?"

顾耀东很老实地："是啊!"

赵志勇小声提醒道："还有刑二处的脸面。"

顾耀东看了看大家，所有人都一副准备大干一场的架势。于是他不吭声了。

这天阳光很好。黄队长正坐在分局后院的阳伞下，喝着碧螺春，看着两名警员清查卡车上的货箱。那名酗酒的轿车司机就站在他身后。

他很惬意地呷了一口茶，茶杯放到面前的小桌子上，然后大声问道："车上都什么东西？"

一名警员报告："报告队长，这些是洋酒和罐头。最后二十箱好像是山货。"

黄队长："赶紧清完！"他从兜里摸出一沓东西，一本是顾耀东的证件，他翻开看了看，不屑地扔到桌上，还有一个信封是沈青禾给的钱。他从里面抽了几张给轿车司机："昨天那女人给的。这是你那份。"

"谢谢黄队长。"

"往后还是注意点儿，看好了情况再动手。"

轿车司机数着钱："在黄浦区这片，谁敢跟您过不去啊？那小警察被您没收证件，连吭都不敢吭一声。"

这话显然很受用。黄队长跷着腿得意地："别拍马屁了。昨天幸亏遇见的是个新人。要不然还很麻烦。"

"是是是，下回一定注意。"轿车司机笑呵呵地杵在那儿，一直搓手，一副不满足的样子。

"还有事？"

"您看，这次的货可不少。又是洋酒又是山货……"

黄队长瞄了他两眼："行啦。车上的货要是有看上的，你就搬两箱吧。"

"谢谢黄队长！"他正要去搬货，忽然又被叫住了。

"等会儿。"黄队长站了起来，从轿车司机兜里拿出后补的那几张钱，揣回自己的信封里，"货分给你两箱，这个就不能给了。"

轿车司机只能赔着笑："行，这生意也不是一天两天，您说怎么办就怎么办吧。那我就拿两箱货。"

一名警员端着一碗煮面条过来，放到桌上："队长，您的面。"面汤洒了一点在桌上，黄队长嚷嚷起来："别把桌子弄脏了啊！"他顺手拿过顾耀东的证件，垫在面碗下。

卡车上的两名警员，一个点货一个登记，已经查完了七八箱洋酒，还剩下二十个箱子，也许下一个打开，就会是警委的枪械。

夏继成冷着脸，带着刑二处警员走进分局。门口警卫想拦，夏继成眼睛也没眨一下就朝前走了。肖大头和于胖子一把推开警卫，李队长倒是很客气，直接把证件亮给对方了。警卫一看，识趣地退开。一行人走在走廊里，盛气凌人。

顾耀东一路小跑地跟在最后，望着走在前面的人一路过五关斩六将，望着处长穿着白衬衣的肩膀在队伍最前面时隐时现，一时竟有些幸福的错觉，好像他们来这里出头并不是为了什么刑二处的面子，而是为了自己。这让他觉得自己成了二处很重要的一员。他一路小跑着，因为这小小的幸福，偷偷雀跃着。

夏继成带着刑二处警员走进办案大厅，闹哄哄的大厅顿时静了下来。一屋子警员面面相觑，不知道发生了什么事。

李队长依然很客气："麻烦请黄队长过来。"

一名警员问道："你们是什么人？"

"他来了就知道。"

"黄队长在后院清查违章卡车。"

夏继成："是昨晚大世界的车？"

"对。"

"哦，那正好。顾耀东。"

顾耀东赶紧立正："到！"

夏继成看着他，一字一句："这是你的案子。昨晚没办完的，现在去办完。"

顾耀东走进后院时，正好遇见轿车司机朝他走过来，身后还跟了两名喽啰，一人抱了只货箱。

轿车司机："哎呀，这不是总局的大警官吗？怎么来这儿了？"

顾耀东："我来办案。"

对方一脸嬉笑："是来讨证件吧？不妨碍您了。"说着他就要走，没想到竟然被顾耀东伸手拦了下来。"对不起。那两箱东西你不能带走。"

"黄队长亲自开了口，这是赔偿给我的修车费。"

"对不起，还是不行。"

轿车司机推了他一把："别没事找事！我上面有人！"

顾耀东扶了扶警帽，神秘兮兮地凑到他面前："其实我上面也有人。"那人还

153

没反应过来，就见夏继成带着二处警员过来了。

轿车司机："你们……"夏继成根本没正眼看他，一巴掌按在他脸上，像扒拉一根草似的将他整个人扒拉到了一米开外，自己一步不停地朝前走去。于胖子和小喇叭从喽啰手里拿过两只箱子，跟上夏继成。对方根本不敢吭声。

顾耀东从司机面前经过时小声说："就是他。"

卡车下面摊了一地敞开的货箱，有洋酒，也有山货。卡车上还剩最后两个箱子。

黄队长坐在阳伞下，正美滋滋地吃面，忽然看见一群陌生警察朝自己走过来，一时有点蒙。李队长走到他面前，把自己的证件放到桌上。黄队长看了看，赶紧起身，慌张地用袖子擦了擦嘴："长官！"

夏继成瞄见车上警员要动手开最后一个箱子，刚要开口，早就在一旁察言观色的李队长说话了："那车货是你们该查的吗？"

黄队长大喊："别查了！赶紧过来！"

黄队长赔着笑："大家都是队长，有事好商量。"

李队长："我的队长和你的队长一样吗？"

黄队长悻悻地干咳两声："不一样，您是总局的队长，当然不一样。"

李队长："那就闭嘴。"

夏继成终于等到说话机会："黄队长……"他刚开口，肖大头就说话了："处长，这事不必您费神。交给我们。"

"处……处长？"黄队长傻眼了，他怎么也想不到，这个连制服都没穿，连话都插不上的人，竟然是上海市警察总局的一名处长。

肖大头："知道我们为什么来吗？"

黄队长看见了站在队伍最后面的顾耀东，明白过来，慌忙从面碗底下拿出证件，递给肖大头。肖大头没伸手接。顾耀东倒是很积极地跑过来，伸手去接，结果手被肖大头打开了。

肖大头："打发叫花子？没看这上面还滴着面汤？"

黄队长："是是是，我马上擦干净。"他赶紧用自己的衣服擦干净证件，再递

154

给顾耀东："抱歉啊，顾警官。"

顾耀东："没关系。"

夏继成再一次要开口，站在他一左一右的于胖子和小喇叭已经抢先拍案而起。先是左边的于胖子把货箱往地上一扔："怎么没关系？他都打齐副局长的脸了！"接着右边的小喇叭也义愤填膺地把货箱一扔："这事性质很严重！"

夏继成终于放弃了。他退到一边，坐到阳伞下那个原本属于黄队长的座位上，往桌上一跷腿，瞄着卡车上最后那只没打开的货箱，不再说话。

黄队长着急地朝一名警员挥手："赶紧把面收走！"警员赶紧把夏继成脚边那碗面条端走。他又朝另一名警员喊着："傻站着干什么？去给总局处长泡茶啊！"

"是！"警员匆匆跑开。

安排完一切，他这才讨好地笑着，诚惶诚恐地问道："诸位长官，我实在不知道事情会这么严重，怎么会……把总局的副局长都扯进来了呢？"

李队长："您不看报纸吧？"

黄队长："报纸？看！我看！"

李队长："上海市警察总局齐副局长和我们顾警官的合照，前几天刚登在报纸上。您，没看见？"

黄队长瞠目结舌地看向顾耀东："这位小顾警官？"

顾耀东在后面偷偷拽李队长。

肖大头："东吴大学法学院毕业生第一名，总局刑二处最年轻、最有前途的新人，怎么到了你们黄浦分局的嘴里，就成泡茶跑腿的了？"

顾耀东赶紧又去拽肖大头。

黄队长："顾大警官！是我有眼不识泰山！"

顾耀东面红耳赤，不知道该怎么接话。

赵志勇："就算是泡茶跑腿，也不可耻啊。谁还没有过当新人的时候？"

黄队长已经开始擦汗："是是是。"

一名警员匆匆端着茶杯过来，黄队长赶紧接过去，毕恭毕敬地端到夏继成面前："处长，您请喝茶。"

夏继成根本不看他，转头喊道："顾耀东。"

顾耀东："到！"

"那是昨晚被撞的卡车吗？"

"报告！是这辆。"

"你觉得应该怎么处理？"

"轿车司机酒后驾车，撞坏卡车，按交通法需要赔偿修理费，并视情况拘留。卡车司机不承担任何责任，应该无条件将卡车归还给他。"

"黄队长，这个处理方案合理吗？"

"合情合理！马上照办！"黄队长飞快地朝手下挥着手，"快快快，东西都原封不动搬回去！通知卡车司机取车！把钱赔给人家！"交代完了，他回头赔笑着问夏继成："长官，您看这样行吗？"

夏继成："我不关心卡车司机，我只关心我的人。"

黄队长反应过来，赶紧走到顾耀东面前："顾警官年轻有为，黄某冒犯了，您多包涵。"说完他瞟了眼夏继成，见对方没表态，只好给顾耀东鞠了一躬。

顾耀东已经涨得满脸通红："处长……我，我真的没什么。"

夏继成这才慢悠悠起身，走到黄队长面前，精准地从他衣服胸口内袋掏出那只信封，扔在桌上："黄队长，你跟人串通，故意撞车勒索钱财的事暂且不论。你当行动队长这两年敛财的数目和你经手的冤假错案，如果我想细查，足以让你这辈子都走不出牢房。像你这样微不足道的蝼蚁，我保证分局不会有人为你说半句话。让你继续当这个队长，是因为我们顾警官宅心仁厚，不想追究。"

黄队长恨不得当场跪下："谢谢处长，谢谢顾警官！"

"这是顾警官的案子，也就是总局刑二处的案子。卡车我们要开回总局。你好自为之。"说完，他转头看着顾耀东："顾耀东，结案有问题吗？"

顾耀东的眼睛里闪着阳光："报告，没有问题！可以结案！"

夏继成："收队。"

回警局的路上，夏继成坐在副驾驶座，顾耀东和其他警员坐在后面。他看了看手里的证件，又回头看了看跟在后面的卡车，最后一脸傻笑地望向夏继成的后脑勺。夏继成总觉得像是有什么人在戳自己后脑勺，浑身不自在。他一回头，顾耀东赶紧埋头看证件。夏继成莫名其妙地摸了摸后脑勺。

顾耀东这才又偷偷抬头望向处长。阳光透过车窗照在身上，觉得格外暖和。

刑二处的警车停到上海市警察局门口，顾耀东刚一下车，就看到沈青禾迎上来："夏处长，谢谢您了。"

"举手之劳。"

肖大头也开着卡车到了，小喇叭看着他把钥匙给了沈青禾，小声对于胖子说道："我还以为处长真是为了顾耀东去的。原来是她的货。"

李队长："别多嘴。走走走，都回去，一堆事情没办完呢！"

大家说着话进了警局，顾耀东也被赵志勇拽了进去，回头时，正好看到沈青禾把一个信封塞到夏继成兜里。那一瞬间，好像有一盆冷水从他头顶浇下来。

夏继成数着信封里的钞票，压低声音说道："货安全。但是车不能停在大世界了。那条线路还有合适的停车点吗？"

沈青禾松了口气："肯定有，我马上找。"

回刑二处后，顾耀东一直坐在座位上看着桌上的新人总结发呆，幸福来时很意外，结束时却一点不意外。处长还是那个处长，什么都没有变。

夏继成回来了，从顾耀东身边经过时，发现他瞪着自己。原本已经走过去，又退了回来。"你这是表示感谢的眼神吗？"

顾耀东没吭声。赵志勇在一旁推了他一下："处长问你话呢！"

"今天之内把总结交上来。"夏继成使劲回瞪了这小子一眼，这才去了处长办公室。

赵志勇小声问道："你怎么回事？"没等顾耀东开口，他已经反应了过来，"因为刚才沈小姐那个信封？"顾耀东不说话，算是默认了。赵志勇觉得他既傻得可笑，又傻得让人心酸，像极了当年刚来警局的自己，只不过自己的"进步"速度是远远超过他的。当警察一个月的时候，已经懂得说话恰到好处，做事适可而止，甚至总结出了一套法则。

"耀东啊，在警察局这种地方，你我都是小得不能再小的角色。长官说什么，你点头就行，别较真，别多问。"

"大家都是这么当警察的？"

"你还是学生气太重。拯救世界轮不到我们，自己不被扫地出门才是要紧事。知道生存法则吗？"

顾耀东一脸茫然："什么？"

"长官没点头的案子，不听，不理，不办。耳聋眼瞎才能活得长久。"

赵志勇说得很认真，并且带着一丝自豪。顾耀东过了好半天才"哦"了一声。

"顾耀东！有人找你报案。"

顾耀东转头一看，是李队长站在门口喊，接着丁放就走了进来。赵志勇看到她的一瞬间，整个人都绷紧了。偏偏丁放还径直走了过来，就站在他面前。刚刚还口若悬河的赵志勇，忽然间浑身上下都不灵光了："什……什么案？"

丁放冷冰冰地说："我找顾警官报案。"

"顾警官？……啊！顾警官！"赵志勇赶紧往旁边让开，露出被他挡在后面的顾耀东。"耀东，快，你的案子。"

顾耀东："那我是不是应该先请示长官……"

"这件事不用！破案要紧！你们聊，我不打扰。"赵志勇一边说一边后退，被椅子绊得一个踉跄。

丁放把一张报纸放在顾耀东桌上，上面一则新闻标题是"当红女作家东篱君大揭秘"。

顾耀东有些不明白："丁小姐，我已经把底片还给你了……"

"我知道。这跟上次的事没关系。我现在是来报案，我的人身安全受到威胁，回不了家，需要警察保护。"

赵志勇又插话道："丁小姐，我们处长交代顾警官今天必须交总结，要不我可以……"

"不行，只能是顾警官。其他人我信不过。"

赵志勇尴尬地拍了拍顾耀东的肩膀，笑着说："耀东啊，那我也没办法，帮不上你了。"

丁放毫不遮掩地直视顾耀东:"从一开始这就是你的案子,你有责任做到有始有终。顾警官,请你去看看我住的公寓变成什么样子了。"一个漂亮女孩如此斩钉截铁地要求对她负责,不用说未婚的赵志勇和小喇叭,就连已为人父的肖大头和于胖子也听得心潮起伏,思绪荡漾,只有顾耀东一门心思地翻抽屉找警哨。

十多名记者围在常德路 195 号的法式公寓楼外,举着相机朝楼里张望着,不时有人高喊:"东篱君!请你出来接受采访!"顾耀东和丁放猫腰躲在路口,远远望着这一切。

顾耀东有些纳闷:"记者来采访你,好像也不是坏事啊。"

"是一群披着记者外衣的流氓。他们根本不看小说,只对我的三围和私生活感兴趣。"丁放说得很随意,转头一看才发现顾耀东红着脸头埋得很低,仿佛那两个很敏感的词语已经变成了画面。

丁放忍着笑,有心逗他:"知道偷拍我换衣服的照片卖多少钱吗?"

顾耀东老实巴交地摇头。

"够你半年的工资。"

小警察终于抬起了头,惊讶到说不出话。

门房已经出来驱散了几次,记者们还是不肯离开。这时,一声警哨从后面传来。众人纷纷回头,只见顾耀东站在他们身后。

"警局接到报案,有人在这里聚众扰民。请问哪位愿意跟我回去接受调查?"

记者们一哄而散,公寓楼终于恢复宁静。

顾耀东跟着丁放进了家门。丁放谨慎地反锁了大门,这才放松下来,随意地绾起头发一扎,戴上眼镜,将高跟鞋一甩,趿拉着拖鞋在屋里走来走去。

"你打算怎么办?"

"躲着。"

"要不我替你在警局申请保护吧?他们知道你一个人住,又没什么背景,还会再来的。"

丁放避开了顾耀东的眼神,似乎隐瞒了什么秘密。"不用了。大不了这段时间都躲在家里写小说。只要有吃的，我可以一个月不出门。"

顾耀东掀开窗帘一角朝楼下张望，那些记者确实都离开了。

丁放："吃水果吗？"

他放下窗帘准备离开："不了。我该回警局了。"

"你保证他们不会杀回马枪？"

顾耀东想了想，只得说："那我再待十分钟。"丁放脸上浮起一丝小小的甜蜜，转身去了厨房洗水果。

一辆黑色轿车停在楼外。司机和其中一人留在车边，另外三个打手模样的男人下车，进了公寓楼。门房拦着他们问了几句，很快就放行了。

顾耀东没有坐，一个人老老实实站在客厅，见一旁有书柜，便走过去随意看着。书柜里放了一排相框，在这其中，竟有丁放和陈宪民的合影。顾耀东很是诧异。丁放端着水果出来，正好看见顾耀东盯着照片看。

"那是《新世界》杂志社的陈主编。我用'东篱君'这个笔名写的第一篇小说，就是他替我发表的。"

顾耀东有些愣神："原来他真的是主编……"

"你认识他？"

"只在照片上见过。他的案子我参与了一点。"

丁放不明白："案子？什么意思？"

"你不知道他的事吗？"

"我有一段时间没去杂志社了。"

"陈宪民已经被捕了，罪名是谋杀。"

丁放先是一惊，转而一笑："开这种玩笑不合适吧？"

"现在人就关在警局，下周要转去监狱。"

顾耀东说得很严肃。丁放这下彻底愣住了："陈主编谋杀？你们有证据吗？"

这问题让顾耀东也有些底气不足："这是刑一处的案子，我不清楚细节。"

丁放仿佛明白了什么，冷笑着："哼，又是一桩冤假错案。"

"丁小姐，人命关天的事，请不要妄下结论。"

"你真的相信警局？信任警察？"

顾耀东犹豫了一下："当然。"

"我更相信自己的脑子。如果你也见过陈主编，听过他的见地，了解他的品行，会和我一样相信他不可能是杀人犯。"

丁放说得非常肯定。顾耀东看着合照，一直埋在心底的疑虑渐渐升腾了起来。就在这时，敲门声响起。丁放以为又是记者，顿时紧张起来。

顾耀东到窗边往下一看，只见楼下停着一辆黑色轿车，一名打手模样的男人守在车边。"不像记者。"

丁放跑到窗边一看，脸上闪过一丝异样。

敲门声再次响起。丁放见顾耀东掏出警棍，有些犹豫。这时，门把手"咔嚓"转动起来，显然是外面的人在试图开门。

顾耀东把丁放往卧室里推："快进去，锁上门别出来！"

"你呢？"

"我是警察，我来想办法。"

丁放一咬牙，拉着他去了浴室："浴室窗户能翻出去。我可不想明天在报纸上看见年轻警官横尸女作家公寓的新闻。"

从浴室窗户翻出去，是公寓侧面的小院子。顾耀东顺着下水管爬到了一楼，挥手示意丁放可以下来了。丁放已经来不及换鞋，穿着拖鞋就爬了出来，顺着下水管快滑到一楼时，拖鞋掉了下去。她光脚抱着管子停在了半空中。

顾耀东在下面压低声音喊："下来吧！"

"没鞋怎么下来！"

"有我在！我接着你！"

丁放豁出去往下一跳，顾耀东果然接住了她，又蹲下替她把拖鞋穿上，一边很认真地说："别怕，我一定带你安全离开。"做这一切时他并没有觉得有什么特别，可丁放红了脸。

顾耀东躲到墙后张望情况。那辆黑色轿车仍然停在公寓楼外。他下意识地拉住丁放的手，把她往身后拽。

"知道是什么人吗？"

"不知道。"她回答得心不在焉。顾耀东盯着轿车，而她盯着自己被顾耀东拉着的手。

三名打手从楼上看见了躲在院子里的顾耀东和丁放，朝门口同伙大喊："人在下面——"守车的人闻声立刻追来。顾耀东拉着丁放拔腿就跑，慌乱中，丁放跑丢了拖鞋，顾耀东一把将她背了起来，一路狂奔。

一个急转弯，丁放肩膀撞上墙角。

一个跳跃，丁放脑袋撞上晾衣竿。

一辆车经过水坑，水溅了丁放一身。

这一切顾耀东全然不知。他只是一脸英勇地朝前奔跑着，奔跑着。

终于，他背着丁放逃到了一处偏僻的弄堂，四下无人，追兵也被甩掉了。他气喘吁吁地放下丁放："丁小姐，你安全了！"他高兴地回头一看，才发现丁放俨然变成了一只蓬头垢面的落汤鸡。

顾耀东："你怎么……"

丁放扶正被抖落了无数次的眼镜，狼狈地看了看周围："你打算把我扔在这里吗？"

"公寓暂时不能回去了。你的父母住在什么地方？我送你过去。"

"他们不在上海。"

"那还有可以投奔的亲戚吗？"

丁放摇头，她似乎很回避关于家人的问题。

"朋友？"

"我从来都是一个人。"

顾耀东无奈了。思来想去，能够落脚的地方大概只有客栈了。

他掏出身上所有的钱数了一遍，然后领着丁放去了一间看起来有些简陋的小客栈："我身上的钱，只够住这种客栈……"说着他看向对方。

"别看我。我身无分文。"丁放拒绝得理直气壮，仿佛需要救济的人是顾耀东。

顾耀东彻底无奈了："要不你在这里等等，我去警局借一点。"

"不用。睡这里怎么都比睡大街好。"说完她径直走了进去。

客栈老板收了房费，去柜子里拿钥匙。顾耀东有些内疚地看着丁放，她似乎毫不介意周围环境，也不在意自己还趿拉着拖鞋的乱糟糟的形象。但是当两个醉汉拎着酒瓶进来时，她穿拖鞋的脚还是下意识地往后缩了缩。

老板拿着钥匙过来："房间就从那边往里走。"

客栈里乌烟瘴气。一个房间敞着门，四个男人正在打麻将，骂骂咧咧，烟雾缭绕。走了两步，一个中年妇女拼命拍门，边拍边喊着："狐狸精！勾引我家男人！看我今天不撕烂你的脸！"再走几步，刚才的两个醉汉正往一个房间里闯，门里的男人拼命拦着："去去去！哪来的醉鬼！都说你走错房间了，再硬闯我就报警啦！"

丁放到了自己的客房，打开门，屋里狭小简陋。

"谢谢你了，顾警官。"

顾耀东出来后犹豫不决地走在街上。最终，还是停下了脚步。

五分钟后，他领着丁放走出了客栈。丁放趿拉着拖鞋一路小跑地跟在后面。

"去哪儿?"

"我可不想明天一早在报纸上看见当红女作家离奇失踪的新闻。"

福安弄炊烟四起，正是各家各户吃晚饭的时间。顾悦西又回来蹭饭了，一家三口刚动筷子，顾耀东也回来了，这也不稀奇。但是当他身后忽然又钻出来一个陌生女孩时，所有人的筷子都停在了半空中。

顾耀东："姐，你今天住家里吗?"

顾悦西怔怔地："家里? 不住，吃完饭就走。"

顾耀东："那正好。我借用一下你的房间。这位丁小姐，暂时要在我们家住两天。"

一家人的目光齐刷刷转向丁放，又齐刷刷转向她脚上的拖鞋。

丁放："不好意思，打扰你们了。"

三个人瞠目结舌地目送丁放上了楼。

沈青禾从亭子间开门出来，正好和丁放打个照面。丁放认出她就是那晚在大世界仓库对顾耀东冷言冷语的女人，很意外。沈青禾见顾耀东带了个年轻女孩回家，也很意外，不过她什么也没问，也不应该问什么，安静地下了楼。

丁放小声问顾耀东："那位小姐是你朋友？"

沈青禾听见顾耀东回答说："租客。关系不熟。"

耀东父母和顾悦西也在客堂间小声议论着。顾悦西一脸愤愤然："妈，你还说顾耀东不知道怎么交女朋友。看见了吗？我们都被他骗了。"

耀东母亲脑子有点乱，几天前还以为儿子和沈小姐之间有什么，她和顾邦才为此还很认真地彻夜长谈了一番，结果今天儿子就带了个陌生女孩回家，还要借住？正纳闷着，沈青禾从楼上下来了。她试探地打着招呼："沈小姐下来啦？"

沈青禾笑盈盈地说："拿点热水。你们慢慢聊。"她拎了一壶热水，上了楼，看起来没有任何异常。耀东母亲和顾邦才对视一眼，两人都糊涂了，难道之前判断错了？

顾耀东领着丁放进了顾悦西房间。"刚才追你的那些人不像普通打手。你最近得罪什么人了？"

"不清楚。"

"需要报警吗？"

丁放竟有些慌张："不用！不用报警！"说完她就意识到自己有些失态了，"我……最近拖欠了几篇小说稿，可能是杂志社找人来催稿吧，不用小题大做。我在这里借住两天，明天就去找新房子。"

顾耀东也看出她有些不对劲，刚想问，丁放岔开了话题："顾警官，能麻烦你帮我找双鞋子吗？"

顾耀东敲开了亭子间门："沈小姐，请问……你有多余的鞋吗？"

沈青禾看了看站在顾悦西房间门口的女孩，虽然整个人乱糟糟的，但依然是放在人群里也亮得晃眼的那种女孩，不仅因为漂亮，还因为浑身透着清高和傲气。

"如果方便，那位丁小姐想跟你借一双。"

沈青禾看了眼女孩脚上的拖鞋，尺码似乎和自己差不多。她找了一双皮鞋，递给顾耀东。

"谢谢。我借用两天，尽快还给你。"

"谢谢就免了，穿坏了是要赔钱的。你也知道，我这个人除了钱什么都不喜欢！"

顾耀东刚走出亭子间，身后的门就"啪"地关上了。

丁放装作什么都没听见，她坐在顾悦西的床边，试了试鞋子，大小刚好。"谢谢你啦，顾警官。"这已经是她第二次看见沈青禾对顾耀东冷言冷语了，不知道为什么，她心里有些窝火。

顾耀东完全不在意沈青禾的态度，甚至没有感觉到她有什么态度。他想着自己的心事，从他在丁放家看到合照开始，关于陈宪民的那团疑云就一直挥之不去。

"丁小姐，你说陈宪民不可能是凶手，除了因为了解他，还有别的理由吗？"

"不是说这是别人的案子吗？"

"他被捕和我有关系。如果这件案子有问题，我也有责任。"

"对不起，我没有别的理由。"

顾耀东失望了。

这一夜，他几乎没有睡着。第二天天不亮就直奔警局档案室，翻出了刊登陈宪民案件的那份报纸。头版最显眼的位置，是他和齐副局长的那张合影，只在角落里有一则不起眼的报道。报道说凶杀案发生在五月十六日，于是他又把五月十六日当天的所有旧报纸翻了出来。他也不知道自己到底想找什么，能找到什么，但总比什么都不做要好。

肖大头拿着报纸走进刑二处时，顾耀东正坐在座位上盯着两张报纸一动不动，看起来心神不宁，甚至有些紧张。肖大头瞄见了那张合影，很是不屑："还在回味你的光荣瞬间？"

顾耀东忽然一把拉住他："肖警官！请问您知道陈宪民一案的受害者，是什么人吗？"

肖大头莫名其妙地甩开他："不知道。"

"那您知道他的作案动机吗？"

"我需要知道吗？"说完他扔给顾耀东一个白眼，转身朝其他人挥舞着手里的报纸："哎哎哎，通知各位，报上刚登的最新金价！金价又涨了！这个月薪水又贬值一半！"

顾耀东抓起桌上的两张报纸去找小喇叭："包警官，您跟一处的人熟，我想打听打听陈宪民的案子。"

小喇叭神色警惕起来："打听这个干什么？"

顾耀东把两张报纸摊在桌上，一边说话一边指给他看："报纸上写他的作案时间是五月十六日，下午一点到两点之间，他趁对方听唱片机时进入，所以没有惊动对方。可我在档案室查了当天的报纸，那天受害者所在的居民区停电。"他指着另一份报纸的角落里，四个不起眼的字——"停电通告"，声音有些颤抖了："这好像不对啊。"

"说不定就是报社编辑的笔误，别吹毛求疵。"

"这种关键细节，怎么可能是笔误？"

小喇叭不想再纠缠，干脆站了起来："实话告诉你吧，我虽然号称小喇叭，但这个案子，我一个字都不想议论。以后你也少打听陈宪民的事。"小喇叭拉着于胖子避瘟疫似的离开了。

李队长过来拍了拍顾耀东肩膀："来警局快一个月了，什么该问，什么不该问，也该琢磨琢磨了。"说完李队长也走了。

顾耀东失魂地站着，只觉得脑袋嗡嗡作响。

吃午饭的时候，他一个人坐在角落，心事重重。赵志勇主动端着饭盒坐了过来："总结写完了吗？"

顾耀东埋头拨弄着饭盒里的青菜："没有。"

"是不是因为……那天丁小姐来找你，耽误了？她找你什么事？"赵志勇关心的显然是后半句。

顾耀东抬头看着他："我在她家里看到她和陈宪民的合照。"

赵志勇大吃一惊："她带你回她自己的家？"

"丁小姐和陈主编认识，她说以陈主编的品行不可能是谋杀犯。我今天去档案室查了。这案子……好像真的有问题。"

"小点声！我跟你说过的生存法则，耳聋眼瞎，忘啦？"

"我问了二处的人，大家好像都在回避这个案子。你们是不是知道什么？"

"姓陈的现在就关在警局，要不你亲口去问问？"

顾耀东眼里有了光："我一个人能去吗？"

赵志勇简直怀疑他是真傻："你还真想去呀？这是一处的案子，人也是他们审的，你现在去就是摆明打人家脸。再说了，杨奎杨队长当警察多长时间？你进警局才多长时间？让你纠正错误？可能吗？"

顾耀东不吭声了。

"丁小姐有疑问正常，但你是警察，不能人云亦云。不过这个丁小姐带你回家干什么呀？"

顾耀东心不在焉："有记者骚扰她。"

"还有这种事！怎么不请求支援？"赵志勇很愤慨，但又带着点酸。

"已经没事了，她现在住在我家里。"

赵志勇又一次被震惊了。顾耀东不想再说丁放的事，他用筷子在碗里拨弄着食物，过了片刻，忽然起身离开了。

他去了户籍科，但是发现不管陈宪民还是刘泽沛的户籍资料，都被刑一处拿走了。孔科长说，刑一处历来如此，他们不想让人查的，连一个字都不会留下。这让顾耀东更加不安了。

这天的午饭，耀东母亲多加了两个小菜，一是因为顾悦西又回来蹭饭了，二是因为家里多了个年轻女孩。

顾悦西坐在饭桌上不吃饭，一直拿着报纸看。耀东母亲一把抽走报纸："怎么才刚回去一天又回来了！你还想不想好好过日子了？"顾悦西挤眉弄眼地把报纸拿回去，小声说道："我回来有要紧事！"她举着报纸，一直在偷偷比对照片上的人和面前的丁放。报纸上的照片正是丁放，标题是"当红女作家东篱君大揭秘"。

丁放一个人吃得津津有味，耀东母亲暗示了顾邦才几次，顾邦才只好勉为其难地开口问道："丁小姐，那个……你是我们家耀东的……朋友？"

丁放很坦然："不是。我找顾警官报案，他帮了我。"

顾邦才和耀东母亲对视一眼，看着面前的丁放大口大口吃饭，有很多问题想问，又不好意思开口。

在两道目光的注视下，丁放的筷子停在了半空中："我是不是……吃太多了？"

耀东母亲："没有没有！尽管吃！"丁放这才放心地继续吃起来。

"菜还合胃口吗？"

"合胃口。我平常都是一个人吃饭，不是红房子就是德大西菜社，很久没吃过这种味道了。"

耀东母亲诧异："你天天去那种地方吃饭？"

丁放很认真地想了想："偶尔不想出门，也会让厨师来公寓做，不过我实在吃腻了。"

耀东父母面面相觑，顾邦才小声说："你说的是价钱，人家说的是味道。不是一个世界的人。"

丁放放下碗筷，端正了坐姿，特别真诚也特别感激地说："顾先生顾太太，谢谢你们一家人的照顾。虽然这房子很破旧，但是很温馨。我很喜欢这里。"一番大实话说得耀东父母哭笑不得。

顾悦西试探地问道："丁小姐，我越看你和照片上越像……"

丁放看了一眼报纸，很坦率地说："是我。"

耀东父母听得一脸茫然，顾邦才问道："谁啊？"

耀东母亲拿过报纸一看："女作家，东篱君？"

顾悦西呆了好半天反应过来，冲上楼去，很快又冲下来，把一本《鸾凤禧》和一支笔放到丁放面前："我是你的书迷。能给我签个名吗？"

丁放依然很坦率："不好意思，我从来不给人签名。"

顾悦西有些尴尬："就……就签个名字就行。"

"我现在的所有麻烦都是因为'东篱君'三个字而起。抱歉，这个真的不行。"她朝顾悦西礼貌地笑了笑。顾悦西只能失望地收回了小说和笔。丁放看了眼她手里的《鸾凤禧》，似乎有一闪而过的犹豫，但最后还是什么也没说，只是埋头喝汤。

耀东母亲在门口洗好了衣服，端着水盆进屋，刚要关门，一个打手模样的男人伸手拦住了门。

"请问，丁小姐在吗？"

耀东母亲很是警惕："你找错了。这里姓顾，没有什么姓丁的小姐。"说着她又要关门，对方竟然粗鲁地一把推开，撞翻了水盆。盆子"哐当"掉在地上，衣服落了一地。

"哎呀！我刚洗的衣服！

丁放闻声噔噔噔冲下楼。

男人一看她出来了，立刻笑脸相迎："丁小姐。"丁放怒气冲冲地瞪着他，看见耀东母亲还在一旁，只能把话憋了回去。

"车就在弄堂口等您。"

"你们怎么找到这儿的？

"先生看到报纸，去了常德路公寓，查到这里不是难事。"

丁放有些慌张地朝弄堂里望了一眼："他也来了？"

"是。"

"告诉他，我不回去。"

男人凑过来，小声说道："您还是跟我回去吧。不然这一家人可就没有安宁日子了。"

"威胁我？"

"是先生的原话。"

丁放沉默片刻，忽然开口说："把你身上的钱拿出来。"

对方怔了怔。

"全部！"

男人赶紧掏出所有钱给她。

丁放拿了一半给耀东母亲："顾太太，这两天打扰了。这是给您的房钱，还有电费水费。"她又问那个男人："盆子是你打翻的？"

"我……"

"想带我回去交差，就麻烦你把衣服重新洗干净。"说罢，丁放转身上了楼。

他百般不情愿地捡起衣服："太太，水池在哪？"

耀东母亲凶巴巴地："门口！"

丁放回顾悦西房间，换回了自己的拖鞋。她拎着皮鞋经过顾耀东房间时，看见门没有关，不觉停下了脚步。屋里整洁干净，书架上一排排挤满了书。丁放想起他曾经问过自己，东篱君写什么故事。她说灯红酒绿，男男女女。那时顾耀东笑着"哦"了一声，他没读过，因为不感兴趣。他总是一无所知地让人下不来台。想到这里丁放不禁怅然地笑了笑，原来顾耀东也是喜欢读书的人，只是他不读自己的灯红酒绿、男男女女。

沈青禾回来时，只见门口一个陌生男人在笨手笨脚地洗衣服，耀东母亲监工似的坐在一旁摇着扇子跟她打招呼："沈小姐回来啦。"

她纳闷地上了楼，在顾耀东房间门口遇见了丁放。

"沈小姐，我正好想找你。"丁放把鞋子还给沈青禾，"你的鞋子。谢谢。"

"不客气。"

丁放又把剩下的那一半钱给了她："这是借用鞋子的钱。要是你不想再要我穿过的鞋，买一双新的也绰绰有余。"

"只是借去穿了一天，不用了。"

丁放把钱塞到沈青禾手里："那怎么行。你这么在乎钱，被人白白穿了鞋子，心里多不舒服。"她趿拉着拖鞋下了楼，剩下沈青禾一脸莫名其妙地站在那里。

从客堂间离开时，丁放又看了眼顾悦西放在饭桌上的那本《鸾凤禧》。她犹豫了一下，在扉页写上了"东篱君"三个字。

耀东母亲等在门口，看丁放出来，赶紧拉住她："我看那个人一脸歹相，真要跟他走？"

"他不敢把我怎么样。顾太太，谢谢你们一家人的照顾。替我跟顾警官道声谢吧。"说罢，她恋恋不舍地看了眼顾家，跟着那个男人离开了。

一辆黑色轿车停在福安弄外。

丁放走到车旁，后车窗摇下来一半。里面坐着一个衣着讲究的中年男人。

"上车。"

丁放似乎早就想好了，很干脆地说："再帮我办一件事，我就回去。"

"别任性了。"

"帮我查个地址。对你来说是举手之劳。"

中年男人有些无奈，皱着眉头看她。

傍晚时分，顾耀东回了家。耀东母亲正在端菜上桌。

耀东母亲："丁小姐已经走了。"

顾耀东："去哪儿了？"

"不知道。有辆黑色小轿车把她接走的。对了，她刚刚派人送了封信，放在你桌上了。"

顾耀东站在书桌前，桌上放了一个信封。里面是一张纸条，上面写着"康悌路康益里5号，希望能帮你解开疑惑"。他愣了片刻，猛然反应过来，匆匆脱掉警服，换了身普通衣服就冲了出去。

康益里隐于闹市，一共只有十来户人家。顾耀东很快就找到了5号，这是一处普通的石库门房子，两个中年女人在门口择菜聊天。

顾耀东："请问，《新世界》杂志社的陈主编，陈宪民先生住在这里吗？"

两个女人互相看了一眼，其中一人小声问道："你不知道他出事啦？"

顾耀东："听说了。我是他朋友，过来取些东西。"

对方领着顾耀东到了陈宪民房间门口，一边开门，一边嘀咕着："他租我的房子有三年多了。真没想到会是个杀人犯。拿了东西赶紧走吧。这屋子瘆得慌。"

"谢谢。"

中年女人一步三回头地离开了，顾耀东独自进了屋。屋里一看便是被人翻过的，到处扔着衣服、书和稿件，都是无关紧要的东西。但凡有点用处的，大概都已经被刑一处拿走了。

顾耀东拉开床头柜抽屉，里面放着几瓶药，药瓶上写着"科德孝"，旁边还扔着几张处方单。他拿起来翻了翻，看到其中一张时，他愣住了，处方单的时间写着 5 月 16 日。他慌忙从挎包里拿出报纸，翻到那则关于杀人案的豆腐块新闻——

作案日期：5 月 16 日，13 时 20 分。

顾耀东马不停蹄赶到开具处方单的医院，找到了负责诊治心脏病的那名医生。对方看过了处方单和报纸上陈宪民的照片，认出了确实是他的病人。

最后，护士从预约看病的登记册上找了答案。

"查到了。陈宪民当天预约的时间，是下午一点十分。各项检查、治疗，加上去药房排队拿药大概需要一个小时。所以两点之前他肯定不可能离开。"

顾耀东心里绷着的那根弦，砰地断了。

7

夏继成下了车，正往警局大楼里走，顾耀东也不知从什么地方忽然就窜了出来拦在前面，神色很紧张的样子。夏继成瞄了他两眼，绕开，刚走两步，顾耀东又窜上来拦在了前面。他只得领着这小子去了后院一处僻静的地方。

顾耀东一副出了大事的样子，东张西望，直到确认周围无人，这才回过头看着夏继成，眼神直愣愣的。

夏继成："鬼鬼祟祟，到底什么事？"

顾耀东话憋在嘴里，好半天开不了口。

"借钱？"

摇头。

"还有比借钱更难启齿的事？"

顾耀东终于逼着自己把话说出来："处长，我犯错了。"

"你犯错，我并不惊讶。"

"这次是真的很严重。"

夏继成发现这个傻子也有心事很重的时候，于是认真起来："到底什么事？"

"瑞贤酒楼，那个叫陈宪民的杂志社主编，他没有杀人。我帮一处抓了一个无辜的人。"顾耀东说得很痛苦，夏继成脸上微微闪过一丝异样。他又从挎包里拿出报纸、处方，一一给夏继成看。

"案发当天他一直在医院，我去医院问过了，也查了从医院去案发现场的路，他根本不可能有作案时间。而且新闻里说他趁对方听唱片时闯进去，但是我查了当天报上刊登的停电通告，那一条街都停电，根本不可能放唱片。"

夏继成拿着所谓的证据只看了两眼，就还给了他："还以为什么大事。总翻旧账，你就没有别的事可做？"他语气很轻巧，轻巧得让顾耀东愣了好几秒。

"处长，他们抓错人，这不算大事吗？"

"抓错也好，冤枉也好，这都不是你一个新人该管的事。"

"所以我来找您，只有您开口，陈宪民才有申冤的机会。"

"这不关我的事。"

"可……您也是警察。"

夏继成脸色沉了下来："顾耀东，我对你已经够宽容了。别不识抬举。"

"难道匡扶正义，保护百姓，还要分新案子和旧案子、新警察和老警察？"反正也从来都分不清好歹，索性豁出去了。

"行了。我不喜欢听口号。回去吧。"

顾耀东站着没动。

"让你回去你就回去！"

他还是不吭声，一脸倔强。夏继成"啪"地打了下他的警帽檐，帽檐遮住了顾耀东的眼睛。他一脸倔强地扶正帽子。

夏继成有些冒火了："你想怎么样？"

"重新调查。"

"然后呢？让报纸白纸黑字登出来，警察总局抓错人？你去公开道歉吗？还是让刑一处刑二处去？还是让副局长、局长去？"

"我去。"

"于公无用，于私有害。除了变成笑话，你的警察生涯也可能会就此终结。"

"我愿意承担这个后果。"

夏继成撕掉报纸和处方，扔在顾耀东脸上："你不要脸面，别人要！我要！"

顾耀东依然很倔强："可是人命和良心比脸面重要。如果担心连累二处，我可以写一封匿名信交给局长，说明案件情况。"

"就你聪明？就你看出案子有问题？你写信，局长就听你的？"

"不试一试，难道眼睁睁看着有人被冤枉吗？"

"在警察局这个地方，还轮不到你来当英雄。干不了就走人，离开这个是非之地！"夏继成走到顾耀东面前，用令人生畏的目光看着他，"陈宪民被捕跟你没有关系，他的命运也不会由你来决定，自作主张只会给自己和别人带来更大的麻烦。顾耀东，我最后一次警告你，不要做自己没有能力负责的事。"

一字一句，是警告，也是威胁。顾耀东迎着夏继成的目光与他对视，他想过夏继成是一个唯利是图的人，一个玩忽职守的人，一个庸俗、偷安、麻木的人，但从未想过他是一个如此不堪的人。

夏继成走进刑二处，一脚踢翻了一把挡路的椅子。所有人都吓得一动不敢动。

"今后谁再提陈宪民的案子，就自己去人事处递辞呈！滚蛋！"说完他进了处长办公室，把门"啪"地一关。

众人面面相觑，小喇叭小声问道："谁招惹处长了？"于胖子朝着随后进来的顾耀东抬了抬下巴，大家都明白了。

赵志勇凑过来："你是不是又在处长面前多嘴了？"顾耀东没说话。赵志勇犹豫了一下，拉着他就出了刑二处。顾耀东被他拽着一路下了楼，进了警局院子，最后到了一处他从来没到过的地方。从这里可以直接望见远处的警局看守所大门。

赵志勇在他面前来来回回踱步，几次欲言又止。

顾耀东一直看着他："你想训我的话，处长刚才已经训过了。"

"他没直接开除你，已经很仁慈了。"

"迟早会的。我跟他吵起来了。"

赵志勇惊讶到不自觉地喊了起来："还吵起来了？那可是处长，你的长官！"

"我知道，可是人命关天……"

看着顾耀东走入死路还一脸顽固不化的样子，赵志勇决定拉他一把。毕竟帮人暗室逢灯，绝渡逢舟，都是足以让人铭记一辈子的恩情。

"顾耀东，在这个警察局里，我就真心拿你一个人当朋友，为了你我今天豁出去了！没错，陈宪民确实不是凶手。你知道，我也知道，所有人都知道。"

顾耀东愣住了："那为什么逮捕他？"

"他是共党。"

"现在已经和平了。"

"你真以为日本战败，大家就在一口锅里吃饭啦？太天真了。"

"是蒋主席在重庆亲口说的，要和平建国，要用对话方式解决一切争端。各党派要'长期合作，避免内战'。这些都写在《双十协定》里！"

"所以才不能明目张胆地清除异己啊。说陈宪民谋杀，只是为了给他安个合适的罪名。现在明白了吗？"

顾耀东明白了："大家都在阳奉阴违。"

"根本没有所谓的'阴违'，你以为蒋主席就真愿意和平对话，平分天下？"

"政治的事我不懂。可抗战已经胜利了，日本人都完蛋了，难道不应该天下太平吗？"

"内战是迟早的事。这不是我说的，警局里大家都这么看。"赵志勇几乎已经把自己肚子里那点东西全掏出来了。

"吴市长五月份宣布的大都市计划，收音机从早到晚都在广播，弄堂里人人都在听。国际大都会，花园城市，老百姓可都相信了！"

"吴市长也没骗人啊！战后重建是肯定的。我们安安稳稳拿薪水，谁当家还不是一样过日子？"

顾耀东沉默片刻："可陈宪民被捕跟我有关系。"

赵志勇上下打量他，小声地问道："你同情共党呀？"

"只是良心不安。"

赵志勇将他拉到视野开阔的地方，指着远处看守所的铁门，门边有荷枪实弹的警卫把守着。"看见那扇铁门了吗？铁门里面就是关押陈宪民的地方。良心不安，又能怎么样？"

顾耀东沉默了。

赵志勇："抓共党的事，在警局大家都心知肚明，但从来不提。这些话要是传到共党那儿，是会被他们大做文章的。你要是不想连累我，就和大家一样装聋作哑吧。"

"这种事，在警局不是第一次了。对吗？"

赵志勇拍了拍他的肩膀，以示安慰："青天白日之下，我们都是无权无势的小人物。有的事，糊涂点吧。"

顾耀东站在顾家客堂间，望着墙上挂着的画框发呆。这是母亲挂在这里的，画框里是从报纸上剪下来的他和副局长的合影。看着照片，他想起赵志勇的那个问题。"又能怎么样？"还能怎么样呢？也许是应该认真地想一想这个问题。

过了片刻，他把画框摘下来，取出合影，揉成了一团。

黄浦江边，夏继成和沈青禾一边走着，一边低声交谈。随着仲夏来临，城市里的空气也逐渐变得热浊起来，压抑且昏沉。只有在江边时，这清爽的江风能让人爽快地喘口气。

自从大世界出事后，沈青禾一直在寻找合适的中转点替代它，现在终于有了成果："我看了路线。有一家三来澡堂，刚好在三条路交会的地方，很适合作为撤退的中转点。后院有一个堆放煤球的仓库，平时也停货车，我们可以把卡车停在那儿。"

夏继成："以前和他们有生意往来吗？"

"没有。不过我打听了，他们长期收购肥皂。我手上还有一批，把价格降低一点，他们肯定会要的。"

"好。这样的话，用来撤退的四辆车都解决了。加油站有异常情况吗？"

"没有。我早晚都在晒台上看了，送油的车都是老时间来。"

"那一切按原计划进行。明天把卡车开到澡堂仓库，找个隐蔽的地方停好。让司机这次务必小心。"夏继成犹豫了一下，"另外……还有件事需要你多留意。"

他的神情说不清是严肃，还是忧虑，又像隐隐带着一丝窃喜。这让沈青禾有些糊涂了。

"怎么了？"

"是顾耀东。"

沈青禾先是有些意外，而后恼火："他又惹什么麻烦了？"

"他查到陈宪民并没有犯谋杀罪。他的反应让我出乎意料。"

"觉得愧疚？"

"不仅如此。他很愤怒地跟我争论了一番。"说这话的时候，夏继成几乎是笑眯眯的。

沈青禾惊讶："一个刚进警局的新人，敢跟你这个处长吵架？"

夏继成干咳两声："现在，我大概是这个世界上最令他生厌的人。"

沈青禾忽然忍不住笑了："夏处长，你好像有点……沮丧。"

夏继成笑了笑，似乎想起了什么，有些感慨："他让我想起了十年前的自己。"

沈青禾看了他片刻，半开玩笑半认真地说："十年前的你，可比他还傻。"

两人相视一笑，望向江面。说话的人不能说真正想说的话，听话的人在装傻，沈青禾不知道这是不是也算一种默契。

夏继成的车停在码头边。上车前，沈青禾问道："你让我留意顾耀东，是怕他因为陈宪民的事冲动？"

"对。这小子有时候是个拼命三郎。我怕他会影响到营救陈宪民的计划。"

"我会多留意的。另外，不要再拿他和十年前的夏继成比较了。他和你不能相提并论。"说完，沈青禾转身离开了。夏继成站在车边，默默望着她的背影。沈青禾走了一会儿，再回头望去，夏继成的车已经开远了。

沈青禾刚一进顾家客堂间，就看见耀东母亲端着刚洗好的衣服，盯着墙上的画框看，大概因为老花眼，她远远近近地看了好半天，待到终于看清，差点一口气厥过去："这……这……撞鬼了！撞鬼了！"

沈青禾赶紧跑过去："怎么了顾太太？"

"我挂在这里的照片，我们家耀东跟副局长的合照，成了……成了……"

沈青禾这才看清，画框里放的是一幅鬼画桃符的儿童画——一只狗屁股特写，地上拉了一团大便。

耀东母亲已经气到语无伦次："谁干的……这是谁干的！"她冲着楼上喊，"顾悦西！是不是你把照片换成多多画的狗屎了！"

沈青禾小声说："悦西姐好像没回来。"

"对，对，我气糊涂了……那是谁干的！这么缺德！顾邦才！是不是你发神经！"

顾邦才匆匆从楼上下来，过来看了，一拍大腿："哎呀！哪个兔崽子干的好事！我还没来得及请老顾家的三姑六婆表姊表舅来参观呢！照片呢？谁把照片换成多多的画了？"

顾耀东也从楼上下来了。耀东母亲带着哭腔："耀东，家里撞鬼了，快看看你最骄傲的照片变成什么了！"

顾耀东走过来，瞄了一眼："多多画得不错啊。"耀东母亲简直要捶胸顿足："画得再好也是屎！到底谁这么缺德啊，把我们家耀东的光荣瞬间变成狗屎！"

沈青禾拼命憋着笑。顾耀东端起母亲扔在地上的水盆："我去晒衣服。"

夕阳西下，晒台上染着淡淡的金色。顾耀东就在这淡淡的金色里晒着衣服。角落里种着几盆月见草，在这个月亮渐渐升起的时刻，这些植物便开始绽放硕大的黄色花朵。浓烈的花香，衣服上残留的肥皂，以及挂在屋檐下的咸肉，在晒台上混合成一股世俗而美好的人间香气。但是顾耀东什么都感觉不到，只是恹恹地晒着衣服。

沈青禾难得地主动跟了上来。晒台上变成了两个人。

"顾警官，心情不好？"

顾耀东没搭理她。

沈青禾走到晒台边，深吸了一口晒台上美好的香气，远远望着加油站："这里风景真好。我喜欢在这儿看夕阳。让人觉得很平静，又充满希望。心情不好的时候，应该多看看这样的景色。"

顾耀东在沈青禾身后晒着衣服，木讷地看了一眼她口中的景色，然后说道："给人希望的不应该是朝阳吗？"沈青禾在心里暗暗骂了自己一句，也不知道今天发什么神经，跑来晒台安慰他，简直自讨没趣。

顾耀东反问她："你今天心情不错啊？"

"对，我今天心情很好。"

"又赚钱了？"

沈青禾说得很坦然："差不多。有笔生意，很快就能做成了。"

"有时候倒是很羡慕你，有钱就开心。以前觉得自己的世界很简单，现在发现你才是最简单的。"

沈青禾回转身，笑眯眯地看着他，"谢谢。顾警官，你看人眼光越来越准了。"她想了想，又说道，"等这笔买卖做成了，你也会很开心的。"说这话的时候，她是真诚的。

顾耀东："我？跟我有什么关系？"

"因为……我攒够钱就打算搬出顾家，租个好一点的房子。你再也不用看我这副财迷心窍的嘴脸了。"

顾耀东看着沈青禾离开晒台，叹了口气，继续心事重重地晒衣服。

赵志勇坐在刑二处，很是忐忑，顾耀东已经站在窗边盯着远处看守所的铁门站了十多分钟，好像着了魔。赵志勇有些后悔那天带顾耀东去看那扇铁门了，更后悔跟他说了那番话。

夏继成拎着烤鸡进来，看见顾耀东站在窗边，顺着他的目光一望，便明白了他的心思。

赵志勇起身："处长。"

"嗯。"

顾耀东回头看到他，夏继成清了清嗓子，刚要说话，顾耀东埋头回了自己的座位。夏继成只得把话咽回去，悻悻地去了自己的位子。

顾耀东一动不动地坐着，耷拉着脑袋，一副心事很重的样子。夏继成瞄着他的背影，拿了张报纸，把烤鸡分成好几份包着，招呼赵志勇过去："我今天胃口不好，你们分着吃。每个人都分点。"

"是，谢谢处长。"

赵志勇给每人办公桌放了一份。

顾耀东推给他："你吃吧。我不饿。"

赵志勇小声暗示道："处长给的。"

于是顾耀东起立大声说道："谢谢处长。我不饿！"夏继成刚要说话，木头疙瘩已经转身离开了二处。他只能尴尬地喝了口茶。

这个季节的上海，一天能下好几次雨。到了下班的时间，外面又是大雨倾盆。一群警员堵在门口，没伞的人到处寻找同伴，有伞的人变得很抢手。

赵志勇："耀东，你带伞了吗？"

顾耀东："没有。"

肖大头从楼里出来，"哗啦"一下撑开伞。赵志勇赶紧贴过去："肖警官，我跟你一块儿吧，反正走同一个方向。"肖大头把伞一伸："那你来。"赵志勇赶紧接过来，替肖大头撑着伞一起离开了。临走时他回头对顾耀东喊道："你也去借把伞吧，先走了啊——"

门口的人陆续离开了。

夏继成下楼，远远就看见只剩顾耀东一个人站在楼外躲雨。他看了看手里的雨伞，正好户籍科孔科长也从楼上下来了。

夏继成："老孔，你带伞了吗？"

"就是没有，正想着去门口看看能跟谁合打一把伞。"

"用我的吧。"

"那您呢？"

夏继成把雨伞给了他："还有事，现在走不了。再说我开了车。"

大楼门口，顾耀东已经跑进了雨里。

一路上都是躲雨的人。他跑到一家咖啡馆外的雨棚下喘气，雨似乎又大了一些。歇了片刻，刚要继续往前冲，一个男人"噔噔噔"地跑过来，也在这里躲雨。顾耀东见来人竟是夏继成，愣住了。

"处长？"

"你也没带伞？

"嗯……您今天没开车吗？"

"没油了。"

"哦。"

二人有些尴尬。

夏继成："带钱了吗？"

"不多。"顾耀东掏出钱数了数。

夏继成瞄了一眼："够了。跟我去个地方。"

"去哪儿？"

"让你去你就去，这么多废话。"

"毕竟要花我的钱。"

这话听着很有道理，夏继成竟然无言以对。

沈青禾所说的三来澡堂，位于三条路交会的路口上，地理位置机动灵活。门口车来车往，撤退时混入其中有利于隐藏。这确实是个不错的中转点。

夏继成领着东张西望的顾耀东进了澡堂："淋了一身雨，泡个热水澡。"

"帮您把钱交了我就回去。"

"一块儿。"

顾耀东拘谨地瞥了他一眼："您是长官……我们一块儿不合适吧？

"现在想起来我是长官了。那就我说了算。"

顾耀东还在犹豫，夏继成嚷嚷起来："小里小气，又不是让你白给。等发了薪水就还你！"

澡堂里水雾氤氲。顾耀东泡在热水池子里，只露了个脑袋出来。他偷瞄了一眼旁边的夏继成，他闭目养神，很是惬意。

"你的总结报告我看了，有法学院高才生的风范。"

"谢谢处长。"

"不过以后再提到'白桦'，不要用'传奇'这个词。"

"为什么？"

"读书的时候没学过这是一个褒义词吗？"

"可他确实很传奇。对我来说，这个词很客观，也不带任何感情色彩。"

"这会让人误会你在美化共党。另外，警局不需要这种实事求是的报告。以后再写，让赵志勇教教你。"

顾耀东不禁想起了赵志勇的生存法则，他有些迷惘："处长，其实我不是很想学赵警官的生存法则。我也不知道自己还应不应该继续当警察。"

夏继成这才懒洋洋地睁开眼睛，看着他："记得上一次我问这个问题，你是怎么回答的吗？"

"记得。您说警察局不适合我，让我主动辞职。那个时候我不肯，是因为我始终相信这是一个匡扶正义的地方。只要我再努力一点，再谨慎一点，就不会继续犯错。可是现在我没这个信心了。"

"就因为陈宪民的事？"

"是，但也不仅仅是。我当警察马上一个月了。这一个月里我做的事情不是错的，就是没有意义。我怀疑自己永远做不了大家认为对的事情。"

夏继成想了想："喜欢逛街吗？"

"我？"

"如果去商店买衣服，一件便宜的，一件贵的，你会选哪件？"

顾耀东完全不明白他要问什么，但还是很认真地回答："便宜的吧。"

夏继成："看起来便宜的棉衣，其实偷偷比平时涨了价。而贵的西服反倒是已经降了价的。这个时候你选哪件？"

"这样的话还是选西服更划算。"

"可你发现西服降价是因为有瑕疵呢？"

"那还是棉衣吧。毕竟需要穿西服的都是正式场合，有瑕疵不合适。"

"棉衣虽然没有瑕疵，但它偏偏是你最不喜欢的颜色，那你怎么办？"

顾耀东忍不住了："处长，您到底想问我什么？"

"你怎么就不问问你自己，为什么去商店买衣服？"

顾耀东被问得愣住了。

夏继成："虽然我说了很多条件，但最终买哪件，不是应该取决于你去商店的初衷吗？为了御寒就买棉衣，为了出席正式场合就买西服。你在商店里站太久，已经忘记自己为什么而来了。就好像有的人出门太久，已经忘了自己为什么要上路。"

顾耀东似懂非懂，喃喃自语着："我忘了自己的初心吗？"

夏继成起身披上浴袍，离开了水池："时间差不多了。自己回去吧。"也不知顾耀东听见了没有，他一个人泡在水池里，若有所思，一动不动，全然不知自己已经泡得满脸通红。

夏继成悠闲踱步到澡堂休息室。几个老年人躺在休息榻上，看报，修脚，有一句没一句地聊着天。

夏继成在窗边找了个位置坐下，小工端来茶水。"先生，搓背吗？"

夏继成："不了。"

小工离开以后，夏继成推开窗，从这里望出去，正好可以看到楼下堆煤球的仓库。从大世界领回来的那辆卡车，这会儿就停在仓库门口，一名警委行动队同志乔装的司机正在卸货。

十个箱子，全都搬进了仓库。

司机关上了卡车后面的挡板："一共十箱肥皂，齐了。"

澡堂老板点了货，又看了眼车上，只剩了一堆给货箱遮雨的旧棉被。

"你这货送得还挺小心。"

"那是应该的。"司机递了盒烟给他："老板，跟您商量个事。我拉货的许可证到期了，还没来得及补办。刚刚来的路上还遇见警察检查，实在不敢再上路了。能不能让我把车停在这儿几天？"

"停多久？"

"就两天。万一被警察逮到，钱可不少罚，我这两天的活儿就算白干了。"

澡堂老板想了想，收起香烟："行吧，反正这儿平时也空着。不过时间不能太长。"

"哎！我明天就去补办证件。谢谢。"

老板锁了仓库门，回到澡堂里。

司机把卡车停到空地上。旧棉被下，藏着那一箱在大世界差点被发现的衣服和证件。确认一切都办妥当后，他离开了三来澡堂。

楼上休息室的窗户也随之关上了。

夏继成在更衣室换好了衣服，无意间注意到旁边的柜子还关着门。他拉了拉，柜门锁着，也就是说柜子的主人还没有来换衣服。他蹲下一看，顾耀东的鞋子果然还放在那里。一名小工正好进来，夏继成赶紧问道："伙计，和我一起来的那个年轻人走了吗？"对方一脸茫然，夏继成马上冲了出去。

顾耀东泡在热水里已经昏昏然，缺氧使得他脸红到发紫，活像块猪肝，眼神迷离，眼皮也渐渐耷拉下来。他在热水里慢慢下滑，慢慢下滑……就在水没过顾耀东鼻子时，一双手架着胳膊将他从水里拎了起来。顾耀东已经软成了一根面条，瘫在池边地上。

一盆凉水泼上去。

"你疯了？热水里泡这么久！差点泡晕了你都不知道！"夏继成朝他吼着。顾耀东仍然一脸游离，似醒非醒。夏继成的手"啪啪"拍在他猪肝一样的脸上："听见我说话了吗？"

顾耀东半天才清醒过来，憨笑着："处长，我听见了。您的话，这回我是真的听进去了。"

夜晚的福安弄，家家户户都已经灭了灯。偶尔从远处传来狗吠声，更显安静。任伯伯家的二喵趴在窗台上。

沈青禾披着外套，开了盏小台灯，坐在书桌前仔细完善她的行动地图。

对面房间里，顾耀东也开了盏小台灯，他窝在被窝里，从枕头下拿出笔记本，里面夹着那张从画框里取出的他和齐副局长的合影。一个计划在他心里慢慢成形。

三更半夜，两个人神神秘秘地躲在各自屋里，在昏黄的灯光下，一步一步将脑中的想法付诸图纸……

警局发薪水的日子到了，刑一处和刑二处警员难得一见地在财务室一起排队。

刑一处几名警员凑在一起，数着各自信封里的钱。其中一名警员问刘警官："你拿了多少奖金？"

刘警官伸了两根手指头："这个数。你呢？"

"跟你一样。正好领了钱，去不去狗场赌两把？听说最近有只狗，胜率特别高。"

"去不了。吃完午饭还得去给姓陈的送饭。"

在旁边排队的顾耀东听者有心。

"还得送多久？"

刘警官满肚子怨气："估计还得要两天！"

肖大头排到了窗口，财务员指了指登记册："签字。"

他看了一眼："没有奖金吗？"

"没通知就是没有。"

肖大头悻悻地签字，拿了钱。

刑二处警员一回办公室就炸了锅，整个二处，没有一个人领到一分钱奖金。大家七嘴八舌地讨论着，只有顾耀东没吭声。此时他是身在二处，心在一处。

李队长织着毛围巾，慢吞吞地说道："别牢骚满腹啦，在二处就是图个清静，省心。一处为什么有奖金？他们抓了多少人？抓的什么人？你们又不是不知道。"

肖大头忽然想起来："对啊！一处抓陈宪民，顾耀东也有功。他这个月总该有奖金吧？"顾耀东聚精会神望着对门一处，没听见。

肖大头："顾耀东？"

"嗯？"

"我问你这个月有奖金吗？"

"没有。"

顾耀东说得很轻，但却像一块石头砸进水塘，立刻激起一片水花。

"这就说不过去了呀！顾耀东有功，凭什么不给他奖金？"

"摆明了欺负二处的人嘛！"

"队长，要不您帮他去财务室问问？"

李队长放下毛线活，站了起来："嗯。虽然钱是顾警官的，但是公道是我们二处的。作为队长，我是得去讨个说法……"话音未落，顾耀东已像离弦的箭一样冲了出去，好像大家的义愤填膺和他没什么关系。

走廊上是刘警官，他抱了只箱子正要进刑一处，顾耀东跑过来要帮他拿箱子："刘警官，我帮你。"

刘警官挤开他："用不着。"

"我是新人，应该多做事。"

"松手，这是一处的东西，别人不让碰！"

"那有什么我能帮上忙的，您叫我。"

刘警官不耐烦了："闲得慌？那你可以打扫卫生啊。我正嫌座位下面一地花生壳没人扫呢。"

"好，我马上来。"

刘警官有些奇怪地瞟了他两眼，抱着箱子进了刑一处。

刑二处的人站在门边，五味杂陈地看着这一幕。

小喇叭看了看李队长："队长，还去财务室吗？"

李队长干咳两声，回去继续织毛衣："乐得清闲。"

顾耀东回了刑二处，脱了警服放到座位上，又挽起袖子和裤腿，一看就是准备去对门干苦力的样子。

赵志勇凑过来："处长交代你去帮忙？"

"没有。"

肖大头这次是真的冒火了："那你去热脸贴什么冷屁股？"

顾耀东笑了笑："反正也闲着，找点事情做。"

肖大头看着他，也笑了，不过是冷笑："看出来了，有人不想在二处待了。"

顾耀东没说话，埋头去了刑一处。他是个不善于解释的人，更何况这次他也不打算解释什么。

刘警官一边剥花生，一边整理档案，花生壳噼里啪啦扔了一地。

杨奎将一份报告扔在他面前："你这结案报告写的什么东西，才这么几个字？"

刘警官赶紧站起来："队长，我实在凑不出来了呀。"

"至少得写够一页纸吧？这种东西交上去，我也要连带着挨骂。重写！"说完杨奎离开了。刘警官嘟嘟囔囔坐下。

顾耀东拿着扫把走到刘警官面前时，刘警官正在抓耳挠腮地凑字数。

"刘警官？"

刘警官一抬头，有些意外："还真来了？"

顾耀东看了看一地花生壳："就是扫这里吗？"

刘警官用脚在地上点来点去："这这这，还有这……干脆都扫了吧！"顾耀东二话不说，拿着扫把就扫了起来。刘警官看了他一眼，继续抓耳挠腮写报告。

一处和二处的门都开着，顾耀东的一举一动被大家看在眼里。他大汗淋漓地拎着两桶垃圾出来时，看见赵志勇站在刑二处门口看着自己。

肖大头在里面嚷嚷："关门关门！看着恶心！"赵志勇只得关了门。顾耀东在那扇紧闭的门外站了片刻，默默离开了。

午饭时候，他习惯性地端着饭盒去刑二处那桌。赵志勇身边还有一个空位，赶紧朝他招手。顾耀东刚过来，肖大头就一脚踩在空位上，很是厌弃地捂着鼻子："一股什么味呀，倒胃口。"

小喇叭："人家刚刚倒了整个一处的垃圾，有点味道，正常。"

肖大头："不是垃圾味，是马屁味。"

于胖子朝刑一处那桌抬了抬下巴："顾警官，那边，一处给你留着位子呢。"

顾耀东心里不好受，只说了句"谢谢"，也没去一处那桌，只在附近找了个空位坐下。他注意到刘警官正埋着头大口吃饭，好像时间很紧。他面前放着送餐盒，看样子是要去给陈宪民送饭。

一名警员问刘警官："结案报告写得怎么样了？"

刘警官："哪有时间写，吃完饭还得去看守所跑腿送饭！烦透了！"

顾耀东吃着饭，心思全在刑一处那桌，唯恐听漏了任何一句有用的话。然而在二处眼里，他这完全是一副眼巴巴盼着高攀的样子。二处的人没什么远大志向，也谈不上有多强的信念。正义感、荣誉感，这些都有点，但又没到可以为之拼命的程度。唯有一点，他们是讲情分的人。

肖大头把筷子往饭盒里一戳："白眼狼！亏得我们还去黄浦分局替他出头，这么快就忘了！"

小喇叭："李队长还想去财务室替他讨奖金呢。我们当他是自己人，结果人家拿我们当跳板。"

夏继成端着饭盒从后面过来，肖大头没看见，还在义愤填膺："哎，你们谁认识电影厂的人？介绍他去当演员好啦！太会演戏啦！"之前装得天真老实，那是因为没弄清状况，其实心里一直掂量着呢。现在一看一处立功机会多，钱多，二处是清水衙门，这不就原形毕露了？"李队长踹了他一脚，肖大头回头看见夏继成站在后面，赶紧起身："处长……"

夏继成看了看这一桌人，什么也没说。

顾耀东心不在焉地吃着饭，眼睛一直瞄着刑一处那桌，忽然，夏继成往他面前一坐，挡个正着。

顾耀东："处长……"

"为什么总往一处跑？"

顾耀东有些支吾："您说过新人要少说多做。二处事情不多，我就想过去帮帮忙。"

夏继成看着他，一字一句："勤快是好事，就是别用错地方。"

"那天在澡堂，您说的话我都听进去了。不会用错的。"顾耀东看见刘警官拎上餐盒离开了，他赶紧扒完最后几口饭，囫囵地说了一句，"处长，我先走了！"然后就匆匆跑出了食堂。

夏继成一直看着他离开。他明白二处的人在愤怒什么，也明白这傻小子在忙活些什么，担心当然是有，怕他横冲直撞坏了计划，但还有几分好奇，好奇他会走到哪一步，好奇他到底是个什么样的人。也许，这份好奇心如此旺盛是因为他知道自己在上海的时间不多了，所以总是下意识地寻找着什么。

刘警官拎着餐盒朝看守所大门走去，顾耀东从后面追了上来。

"刘警官！"

对方很意外："你怎么在这儿？"

"我来看看，您还有什么事需要我帮忙的。"

"成天献殷勤，你到底想干什么呀？"

顾耀东太紧张了，昨晚在被窝里想好的"顺水推舟"战术，这会儿忘得一干二净。憋了半天只能直接问道："您是去给陈宪民送饭吧？"

"关你什么事？"

"我要写一份关于陈宪民的结案报告，但是我没见过这个人，关于犯人的体貌特征描述不出来。所以想拜托您带我进去看一眼。"他背书似的一口气说完了。

"知道陈宪民是什么人吗？"

"知道，杀人犯。"

"杀人犯是你想见就见的？"

"拜托您帮帮忙。这是我来警局的第一个案子，要是结案报告写不好，处长会骂我的。"

刘警官有些不耐烦了："你的结案报告写得好不好，关我什么事？我的结案报告还没着落呢。"顾耀东还在想说辞，对方忽然想到了什么："哎，你是东吴大学的？"

顾耀东有点蒙："啊。"

"带你进去也可以，把我的结案报告也写了。"

顾耀东愣了几秒才反应过来，赶紧表态："一会儿出来我马上写！谢谢刘警官！"他很高兴地朝看守所铁门走去，刘警官在后面喊："哎哎哎！"他一把将餐盒伸到顾耀东鼻子底下："拎着！"

看守所铁门紧锁，门口有两名持枪的警卫站岗。刘警官拍了半天门，迟迟不见有人响应。阳光火辣辣地照着，无处遮挡。顾耀东拎着餐盒戳在一旁，瞄着两边的警卫，有些做贼心虚。

又拍了好半天，一个老头才来开了门。刘警官把通行证甩给他："这么慢，想热死我们呀！"

老头笑着："耳朵不灵光啦。"一边说，一边拿出老花镜检查证件。

"天天都来还查什么！"刘警官被太阳晒得烦躁，不停催促着。顾耀东的目光一直停留在那本通行证上。老头似乎察觉到了他的目光，抬头打量着他。

老头："你的通行证呢？"

刘警官："这是临时来帮忙的新人。行了行了，热死了，赶紧开门！"

老头禁不住催促，开了门，刘警官不满地瞪他一眼，大摇大摆进去了，顾耀东拎着餐盒跟在后面，很礼貌地对老头鞠了一躬："谢谢。"

从铁门进去后，是一个宽敞的院子，穿过院子是一排平房，那就是关押犯人的地方。

顾耀东跟在刘警官后面，一直盯着他手里的蓝色通行证看。刘警官还在抱怨："装模作样检查半天，看得清吗？"

顾耀东："他眼睛不好了吗？"

"早就老眼昏花了。"

顾耀东若有所思地回头望向正在关铁门的老头："要是以后您不想来送饭，可以把通行证给我，我来送。"

刘警官冷笑着瞥了他一眼："我倒是想啊，你去问问杨队长能不能同意？"顾耀东不吭声了。

看守所是一排东西走向的平房，入口在中间。顾耀东进门之前，注意到右边一排房子的第二间，有扇窗户是冲着院子里开的。

从入口进去后，是一条很短的南北竖向走廊，走廊右侧是登记室，一扇大窗户朝走廊开着，值班的警员可以清楚看到每一个进来的人，这是看守所的第二道关卡。往前走到头是与走廊垂直的东西横向通道，一东一西，两边都可以通行。刘警官敲门的时候，顾耀东已经记清楚了地形。

值班警员徐三一听敲门，赶紧把什么东西藏到了桌子下面。开门看见是刘警官，这才放松下来："是你啊，吓我一跳。"他看见跟在后面的顾耀东，问道："哎，这位是谁啊？"

刘警官熟练地在登记簿上签名："跑腿的。"

顾耀东敬礼:"长官好!"

徐三从桌子下面拿出酒瓶,一边朝刘警官挤着眼睛:"行啊,都有小弟可以使唤了。"

刘警官很是得意:"新来的,凑合用用。"

徐三打开柜子,里面一排一排挂满了钥匙。他选出其中一副,共两把,递给刘警官:"带个小弟在后面,派头都不一样了!我什么时候才能混成你这样啊?"

"慢慢熬吧。"

顾耀东眼睁睁看着刘警官从徐三手里接过了钥匙,拿在手里晃着圈,他的目光也跟着钥匙在晃圈。

徐三想了想,指着门边的水桶和墩布小声说道:"哎,能让他帮我把走廊扫一扫不?正好我这儿带了瓶好酒,我们可以喝两杯。"

"这有什么不能的?"刘警官转头对顾耀东吩咐,"一会儿顺便把走廊扫了!"

顾耀东:"是!"

刘警官拿着钥匙离开了登记室,顾耀东拎着餐盒赶紧跟上,他忽然想到了什么,跑到门边抄起墩布和水桶,朝徐三笑了笑:"我这就去!"说完追着刘警官出去了。

从登记室右边的房间经过时,他注意到这间房门虚掩着,样子也和其他的不同。从地理位置来看,这就是刚刚在院子里看到的有扇窗户朝院子开的房间。

通道弯弯曲曲,光线很暗,两侧都是牢房,每间牢房配备封闭铁门,只在门上方留有一扇很小的探视窗。顾耀东跟着刘警官走到通道尽头,站在最后一间牢房外,看着刘警官用那副钥匙中较小的一把打开了探视窗。听着钥匙转动的声音,他呼吸有些急促了。

探视窗"吱呀"一声开了。

刘警官:"给他吧。"

顾耀东僵硬地站在原地,没有反应。

"不是你要来看的吗?怕什么?"

顾耀东咽了下口水,埋头走到探视窗外,双手捧着餐盒从狭小的窗口伸进去。

刘警官鄙视地白了他一眼，因为顾耀东这样子太过谦恭了，简直像是来赔罪的。

刘警官一声吼："陈宪民，吃饭！"

一阵哐哐当当的声音传来。顾耀东双手捧着餐盒伸在半空中，埋头死死盯着自己的脚尖。

哐当声停止了。一双手从他手里接过了餐盒，一声"谢谢"，温和而有力。

"不……不客气。"顾耀东的头越埋越低，下巴都快要戳进胸口了。自始至终，他也没敢抬头看陈宪民一眼。

刘警官不耐烦地把他推开，一边锁探视窗，一边说道："跟犯人客气什么？行了，人也让你看了。把地打扫干净。我去跟徐警官说点正事。"

顾耀东依然心绪起伏着。

刘警官回了登记室，顾耀东望了望已经锁上的探视窗，一咬牙，一边墩地一边朝来时的方向走去。很快，他就到了登记室右边的房间门口。隔壁登记室里传来刘警官和徐三说话的声音，听上去两人喝酒正喝到兴头上。顾耀东试着推了推那扇虚掩的房门，门开了。屋里光线昏暗，依稀可见屋里堆满劳保用品，应该是储物间。朝院子的那面墙上，果然有一扇换气窗，插销从里面插上了。顾耀东朝窗户走去，刚走两步，刘警官的声音从背后传来。

"你怎么在这儿？"

顾耀东吓得赶紧转回身："想上洗手间，走错了。"

"不知道问吗？"

"我看你们正喝得高兴，没敢过来打扰。"

刘警官盯着他好半天，盯得顾耀东有些发怵了，刘警官忽然憋了个饱嗝出来："地都墩完了？"

"完了。"顾耀东说得还算镇定，刘警官没看出什么异常，又走进储藏室四下打量一番，也没见什么异常，这才说道："院子里等我去。"

顾耀东应声朝外面走去。也许是意识到危险过去了，放松的一瞬间，他的汗水哗地涌了出来，警服里的衬衣被汗湿透贴在了身上。

刘警官关上储物间门，回了隔壁登记室继续喝酒。

徐三和他干了一杯,小声问道:"跑狗场最近有好注吗?我也想赌一把。"

"听说有几只狗都不错,胜率很高,有兴趣合伙买吗?"

"行啊!明天你把资料都拿来看看,选一选。哎,你这个打杂的还真不错。要不明天还带上吧?"

"干什么?"

徐三挤眉弄眼:"我这儿还有好几间房子等着收拾,有他帮忙干活,我也好陪你多喝两杯啊!"刘警官一边琢磨着,一边又和他干了一杯。

顾耀东站在院子里那扇换气窗下,抬头望着。窗户很高,要想从这里翻进去,需要一点准备。他蹲下去,用手丈量从地面到窗户的大概高度……

刘警官拎着餐盒出来时,顾耀东蹲在地上看蚂蚁,看得津津有味。

"看什么呢!"

"蚂蚁!"顾耀东一脸幼稚地跑了过来。

刘警官瞄了他两眼:"人我帮忙带你看了,你的事就算办完了。答应我的报告,你明天别忘了。"说完他把餐盒往顾耀东手里一塞,吹着口哨朝大门走去。

顾耀东跟在后面,琢磨了片刻,追上去说道:"刘警官!我刚才太紧张了,还是没看清楚陈宪民的样子。"

刘警官一听急了:"什么意思?想赖账?"

"不是不是,报告我回去就写!就是能不能麻烦您明天再带我来一次?"

"还来?"

"明天保证看清楚,以后不会再麻烦您了。"

刘警官想起了徐三的话,犹豫了一下,说道:"那就最后一次,记着,你又欠我个人情。"

"谢谢刘警官!"

这天夜里,顾家乱了套。顾悦西在屋里翻箱倒柜找了半天,似乎有东西不见了。她急急忙忙冲下楼,一边喊着:"爸,你看见我的沙龙贵宾证了吗?"

顾邦才正在客堂间看报:"什么东西?"

"美发沙龙的贵宾证，一个蓝色的小本子。多多爸爸公司发的，一年才这一本！"

"没看见。"

顾悦西着急了："我明明放抽屉里了！我还打算明天去做头发的，没有这个人家根本不让进！"

顾邦才被她吵得把老花镜一摘："我头上就这么几根毛，要你那个东西干什么？"

"那妈和顾耀东呢？"

"你妈妈才舍不得去这种地方呢。顾耀东？他知道什么是沙龙吗？"

正说着话，多多拎着书包嚷嚷着从楼上跑下来："妈！我的猴子呢？"

顾悦西："什么猴子？"

"面人啊，我下午刚捏的！"

"不是在书包里吗？

多多把书包翻给她看："看，没有了！"

顾悦西："爸！家里进贼了！"

顾邦才被两人吵得晕头转向，这时，耀东母亲又大呼小叫地从楼上冲下来："见鬼了！见鬼了！

顾邦才："又怎么了？"

耀东母亲把手里的一个小相框给他看："你看看是不是见鬼了？"

相框里是顾耀东一家人的合照，唯独顾耀东的脑袋被抠去了，只剩下身子和一个诡异的洞。一家人面面相觑。

顾耀东反锁了房门，正聚精会神地趴在台灯下干活。桌上放着一本蓝壳证件，一张合照里剪下来的大头照，还有一只猴子模样的面人。他小心翼翼用刀片把顾悦西的照片剔下来，把自己的大头照贴了上去。一本蓝壳证件就算制作完成了。和刘警官那本相比，同样的大小，同样的蓝色，几乎可以以假乱真。他很满意地打开笔记本，划掉了计划列表里的第一项。

第二天，顾耀东刚进刑二处就被赵志勇拉到一旁的角落。

赵志勇："你到底在搞什么？巴结一处也不能这么露骨啊！"

顾耀东犹豫着没开口。

赵志勇少见地生气了："你这回真的伤大家的心了。"

刑二处的警员们各自忙着"正事"，织毛衣，算金价，吃东西，夏继成坐在座位上看报，生活一如往常，好像谁都没有被影响到什么，也没有谁关心顾耀东和赵志勇在说什么。

赵志勇："给大家认个错，事情也就……"就在这时，刘警官到二处门口张望，咳了两声。顾耀东仿佛听到召唤一般，匆匆说了句"我先走了"就头也不回地跑了出去。

刘警官："结案报告呢？"

顾耀东从兜里拿出报告给他。刘警官看了看，很满意地收起来："嗯。还凑合。上过大学是不一样。"说着又把送餐盒塞给顾耀东，"走吧。"

顾耀东像跟屁虫一样跟着刘警官走了。二处的人这才放下手里那些不知所谓的"正事"。谁也不说话，是因为心里都别扭着。

肖大头："下回也别咳了，拿个哨子一吹，跑得比狗还快！"

夏继成笑而不语，端着茶杯走到窗边。楼下院子里，顾耀东跟着刘警官走远了。

看守所守门的老头又在慢吞吞地检查刘警官的证件："今天来这么早啊？才十点四十。"顾耀东一听，瞄了眼岗亭里的挂钟。

刘警官："什么十点四十，你再看看清楚。"

老头凑近了看挂钟："哎哟，都十一点四十了，呵呵，眼神不灵光了。"顾耀东抱着饭盒戳在一旁，暗自窃喜。

刘警官领着顾耀东穿过院子："这次把人看清楚，可没下次了。"

"是……刘警官，反正我要进去，要不一会儿我替你送饭，你也可以歇会儿。"

"你去？"

"等他吃完我再把餐盒拿出来。我肯定能做好。"

刘警官不置可否。顾耀东跟在一旁偷偷瞄着他，一丝忐忑，一丝期待。

登记室桌上已经摆好了一瓶酒和下酒的花生。刘警官照例在签字。顾耀东看着徐三拿出陈宪民牢房的钥匙，又看着钥匙从他手里交到刘警官手里，目光被死死黏在了上面。

刘警官："哎哟，今天带的酒不错啊！"顾耀东正要开口，那副钥匙忽然伸到了他鼻子跟前。"顾耀东，你去。"刘警官拎着钥匙晃了晃，顾耀东赶紧接过去。

"小的是探视窗，大的是门，只许开窗，不许开门。"

"是！"

"送完饭，把隔壁两间空牢房也收拾出来！"

"是！"

顾耀东拿上钥匙，又从门边拎了水桶和墩布，离开时还不忘很有礼貌地掩上了门。走在走廊上，他觉得自己好像踩着棉花，脚有些软。

沿着走廊走了一段，拐了一个弯，顾耀东看后面没有动静，从兜里摸出面人猴子。他太紧张了，手一抖面人掉在了地上。他哆嗦着捡起来，用钥匙按在上面，按照他的计划面人上应该留下清晰的钥匙模印，可用力太猛，只留下了一个洞。他赶紧把面人重新揉成一个团。就在这时，刘警官的声音在背后响起。

"顾耀东？"

顾耀东怔了怔，把面人攥进手里，回身面对刘警官。

"你干什么呢？"

"我……"

刘警官瞪着他："问你干什么呢！"

顾耀东面如死灰，对方忽然一伸手，把送餐盒拎到他面前："餐盒都不拿，你送什么饭呀？"

顾耀东赶紧接过餐盒："对不起！光想着钥匙，忘了。"

"办点事情这么马虎！"刘警官嘟嘟囔囔地回去了。

顾耀东站在原地一动不敢动，仔细听着对方的脚步声走远了，消失了，他才重新将攥在手心里的面人揉成一个团。这一次，他成功在上面留下了钥匙模印。

又走了一段，顾耀东从胸口兜里拿出警哨，放到了一个不起眼的角落里。

最后他又站在了那间不知该如何面对的牢房外。沉默地站了片刻，顾耀东敲了敲门，然后用小钥匙打开了探视窗。随着哐当哐当的脚镣声，一个身影走过来。

顾耀东颤抖着手，把餐盒递进狭小的窗口。一双手接了进去。依然是那个温和而有力的声音："谢谢。"

顾耀东想说点什么，却开不了口。

"你是新来的吧？"里面的人弯腰下来，似乎想通过探视窗看顾耀东。顾耀东下意识地往旁边一闪，靠在墙边躲着。他还是不敢面对陈宪民。

片刻之后，脚镣声又响了起来，越来越远。顾耀东鼓起勇气挪步到探视窗外。在伸手去关探视窗的瞬间，他朝里面看了一眼。陈宪民穿着破旧的囚服，腰板挺直地坐在墙边。虽然身陷囹圄，他却是一身不卑不亢的风骨。

顾耀东的心隐隐震了一下。他缓缓地关上了探视窗。

两分钟后，他已经在储物间，轻轻打开了储物间换气窗上的插销，很坚定，甚至带着点视死如归的味道。

顾耀东打扫完徐三指定的两间空牢房，一身脏兮兮地回了刑二处，夏继成就站在门边。刑二处除了他，没有其他人。

"所有人都去例行巡查，你干什么去了？"

顾耀东刚想编个借口，夏继成又接着说道："浑身脏兮兮的，搞得跟刚从牢房里放出来似的。"

"处长，我今天能请假早点回去吗？"

"理由？"

顾耀东眼神躲闪："我有点不舒服。"

"哦，那得赶紧去买药。后天押送陈宪民，二处也参加，可别耽误了。"

"不会的。"顾耀东心虚地看了他一眼，匆匆跑到办公桌前抓起挎包就跑了出去。

夏继成望着他的背影，估算着什么。

顾耀东一进房间就反锁了房门，然后把挎包里的东西一股脑倒在床上，开始一一清点。蓝色证件、刚刚在锁店配好的钥匙、五金店买的锉刀，还有安眠药、小刀……每清点一样，他就在笔记本的计划列表上划掉一样。

顾邦才在客堂间看报，顾耀东下楼走过来。

"爸。"

顾邦才摘下老花镜，看见顾耀东把一个鼓囊囊的信封放在桌上："我这个月的薪水。您和妈留着用。"

顾邦才嘿嘿笑了两声："你第一次发薪水，自己买点东西去吧。"

"我也不缺什么。"

耀东母亲正好从灶披间出来，顾耀东干脆把信封塞给她："要不就给家里改善伙食用吧。"

耀东母亲倒是很高兴："行。那我明天去菜场，买点好肉。晚上给你烧红烧肉。"

"我还不知道明天晚上能不能回来。"

"有任务呀？"

顾耀东支吾着："应该是吧。不管我回不回来，你们吃饭都别对付。"

"说得好像你不回来了似的。不管多晚，你总归是要回家的呀！我给你烧好了放着，回来饿了还能吃个夜宵。"

顾耀东看起来神色有点不对，勉强应付了两声，就转身上楼去了："我上去睡了。"

耀东父母觉得有点不对，互相看了一眼。

顾悦西坐在梳妆台前擦雪花膏，多多已经在床上睡了。

顾耀东敲门进来："姐？"

"嗯。"

"你最近经常回来吗？"

顾悦西使劲揉着脸上的面霜，从梳妆镜里瞪他："嫌我总回娘家蹭饭呀？"

"不是。我最近……有点忙，万一警局执行任务我几天回不来，你多回来陪陪爸妈。"

顾悦西有些奇怪地回过头来，顾耀东已经离开了。

沈青禾站在晒台边。远处，送油的车进了加油站。她看了一眼手表，转身离开。刚要下楼，正好遇到顾耀东上来。两人在狭窄的楼道口堵着，顾耀东并没有让路的意思。

"沈小姐，你那笔生意还顺利吗？"

"目前看来还不错啊。"

顾耀东把手里的东西递给她，是几张租房广告："我从报纸上剪下来的，这几间房子都还不错，治安很好，租金也不贵。"

沈青禾接过来看了看，有些纳闷："谢谢，生意忙完了我就去看看。"

"这两天万一有人来家里打听我的事，你就说跟我不熟。"

沈青禾心里有些狐疑，还想多问两句，顾耀东已经下楼回了房间。她看着那几张租房广告，越发纳闷了。

当天夜里，耀东父母和顾悦西就围在一起开起了紧急会议。桌子中间放着那个鼓囊囊的信封，令人不安。

顾悦西先开了口："是有点不正常吧？无缘无故地跟我讲这些话。"

顾邦才："看他的样子，领了薪水也不是很开心……有问题。"

沈青禾下楼，顾悦西赶紧小声招呼她："沈小姐！沈小姐！快过来！"她一边把沈青禾拉过来，一边说着："你帮我们分析分析，耀东他是不是出什么事了。"

"怎么了？"

顾悦西指了指楼上，压低声音说道："刚刚他好像在跟我们交代后……"后半截她不知该怎么说。

沈青禾："后事？"

"差不多吧。他让爸妈好好吃饭，让我多回家陪陪他们。好端端的说这些，什么意思？"

沈青禾一听，立刻意识到情况不对。

顾悦西："你也觉得不对吧？"

沈青禾勉强挤出笑容："可能只是要出去执行任务，也不用太担心了。"

顾邦才忽然笃定地说道："我知道了。"所有人看向他。"这小子，一定是得罪长官了，人家要开除他！"

顾悦西："只是丢了饭碗，也不用跟我们交代这些啊！"

顾邦才："他哪里受过挫折？再说男人都是要面子的，他觉得自己在警局待不下去，甚至在上海也待不下去了！所以想离开这个地方！我看肯定是这样！"

耀东母亲慌了："那……那怎么办！"

顾邦才一副胸有成竹的样子："不要慌，这件事好解决。我看家里好像还有一些上好的鸡蛋。"

顾家人你一言我一语，凑在一起叽叽喳喳出主意，沈青禾沉默地坐在一旁，脸色有些凝重。

夜里，大家都睡下了。沈青禾悄悄出了门，按照约定去了福安弄附近的一条小路。一辆黑色轿车就停在那里等她。

夏继成："警局西边有个院子，用来放囚车和货车的，知道地方吧？"

沈青禾："知道。"

夏继成："押送陈宪民的囚车就停在里面。明天晚上九点，你到院子外面等我。带上改油箱表的工具。"

"警卫怎么处理？"

"这个你不用担心了，他们每晚有雷打不动的牌局，我有办法避开他们。"

"知道了。我正好也有事想找你！"

夏继成从后视镜看着她："加油站有情况？"

"不是加油站，是顾耀东。我觉得他有点不对劲。"

夏继成并没有想象中的惊讶，只是淡淡地问道："是不是跟家里交代后事了？"

沈青禾很诧异："你怎么知道？"

"这傻小子心里有个结，他是要自己去解开。"夏继成说得很平静，沈青禾看了他片刻，明白了过来："什么都不打算做吗？"夏继成没有回答。傻小子在磕磕绊绊往前走，如果他后悔了回头了，当然什么都不需要做。如果不回头呢？夏继成笑了笑，想起十年前也有一个愣头小子，磕磕绊绊，但是一往无前。

天一亮，顾耀东就背着挎包匆匆下楼。走到门口时，他诧异地看见鞋子已经摆好了，旁边还放了一篮鸡蛋。沈青禾也从楼上下来了，静静看着他。

顾耀东："沈小姐，这篮鸡蛋是……"

"顾先生、顾太太给你准备的，让你拎到警局，送给长官。"

顾耀东一头雾水："为什么要送长官鸡蛋？"

"你不是因为得罪长官，怕在上海待不下去，所以昨天跟大家交代了一堆后事吗？"

"后事？"他明白过来，尴尬地说，"我不是那个意思！"

沈青禾装傻："那是什么意思呀？"

顾耀东语塞了。沈青禾拎起鸡蛋递给他："拿着吧，不然他们心里一直不安。顾警官，其实我挺羡慕你的，一家人都这么关心你的事。你可不是无牵无挂的一个人。"

顾耀东心里似乎被触动了什么，最后还是一咬牙，拎着鸡蛋离开了。

刑二处里气氛有些古怪。夏继成坐在办公桌前，望着面前一篮圆滚滚的鸡蛋涨红了脸，过了好半天他才憋出来一句："以后，谁都不许再带莫名其妙的东西来警局！"

四周发出阵阵闷笑。赵志勇在一旁叹气："让你给大家道个歉，谁让你拎一筐鸡蛋来！"顾耀东坐在座位上，面红耳赤。

李队长："处长，晚上我们去老地方吃饭，您也来吧。"

夏继成："行。你们先去，菜随便点，我晚点过来付钱。"

众人来了精神："谢谢处长！"

"明天参加押送，都提起精神来。"

小喇叭："是押送陈宪民去提篮桥监狱？"

"对。"

肖大头："他们一处就够了，我们去凑什么热闹啊？"

"这是副局长对我们的特别照顾。二处已经够边缘化了，参加这种行动，对你们来说是好事，以后履历表上也能多一笔。晚上吃饱喝足了，明天早上准时报到。"

大家都收拾东西往外走，只有顾耀东还坐着。

夏继成瞟着顾耀东。他正心不在焉地翻着档案，写写画画。

"顾耀东，走的时候记得锁门。"

"是。"

刑二处只剩下顾耀东一个人。他忐忑不安地等待着时间一分一秒过去，挎包里的那本蓝壳证件如同一颗心脏突突悸动着。

杨奎走进一处处长办公室，习惯性地锁了门。

"处长，明天早上几点出发？"

王科达似乎没听见他的问题，他正靠在椅子上，思考着什么。过了片刻，他才开口说道："这两天我一直在想一件事。石立由在大昌客栈被人劫走，问题到底出在哪个环节？你分析过吗？"

"想过，可能是共党有眼线碰巧在客栈看见了吧。"

"我从来不相信巧合。"

"可是我们把人藏得这么秘密，除非他们是千里眼顺风耳，否则怎么可能知道？"

王科达脸色有些阴沉："这件事在我心里一直过不去，就像长了一个瘤，让人越来越难受，越来越惶恐。因为在我看来还有一个更大的可能，就是我们警局内部……出了问题。"

杨奎警惕起来："您是说，内鬼？"

"当然了，我对你是完全信任的。但是这么多天了，我实在找不到第二种解释。"

杨奎想了想："需要向副局长汇报吗？"

"先不必。现在没有证据，但却是一个警示。它在提醒我，即使是在警局，大家都穿着同样的制服，但谁的制服下面藏了尾巴，没有人知道。"

"明天就要押送姓陈的去监狱了，万一您的怀疑是真的……"

王科达打断了他："这趟押送，我有些新的想法。"杨奎会意，凑到办公桌前，王科达的声音渐渐低了下去。

天色渐晚。福州路口的第一盏路灯亮了，一盏接一盏，朝警察局所在的185号延伸去。

顾耀东一个人坐在没有开灯的刑二处，空荡，昏暗。从中午开始他就一直坐在这里，喝了八杯水，翻了十本档案，直到此刻窗外的路灯由远及近亮了起来，他才背起挎包离开了二处。

站在看守所铁门外，他掏出小蓝本看了看。蓝色外壳上写着"丽云沙龙贵宾证"，里面贴着他自己的照片。晃眼一看，这和刘警官手里的证件非常相似。太阳已经下去了，月色还没有亮起来。路灯很昏暗，这是一天中光线最暗的时候。这样的光线，加上那个守门老人不灵光的视力，用这本美发沙龙贵宾证蒙混过关一定没问题。

顾耀东将小蓝本揣回兜里，敲了敲门，他知道，一定要多敲几下，多等一会儿，那个动作迟缓的老人才会慢悠悠地来开门。一切都在他的计划之中……然而他正要敲第二下，门"唰"地开了，速度之快，犹如一个干脆利落的耳光打在顾耀东脸上。一个陌生年轻警员站在那里，眼睛在暗夜里闪闪发亮。

"有事吗?"年轻警员问道。

顾耀东蒙了："请问……平时那位老警官呢?"

"回家了。"

"怎么回家了?"

"换班了，他当然是回家休息去了呀!"

顾耀东如同五雷轰顶。

年轻警员："找他有事?"

"不是，我……我要进看守所……"

"哦。"年轻警员朝他一伸手："通行证。"

8

顾耀东直愣愣地瞪着守门的警员，手插在兜里不敢拿出来。

年轻警员又说了一遍："通行证。"

"好像忘带了。"

"没有不让进。"

"我白天来过，落了点东西。我进去拿了就出来。"

"这是看守所，没有证件一律不得通行。"

顾耀东埋头在口袋里摩挲着沙龙贵宾证，刚磨磨蹭蹭掏出来半截，抬头一看到对面仿佛八卦炉里锻造出来的火眼金睛，就乖乖把露了个头的贵宾证按了回去。

对方已经不耐烦了："到底有没有？"

"没有。"

"砰"的一声，铁门关上了，和守门人一样冰冷又坚定。

四周一片寂静，只有蛐蛐的叫声此起彼伏着。顾耀东站在铁门外，脑子一片空白。他茫然地朝四周望去。看守所附近的一间仓库正在修缮，地上堆了一些砌墙用的方砖。一块砖，两块砖……他望着那堆砖头，目光没有焦点，心底机械地数着。数着数着，这些砖头渐渐填满了大脑里的空白，他好像想到了一个办法。顾耀东走到那堆砖头面前，捡起一块，一言不发地朝远处的看守所走去。

警局附近的小酒馆正是一天里最热闹的时候。刑二处警员坐了一桌，桌上只摆了酒瓶和花生米。肖大头和于胖子、小喇叭叽叽喳喳喝着酒，李队长问身边的赵志勇："顾耀东怎么这么晚了还不来？"赵志勇吃着花生米："我走的时候他还在警局写结案报告，可能还没写完吧。"

看守所侧面的墙角下已经垒了五块砖头，这是第六块。顾耀东踩了上去，伸手够了够院墙，还是够不着，于是转身继续去捡砖头。隐隐约约，他听见看守所里有电话铃声。顾耀东有些窃喜地加快了速度，打算趁对方接电话的机会翻墙入院——在他的世界里，这已经是能想到的最有效的办法。

小酒馆里，五个热气腾腾的烧饼端上了桌，刑二处五名警员各分一个。

于胖子："光吃烧饼，太素了吧？"

小喇叭："想吃肉？得等处长来。"

于胖子哀怨地咽下口水："处长到底干什么去了？怎么还不来呀！"

看守所院墙下的砖头已经垒成了一个小台阶。顾耀东站在远处，估算了一遍距离和高度，刚打算冲上去，忽然有人在背后拍了他一下。他回头一看，是那名守门的年轻警员。顾耀东僵住了。出师未捷身先死，也许说的就是他。

年轻警员问道："你叫什么名字？"

"顾耀东。"

年轻警员"哦"了一声，确实是刚刚那个电话里提到的名字。"进去吧。"说完他转身走了。顾耀东愣了几秒回过神来，赶紧跟着对方进了看守所大院。他已经没心思去打听原因了，只要能进去，其他事以后再说。

登记室里，徐三正喝着小酒听着收音机，顾耀东敲门进来了。

徐三认出他，有些意外："这么晚了，你来干什么？"

"中午来送饭的时候，像是把警哨落在这儿了，我来找找看。"

顾耀东假装在屋里东摸西找，趁徐三不注意，他往柜子下面扔了一个用纸币揉成的球，然后趴在地上喊道："哎？谁的钱啊？"

徐三果然把小酒瓶往桌上一放，麻利地凑了过来："哪儿呢？"

"就这儿，柜子下面。"

徐三趴在柜子下面看："哪儿？"

"最里面，您仔细看看。"顾耀东一边说着话，一边悄悄朝放酒瓶的桌子走过去。

徐三眼睛一亮："还真是！肯定是我的。"他伸手去掏，够不着，于是又变换各种姿势费劲地继续去够。趁徐三专心致志掏纸球，顾耀东从挎包里掏出安眠药粉末，抖进酒瓶。粉末撒了些在桌上，他哆嗦着用手抹掉，晃着酒瓶……

徐三拿着纸球转回身时，顾耀东正在检查门后的水桶和墩布，"这屋里没有，可能就落在里面了。"说着，他朝徐三很不好意思地笑了笑，"打扰你了，徐警官。"

徐三想了想："自己找去吧。找到马上出来。"

很快，顾耀东就在之前扔警哨的角落捡回了警哨。他站了片刻，平复了心情，回到登记室："找到了。谢谢。"徐三看了眼他手里的警哨："行了。走吧。"说罢他调大了收音机音量，就着音乐和花生米继续喝小酒。顾耀东看着他喝了几大口下了药的酒，走出看守所。

院子里漆黑一片。他在树下站了片刻，周围很安静，没有巡逻的警卫，守门人从岗亭里也看不见这里，应该是安全的，但不知为何顾耀东总觉得有一道目光在暗处看着自己。他抬头望了眼树枝上的麻雀，咽了下口水，轻声走到储物间那扇换气窗下，从挎包里拿出父亲的伸缩铜烟斗，拉到最长，刚好可以够到换气窗。他利用烟斗一钩，换气窗打开了。窗口很狭小，他爬上去，蜷成一团挤了进去，然后往下一跳……

徐三的花生米刚送到嘴边，就被"啪嗒"声吓掉了。他愣了愣，拿出手电筒去了走廊。

顾耀东刚要从储物间开门出去，忽然看到门下缝隙有一道光闪过。当他意识到外面有人时，脚步声已经停在了门口。

徐三举着手电，小心翼翼推开了储物间的门。屋里墙边和货架上堆满了劳保用品，并不见什么异常。他举着手电朝货架走去，顾耀东就藏在那背后。徐三绕着货架走了一圈，顾耀东也绕着货架躲了一圈。就在这时，他猛然发现换气窗还敞开着，自己跳进来以后竟然忘了关上它。眼看手电筒的光束朝换气窗的方向移动而去，顾耀东的心提到了嗓子眼。然而光束忽然停止了。他顺着光束望去，只见墙上趴着一只硕大的蜘蛛，八只脚毛茸茸的。

徐三有些发怵，转身溜了出去，在走廊里吼了一声给自己壮胆："谁啊，这么晚了不睡？都安静点！"说罢他回了登记室。又喝了两口小酒，有些乏了。今天的困意似乎来得比往常早了一些。他懒洋洋地打了个哈欠，到单人床躺下了。

登记室门口挂着壁灯，越往里走，光线就越暗了。顾耀东独自朝走廊深处走去，昏黄的灯光从身后照来，逆光里依稀能看见他一脸的坚定。

很快，他就到了走廊尽头关押陈宪民的牢房门口。他从挎包里掏出钥匙，插进门锁，但是意外发生了。钥匙插到一半被卡住了。顾耀东怔了一下，更加用力地试了试，还是不行。他从包里摸出小锉刀，控制着尽量不出声音地打磨起钥匙来。尽管提前有准备，但真到必须要用上的这一刻，他的手还是在发抖。

徐三躺在单人床上已经昏昏欲睡，一阵风把窗户吹开了，夜风凉飕飕地灌了进来。他只得不情愿地爬起来关窗，就在他站在窗前的一刹那，一个相似的画面模糊地在眼前闪过：还有一扇窗户也敞开着……好像就在刚刚，在什么地方看见过……徐三躺回到床上，迷迷糊糊地思索着。当他意识到那是储物间的换气窗时，困意和酒意顿时被惊得全无。他从床上蹦起来，匆匆翻出手枪，轻声拉开了门。

顾耀东埋头锉钥匙时，徐三站在登记室门口，将子弹上了膛。那一声清脆的"咔哒"沿着蜿蜒空荡的走廊传到了最深处的牢房门口。顾耀东一惊，回头望去。身后是漆黑一片。

徐三推开储物间的门，手电筒"唰"地照向换气窗。令人意外的是换气窗好好地关着，插销也是插上的。徐三一时有些糊涂了，难道是自己眼花了？

顾耀东听见不再有动静，犹豫几秒，一咬牙埋头继续锉钥匙。刚刚在储物间，如果不是那只蜘蛛，也许就已经被徐三发现换气窗的疏漏了。虽然他在徐三离开后马上做了弥补，但不知道这一关算不算过去了。他一边想着，一边加快了锉钥匙的速度。锉刀划过手指，血流了出来，他仍然没有停下。

徐三不敢大意，举枪缓缓朝走廊深处走去。一旦他在走廊尽头转过那个弯，顾耀东就会暴露无遗。

就在这时，一只手轻巧地在他肩上拍了拍。徐三吓得立刻回转身，却发现枪口对准的是刑二处处长。他怔了怔，刚脱口而出一个"夏"字，耳光就扇在了他脸上。

顾耀东听见动静，赶紧靠在墙边，大气不敢出。

徐三捂着脸蒙了。夏继成没有说话，转身朝登记室走去，徐三赶紧跟着往回跑。直到进了登记室，夏继成才黑着脸开口说了第一句话："关门。"

顾耀东躲在墙后，战战兢兢地探出半个脑袋张望。走廊里已经恢复了空荡和寂静。汗水流下来迷了眼睛，他匆匆用手一抹，又开始打磨钥匙，浑然不知脸上留下了几道血印。

徐三关了门，还在因为刚刚那个耳光心有余悸着："夏处长，您怎么来了？"

"需要向你汇报吗？"

徐三瞥见酒瓶还放在桌上，更加心虚了："不敢不敢，我不是那个意思。"他一边说话，一边想偷偷把酒瓶藏起来。

夏继成："不用藏了。我在外面就闻见酒味了。值班时间喝酒，还开着门，想让关在里面的囚犯都知道我们的警员是酒徒吗？"

"我……我就喝了一杯……"

"哦，我冤枉你了。"

"没有没有！是卑职违反纪律！夏处长，我下次保证不敢了！"徐三想起手里还拿着枪，"您看，我还是很谨慎的！刚才听见有动静，好像是储物间的换气窗被人打开了！我怕有情况，赶紧去确认！"

"结果呢？"

"可能是我看错了。"

"连幻觉和现实都分不清，恐怕喝的不只一杯吧？"

徐三不敢吭声了。

"还不收起来？"

徐三赶紧把枪锁回抽屉，一边解释着："刚才确实有声音，可能是您走路有点响动，我就误会了。但不管怎么样，说明我的心还是时刻保持警惕的。"

夏继成随手翻着桌上的登记本，漫不经心地说着："进了法察处，你还有解释的机会吗？"

徐三一愣："法察处？"

"玩忽职守罪，这件事汇报上去，结果恐怕不会太乐观。"

这下对方真的被吓破胆了："夏处长，我知错了！您给我一个机会！"

登记本上面并没有顾耀东的名字，夏继成放下心来。他看了徐三一眼，把登记本扔给他："刑二处有一名盗窃犯关在这儿，我有问题要问他。"

"是！"徐三手忙脚乱地在登记本上查找："刑二处……盗窃犯……找到了！十四号房！"他从柜子里取出钥匙，几乎是讨好地递到夏继成手里。

夏继成的火气似乎消下去了一些，朝桌上的酒瓶抬了抬下巴："还不扔了？"徐三连忙把酒瓶扔进桶里。

"下不为例。"

"是！是！谢谢夏处长！"

夏继成又瞪了他两眼，离开了登记室。

顾耀东小心翼翼地将钥匙插进锁孔，轻轻一转，锁打开了。幸福来得那么轻盈，一瞬间他竟然愣住了。走到这一步，对夏继成或者沈青禾来说也许只是水面起了几圈小涟漪，但对顾耀东来说，已是足足九九八十一难。

陈宪民听见开门的声音，一回头，一个穿着脏兮兮的制服、头发被汗水湿透、手上脸上血迹斑斑的小警察赫然站在面前，朝他稚气一笑："陈先生，我来带您出去。"

陈宪民怔怔地看了他片刻，脑子里闪过无数种可能，但每一种"可能"在顾耀东干净的眼神面前似乎都不成立。"我们认识吗？"他只能开门见山地问了。

顾耀东小声地："我叫顾耀东，是刑二处警员。"

陈宪民依然一头雾水。

顾耀东红着脸，鼓起勇气说道："对不起，您在木匠铺的线索，是我从户籍科找出来的。那个时候我以为您真的是……杀人犯。"

"那现在呢？"

"我只知道您没有杀人，不应该在这儿。"

陈宪民终于明白了过来，不禁一笑："你就是那天来送饭，但是一直没有露面的那个小警员。"

"我实在不知道怎么面对您。"

"谢谢你的好意。对不起，我不能出去。"他说得云淡风轻，却震得顾耀东脑袋嗡嗡作响。这是他万万没想过的意外状况。

"为什么？"

陈宪民笑而不语。

"明天他们就要把您转到提篮桥监狱去，进了那个地方，是不可能再逃出去的！现在是最后的机会了！"

陈宪民朝他背后望去："你一个人进来的？"

"是！"顾耀东想了想，以为自己明白了什么，"您是担心我一个人没办法把您带出去。我虽然是第一次做这种事，但是提前做了很多准备！我有一套很完善的计划！我画了地图，给看门的警察酒里放了安眠药，不会伤着人，但是他现在应该已经睡着了。"他一边说，一边从鼓囊囊的挎包里往外掏东西，"这是给您准备的衣服，您从这儿出去，走十分钟就有夜总会，门口有的是黄包车。这些是给您准备的钱，您可以去火车站或者码头，走得越远越好！"

陈宪民沉默地看了他片刻："那你呢？"

"我？放心，这件事我不会告诉任何人！"

"我的意思是，你怎么脱身？"

这问题让顾耀东愣住了。

"计划很完善，可是警官，你把自己忘了。"

此时此刻，顾耀东才意识到自己的计划有多么幼稚，多么漏洞百出。他竟然就想用这样一个不堪一击的计划把人救出去。换了谁都不会跟自己走的。然而就是这个幼稚而漏洞百出的计划，让陈宪民从心底里感动。顾耀东当然不会知道这一切，他只是埋着头语无伦次地解释着："我自己……他们不一定会发现是我，就算发现了，我总会有办法的。只要能让您离开……您不想自由吗？"

"我被捕，其实与你没有任何关系。我丝毫没有记恨你，更不打算连累一个正直善良的年轻人。"

顾耀东的心隐隐被刺痛了，他苦笑着说："'警察'二字曾经是我的梦想，现在觉得有些讽刺。"

陈宪民望着他，仿佛看到了那个曾经也迷惘过的自己，那些迷惘过的很多人。"'人，应该忠于年轻时的梦想。'这是德国诗人席勒说的话。曾经有人把这句话送给我，现在我也同样送给你。走吧，年轻人。"说罢，陈宪民走到墙边坐下。顾耀东心情复杂地看着他，但对方已经不打算再多说一句话。

夏继成沉默地站在门口，仿佛已经能看到顾耀东脸上的失落。其实他知道一定会是这样的结果，但还是放任顾耀东去做了。他好奇顾耀东会走到哪一步，更重要的原因是这是唯一能解开顾耀东心结的办法。他不希望这个小警察从此只能畏畏缩缩地躲在负罪感里度日，于是一路护他到这里。一直以为，顾耀东此番"劫狱"带给自己的或许是一两个需要善后但还不算太棘手的麻烦；又或者一切顺利，不用替他收拾烂摊子；再或者他还展现出些许成为地下情工人员的能力，给他一点惊喜。但他从未想过，顾耀东给他带来的会是感动。

顾耀东已经不记得自己是如何离开看守所的，他失神地晃进警察局大楼，失神地朝大门口晃去。夏继成"碰巧"从楼上下来，看起来像是刚下班的样子。在这个时候见到顾耀东，他表现得十分意外。

"二处聚会，你怎么还在这儿？"

顾耀东摸出警哨："报告处长，白天弄丢了警哨，怕挨骂，所以想找到再去。"

夏继成打量着他，手上和脸上有血迹，头发上的汗水依然没有干透。"你是去西天取警哨了吗？一副遭了九九八十一难的样子。"

顾耀东没有说话。寂静的大楼里，从他肚子里发出的"咕咕"叫声显得格外响亮。

凉爽的夜风拂着法桐，叶子沙沙作响。顾耀东坐在树下的小面摊，抱着一碗热气腾腾的面条狼吞虎咽。夏继成坐在一旁，面前只放了一个小酒瓶，一只酒杯。顾耀东自始至终没有抬头，他大口地几乎连气都不喘地往嘴里塞着面条，似乎想借此堵住什么东西。

夏继成："慢点吃，没吃饱就再叫一碗。"

顾耀东头埋越低，越吃越快，不敢有片刻停顿。夏继成不是一个擅长安慰别人的人。这种时候，他只能假装什么也没看见，什么也不明白地嘀咕着："就不知道吃了饭再找警哨吗？肚子叫得跟敲钟一样。"

顾耀东抱起面碗大口喝汤，眼泪终于再也止不住地流了出来。夏继成默默看了他片刻，喝着酒望向了别处。树叶依然沙沙地摇着，如此温和。

面吃完了，二处聚会还是要去的。夏继成开车，顾耀东坐在后座，望着车窗外的法桐和霓虹灯交错闪过，刚刚在牢房里发生的一切恍如一场梦。手上被锉刀划破的伤口隐隐作痛，但有一句话比伤口更加清晰地戳动他的神经。

他抹掉脸上最后一点泪痕，很认真地说："处长，我今天遇见一个人，他说了一句话。"

"什么话？"

"他说，人应该忠于年轻时的梦想。"

"这话说得很对呀。是什么人说的？"

"一个叫席勒的诗人。"

"哦，你今天遇见的就是这个诗人？"

这问题忽然让顾耀东觉得鸡同鸭讲。他把到嘴边的话咽了回去，并且不想再多解释哪怕半句："只是突然想起您了。"

"我和说这句话的人很像吗？"

"不。你们完全不一样。"是啊，无知，庸俗，一个整日只知道啃鸡腿打麻将玩忽职守假公济私的俗人，哪里知道什么诗人，什么梦想。他和陈宪民当然不一样，大概也和任何一个年轻时有梦想的人不一样。夏继成从后视镜看向坐在后座一本正经鄙夷着自己的顾耀东，忍着没有笑出声。

顾耀东："处长，明天的押送任务，我想请个假。"

"这不可能。"

"我还想当警察，可我怕明天的行动会让我对'警察'这两个字彻底失望。"

顾耀东说得很认真，夏继成也回答得难得认真："就当是自己的成人礼吧。这个世界不会和想象中一样美好，但说不定会发现，它也不是你以为的那么糟糕透顶。"

小酒馆门口的厨子在"啪啪"摔着面团。顾耀东一下车，就被夏继成推到刑二处的桌前杵着。一桌子正在喝酒笑闹的警员齐刷刷地看向他，仿佛在看不速之客。气氛就像门口烘烧饼的炉子一样干巴。

赵志勇看见他脸上和衣服上有血渍，小声问道："你跟人打架了？"

顾耀东："不小心摔了一跤。"

肖大头："走错地方了吧！这是二处聚会，不是一处。"

夏继成从后面走了上来，众人赶紧起身。

夏继成："都坐吧。想吃什么菜尽管点。不过酒都节制点儿，明天还有任务。"

李队长："您放心，我保证看着他们。"

夏继成走过来拿起酒瓶："今天只有一杯酒是例外。"他倒了两杯酒，自己拿了一杯，另一杯塞给了顾耀东。"顾警官进警局一个月，今天头一次一起吃饭。这杯酒，算是我代表刑二处欢迎他。"

顾耀东犹豫片刻，仰头一口喝光了。夏继成也干了这杯酒，然后郑重地把酒杯放在桌上，看着这帮二处的警员。大家面面相觑，桌上的空酒杯显得格外意味深长。又过了好一会儿，夏继成才笑盈盈地说道："晚上还有牌局，我就不在这儿煞风景了。你们慢慢吃。"

众人起身相送，夏继成离开以后，他们再一次齐刷刷地望向顾耀东。

顾耀东手足无措地站在原地。赵志勇有些不落忍，正要拉他坐下，肖大头发话了。

"赵志勇？"

赵志勇只得坐下。

肖大头问顾耀东："怎么，人家一处连冷屁股都不愿意给你贴了？"

顾耀东没说话。

"二处最恨吃里爬外。但是既然处长发了话，我们也不能为难你。你起码表示一下诚意。"肖大头把两瓶酒放到顾耀东面前，"这不为过吧？"

赵志勇赶紧偷偷拽李队长："队长！处长说了要有节制！"

李队长清清嗓子："一瓶吧，意思意思。"

肖大头哼了一声，拎起一瓶放到顾耀东面前："这是底线了。想回二处，自己掂量。"

顾耀东一咬牙，拿起酒瓶仰脖子咕咚咕咚灌了起来。

夏继成今晚并没有牌局，这会儿他已经从鸿丰米店出来了。刚刚在密室，他和老董确认了第二天的营救计划。今天晚上他会把囚车的油放掉三分之二，然后把油箱表改成满油状态。按距离估算，囚车到白外渡桥就会没油，他们一定会就近加油。而那附近唯一的加油站，就是夏继成从一开始选定的，让沈青禾每天从顾家顶楼晒台监视的那一家。加油站已经换成了警委行动队的同志，人救出来以后，就是老董的事情了。

夏继成走到福州路一处街角，沈青禾拿着坤包过来了。二人朝警察局西边的大院走去。侧门上了锁。沈青禾一边观察周围的情况，一边摘下发夹递给夏继成。门锁几秒就被打开了。这样的配合对他们来说再普通不过，几乎不需要什么言语。

二人从侧门进了院子，远远朝正门望去，可以看到门卫室里四名警员正在打麻将。院内露天的地方停有数辆警车和卡车。沈青禾跟着夏继成穿过车辆，进了一间仓库，里面停着几辆押送犯人用的囚车。

夏继成用手电筒照亮了其中一辆的车牌："是这辆。"他掩上仓库门，守在一旁。沈青禾戴上手套，开始熟练地拆油箱表。

夏继成："明天你留在顾家，押送车队到一号位置的时候，你就在晒台上挂一条黄色床单，告诉他们可以行动。从晒台西边望下去有个电话亭，如果有情况，我会响两声铃挂断，一共两次。代表马上终止行动。"

沈青禾："知道了，我会马上把床单撤下来，通知行动队撤离。"油箱表很快就拆下来了，沈青禾一边调试，一边问道："之前我跟你说顾耀东有点不对劲，没出什么事吧？"

夏继成轻描淡写地说："他自己溜进看守所，想把陈宪民救出来。"

沈青禾一脸惊诧："还真的去了！什么时候的事？"

"就在刚刚，我来这里之前。"

"结果呢？"

"失败了。"

"这么冒险的事，怎么不阻止他？"

"他不可能就这样把陈宪民救出去，陈宪民也不会答应跟他走。但是见这一面能让他解开心结，起码知道陈宪民并不责怪他。"

沈青禾"啧"了一声，嘟囔着："一个漏洞百出的计划，在你看来倒是意义非凡。"

夏继成笑了："笨拙，却令人感动。以前只觉得他是一个不错的警察，现在发现，他是一个真正勇敢的人。"沈青禾接过他的话："因为一个真正勇敢的人，会用生命去冒险，但不会用良心冒险。"夏继成有些意外地看着她。

沈青禾拿着工具从囚车上跳下来："我也喜欢读席勒的诗。油表改好了。"

夏继成眼里闪过一丝复杂而微妙的东西，但很快就消失了。那些回忆并不能也不应该改变他和沈青禾。夏继成看了眼手表："时间差不多。你还得去个地方。"

沈青禾完全没想到，这天夜里夏继成给自己的第二个任务，是去小酒馆，把那个像死咸鱼一样趴在长凳上不省人事的顾耀东领回家。

电车上，顾耀东坐在沈青禾身边醉得不省人事。车一转弯，他的头就朝沈青禾肩膀靠来。沈青禾很警惕地用一根手指戳开他的头，她看起来那么嫌弃，多用一根手指都嫌多。然而电车减速时，顾耀东又朝前栽去，脑袋"砰"地撞到前面铁栏杆上。在他第三次撞向铁栏杆时，沈青禾忍无可忍地一把拉住了他的耳朵。毕竟是夏继成交代的差事，最终，她还是只能一脸嫌弃地让顾耀东靠在了自己的肩膀上。

好不容易把顾耀东扛回了家，沈青禾将他扔在床上打算一走了之。顾耀东忽然吼了一声："骗子！"把沈青禾吓一跳。他躺在床上神志不清地念叨着："处长就是个骗子……他让我不要忘了初心，可是他从来就没有初心！他根本不知道初心是什么……"

沈青禾慢慢走了过去，弯下腰，凑近了看着顾耀东那张通红的脸，轻轻地，一字一句地说道："你根本就什么都不懂。"顾耀东睁眼望着天花板下沈青禾的那张脸，眼神没有焦点："我就是不懂。我想当好警察，结果做什么都是错的。全都是错的。他们错了，我也错了。"沈青禾正想说什么，那只死咸鱼"哇"地吐了出来……

顾耀东再醒过来时，已经是第二天早上。他躺在干干净净的床单上，穿着干干净净的睡衣。窗口上挂着已经洗过的制服，在风里微微晃动着。他猛然想起什么，再看看自己身上的睡衣，越想越不对。

耀东母亲正在准备早饭，顾耀东从楼下跑下来，大声问道："妈！昨天晚上你给我换的睡衣？"

"没有啊，我跟你爸去打麻将了，回来看见你都已经睡了。"

顾耀东怔了怔："那也不是我爸了……是我姐？"

"悦西昨晚上倒是带着多多回来了。"

顾悦西正在梳妆台前小心翼翼地描眉毛，多多还在睡觉。顾耀东猛地推开门，吓得她手一滑，眉笔在脸上拉了一道长长的黑线。

"姐，昨天晚上是你帮我换的睡衣？"

顾悦西没好气地叫嚷："我脑子坏啦？你都多大的人了，凭什么要我给你换睡衣！"

顾耀东被吼得心惊肉跳，赶紧退出去关上了房门。最后，他一脸狐疑地望向亭子间门。沈青禾开门出来，两人正好面对面："沈小姐……"

沈青禾捂着鼻子打断了他："顾警官，你是不是喝酒啦？一股酒臭！"

顾耀东很尴尬，小心翼翼地问道："昨天晚上，是你送我回来的吧？"

"不是啊，我打牌很晚才回来，回来就直接睡了。"沈青禾一脸坦然，她瞄了顾耀东一眼，小声问道，"我在屋里都听见了，你该不会还以为是我帮你换的睡衣吧？"顾耀东心虚地干咳两声。沈青禾白了他一眼，转身去了楼上。于是顾耀东又很认真地想了半天，难道是多多？

出门前，父母跟了过来。顾邦才问他："鸡蛋给你们处长了吗？"

顾耀东："给了。"

"给了就好。往后再有得罪长官的事，说说好话，送点礼，人家不会跟你计较的。"

耀东母亲也放心了："是呀，有事跟家里商量，别一个人想东想西。"

顾邦才："今天警局有任务吗？"

顾耀东迟疑了一下："有。"

"那赶紧去吧。"顾邦才哪壶不开提哪壶地喊着，"打起精神来！争取再立一功！"顾耀东有些无奈地看了看父亲，闷头离开了，顾邦才还在后面大声喊："小子！好好表现！"

押送时间快到了。王科达正在齐副局长的办公室汇报情况，因为齐升平特批了刑二处一起参加行动，所以夏继成也在一旁。

"一会儿押送，杨队长带队，他和陈宪民一辆车，我跟在后面。"王科达一边说话，一边看似随意地摘下警帽，理了理头发，顺手把帽子放在了一旁。

副局长："一处押送，二处负责守在外围，如果出现意外情况，立刻支援。"

夏继成："是。"

副局长："陈宪民从看守所上囚车的时候，多派两个人看着，别到时候想不开来个自我了断，最后我们竹篮打水一场空。"

王科达："他已经上囚车了。"

夏继成有些意外，齐副局长显然事先也不知情："哦，这么早？"

王科达笑着："一会儿人多眼杂，怕出岔子。"这个解释合情合理，齐升平便也没有多在意。他看了眼手表："行了，都去准备吧。八点准时出发。"

夏继成和王科达一起离开了办公室，刚走几步，王科达忽然说道："哎呀，帽子落在副局长桌上了。我回去一趟。"夏继成望着王科达返回办公室，隐约觉察到有些不对劲。

刑二处警员各自摆弄着配枪。顾耀东看着桌上的枪，一言不发。赵志勇倒是激动地在一旁比画着："听说我们今天和一处配的是一样的枪！"

肖大头一贯的大嗓门："配枪好啊！今天只要枪打响了，这个月的奖金就有着落了。"顾耀东心情复杂地看了他一眼。

小喇叭有点担心："人人配枪，这架势，今天不会真出什么岔子吧？"

于胖子哈着气，使劲擦手里拿着的一面铜镜："我们就是守在外围，人一送到提篮桥，任务就算完了，有什么好紧张的？再说天塌下来了有一处顶着，真出事了也轮不到我们头上。"铜镜已经擦得很亮堂了，他拿出一卷绷带，仔仔细细把铜镜绑在胸口上。

小喇叭："这什么呀？"

于胖子"铛铛"敲了两下铜镜："我太公留下的，当护心镜不错吧？"

小喇叭看了他片刻："你不是说守在外围不会有事吗？"于胖子不吭声了。

这时，看守所的徐三在门口探头探脑张望，他看见了顾耀东，挥手喊着："顾警官？顾警官？"顾耀东认出他来，以为是自己昨晚在看守所留下了什么破绽，赶紧起身出去，将对方领到走廊没人的角落。

徐三赔着笑："还记得我吗？徐三，登记室，看犯人的那个。"

顾耀东有些忐忑："您找我有事？"

徐三吞吐着说："也没什么大事。就是……想来问问，我在登记室喝酒的事，你跟别人提过吗？"

"没有啊。"

"那……那个，你们处长呢？他说起过吗？"

"你说夏处长？"

"是啊。"

顾耀东正好看见夏继成走到徐三后面："处长。"

夏继成："马上要出发了，还在这儿说闲话？"

顾耀东有些疑惑地看了看他，又看了看徐三，回了刑二处。

夏继成看了眼徐三，徐三赶紧心虚地敬礼："夏处长。"

"你来这儿干什么？"

"也没什么……没事。"说着徐三转身就想走。夏继成觉得不对劲："等等。"徐三只能硬着头皮回来。

"这个时候，你不是应该在登记室吗？"

徐三苦闷地："其实我来就是因为这个事。今天一早就有人来登记室，把我给替了，说是让我放两天假。"

夏继成若有所思："什么人？"

徐三："他们刑一处的。夏处长，我来其实就是想问问……我喝酒的事，上边儿是不是知道了？这是不是要开除我的意思啊？"

夏继成想了想："换个地方说话。"

徐三跟着夏继成去了院子里一处僻静的角落。夏继成一边说话，一边观察着周围的情况："我说过别再提这件事。你是想让其他人知道，我包庇警员酗酒吗？"

"不是不是，我不是那个意思。我只是担心被开除。"

夏继成装作随意地问道："他们怎么通知你的？"

徐三："一大早我刚到登记室，他们就已经在那了。说一处提重要犯人，他们要亲自办手续。我说我在登记室都两年了，我也可以办啊！不就是那个姓陈的杀人犯吗？结果人家直接就把我推出来了，连看都不让我看一眼。您说那个陈宪民，我从早到晚看着，比他们都熟悉长什么样，有什么不能让我看见的？他们把我赶出来，还放假，到底什么意思呀？"

夏继成思忖着徐三的话："也可能只是特殊程序。"

"真不是要开除我吗？

"行了，没人会无缘无故开除你。该放假就放假去。"

徐三松了口气："那就好那就好，谢谢夏处长！"说罢，他点头哈腰地离开了。

待徐三走远，夏继成看了眼手表，匆匆朝看守所走去。

院子里停着囚车，车厢门是关上的。刑一处警员已经在此集合。夏继成一个人悠哉地走了过来："王处长下来了吗？"

一名警员说道："报告夏处长，还没有。"

"哦，那我上去找他。"夏继成作势要离开，忽然想起什么，"你们怎么都在车外面守着？犯人一个人在车上？"

对方被他问得有点蒙："是。"

夏继成有些难以置信地看着他们，仿佛这帮人犯了一个非常严重的错误。"齐副局长刚刚交代要严加看管，把他一个人留在车里，万一寻了短见，你们谁来担这个责任？"他说得正颜厉色，警员们都被说愣住了。

夏处长对于他们的迟钝很是恼火："赶紧上去两个人看着呀！"

一名警员慌忙打开车厢门，趁两名警员上车的空当，夏继成瞄了一眼坐在车厢里的犯人。他穿着又脏又破的囚服，戴着黑头罩，手上和脚上都戴着镣铐。可是裤腿下面露出的一小截袜子是白净的。夏继成明白了一切。

他迅速回到刑二处，警员们还在互相整理装备。夏继成黑着脸吼道："一处都在楼下集合了，你们怎么还在这儿磨蹭！"众人这才有了正行，动作麻利起来。

待所有人离开，夏继成马上拿起电话。囚车上的人不是陈宪民，这趟押送是陷阱。按照约定，他应该马上给沈青禾发出中止行动的信号，然而刚拨两个号码齐升平就进来了。他只能放下电话："副局长。"

副局长："李队长带他们出发了？"

夏继成："是。刚刚离开。"

齐副局长"嗯"了一声，却并没有要走的意思。刑二处空着，他慢悠悠地随便找了个位置坐下。齐升平看起来心情不错，大概是因为王科达刚刚折返回去，跟他汇报了关于这趟押运的秘密计划。王科达要借囚车明修栈道，引鱼上钩，再暗度陈仓，另择时机将陈宪民押往提篮桥监狱。这计划让齐升平很满意，现在就只用在警局等好消息了。

"正好得空闲，想跟你聊一聊。"看齐升平一脸推心置腹的样子，夏继成百爪挠心，但他只能赔着笑脸说："我给您泡茶。"

福安弄周围一切如常。沈青禾在晒台上晒着衣服。晒台侧下方就是电话亭。只要铃声响起，她从这里就能清楚听见。沈青禾看了眼手表，已经八点了，电话一直很安静，这说明一切顺利，囚车应该按计划从警局出发了。

押送车队从看守所进了福州路，一路向东驶去。

王科达的黑色轿车跟在囚车后面，杨奎和刑一处警员坐在囚车的后车厢里。大概是因为太憋闷，蒙头罩的"犯人"想用手摘下头罩。

杨奎踢了他一脚："别乱动。"

"憋死了。让我换口气吧！"

杨奎想了想，把头罩摘了下来，里面的人是给陈宪民送饭的刘警官。"换口气就赶紧戴上。"

"在车里就不用了吧？"

"你知道共党的眼睛在哪儿盯着吗？石立由的事忘了？如果他们想救姓陈的，这趟路上就是最后机会。"

"放心吧，我都穿成这样了，他们就是站在面前也不可能认出来。"刘警官说着话，一边跷起二郎腿。杨奎瞥见他裤腿下露出一小截白袜子，皱了皱眉头："怎么不换袜子？"

刘警官："看守所给的袜子太恶心了，实在上不了脚。"

周围人一阵笑。

一名警员小声问道："队长，我们这样先斩后奏，副局长能同意吗？"

杨奎："还不是怕漏了风声？搞不好这趟能借刘警官钓大鱼，是吧，刘警官？"

刘警官："万一人家根本没打算劫囚车呢？"

"共党不会放着他们的陈组长不管的。最好多来几个，别枉费我们演这出戏。"杨奎说得很跋扈，似乎他已经料定了，并且期待着这趟押送之行不会风平浪静。

前面是一个三岔路口，刑一处的两辆车驶向中间那条路，负责外围支援的其

222

他警车分别去了左右两边。三队人马继续向着东边的外白渡桥方向而去。

刑二处的警车沿着右边那条路慢悠悠开着。一车人各怀心事。顾耀东坐在窗边，低落地望着外面，思绪时断时续。也许是昨天晚上喝多了，整个早晨都是昏昏沉沉的。脑子中间像被塞了什么东西，令人恹恹地提不起精神。

赵志勇："队长，我们是不是守在外围就行了？"

李队长："反正我接到的任务是这样。"

赵志勇："陈宪民都上了囚车了，不可能再出什么问题吧？"

小喇叭："那可不好说。"顾耀东一听，回头望向他。小喇叭压低了声音："听说姓陈的是个组长，还是共党一个重要情报组的组长，不是一般角色。"

于胖子："难怪一处这么卖力。"

小喇叭："他们卖力，人家共党也不可能坐视不管。懂我的意思吗？"

对于这种话外之音，通常顾耀东会"哦"一声，其实什么也没听懂，但这一次他的反应极快："你是说他们会派人来救陈宪民？"

于胖子脱口而出："别乌鸦嘴！"

顾耀东不再说话，望向窗外的眼睛里不自觉地多了些许亮光。

夏继成已经给齐升平的茶杯里加了两次水，但是他依然没有要离开的意思。

齐升平："一处和二处的人都出去了，就我们俩，正好说说关于你的事。你也看见了，这次押送，王处长真的特别用心。"

"王处长办事一向尽心尽力，我是自愧不如啊。"夏继成笑得很勉强，齐升平看在眼里，以为是这番话戳到了夏继成的敏感处，让他不是滋味了。

齐升平："我知道，你这个人不喜欢出风头，心思也不在这上面。我其实很欣赏淡泊名利的人，但是又希望你能更上一层楼。毕竟，在这个警察局里，你是我的人啊……"

"明白。"夏继成惭愧地低下头，不经意地看了眼手表。车队已经出发二十多分钟了，最多再有十分钟，他们就会发现需要加油，转往福安弄附近的加油站。到那时候就晚了。

齐升平："现在的局势，光靠破两个刑事案子，是很难给上面留下印象的。所以王处长才对陈宪民的案子不遗余力啊。等他把人一送到提篮桥，过段时间再一押解南京，嘉奖令很快就会下来。到时候，你让我怎么摆你的位置？"

齐升平的声音在夏继成耳边嗡嗡作响，他起身再一次给茶杯加热水："卑职惭愧，让您费心了。"

加油站偶尔有普通车辆开进来，三名乔装成油工的警委行动队队员笑容可掬地向来人解释着，加油站空了，送油的车还在路上，抱歉地请他们去别家加油站看看。同时，他们的同志正用一辆假装抛锚的轿车和一辆满载货物的卡车将油车堵在了小路上。按照计划，在营救行动结束之前，这辆油车是不会抵达加油站的。

沈青禾依然在晒台上等消息。衣服已经晒完了，盆子里还剩一件黄色床单，那是代表开始行动的安全信号，看样子今天能顺利挂上了。

刑一处的车队朝外白渡桥方向前行。囚车司机注意到油箱表的指针一直在下降，回头对坐在后车厢的杨奎说道："杨队长，车快没油了。"

杨奎："出门的时候不是还满油吗？"

"可能油表出了点问题。"

杨奎想了想："前面和南苏州路交界的路口，有一家加油站。能坚持到那儿吗？"

司机看了眼仪表："应该能到。"

大概又过了五分钟，囚车靠边停车了。王科达的轿车随即停在后面。杨奎重新把头罩套在刘警官头上，然后下车跑过了过来："处长，车快没油了，我们准备到南苏州路口的加油站加油。"

王科达有些不满，低声说道："出发前怎么不检查一下？"

杨奎："我当时看了油表，是满油啊。不过这车年头太老了，油经常出问题。"

王科达不太放心："派个人向总局汇报情况，让总局用电台通知各车，到中山东一路和南苏州路的交界路口，等我命令再出发。"

很快，刑二处的车载电台里就传来了总局女警的声音："请各车到中山东一路和南苏州路的交界路口等候，不要过桥，等待指令。

刑二处警车在路边缓缓停下，众警员伸着懒腰下了车。于胖子看见路边有一家小面摊，热气腾腾很是诱人，于是看向李队长："队长，反正要歇会儿，吃碗面去？"李队长没说话就算是默许了。一行人到面摊坐下，于胖子摸着被护心铜镜压瘪了的胃，站在一排调料罐子前兴冲冲地跟老板交代"多放小葱多放汤"，他几乎已经要忘了绑这面护心铜镜是为什么。

这儿离福安弄已经很近了，走路也不过十来分钟的时间。顾耀东看着周围熟悉的街道，不自觉地朝福安弄的方向望去。

弄堂里很安静，偶尔传来二喵慵懒的叫声。沈青禾正在晒台上浇着花。这时，她望见押运车从远处朝加油站的方向驶去，于是从水盆里拿出黄色床单，在最显眼的位置晾了起来。乔装成加油工的警委队员看见她发出的信号，立刻就位。

囚车和王科达的轿车先后开进了加油站。三名加油工正在用大量清水冲刷地面，似乎有什么东西打翻了。

杨奎从囚车后车厢下来，下车时他很谨慎地只开了一条很小的缝，然后马上关了门。

一名加油工问道："警官，您加油？"

"对。"

"真不好意思，暂时没油了。送油车已经在路上，您稍等一会儿。"

王科达下车跟了过来："怎么回事？"

杨奎："这儿也没油了，得等油车来。"

王科达思忖着，既警惕又隐隐有些兴奋。他看了一眼杨奎，眼神一交汇，杨奎立刻明白了他的意思，鱼可能要上钩。

王科达若无其事地走到加油泵旁，望向周围。方圆十米之内几乎没有任何遮挡，加油站暴露在周围所有楼房的视线中。他笑着问身旁一名加油工："油车还有多久到？"

加油工："应该快了。"

"油站一点油都不剩?"

"是啊。"

王科达打量着对方:"我记得油站是早晚各有一次补给的。这才早上几点,昨晚送的油就没了?"他问得很随意,像是在闲聊。

加油工一脸抱歉:"刚好有一队拉货出城的卡车,让他们给加空了。"

王科达听着对方对答如流,"哦"了一声,脸上看不出任何异常。

一名加油工用水冲洗着囚车所在的位置,车似乎太碍事了,他客气地对杨奎说道:"警官,能麻烦你们把车挪一挪吗?刚才来加油的卡车打翻了一箱染料,得赶紧打扫,要不干透了就不好洗了。"

杨奎抬脚一看,鞋底确实踩了一脚染料,他不满地在地上蹭着鞋子:"往哪儿挪?"

加油工指着一旁:"那条小路吧,您倒车进去,停在那儿谁也不挡着,走的时候也方便。"

杨奎走到小路口朝里望去,路很窄,仅能容一辆车通过。小路尽头,是另一条横向的小路,呈T字。他看了一眼王科达,王科达朝他微微点了点头。

此时,两名警委行动队人员就埋伏在那条横向小路的左右两侧,只要囚车倒进来,后车厢门就会刚好停在他们面前。接下来要做的就是开门,救人,然后把人送到旁边一条小路里。那里停着一辆卡车,车没有熄火,司机就在驾驶座上随时等着出发。他们当然不会知道囚车里坐的并不是陈宪民,而是满满一车荷枪实弹的警察。

杨奎大声朝囚车司机喊道:"把车倒进小路去!"

小路路口太窄了,第一次没能倒进去。司机卖力地来回转着方向盘,调整着方向。

此时此刻的刑二处里,那场令夏继成焦灼和煎熬的谈心还在继续着。

副局长慢悠悠喝了口茶,压低了声音:"其实我们都心知肚明,双十协定虽然签了,表面上也风平浪静了,但很多问题在重庆谈判会上是悬而未决的。"

夏继成："是啊。政治民主化、党派合法化、军队国家化，还有特务机关、释放政治犯、奸伪、受降，这么多问题，一共也只有几条达成协议。"

"共党兜里有苏联在东北缴获的日军轻兵器，国军背后有美国援助，谁也不是省油的灯。这些都说明内战只是时间问题。我们，也要为自己早做打算啊。"

夏继成装作很受教的样子："以前总觉得警察局不比保密局，不用人人都盯着共党。再说王处长在这方面觉悟比我高，他抓共党，我抓点小贼，大家都各司其职。听了您这番话，我现在如梦初醒啊。还是目光太短浅。"

"王处长可是早就深谙此道。今天这趟押送……他没少花心思。我在等他的消息，说不定会有意外惊喜。"

"一定会的。"

齐升平看了看他："不好奇吗？"

夏继成坦然地："好奇是肯定的，不过更不敢忘分寸。我还是和您一起等消息吧。"

恰到好处的分寸感，是让齐升平最欣赏的地方。他笑了笑，看眼手表："估计这会儿车队快到外白渡桥了。过了苏州河，就是一条大路直奔提篮桥。等他们的好消息吧。"他终于放下茶杯，站了起来。

齐升平离开了刑二处。夏继成在原地站了片刻，直到确认对方已经走远，他才迅速拿起电话。

司机来回转了几圈方向盘后，囚车终于顺利倒进了小路。眼看那个满载警察的后车厢离警委行动队的人越来越近，福安弄外的电话铃声忽然刺耳地响了起来。沈青禾错愕地望向电话亭。

两声铃后，电话断了。很快，铃声再次响起来，一声，两声。之后，周围便陷入了死一般的寂静。

出意外了，行动要马上终止！沈青禾不顾一切地冲过去将那条晒在最显眼位置的黄色床单"哗"地拉了下来。加油站的三名队员看见了信号，那名冲洗地面的加油工忽然意识到一个严重问题——囚车挡住了小路视野，埋伏在里面的同志此刻是看不见信号的！他赶紧对一名同伴说道："洗不干净，去后面帮我拿个刷子。”对方立刻会意，转身想从后门绕去小路，却被王科达叫住了。

"等会儿。"他慢慢走过来，一脸笑容，目光却透着犀利，"我要看看你们的证件。"

此时，沈青禾也已经意识到了这个问题。她一边下楼，一边匆匆将披肩长发扎了起来。从顾家出来后，她走得不紧不慢，一身裙子加高跟鞋，看起来只是要出去逛街喝咖啡而已。

杨一学推着自行车回来，正好迎面碰上："沈小姐出去呀？"

沈青禾笑盈盈地："是呀，出去逛逛。"离开福安弄后，她拐进了一条无人的小路，越走越快。路尽头停了一辆没有挂牌照的绿色货车。营救行动前一周夏继成曾事先安排了几辆货车分别停在几个不同地点，这便是其中一辆。沈青禾一路小跑上了车，一脚油门就冲了出去。驾驶座下塞着备用的行头，她一边开车，一边从座椅下掏出鸭舌帽戴上，又换了工装外套，最后将高跟鞋一甩，踩上便于行动的平底鞋。待到干净利落地做完这一切，她已经像是换了个人。卡车从小路一跃而出，朝加油站赶去。

二处警员还在街边面摊悠闲地吃面。顾耀东抱着面碗，脑子里始终想着路上的那番议论。也许真的会有人来救陈宪民？他不时望向警车上的车载电台。

赵志勇："怕有情况啊？"

顾耀东："如果有情况，车载电台应该会通知我们吧？"

赵志勇："通知是肯定会通知，不过不可能有情况的。安心吃你的面吧。"

于胖子又往碗里加了一小撮香葱："人家一处让我们守外围，也就是说这事跟我们关系不大。操那份闲心干什么！"

李队长很惬意地喝了口面汤："行了，我出门的时候看过了，今天是黄道吉日。"

于胖子一听，面条卡在喉咙好半天才下去："那对共党来说，今天不也是黄道吉日吗？"

话音未落，沈青禾的卡车就风驰电掣地从一旁街上冲了过去，坐在临街位置的顾耀东被卡车带起的风掀飞了警帽。

肖大头站起来就骂："会不会开车呀！"

顾耀东心有余悸地捡回帽子，等他戴上再抬头望去，卡车已经绝尘而去。

王科达查看三名加油工的证件时，注意到其中一人头上汗涔涔的。他不动声色地问道："你不舒服？"对方没有回答。守在一旁的杨奎暗暗将手放在了腰间的配枪上。

而此时囚车已经停在了小路尽头。车屁股正好朝着路尽头的横向小路。埋伏在两侧的行动队员已经在后车厢门两侧做好了劫人的准备。领头的队员见所有人准备就绪，伸手去拉车门。囚车上的警员听见细微声响，所有枪口无声地对准了车厢门……

就在车门要拉开时，沈青禾的货车沿着横向的小路呼啸而来。她从车窗伸出头大喊："上车！"

杨奎一听有动静，立刻拔出配枪跑到小路口朝里望去，只见囚车背后，一辆货车一晃而过。他朝天空放了一枪大喊道："拦住那辆车！"

一声隐隐约约的枪响从远处传来，正在唏里呼噜吃面的二处警员同时停下了筷子，望向枪声响起的方向。

小喇叭："什么声音？"

于胖子有些紧张："枪？"

等了片刻，没有动静了。

肖大头："别瞎紧张，吃你的面。"

众人各自埋头吃面，但显然心里都有些打鼓了。顾耀东拿着筷子一直望着刚刚响枪的方向。那是一片居民区，除了一条宽敞的大路，两侧都是错综复杂的里弄。如果站在自己家顶楼晒台朝那个方向望的话，应该还能看见一间加油站。

囚车里的警员一脚踹开门蜂拥而出。在他们跳车的瞬间，警委行动队员已经上了沈青禾的货车。警员追在后面连放几枪，货车在火花四溅中冲出了小路。

杨奎被囚车堵住了去路，只能折返回来朝一名警员喊道："马上向总局汇报情况！"然后和王科达一起跳上轿车，追着沈青禾的货车而去。

面摊上空第二次传来枪响，但这次不再是一声，而是绵延不断的交火声。一旁警车上的电台开始急促呼叫："有人劫囚车！目标是一辆无牌照绿色货车，外围各车立刻向南苏州河方向追捕！重复！有人劫囚车……"顾耀东心里猛地一跳，真的发生了！瞬间袭来的急速心跳让他手脚发软。

大家都忐忑不安地望向李队长，小喇叭问道："队长，怎么办？"队长也在彷徨着，上吗？他想起了办公桌上还放着给孙子那件织了一半的小毛衣。这时，有人"刺溜"吸了一口面条，他转头一看，顾耀东在埋头吃面，看起来那么淡定。于是，沉默片刻后，他也拿起了筷子："把面吃完。不急。"

大街上，两辆从外围赶来支援的警车从左右两侧小路杀出，紧追在沈青禾的货车后。沈青禾从后视镜看着车后的情况，对车上的人说道："我送你们到一号点，那儿停了一辆卡车，你们换那辆车走，车上有衣服和证件。"

警委行动队员："你呢？"

沈青禾："我能甩掉他们。"

货车很快到了那家位于三条路交会处的三来澡堂。堆煤球的仓库里，停着那辆在大世界被黄浦分局收缴又被夏继成捞出来转移到这里的卡车。沈青禾将车停在仓库外，行动队员上了卡车，迅速换上车上备好的货运公司的工作服，俨然变成了一支货运小队。

沈青禾一刻都没有多停留。她开着绿色货车从澡堂出来，加大油门朝尾随寻来的几辆警车迎面冲去。双方擦肩而过，警车急转掉头追上去。过了片刻，行动队员的卡车才从三来澡堂开出来，朝另一个方向离开了。

几辆警车追着沈青禾的货车在大街小巷呼啸着穿梭。途中不断有警员下车，用路边的巡逻专用电话向总局汇报情况。十秒之内，总局就可以通过车载电台将逃犯的实时动向通报给各台警车。

王科达轿车里的车载电台喊道："目标逃往泰兴里方向！泰兴里方向！"杨奎

将方向盘猛地一转，掉头追去。

二处警员抱着面碗聚在警车外，全神贯注地听电台播报战况，仿佛是在听一段无比精彩的大戏。

"泰兴里发现目标！"

"目标已离开泰兴里，逃往傅家街！"

"目标逃往华安里！"

"目标消失，各队原地待命等待指示！原地待命等待指示！"

"最新情况！泰兴里再次发现目标！"

刑二处听得目瞪口呆。

肖大头："又绕回去了？"

小喇叭："一处好像在被领着绕圈子呀！"

赵志勇小声地："觉不觉得那个人很熟悉这一带？神出鬼没啊。"

顾耀东紧张地盯着电台，在这场战斗里他没有忘记自己的角色，没有忘记警察的职责，然而还是默默地、偷偷地期待着什么。

沈青禾开着绿色货车一路飞驰，不断有警车追上，又不断被甩掉。她直奔码头而去，四周到处是正在装货和卸货的大卡车。王科达的轿车很快就跟到了，他看见几辆警车已经追了进去，对开车的杨奎说道："别跟过去。从外面包抄。"

杨奎驾车从另一条小路绕了过去。

沈青禾将车开到了码头一处很隐蔽的货箱堆放点，夏继成计划里的第二辆车就停在这里。她迅速换上黑色卡车，从另一条路离开了码头。半分钟之后，警车就包抄了绿色货车。警员持枪围了上来，拽开车门，才发现车里早已空空如也。

刑二处上的电台再次喊了起来："目标车辆已截获。车内无人！重复，目标车辆已截获，车内无人！"

小喇叭："神了！这么多人追，说消失就消失了！"

赵志勇突然嚷了一声："我知道了！肯定是那个人又出现了！"

小喇叭一拍大腿："白桦！"

赵志勇："肯定是白桦！除了他，还有谁能把一处耍得团团转？"

对顾耀东来说，"白桦"二字曾经只是一个传说，虚虚实实，遥不可及。然而此刻突然有了不一样的感觉。有那么一刻，他希望传说成真。

比起外白渡桥的枪火不断，此时的警察局倒显得格外祥和。电讯科有线股的几名女警说说笑笑地从房间出来，锁门离开了。等她们走远，夏继成用铁丝开了门。屋里的人都去参加例会了，接线记录就放在桌上。他很快找到了王科达最近几天的通话记录，在一连串的数字中，一个反复出现的号码格外引人注目。

夏继成离开警局后，在三条街之外的电话亭里拨通了市电话局总台："请查一下 50023。"

片刻之后，总台接线员给了回复："您好，你要的地方是丽华公寓。"

夏继成挂断电话，上车离开。

沈青禾开着黑色卡车离码头越来越远，就在她以为甩掉了敌人时，杨奎开着轿车从侧面一条小路冲出来撞上了卡车屁股，王科达开枪打中了卡车轮胎。很快，有另外的警车也跟了上来。

电台再次传来新警情："目标在景安里！黑色卡车，左后轮胎中枪。各车迅速支援！"

二处警员终于放下了面碗。

肖大头："队长，机会来了！走吧？"

李队长慢悠悠起身："出发。"

大家都跳上了警车，顾耀东还愣着，赵志勇一把将他拉上去："还愣着干什么？白桦现在被一处追得差不多了，我们赶过去说不定能捡个漏！"

又是一枪，王科达击中了卡车右后轮胎。两只后轮胎都在漏气，沈青禾很清楚自己坚持不了多久了。

不断有警车从各个方向冒出来。刑二处是肖大头开车，从侧面小路冲出来后，也汇入了追击的大军。子弹不断从各辆警车射向卡车，火花四溅。刑二处的人瞅准机会也开了几枪。顾耀东听着子弹在耳边嗖嗖飞过，又听见有人兴奋地吼着："瘪了瘪了！两只后轮都瘪了！"他没有伸头去看，已经能想象到被打成蜂窝的卡车有多狼狈。他捏紧了手枪，脑子有些空白。

在卡车彻底报废前，沈青禾歪歪扭扭地在一条小路路口停了车，下车跑了进去。小路很狭窄，卡车刚好堵住路口，将所有警车挡在了外面。警员们纷纷弃车朝里跑去。王科达和杨奎也下车追了进去。二处警员摩拳擦掌，在李队长的带领下最后一批追进小路。

顾家的房子并不是白租的。福安弄处在福州路警察总局和提篮桥监狱的中间，是营救计划的必经之地。沈青禾每天会出门闲逛两个小时，以福安弄为圆心，向周围一圈一圈地扩散出去，每一条大街，每一条里弄，她都用脚走过无数次，也在心里排列组合过无数次。这副蛛网般的地图，她早就烂熟于心。她如猫一般灵活穿梭在大小弄堂，翻围墙，上屋顶……

二处警员气喘吁吁跟着李队长往前追，顾耀东跑在最后，忽然听见身后有动静。他回头望去，什么也没发现，等再回转头来二处警员已经跑远了。这时，后面又传来响动。顾耀东迟疑了一下，朝和大家相反的方向追去。

沈青禾从捷径绕回了最初的小路路口。她跳上一辆空警车，俯身熟练地拽出火花塞的两条线，搭了几下，警车顺利启动了。就在她抬起头来准备踩油门时，蓦然看见顾耀东就站在车头前，举着手枪对着自己。

9

顾耀东的枪口对准了警车驾驶座上的那个人。阳光从车后的方向射来，晃得他有些睁不开眼。四周渐渐静了下去，最后只剩下耳鸣的声音。逆光望去，车里的人有些恍惚。警帽檐在顾耀东的脸上投下一片阴影。沈青禾看不见他的眼睛，只能看见那个对准自己的黑洞洞的枪口。她不动声色地从腰间掏出了手枪，然后将帽檐压得更低了。

汗水流进了顾耀东眼里，阳光透过汗珠，竟将他眼前的景象蒙上了一圈似梦非梦的斑斓光晕。沉默良久，他扶正了警帽，举着枪一步一步靠近，靠近……沈青禾也默默地将手枪上了膛。她已经做好了最坏的打算。然而令她意外的是，顾耀东忽然背过了身去。沈青禾怔怔地看着他的背影，不知为何鼻子竟有一丝发酸。她放下枪，启动警车，快速地消失在了街角。

顾耀东死死盯着地上，烈日之下他仿佛什么都看不见，什么都听不见，一切都静止了。

刑二处警员怏怏地空手而归。

肖大头："还以为今天能捡个漏，跑了半天屁也没闻见一个。"

小喇叭："这么容易就被逮住，那还是白桦吗？"

二处警员吵吵闹闹地沿着小路往回走，赵志勇远远望见一个穿警服的人站在小路口上发呆，走近了一看是顾耀东。

赵志勇："你什么时候回来的?"

顾耀东魂不守舍地抬头："谁?"

"你啊!"赵志勇推了他一下，"怎么了? 丢了魂一样。不会真撞见白桦了吧?"

警员们各自收枪，望着顾耀东。

小喇叭忽然笑了，"不可能，要是真撞见白桦，他还能活命?"他一把拿过顾耀东手里的枪，"看看，保险栓都没打开! 这小子根本不会用枪。"

这时，王科达和杨奎带着刑一处警员从另一个路口跑了出来。弄堂错综复杂，他们为了返回停车的这个路口费了不少劲，人人都憋了一肚子火气。

王科达："追到人了吗?"

李队长："报告，没发现目标。"

肖大头走到原本停车的地方，傻了眼："哎? 二处的车呢?"

王科达："怎么回事?"

肖大头朝空荡荡的角落一指："车没了! 我记得是停在这儿的呀!"顾耀东咽了下口水。

杨奎："谁第一个回来的?"

顾耀东："是我。"

杨奎："看见车了吗?"

顾耀东："没有。"

杨奎："肯定没有?"

"没有! 我回来的时候，没有人，也没有车。我什么都没看见!"

顾耀东回答得理直气壮，王科达更憋火了。他看了看一众筋疲力尽的警员，又看了看周围令人眼晕的无数个弄堂口，恨恨说道："这么多猫，让一只耗子跑了，还顺带卷走我们一辆车? 这不是耗子，是神仙啊!"

沈青禾将警车停在一条安静的小路边，然后下车进了一间百货商店的后门。大约十分钟后，一位窈窕淑女从商店正门走出来，面前便是繁华喧嚣的霞飞路。

沈青禾穿着新款连衣裙，脚踩高跟鞋，从商店台阶走下来，便隐没在了熙来攘往的人流中。

丽华公寓里，两名便衣警员正在看杂志。陈宪民被手铐铐在床头，两名刑一处的便衣按王科达的要求守在这里。敲门声响了，二人警觉地掏出配枪，靠到门边。

其中一人问道："谁？"

门外人说道："夏继成。"

便衣开了门，见果真是夏继成，赶紧收起枪敬了个礼。

"夏处长。您怎么来了？"

夏继成进屋，看了一眼陈宪民："他没怎么样吧？"

"没事。"

"那就好。"夏继成朝陈宪民抬了抬下巴，脸上看不出喜怒，"给他披件外套。"

王科达和杨奎上了小轿车，杨奎抱怨道："我没觉得哪个地方露破绽了啊，这帮共党，鼻子怎么就这么灵？"

王科达自言自语着："好在留了一手……"话音未落，他和杨奎同时想到了什么。王科达低声吼道："快！丽华公寓！赶紧给他们打电话！"杨奎跳下车就朝电话亭跑去。

丽华公寓的电话铃声响起时，屋里已经空无一人。

陈宪民身上披了件外套做遮挡，以免戴着镣铐引人注意。两名便衣押着他，跟着夏继成朝停在外面的轿车走去。一名便衣问道："夏处长，现在就去提篮桥监狱吗？"

夏继成："对。"

便衣有点不放心："王处长怎么不通知我们呢？"

"共党劫囚车，他正带人追捕，分不开身。"

"可他之前交代，一定要等他到了才能离开……"

夏继成停下脚步，有些不耐烦地说道："这是你们一处的案子，我只是受王处长委托送你们一程。等共党缓口气找到这儿来，你们就自己想办法吧，反正担责任的不是我。"

夏继成冷冷地看了他们一眼，转身上了车。二人赶紧押着陈宪民上了后座。

一路上，二人都在朝外面张望，似乎对路线有些起疑。车开到一半时，其中一人忍不住问道："夏处长，从这条路也能到提篮桥监狱吗？"

夏继成："对。从乍浦路桥过苏州河，过了河就快了。"

那名便衣小心翼翼地追问了一句："平时好像都是从外白渡桥过去，那条路近一点。"

夏继成："他们在外白渡桥遇到共党了，只能绕开。"

对方终于放下心来："难怪了。"

另一人高兴地附和着："王处长本来只是为了保险起见，没想到还真钓到鱼了。"

夏继成笑了："是啊，这个月你们的奖金恐怕要翻倍了。"

轿车拐进了一条弄堂，远远地，已经能看见弄堂尽头有一棵大槐树。

夏继成停了车："从前面出去，很快就能看见苏州河。一处的人在前面接应你们。"

两名便衣张望着："他们在哪儿？"

夏继成："看见前面的大槐树了吗？就在树下。"树下果然隐约能看到人影。"我到旁边杂志社办点私事，你们自己开车过去吧，带着他没车不方便，送完人开回警局。"

"知道了！谢谢夏处长！"

夏继成下了车，又拍了拍车子叮嘱道："一直朝大槐树开，别走错了。"

轿车一路开到了大槐树下，不过等在那里的并不是刑一处，而是五名警委地下党齐刷刷的枪口。两名便衣慌忙想倒车，后路也被堵住了，领头的人正是老董。

葱郁的大槐树下，老董将陈宪民送上了警委的汽车。情报小组的叛徒清除了，另外几名队员也拿到了当初在瑞贤酒楼没能拿到的新证件，得以在上海继续潜伏。

而陈宪民即将撤往解放区，也许解甲归田，也许会去往新的城市以新的身份继续战斗。这一切的有惊无险，都得益于一个人。陈宪民最后望了一眼夏继成离开的方向，他什么都没有说。对他们这样的人来说，沉默便是最大的敬意。

夏继成独自靠在路边，一辆车缓缓停在了一旁。老董下了车，夏继成正要上车，老董叫住了他。

夏继成茫然地问道："怎么了？"

老董神情有点怪异，说不清是担忧，还是窃喜："有件事，你要有个准备。关于沈青禾和那个姓顾的警官。"夏继成更加茫然了。

王科达从加油站追着沈青禾离开时，那三名乔装成加油工的警委队员得以脱身，第一时间就通知了老董。所以在来这里之前，老董其实去了那条他和夏继成、沈青禾共同制定的撤离路线。他从三来澡堂、码头一路追到沈青禾最后上警车的那个小路口时，看到了那惊心动魄的一幕。也许再晚几秒，他就会朝顾耀东开枪了……

当老董把最后的结果告诉夏继成时，夏继成脸上也露出了同样怪异的神情——说不清是担忧还是窃喜。

二处的车没了，一处来时坐的囚车倒是宽敞。于是回警局时，两个处只能灰头土脸地挤在一起。每个人心里都憋着气，白忙活了半天，最后还得像堆土豆似的被人拉回去。

车子一转弯，于胖子挤在小喇叭身上，又一个急转弯，他挤在了杨奎身上。杨奎没好气地一巴掌将他推到肖大头和赵志勇身上："挤什么呀！"

李队长笑着："杨队长，都是刑警处的，互相照顾照顾。"

"让你们刑二处上车就已经很照顾了！"

"我们也不愿意挤一辆车。这不是车被人偷了吗？"

"是啊，我还是第一次听说警察执行任务连自己的车都看不住！"

"这也是个意外。"

"是意外倒另当别论了，能力不够也没关系，就怕有人是故意的！"

"杨队长，你要这么讲话就不合适了……"

李队长还想心平气和地理论，肖大头已经炸了："自己抓不着耗子冲我们嚷嚷！追那么久还追丢了，我是不是应该怀疑你们故意放走了共党！"

刘警官狐假虎威地推了他一下："给谁扣帽子呢？"

肖大头一把推回去："说的就是你们，怎么了！"对方还想推搡，肖大头已经一拳挥了过去。大家都憋着火，等的就是有人先撕破脸，于是一场混战开始了。

顾耀东一个人蹲在角落，还没有从刚刚发生的事情中抽离出来。身后的叫骂此起彼伏，拳头和警帽在空中横飞，身边都乱套了，而他独自沉浸在另一个世界里，正咧着嘴傻笑，一记拳头横空飞来打在他脑袋上。打人的人不知道自己打了谁，顾耀东也不知道自己被谁打了。反正他也不在乎，这时候就算被踹到车底下去，也不会影响他在自己的小世界里兴致盎然。

刑一处一回警局，就被王科达劈头盖脸一顿训。"本来想在副局长面前露个脸，结果把脸伸到共党面前挨了两个耳光！居然还跟二处打架？嫌丢脸丢得不够多吗？"

杨奎："处长，是他们先挑的事……"话音未落，王科达已经抄起一个茶杯砸了过来："他们都是些什么人？歪瓜裂枣，乌合之众！跟他们动手比跑了共党还丢人！"

此时，那群歪瓜裂枣乌合之众，正排成一排站在刑二处办公室的墙边，等着夏处长发落。夏继成倒是不着急，一个人背对他们坐着，津津有味地吃着烤鸡，仿佛听不见对门不时传来的乒乒乓乓砸东西的声音。

于胖子小声说道："肖大头，你今天厉害啦！"

肖大头摸了摸脸上挂彩的地方："不硬气一把，当我们二处都是软脚蟹呀？早就看他们不顺眼了！"几个人互相吹捧着，仿佛全然忘了自己也是一副鼻青脸肿的惨相。

夏继成终于吃完了烤鸡，擦干净了手，回头看着他们，一帮人这才收敛了。夏继成看了他们一圈，最后目光停留在脸上抑制不住笑意的顾耀东身上。顾耀东赶紧收起笑容。

夏继成："配枪到武器科登记归还了吗？"

李队长："还没有……"

夏继成："行动结束必须第一时间归还，这是规矩，都忘了？"

李队长："对不起处长，我马上带他们去！"

夏继成"嗯"了一声，便拿起报纸看了起来。众人面面相觑，还在等着下文，但处长静悄悄的，一直没下文。

肖大头小心翼翼地问道："处长，打架的事，您不生我们的气？"

夏继成看着报纸，头也不抬地说："打都打了，我能怎么样？"所有人都憋着不敢笑出声。"磨磨蹭蹭。赶紧去还枪！"

"是！"

一帮人走出二处时，夏继成的声音从报纸后传来："下不为例！"

"是——"

从武器科出来，赵志勇问顾耀东："忙活半天，一颗子弹都没打出去就把枪还了。有点可惜吧？"

"没觉得啊！"顾耀东说得不带半点遗憾，赵志勇奇怪地转头看着他，怀疑对方被烈日晒昏了头。"反正我也不会用枪。"顾耀东一脸认真，非常诚恳，非常坦然。

当齐副局长质问为什么把陈宪民从看守所转移到丽华公寓仅仅几个小时，共党就能把人劫走时，夏继成回答得同样一脸认真，非常诚恳，非常坦然："警察局三教九流什么人都有，确实有可能内部泄露。但我觉得不一定是共党的眼睛，也可能是其他人为了利益。毕竟现在愿意重金买消息的人太多了。"

在旁边如坐针毡的王科达松了口气，也有些泄气："我愿意接受调查。"

副局长："现在不用跟我解释，二位，还是想想局长问责起来如何交代吧！"

夏继成一边宽慰王科达，一边继续向齐升平建议："既然和陈宪民一起失踪的还有两名警员，索性就说是他们被共党买通。王处长本来计划得很周密，只是这一点没有提前察觉。"

最终，齐升平在万般无奈和恼火中给这件事定了论："也只能这样了。早知道还不如让陈宪民直接上押送车！搞得花里胡哨，结果被人家当猴耍！"

从武器科回刑二处的路上，顾耀东正好看到夏继成和王科达从齐副局长办公室出来，他有些担心地问赵志勇："赵警官，你说……他们还有可能抓到陈宪民吗？"

赵志勇："依我看没戏了。姓陈的肯定已经被共党转移了。"

"那开卡车那个人呢？"

"你说白桦？那更不可能！就从来没人见过他长什么样！"

夏继成看了顾耀东一眼，转身离开了。

赵志勇在一旁小声地说："真要有什么线索，上面也不会透露给我们。这种消息，只可能处长才知道。"顾耀东若有所思。

夏继成正在卫生间方便，顾耀东鬼鬼祟祟进来，站到处长身边。

"处长。"

"嗯。"夏继成别扭地瞟了他一眼。

顾耀东憋了半天说道："处长，他们抓到人了吗？"

"你指的谁？"

"陈宪民，还有……卡车上那个人。"

"陈宪民是彻底跑了。不过卡车上那个人……"

顾耀东果然紧张起来："被抓到了？"

"你有线索吗？"

"没有！"

"如果有线索，可以告诉我，我直接汇报给副局长，这个月你的奖金就有着落了。"

顾耀东斩钉截铁："真的没有！"

夏继成瞟了他一眼："那就别瞎打听。"

"是。"过了片刻，顾耀东还不死心地问，"他们真的也没有线索吗？"

夏继成要冒火了："你是不是想让我憋出毛病？"

"处长，您慢慢来！我走了！"顾耀东乐颠乐颠地溜了出去。

夏继成在后面嚷嚷："以后有事能不能换个地方谈！"嘴上吼得愤愤然，脸上却是藏也藏不住的笑容。

顾耀东背着挎包一路朝福安弄飞奔回去，阳光照在脸上神采飞扬。到了家门口，他努力平复好激动的心情，这才推门进去。

家里一片安宁。耀东母亲和顾悦西在天井里择菜。

顾耀东："妈，沈小姐回来了吗？"

"还没有，我从菜场回来她就不在家了。你脸怎么了？"

"今天执行任务，不小心撞了。"他摸着脸上挂彩的地方，倒是一点看不出难受。

顾悦西觉得奇怪："哎？你怎么知道沈小姐出去了？"

"我……就是随口问问。"顾耀东支吾两句，上了楼。到了亭子间门口，门虚掩着。他好奇地推门进去。亭子间狭小破旧，但收拾得很整洁，桌上的小酒瓶插着一支像是路边随手摘的野花，透着女孩的温柔。梳妆镜前放着一把梳子，顾耀东拿在手里看得出了神，这一刻，屋里再稀松平常的东西也都变得和平时不一样了。

"顾耀东？"

顾耀东一回头，看见顾悦西站在门口。"你在做什么？"

他慌忙放下梳子："没什么。"

"我明明看你拿东西了。人家一个女孩子住的房间，你跑进来做什么？"

顾耀东没敢吭声，尴尬万分地从她身边挤了出去。

晒台上花草很香，风景很美，远处的加油站在夕阳下格外醒目，醒目到有些突兀。在这里住了二十四年，在晒台上看了二十四年的风景，顾耀东第一次觉得加油站是如此特别的存在，也忽然明白了沈青禾为什么住进顾家，为什么经常一个人无所事事地站在这里。

顾悦西上来晒衣服，看顾耀东正一脸傻笑，随口问道："又发薪水了？高兴成这样。"

"是比发薪水更高兴的事情。"

"那是发奖金了？"

"和钱没有关系。姐，你有没有觉得，如果有一天突然发现你早就熟悉的人，其实和你以为的完全不同，是一件很开心的事？"

顾悦西嚷嚷起来："开心？有什么好开心的？你姐夫，嫁给他以前觉得他又斯文又有本事，结了婚才发现他是又笨又邋遢！气都气死啦！"

"我是说，有的人你以为她很普通，可其实她很了不起！你很想做但又做不到的事情，突然发现她也在做！而且她做得很漂亮！"

一个白眼甩了过去："小说看多了吧。你说的那是白娘娘。"

顾耀东无奈："算了，跟你说也说不明白。"

此时的沈青禾正在鸿丰米店向老董汇报情况，与顾耀东完全相反，她忧心忡忡，并且有点乱了阵脚。"按理说我帽檐压得很低，他应该看不见我的脸。可是他主动让我离开，我又有些拿不准了。"

尽管掩饰得很好，但老董还是看出来了，这在沈青禾身上是不常见的。"我听老夏说，他曾经想一个人营救陈宪民。掩护你离开，也许只是因为你在做他想做的事情。"

"那我现在应该回去吗？"

"既然没有接到老夏的电话，那说明你还没有搬家的必要。总之，一切多加小心，有情况我随时通知你。"老董注意到她胳膊上有血渍，"受伤了？"

沈青禾这才注意到自己受了伤："皮外伤，没关系。"这会儿她没办法集中精力去想伤口的问题。一想到顾耀东用枪口对准自己然后又毫无征兆地背转身去，她就心烦意乱。

行走在悬崖边缘是她生活的常态，早就习惯了。暴露或是没有暴露，不论哪种结果她也都能平静面对并且果断处理，这都不足以让她心烦意乱。真正让她烦乱的，是坐在警车上鼻子发酸的那一刻，以及在那之后绵延不绝的剧烈心跳。理智告诉她那是因为感激顾耀东的救命之恩，可是直觉告诉她，事情比她想象的还要更微妙，更复杂。

顾家的晚饭时间到了。耀东母亲和顾悦西忙着端菜，顾耀东在灶披间盛饭，他似乎在等什么人，总有意无意地朝门口张望。这时，有人开门进来，他"嗖"地从灶披间蹿出去，结果是父亲回来了。他脱口而出："爸！怎么是你？"

顾邦才蒙了，"怎么是我？"这问题莫名其妙到让他大脑空白了好几秒，然后两眼一瞪，"怎么不能是我？"顾邦才嘟嘟囔囔进了屋，顾耀东还在朝外面张望，弄堂里依然不见沈青禾的身影。顾悦西在后面狐疑地打量着探头探脑的顾耀东。

吃完晚饭，收拾好了碗筷，又陪父亲看报纸说了会儿话，顾耀东一看手表，已经晚上九点。他拎着空垃圾桶出了门。

弄堂里的路灯已经灭了。他趿拉着拖鞋朝弄堂口走去，站在弄堂口朝远处望了一圈，依然不见人，只得又拎着桶回去。刚到门口就被顾悦西拦在了外面。

"你在等什么人吗？"

顾耀东装傻："没有啊，我出来倒垃圾。"

"可是吃饭前我刚倒过。"

"那怎么还臭烘烘的。肯定是没倒干净！"

顾悦西目光犀利地盯着他："你是不是在等沈小姐？"

"我进去了！风好大呀！"

顾耀东一溜烟蹿进了屋里。顾悦西看着他的背影，似乎明白了什么。

晚上一家四口玩骨牌时，顾耀东心不在焉，一听外面有动静就从窗户朝外张望，这更加深了顾悦西的怀疑。她轻轻碰了碰母亲："妈，你不觉得他有点古怪吗？"

耀东母亲还没说话，顾耀东忽地放下了牌："我出去透透气。家里太热了！"说罢他站起身就出了门。

三个人被晾在屋里面面相觑，顾邦才完全是一头雾水："家里有这么热吗？"

顾悦西一副恍然大悟的样子："妈，我知道怎么回事了！"

晚风一阵一阵从弄堂吹过，空气里有股潮湿的味道。顾耀东在门口假装随意地走来走去。蛐蛐轻盈地"唧——唧——"叫着，他脑子里也在一遍遍地"唧——唧——"叫着。他只是望着弄堂口，等待着，担心着。远处开始闪电，夏天的雨水总是说来就来。

就在顾耀东脸上落下第一滴雨点时，弄堂口一个身影远远走来。他渐渐看清了那是沈青禾，下意识地转身就朝家跑去。不偏不倚一阵风吹来，门被关上了。顾耀东傻了眼，使劲推着门，沈青禾已经走到了他身后。

"这么巧。我出来倒垃圾。"

沈青禾看了看他手里和周围，并没有垃圾桶。撒谎技术一如往昔的拙劣。

顾耀东干咳两声："我正要回去拿垃圾……"沈青禾不想多去揣测什么，默默用钥匙开门，回屋。

走到亭子间门口时，顾耀东跟了上来。沈青禾停步望着他。

"沈小姐，我有话想跟你说。"

"今天太晚了，明天再说，行吗？"

顾耀东注意到了她胳膊上的伤口："你受伤了？"

"不小心蹭破皮。对不起，我累了。"她回应得很冷淡。顾耀东还想说什么，沈青禾已经进了屋。她轻轻反锁了房门，然后就像静止了一样在门后站着，静静忐忑着，对抗着。手脚有些乏力，应该是因为紧张，毕竟现在还不能确定门外是敌是友。沈青禾机械地用这个念头塞满整个大脑，以免有些奇怪的东西想要恣意妄为。

一门之隔，顾耀东也静静地站着，犹豫着，就在他终于鼓起勇气准备敲门时，早在门缝后观望着的顾悦西冲了过来，一把将他拉回房间。

顾耀东很是茫然："姐，你干什么？"

顾悦西关了门，小声问道："你想干什么？"

"我？"

"你就打算这样直接告诉沈小姐吗？"

顾耀东愣住了，她怎么会知道自己今天看见警车里的人是沈青禾了？难道她也知道沈青禾的身份？

"你这样会把沈小姐吓跑的！"看着顾耀东更加听不懂的样子，顾悦西接着说道，"也难怪，你对这方面一窍不通，只会直来直往。不过女孩子是不吃这一套的。表白需要气氛和情调，明白吗？"

"什么表白？你到底在说什么？"

"喜欢上一个人，当然会觉得她跟以前不一样。你在晒台上拐弯抹角说那么多，不就是想告诉我你喜欢沈小姐吗？姐姐那么多小说不是白看的，现在就在帮你出主意呀！"

顾耀东终于听明白了。

看那么多小说又怎么样？不着边际！幼稚！滑稽！他不屑地哼哼着，如果他能看到自己脸红的样子，一定会觉得自己才更加幼稚和滑稽。

"你没听过田螺姑娘吗？人家本来在你家里住得好好的，晚上躲在田螺壳里，白天变成妙龄女子，你戳破了那层纸，田螺姑娘的身份藏不住了，只好回了天上。你和沈小姐才认识多久呀？你冷不丁戳破这层纸，人家万一接受不了，说不定明天就收拾行李走了呢？"

顾耀东不再哼哼了，顾悦西一通胡说八道，他居然从中听出了几分道理。

"要是不想让沈小姐搬出去，你就听我的，什么都不要说。这种事情要慢慢来，姐姐会帮你出主意的！"说罢，顾悦西离开了房间，剩下顾耀东一个人站了很久。

沈青禾一直站在门后，听见再未有动静，刚要走开，门口忽然又响起一阵脚步声，然后又恢复了安静。她打开门缝朝外一看，门口地上放了一个盒子——是药膏。

顾耀东从门缝里看到沈青禾拿起药膏，但是看不见她脸上的表情。沈青禾将药膏拿回了亭子间。他这才轻轻关上了门。

深夜，小雨渐渐变成了大雨。晒台上的衣服和咸肉已经提前收进屋里了，剩下花盆里的月见草被这场纷乱的夜雨搅得不得安宁。

顾耀东躺在床上，翻来覆去睡不着。对门亭子间里，传来轻轻的漏雨声。

滴答，滴答……

沈青禾也失眠了。

滴答，滴答……

雨水从屋顶轻轻地滴下，敲在水盆里，敲在她的神经上，一声声，一下下。

雨后的早晨格外清新。经过一夜浸润，泥土散发出混杂发酵的味道，很多东西在这个夜晚悄悄地变柔和了。

顾耀东一开门，沈青禾正好从亭子间出来，胳膊已经上了药。两人看见对方，都有些不自在。

顾耀东还是先开了口："伤口好些了吗?"

"好多了。"

顾耀东不知还能说什么，转身要下楼，沈青禾叫住了他："顾警官，我昨天在车上好像看见你了。你们在附近执行任务。你看见我了吗?"

顾耀东看了她片刻，笃定地："没有。"

"我坐在驾驶座，你就站在车头前面。"

"我不记得了。"

"我在那一带送货，迷路了，本来想下车问你，可你一看见我转身就走。"说话时，沈青禾一直在打量顾耀东，这是她第一次如此仔细地看他的脸，竟然和印象中有点不一样。

顾耀东挤出一脸生硬的笑容："那肯定不是我。要是看见你，我会打招呼的。"

"哦，可能是我认错人了。"

顾耀东犹豫着下了几格楼梯，停下脚步："你是在哪儿遇见我的?"

沈青禾想了几秒："衡山路。一家唱片公司门口。"

顾耀东也想了几秒："我一直在南苏州路附近。我在东北，你在西南，不是一个方向。"

两人对视片刻。

沈青禾笑了："看来确实是我眼花了。谢谢你的药膏。"

"不客气。"

早饭桌上，耀东母亲也看见了沈青禾胳膊上的伤口。

耀东母亲："沈小姐，你的胳膊怎么了？"

"昨天出门送货，不小心蹭破了。"

"以后出门都小心点啊，你看你和耀东一个脸上受伤，一个胳膊受伤，怪让人担心的。"

顾耀东和沈青禾看了看对方，没有说话。

顾邦才："以后出门确实要多留神。刚刚出去买报纸，听说昨天附近打枪。现在外面越来越乱了。"

顾耀东注意到正在吃饭的沈青禾迟疑了一下。

耀东母亲和顾悦西都有些紧张。

耀东母亲："什么时候的事？"

顾邦才："上午九十点钟吧，就在南苏州路。"

顾悦西："那离我们福安弄很近呀！什么人打枪？"

顾邦才刚要说话，顾耀东接过了话头："是警局的人。"所有人看向他，他好像没觉得有什么大事，继续吃饭。

顾悦西一把拿掉他的筷子："你也在？"

"嗯。"顾耀东瞄了眼沈青禾，"我们押送犯人去提篮桥，有人劫囚车，结果就交火了。但是最后没抓到人。"

顾邦才："还真是这样呀！听说那个人就在我们这一带绕来绕去，对这一带弄堂熟悉得不得了！"

耀东母亲和顾悦西越听越害怕。

耀东母亲："哎呀，该不会就是住在我们这一带的人吧？"

沈青禾一直没说话，只管安安静静吃饭。

顾悦西："千万别躲到福安弄来了！"

耀东母亲："呸呸呸，不要乱讲话！怪吓人的！"

顾耀东知道沈青禾在想什么。他清了清嗓子，郑重地放下碗："其实我看见那个人了。"

大家都很惊讶，沈青禾也停了筷子。

顾耀东："那个人最后是开警车跑的。当时他坐在驾驶座上，我就站在车头外面。面对面地看见他了……但是我什么都没看清楚。"

沈青禾诧异地抬头看他。

顾邦才："这么近都没看清楚？"

顾耀东十分坦然，并且肯定："嗯。太阳晃得我睁不开眼，那个人又戴了帽子，压得很低，只露了小半张脸。"

耀东母亲听得心脏突突跳："离得那么近，他没把你怎么样吧？"

"我还没反应过来，那个人就开车跑了。不过你们放心，那个人往福安弄相反的方向跑了，不会躲在这一带。"

耀东母亲松了口气："没事就好，没事就好，安全第一！"

顾邦才忽然想起了一个很严肃的问题，低声问道："这件事，你们处长知道了吗？"

"还没说，主要是开不了口……实在太丢脸了。"

"好好好，没说就好！这件事传出去会影响你在警局的前途！千万不能说！往后这事就是我们家的秘密，包括多多，谁也不许再提！"

饭桌上的人很默契地达成了一致意见。

顾耀东端起碗继续大口吃饭，假装不知道沈青禾一直在偷偷打量自己。沈青禾观察了好一会儿，实在看不出什么破绽，这才放松下来。毕竟顾耀东说谎的技术从来都是很拙劣的，能骗过自己的概率不大。

顾耀东在门外水池刷牙，想起最后沈青禾安心吃饭的样子，不禁咧着满是牙膏泡泡的嘴笑起来。刚一笑，顾悦西带着父母围了上来，朝顾耀东一指："他已经跟我承认了，他喜欢沈小姐。"

正在喝水漱口的顾耀东一口吞了下去："姐，你胡说什么！"

顾悦西："又不是见不得人的事，有什么不能承认的？昨天我问你，你也默认了啊！"

"那是因为我以为你在说……反正不是你们想的那样。"

"撒谎。那我问你，你为什么说沈小姐跟以前不一样了？"

"我说的人不是她。"

"那你说的谁？"

顾耀东语塞。

"昨天就看你不对劲了。偷偷进人家房间，拿着人家的梳子当宝贝，人没回来你就跟丢了魂似的，大半夜的还去敲门。"

顾耀东觉得好笑："这就叫喜欢？"

明明是反问，可所有人都好像听不懂这是反问，乐呵呵地抢着回答："是呀！"

这下顾耀东蒙了："这……这就叫喜欢？"

顾邦才："你姐姐说得有理有据。看样子错不了。"

耀东母亲："沈小姐人蛮不错的，又懂事嘴又甜，长得也好看。我们没有意见！"

顾悦西："你不承认，只是因为你傻，你不知道什么是喜欢！顾耀东，你就是根木头。"

三个人连珠炮似的说完就回屋去了，剩下那根木头张着糊满牙膏泡泡的嘴，云里雾里。

又过了两天，顾耀东休假在家。一家人和弄堂邻居约好了去任伯伯家玩牌。耀东父母先出了门，顾悦西一边穿鞋一边朝楼上催促："顾耀东！快下来！就等你了！"

顾耀东嘴里喊着"来了来了"从房间跑出来，刚要下楼，看见亭子间开着门，地上放着已经接了大半盆雨水的盆子。他想起了前两天那场夜雨，于是下楼对顾悦西说道："姐，我不去了。我有事。"

顾悦西："你能有什么事？"

"正经事。"

沈青禾正好从外面回来，顾耀东赶紧拘谨地坐下，随手抓了张报纸看。

顾悦西："沈小姐，一块儿去任伯伯家玩牌吧？顾耀东有事去不了。"

沈青禾："好啊。"

顾耀东从报纸后偷瞥着二人出了门，等到外面传来关门声，便立刻扔下报纸，背上工具箱去了晒台。他搭了木梯子笨手笨脚爬上亭子间的屋顶，小心翼翼地修补起来。

沈青禾跟着顾悦西朝任伯伯家走去，走到一半，忽然想起忘带钱包，只得又折返回去。顾耀东趴在屋顶上，丝毫没察觉到有人回来了。

沈青禾进了亭子间，从床下小木箱里拿出一沓钱。顾耀东听见动静，从漏雨的小洞往下一看，只见沈青禾正手指如飞地数着钱。他像是窥见了什么见不得人的秘密，赶紧像只壁虎似的趴在屋顶上不敢动弹。沈青禾也听见了动静，她警惕地看了看周围，并没有人，于是只好一肚子狐疑地继续数钱。顾耀东见没被发现，这才小心翼翼地往下爬，不料一脚踩滑，屋顶的瓦片稀里哗啦掉了一大片，露出一个大洞。

沈青禾吓得手里的钱掉了一地，她抬头一望，赫然看见头顶的洞口外，杵着顾耀东一张尴尬的脸。

两人四目相对。

沈青禾终于反应过来，吼道："大白天的偷看人家数钱！你想干什么？"

十分钟后，她已经坐在屋顶上，补好了洞，盖上了最后一片瓦。顾耀东无地自容地站在一旁，看着沈青禾从梯子上下来。

顾耀东："对不起，本来是想帮你……"

沈青禾看着他满身的灰尘，眼里有一闪而逝的感动，不过开口说话时已经和平常一样冷淡了："没关系，你也算帮上忙了。"

"我？"

"要不是你捅出这么大一个洞，我也下不了决心自己来修啊。"

顾耀东更加尴尬地干咳了两声："我下楼了。"

沈青禾忍不住叫住了他："顾警官。"

顾耀东回头看她。

"记得你好像说过，我是个眼里只有钱，斤斤计较唯利是图的人。我一直觉得你很讨厌我。为什么还帮我？"

顾耀东有些不好意思，但是很诚恳："人的看法是会变的。"

沈青禾听得茫然："我做了什么好事，让你改变看法了吗？"

顾耀东想起了姐姐那番关于"田螺姑娘"的胡说八道，于是把话咽了回去："没有。"

这个回答太实在了，实在到让沈青禾半天没反应过来。

"我只是觉得钱也没那么讨厌了。再说我修的是自己家的房子呀！这不能算帮你。"顾耀东稀里糊涂地一通瞎说，完了埋头就走，唯恐露馅。

沈青禾在后面喊："下回再敢爬屋顶偷看我数钱，我就去报警！"

顾耀东站在楼梯上，不自觉地傻笑了一下。

沈青禾站在晒台上也止不住地笑了。她顺手拿起一旁的水壶给花草浇起水来。租住在顾家的这段时间，她的生活里不知不觉多了很多东西。比如天未亮时杨会计的扫地声，顾家早饭桌上的闲扯家常，福安弄里的炊烟，打盹的二喵，来来回回拎着菜篮子的主妇以及太阳落山时灶披间里的切菜声，还有这晒台上混合着肥皂、咸肉和月见草的烟火香气。

其实这些算不得特别陌生。她不是石头缝里蹦出来的神仙，十三岁以前，也是有家有父母的。那时候住在花园洋房，她也喜欢在阳台上用洒水壶给玫瑰浇水。从圣玛利亚女中放学回家的路上，她和同学钻弄堂捉迷藏，那时候弄堂里也是飘着这样的烟火气的。这些曾经在她幼年生活里存在过，后来又消亡了很多年的美好，在福安弄，在顾家，仿佛失而复得了。但她是过客，途经这些美好，已足够幸福。

沈青禾不急不缓地浇着花，那晚被大雨搅得不得安宁的月见草，已经又萌发出新的花蕾了。

午后的布兰咖啡馆坐满了客人。夏继成坐在窗边位置，不一会儿，沈青禾也进来了，在他对面坐下。"到很久了吗?"今天天气不错，她说话也带着轻快。

夏继成："刚到。"

戴着白手套的服务生走过来。

"两杯咖啡。给这位小姐一份栗子蛋糕。"夏继成吩咐完，看着沈青禾笑了笑，"心情不错啊。"

"好久没出来喝咖啡了。"

"我听老董说了你和顾耀东的事。"

"顾耀东在警局跟你说过什么吗?"

"打听过几句是否抓到陈宪民和劫囚车的人，没有多问，也没有多说。你现在弄清楚情况了吗?"

"没有。"沈青禾说得有些犹豫。

"他是张白纸，没有任何经验，套话应该不难。"

"我试探过，可他说话半真半假，有时候觉得他在装傻，有时候又觉得他是真傻。有时候觉得他只是随口说说，有时候又觉得他话里有话在试探我。反正我是被这张白纸搞糊涂了。"她像是在抱怨，可又听不出恼火的意味。

夏继成看着她，忍不住又笑了："你的意思是遇见高手了。"

一个白眼翻了过来："当然不是!"

服务生端来了两杯咖啡和蛋糕。

夏继成："尝尝吧。这家的栗子蛋糕很出名。"

沈青禾拿起银叉时，笑得像个有糖吃的小孩子："你连我爱吃栗子蛋糕都记得?"

夏继成一副不近人情的面孔："不记得，不过我知道女孩子都爱吃甜食。碰巧栗子蛋糕是这家的招牌点心。"

沈青禾知道自己又是自讨没趣了，只能埋头吃蛋糕："确实不错。"

夏继成喝了口咖啡，放下杯子："今天见面是因为有新任务。不过先说个题外话吧。那天的行动，你让我很惊讶。果断，勇敢，完全不像当年那个青涩的小女孩了。"

"我是你一手训练出来的，当然不会差劲。"

夏继成看着她一脸的骄傲，没有接话。

沈青禾一边吃蛋糕一边说："现在说任务吧，师父。"

"我要你去见一个人。"

"好。时间地点。"

"中午十一点，国泰大戏院门口，他手上会拿两张《卡萨布兰卡》的电影票和一束黄玫瑰。"

沈青禾又吃了口蛋糕："这家蛋糕真的不错……是什么人？"

"警委需要发展新人，我提议了一个人选。老董说提议已经通过了。"

沈青禾包着满嘴的蛋糕愣住了。

夏继成坦然地看着她："现在还在观察期。也许他会是你将来的新搭档，也许什么都不是。"

沈青禾一直埋着头嚼蛋糕，好半天才吞下去。方才的轻快都消失了。她放下手里的银叉，默默坐了一会儿，开口问道："你觉得这个人能代替你吗？"

"我的看法不重要。这是你的搭档，由你来决定。"

"也就是说，我们的搭档关系到此结束了？夏处长。"

夏继成尽量说得轻松一些："现在还没有，不过就算将来结束了，我也还是你的师父啊。"

沈青禾看了他片刻，说道："我服从命令，但希望你知道，我并不愿意接受这个任务，在我心里你是唯一的搭档，任何人都不能代替。"说罢，她继续埋头吃蛋糕，不再多说一句话。

夏继成安静地看着她。阳光从窗外透进来，刚好有一半照在沈青禾身上。她的发色不算黑，阳光下泛着棕色，显得比平常柔和。她坐在这一半阳光里，夏继成能感觉到有一种温度在她身上回升。她是生于阳光，长于悲凉的女孩。如果有可能，那个拿着两张电影票和一束黄玫瑰的人，会拉着她走回无遮无拦的辽阔阳光下。

"看电影？"

刑二处警员听见顾耀东惊讶的发问，纷纷回头张望。这小子又被夏处长叫去谈话了，也不知踩了什么狗屎运，处长竟叫他去看电影。

夏继成放了两张电影票在桌上："我约了沈小姐，但是现在临时有事。你去一趟，路上买一束黄玫瑰送给她，替我好好道个歉。"

顾耀东小心翼翼地问道："我不能把花和电影票给她就回来吗？"

"不能。我失约已经很没有礼貌了，要是再让女士一个人看电影，那就太没有风度了。"

"处长，我平时很少看电影……"

"那正好。这是美国电影，《卡萨布兰卡》，值得一看。"

顾耀东还在磨叽着："其实是我不大喜欢看电影。"

夏继成嚷嚷起来："让你办件事这么多废话！你只需要准时出现在国泰大戏院，谁关心你喜不喜欢！"

顾耀东赖着不肯走，想了半天又想出来一个主意："要不，让赵警官去？他喜欢看电影！"

夏继成实在不理解了，恨不得敲开他的脑袋看一看里面到底在盘算什么："陪女士看一场电影有这么难吗？又不是让你去约会！你只需要带上钱，如果她要喝饮料你就给她买一杯，如果她看完电影想吃个饭你就请她吃饭，回来找我报账。沈青禾就是个普通女人，很容易就哄过去了。"

顾耀东欲言又止，赵志勇凑了上来："处长，我好像听见你们叫我？"

夏继成："没事！忙你的去。"

赵志勇"哦"了一声，看了眼顾耀东，小声说道："你脸怎么这么红？又挨骂了？"顾耀东没吭声。

赵志勇离开了，夏继成这才细细打量起他来："你脸红什么？"

顾耀东也不知道自己在脸红什么，大概是赵志勇说的吧，他又挨骂了，不然怎么会抬头一看见处长的眼神就赶紧避开？"处长，那我去了。"他拿起电影票转身就走了。

夏继成在后面喊道："别忘了黄玫瑰！"望着那个匆匆逃走的人影，以及那两只令人发笑的红耳朵，他忽然明白了什么。

桌上的茶水还飘着热气，夏继成喝了一口，随手拿起报纸。上面登着国泰大戏院的影片上映广告，最显眼的一幅便是《卡萨布兰卡》——

"这世上有那么多城镇，城镇里有那么多酒馆，她偏偏走进了我的。"

他蓦然想起了这句台词。

失落？开心？后悔？伤感？还是欣慰？心里有个声音在问他。关于沈青禾，他知道这个问题永远不会有答案。

沈青禾准时到了国泰大戏院。她不情愿，但这丝毫不影响执行任务的认真程度。在这种地方接头，和人群融为一片是基本规矩。所以她特意打扮过了，一身碎花洋裙，素雅的高跟鞋，头发上别了一枚镶着三朵琉璃小花的发夹，看起来和周围那些逛街看电影的普通女孩没什么两样。

沈青禾站在大戏院的玻璃门里，看了眼手表，已经到接头时间了，周围仍然没有任何人要朝她走来的意思。观众三三两两朝里走，门口的人越来越少。又等了一会儿。门口几乎已经没人了。路对面，很多人在等红绿灯……

绿灯亮了，从人群后面挤出一个手拿黄玫瑰的人，朝大戏院飞奔而来。沈青禾推开玻璃门正要去接应，就在这时，她惊诧地认出那个人是顾耀东。

沈青禾下意识地往后退了两步。

顾耀东飞奔到了大戏院门口，这里空无一人。他看了眼手表，只比处长交代的时间晚了两分钟。沈青禾应该是还没有到。他扶正警帽，整理好黄玫瑰，站得笔直等在门口。身旁玻璃窗上贴着《卡萨布兰卡》的巨幅海报，顾耀东瞄了两眼，大概能猜到这是一个爱情故事，一想到要和沈青禾坐在一起看一个爱情故事，他就不敢往下想了。

此时此刻，沈青禾就站在那扇玻璃窗后，两人之间隔着那张巨幅海报。

夏继成选中的接班人，自己未来的搭档，就是顾耀东？沈青禾一脸的不相信，不理解，甚至还有一丝怒气。认识夏继成十年，搭档三年，这是她第一次怀疑起他的眼光。最终，沈青禾转身从侧门离开了。

等到电影散场，顾耀东回到警局，把电影票和黄玫瑰放在夏继成桌上："我等到电影散场，沈小姐还是没来。"

夏继成似乎并不意外："可能她也临时有事吧。辛苦你了。"对于沈青禾少有的违令，他不打算计较，至少这一次不会。

因为他有预感，这场电影，这两个人会一起看的——在未来的某个时候。

夏继成把黄玫瑰还给顾耀东："花带回去吧。女人都喜欢花，她应该也不例外。"

顾耀东下意识地想说什么。他接过花，想了想，鼓起勇气带着一丝自豪地小声说道："处长，其实你不了解沈小姐。你什么都不知道。"说罢，他揣着心底的小秘密，轻快地回了座位，仿佛他是全世界最了解沈青禾的人。

夏继成好半天才反应过来。望着那个"全世界最了解沈青禾的人"，哼哼呵呵笑了两声。顾耀东并不算自以为是，因为此刻至少还有一个人和他有同样的想法，相信顾耀东即便现在不是，将来也会是"最"或者"更"了解沈青禾的人。那个人便是"什么都不知道的夏处长"。

傍晚的一场雨，来得让人措手不及。

顾耀东从天井的雨水桶里舀了一瓢水，装满花瓶，然后把那束黄玫瑰插进去，摆在了客堂间的饭桌上。沈青禾正好回来，在门边收了雨伞，进门一眼就看见了那束玫瑰。

顾耀东："沈小姐，这是夏处长送给你的花。"

沈青禾看了他一眼，下意识地避开了眼神："送我花干什么？"

"他今天临时有事，没去成国泰，想跟你赔礼道歉。"

"我最讨厌别人送花，最讨厌的花就是黄玫瑰。"她冷冰冰地说完，头也不回地上了二楼，剩下顾耀东杵在那里有点发蒙。

一进亭子间，地上一摊水。沈青禾抬头望去，之前漏雨的地方又开始了。她没好气地把包扔在床上，端着水盆去接雨水。那天在屋顶补了半天，漏雨的洞反倒比之前更大了，水盆顾得了左边就顾不了右边。正恼火，敲门声响了。她冲过去一把拉开门，只见顾耀东捧着花瓶站在外面。

"其实我替夏处长去了国泰，想跟你道歉，可我……"沈青禾"啪"地关了门，差点撞上他鼻子尖。

顾耀东一动不敢动地站在门外。二人就这样隔着门站了片刻。

沈青禾强忍下火气，开了门："顾警官，麻烦你明天到警局转告夏处长，我今天也没去国泰。我也很忙。谢谢。"

顾耀东小心翼翼地："好，我一定转告他。"说完他赶紧捧着花瓶识趣地逃回了自己房间。

沈青禾憋着火关了门，一回身，水盆踩翻了，刚刚接的雨水洒了一地。她再也控制不住，冲出亭子间，去对面拍顾耀东的房门。顾耀东胆战心惊地打开一条门缝，那个吃了炮仗一样的女人竟然硬从门缝挤了进去。

沈青禾："他当我什么人？随便叫个人来就想把我打发了？我答应跟他看电影是因为他是夏继成，是刑二处处长！说不来就不来，还想把我塞给一个新人！当我沈青禾就找不到其他人看电影了吗？"

偏偏顾耀东记性很好："你刚才说，你也没去……"

"我是没去！那我就不能生气了？我现在就是一肚子气！我一看见你就满肚子无名火！顾耀东你是警察不是跑腿的！他让你去国泰你就去国泰，你就没有正经事可干吗？要不你就再笨点再傻点，让他觉得你一无是处！别老想着把你往我这儿塞！"

顾耀东被训得不敢吭声。

沈青禾看见了放在床头的花瓶："你留着它干什么？"

"我挺喜欢的。"顾耀东回答得很老实。沈青禾看着他还想再说什么，却发现无话可说。顾耀东总是不自知地老实到让人无话可说。她窝火地转身要走，却被一把拉住。

沈青禾："你干什么？"

顾耀东跑开，然后拿着一个水盆过来，沈青禾有些错愕。

很快，顾耀东就在亭子间把两只水盆并排摆好了，漏下来的雨水刚好被两只盆子接住。沈青禾看着他一通忙活，窝在肚里的无名火变了味道。

"今天跟夏处长的生意没谈成，心情不好。对不起。"

"没关系。这回雨水不会落在地板上了。你早点睡，我回去了。"他轻轻关了亭子间门。

那部《卡萨布兰卡》，沈青禾已经看了很多遍，她记得里面的每一句台词。电影是不会变的，如果一起看的人变了，也就找不到再看的理由。

很久以后，沈青禾还是和顾耀东一起看了这场电影。再之后她才明白，和不同的人看同样的电影，故事是会不一样的。

顾耀东回到自己房间，打开床头的台灯。灯光刚好照在花瓶里的黄玫瑰上，昏黄的灯光下，显得安宁而温馨。

这份安宁，最终还是在这年六月仲夏之际结束了。

那天早晨，大街小巷格外安静。福安弄里也不见人影，除了一如往昔扫地的杨会计，人们好像都消失了一样。没了洗洗晒晒的女人和高谈阔论的男人，炊烟也只剩寥寥几缕，男人女人们都坐在屋里围着收音机或是报纸，默不作声。整条弄堂，只有任伯伯收音机里的女播音员软糯的声音在回荡：

"国民政府六届二中全会的宪草修改提议案引起共党激烈反应。但国共双方仍未公开决裂。马歇尔将军下令美国对国民政府实行十个月的武器禁运……

"日前，国军刘峙、程潜将军身先士卒，以二十万优势兵力攻打共军李先念部的六万中原军。收复鄂豫皖共党占领地区指日可待……"

顾邦才坐在天井里，关掉收音机，叹了口气："一觉醒来，和平就没有了。"

10

转眼到了一九四七年。又是一个夏天。

顾耀东站在电车上，望着车窗外的大街上声势浩大的游行队伍。大批学生高举着"反饥饿反内战"的标语，正在游行抗议。

电车到站。车门一开，声浪便扑面而来——

"我们要饭吃！要和平！要自由！"

"反对饥饿！反对内战！反对迫害！"

顾耀东刚下车就被裹挟进人流中，他奋力从人群中挤出来，拐进福安弄。和乱哄哄的大街相比，弄堂里多少算是安宁的。

回了家，母亲正好从灶披间端菜出来。晚饭两个素青菜和一盘分量很小的茭白炒肉丝。最近大半年，物价涨得厉害，薪水偏不涨，一日三餐自然也比不得从前精致丰富了。顾耀东帮着端菜，不管怎样，家里的灶火饭香总是让人心安的。

耀东母亲："明天你休假，陪我去三角地菜场买些菜吧。"

顾耀东："休假取消了。"

耀东母亲："为什么呀？"

顾耀东："最近到处游行，局长要求大家在警局待命。"

正说话，顾邦才一脸悻悻地从外面回来了。

耀东母亲："咦，你不是约了打牌吗？怎么回来了？"

顾邦才："老刘工厂罢工，他也跟着游行去了。缺一个人，只好散了。"

耀东母亲："那种事情跟着瞎起哄，也不怕出危险。"

顾邦才一脸忧国忧民地敲着桌子："哎，乱了乱了，一打仗，全乱套了！以后没事都早点回家，少走夜路。"

夜里，父母已经睡下了。顾耀东穿着睡衣坐在床上看书。他看了一眼时间，九点了，沈青禾还没有回家。又翻了两页，他放下书，轻手轻脚出了门。

街上行人寥寥。顾耀东一个人坐在弄口，心不在焉地踢着小石头。远远地，沈青禾出现在昏暗的路灯下。他赶紧跑回家，听着沈青禾进了亭子间关了门，这才关台灯睡觉。

第二天，沈青禾一早就出门了。她前脚刚出门，顾耀东后脚就跑下楼，抓起挎包，匆匆蹬上鞋子就要出去。

耀东母亲从灶披间追出来："你不吃早饭啦？"

"怕迟到，不吃了！"

耀东母亲赶紧把警服和警帽从衣架上取下来："衣服帽子都没拿！慌什么呀？"

顾耀东把帽子往挎包里一塞，警服团在手里就跑："到了警局再换！走了——"

沈青禾在前面走着，身后远处一个影子晃来晃去，那身白衬衣在阳光下格外扎眼。她只装作不知道，不紧不慢朝弄口走去。

弄堂吴太太的儿子穿着大学校服从屋里出来，骑上自行车匆匆离开。吴太太追出来大声喊道："老老实实在学校待着！别跟着上街闹事——！"转眼正好看到顾耀东经过，她笑着点了点头："耀东，这么早就去警局啦。"

顾耀东也笑着打招呼："是啊。"余光瞥见沈青禾已经出了弄堂，他赶紧快跑几步跟出去。

沈青禾刚从福安弄出去没几步，就遇到一群游行学生。领头学生高喊着："大家团结一致！要让政府听到我们的声音！"队伍一边响应，一边声势浩大地迎面拥来。眼看沈青禾就要被撞到，那个穿白衬衣的身影一把将她拉到身后护着。沈青禾大概知道顾耀东为什么跟着自己，但这个举动还是让她有些意外。

这时，几名大学生在他们身边停下了。男学生见顾耀东一脸学生气，又穿着白衬衣，便问道："同学你是哪个大学的？"

"我？"

"我们现在要去《联合晚报》参加抗议活动，要求政府停止新闻检查制度，你也可以加入我们！"

顾耀东支吾："我……已经不是学生了。"

一名学生猛然看到了顾耀东手里团成一团的警服，小声对同伴说道："他好像是警察。"

众人顿时警觉起来。

男学生："你是警察？"

这次换沈青禾一把将顾耀东拉到身后："我们是户口登记员。抱歉啊同学，我们还要去前面弄堂查户籍。"说完她拉着顾耀东就走。

一直到了远离游行队伍的地方，她才停下："以后再遇见这种事情，你还是先顾自己吧。"

顾耀东红着脸不敢看她。沈青禾这才意识到自己还抓着他的胳膊，赶紧放开："你走你的路，我走我的路，大家不是同道人，别跟着我了。"

"其实我知道，你用不着我帮忙。不过……虽然路不同，我们的方向是一样的。"

也许是出于职业本能，沈青禾脑子里瞬间闪过当初顾耀东在警车外用枪口指着自己的瞬间。她有些警惕地问："什么意思？"

顾耀东笑笑："你不是要去电车站吗？我也去。"

沈青禾望着他的背影，也不知道究竟是自己想得太多还是想得太少，近来她经常被顾耀东搞糊涂。也许是被夏继成有意发展顾耀东的念头干扰了，以至于她总怀疑顾耀东不是看起来那么简单幼稚，否则为什么选他？

天边的云黑而厚，不知道雨什么时候会落下来。她想起一年前那个同样爱下雨的夏天，她搬进了顾家，发生了很多事。还以为早就忘了警车外的一幕，忘了那天回去后被一场大雨搅得心神不宁的夜晚。未来的局势很不明朗，如果这是棋局，那么现在便到了布局的时候，而这也意味着夏继成离开上海的日子越来越近了。

她一边漫无边际地想着心事，一边朝电车站走去。街上人很多，很乱，但顾耀东的白衬衣依然扎眼地在前面晃来晃去，在阳光下白到发亮。

鸿丰米店的米缸空空如也，店里一片狼藉，像是刚被洗劫过一样。伙计和老董在打扫。

沈青禾有些诧异："店里怎么了？"

老董感叹："米价一天比一天高，大家都慌了，早上一开门，全是拎着一麻袋一麻袋钱来抢米的人。"

"现在两万块钱只能理个发。三十万也只能买一袋米。全乱了。"

老董到门口摘下"新米到货"的牌子，从柜台后面拿出一个新订做的"长期收购大米"的牌子挂上，苦笑着说道："往后，接头的牌子就换成这个了。"

伙计去门口给新牌子擦灰，老董领着沈青禾进了密室。最近的转移任务非常频繁，一星期之内沈青禾已经将十来名进步学生送到中转点撤离出城了。老董交给她一个点心盒子："这里面有两本新证件，尽快通知联络线，安排伪装，把这两个人送出城。"

"是什么人？"

"《联合晚报》的主编郭明义和副主编李谦钊，都是我们地下支部的同志。他们今天在报社举行抗议活动，警委刚刚得到消息，警局和宪兵队要对他们实施秘密逮捕。"

"前方打内战，后方打学生和文人，他们真是打上瘾了。"

"前段时间清华大学发表《反饥饿反内战罢课宣言》，国民党就搞了个《维持社会秩序临时办法》，禁止十人以上的游行，结果遭到全国反对。他们这是恼羞成怒了。"

沈青禾收好点心盒子准备离开，临走前还是忍不住问了一句："这种时候，夏继成就应该留在警局，怎么反倒要主动陪他们副局长去南京述职？"

董老板意味深长地笑了笑："这一趟南京之行，他非去不可。将来你会明白的。"

顾耀东到了刑二处，刚换好警服，李队长就匆匆进来："刚刚接到通知，《联合晚报》有人抗议示威。马上去现场维持秩序。"

小喇叭："这不都是一处的事情吗？让我们二处去干什么？"

这时杨奎走了进来，口气很是傲慢："副局长走之前交代了，二位处长陪他在南京述职期间，一切听一处指挥。"

李队长没发话，算是默认了。众人只得不情不愿地准备出发。顾耀东一个人翻箱倒柜找东西，大半个人都钻进了柜子里，就剩了个屁股撅在外面。

赵志勇凑过来看："你找什么？"

"喇叭。"

"找喇叭干什么？"

顾耀东从柜子里伸出头，一脸茫然："不是要去维持秩序吗？"

站在门口的刑一处警员一阵哄笑。

"靠喊？管屁用。"杨奎晃了晃警棍，"得用这个说话，明白吗？"

去报社的路上，二处警员坐了一车，每个人都拿着警棍和盾牌，气氛有些压抑。顾耀东偷偷瞟着大家，大家都面无表情。

他小声问坐旁边的赵志勇："赵警官，一会儿下了车我的任务是什么？"

赵志勇苦笑："能跟着走就行。"

这回顾耀东听懂了，赶紧整理头发，扶正警帽，看见鞋子有些脏，又赶紧用手帕擦干净。

赵志勇："你干什么？"

顾耀东笑呵呵地："这样看起来精神点，给人家留个警察的好印象。"

赵志勇没说话，大家都没说话。他们想起了当年，自己第一次出警执行这种任务的时候，也是这样天真善良，傻里傻气。

警车在报社附近停了下来。肖大头深吸一口气，拉开车门，一个地动山摇的世界扑面而来……

游行队伍举着"向炮口要饭吃""反饥饿反内战反迫害"的横幅，高唱着《团结就是力量》，浩浩荡荡地向着报社进发。

李队长叹了口气："下车吧。"

警员们依次跳下车，顾耀东最后一个扒着警车下来，脚还没沾地，就被潮水般的人流裹挟着冲向了远处。他晕头转向地挥手大喊着："赵警官——！李队长——！"二处的警员早已消失在人群中，无人响应。

顾耀东被挤丢了帽子，踩丢了鞋。他狼狈地四处捡回行头，雨后的积水尚未干透，很快就弄得一身泥泞。好容易挤出人群，顾耀东一个跟跄摔倒在一双高跟鞋前，对方吓得连退两步。

他抬头一看，是丁放。

"丁小姐，你怎么也在这儿？"

丁放显然被吓到了，紧紧抱着一摞稿纸："我来杂志社交稿件。"

顾耀东："群众游行，当心被误伤。"

"顾警官，那你在这儿是……"

"我来维持秩序！"他说得底气十足，但是说完后两个人都有些尴尬，因为他看起来更像是挨了揍。

就在这时，远处传来一阵尖叫。只见一辆警车冲进了游行队伍，横冲直撞。人们惊叫着四散躲避。领头的男人高喊道："警察开车撞人！大家快分散！分散！"

一群人朝顾耀东和丁放冲来。顾耀东赶紧将她拉到墙边，自己挡在前面。人群跑开以后，他才挪开身子："太乱了，你还是等游行结束再来吧！"

丁放没吭声，顾耀东回头一看，才发现刚刚还清新美丽的丁放，被自己泥泞的制服糊了一脸泥，书稿也弄脏了。

"对不起！"他面红耳赤地从挎包里拿出手帕，丁放下意识地伸手去接，没想到对方不假思索朝书稿伸手过去，原来人家只是要把书稿擦干净。

丁放糊着一脸泥，默默看着顾耀东不说话。

顾耀东倒是擦得又麻利又起劲："这样就干净了！"

尖锐的警哨声从远处传来。杨奎带着一处警员从冲进人群的那辆车里跳下来，大吼一声："领头闹事的都抓回去！谁都别想跑！"

几个人被警察扑倒在地，随后被塞进警车。

一名学生朝顾耀东的方向跑来。

杨奎在后面大喊："顾耀东——！抓住他！"

顾耀东下意识地握住了警棍。眼看那名学生从他身边跑过去了，他始终还是没有拔出警棍。

杨奎吐了口唾沫："孬种。"他挥手示意几名刑一处警员："上车——！冲过去！"警车开始掉转方向。顾耀东意识到他们的目标是另一群还在摇旗呐喊的抗议人群。由于太过混乱，人们甚至没有察觉到警察已经在他们身后开始抓人了。

他抓着丁放的肩膀，让她转了180度，面朝身后的小路。"赶紧走！"说完把她往前一推，自己转身朝骚乱中跑去。丁放回头望着他，眼神中带着些许感动。

远处停着一辆高级轿车。司机见丁放回来了，赶紧下车替她开车门。

司机："丁小姐，这种地方太乱了，以后还是少来吧。万一出事了我没法向先生交代。"

丁放坐回车上，从坤包里拿出刺绣手绢，擦干净了脸上的泥巴。她态度冰冷地说道："他既然同意我来，你就只管开好你的车。"

一声尖锐的警哨声从远处传来。

是顾耀东，他冲向那些还没有察觉到危险的人，用尽力气吹响着警哨。

忽然之间，四周鸦雀无声，人们齐齐回头看向他。顾耀东下意识地握住了腰间佩戴的警棍。就在这时，他蓦然发现队伍里的一名学生是福安弄吴太太的儿子，早上出门才打过照面。两人都愣住了。

人群里一个男人忽然指着远处大喊："看！警察在抓人！"人们转头望去，身后的队伍已经被冲得七零八落，很多人正被警察按在地上拳打脚踢。

同样穿着警察制服的顾耀东顿时成了众矢之的，有人高喊了一声"黑皮狗！"激愤的人群顿时围了上来。顾耀东死死握着警棍，但最终举起的却是盾牌。他一面用盾牌挡住拳头，一面不断地、奋力地吹着警哨，像是在发出某种警示。

终于，有人注意到从另一个方向冲来的杨奎的警车，赶紧大喊："他们要撞人！大家快散开！"

游行队伍乱作一团，四处奔逃。

杨奎坐在副驾驶座，一眼在人群里发现了名单上的目标，他指挥着开车的警员："往左边！抓那个穿蓝衣服戴眼镜的！"

开车的警员看到顾耀东举着盾牌、吹着警哨，抱怨道："他光吹警哨能抓着什么人啊！"

"王八蛋……我看他是在故意帮倒忙！"杨奎拔出配枪，朝天鸣了一枪。

顾耀东错愕地望向警车。枪声面前，警哨声显得那么苍白无力。

远处的一条小路上，沈青禾站在那里，远远望着这一切，以及顾耀东的一举一动。

几名学生被警察追着朝小路跑来，领头的正是杨奎要抓的那个穿蓝衣服戴眼镜的男人。跑在最后的女学生被警察一把抓住了头发，拽倒在地。领头的男人刚要回去救，沈青禾就从后面打晕了警察。

郭明义很警惕："你是什么人？"

"郭主编，你和李先生上了警察局和宪兵队的秘密逮捕名单。我接到上级命令，送你们到城外的安全地方避一避。"见郭明义犹豫着，她又低声说道，"暂时撤离是上级的命令，这不是逃跑，是要生存下来继续战斗！"

"我们跟你走，那李谦钊怎么办？他不在这里。"

"放心。今晚十点，我会带他跟你们会合。"

郭明义一咬牙，带着几名被追捕的学生上了沈青禾的货车车厢。沈青禾最后望了一眼顾耀东的身影，跳上驾驶座，朝相反的方向开走了。

警车依然在人群里横冲直撞，杨奎依然在猎捕着他的目标。顾耀东也依然未放弃，他四处奔跑着，用警哨发出无言的警示。

警哨声回荡在城市上空，令人揪心。

福安弄空空荡荡，平日里打牌下棋的桌椅如今都没人了。雨后落叶满地，惶惶而萧条。顾邦才匆匆回家，正好杨一学拿着扫把从屋里出来。

杨一学："顾先生，最近都不见你们摆牌局啦?"

顾邦才："又打仗啦！到处乱哄哄的，谁还有那个心思！"远处零星响着枪声，更显得可怖了。"杨会计，这都什么时候了还扫地！赶紧回去吧！"

杨一学笑呵呵："日子总还是要过的。扫干净了，大家也舒心一点。"

"唉，我看这福安弄也太平不了多久了！"顾邦才正要进家门，余光瞥见弄口一个熟悉的身影——只见顾耀东拖着疲惫的脚步进了弄堂。

总在家门口听收音机的任伯伯，正在四处找着他的老猫："二喵……二喵……耀东啊，你看见我的猫了吗?"

"没有啊，任伯伯。"

"唉，外面打枪把它吓跑了。二喵……二喵?"他颤巍巍地朝弄口方向寻去。

吴太太的儿子正好骑着自行车回来了，头上带着伤。在家门口停车时，他和顾耀东看见了对方。他不屑地朝"黑皮狗"的方向吐了口唾沫。"黑皮狗"沉默地走开了。

夜里，顾耀东洗了澡，换了身干净睡衣，总算恢复了人样。一家人聚在客堂间，顾悦西看着多多写作业，耀东母亲给儿子脸上擦药，顾邦才在天井里头闷闷地抽烟。

远处隐隐传来枪声。顾邦才望着浑浊的夜空重重地吸了口烟："又在打枪了。"

顾耀东忽然想起什么："沈青禾回来了吗?"

耀东母亲："还没有。也不知道在忙些什么。虽说只是租客，还是怪担心她的。"

一条没有路灯的弄堂，沈青禾正躲在门洞里，小心翼翼地朝周围张望。确认巡警已经离开后，她向身后说道："安全了。"

一个男人走出来，手臂负了伤，满头冷汗。他是这次转移任务里的第二个人，李谦钊。

沈青禾："严重吗？"

李谦钊："还能坚持。"

沈青禾："前面的裁缝铺就是中转点。"

李谦钊朝前面望去，弄堂深处，一家店铺门口挂着"明香裁缝铺"的招牌。

沈青禾："郭主编已经到了。今晚警委就会有人送你们出城。"

"谢谢。"李谦钊注意到沈青禾的衣服被自己手臂的伤口蹭了一片血迹，"怎么办？路上遇到巡警你会有麻烦的。"

沈青禾埋头看了一眼："没关系，我自己想办法。你也保重。"

电车已经收车了。沈青禾坐黄包车到福安弄附近，提前下了车。这样她还有一段距离来确认安全，以免将危险带回家。这是跟着夏继成多年来养成的习惯。

路上几乎没什么人。沈青禾脱下小开衫，假装随意地搭在胳膊上，挡住腰前的血迹。最近路灯都灭得很早，路上阴森森的，也算是对自己有利。远远地，已经能看见福安弄的弄口了。

顾耀东坐在床上心不在焉地翻书，不时地看时间。忽然一声枪响，他心里猛地一惊。有人在外面高声喊着："抓住他——！别跑——！"声音离福安弄不远，又是几声枪响，似乎更近了。他扔下书，穿着睡衣和拖鞋就冲了出去。

顾耀东心急如焚跑到弄口，但是并没有看见沈青禾。

不远处又是两声枪响，有人大声喊着："我打中他了！快追——！"

他循着枪声方向不管不顾拼命跑去。

沈青禾沿着昏暗的小路快步走着，经过一个路口时，有人从侧面小路口拐出来，跟在了她后面。她心里一紧，加快了脚步。周围不断从各个方向传来杂乱的脚步声、警哨声、巡警的叫喊声。沈青禾的脚步愈发匆匆，身后人的脚步也跟得愈发匆匆。

经过路口时，沈青禾迅速拐进一个漆黑的门洞，等着跟踪自己的人现身。但是脚步声越来越远,似乎朝另一条小路离开了。她等了片刻,悄悄朝小路另一头走去。也许巡警是从明香裁缝铺一路跟过来的,也许是在追捕其他什么人,她无从知晓。在无法确定安全之前,她知道自己不能回福安弄,她不想把危险带进那条弄堂。

沈青禾朝远离福安弄的方向走去,一名巡警忽然从她身后的小路跑出来,大声喝道:"站住!"

她用衣服捂紧腰间的血迹,没有停下脚步。

巡警吹着警哨:"站住!听见没有?"

沈青禾听见巡警从背后朝自己冲来,就在对方伸手快要抓住她的肩膀时,顾耀东忽然从前面冲出来,一手护住沈青禾,一手毫不犹豫地几乎是粗暴地推开了她背后的人。沈青禾怔怔地抬起头,看到顾耀东一头的汗水,和她从未见过的令人不寒而栗的凶狠神情。

巡警:"推搡警察,你想干什么!"

顾耀东喘着粗气,没说话。

巡警使劲吹警哨,另两名巡警闻声赶来。

一名巡警拿出警棍:"你跑什么?"

沈青禾:"真对不起警官,一个人走夜路害怕,我还以为是不安好心的人跟在后面,所以没敢停。"

另一名巡警用手电筒在沈青禾和顾耀东身上照来照去:"证件拿出来。"

沈青禾从坤包里拿出证件,巡警检查时,瞄了两眼沈青禾一直挡在腰间的衣服:"这么晚了还在街上干什么?"

沈青禾:"我是跑单帮的,跟人谈买卖误了末班车,只好走回来了。"

巡警:"刚才看见一个腿受伤的男人吗?"

李谦钊受伤的地方是手臂。她微微松了口气,警察的目标不是李谦钊,也不是自己。

沈青禾:"没有。"

巡警把证件还给她:"手上拿的什么东西?"

沈青禾："外套。走路出了汗，刚脱下来的。"

巡警："拿过来看看。"

沈青禾："警官，这就是件外套。"

顾耀东注意到她有些紧张。巡警想上手抢，被顾耀东挡开了手。"请你对女士客气点。"

巡警蛮横地吼道："干什么？妨碍警察执行公务！"

顾耀东比他还横："我是上海市警察总局刑警二处警员顾耀东。你们哪个分局的？"

巡警果然被顾耀东的气势镇住了，"黄……黄浦分局，南京东路支队。"他越说越没底气，"第三巡查小分队。"

顾耀东："你们分局刑警科行动队的黄队长应该认识我。"

巡警上下打量着一身睡衣拖鞋的顾耀东，半信半疑。

顾耀东将手揣进了裤兜，一脸不容置疑："如果不相信，可以跟我回家拿证件，或者请黄队长领你们到总局来验证我的身份。这是我的家人。我现在要带她回家。"

沈青禾站在顾耀东身后，默默望着他穿着拖鞋的脚，因为跑得太急太快，半个前脚掌都伸到了拖鞋外面，白袜子已经戳黑了。

三名巡警面面相觑。再看看沈青禾穿着高跟鞋的样子，的确也不像是半夜出来飞檐走壁的可疑分子，于是互使眼色，收回了警棍。

一名巡警悻悻地说道："顾警官，多有冒犯了。最近治安不好，以后还请您的家人晚上尽量少出门。"

顾耀东："谢谢。我会叮嘱他们的。"

待到三名巡警走远了，刚刚一直在强装镇定的顾耀东才将有些发抖的手从裤兜里拿出来。

沈青禾一直埋着头，盯着他的脚，眼睛有些红。"你跟谁学的这套说辞？"

"夏……"顾耀东一开口，声音有些发抖，他赶紧清清嗓子："当然是夏处长。像吗？"

"差得太远了。"

顾耀东挤出笑容："气势确实还差了点。"他看着沈青禾掖在腰间的衣服，心里好奇，但最后还是什么也没问。

"回去吧。"他转身离开。

沈青禾："这么晚了你出来干什么？"

顾耀东头也不回地说："二喵跑了。"

沈青禾有点蒙："什么喵？"

顾耀东忽然回过身冒火地冲她嚷嚷："任伯伯的二喵啊！猫害怕了瞎跑，你怎么也一样！下次再遇到危险你能不能直接往福安弄跑？这儿跟福安弄只隔了一条街，你绕来绕去到处乱窜，就是不往家里跑！"

"刚才跟在我后面的人是你？"

"不然是谁？我一直追，拖鞋跑掉了都追不上！真是……你这女人到底什么变的？穿高跟鞋还跑这么快！"一通嚷嚷完，顾耀东嘟囔着朝福安弄走去，"我看你就是猫变的！"沈青禾好半天才反应过来，她似乎从来没有被人这么数落过，也从来没有被人这么紧张过。

耀东父母早已经睡下。家里"吱呀"一声开门，顾邦才立刻醒了。刚才不断的枪响和喊叫，早就让人睡不安稳了。他披着外套从卧室出来，看见顾耀东从外面回来："是你啊，不是已经睡了吗？"

"任伯伯的猫跑了，出去看看。爸，你睡吧。"说着他上了楼。

沈青禾跟着也回来了。

顾邦才："沈小姐回来啦。"

耀东母亲一听是沈青禾，顾不得头发睡得乱蓬蓬的，披着衣服就跑出来："怎么这么晚了才回来？"

沈青禾："最近生意多，这会儿才忙完。"

顾邦才反锁了大门："往后还是早点回来吧。外面到处打枪，不安全！"

耀东母亲："别太拼命了，钱少赚一点不要紧，万一在外面遇到什么事，我们要担心的。"

沈青禾："知道了，顾先生顾太太，下次我早点回来。"

耀东母亲："要是饿了，锅里还给你留了蒸红薯。晚上睡觉记着关窗，插销插好。"

沈青禾望着耀东母亲乱蓬蓬的头发，恍惚间觉得自己不只是过客。

顾耀东一进屋，就被端坐在屋里的顾悦西吓了一跳："姐！你怎么在我的房间？"

顾悦西诡异一笑："出去干什么了？"

"都说了，找猫。"

"你拿这个蒙爸妈还差不多。是担心沈小姐吧？"

顾耀东忽然一脸严肃地嚷嚷起来："姐，你都多大的人了，怎么总赖在娘家？多多不用见他爸爸了吗？你不考虑自己也得考虑他啊！总是这样父子分离也太可怜了吧！"

顾悦西被劈头盖脸一通训，还没来得及反击，就被顾耀东推出了门。

沈青禾回到亭子间，把一直挡在腰间的外套放了下来，腰间的那片血迹已经干成了褐红色。按照耀东母亲的叮嘱，她反锁了房门，关了窗户，插了插销。小小的亭子间在这一刻静下来，仿佛这本就是属于她的。沈青禾知道这也是错觉，她当然只是福安弄的过客。这错觉让人幸福又惶恐，惶恐有一天会因此而患得患失。

傍晚的南京城和上海一样弥漫着法桐的气味。

国民政府门口整齐地停放着数辆黑色轿车。齐副局长带着夏继成和王科达从楼里出来，朝他的专车走去。司机下车，毕恭毕敬为他开门。

副局长："我在行政院还有个会。二位早点回去休息，明天一早返回上海。"说完，他上车离开了。

从楼里又陆续出来几名一看便是重要人物的中年男人，有穿军装的，也有着便服的，各自上了专车。夏继成一边和王科达闲聊，一边暗地观察着这些人。

王科达神秘地说："看见了吗，保密局郑局长也到了。"

夏继成："之前还以为是空穴来风。这次来南京述职算是开眼界了。"

王科达压低了声音："依我看，述职只是个幌子。把警局和保密局凑一块儿干什么呀？……老夏，有大事！"

夏继成："我不操心。反正天大的事情也有你们一处先扛着。"

王科达心里得意，嘴上还是抱怨了几句："你这个人，就是爱躲清闲。"门口的车队已经驶远了，王科达越发自在起来："晚上我约了几个南京的老朋友吃饭，一块儿吧？"

夏继成看了看表："我就不去了。答应副局长替他准备礼物，回去要送给太太，明天恐怕没时间去商店了。"

王科达："这种差事你倒是乐此不疲。那我先走了。"

夏继成笑呵呵地目送他离开，然后回了旅馆，换了一身便服。

夕阳渐渐在江上隐没，天光暗沉了下去。夏继成在燕子矶公园门口下了黄包车，沿着江边朝码头方向走了一段，便到了燕子矶老街。街不长，他沿着青砖灰墙向前走，不知道他此行是要去见何人，一切都和这条陌生的老街一样充满未知。

夏继成在老街 23 号门口停了下来，这是一家炒货店。刚一进去，老板便迎了过来，带着抱歉说道："先生，真不好意思，我们要打烊了。"

夏继成笑着："我要三两采芝斋的玫瑰水炒。"

老板："采芝斋？那可是在苏州啊。"

"听说掌柜的从苏州讨了秘方，想来尝个鲜。"

老板上下打量他一番，这才开口说道："您跟我来。"

夏继成随店老板去了一处公寓。三长两短地敲门后，一个中年男人开了门。

炒货店老板："上海的客人到了。"

对方看着夏继成，点了点头："请进。"

炒货店老板应声关了门，守在门口。

进屋后，开门的男人主动朝夏继成伸出了手："白桦同志，我代表南京地下市委和陈书记欢迎你。"

夏继成："谢谢。刘副书记，董书记托我向您问好。"

二人握着手，虽是第一次谋面，但却像是老战友般熟悉。

"晚上一个人出来，安排妥当了吗？"

"我有合理的借口。不过走的时候，需要一份玫瑰水炒。"

刘副书记心领神会："早就给你准备好了。老董告诉你这次来南京的目的了吗？"

"他只说了四个字，未雨绸缪。"

刘副书记笑了："请跟我来吧。"

夏继成跟着他进了内屋。屋里坐了一个五十岁左右的中年男人，虽然穿着便服，面相温厚，但身姿挺拔刚硬，一看便是军人出身。

刘副书记介绍道："这位是南京政府国防部监察局吴仲禧监察官。"

夏继成显然很意外，敬了个礼："吴先生。久仰大名！"

吴仲禧看着他，仿佛是在看一名爱将："在韶关警备司令部的时候，我就听吴石将军提到过你。你是他在陆大任教时最器重的学生，直到现在，提起当年鲜衣怒马少年时的夏继成，他都记忆犹新。"他起身从书桌抽屉里拿出一本书递给夏继成——一本英文版的《席勒诗选》。

"这是他托我带给你的礼物。"

夏继成打开书，扉页上手写了一句话——人，要忠于年轻时的梦想。

书有些旧了。熟悉的字迹，熟悉的话。他蓦然想起在保定军校读书的那几年时光，二十多岁，鲜活，无畏。这句话对他而言曾有过非凡的意义，如今亦如此。

夏继成："一别十五年，学生一直谨记老师的教诲。"

刘副书记："直到我们这个计划开始，看到上海提议的人选，吴将军才知道原来你和他早已同志同道，所以点名要你来南京。"

吴仲禧："国民党很快会将长江的防守问题提到议事日程上。长江以北将会有一场大决战。或许是一年之后，或许两年。但我们的棋盘从现在就要开始布局。"

夏继成："现在需要我做什么？"

刘副书记："我听老董说你已经提议了一名人选，接替你在上海警委的工作？"

夏继成苦笑道："还在继续努力，等待时机。"

刘副书记："尽快做好交接。一个月之内，调令会送到上海市警察局。继成，南京是钟山龙盘、石头虎踞之地，在这里我们失去过八位市委书记，前路险恶，希望你做好一切准备。"

夏继成："为国家，为信仰，夏某不惜生命。"

吴仲禧："在军事参谋院，吴将军曾对我有救命之恩，于公于私，我都会尽全力为你在南京铺好路。白桦同志，我们很快会再见面。不过下一次，你就不再是刑警处处长了。"

夏继成起立，敬礼，庄重而坚定。

从南京回上海的火车上，齐升平一直在看报纸，脸色很不好看。夏继成一边和王科达扯着闲话，一边琢磨着齐升平在行政院的密会内容。

齐升平把报纸递给二人："看看吧，才走了三天，全乱套了！"

报纸上是报社门口抗议活动的照片。

王科达瞄了两眼："还是镇压得不够。一会儿是工人罢工，一会儿是学生游行，这帮穷酸文人更可恶，跳出来喊什么言论自由，居然还敢煽动学生到教育部请愿，要求停止内战！"

齐升平："岂止是教育部？他们都敢跟卫戍司令部提四项要求了！要不是参政会邵秘书长出面调解，他们还能活命？"

夏继成："文人和学生，历来是不知天高地厚啊。"

齐升平有些感慨："华北，苏杭，宁沪，到处都在喊"反饥饿反内战"。堂堂国统区里居然有六十万学生参加共党组织的游行。现在看来，共党的领导力真是匪夷所思。"

夏继成笑着："国共一开打，经济状况自然不佳。再加上二月份的《经济紧急措施方案》，政府宣布冻结生活费指数，日子就更不好过了。共党这是乘虚而入，一贯的伎俩。"

王科达："我们的日子也不好过啊。一天到晚满城灭火，精力全耗在这些破事儿上了。"

齐升平想了想，问王科达："这几天的行动都是杨奎在负责吗？"

"是。"

"他怎么解决的?"

齐升平的眼神让夏继成忽然意识到,他很关心这个问题。换做以前,他是不会过问区区一个刑警处队长的办事手段的。这很重要。

王科达:"还是秘密逮捕为主,现在看来效果不佳。回去以后还得多抓几个骨干,那帮刁民才知道分寸。"

夏继成看着齐升平:"但是也怕出乱子,万一学生、工人倾巢而出,那些报纸杂志再联合起来,煽动言论,最后恐怕得我们警局背黑锅啊。"

齐升平往后靠在椅背上,脸上微微有了些笑意,"继成考虑得很周到。正好也想跟你们传达一下,最近会有一项大的行动,南京的正式文件很快会传过来。在这个节骨眼上,切忌闹得满城风雨。"说到这里,他压低了声音,笑意却更浓了,"且让他们再最后疯狂几天吧。"

大的行动?节骨眼?这两个词让夏继成心里蒙上了一层阴云。

又是一次民众请愿游行。一天之内,这已经是刑一处和刑二处第三次出警了,警察的使命感早就被磨光,剩下的只有疲惫和烦躁。

杨奎坐在刑一处警车里,冷冷地盯着外面的人群。

刘警官凑过来,小声问道:"队长,真要这么干?"

杨奎瞪了他一眼:"副局长和两个处长都不在,怕什么?"

"万一事情闹大了,怕不好收场啊。"

"老子早就烦透不痛不痒的镇压了。不动点真格,这些人不知道自己的本分。"说着杨奎在弹匣里塞了子弹。

刘警官一看越发忐忑了:"万一共党拿这个挑事,说警察先破坏和平,局长要追究到我们头上的。"

"还用你说?刀呢?"

刘警官赶紧从腰间取出备好的小刀,递给他。

杨奎脱了外套,将刀和配枪藏在腰后:"二处有的是软柿子,挑两个挡在前面就是了。警服脱了，一会儿你配合我。"

刘警官只得照做。

报社门口，民众和警察对峙着。刑二处警员举着盾牌阻止民众冲撞大门。杨奎和刘警官穿着衬衣，从后面悄悄混入人群。刘警官挤到了顾耀东和赵志勇中间。

游行队伍里，领头的男人高喊着："我们要和平！反对内战！"

众人高声响应，刑二处的注意力都集中在了请愿人群身上。两边人马推搡着，杨奎在人群中朝刘警官使了个眼色，然后暗中给了赵志勇面前的男人的肚子一拳。对方捂着肚子痛苦地倒了下去。刘警官悄悄从背后使劲推了赵志勇一把。赵志勇毫无防备地扑向了人群。

有人大喊："警察打人了！"

赵志勇还没反应过来，愤怒的拳头就从各个方向砸了过来。顾耀东顶着拳头奋力将他拉出来。一时间，人墙被冲破，民众和警察混在了一起。就在这时，杨奎挤到顾耀东身边，偷偷用刀划向了他的胳膊。

过了好几秒，顾耀东才忽觉不对劲，低头一看，手臂上鲜血直流。他愣住了。

刘警官适时地大喊："有人袭警！别让凶手跑了！"话音还未落，他的警棍已经挥向了顾耀东身边的一个男人。对方刚抬手，杨奎的枪就响了。

四周刹那间安静下来。

顾耀东眼看着那个男人肚子中枪，无力地瘫倒在地上，猩红色的血朝自己脚下延伸而来，脑子嗡嗡作响。

尖叫声四起。

"警察杀人了！"

"他们开枪了！"

现场乱作一团，刑二处被挤散在人群中，看不见彼此，也看不清发生了什么。

李队长在人群中努力踮着脚张望："怎么回事？谁开枪了！"

肖大头听见李队长的声音，但看不见人，只能大声喊着回应："有人受伤了！"

李队长："谁开的枪？说了只许鸣空枪示警！"

早就候在周围伺机动手的刑一处警员开始用警棍和盾牌殴打民众，高压水枪也开始肆无忌惮地扫射人群。

一时间乱作一团。

所有人都失控了。看着这一切，赵志勇捂着流血的脑袋蹲了下去。

一个大学生模样的男孩被警察打翻在地，人群中一个六七岁的女孩哭喊着"哥哥"冲过来。眼看她被人流推倒在地，踩在脚下，顾耀东奋不顾身冲了过去。

不知谁大吼了一声："别让他抓走我们的人！"

于是就在顾耀东伸手去拉女孩时，迎头一闷棍，他眼前黑了下去……

一下火车，齐升平就匆匆带着夏继成和王科达赶回市警察总局。从大门口一路上楼到刑警处，连过道里都站满了被捕的民众，个个头破血流。齐升平越走脸色越难看。

刑一处警员正在挨个登记身份，见副局长带着二位处长回来，赶紧敬礼："副局长！处长！"齐升平根本不理会，径直朝刑一处而去。

王科达跟在后面，小声问一名警员："怎么全弄这儿来了？"

警员："杨队长说要好好整顿。"

王科达脸都青了。

李队长带着刑二处警员也在一处，顾耀东和赵志勇不在场。一屋子人都站着，只有杨奎坐着，腿跷在桌上若无其事。

李队长很气愤："杨队长，我们行动前说好的，只鸣空枪示警，不能实弹！"

杨奎："老打空枪，那帮人早摸透了，所以才没人怕你。"

"现在把人打成重伤，谁来担这个责任？"

"本来就欠打！再说就是几个穷酸文人，打就打了！"

"那我们二处的人呢？顾耀东和赵志勇都受了伤！"

杨奎一听就跳了起来："你还敢跟我提顾耀东？就算今天他没挨这一棍子，我迟早也要找人废了他！上回瞎吹警哨，搞得我们要抓的人全跑了！你们二处都是些什么狗屁警察？信不信我往法察处上报说他是共党内奸？"

门"啪"地一声被踹开，众人赶紧收声。

齐升平带着夏继成和王科达进来，黑着脸扫视了一圈。

齐升平："很热闹呀。"

王科达狠狠瞪了杨奎一眼，正要说什么，夏继成先发了火。

"李齐坤，你抓那么多学生回来干什么？"

谁都没想到被拎出来的会是李队长。夏处长难得直呼其名，看样子气得不轻。肖大头替队长憋屈，正要辩解，李队长悄悄拉住了他。

夏继成："让你们去维持秩序，你们把人全弄回警局，是要请他们喝茶吃饭全养在这儿吗？干不了就走人！闹得满城风雨，想干什么！"

李队长很镇定："对不起处长，今天场面失控了。"

"失控了就开枪打人？国统区六十万学生参加游行，打算都杀了吗？我们才刚下火车消息就传过来了！局长、市长问责的电话马上就会打过来！你去解释。"这话像是说给李队长一个人听的，又不仅仅是。

王科达当然明白夏继成什么意图，适时递上台阶："夏处长，听说二处也有警员受伤。也可能开枪只是出于自卫呢？"

杨奎："就是他们先动的手，我们是自卫！"

王科达："闭嘴！"

杨奎悻悻地不吭声了。

齐升平："到底是谁开的枪？"

杨奎："报告，顾耀东和赵志勇先动手打人，对方反抗，刺伤顾耀东，我只好开了一枪避免冲突升级。"

夏继成听着他胡编乱造，脸上看不出喜怒。

齐升平恼火地看了杨奎一眼，转头对王科达说道："别让人查到子弹来源。咬定有人袭警，警方正在追查凶手。"

王科达："我马上办。"

"一群没脑子的蠢货！"说罢，齐升平愤愤然离开。

夏继成和王科达跟着出了刑一处，走廊上乌泱泱全是人。夏继成回头对李队长说道："登记完了赶紧让他们滚蛋！乌烟瘴气，像什么样！"在警察局这些年，不知道有多少被错抓的人因为他而避免了被送进审讯室遭受皮肉之苦的厄运。

李队长带着刑二处队员离开，杨奎也出来了。

王科达："还不快谢谢夏处长给你留面子！李队长全替你扛了。"

杨奎正要说话，夏继成打断了他，"不用。我训李队长，是因为他忘了自己的身份。队长就是队长而已，想跳出来兴风作浪，得先问问我这个处长同不同意。你不是我的人，轮不到我说什么。"他笑了笑，接着说道，"但是杨队长，法察处也不是你开口就能进的。要把我的人送进去，你还不够资格。"

沉默。气氛僵得让人心都收紧了。

王科达咂了咂嘴，厉声问道："到底谁给了顾耀东一刀？抓到人了吗？"

杨奎被夏继成看得不敢抬头。

市长和警察局局长的问责电话，果然很快就打到了齐升平办公室。他灰头土脸地听着电话，除了"是是是"和"对不起"，其他什么话也没说。

挂了电话，齐升平已经没心思发火了，对站在一旁的夏继成和王科达苦笑："市长办公室、教育局、文化局，几乎所有政府部门都接到联名请愿，要求严惩行凶的警察。说吧，二位，怎么解决？"

夏继成："还是摆明警局希望和平解决的态度吧。能赔偿的尽量赔偿，息事宁人。"

王科达："这帮刁民，这次我们认尿，下次他们就会得寸进尺。依我看，赔偿可以，但要咬定是对方先动的手。二处不是有警员受伤吗？就让他们这么说。"

"然后呢？"

王科达："我们警察吃了亏，但是照样该安抚安抚，该赔偿赔偿，这才更显得高风亮节！"

齐升平想了想，问道："二处哪个警员伤得最严重？"

夏继成："顾耀东。"

"那就让他在医院安心养伤，统一口径，准备接受报社采访。"

顾耀东和赵志勇坐在医院换药室。赵志勇情况稍微好些，只有头上有瘀青。

顾耀东的胳膊和脑袋都上了药，医生检查后，让一旁的护士给他缠绷带。

顾耀东："大夫，请问那个肚子中枪的人怎么样了？"

医生："救过来了，刚醒。"

顾耀东松了口气。

护士给顾耀东缠好了绷带："好了，你们可以回家了。每天来换药就行。"

这时，另一名护士匆匆跑进来："等等！他们还不能走。"

医生："怎么了？"

"护士长刚刚接到电话，说是院长交代，他们得住院。"

顾耀东和赵志勇稀里糊涂地住进了两人间的病房。顾耀东僵着半条绑了绷带的胳膊，好不容易换上病号服，胸口的扣子掉了。

医院没有多余的病号服，护士给了他一盒针线，让他自己补去。顾耀东胳膊有伤，拿着针线比画半天，换了各种别扭的姿势，最终还是放弃了用一只手缝扣子的想法。

"赵警官？"顾耀东眼巴巴地望向赵志勇，"你会缝扣子吗？"

"不会。"赵志勇回答得很干脆。

二人大眼瞪小眼。

病房里静悄悄的，外面不断传来嘈杂的说话声。

一名护士进来送药，赵志勇问道："护士小姐，旁边的房间怎么那么吵？"

"隔壁几间住的都是受伤的报社员工和群众，听说他们参加请愿被警察打伤了，好多人来慰问。"护士好奇地看了看二人，"哎？没有人来探望你们吗？"

赵志勇自讨没趣地闭嘴了。

走廊上人来人往，连着好几间病房都充满了人间的温暖。病床上躺着伤员，有人拎着鸡蛋水果来探望；有人帮忙从食堂买饭回来，菜饭飘香；一个年轻女孩红着脸给病床上的男孩削水果，像是一对恋人；另一个女人在喂她的男人喝粥，一看便是老夫老妻，嘘寒问暖，温情脉脉。

顾耀东和赵志勇可怜巴巴地戳在门口看着。顾耀东拉了拉因为缝不上扣子而不停从肩膀滑落的衣服，赵志勇咽了下口水，一对难兄难弟闷声回了自己病房。

两人躺在冷冷清清的病房里，望着天花板发呆。

"羡慕吗?"赵志勇问道。

"什么?"

"人家都有柔情似水的女朋友或者老婆陪着，又是水果，又是粥。我们两个大男人，扣子掉了也只能干瞪眼。"

这时，门"咚咚"响了两声。

两人怔了一下，仿佛听到了天使降临的声音，"噌"地从床上坐起来。

赵志勇兴高采烈地喊："请进!"

门开了，原来是既不柔情似水也不会缝扣子的夏继成，而且还两手空空。

两个病号失望至极："处长啊……"

夏继成一瞪眼："'啊'是什么意思?"

二人装作没听见，赵志勇给他搬来凳子："处长请坐，我去给您倒杯水。"

屋里只剩顾耀东和夏继成。

夏继成干巴巴地问道："胳膊怎么样了?"

"上了药，不怎么疼了。"

"有什么要求，现在可以提。"

顾耀东想了想："处长，您会缝扣子吗?"

"啊?"

顾耀东摸了摸身上敞胸露怀的病号服，老实地说："啊，您看，掉了。"

夏继成笑眯眯地："给你缝扣子，要不要再换个尿布啊?"

顾耀东不吭声了。

夏继成白了他一眼："副局长让你们安心住院，先不用着急出去。"

"医生说我们的伤其实不用住院。"

"警局需要你们在医院里躺着，你就乖乖躺着。过两天会有报社记者来采访你。"

"是关于这次游行吗?"

"对。应该怎么回答，会有人写好送来。"

顾耀东犹豫了一下："处长，等我出院以后，还要参加这种行动吗？"

"害怕了？"

"不是害怕，是脑子糊涂了，不知道应该去做什么。你看外面那些人，就和福安弄的人一样，都是最普通的老百姓。游行的学生里甚至有我的邻居。"

"就算早上你们还在一个弄堂吃早饭，穿上这身衣服你就是政府的警察，这就是你的职责。"

"我的职责不应该是保护百姓吗？就因为他们说不想饿肚子，不想再打仗，就应该挨警棍甚至子弹？"

夏继成沉下脸来："顾警官，你这样很危险。这些话到我这里为止，在记者面前，一个字都不能提。"

顾耀东有些沮丧，还想说什么，但是一看处长那张不近人情又不讨人喜欢的脸，突然就不想再说了。

夏继成看了他片刻："路很长，别忘了自己在干什么就行。"他装作随意地从包里拿出一本书递给顾耀东："在南京的旧书店买了本书。随便看看，打发时间吧。"

是那本英文版的《席勒诗选》。

顾耀东很意外："处长，您专门给我买礼物？"

"帮副局长给太太买礼物，顺手买的。"他说得轻描淡写。赵志勇端着水杯回来，夏继成接过来喝了一口，便起身准备走了："想吃什么就买，出院的时候我付钱。"

赵志勇高兴地："是，谢谢处长照顾！"

夏继成离开了。顾耀东翻开那本席勒的诗集，看见扉页上手写着一句话——"人，要忠于年轻时的梦想"。字迹不张狂，但很有力量。他蓦然想起那年在看守所，陈宪民说过，曾经有人把这句话送给他，会是写字的这个人吗？顾耀东笑了笑，为自己不着边际的想象力。

"人，要忠于年轻时的梦想。"一年前他初入警局，这句话清晰地戳动过他的神经，如今又是这样。讽刺的是，当初他把这句话说给夏继成听，只觉得鸡同鸭讲，一个整日只知道啃鸡腿打麻将玩忽职守假公济私的俗人，哪里知道什么诗人，什么梦想？可是今天，这位无知又庸俗的处长却送了一本写着这句话的书给自己。

还是在布兰咖啡馆，还是那个座位，夏继成和沈青禾坐在一起喝咖啡。

沈青禾："什么时候回上海的？"

夏继成："今天。你说有情况汇报，什么事？"

沈青禾压低了声音，有些忐忑："我怀疑顾耀东知道我的身份了。"

夏继成并没有表现出应有的紧张，喝了口咖啡淡淡问道："他问你了？"

"不是。他什么都没有说过，只是我的感觉。他最近……总是过于关心我的安全问题。我回去晚了，他甚至会在弄堂口等我。那天晚上转移李谦钊遇到麻烦，他可能是听到枪声，竟然一个人冲出来找我，还学你的样子用警察身份掩护我。如果不是因为知道我的身份，他为什么这么担心我出事？"

沈青禾问得那么认真，带着一丝她自己察觉不到的幼稚。夏继成忍不住笑了。每每这种时候，他便会觉得面前这三头六臂的交通员还是十多年前那个简简单单的小女孩。

沈青禾被他笑得一头雾水："这事关我的安全问题，你笑什么？"

"知道你的身份就一定会担心你出事吗？别忘了，他只是个没有政治立场的警察。"

这话很有道理，于是沈青禾更迷惑了："那是为什么？"

"也许只是因为他喜欢你呢？"

沈青禾愣了半天，忽然又羞又恼地嚷了一句："你怎么跟女人一样搬弄是非，胡说八道！"

夏继成不置可否，换了个话题："顾耀东的问题我会跟老董商量。转移郭明义和李谦钊的事，你做得很好。但是现在我有些担心，秘密逮捕可能只是个开始。"

沈青禾："南京有风声？"

夏继成："政府最近频繁召见警局和保密局的高层，这是个信号。我尽力打听。"

沈青禾犹豫了一下，问道："在南京，还有别的消息吗？"

"你指的哪方面？"

"我是说，你去南京是警局的指派，还是……老董？"

"你不该问。"夏继成回答得很干脆，并且不留情面。

沈青禾沉默片刻："还有任务要交代给我吗？"

"去医院，看看顾耀东。"

沈青禾不满道："这算什么任务？"

"你还欠他一场电影。"

"我不想谈这件事。"

"青禾，你迟早需要一个新搭档。"

"其实就算你调离上海，我也完全可以一个人执行任务。在和你搭档以前我从来都是独来独往，为什么现在就一定需要一个新搭档？"

"不是你需要他，而是警委需要他，而他需要你。"

长久的沉默后，沈青禾说道："我知道他是个好警察，也救过我，我很感恩。但是我们的工作并不是靠做好人好事就能胜任的。"这是她最后能想到的，唯一一个合理的反驳理由。

服务生送来一个纸盒："先生，您要的栗子蛋糕。"

夏继成："谢谢。"

沈青禾看了眼蛋糕盒子："我今天不想吃。"

"哦，这是让你带给顾耀东的。"

"夏处长，搭档三年，这真的是我第一次怀疑你的眼光！"沈青禾愤愤地拿起纸盒，斩钉截铁，"我是绝对不会去医院的！"

她气冲冲地走到咖啡馆门口，忽地想起什么，又悄声回到吧台前。

服务生："小姐，请问您需要什么？"

沈青禾狡黠一笑，小声说道："栗子蛋糕。"

不一会儿，沈青禾捧着夏继成给她的那个纸盒蛋糕离开了。夏继成看了眼手表，他差不多也该走了，于是朝服务员招了招手。

服务员很快就递上了账单："先生，这是您的账单。"

夏继成一边打开钱包，一边随意地瞄了一眼，顿时吓得眼珠子要掉出来。

"这些是什么？"

服务生："刚才离开的那位小姐说，您要再买三十个栗子蛋糕。"他笑眯眯的，一看便是这个月的奖金又有着落了。

夏继成尴尬地朝他笑笑："不好意思，我打个电话。"

"那这个账单……"

夏继成小声说道："我会付的，不过你得让我先打电话叫人送钱来。"

沈青禾一个人坐在江边长椅上，大口大口发泄怒气似的吃完了夏继成买给顾耀东的栗子蛋糕，连半粒蛋糕渣都不想浪费。

半小时后，她还是站在了医院门口，不情不愿。身旁就是一间卖小笼馒头的小店，冒着白白浓浓的蒸汽，看着很有食欲。她一边斩钉截铁地想着下一秒就走人，一边走到了蒸笼面前。

"小姐，要小笼馒头吧？"

"要五个。"沈青禾犹豫了一下，又说道，"十个吧。"

店老板笑呵呵地拿出纸袋子装小笼馒头，继续热情地推销道："马上给您装好。您要是去医院看病人的话，我们这里还有煮鸡蛋，正好补充营养！"

沈青禾一脸嫌弃地暗暗"啧"了一声，十个小笼馒头已经是极限，再多花她半文钱都是要心痛的。

顾耀东和赵志勇正躺在病床上百无聊赖，敲门声又响了。赵志勇已经不抱什么指望，继续瘫着。

顾耀东："请进。"

丁放的司机走了进来，问道："请问，您是顾警官吗？"

"我是。"

"丁小姐托我给您送东西来。"

本来瘫在床上的赵志勇"噌"地坐了起来。

司机示意门口的人进来。三名手下拎着木质食盒、鲜花和水果篮子进来，很快，色香味俱全的食物就铺满了桌子，鲜花也插好了。顾耀东和赵志勇已经看傻了眼。

司机："丁小姐托我带话，让您好好休息。我们就不打扰了。"

一行人一阵风似的来了又走了。

赵志勇好半天才合上下巴："顾耀东，你和丁小姐到底什么关系？"

"没关系啊。"

"你对她……没什么特别的感觉？"

顾耀东完全听不懂："什么感觉？"

"比如说，看不见的时候会想见，看见了又不敢看。"

这比法学院教材上最令人费解的法律还令人费解。顾耀东念念有词地复述了两遍，依然不懂："赵警官，你想问什么？"

"你就没有……哪怕一丁点喜欢她？"

"当然没有了！"他否认得不假思索，理所当然。

赵志勇松了口气，笑着说道："那这些菜，我吃点也没关系了。"说罢他拿起蟹腿就开吃，边吃边问道："丁小姐人又漂亮，又有气质，你居然不动心。你是不是心里有人了？"

"没有，从来就没有。"这一次，顾耀东的否认比刚才慢了两秒。

"说不定是你自己没发现而已。你知道喜欢一个人是怎么回事吗？"赵志勇又啃了一口蟹腿肉，"简单点说，就是哪怕她给你的是一坨狗屎，你吃着也比别人给的山珍海味香。哎？螃蟹腿，你不吃啊？"

"还不饿。"顾耀东笑得很憨实，"赵警官，你在这方面好像很有经验。"

敲门声又响了。

顾耀东："请进。"

这回是沈青禾黑着脸走了进来。顾耀东下意识地赶紧坐好，用手抓着衣服免得滑下去。

赵志勇："沈小姐啊。"

顾耀东："你怎么来了？"

"有人硬塞给我的任务。"

顾耀东想了想："我妈？"

沈青禾没理会他，正要把纸袋放桌上，赫然见一桌美味，顿时有些不好意思地把纸袋往身后藏了藏。顾耀东早就瞄见了，一把抢过来，打开一看，很是惊喜："小笼馒头！"

沈青禾嘀咕着："早知道这儿有山珍海味，我就不浪费钱了。"

"还有两个鸡蛋！"他开心得像是有糖吃的三岁小孩。

其实餐盒里有的是鸡蛋，五香的酱油的，煎的煮的，想吃多少有多少。赵志勇一手拿鸡腿，一手拿螃蟹，奇怪地看着他。

顾耀东忘了扣子的事，伸手去拿鸡蛋，手一松，病号服滑了下去，裸出半个滑溜溜的肩膀。他红着脸手忙脚乱把衣服拉上来，最后只能别扭地一手抓衣服，一手往嘴里塞食物。

沈青禾看了一眼少颗扣子的地方，两根线头突兀地支在那里。

"任务完成，我走了。"她走到门口，还是停了下来。纠结半天，回身没头没脑地冲顾耀东嚷道："把你衣服脱了！"

"什么？"

不一会儿，沈青禾黑着脸走出病房。再看病房里，顾耀东正美滋滋地吃着鸡蛋，胸前的那颗扣子已经缝上了。

"香吗？"赵志勇不怀好意地问道。

"香。"

"还记得我刚才说的话吗？"

"什么？"

"哪怕她给你的是狗屎，吃着也比山珍海味香。"

顾耀东看了看赵志勇，又看了看手里的鸡蛋。鸡蛋确实很香，但赵警官这番理论，一定是歪门邪理。

警局已经是下班时间了，王科达敲门进了齐升平的办公室："副局长，您找我？"

齐升平："你在内政部警察总署有认识的人？"

王科达："是有两个浙江警官学校的同学。民国二十二年的时候我们刚好都在正科第三期。这次去南京，还跟他们吃了顿饭，叙了叙旧。副局长，怎么了？"

"那就难怪了。"齐升平起身穿外套，"走吧，有人点名见你。"

酒楼包间里，坐了三个穿便服的男人。齐升平领王科达进来时，其中两个与王科达年纪相仿的人站了起来。一个男人笑着同他握手："老同学，又见面了。"

王科达很是意外："你们也来上海了？"

主座位置，那名五十岁左右的男人一直没有说话。

齐升平："这位是内政部警察总署田副署长。"

王科达更惊讶了，赶紧敬了一个礼："田副署长。"

田副署长微微点了点头："坐吧。"

众人这才坐下。

田副署长："这二位是我的助手，听说和王处长是老同学。"

王科达："是，我们刚在南京见过。"

田副署长："既然都是自己人，我就开门见山讲了。这次来上海，我是奉内政部警察总署之命，解决游行闹事的问题。上海的请愿游行近来有失控的趋势，内政部责令警察总署和保密局尽快戡平叛乱，扫清障碍。当然，是不动声色地扫清。这个计划，需要交由上海市警察局执行。"

齐升平："段局长特地交代过，局内上下一定全力配合。"

田副署长："这件事和即将在莫干山举行的文化交流会有关。明面上的工作，内政部会另派专员来商议。今天要谈的，是我和诸位之间的秘密。"

11

　　顾悦西去医院给顾耀东送了换洗衣服，还有母亲做的点心和小菜，装了满满两个大餐盒，其中一份是给赵志勇的。她看顾耀东也没什么大碍，手也能动，便放下心来，走时还嘀咕着哪有伤好了还不回家的道理。

　　顾耀东和赵志勇一边吃点心，一边从医院的小花园回病房。

　　赵志勇高兴地说："托你的福，在医院这两天我都长胖了。这里简直就是世外桃源，我都不想出去了。"

　　顾耀东："等伯母来医院看你这样，肯定不相信你受伤了。"

　　赵志勇有些心酸地笑笑："她不会来的。"

　　"你家人不在上海？"

　　"在倒是在。家里就我和我妈两个人。她开了个小面摊，一个人从早忙到晚，没时间来看我。"赵志勇很快就让自己熬过了这种有些难过的情绪，笑着大口吃东西："这点心味道真不错。"

　　于是顾耀东又把自己餐盒里的点心塞了两个到赵志勇餐盒里："你喜欢吃，以后我让我妈多做点带给你。"

　　赵志勇："行啊！哎，我妈做阳春面的手艺也是一流的！在我们那片，我妈的小面摊是生意最好的！附近几条弄堂的人都爱来我们家吃。等出院了，我请你

291

吃面!"

二人边说边吃着进了病房,一进去,就看见杨奎在里面。

气氛顿时冷了下来。

"恢复得不错啊。"杨奎从兜里拿了一张纸给顾耀东,"顾警官,过会儿报社记者就来了。该怎么回答,我都写在纸上了。"

一共两页纸,顾耀东很快就看完了。

"高才生,背下来应该不难吧?"

顾耀东指着上面几行字:"杨队长,这上面写的'游行人群先动手袭警,引发骚乱',好像不对啊。"

"让你背下来,不是让你纠错。"

"可是记者会把我说的话登在报纸上,所有人都会看到,这样对那些人不太公平。"

杨奎显然不耐烦了:"是警察局在养着你,不是那些穷学生酸文人。明白吗?"

赵志勇见状不妙,赶紧拉住顾耀东,赔笑道:"我们知道了,杨队长。耀东会好好接受采访的,不该说的一个字都不会说。"

杨奎离开时,在顾耀东身边停了一下,低声说道:"你是你们夏处长的掌上明珠,但在一处你就是个屁。说话当心点。"

杨奎走了。赵志勇凑过来随便看了两眼:"行了,一处怎么可能自己担责任。他更不可能提自己开枪的事。糊涂点吧。"

顾耀东一言不发回到病床上。

"哎!可别吓我!你姐刚刚也说了,伯父伯母还等着你回家呢!别让老人家担心!"

顾耀东还是不说话。

顾悦西回了家,和耀东母亲在门口洗衣服,沈青禾在天井里择菜,正好听见两人聊天。

耀东母亲:"看见耀东了?"

顾悦西："嗯。他说快出院了。"

耀东母亲："我还是去看看吧，总觉得不放心！"

顾悦西："不用了妈，我看他红光满面，日子过得舒服着呢。根本没多大伤，人家警局重视他，才让他在医院多住几天的。"

耀东母亲："脸上留疤了吗？"

顾悦西十分笃定："没有啊！头上也消肿了。你就放心吧，过两天就回来了。"

沈青禾心想顾悦西是刚从医院回来的，又说得这么肯定，那应该就是没事了。再想着前两天去医院看顾耀东时，确实也能吃能喝，便放下心来。至于为什么之前心里会悬着……大概是因为害怕他总赖在医院，夏继成又得差遣自己去送吃送喝缝缝补补吧！

杨奎和李队长带着刑二处警员再来病房时，顾耀东已经换上了警察制服，正坐在床边穿皮鞋。杨奎瞄了他两眼，对刑二处的人说道："王处长和记者一会儿到，赶紧给他收拾收拾。"

顾耀东以为是自己的警服皱了，站起来整理。

李队长看了看他："病号服呢？"

顾耀东："在床上。"

"换上吧。"

顾耀东有些不理解："队长，穿制服好像更庄重一些啊。"

李队长看着他轻轻叹了口气，示意二处警员动手。小喇叭和于胖子上来就脱顾耀东的警服，肖大头走过来，三两下拨乱了他的头发。顾耀东一头雾水。

王科达将车停在了医院门口。下车前，他给了后座的记者一台德国产的波茨坦微型磁条录音机："一会儿就按我给你的采访稿提问。"

记者谄媚地笑着："明白，您对我一向关照，我当然不会拆您的台了。就是不知道那位警官准备好了吗？"

"他拿到的采访稿和你的一样，会乖乖配合的。"

王科达领着记者进了病房。只见顾耀东穿着病号服坐在床上，头发乱糟糟，胳膊缠着纱布吊着，一副憔悴不堪的样子。

记者上来就殷勤地握手："您就是顾警官吧？你好，我是《正言报》的记者。"

顾耀东不太习惯这样，红着脸说："你好。"

"哎哟，您还是有些憔悴，看来确实伤得不轻啊。"

顾耀东见王科达和杨奎盯着自己，只好支吾道："昨晚没睡好……"

记者接连给顾耀东拍了好几张照片，然后拿出笔记本，并且打开了微型录音机。"今天来，主要是想听您讲一讲那天的事情经过，让市民了解实情，防止以讹传讹。"

顾耀东看着录音机，有些紧张。

记者赶紧暗示他："你不用紧张，录音只是为了让大家相信这篇报道不是我杜撰的。顾警官，你只需要实事求是回答就好了。"见顾耀东点了点头，他开口问道："请问，那天在报社门口发生骚乱，是因为有人动手打人了吗？"

"是。"

"你当时就在现场，看见是谁先动手的吗？"

顾耀东犹豫了一下："没有。我没看见。"

杨奎皱着眉头干咳了两声。

记者心想可能这小警察太紧张，忘了稿子，于是换了个问法："顾警官，那天你在维持秩序的时候被人刺伤了？"

"是。我的胳膊被人用刀划伤了。"

"那就是说，参加游行的人用武器袭击警察，然后你们才不得不采取自卫措施？"

顾耀东看着他，一时有些走神。他当然知道对方等的是什么答案，区区两页采访稿，看第一遍时他就已经背下了。纸上的答案印在了脑子里，可还有一个答案印在心里。

"现场很乱，我不知道是什么人。"他最终还是没有回答这个问题，因为这个问题的前提并不成立。

记者纳闷地看了眼王科达和杨奎，只得又换个问法："听说行刺的人当时就被一名警察按住了。"

顾耀东："不，不是那个人。他只是站在我身边，但不是他用刀划伤我的。"

现场气氛僵住了。王科达铁青着脸转身离开了病房。

很快，这场采访就在极度尴尬中草草结束。记者也走了。

李队长叹了口气："哎……收拾东西，出院吧。"

顾耀东起身去拿制服，杨奎没有让路。二人就这样对峙了片刻。杨奎看了看周围，一圈刑二处警员，全都看着他一个人。

杨奎："人缘不错，这么多人来接你。"

顾耀东正要说话，李队长先开了口："毕竟是我们二处的老么。"

杨奎冷冷看了他片刻，李队长脸上带着息事宁人的笑，但没有躲开他的眼神。毕竟是队长，杨奎多少要顾忌，于是也呵呵笑了两声，说道："出院了，恭喜你啊，顾警官。"说完皮笑肉不笑地转身走了。

病房里只剩下刑二处的人，气氛依旧沉闷、不安。谁都知道杨奎笑比不笑更可怕。顾耀东倒是三两下拆掉了胳膊上的纱布，终于轻松了。

赵志勇简直痛心疾首："跟长官作对，最后还不是自己吃苦头？这么倔有什么好呀？到底有什么好呀？"

顾耀东一脸倔强，但半个字都不辩解，只是闷头脱掉病号服，重新换上警察制服。

这股倔劲让肖大头看得冒火："自从你来了二处，我们就没安宁过一天！你成天跟警局作对，到底安的什么心哪？"

赵志勇看顾耀东挨骂也不吭声，有些不忍心，替他解释道："耀东这个人没有坏心眼，他就是人太老实了，不会撒谎。"

肖大头："得了吧，赵志勇，他迟早连你一起拖下水！"

这下赵志勇不吭声了。肖大头愤愤然离开，于胖子和小喇叭也跟着走了，李队长摇头叹气，也走了。

屋里只剩赵志勇和顾耀东，他还在絮絮叨叨着："哎，大家都是为你好。你说你，这么倔到底有什么好呢？"

到底有什么好？这天，赵志勇问了很多遍这个问题。对他来说，一个人做一件事一定是因为这件事对他有好处。什么好处都没有，为什么要做？他实在不能理解。他关心顾耀东，对他怀有天然的亲近感，但更多时候，顾耀东对他而言是一个超出认知范围的存在。

　　离开病房后，杨奎站在医院门口被王科达一顿痛骂。

　　王科达："你到底怎么跟他说的？"

　　杨奎委屈地说："我说得很清楚啊！让他按照采访稿回答，不该说的别说。"

　　"说清楚了？那他刚才是什么意思？"

　　"我看他就是存心作对。"

　　"杨奎，顾耀东他就是个茅坑里的石头，又臭又硬！要让他听话得用手段！手段，明白吗？"

　　"对不起，处长……"杨奎的脸因为极度克制而微微发抖。

　　"记者那边知道该怎么写，你找人把磁带处理一下！别再出差错！"王科达恼火地交代完，上了车，又忍不住朝杨奎吼道，"居然蠢到被他糊弄！要不是今天来的记者是自己人，你离撤职也不远了！"说罢一脚油门离开了。

　　杨奎站在车屁股冒出的一溜黑烟里，觉得自己像条狗。这样的羞辱，竟然是因为他最不屑的顾耀东。

　　顾耀东和赵志勇刚进警察局大楼，两名刑一处警员就迎了上来。

　　其中一人说得很客气："顾警官，有时间吗？杨队长请您喝茶。"

　　赵志勇立刻反应过来，赔笑着把顾耀东往自己身后拉："他刚出院，要不……让我们先跟夏处长请示一下？"

　　两名警员挤开他，"亲热"地搂住顾耀东的肩膀，一人说着"茶都泡好了"，一人说着"就是喝喝茶聊聊天，很快回来"，两个人看似搭着顾耀东的肩膀，实则挟持着他去了警局澡堂。

　　一进去，门"啪"地关上了。

　　澡堂里没有开灯，光线很暗，只有墙顶通风口透进一道微光。过了一会儿，顾耀东才看清澡堂里站了几名一处警员。

杨奎从暗处走出来，抬脚照准顾耀东的肚子就是一脚。

顾耀东被踢得往后飞出一截，趴在地上，好半天喘不过气。

杨奎："到外面等我。"

刘警官和另外几名警员去门口守着，杨奎将门从里面反锁了。赵志勇躲在远处看见这一幕，转身就跑。

他没命地冲进二处，大喊着："处长！"

夏继成的办公室空着。

赵志勇："处长呢？"

肖大头："处长出门还得跟你通报一声啊？"

李队长："怎么了？慌慌张张的。"

赵志勇气喘吁吁："顾耀东……要出事！"

警局走廊里响起一阵急促的脚步声，李队长带着肖大头四人一路小跑赶到澡堂门口。刘警官带着一处警员守在外面，见刑二处来了五个人，眼皮都懒得抬一下。

李队长："开门。"

刘警官丝毫没有要让开的意思："不好意思啊，杨队长在里面洗澡。不太方便。"

李队长："我不找杨队长，我找二处的顾耀东。"

刘警官装傻："顾警官不在啊！里面只有杨队长一个人。"

赵志勇很气愤："我明明看见顾耀东被你们带进去的！"

刘警官："可他早就走了。没回二处吗？"

李队长："刘警官，我毕竟是队长。再不起眼也比你官大一级，这样敷衍我不大合适吧？"

刘警官假惺惺赔着不是："您别生气，我也是不得已，杨队长让我看门，谁来都不许开，您是队长，他也是队长，我不知道该听谁的啊！再说，顾警官真的走了！"

澡堂里，顾耀东好容易才缓过气，捂着肚子爬起来。

杨奎："你是背不住采访稿，还是不想背？"

顾耀东："我不会撒谎。"

杨奎给了顾耀东脸上一拳。

"这样能让你学会吗？"

顾耀东没吭声。

杨奎照准他的脸又是一拳，顾耀东被打得撞在门上。

肖大头听到门被人从里面撞得"嘭"的一声，拨开刘警官就去开门，发现门反锁了。

肖大头："让里面开门！"

刘警官毫不示弱："杨队长洗澡呢！不方便！"

肖大头的火爆脾气顿时上来了，上去就推了他一把。双方推搡起来。

肖大头："是他光着屁股不好意思见人，还是在干见不得人的事情啊？"

刘警官："肖德荣！你嘴巴还是这么臭！"

肖大头："再臭也比你们一处正大光明！"

双方推搡得越发厉害，眼看要打起来，小喇叭后退两步躲到于胖子身后，小声对赵志勇说："处长可能在副局长办公室。"

赵志勇会意，悄悄退后，瞅准时间，从人群后转身就跑。

刘警官大叫："拦住他！"

赵志勇几乎是手脚并用地拼命往楼上爬，两名一处警员紧追不舍。

澡堂里已经弥漫了一丝血腥味。顾耀东擦了擦鼻血，依然倔强地站起来。

杨奎："还手啊！"

顾耀东："我是警察，不是流氓。"

杨奎给了他一拳。

"你还不如流氓！穿件警服就当自己是警察了？你能干什么呀？"

顾耀东刚抹掉鼻血，又是一拳。

"仗着有夏处长撑腰，就敢糊弄我？就因为你这坨屎，我在王处长面前被骂得像狗一样！你算个什么东西？"

顾耀东被打得摇摇晃晃，他扶着墙努力站稳。

杨奎："我今天不拿队长身份压你。有本事把我打倒，你随时可以出去！"

顾耀东吐掉嘴里带血的唾沫，还是那句话："我不是流氓。"

杨奎眼神有些发直了。他几个大步跨过来，用皮鞋头最硬的部位照准顾耀东的肚子踹了下去："想当警察？那我今天就教教你最基本的警察技能，擒拿格斗。"

春林酒楼，上海市警察局和南京政府内政部的数名官员正欢聚一桌，觥筹交错。齐升平、夏继成和王科达都在座。

齐升平："这位是行政院内政部李次长。今天诸位坐在这里，是因为马上要在莫干山召开的文化交流会。"

李次长："以前这个大会都是民众自发举办的。前几年因打仗停办了，现在又准备恢复。不过这次，政府希望由我们内政部来主办，也是为了给双方一个坦诚相见、畅所欲言的机会嘛！"

王科达："这是好事啊！大家坐下来谈，我们警局也不用城东城西地维持秩序了。"

齐升平："恐怕还轻松不了。这次受邀参加的文化人士里，上海的占了三分之二。所以行政院要求由我们上海市警察总局出人，负责这部分人的安全。"

夏继成一直在观察齐升平和王科达。齐升平说这句话时，王科达笑着不经意地看了夏继成一眼。就是这一眼，让他忽然意识到王科达早就知道警局要负责安全工作，而且一定是由刑一处来负责。

李次长："我这次来上海，就是为了落实这个名单。上海是文化重镇，我们当然希望名单上的人都能悉数出席，只不过人越多，各位就越要费心了。"

齐升平："这是分内的事。王处长会亲自带队去莫干山，确保参会者在路上和会场的安全。"

王科达："是！刑一处保证完成任务。"

饭桌上一派祥和。王科达和齐升平在提前密谋什么？夏继成一边和王科达喝着酒闲聊莫干山的风景，一边思考着。

赵志勇冲到齐升平办公室门口，直接推开门就冲了进去。

方秘书正在收拾桌子，吓了一跳："你哪个处的？不懂规矩吗？"

赵志勇："我找刑二处夏处长！"

"他和王处长陪副局长出去了。"

赵志勇快哭出来了："去哪儿了？"

"有饭局。应该快回来了。"

眼看刑一处警员要追来，赵志勇拔腿就冲了出去。

冲到警局大楼门口时，刚好几辆轿车停下来，齐升平带着夏继成和王科达下了车。趁赵志勇停脚的空当，一处警员冲上来按住了他。

"处长——！处长——！"赵志勇不管不顾地大喊着，挣扎着往夏继成身边跑，两名一处警员拼命把他往地上按，三人撕扯成了一团。

齐升平皱紧了眉头："二位，这些是你们的人？"

"不好意思副局长！"王科达赶紧瞪了二人一眼示意放手，"拉拉扯扯像什么话！"

夏继成："赵志勇，你们这是什么意思？"

赵志勇看见齐副局长和王科达，有些不敢开口了。

夏继成立刻猜到了原因，不动声色地问道："顾耀东呢？今天的采访瞎胡闹，让他来见我！"

赵志勇赶紧接话："他在澡堂！"

夏继成："还有心情洗澡？"

赵志勇不敢多说，急了半天憋出来一句："处长，您快去看看吧……"

齐副局长显然很不想听见顾耀东的名字，他不客气地朝夏继成一挥手："正好，你去，让他解释清楚报社采访是什么意思。要是对局里给他安排的任务不满意，可以另谋高就！"

夏继成一行人走到澡堂门口时，正在吵闹拉扯的警员们赶紧分开，各自站好。

刘警官狠狠瞪着去追赵志勇的两名警员。

王科达："干什么？洪门还是青帮？"

刘警官挡在门前面："处长，杨队长在里面洗澡，让我们在这儿替他看门。"他一边说话，一边悄悄用手在背后的门上敲了几下。

王科达大概猜到了怎么回事，心里咯噔一下，低声喝道："让他把门打开。"

刘警官赶紧敲门，大声喊着："杨队长，处长来了，夏处长也来了！您开一下门吧。"

过了片刻，门开了。

杨奎满头大汗地站在门边，身上只穿了衬衣，已经湿透了，看起来像是刚刚跑完长跑，唯一的区别是衬衣上有血迹。

杨奎："王处长，夏处长。"

王科达推开他快步走进去，夏继成不慌不忙跟在后面。

昏暗的澡堂里，顾耀东艰难地从地上爬起来，鼻青脸肿，满脸是血。他倔强地扶着墙站好，擦掉鼻血，默默看着二人。

夏继成也默默看着他。

刑二处的警员已经不忍直视。

王科达自觉理亏，小声训斥杨奎："搞什么名堂！"

杨奎放下衬衣袖子，无所谓地说："和顾警官练练手，切磋一下格斗技巧。"

王科达："老夏，实在抱歉！我真没想到他们敢这么放肆！是我管教不严，回头一定处分！"

夏继成不置可否，只转头问顾耀东："顾耀东，是切磋吗？"

顾耀东很平静："杨队长是这么说的。"

"哦，那就行。"

对于处长的反应，二处警员都很意外。

肖大头脱口而出："放他娘的……"李队长赶紧拉住了他。

夏继成："切磋完了，回去吧。"说完他便转身走了。

回刑二处的路上，夏继成走在前面，赵志勇和于胖子搀着顾耀东跟在后面。

肖大头实在气不过："处长……"

夏继成打断了他："技不如人，有什么好不满的？以杨队长的身手，这已经是手下留情了。"

众人不再说话了。

"带他去医务室。"夏继成说得太无所谓，轻巧到令人心寒。顾耀东望着他的背影，没有任何表情。

澡堂里只剩王科达和杨奎二人。地上到处都能看见血迹。

王科达既恼火，又有些无奈："让你对付他要用手段，不是让你把他打一顿！"

杨奎："我早看不惯他那一副假正义的样子了！就他一个人高尚，我们都是小人吗？被这种人糊弄，我气不过。"

王科达："但他毕竟是夏继成的人，你要注意分寸啊！"

杨奎冷笑："我看夏处长对他也没那么上心，被打成那样，他一句话没说。估计他心里也只有生意和麻将了，顾不上这点小事。"

王科达指了指脑子，低声训道："你真以为夏继成就是他看起来那副样子？静水流深，不想在你这儿起波澜而已！"王科达太了解杨奎了，他不比顾耀东复杂到哪里去。但是夏继成不一样。

顾耀东已经在医务室上完了药。

夏继成抄着手靠在门边："李队长，带他们先回去。"

大家互相看了一眼，赶紧很识趣地离开了，屋里只剩夏继成和顾耀东二人。

"采访的时候想过后果吗？"夏继成问道。

"想过。"

"那为什么还要这么固执？"

"我只是个穿着警察外套的普通人，不想因为这身衣服，连福安弄都没脸回去。"他抬起头，鼻青脸肿地挤出一个笑容，"处长，其实我现在挺高兴的。说了自己想说的话，我能心安理得回家了。"

对于这个谈话结果，夏继成并不意外。他拍了拍自己衣服上的灰，很随意地说道："给你放几天假。等伤好了，穿一身方便活动的衣服来警局。"

顾耀东："干什么？"

"到时候就知道。"夏继成没头没脑地扔下这一句，转身走了。

顾悦西哼着歌从二楼下来倒水喝，刚一下来，就看见顾耀东从门口回来。

"出院啦？"

顾耀东一抬头，顾悦西吓得差点摔在地上，水洒了一地。

"哎呀！"

耀东父母听见尖叫声，赶紧从屋里跑出来。顾耀东遮遮掩掩，但是已经来不及了。一屋子人都傻了眼。

耀东母亲声音哆嗦了："顾悦西！你不是说你弟弟红光满面好好的吗？"

顾悦西："我去医院看他的时候，明明好好的呀！"

沈青禾听见动静，从楼上匆匆下来，看见顾耀东肿成猪头的样子，也愣住了。

耀东母亲哭喊起来："这叫好好的吗？那是什么医院啊！他们是救人还是杀人啊！"

顾耀东："妈，不是医院，我……不小心摔的。"

耀东母亲更加痛心地哭天喊地："这叫什么世道啊！被人欺负成这样了，回家还不敢说！可怜我的儿子……"

顾耀东不敢再说话了。沈青禾看着他，心里说不出的难受。

他回了屋，关了房门，小小世界总算安静下来。不想说话，不想思考，很疲惫，疲惫到想一觉睡去，再也不去警察局，再也不指望任何人也不被任何人指望。

他呆滞地坐在床边胡思乱想了一会儿，然后翻出镜子照了照，居然被鼻青脸肿的自己惊了一下。

这时，敲门声响了。

顾耀东："妈，我没事——"

门轻轻推开了，是沈青禾。

顾耀东赶紧起身："沈小姐！"他想起自己肿成猪头般的脸，使劲埋下头恨不得藏起来。

沈青禾放了几盒药在桌上："跌打损伤的药膏。知道怎么用吧？"

顾耀东："知道"。

沈青禾心里有股无名火，忍不住问道："怎么会被人打成这样？你是警察，实在打不过……你可以往警局里跑啊！"

"下次记住了。"

沈青禾看他欲言又止的样子，察觉到了异样："是在警局里被打的？"

顾耀东没说话，这是默认了。沈青禾一脸的不可思议。

街上依然每天都有大批民众游行示威。他们举着横幅，高喊着："反对饥饿！反对内战！反对迫害！""我们要用汗和血去换取一个真正独立、民主、和平、康乐的自由新中国！"顾耀东躺在床上，每天都能听到从远处传来的激烈而振奋人心的呐喊。他在家里躺了好几天。头上挨那一闷棍的剧痛还很清晰，而外面的世界已经在悄然发生变化。

去布兰咖啡馆的路上，沈青禾每隔一段就能看到执勤的交通警察。他们衔着警哨站在路边，只是看着游行队伍经过，没有任何动作，甚至连警哨也懒得吹响。沈青禾从人群旁经过，看了几眼交通警，进了咖啡厅。夏继成已经按时到了。

沈青禾要了一杯咖啡，小声问道："最近几次游行和罢工，现场都只来了几名交通警，而且只佩戴警哨，连警棍都没有。怎么突然就变态度了？"

"上面下了死命令，最近一段时间不得发生任何冲突事件。刑一处和刑二处都取消出警了。"

"他们葫芦里卖的什么药？"

"听说过莫干山文化交流会吗？"

"知道。警委本来要转移一批进步人士去解放区。但是现在大家都不愿意，就是为了去莫干山。"

"这个会以前是民间自发组织，但是今年内政部要介入，由他们主办。上海这边有影响力的文人作家基本都受到了邀请。局里让王科达到莫干山负责安全工作。"

说完这番话，两个人心里大概都明白了怎么回事。

沈青禾："你也觉得是司马昭之心？"

"可能是一场百家争鸣的盛会，也可能是鸿门宴。跟他们讲清楚形势，最好是能说服这批人放弃莫干山之行。"

"试过了，行不通。他们坚持要利用这个大会发声，给政府施压。我们也不能强迫。"

夏继成想了想："如果一定要去，谨慎起见，最好联络当地组织，提前做好应对。"

"好，我马上把情况汇报给老董。"

窗外又是一队游行的学生经过。

夏继成："顾耀东这几天还好吧？"

"死扛着，什么都不肯跟家里说。"沈青禾埋头喝了口咖啡。

从咖啡馆出来以后，夏继成上了自己的轿车。沈青禾原本朝另一个方向走了，忽然又追过来上了车。

夏继成很意外："我要回警局。"

沈青禾根本不理会，开门见山问道："来的时候就想问你，顾耀东到底怎么回事？"

"被杨奎打了。"

"为什么？"

"一处安排他接受报社采访，把打人和开枪的事推到请愿人群头上。他不肯合作。"

沈青禾尽量小声说话，但依然能听出她的愤怒："在警局里被打的？"

"是。"

"那你干什么去了？"

"我当时不在啊！"

"明知道他什么都不会，脾气还倔，你就应该多看着点！自己的人，在警局里居然都能被打！"

夏继成竟然被她咄咄逼人的质问给问结巴了："那那那，你要我一个处长去跟杨奎打一架吗？"

"打他又怎么了？游行队伍里开黑枪的人肯定是他！打他算便宜他的！"

好半天，夏继成憋红了脸，憋出来两个字："幼稚！"

沈青禾嘀咕着："反正顾耀东要是我的人，我不可能让他被欺负成这样！"

夏继成噎得说不出话来。过了片刻，他忽然问道："承认顾耀东是自己人了？"

沈青禾怔了怔，这才意识到自己的失态："是你这么说的！"

夏继成笑眯眯地感叹着："不可思议啊，这还是你第一次为顾耀东打抱不平。"

沈青禾还在狡辩："我替他打抱不平的时候多了！他基础那么差，我是怕将来搭档被拖累！"

"沈小姐，你批评得对。顾耀东基础确实太差了，得给他找个老师，下点猛药才行。"

"什么意思？"

"不教他点真本事，将来怎么委以重任？"

沈青禾慌了："首先，他还在考察期；其次，你说过这件事的决定权在我。我还没有同意接受他！"

夏继成装无辜："不管最后你接不接受，我都应该培养他作为警察的基本能力啊！这次的事情对我也是个教训，要想不被欺负，靠我不行，他得学会自己保护自己。"

沈青禾被说得哑口无言，憋气地下了车。

夏继成望着她的背影，不禁笑了。

夜里，顾耀东洗了澡，换了一身睡衣。趁父母在灶披间烧水洗脚，姐姐在房间给多多缝衣服，他轻手轻脚抱着脏衣服去门口的水门汀池子，打算自己洗了。在家躺了几天，衣来伸手饭来张口，他也想自己做点事情，不再让家人担心和辛苦。

刚把衣服泡在水盆里，沈青禾从屋里出来，径直走了过来。

顾耀东还没来得及说话，就被沈青禾一把推开了。他疼得小声"哎哟"了一声。沈青禾看了他一眼，默不作声地挽起袖子，替他洗起衣服来。

"我伤已经好了，我自己来吧。"沈青禾没说话，于是顾耀东又说，"你看我！明天我就可以去警局了！"沈青禾懒得理他，他只好乖乖坐在一旁，看着她洗衣服。

任伯伯家的二喵又在弄堂里神出鬼没了。猫似乎有诡异的第六感，走在街上，它好像总能看见人间的千万丝气息在流动，有的僵冷，有的喧腾，有的郁郁寡欢，有的气若游丝。二喵上了年纪，喜欢温暖柔和。它轻轻地从这两个人中间踱过，用尾巴蹭了蹭顾耀东的腿，安心地趴了下来。

夜晚的晒台静悄悄的。弄堂里的路灯已经灭了，只有不远处大街上的霓虹灯在闪烁，映在晒台上忽明忽暗。沈青禾一个人晒着衣服，连碰也不让顾耀东碰。顾耀东杵在那里像只被嫌弃的跟屁虫，于是只好到旁边浇花，假装有事可做。那几盆月见草在夜风里轻轻摇着，它们只在暮色里绽放，悄悄地，像极了在心底开出的花。

顾耀东有些腼腆地说："谢谢。"

"夏处长经常关照我的生意，帮他照顾手下，算是还他人情。"沈青禾晒着衣服，仿佛是闲聊一样问道，"你一丁点还手的能力都没有，就不怕真的被人家打出毛病来吗？"

"你知道了？"

"也不是什么秘密，夏处长告诉我了。"

"千万别告诉我爸妈，还有我姐。我怕他们担心！"

"这么害怕家人担心，采访的时候何必逞能呢？"

有那么几秒，晒台上什么声音都没有。

然后沈青禾听见顾耀东小声说："真正勇敢的人，可以用生命冒险，但绝不会用良心去冒险。"

她愣住了，回头看着他。

顾耀东不好意思地赶紧解释："别误会，这话不是我说的，是一个叫席勒的人说的。"

"你看过他的书？"

"夏处长刚送给我一本，我看完了，很喜欢这句话。"

沈青禾一时间有些恍惚，仿佛和自己说话的是另一个人。

"沈小姐，你怎么了？"

"没什么。"

顾耀东很诚恳又有些腼腆："我不是在夸自己勇敢。但是我想努力成为这样的人。"

沈青禾心情复杂地笑了笑："我只是想起很久以前认识一个朋友，他也很喜欢这个作家的书，还有这句话。"

"这么巧。"

"是啊，这么巧。"沈青禾端着空水盆离开了，走到楼梯口时，她回头望向顾耀东的背影。

顾耀东一个人趴在晒台边，望着远处的霓虹灯发呆。霓虹灯映在他脸上，明暗之间显得棱角越发分明了。他有干净的眼睛，鼻梁有好看的弧线，鼻尖微微翘着，透着稚气。也许是忽明忽暗的光线制造了交错感，他的稚气褪去了几分，竟多了些夏继成的影子。

沈青禾努力平复心情，离开了晒台。

第二天，顾耀东去了警察局。按照夏继成之前的交代，他穿了一身工装类型的便服。

夏继成领着他朝看守所走："确定没事了？"

顾耀东："没事了！处长，这身衣服行吗？"

"嗯，可以。就是有点像修车的。"

顾耀东乐呵呵地："我就是找弄堂口修车的老伯借的！"又走了几步，他好奇地问："我们去看守所干什么？"

"少说少问，省着体力，一会儿用得上。"

登记室值班的依然是徐三。他按照夏继成的要求，打开了十九号牢房门。屋里关着一个精瘦挺拔的中年男人。他是刑二处的犯人，叫马武山。夏继成要见的人就是他。

夏继成对徐三说："把他的手铐脚铐都打开。"

徐三有些犹豫："这个……怕不安全啊。"

"让你开你就开。后果我负责。"

徐三只得照办，给犯人松了镣铐。夏继成又让他送了一壶水过来，然后从他手里拿了钥匙，把他支出去了。牢房里只剩夏继成和顾耀东。

马武山不卑不亢地看着二人，问道："什么意思？"

夏继成："马先生，我想请您教这个年轻人几招擒拿技巧。"

顾耀东很意外。

马武山："我是犯人，没有义务为警察队伍培养人。"

夏继成："这只是我的私人请求，与警局无关。不过我可以以处长身份为你申请释放令。"

马武山打量顾耀东："他恐怕不是那块料，我教不了。"

夏继成："不必多了，只需要您的反手擒抱这一招。"

马武山："你说话算话吗？"

夏继成："当然。"

马武山起身，慢慢走到顾耀东面前。顾耀东被他看得有些发怵，转头求救般望向夏继成："处长……"话音未落，马武山就以迅雷不及掩耳之势将他的双手锁在背后，并勒住了顾耀东的脖子。顾耀东很快就憋红了脸连哼都哼不出来。马武山这才松了手。

夏继成犹豫了一下，说道："他身上有伤，对他用五成力就够了。开始吧。"说完，他便离开房间，锁了房门。

这天下午在牢房里的两个小时，对顾耀东来说完全是另一种人生——面团一样的人生。他以上百种姿势，三百六十度全方位地被马武山摔在地上。他出了几身汗，喝光了徐三放在牢房里的水。摔来打去，挤干汗水，他仿佛变成最后剩下的那团面筋，韧劲十足。

直到黄昏时分，夏继成才从看守所把顾耀东领出去。顾耀东是站着走出去的，这让马武山和夏继成都有些意外。一路上，他着了魔似的跟在夏继成后面不断比画擒拿动作，一边比画一边问道："处长，你真的要给他申请释放令？"

夏继成："马武山从前是个镖师，后来在大世界当守门人，被抓进来，是因为他打了侮辱舞女的官员公子。你觉得我应该给他申请释放令吗？"

顾耀东："应该！他是条好汉。"

夏继成不禁笑了。

当天夜里，顾耀东按照马武山的要求做了五十个俯卧撑，然后自己又加了五十个。第二天天一亮，他就穿着修车服，拎着水壶兴冲冲地去了十九号牢房。一进去，先朝马武山鞠了一躬，然后便又开始了被人摔打的面团人生。

在那之后，顾耀东经常一个人站在刑二处的角落暗自比画擒拿，嘴里还念念有词。大家都很担心，怕这老幺是被杨奎打坏脑子了。

这天午饭时间，顾耀东到食堂买饭，他见夏继成一个人，便端着饭盒坐了过去。看周围没人注意他们，小声问道："处长，您帮马先生申请到释放令了吗？"

夏继成啃着鸡腿，轻描淡写地说："今天下午就会送到他手上。"

顾耀东压低了声音："'马先生'是我们之间的秘密。我不会说出去的。"

夏继成无奈地看了他一眼："我释放他当然有正当理由。不需要你保密。"

顾耀东悻悻地"哦"了一声，夏继成拿起鸡腿继续啃。顾耀东吃着饭，不时偷偷看他，夏继成只当不知道。

过了一会儿，顾耀东小声地说："处长，我觉得你这个人……有时候像处长，有时候像警察。"

"有什么区别吗？"

"有点。"

"废话真多。练得怎么样了？"

"跟马先生比差得远，但是下次再去维持秩序，我觉得起码能保护自己不被一棍子打晕了。说不定还能再保护一两个人。"顾耀东说话时像块劲头十足的面筋。

"这么有自信？"

"其实您也可以学学这招。要不等我练得再熟练一点，我来教您！"

夏继成差点噎住："你教我？"

"啊。就算不用来抓犯人，关键时候也能用来保护自己。"顾耀东说得一脸真诚。

夏继成把鸡腿扔回饭盒里："顾耀东，在你眼里我是不是除了吃烤鸡什么都不会？"

顾耀东不敢回答。他想了想，小心翼翼问道："处长，其实我一直有个问题想问。二处除了我不会用枪，是不是还有……其他人，也不会？"

夏继成"啪"地拍了一下他的警帽："说谁呢？"

顾耀东看着他，不说话，眼神里竟有一丝惺惺相惜的意味。

约定的老时间，夏继成去了鸿丰米店。

老董给了他一张名单："莫干山的事，我已经向组织汇报了。我们拟了一份名单，警委行动队不熟悉莫干山的情况，所以上级决定联络莫干山当地的同志，由他们对名单上的人提供全程保护。"

夏继成看了一遍名单，上面一共有十二个人。都是无党派人士，文化界的领头人，也是反内战运动的中流砥柱。宪兵队和保密局早就盯上了这些人。如果敌人要在莫干山下黑手，这十二个人一定是首当其冲。

夏继成："真的说服不了吗？"

老董："警委一直在和他们接触，但他们还是坚持要到莫干山和内政部对话。"

夏继成将名单还给他："知道了。我想办法在警局里弄清情况。莫干山那边，谁去联络？"

老董："只能是青禾。她熟悉上海和周边几个地方的情况。警委会安排她以跑单帮的身份送一批烟酒和罐头到会场，这样不会有人怀疑。"

夏继成有点不放心："她一个人去？"

老董："对。莫干山那边，会提前安排一名联络员混进会场后勤，青禾把名单交给他就回来，后面的任务由当地同志执行了，她不参与。订货单、货款，我们都会准备好。放心吧。"

夏继成："好。我尽快给她弄到会场通行证。"

夏继成和老董在米店商讨莫干山交流会的同时，王科达和齐升平也在办公室密谋着同一件事。

齐升平："那天警察总署来人，你也听见了，这件事不光总署，整个内政部都盯着。分量不轻啊！"

王科达："听说总署和保密局在打架？"

齐升平："总署长主张'公秘分家'，不想让警察总署成为保密局的外围组织。保密局的地位，已经大不如戴局长时期啦！这次警局主导，保密局协助，是我们替总署露脸的机会，可别演砸了。"

回刑一处后，王科达马上把杨奎叫进了处长办公室，他看起来有些兴奋："顾耀东的事就到此为止了。报社已经作了安排，他那些话见不了天日。这段时间别老盯着他了。"

杨奎："二处又去副局长面前闹了？"

王科达"哼"了一声："现在就算去闹，副局长也没工夫搭理他们。局里有大行动，你要跟我去趟莫干山。"

"是！处长，什么行动啊？"

"内政部要办交流会。上海这边有影响力的作家，还有民盟、报社、各大学校，都会派人参加。我们要负责送他们去，送他们回。"王科达从抽屉里拿了一张名单给杨奎："这是参加大会的人员名单。"

杨奎看了几眼："好些都是前段时间游行请愿的人啊！"

"对啊。就是因为他们有话要讲，所以才请去，大家坐在一起开诚布公地慢慢讲。"

杨奎很不理解："前几天还恨不得见一个抓一个，现在又变成保护他们，这不是打自己脸吗？"

王科达意味深长地说道："保护，那是有条件的。去，要把他们一个不漏地送去。但是哪些人能回，就不一定了。"

杨奎恍然大悟："明白，要看他们的态度。"

"眼睛别总在二处这么个小地方打转，我们的目光，都要放远一点。"

刑二处气氛有些古怪，好几名警员在看了报纸以后，都偷偷瞟着顾耀东。顾耀东一向迟钝，自然毫无察觉。下班时间到了，他背着挎包正要出去，小喇叭拿着报纸从外面进来。

小喇叭："顾耀东？"

"到！"

小喇叭张着嘴半天没把话说出来，最后只说："算了，没事。你回去吧。"

顾耀东："那我先走了。"

小喇叭看他离开了刑二处，叹了口气："那傻子白挨这顿打了。"

于胖子走过来："你说医院的采访？"

"你也看了？"

于胖子朝一屋子人抬了抬下巴，小声说："一见报，都看了。"

小喇叭又叹了口气，没再说什么。

顾耀东回了福安弄。弄堂里没什么人，他一边朝家走，一边琢磨今天练的动作。忽然，一个人影从角落闪出来，举着拳头就朝他扑过来。他条件反射地一个反手擒抱制住对方，这才发现是弄堂里吴太太的儿子，那个游行中遇到的男大学生。

他赶紧松手："对不起！我不知道是你！没弄疼吧？"

大学生瞪着他又气又恨，说不出话来，顾耀东以为他吓着了，还在解释："我前两天刚学的反手擒抱，刚才你冲出来我以为……"

正说着，吴太太跑过来一把将儿子护在背后："你想干什么？"

顾耀东被她吼蒙了，正好耀东母亲和顾悦西从外面买菜回来，一进弄堂就看见顾耀东在和吴家母子说话。

顾悦西高兴地朝他挥手："顾耀东！"

耀东母亲："吴太太也在呀。你今天去逛菜场了没有？茭白和荠菜又涨价了！你看看，上个月买十斤菜的钱，现在就只能买这么一点点啦！"

吴太太狠狠瞪了她一眼，警惕地拉着儿子就走："走，回家去！"

顾家三个人一头雾水。

男学生正是血气方刚的时候，他甩开母亲的手，冲顾耀东大声喊："那天我也在！我亲眼看见是怎么回事，你是在帮他们说谎！"

顾悦西火冒三丈地吼了回去："你们一家人什么毛病呀！上次朝我们家耀东吐口水就没跟你们计较，今天又无缘无故骂人！谁亏欠你们吴家啦？"

吴太太："我们是平头老百姓，惹不起你们这些吃官粮的人！"说罢她使劲拽着儿子离开，男孩被拽走了还回头嚷着："当警察就可以睁眼说瞎话吗？"

吴太太一边拽他一边说："跟这种人讲什么理？搞不好人家直接把你也抓进去！"

两人渐渐走远了，男学生回头朝顾耀东重重地"呸"了一声，骂道："黑皮狗！"

顾悦西气得要冲上去，被顾耀东和母亲拼命拉住，她大声吼着："小兔崽子！你谁说呢！"

顾悦西挣脱二人："真晦气！莫名其妙被人骂一通！走走走，回家去！"

三人经过任伯伯家时，见一群邻居围在门口听收音机。顾邦才也在其中，脸色不大好看。这时，收音机传出顾耀东和医院那名记者的采访对话：

记者："你不用紧张，录音只是为了让大家相信这篇报道不是我杜撰的。顾警官，你只需要实事求是回答就好了。请问，那天在报社门口发生骚乱，是因为有人动手打人了吗？"

顾耀东："是。"

记者："会不会是因为民众情绪失控，所以他们先袭击了警察？"

顾耀东："是。我的胳膊被人用刀划伤了。"

顾耀东愣住了，收音机里的对话似曾相识。声音是真实的，每个字甚至每个词都是真实的，可连在一起却字字句句都不对。

所有人都转头看向顾耀东。

顾邦才不想听了，他关掉了收音机："耀东啊，这个……你说的……"

"爸，我当时不是这么说的。"

一个中年男人情绪激动地把报纸塞给他："那是记者乱讲的吗？报纸上写了，你控诉参加游行的人是暴徒，可吴太太的儿子说是警察先动手打人。我认识的工厂和学校的人都说是警察先打人！你说我们相信谁？"

周围不断有人附和："白纸黑字能作假，录下来的话还能作假吗？"

顾邦才卑微地朝各个方向赔着笑："不会的不会的，年轻人，可能没听明白记者的意思，讲错了话。"

没有人理他。人们一边愤愤然议论着，一边散去。老刘对旁人说道："我看不光政府混蛋，现在的警察也早不是从前的警察了！"

顾悦西刚要还嘴，被父亲使劲往后一拽，只得忍了回去。

顾邦才赔着笑朝邻居们的背影喊道："老刘，晚上来家里喝两杯？"

没有回应。

顾耀东看在眼里，很是心酸。

顾邦才笑呵呵地搓着手："没事了，回家，回家。"

刚一进门，一家人就看到沈青禾拎着行李匆匆下楼。

顾悦西："沈小姐，你这是……"

"我要出一趟远门。"沈青禾将一个信封塞给耀东母亲，"顾太太，我着急走，本来想放在桌上的。这是我这段时间的水费、电费、伙食费。"

耀东母亲："伙食费？我没说过吃饭还要收钱的呀！"

沈青禾："那我也不能白吃白喝呀。这段时间没少吃您做的饭，谢谢你们一家人的照顾。屋里的东西我都收拾好了，放在一个箱子里。万一我不回来了，会有朋友来替我处理这些东西。"

顾耀东愣住了。

顾悦西先开口问道："不回来了是什么意思？"

沈青禾触到顾耀东的眼神，一时有点慌乱，"我是说……万一我去的时间太长，或者……有别的更合适的房子。你们也知道，跑单帮的人总是来来去去，很难稳定下来。"她看了看表，"我得走了，再晚就赶不上长途客车了。顾先生顾太太，悦西姐，顾警官，谢谢你们，我走了。"她最后看了眼顾耀东，拎着行李走了。

屋里只少了一个人，但显得格外别扭和冷清。

顾悦西一屁股坐在椅子上："哎，今天这是什么日子啊，没一件开心事！"

顾耀东像是猛然回过神来，几步冲上楼去。亭子间里收拾得干干净净，一切都恢复到了沈青禾搬进来之前的样子。角落里放了一只箱子，应该就是她的所有私人物件了。

顾悦西和母亲也跟了上来，两人站在亭子间门口，顾悦西小声问她："沈小姐搬走，会不会也是因为采访的事？她想跟耀东划清界限？"

顾耀东转身就跑，没命地往弄堂口追去。

夏继成的车就停在福安弄外的拐角。沈青禾拎着行李走到弄口，再往前走两步就能看见车时，顾耀东忽然从后面追上来一把抓住了她的胳膊。

沈青禾愣住了。

顾耀东喘着气问："你搬走，是不是因为那个采访？"

沈青禾一时没反应过来："什么采访？"

顾耀东急切地说："我真的没有撒谎，我不知道为什么收音机里放出来的对话变成那样了。弄堂里的人误会我不要紧，至少希望你能相信我。"

沈青禾大概明白了怎么回事，也忽然意识到顾耀东正在经历什么。而自己偏偏在他被栽赃被误解的时候离开顾家。

"我相信。"

她不假思索的回答，让顾耀东反而愣住了。

沈青禾苦笑："你在警局被人打得鼻血流了一身，我当然相信了。"

顾耀东松了口气，笑着放开了沈青禾的胳膊。是自己急糊涂了，竟然忘了她是家里唯一知道这个秘密的人。

"那你为什么突然要走？"

"我说了，生意的事。"

"去哪儿？"

"这个你不用知道。"

顾耀东看着她，似乎明白了什么，小声问："'生意'……是不是一个暗号？"

沈青禾惊了一下："你说什么？"

顾耀东鼓起勇气："沈小姐，其实我知道你……上次在电车站附近，我说虽然我们走的路不同，但我们的方向是一样的，我是认真的。如果你需要帮手，能带我一起吗？"

这番话让沈青禾意识到，也许真的到离开顾家的时候了，也许真的不会再回来，就此划清界限，才是最善良的做法。

"顾警官，不好意思，我要走了。"

她拎起行李要走，顾耀东期待地拉住她："最近我学了反手擒抱，每天都在练习！我现在能保护自己，万一你遇到危险，说不定还能帮上忙！"

"我听不懂你在说什么。做生意又不需要反手擒抱，你根本就对我的事一窍不通。"

"让我试一试！做生意我可以学！你做的事情我都可以学！"

"跟我学赚钱吗？顾警官，你是不是误会什么了？我只是想好好跑单帮好好赚钱，将来能过上舒服一点的日子。你想当英雄，我只想过小日子，我们根本就不是一路人！"沈青禾说得很冷漠，很俗气，也很刻意。

夏继成坐在车里，默默听着这一切。

"如果这段时间我让你产生了什么误会，希望我现在解释清楚了，你也不要再胡言乱语给我添麻烦！"

顾耀东拉着沈青禾胳膊的手，终于放下了。

"不要自作聪明，也不要对别人说你这些所谓的猜测。你能明白我的意思吗？"沈青禾直直地看着他的眼睛，这是真心话。

顾耀东："我明白。"这也是真心话。

片刻的沉默。

"亭子间会一直留着等你回来。祝你一路顺利，生意兴隆。"顾耀东朝她挤出一个笑容，转身回去了。沈青禾只觉得心底一阵痛楚，那种潮湿但却流不出泪的痛楚。她咬牙转身出了弄堂，上了夏继成的车。

从福安弄到客车车站的路上，只有沉默。

终于车停在了车站外。

"货平安送到了，就给老董打个电话。"夏继成交给沈青禾一本证件，"这是会场的通行证，大会期间，可以用它进出会场。"接着是一张许可证，"这是放在卡车上的进山许可证。警局在山脚设了关卡，许可证只能管两天。到期之后你就不能再进山了。"

沈青禾将两样东西收进坤包："知道了。"

夏继成从后视镜看着她，语气有些冷："青禾，你应该知道，不管有没有顾耀东，我都会离开上海吧？"

沈青禾也从后视镜中看着他的眼睛："你想说什么？"

"组织对顾耀东的考察，很快会有结果。从莫干山回来之后，希望你也能给我一个答案。如果真的觉得他不合适，我会让他死心的。"

沈青禾明白了，他听到了刚刚在弄口的谈话："其实有时候，我宁愿他是个浑浑噩噩的笨蛋，或者哪怕是个混蛋，我都不用这么纠结。"这话像是解释给夏继成听的，又像是自言自语说给自己的。

夏继成下了车，沈青禾也跟着下了车。他将行李拎下来，交到她手中。

"一路顺利。"

沈青禾拎上行李，隐没在客车站的人来人往中。

咖啡馆里弥漫着香气和若有若无的音乐声。丁放独自窝在角落里喝咖啡、写稿。一个男人忽然唐突地坐到她面前。

丁放抬头一看，顿时有些恼火："你怎么又来了？"

男人脸上堆着笑："丁小姐，你不答应参加莫干山交流会，我回秘书处交不了差啊！"作为上海市政府秘书处的第一秘书，他已经低声下气请了丁放好几次，次次都碰一鼻子灰。被政府邀请参加大会，是多少作家求之不得的机会，这女人竟然还装清高。

"实在抱歉，我对贵党操办的活动没有一丝兴趣。我是无党派人士，不过写点风月小说而已，为什么非得让我去参加那种大会呢？"

"这不是政治大会，主旨还是交流学术。您现在是上海文坛最受欢迎的年轻作家，您要是不去，那就显示不出这个大会兼容并包啊！"

丁放将钢笔插回笔帽，收拾稿件："不好意思，这招对我不管用。你要是再缠着我，我就去警局告你骚扰了！"她把钱放在桌上，抱着东西起身就走了。

男秘书追到门口拦住她："内政部专门从南京派人来上海落实名单，李次长再三叮嘱一定要邀请您参加。毕竟您是年轻作家的代表，又在学生里很有号召力，不出席太说不过去了。"

"我只写自己喜欢的东西，去我想去的地方。这有什么说不过去？"

"大会还设了各种奖项，你是很有希望拿奖的！"

"哦，那就把希望留给别人吧。"丁放绕开他想走，但男人今天铁了心要把秘书处交代的事情办成了。他拉着丁放不依不饶，游说渐渐变成了纠缠。

顾耀东无精打采地进了刑二处。夏继成随后进来，看了他几眼，装作若无其事地泡茶。

小喇叭和于胖子一看就知道怎么回事，二人好心地围到顾耀东身边，小喇叭说："他们在磁带上动手脚，把自己撇得干干净净。你是被他们当枪使了。"

于胖子赶紧附和："这回认栽吧，下次长个教训，你是不可能斗得过杨队长的。"

小喇叭："没关系，我们家耀东还是太年轻，受点委屈，以后慢慢就好了。"

一群人七嘴八舌，夏继成的眼睛一直没离开顾耀东。

顾耀东："李队长，今天有任务吗？"

李队长："没有。"

顾耀东"哦"了一声，回头看着一屋子无所事事的二处警员，此刻他比任何时候都渴望能有人塞给他一堆事情。

"李队长。"夏继成开了口。

李队长赶紧放下正在织的毛衣："在！"

"昨天去澡堂，里面乱糟糟的。负责打扫的人呢？"

"听说管澡堂的人生病了。"

"哦……顾耀东。"夏继成转向顾耀东。

顾耀东立刻起立。

"我看二处这么多人就你一个人闲着。人闲久了容易出毛病，去干点体力活吧，出出汗，振奋振奋！"

所有人同情地看向顾耀东。

赵志勇出外勤回来，刚到警局大楼门口，就看见丁放远远地走了过来。他赶紧整理衣领和帽子，挺胸收腹地走过去："丁小姐。"

丁放看着他，一脸茫然，显然她并不记得他。

赵志勇有些尴尬，"我是赵志勇，刑警二处的警员。"见丁放还是一脸不认识的样子，只好又补了一句，"顾耀东的朋友。"

丁放这才想起来："哦，赵警官。我来报警。"

赵志勇："出什么事了？我马上帮你立案！"

丁放淡淡地说："顾警官在吗？我想找他。"

赵志勇怔了怔才反应过来。也是，丁放这样的女孩，有才华有名气人又漂亮，怎么可能记得住自己？这太正常了。他很快就安抚好了自己的情绪，依然热情地说："我这就带你去。"

赵志勇领着丁放去了刑二处，丁放等在门口，赵志勇进去没看见顾耀东，便问小喇叭："顾耀东呢？"

"处长让他刷澡堂子。"小喇叭看见了门口的丁放，"他那个红颜知己又来啦？"

赵志勇有些不是滋味："他们不是那种关系。丁作家是来报案的。"

他又领着丁放去了澡堂。门开着，杨奎和几名刑一处警员围在门口看笑话。两人走到人群后面，朝澡堂里一望，只见顾耀东挽着袖子和裤腿，正在卖力地洗刷澡堂地板。

一名刑一处警员大声问道："顾警官，夏处长怎么发配你来刷澡堂子了？"

顾耀东没说话，几个刑一处的人倒是回答得很积极："怪可怜的。干脆带他一块儿去莫干山帮我们打打杂吧！"

杨奎冷哼一声："莫干山的会是内政部主办，有的是打杂的下人，他去了连刷澡堂子都排不上号。"

赵志勇听得尴尬，小声说道："丁小姐，其实刑二处还有别的警员，也不一定非得找顾耀东……"话没说完，丁放转身就走了。

她从警局大楼一出来，男秘书果然立马现身，笑脸相迎地杵在了她面前："丁小姐，你再考虑考虑？"

"你说你是什么处的？"

男秘书很是自豪："上海市政府秘书处。给您发邀请函的是国民政府行政院内政部。"

丁放第一次正眼看他了："哦，这么说如果我提要求，你们有能力满足了？"

男秘书立刻来了精神："当然当然！一定满足！"

"要我去莫干山可以，但我确实有个条件。"

12

齐升平在办公室接了一个匪夷所思的电话，是局长亲自打来的。一名女作家要去莫干山参加文化交流会，要求警局给她提供一个贴身警卫。但是警局指定的人还不行，还得她自己来选。选美吗？就是上海滩最当红的女明星也不敢如此作天作地！

挂断电话，他对夏继成和王科达说道："为了一个小作家，市长秘书的电话都打到局长办公室去了。"

王科达："什么作家？"

齐升平："姓丁，笔名叫东篱君。"

王科达："没听说过啊。夏处长，你听说过吗？"

夏继成笑着说："女明星倒是能叫出几个名字，作家，不关心。"

齐升平言语间透着轻蔑："最近两年红透上海文坛的新人，很受大学生追捧，所以上了内政部的首席名单。"

王科达小声问道："亲共的？"

齐升平："不，这个人恰好没有党派色彩。上面的意思是，多几个这样的中立作家，才能营造开明的氛围，讨论学术，讨论时势，总之别让人嗅到味道。共党的鼻子，比狗还灵敏。"

王科达："警卫有的是，她想指定什么人？"

齐升平哼哼冷笑两声："电话里说，要面谈。"

王科达："架子也太大了，难道还要我把刑一处的人全部叫来，站成一排，让她挨个选？"

"不麻烦还能叫女人吗？走吧，去会一会这位东篱君。"齐升平起身朝外面走去。堂堂一个警察总局的副局长，仿佛变成了一个三流女作家鞍前马后的保镖。这件事不仅无聊透顶，还让人窝火。

丁放和市政府秘书处的第一秘书已经等在警局会客室。很快，齐升平带着夏继成和王科达进来了。夏继成发现丁放一直看着自己，他望过去，丁放没有回避，眼神里还带着轻蔑。夏继成有些纳闷，他并没有见过这个年轻女孩，自然也不应该得罪过她。

齐升平："局长刚刚在电话关照过了。不知道丁小姐对警卫有什么要求？"他看面前这女人不过二十岁出头，模样倒确实标致，便估摸着又是哪位官员的红颜知己，才敢嚣张到来警局指手画脚。

丁放："要求不多，只需要他能尽心尽力保护好我的安全。"

王科达："这好办。刑一处这么多警员，我挑一个身手不错、经验丰富的，一定保护好您的人身安全。"

"您误会我的意思了。其实不需要身手多好，也不需要经验有多丰富。但一定要正直，有责任心。"说这话时，她又看了夏继成一眼，"我见过一个小警察。他很聪明，诚实，做事不昧良心，有路见不平、拔刀相助的热血，也有权衡利弊之后敢于坚持正义的勇气。"

齐升平和王科达听得云里雾里，但是夏继成一瞬间明白了。

王科达听不懂文绉绉的话，小声问道："什么意思？"

夏继成不动声色："作家，可能在说某本小说里的人物吧。"

齐副局长："丁小姐，我实在猜不破你这道哑谜。"

丁放："这个小警察就在这里。只不过我一时想不起他的名字。"

王科达说得很自豪："我们一处有的是这样的人啊！"

"不，他在刑警二处。"她转头看着夏继成。

夏继成继续装傻："是吗？二处有这样的人？我怎么不知道？"

丁放："大概是夏处长没有慧眼认出这颗明珠吧。"

顾耀东擦完了澡堂，感觉还不够，于是回刑二处又主动里里外外擦起来。他正大汗淋漓蹲在地上擦地，刑二处的人忽然齐刷刷地站起来。

顾耀东回头望去，丁放已经走到了他面前，朝他一伸手："好久不见了。"顾耀东赶紧把手在背后蹭干净，不知所措地和她握了手。跟在后面看见这一幕的齐升平和王科达目瞪口呆。

"你说的就是他？"齐升平脱口而出。警局里最臭最硬的咸鱼，什么时候成了百里挑一的英雄？他又难以置信地问了第二遍："丁小姐，你确定是这个人？"

丁放："对。我确定。"

夏继成："他叫顾耀东，来警局时间不长。让他保护，我怕出差错啊！"

丁放："处长大人觉得他只配刷澡堂、擦地，可我觉得他比任何人都可靠。"

夏继成不说话了，一脸受了揶揄的悻悻，心里比谁都高兴。

小喇叭小声对于胖子说："哦哟哟，这回不是惹麻烦，是董永遇上七仙女啦！"赵志勇在一旁听着，心里越发不是滋味。

王科达："丁小姐，您可能不太了解顾警官。您说您从我们总局千挑万选了一个贴身警卫，万一出了什么差错，我们丢不起这个脸，更担不起这个责任啊。"他示意门口的杨奎过来："这是我们刑一处的行动队长，杨奎。您是内政部的贵客，我破一次例，让他亲自担任您的私人警卫，您看怎么样？"

丁放看了一眼杨奎，杨奎一脸牛哄哄的样子。她面无表情转头问秘书："内政部是不是答应过一切由我决定？"

"是这样。内政部和市政府秘书处都承诺了，您的要求一定满足。"

"那我的要求就一个，必须由顾警官担任我的私人警卫。如果办不到，谁也别想让我去莫干山。"

说罢丁放头也不回地走了。所有人都被晾在了那里，尤其是杨奎，杵在那里就像个笑话。

丁放离开后，顾耀东一直不知所措地坐着，他被二处警员围了一圈，像看稀奇动物一样围观着。

"顾耀东，你到底什么来头？"

"你是不是认识什么大人物？"

顾耀东很老实地摇头："我从小在福安弄长大，认识最大的人物就是处长。"

"那就只能是七仙女看上了董永。"

大家又开始起哄了。赵志勇在一旁恹恹地站着，忍不住解释道："他们不是那种关系。耀东救过丁小姐，那天丁小姐看见他被一处的人欺负，想替他出口气而已。"顾耀东感激地看向他，赵志勇朝他笑了笑，但是笑得有些别扭。

小喇叭："又不是救命之恩，报恩需要这么大动静吗？我敢肯定她看上顾耀东了！"

一群人叽叽喳喳，几乎轮不到顾耀东说话。夏继成坐在自己的座位上，看着一群人戏谑顾耀东，不禁笑了起来。

小喇叭喊着："处长，您说我们说得对吗？"

"对。这就叫缘分天注定。"夏继成似乎心情不错，居然也有兴致开这种婆婆妈妈的玩笑。

顾耀东："处长，我不想去莫干山，我想留在二处跟大家一起。"

夏继成很干脆地回绝了："不可能。赶紧回去收行李吧。"

这天下班，赵志勇主动邀请顾耀东去他家里的小面摊吃面。

赵志勇家也在弄堂里。一条和福安弄差不多大小的弄堂，只是不似福安弄敞亮干净。弄堂上空凌乱地晒着衣裳，遮住了阳光，地上随处可见污水和菜叶，那些看不见的角落更是乌糟糟的，整日散发着难闻的气味，但住在这里的人们早已经习惯了。

赵志勇和母亲住在这其中的一户。不过和顾家有自己的房子不同，他们只是租住了其中一户人家的两间房子。赵志勇十岁时跟着父母从老家淮安来上海，从那时候起他们就住在这里，一住十多年，赵母的小面摊也开了十多年。

面摊就在弄口的路边。一张布顶棚，六七张带着油污的木桌子，十来根长条凳，炉火一生起来，这再简陋不过的小面摊就可以经营了。这会儿正是吃晚饭的时候，面摊坐了两三桌客人。大锅里的水翻滚着，冒着浓浓白气，虽然简陋，倒也满是平实的幸福感。

顾耀东和赵志勇找了张空桌坐下。赵母给二人各端来一碗热腾腾的面条，上面撒着青翠的小葱。她穿了一身粗布衣裳，腰前系着很旧的围裙，和耀东母亲一样一看便是勤劳且暖心的女人，所以顾耀东看她格外有亲切感。

赵母："顾警官，听我们家志勇说你是他在警局最好的朋友。"

顾耀东赶紧起立，就差没敬礼了："伯母好！其实是赵警官在警局特别照顾我。"

这不合时宜的举动让周围吃面的人纷纷侧目，赵志勇慌忙把他按下坐着："快坐下坐下！别吓着别人！"

赵母笑着："宽汤重香头，面里加了一个鸡蛋。也不知道合不合你胃口。"

顾耀东还是很正式："合胃口！谢谢伯母！"

赵志勇小声说道："那是我妈，不是长官。不用这么说话。"

"是……谢谢伯母……"

"不够我再给你煮，想吃多少都有。"赵母笑盈盈地继续去张罗生意了。

赵志勇："早就想带你来了。吃吧。"

顾耀东用筷子一挑，汤里果然藏了个鸡蛋："闻着很香啊！"

"那当然，汤是骨头汤，葱油是用我们淮安老家的方法熬的。这个味道，别的地方吃不到的。"

顾耀东已经在埋头狼吞虎咽。赵志勇没动口，他心不在焉地挑着碗里的面，瞟着顾耀东，犹豫半天才开了口："耀东，你一个人去莫干山，有点无聊吧？"

顾耀东包着一嘴面含混地说："我想留下来，处长不同意。"

赵志勇："不去也不合适，丁小姐那么信任你……反正二处也不忙，我倒是愿意陪你去。"

顾耀东一听很高兴："处长能答应吗？"

"你就说你没经验,让我跟着一块儿,万一真有什么事还能帮上忙。他应该会答应的。"

"那我明天一早就跟处长申请!赵警官,谢谢你这么照顾我。"

"不用这么客气。说多少遍了,叫我志勇就行。先吃面!吃面!"赵志勇这会儿比顾耀东心情还好,看顾耀东大口吃面,他也埋头大口大口吃起来,边吃边笑呵呵的。

第二天一早,顾耀东拎着行李出门,看了眼亭子间。门关着,也不知道以后还会不会再打开。沈青禾走后,父母和姐姐问过他们之间的事,顾耀东只说什么事都没有,他和沈青禾其实可能连朋友都算不上。

警察局大楼外停了三辆客运货车,受邀参加大会的作家、文人正陆续上车。旁边还停了一排刑一处的警车,以及一辆王科达的黑色轿车。警员们也在集合,准备出发。

丁放是坐专车来的,她不想被人看见,特意让司机把车停在远处,然后才下了车。她难得地精心打扮了一番,戴了系着蝴蝶结飘带的白色遮阳帽,一身造型简洁的矢车菊蓝洋裙,白色低跟小皮鞋,看上去更像是去郊游的。

保镖帮她拎着行李:"丁小姐,我送你过去。"

"我自己拿就行了。谢谢。"

"先生交代……"

"我不喜欢你们碰我的东西。"

保镖被她瞪得乖乖放手,丁放自己拎起行李:"警察局给我安排了私人警卫,他会二十四小时贴身保护我。麻烦回去转告你们的老板,我在莫干山会玩得很愉快。"说罢,她头也不回地朝停客车的地方去了。

顾耀东见丁放来了,刚要伸手去帮她拎行李,赵志勇忽然冲了出来,一把拎了过去:"我来!"

顾耀东很高兴:"处长同意你去了?"

"同意了!"

好好的莫干山二人行，忽然凭空多出一个赵志勇，丁放顿时有股无名火，扭头就上了货车。赵志勇赶紧拎着行李跟了上去。

临到出发前，夏继成也来了。看起来像是不太放心丁作家的警卫工作，怕两名手下丢脸，站在客车旁跟顾耀东叮嘱了几句。最后他帮顾耀东扶正了警帽："莫干山山清水秀，是个好地方。"

顾耀东一个立正："处长，我是去执行任务，绝不会游山玩水，玩忽职守。"

"我知道。"看他一脸认真的样子，夏继成就知道他听不懂自己在说什么，"顾警官，不管这一趟遇到什么事，希望你能有所收获。从莫干山回来，或许就会是一个新的开始了。"

车队启动了。顾耀东坐在窗边，挥手和夏继成告别。夏继成朝他笑了笑，转身离开了。以前以为是自己在努力把两条平行线拉到一起，现在明白了，有些事情是命中注定的，两条原本就不平行的线，迟早会交会在一起。

一路上，赵志勇一直喋喋不休地找顾耀东说话。丁放就坐在两个人中间，想不听都不行。

"你还没来警局的时候，我们刑二处有一次执行任务，一个抢劫犯劫持人质，一直僵持，关键时候全靠我当机立断！啪！"他做了个拿起电话的姿势，看起来像开枪。

顾耀东惊呼："开了一枪？"

"不是，打了个电话！街上不是有巡逻专用的电话吗？幸亏我当机立断打电话叫人，这才成功解救了人质。你不知道专用电话？"

顾耀东有些不好意思："知道，但是还没用过。"

"下次我教你，很简单的。还有一次，我们押运犯人去提篮桥监狱，路上突然车胎就爆了！"说话的时候，赵志勇眼睛看着顾耀东，但话全是说给丁放听的。丁放很反感他的小心思，对这些添油加醋的警匪故事也没有丝毫兴趣。顾耀东倒是很捧场，听得聚精会神。

"当时大家都怀疑有人动了手脚，要劫囚车！关键时候全靠我动作麻利地换了轮胎！这才第一时间脱离困境。你会换轮胎吗？"

顾耀东更加不好意思了："不会，我连开车都不会。"

"哦，那一定得学。这是救命的技能。以后我慢慢教你。"

"那你会用枪吗？"

"当然会啊！我是正规警察学校出身，受过专业训练的！"

于是顾耀东很高兴地对丁放说："丁小姐，你看，赵警官真的很有经验，有他在你就不用担心安全问题了！"

丁放冷着脸："我是不是妨碍你们聊天了？要不我和你换个位子，你们可以从上海一直聊到莫干山。"顾耀东和赵志勇终于闭嘴了。丁放取下白色遮阳帽把脸一遮，闷头睡觉。

从上海出发，繁华都市在车窗外渐渐远去。大约六七个钟头的光景，车队进了浙江湖州德清县。路开始变崎岖，车沿着山路蜿蜒而上。一车人在晃晃荡荡中沉沉睡去了。

遥远的空中隐约传来几声枪声，山间宿鸟惊得哗啦啦飞起来一大片。

顾耀东睡得不沉，睁开眼，窗外已是满眼青翠。两侧尽是茂密硕大的毛竹和修竹，起起伏伏，静谧幽香。山间鸣泉飞瀑，鸟歌蝉和，俨然驶入了另一个世界。

他转头看去，一车人都睡得正香，丁放靠在他肩上睡着了，赵志勇也睡得七歪八倒。他想挪开，但稍微一动，丁放就像是要被吵醒。他犹豫了下没有再动，笔直地坐着望向窗外。

同时听到枪声的还有沈青禾。

沈青禾前一天就到了莫干山。十分钟之前，她正开着卡车去会场送货。湖州地下党已经提前安插了一名交通员在会场，假装是清洁工。沈青禾以送货名义进入会场后，会和对方接头，递交名单，然后她便可以返回上海了。

交流大会的会场，就在半山的别墅区。入口处是高大气派的黑色镂花铁门，两侧有警卫站岗。几名工作人员正在门上悬挂"莫干山文化交流会"的横幅，门两侧放着花篮，挂着鞭炮。从铁门进去，便是一片依山而建的别墅群。数百栋模仿各个国家风格而建的别墅星罗棋布散落山间，高低错落，或对山相望，或左右为邻，或上下而立，掩映在竹海之中。

离入口最近的一栋巴洛克风格的别墅，是内政部选定的会场主楼。礼堂以及办公室、餐厅都在此楼之中。楼内是甜到发腻的洛可可风格的装修，十来名工作人员还在极尽繁复地堆砌着装饰。

有夏继成提供的许可证和通行证，青禾一路都很顺利。就在她将卡车停在会场的仓库门口准备她下车时，那几声枪声从远处传来了。然而几乎是同时，门口的鞭炮开始噼啪作响。原来是会场工作人员担心鞭炮受潮，正在测试。沈青禾带着自己是不是听错了的疑惑，下车朝花园的凉亭走去。

这是她和交通员约定的接头地点。沈青禾看了眼手表，两点整。时间已经到了。她从坤包内拿出小说，随手翻看着。一直等到两点十五分，对方还是没有现身。按照纪律她不能再等了。沈青禾隐隐有些忧虑，她合上小说，起身朝主楼走去。

走廊里，两个像是清洁工的男人正在用抹布清理地板。旁边还有一个男人凑在木墙裙前仔细看着，像是在找什么东西，过了片刻他喊道："这儿还有！"擦地的男人赶紧过来，看了两眼，用手指戳着抹布，使劲擦着缝隙里的脏污。

沈青禾觉得有些奇怪，这打扫卫生的精细程度都快赶上医院手术室了。从旁边经过时，她留意多看了两眼。清洗抹布的水桶里，水有些发红。她心里更多了几分疑窦。

沈青禾在办公室把送货单给了陈经理，装作随意地说道："陈经理，你们打扫得真够仔细啊，连墙裙缝和地板缝都挨个擦。"

对方倒是很得意："政府办的大会，能不仔细点吗？"

沈青禾想着似乎也有几分道理，只好暂时放下心来。陈经理叫来仓库管理员老金卸了货，东西入了库，沈青禾便开着卡车离开了会场。

回到落脚的客栈后，沈青禾往鸿丰米店打了个电话："董老板，我是沈青禾。你跟我订的茶叶可能要晚两天才能送来了。我现在人还在莫干山……也没什么大事。我来送货，本来还跟一个当地人订了山货，想拉回上海去卖，结果约好的时间那个人没来。我只能明天再去看看。"

老董明白，她的第一次接头失败了："哦。我也不能等太久。跟你订的茶叶，是用来给朋友祝寿的，晚了我就只能空手去啦！"

沈青禾："我知道，这次真是不好意思呀。最迟明天，再见不到他，我就返回上海。"

按照纪律，如果两次接头失败，并且没有接到新的指令，她是必须返回的。沈青禾挂了电话，笑着给客栈老板付了电话钱，回了房间。

老董当即联系了湖州地下党的负责人，得到的回复是暂时没有发现异常，静待第二次接头。老董隐隐有些不好的预感。

从莫干山别墅群一路往后山走，有一处不大的瀑布，下面是一汪翡翠绿色的潭水。湖州保密局行动队的蔡队长正带着两名手下站在崖边，焦躁地朝下面张望。潭水上泛着涟漪，在一圈圈涟漪的圆心位置，慢慢地，一股猩红的血水泛了上来。

蔡队长泄了气，瞪着拿枪的手下训斥道："说了不能开枪！这下好了！死了！"

冰凉的湖水里，一具尸体正在渐渐下沉。他是湖州地下党二组交通员吕明，三天前以清洁工的身份潜伏在会场，原本今天下午两点他是要和沈青禾接头的，但是没想到他暴露了。

主楼里的三名保密局特务已经将吕明搏斗时留在墙裙上的血迹抹去了，地板上残留的血渍也擦得干干净净。一名特务拎着水桶去了院子，哗啦一下将泛红的水泼到一棵树下。太阳烤着，水很快就干了。于是，关于湖底那具尸体的一切痕迹也仿佛都消失了。

太阳开始落山时，上海来的车队鱼贯而入，停在了别墅区的空地上。文人们陆续下车，赵志勇也拎着行李，和顾耀东、丁放一起下来了。

王科达刚停车，一名保密局的人就匆匆过来，低声耳语了几句。王科达神色有些不对，带着杨奎快步进了会场的主楼。主楼的一间套房被布置成了指挥室。这次莫干山行动由上海警察局主导，保密局湖州站为辅助，所以王科达便是整个行动的最高指挥官。湖州站派了一支行动队提前到会场，进行肃清和安保工作，没想到出了岔子。

王科达带着杨奎进来，蔡队长赶紧起身敬礼："王处长，我是保密局湖州站行动队队长蔡强。"

"怎么回事？"王科达没心情和他寒暄。

"在会场内发现一名共党，对方逃到后山，被我们击毙了。"

"身份查明了吗？还有没有同党？"

"他以前在湖州活动过，是个交通员。我们有队员认出他了。其他没有查到。"

王科达很是恼火："他混进会场来干什么？跟谁联络？什么都没查到怎么就打死了呢？"

"他反抗得太厉害，还打伤了我的人。"

"尸体怎么处理的？"

蔡队长支吾起来："尸体……我已经派人搜了，还没找到。他在水潭里中的枪，应该是死了。"

原本还顾忌着保密局的脸面，王科达不好发作，这下忍无可忍："你们地方保密局办事怎么能这么粗糙？'应该''可能''估计'这种词就是废话。杨队长，你派人去搜！活要见人死要见尸。从现在开始，这里就由我们警局接手了。"

从房间出来时，王科达脸上看不出任何异样。内政部的人殷勤地给文人们安排住处，王科达则一副恪尽职守的样子，集合人马，利落地分配着巡逻和站岗的任务。一切看上去都井然有序，气氛也很平和，文人们自然没有任何起疑。

丁放被分配到半山的一栋别墅，从弯弯曲曲的栈道上去，便能看见那栋掩映在竹林里的法式小楼。顾耀东作为她的私人警卫，和赵志勇一起被指派到丁放门口站岗。夜里，赵志勇站了一会儿就困了，于是他和顾耀东约定，下半夜他来接替顾耀东，便回去睡觉了。可顾耀东一直守到连虫鸟都没声了也没看到赵志勇的影子。他和赵志勇住同一间房子，回去看了一眼，见赵志勇鼾声四起便又到丁放门口站岗去了。

大概到了八点，丁放的门口已经候了一群男男女女的青年作家。赵志勇在旁边打着哈欠，似乎还没睡够。

一名女作家问道："警官，我们能进去跟丁小姐说两句话吗？"

顾耀东："她很快会出来，大家还是耐心再等等吧。"

另一名女作家小声问："是不是因为我们这些小作家没有名气，所以丁小姐不想见我们啊？"

顾耀东："她可能刚起床，还不太方便。"

礼堂门口鞭炮声喧嚣，作家文人们陆续入场，礼堂里已经坐了不少人，气氛很火热。顾耀东看了一眼手表，也有些纳闷。

其实丁放早就醒了，她蒙头裹在被子里，一想到要和一大群陌生人在礼堂里坐一整天，不得不客套寒暄，不得不听内政部那些官员满嘴虚情假意的废话，她就不想起床。像只肉虫一样在床上滚来扭去赖了半天，最终还是只能咬咬牙，把大大的框架眼镜往脸上一戴，下了床。她懒得施粉黛，只把睡衣换成了一条简单的素色裙子，梳了梳头发，草草了事。

一开门，丁放就看见杵在门中间当门神的顾耀东被人群挤开。

一名青年女作家激动地说："丁作家您好！我是《新青年》杂志的专栏作家。我很早就是您的书迷，他们大家都是这样！我们今晚想邀请您参加青年作家聚会。"

丁放很冷淡："我比较喜欢安静，真的不习惯这样的场合。"说罢她朝礼堂走去，众青年作家连忙跟上，纠缠在她左右。顾耀东和赵志勇被甩在了最后。

赵志勇："这些人也真是，不嫌打扰人家。"

顾耀东觉得奇怪："她来交流会，不是因为喜欢和大家交流文学？"

"你是不是傻子？"

顾耀东一脸听不懂的样子。

"她根本就不想来。内政部打电话，市政府秘书处亲自出面，都没能请动她。就是因为那天看见你被处长发配去刷澡堂，又被一处的人欺负，她想替你出口气，所以才答应来莫干山，而且还是当着那么多人的面，点名要你做私人警卫！你说你那天多有面子！警局不知道有多少人心里羡慕得要死！"

顾耀东望着被一群人纠缠的丁放的背影，心情有点复杂。

礼堂里，正在举行莫干山文化交流会的第一场座谈。主席台上坐着一排内政部官员，一名秘书。下面坐了百来名文人作家。会场两侧均有刑一处警察站岗。王科达和杨奎坐在最后一排，顾耀东则和赵志勇陪着丁放坐在窗边。

大会气氛并不算平和。有人只是倾听，有人秉持中立两边安抚，但更多的人是在为无数遭受迫害的反内战人士发声。

一名文人起身问道："既然这次大会由内政部主办，我想必然不是只为了讨论学术。我们是不是可以畅所欲言？"

台上的内政部官员假惺惺地笑道："当然。各位都是文化界的代表，学术也好，时政也好，举办这场交流会，就是为了让政府和诸位坐在一起，公开、公平地讨论问题嘛！"

"那我代表民盟问一问，为什么我们主办的《民主周刊》要被停办？我们讨论经济、教育、文艺，就因为讨论了民主自由，就要被禁言？"

另一名身材魁梧的文人站了起来："我是《联合晚报》主编洪天一，我也要代表报社要个说法，我们要求政府恢复报社发表反内战宣言的权利，为什么要派人驱散我们的合法集会？为什么要殴打逮捕报社员工和请愿人群？"

会场有些骚动。坐在主席台上的秘书埋头写着什么，看起来态度很是认真。和顾耀东一样，所有人都以为他是在做发言记录，其实笔记本里放了一张参会人员的名单，但凡有人言辞激烈，他就会用笔在对方名字上画个圈。洪天一说完后，秘书就笑盈盈地将他的名字圈了起来。

一名约莫六十岁左右，白发长须的老人缓缓起身："居庙堂之高，理应忧其民。抗战好不容易胜利了，为什么政府还要让人民承受一场不光荣的战争？老夫邵白尘，不求闻达，也绝非激进之人，如今站在这里，实在是因为人民被逼迫到死亡线上挣扎，要想生活下去也不可得了！"

邵白尘的发言得到一片响应，秘书看着他笑了笑，埋头在名单的"邵白尘"上画了个圈。

"既然敢来参加这个大会，我们就敢表态。本人闻少群，诚恳希望诸位团结一致，在爱国公民之立场上，在法律之限度内，继续为我国之和平、统一、民主而努力奋斗！"礼堂里响起热烈掌声，于是名单上的"闻少群"也被画了个圈。

顾耀东听得一脸神往，竟然情不自禁地也鼓起掌来。王科达坐在后排，不满地看了他一眼。顾耀东并没有察觉，他心潮澎湃地转头想跟赵志勇和丁放说点什么，却看见赵志勇正在打哈欠，而丁放面无表情地转头望向了窗外。外面阳光正好，有树有花。顾耀东看她一脸神往的样子，明白了她是真的很不想留在这个地方。

大会散场了，赵志勇一溜烟儿去了餐厅，想提前给丁放和顾耀东占个好位置。丁放起身要离开，两个人追上来，递上请愿书："丁作家，这是文化界的反内战请愿书。现在已经有八十多人签了名，希望你也能支持！"

丁放看起来很为难："让我再考虑考虑吧。"

"百姓水深火热，那些官员却在大发国难财！难道不应该站出来说句话吗？"

丁放似乎有什么难言之隐，变得慌乱起来："我只是……我来莫干山只是为了文学，不想参与政治。"

"这不是政治，是国家的未来！丁小姐……"

顾耀东忽然开口说道："先生，要不午餐之后，我们再决定吧。"丁放转头看着他，眼里满是感激。

顾耀东陪着丁放朝餐厅走去。丁放看起来闷闷不乐，脚步也很迟疑。顾耀东在一旁偷偷看着她，犹豫着什么。

餐厅里的铜质吊灯华丽丽地亮着。一张张大圆桌上铺着光洁的白色桌布，摆着各色佳肴。端着香槟酒的服务生穿梭其间，穿着礼服的美丽小姐在弹钢琴。鲜花美酒佳人，一切都优雅而美好。

赵志勇等在餐厅门口，伸长了脖子张望着。远远望见二人，他赶紧兴冲冲地挥手大喊："这边！快来！我找了个好位置。"一旁的几名年轻作家也看到了丁放，其中一人喊道："丁作家来了！"一呼百应，眼看着他们拥了过来，丁放下意识地往后退了两步。

正要硬着头皮往前走，顾耀东忽然一把拉住了她的手臂。丁放诧异地转头看他。顾耀东小声说道："跟我走。"他拉着丁放折返方向，逆着前来吃午餐的人流，朝外跑去。

赵志勇望着二人越走越远，在后面使劲挥手："哎！这边！反了！你们去哪儿啊——"

丁放被顾耀东拉着手臂穿梭在人流中，望着他穿着制服的硬朗肩膀，从诧异渐渐变成了一丝甜蜜。

二人冲出那栋华丽丽的巴洛克风格的主楼，沿着蜿蜒起伏的林间小路一路朝前跑着，跑过了停车的空地，跑出了黑色镂花的铁门，一直跑到看不见人影的路上，这才停下脚步。顾耀东跑得帽子歪了，丁放跑得眼镜都滑到鼻尖上了，两人一边大口大口喘着气，一边看着对方笑出了声。

离别墅区不远的地方，是一座半山小镇。镇上有客栈，有市集，人来人往还算热闹。镇口停了几辆货车，司机们聚在一起玩牌。这里常有外来的生意人倒卖茶叶和山货，他们做的便是替人拉货下山的生意。

离镇口不远的地方，有一家简陋的面摊。头发花白的老板靠在竹椅上悠闲地摇着扇子，锅里冒着热气。

顾耀东和丁放走了过来。

顾耀东："老板，有面吗？"

老板："只有咸菜面。"

顾耀东看了看面摊简陋的样子，再想想餐厅里的珍馐佳肴，顿觉拉着丁放来这里吃饭实在有些过意不去，于是小声问道："要不再去别的……"

话音未落，只见丁放两眼放光："你有钱吗？"

"有一点。"

"请我吃面吧！"不等顾耀东回答，她就兴冲冲地转头对老板说："两碗咸菜面！"

老板这才慢腾腾起身，抓两把面条下锅，然后备了两只碗，各舀一块猪油，一勺咸菜，浇一勺热汤，最后从锅里把滑溜爽利的面条捞出来，放进碗里。

两碗热腾腾的咸菜面端到了二人面前。

丁放将披肩长发别到耳后，斯斯文文地吃了几小口。然后她偷偷看了眼顾耀东，问道："午餐那么多好吃的，你干吗拉我出来？"

顾耀东傻笑着，"我不太习惯那种场合，太正式了，反而吃不饱肚子。"他忽然反应过来，赶紧说，"如果你吃不惯这个……"

丁放也赶紧说："吃得惯！我喜欢吃咸菜面！"慌得好像生怕谁会没收她的面似的。

顾耀东笑了笑，刺溜刺溜吃了几大口："味道不错啊！"

看顾耀东吃得狼吞虎咽，丁放干脆也豁出去放开了吃。顾耀东偷偷看她，见她吃得鼻尖沾着油，彻底忘了形，这才发自内心地开心地笑了。一碗热面条下肚，两人都心满意足。

后山脚下有一片湖水。午后，水雾已经散去，天空变得明快而晴朗。阳光照在蓝绿色的湖面上，微风一吹，便闪起碎金的光，连湖边的礁石水草也统统蒙上了一层如梦似幻的光晕。丁放就站在那里望着光晕里的顾耀东。他有硬朗的下颌角，鼻子有微微上翘的弧线，不笑时很好看，笑起来时，会让人忘记他好不好看。

在这个美好得不真实的地方，丁放却真真切切感受到"东篱君"三个字不仅仅是她给自己造的梦。至少在这一刻，她是天真烂漫、放浪形骸的忘形人。

顾耀东捡了个小石片，打了个水漂，心想着起码也能连跳个四五下，然而"一"还没数出口，石片就直直地沉了下去。

丁放大声说："水平还不如我呢。看着！"她也捡了块石片煞有介事一扔，石片"吧唧"掉在岸边，连水都没沾到。

两个半斤八两大眼瞪小眼，顾耀东"扑哧"一声笑出来。丁放也笑了。她摘下眼镜揣进兜里，捡了块石头，用尽全力抛进湖里。

开阔的湖边，两个人一边肆意笑着，一边尽情朝湖里扔石头。那一湖碎金的阳光被二人搅得再也不能平静。

沈青禾坐在凉亭翻着小说。她看了一眼手表，已经两点十五分，那名交通员还是没有来接头。不知道是不是出了什么差错。沈青禾忐忑不安地回了客栈。她决定按照和老董的约定，第二天一早就返回上海。

礼堂的大门关着，偌大的房间里，只坐着王科达和那名内政部的秘书。他将名单递给王科达，上面很多名字都被画了圈。

秘书低声说道："这是第一批名单。画了圈的，都是坚决要跟政府对抗的死硬分子。内政部派人分头做了工作，说不通。"

王科达："既然说不通，那就不能怪我们了。"

秘书："名单还会增加。大会结束前，我会把最终名单交给你。"

王科达："好。回去的时候，我会把这些人安排在永远也回不了上海的车上。"

莫干山的第三天。凌晨四点半，天还黑着。后山湖边弥漫着水汽，阴森湿冷。黑暗中，一束手电筒的白光晃动着从远处过来了。拿手电筒的是一名刑一处警员，跟在后面的是王科达、杨奎和保密局蔡队长。就在刚刚，杨奎手下的两名警员在湖边发现了一具尸体，应该是夜里刚被冲上岸的。

杨奎揭开尸体上遮盖的水草，蔡队长看了一眼，背部有弹孔，腿上的刀伤也吻合，是那名被打死的交通员无误。天气湿热，污绿色的尸体已经呈现出可怕的巨人观。蔡队长匆匆看了一眼，有些作呕地朝王科达点了点头："是他。应该是从瀑布下面的水潭冲到这湖里的。"

王科达问警员："有人看见吗？"

"没有。"

于是他转头对杨奎说道："趁天还没完全亮，找个地方埋了。回了会场谁也不许提一个字！"他看了眼杨奎身上的制服："记着换便服。"

杨奎："知道了。"

大概到了凌晨五点，天光微露，那名叫邵白尘的作家便起了床。清晨早起，打一个钟头的太极拳，已经是他多年来雷打不动的习惯。

山间晨雾缭绕。邵白尘在后山一处崖边比画着，从这里朝远处望去，还能看见轻纱缥缈的湖面，恍如仙境。他正静心其中，忽地听见山崖下传来一阵响动，像是用铲子挖东西的声音。邵白尘走到山崖边，朝下面的树林望去，赫然看见几个男人杵着铁锹铁铲，地上挖了一个大坑，几人胡乱将旁边的一具尸体扔了进去，草草埋上土。

杨奎穿了一身便服，走到一旁摸着后脖子活动颈椎。就在这时，邵白尘不小心将一块石头踢了下去。杨奎听见声响猛然抬头望去，天色还未亮，他只看见山崖上有个人影。邵白尘瞥见杨奎一眼，也没顾得上细看，便惊恐地离开了。

杨奎："他妈的，有人看见了！"

埋尸的警员有些慌张："怎么办？"

杨奎："赶紧埋完离开这儿！"

邵白尘返回别墅区后的第一件事，就是找到莫干山最可靠的保护者，上海市警察总局刑警二处的处长——王科达。

他坐在王科达房间的沙发上，尽力平静地陈述了一遍事情经过："一共四个男的，就在湖边树林里，我从山坡上看见了。"

王科达给他端了一杯水："会不会是正常的丧事呢？"

"连棺材都没有，把人胡乱往坑里一扔，越想越不正常啊！"

"那您看见他们的相貌了吗？"

邵白尘扶了扶瓶子底一样的厚眼镜："看见一个。但是老夫眼睛不灵光，老实讲，看得不真切。"

王科达盯着他："是看得不真切，还是记不清了？"

"确实不真切。"

"哦……事情我都清楚了。您说的这起案件，属于莫干山当地的刑事案件，不在我们管辖范围内。我会立刻通报给当地警局。当然，我也会督促手底下的警员加强警卫。"他见邵白尘放下心来，便又看似十分明事理地建议道，"邵先生，这件事没查清之前，我认为就不要跟大家过多讨论了，以免引起不必要的恐慌。毕竟这样的交流会是难得的。您觉得呢？"

"邵某是明事理的人，大局为重。这个您放心。"

众多文人等在王科达的房间外，议论纷纷。

顾耀东也好奇地凑了过来："发生什么事了？"

一人说道："邵先生撞见有人在树林里埋尸体，正在汇报。"

就在这时，房间门开了。王科达态度谦恭地将邵白尘送了出来，笑着说："事情都问清楚了。这应该是当地的一起刑事案件，具体情况有待调查，但与我们的大会无关，还望这个小插曲不要影响了大家的心情。"

邵白尘不好意思地笑着抱拳："惊扰了诸位，抱歉！抱歉！"

见王处长和邵先生都说与大会无关，顾耀东便也放下心来。毕竟会场里有整整一个刑一处的警员，即便外面有什么不太平，至少可以保证会场里是安全的。

回住处的路上，邵白尘和已经换上警察制服的杨奎擦肩而过。一名警员从旁边经过，招呼道："杨队长。"

杨奎应了一声，继续朝前走了。邵白尘有些狐疑地回头望了望他的背影，觉得这警察队长和树林里的某个人有些像，可又对不上号，于是便只当是自己吓坏了胡思乱想，没太放在心上。

杨奎去了王科达的房间，自然是被一顿训斥。

"好在你没穿警服，不然现在会场里肯定已经炸开锅了！"

"他真的没看清楚我？"

"从任何人嘴里说出来的话都只能信一半。万一他认出你来，事情就收不了场了。内政部已经给了第一批名单。正好，姓邵的也在上面。"

"他是共党？"

"无党无派，但是在报纸上发表过很多文章，责怪南京政府发动内战。应该是同情共党。"

"那就是亲共分子！反正迟早要除掉，提前动手也一样。一个穷酸文人，命也不值钱。"

正好蔡队长敲门进来，王科达示意他锁了门，低声说道："蔡队长，邵白尘的事你来办。保密局的人脸生，不容易出问题。晚上就在姓邵的房间里动手，手脚干净点。"

蔡队长："好。我这就安排。"

王科达又对杨奎说道："让晚上巡逻的人机灵点，不该听见的声音就当没听见。"

杨奎："明白。"

王科达："明天一早，就说姓邵的惊吓过度，提前回上海了。还有，除了我房间里这部电话，马上切断莫干山所有能和外界联络的线路。别让外面听见风声。"

沈青禾吃过了早饭，拎着行李从客栈楼下来，把钥匙还给了掌柜。

客栈外摆着两三张桌子，几个男人正在吃面。沈青禾的货车就停在一旁，她拎着行李准备上车。这时，会场里的那名仓库管理员老金拎着一瓶酒来了。那正是自己昨天才送去的洋酒。

一个吃面的男人挥手招呼，老金和他们坐到一桌，酒瓶放桌上。

吃面的男人："就等你了。今天又从仓库拿什么酒了？"

老金很是得意："政府开大会用的酒，当然是好酒了。拿一瓶出来让你们尝尝。"

原来是只手脚不干净的耗子。沈青禾无心听他们闲聊，上车准备离开。

"经理不会发现吧？"

"发现了也不能把我怎么样。我是仓库管理员，看的是政府的东西，又不是他的，拿一瓶酒算什么？"

吃面的男人殷勤地给老金倒酒："哎，你现在也算大会内部人士了，我们正想跟你打听，听说会场里出事了？"

老金剥着花生，一副知情人士的样子："不是会场里，是外面。有人在树林里撞见埋死人。早上五点多就在林子里挖坑，连棺材板都没有，一听就有问题。"

"什么人撞见的？"

"来开大会的，一个老头，邵什么尘。"

"那死的什么人呢？"

"没人知道，不过已经报警了，警察会查的。"

聊天的人只当这是一则饭后猎奇的谈资，但是沈青禾听得心里咯噔一下。她从坤包里拿出老董交给她的十二人名单一看，其中一个人就是"邵白尘"。虽说他只是目击者，但这事总让沈青禾隐隐觉得不安，她决定出发之前还是先给老董打个电话。

然而回了客栈拿起电话，里面却是死一般的寂静。

"掌柜的，电话怎么不通了？"

掌柜在门口晒被子："一早就这样了。整个莫干山也没几部电话，听说都断了。"

"知道什么原因吗？"

"不清楚。以前遇见下暴雨倒是时常会断，不过今天天气这么好，就不知道为什么了。"

电话线无端地断了，莫干山成了一座孤城，叫天天不灵，叫地地不应。

沈青禾的卡车行驶在蜿蜒的山路上。她的任务是来莫干山送名单，她是个联络员，名单送不出去，自然应该原路返回。

一个刹车，车停下了。

为什么湖州交通员两次接头都没有现身？邵白尘撞见的杀人埋尸，会不会就是……夏继成给她的进山许可证到今天为止就作废了。她走了便不能再进来，但是名单上这些人，也许永远都不能再出去。

客栈掌柜正在晒最后一床被子，一转身，沈青禾拎着行李站在他身后。

"哎？姑娘，您不走啦？"

沈青禾笑盈盈地："反正都来了，听说莫干山的山货不错，准备收一批回上海卖。"

傍晚时分，鸿丰米店外的菜场已经安静下来了，只有零星几名小贩还在收拾没卖完的青菜。

夏继成跟着老董进了密室。老董有些着急，一进去关了门便问道："青禾跟你联系过吗？"

夏继成是被老董的紧急电话召来的，这当头一问，他立刻意识到出事了："没有。怎么了？"

"刚刚收到湖州地下组织发来的电报，他们和派去莫干山的那名交通员失去联系了。青禾最后一次跟我电话联系是两天前，之后也没有任何消息。"

夏继成愣了愣，努力平复下情绪："她在电话里怎么说?"

"接头失败，她在等待下一次接头，如果还是没有接上，立刻返回。问题是她到现在也没有回上海。往莫干山的电话也打不通了。"

"莫干山除了那名交通员，还有其他同志吗?"

"按计划，莫干山游击队应该在今天赶到，接应青禾。但是电报里说游击队过关卡的时候遇到麻烦，要耽误两天才能到。"

夏继成望着从天花板上吊下来的灯泡，眼神有些空洞："也就是说，现在她是一个人在莫干山。"

"山上的电话不通，她应该会去最近的县城，设法和我们联络。"

"不。她去不了。我给她的进山许可证已经到期了，一旦出了山，她就不能再返回。"夏继成说得很平静，言语间却有一丝悲壮的意味。

老董明白了。沈青禾决定留在那里孤军作战。

在这间密室，夏继成总是喜欢靠在柱子上和老董说话，也许是在警局坐得太多，也许是站着更能保持敏捷，他很少在老董面前坐着。但是现在，他走到角落里，坐在了一摞垒起来的米袋子上。"我相信她有必须留下的理由。"夏继成坐在那个灯光照不到的角落，低沉地说道。与其说他在为沈青禾的擅自行动找理由，不如说是在安慰自己——她是"留下了"，而不是回不来了。

老董："我马上向上级申请，由警委增派同志去接应她。"

夏继成抬头看着他："老董，这趟我自己去。"

老董有些意外："你亲自去?"

"这是最好的办法。会场主要由警局负责，如果真的有事，我在那边能马上处理。"

"你打算以什么借口过去?"

他略微想了想便说道："有一个人也许能帮上忙。但是需要组织先派人接触。"夏继成的脑子里有一个巨大的档案柜，分门别类储存着所有时间段、所有人和事的信息。在需要的时候，他能快速准确地抽出他需要的那张卡片。

"好，你来计划，我安排。"老董看着夏继成有些心神不宁，安慰道，"青禾会没事的。有任何消息，我马上通知你。"

"谢谢。"夏继成坐在角落里淡淡地挤出一个笑容。

老董认识沈青禾三年多，但他认识夏继成的时间更长。从夏继成加入警委开始，老董就是他在上海唯一的上线。老董比夏继成见过更多的惨淡和温存，残酷和幸运，最后他成了结庐在闹市的隐士。他平常话不多，很多事别人不提，他便不会提。所以夏继成只谈任务，老董便只谈任务；夏继成不肯把他对沈青禾的感情说出口，老董便当作浑然不知。天上白云聚了又散，也未见得有什么不好。总有些人和事，也是这样的。

送夏继成离开米店时，老董站在门口笑着说道："别忘了，莫干山也许还有一个你能用的人。"

莫干山的夜晚格外安静。丁放的别墅里还亮着灯。顾耀东和赵志勇守在门口，赵志勇已经瞌睡兮兮了，看顾耀东还一脸精神，打算继续守下去，他也只好硬撑着，心想丁小姐还没睡，万一出来看见只有顾耀东一个人站岗，那就太冤了。他打了个哈欠，靠在门框上昏昏欲睡。

屋里扔了一地的纸团。丁放趴在床上写稿，刚写了几个字，又撕掉揉成团扔了。这一晚似乎没什么灵感。她起身走到窗边，将窗帘轻轻拉开一条缝，偷偷望着外面顾耀东的身影。门框位置是个盲点，从窗里望出去是看不见的。丁放看了一圈不见赵志勇，以为他已经走了，于是开了门。

靠在门框上已经站着睡着的赵志勇一个激灵醒过来："丁小姐，你出去散步吗？外面空气不错。"

"我要睡觉了。"丁放黑着脸关了门。很快，灯灭了。

赵志勇悻悻地："回去吧，丁小姐已经睡了。"

顾耀东看了看手表，已经晚上十点了："我再守两个小时。"

"这鸟不拉屎的地方，晚上连只耗子都不会来，有什么好守的？"

"白天邵先生在后山撞见那事，想着还是有点不踏实。"

"你还是案子见得太少。再说，也可能就是人家家里死了人，选在那地方埋了而已。行了行了，你守吧，我回去睡了。"赵志勇打着哈欠离开了，心想这还真是个傻子，看得见的时候多守，那是有用功，看不见的时候还守，那就是最傻的无用功了。

门口恢复了安静。

过了片刻，门轻轻拉开一条缝。丁放探头出来，轻轻朝顾耀东说道："我都睡了，你还站岗？"

"早上有人撞见不好的事情，我怕这里不安全。"他说得保守，怕吓着丁放。

丁放望了他片刻，转身回了屋，然后披了件外套出来："写累了，陪我走走。"

两人沿着栈道朝花园走去。一路上都能看见高低错落掩映在竹林间的别墅，王科达和刑一处警员的房间亮着灯，顾耀东心想，这么晚了大家还没睡，大概也是因为白天的案子。虽然他对刑一处做的很多事都不理解也不喜欢，但警察毕竟还是警察，这趟来莫干山，王处长和他的人在保护大家安全这件事上是很敬业的。

一路走去，文人们的房子都已经灭灯了。除了刑一处守夜的警察，莫干山大概就只有他和丁放两个人还醒着。林间小路的路灯有些昏暗，四周很静，静到仿佛能听见天上星星闪烁的声音。

丁放走在前面，顾耀东走在后面，一路都警惕地用手电筒照着周围。到了花园凉亭，丁放已经坐下了，他还站在一旁用手电筒上上下下晃着。

丁放："知道我为什么叫你出来吗？"

"你写累了，想休息。"他记得丁放刚才是这么说的。

"不是写累了，是一个字都写不出来。"

顾耀东"哦"了一声，然后就没有下文了。他不知道和一个漂亮女孩在浪漫星夜出来散步，是不应该像他现在这样拿着手电乱晃的，也不应该两眼在黑夜里闪着正义之光，警惕到恨不得连只虫子都抓起来的。

"能把手电筒关了，坐下来说话吗？"丁放终于无奈地对这位贴身警卫提出要求。

顾耀东这才乖乖关了手电。

"我正在写一本新小说，写到一段男主角和女主角谈恋爱的戏，不知道该怎么下笔。想让你帮我出出主意。"

"我没看过这方面的小说，不太懂。"

"不用你懂，你是男人就行了。这个没问题吧？"她说得有点憋气。

"男人。"顾耀东老实地说，"没问题。"

丁放看着他："我的男主角，大概二十三岁，很正直，很善良，是个有梦想，有热血，也有信念的人。可他有些木讷，有时候反应迟钝，甚至有点呆。"

"这种人当主角……合适吗？"他心想，自己肯定不会买这本书。

"当然合适。我很喜欢这个男主角。"

又是一声事不关己的"哦"。

"你觉得，这样的人会喜欢什么样的女主角？"

顾耀东不自觉地傻笑："我又不是这种人，我怎么会知道。"

丁放看他的眼神更加无奈了。

"你是写书的人，你不知道自己的男主角喜欢什么样的女主角吗？"

"我想不清楚，下不了笔。这是我写过最难的一本小说。作家需要体验过那样的感觉，才能写出那样的情感，可我从来没有经历过。"

顾耀东茫然："体验什么感觉？"

"谈恋爱的感觉啊。"

顾耀东的嘴好长时间没有合上。

长长的沉默。

"你现在有恋爱的感觉吗？"丁放问得很坦然。

"没有。"

又是长长的沉默。

顾耀东越坐越觉得如坐针毡，心想虽然作家是在说小说的事，算是讨论学术，但不管怎么说她也是女孩，和一个女孩聊关于恋爱的话题，这简直比让他去给长官送礼、敬酒还煎熬。

顾耀东一直没声音，丁放也不知道他到底在想什么，究竟听没听明白。如果听明白了，为什么不回应？在害羞吗？还是尴尬？烦恼？丁放一边胡思乱想，一边转头看向顾耀东，刚一转头，那根木头便条件反射般"噌"地站起来："其实题材那么多，不一定非要写爱情故事！"这就是他给的回应了。

丁放冷冷地看了他片刻，起身就走，一路走得飞快，很快就回了住处。顾耀东一头雾水地跟到门口，丁放没好气地说道："不用守了！我睡觉不喜欢有人站在外面！我会失眠！"她又羞又恼地关了门，灭了灯，心里赌咒发誓这辈子再也不跟一根木头讨论小说。

顾耀东完全不知道自己哪里惹恼了对方。他看了眼手表，晚上十一点。心想守到十二点回去。于是他拿出手电筒巡逻起来。路灯已经灭了。顾耀东没有看见夜间巡逻的警员，心里有些纳闷。他当然不会知道，那两队警员此时正在灯火通明的屋里，惬意地喝酒玩牌。

夜渐渐深了，薄雾从山间弥漫过来，别墅区笼罩在一片诡异的山岚瘴气中。

蔡队长的房间亮着小台灯，三名保密局湖州站的特务正在往枪里装子弹。

蔡队长交代道："屋里就一个姓邵的老头，三两下解决完，拿袋子装到后山埋了。"

"警察局的人不会来过问吧？"

"都打好招呼了，没人会管。千万别弄出动静。"

很快，三名特务就悄无声息潜到了邵白尘的房间外。周围静悄悄的，路灯也黑着。一名特务在旁边放风，另两人掏出工具开始轻轻撬锁。

谁也没有察觉到，一支勃朗宁手枪的枪口已经对准了他们。沈青禾在暗处瞄准了撬锁的特务。邵白尘撞见的果然不是普通杀人埋尸，有人这就按捺不住，要来灭口了。

就在她要扣下扳机之际，黑暗之中，一束手电筒亮光忽然从远处直直地射来，打在那名望风的特务脸上，刺得他睁不开眼。两名撬锁的特务赶紧停了动作。

一个声音在黑暗中问道："谁？"

沈青禾循声望去，蓦然看见顾耀东举着手电筒一步步靠近，手电筒的光束在三人身上晃来晃去。望风的特务暗暗掏枪。

就在这时，光束定定地停在了撬锁工具上。顾耀东怔了怔，喃喃道："贼……有贼……"三人还没来得及冲过去，他就已经掏出警哨，用尽全力地吹响了。

那一声尖锐的警哨声划破天际，惊天动地。

高高低低的别墅里，陆续亮起了灯。

门肯定是撬不了了。三名特务气急败坏地拔枪就冲了过来，顾耀东张嘴正要喊，忽然被人猛地一把拉到了墙后。竟然是沈青禾！

顾耀东："你怎么在这儿？"

沈青禾一把关掉他的手电筒："别说话！往仓库跑！"

"有贼！"

"不想害我就按我说的做！"她把他往远处一推，"别回头！我在仓库等你！"

顾耀东一咬牙，果断地朝右边跑去。三名特务看见一个人影一闪而过，于是立刻抽出随身携带的手电筒追了上去。沈青禾转身朝另一条小路跑去。

薄雾缭绕的别墅区里，顾耀东一路狂奔，他死死记着沈青禾的话，不犹豫，不回头，只是往前冲，因为沈青禾给了一个最有说服力的理由——他不想害她。

终于，他甩开三名特务跑到了仓库所在的空地。可面前东西南三个方向都是看上去像仓库的平房，哪个是沈青禾说的仓库？沈青禾在哪儿？他大口喘着气，转着方向，慌乱而无措。

远处，杂乱的脚步声越来越近，是那三个人追来了！顾耀东下意识地要往远处跑，经过一间平房时，门忽然开了，一双手迅速将他拉了进去……

很快，三名特务就追了过来。空地上空无一人。

"人呢？"

"肯定在附近！搜！"

三名特务举着手电筒，迅速在附近搜查起来。

手电筒杂乱的光束，透过门顶部的玻璃窗不时晃进一间仓库。仓库不大，拥挤不堪地放着数排货架，上面堆满了木箱和麻袋，地上也随处堆着货物和闲置的桌椅。此时此刻，就在最靠里的角落，在狭窄的货架和墙壁之间，顾耀东和沈青禾紧紧地面对面地挤在一起，像两片挤扁了的面包片，严丝合缝，无法动弹。

顾耀东一边伸直了脖子朝外张望，一边用手护着沈青禾。他的全部心思都在外面的敌人身上，以至于没有发现沈青禾的脸就贴在自己胸口上。

顾耀东："如果一会儿躲不掉，我出去把他们引开。"

"你?"沈青禾诧异地抬头，望着这个小警察一脸紧张地护着自己，忽然慌乱起来。她脸红心跳地埋下头不敢再看。

"你不用担心我，我毕竟是警察，他们不会把我怎么样。就算……"顾耀东说着话，无意间埋头看了一眼，这才意识到沈青禾的身体就贴在自己身上，那个柔软敏感的部位在他胸部靠下的位置轻轻起伏着。他头脑中闪过的竟是一年前在大昌客栈外的那个雨夜，他在弄堂里紧紧箍住的那个像野猫一样的陌生女人。他至今也不知道那个女人的身份，很长一段时间里他也几乎忘了那一幕，然而此时此刻，同样的感觉又出现了——同样的浑身僵硬，同样的所有感官丧失能力。

沈青禾试着挪开身体，可空间太狭窄，两人又贴得太紧，她稍微一动，身体便会在顾耀东身上重重地摩擦。于是她只能老实地贴在顾耀东身上不再动弹。他身上有顾家晒台上熟悉的肥皂味道，闻着让人心安，可偏偏还有另一种让人心跳加快手脚发软的气味，不安分地钻进沈青禾的鼻子。

她心想自己大概是被挤得缺氧了，头晕了，于是她转开脸不让鼻子贴在那身制服上，努力保持头脑清醒，努力去想门外是不是王科达的手下？邵白尘撞见的尸体会是本该和自己接头的交通员吗？她一边想着，脸一边转来转去，左转，右转，左转……她的头发就这样在顾耀东下巴上蹭来蹭去。

那一瞬间，又和一年前一样，一股电流瞬间通遍了顾耀东全身，让他的视觉听觉嗅觉味觉触觉如潮水一般凶狠涌来。他努力抬起下巴，假装不知道自己的身体有了令人尴尬的化学反应。

他心想着怀里抱只猫大概就是这样的感觉，想着自己也被猫蹭过下巴，于是他又努力地拼命地去想福安弄任伯伯家那只二喵，想它毛茸茸的尾巴。沈青禾头发上有顾家水门汀池子熟悉的自来水味道，闻着让人心安，可偏偏还有另一种让人心跳加快手脚发软的气味，不安分地钻进顾耀东的鼻子，不断提醒着，贴在他身上的并不是一只猫。

　　三名特务在外面大声嚷嚷着：

　　"确定往这边跑的吗?"

　　"我看见一个人影往这边来的!"

　　"会不会看错了?"

　　漆黑的仓库里，安静但并不平静。手电筒光束快速而杂乱地晃动着，一种异样的感觉在二人之间蔓延……

13

黑夜里，三名特务开始分头搜查所有房间。

一名特务拿着枪和手电，从远处搜了过来。他一脚踢开了顾耀东和沈青禾藏身的仓库门，用手电快速地扫着屋里的情况。

光束从顾耀东和沈青禾头顶晃过。沈青禾暗暗摸住了收在腰后的勃朗宁手枪，她不应该也不愿意在顾耀东面前拔枪，但如果真到那一刻，也只能豁出去了。

就在那名特务离二人越来越近，眼看要暴露之际，另一人跑到门口朝他喊道："别找了！"

"怎么了？"

"全都吵醒了！队长让集合！"

闯进仓库的特务又朝屋里看了几眼，不见什么异常，便匆匆撤了出去。

顾耀东和沈青禾贴在一起一动不动，听着三人跑远了，周围彻底恢复了安静，两人才突然像被按下开始键，争先恐后地挣脱对方。越挣脱越乱，沈青禾的头发缠在了顾耀东胸口的扣子上。顾耀东替她解头发时，看见沈青禾头上别了一枚发夹，上面镶着三朵小小的琉璃花朵。

他笨手笨脚地解着，沈青禾伸手七慌八乱地抓着，抓得顾耀东又要胡思乱想了，他只能低声吼道："别动！我来！"沈青禾乖乖松了手。

"你来莫干山干什么？"他一边解头发一边问道。

"生意。"

"他们是什么人？"

"抢生意的。"

"我知道你来这里不只是为了生意。"

"那我大老远跑来干什么？收腹！你挤着我了！"沈青禾嚷着岔开话题。

顾耀东赶紧收腹。

"腿！"

顾耀东又赶紧把腿分开。

两个人越是想尽快分开，越是不断有肢体接触。好不容易，头发终于从扣子上解下来了。

仓库门开了，沈青禾闷头快步走出来。紧接着，顾耀东也走了出来。沈青禾回头看了他一眼，二人赶紧避开对方的目光。

顾耀东埋头说道："你赶紧回住处，我回去汇报情况！"

"向王科达汇报？"

"嗯，刚才那几个人肯定不是普通小偷。要赶紧让警局的人知道会场不安全。"

沈青禾沉默片刻，问道："如果我想让你撒一次谎呢？"

顾耀东知道沈青禾在担心什么，毕竟王科达是抓过她的同志的人，于是含混地说："这些人没有党派，和那些……人，不一样。王处长毕竟还是警察，我相信他至少会尽到本分，保护这些普通人。"

"那你相信我吗？"

顾耀东察觉到她话里有话："你到底在怀疑什么？"

"如果相信，那就照我说的做。"

沈青禾没有回答他的问题，但顾耀东已经能看出来，她不是在怀疑什么，而是已经有了答案。莫干山到底有什么秘密？他心情复杂地看向她，但不再问任何问题。

蔡队长带着三名保密局队员匆匆进了王科达房间。

王科达："对方什么人？"

一名队员说："没看见脸。听声音是个男的。"

"一个人？"

"应该是。"

蔡队长："王处长，那个人吹了哨子，我怀疑是你们警局的人。"

王科达和杨奎对视了一眼："马上让所有人集合。"

别墅区里的路灯全都亮了起来。刑一处警员已经在主楼外集合，排成了几列。文人们陪着邵白尘走了过来，一路上议论纷纷，不知究竟是什么人会大半夜来撬锁。丁放披了件外套，也跟着过来了。

王科达扫视了一遍所有警员，杨奎在清点人数。赵志勇缩在队伍最后，东张西望，始终不见顾耀东人影。

杨奎："一处的人到齐了。"

王科达："赵志勇。"

赵志勇："到！"

王科达："顾耀东呢？"

赵志勇："我醒来就没看见他，应该还在丁小姐门口站岗。"

王科达看了眼手表，已经凌晨一点，比起这个说法，显然他更愿意相信吹警哨的那个人就是顾耀东。

顾耀东和沈青禾从仓库往回走，远远就望见了已经在主楼外集合的警察。

沈青禾挽住了顾耀东胳膊，低声说道："记住我现在说的话。丁作家睡觉以后，你就到树林里找我去了。整晚一直和我在一起。现在你正要送我回莫干山客栈。任何人问起来都不要说实话，包括赵志勇。明白吗？"

"明白。"

沈青禾是有好几年经验的地下情工，在应该执行任务的时候，从来是干脆利落的。顾耀东被她挽着虽然脸红，但脑子里也很清楚他和沈青禾是在完成一种叫作"相互掩护"的任务。刚刚的小插曲，如果用中学化学老师的话来讲只是一次

353

物理反应，即便他们像两片面包被挤成了一片，顾耀东还是顾耀东，沈青禾还是沈青禾，谁都没变。但是他们忘了，初等实用化学的教科书上还写着，物理反应不一定会产生化学变化，但也只是"不一定"。当物理反应的过程中产生了新物质时，那就是所谓理智也不能阻挡的化学变化了。

王科达正交代杨奎派人去找顾耀东，杨奎看着远处说道："处长，回来了！"

众人纷纷转头望去，只见沈青禾亲昵地挽着顾耀东从远处走来。沈青禾一看这么多人朝他们张望，赶紧"慌张"地将挽着顾耀东的手抽回去，像是被人发现了什么秘密。

丁放站在人群最后面，看见这一幕，目瞪口呆。

顾耀东和沈青禾走了过来，王科达打量着他们，二人脸都有些红，沈青禾的头发还有些凌乱："沈小姐？你怎么也在这儿？"

沈青禾矜持地将头发别在耳后："知道你们来开会，我特地拉来一车好烟好酒还有水果罐头，沾大会的光赚点小钱，也让你们在莫干山吃得舒服点呀。"她站在顾耀东身边，说这话时竟有几分娇羞。

王科达皮笑肉不笑，"那真是托沈小姐的福了。"他又看向顾耀东，"你呢，顾耀东？所有警员集合，你为什么不在？"

"我和沈小姐出去了。"他说谎时有些忐忑。

沈青禾更加矜持了："不好意思呀，是我把顾警官叫出去的。"

王科达沉吟片刻，装作关心地问："这么晚，出什么要紧事了吗？"

"那倒没有，我就是打算拉一批山货回上海，您也知道，现在路上乱，我一个人怕不安全。所以想打听打听，能不能和你们一起回去。这么晚了也不好直接打扰您。所以就去找顾警官了。"

"在哪儿聊天？"

"就在那边，树林里……"沈青禾一副羞于启齿的样子。

警员们低声窃笑起来。

王科达见问不出什么结果，两人身上也看不出什么破绽，只得先劝散了围观的文人，只有丁放还站在原地，望着顾耀东和沈青禾。

王科达走到顾耀东面前，看着他说："顾耀东，你是别人钦点来的私人警卫，别忘了自己的职责。"

"是。"顾耀东镇定地回到警察队伍里。

赵志勇正要说话，忽然瞄见顾耀东胸口扣子上有根头发，赶紧拈下来看了看，然后小声说道："这是女人的头发啊……"他抬头看了眼沈青禾，猛然反应过来，大喊道："你们！你们！"

刘警官把头发抢了过去，起哄："哎呀！原来顾警官是出去约会了。头发都缠在胸口上了，这得多缠绵啊！"

一群警员低声哄笑起来。

杨奎不满地大声呵斥："嚷嚷什么？"他转头看着顾耀东："大家在尽职尽责保护会场，你去钻小树林？当来莫干山是谈情说爱的吗？"

约会，缠绵，谈情说爱。这一个个敏感又暧昧的词语，让刚刚仓库里的一幕不可阻挡地充斥在顾耀东的脑子里。越克制，画面便越清晰，甚至连下巴都像是又被蹭得痒了起来。他不禁红着脸挠了挠下巴，转头望向沈青禾的方向，但是已经不见沈青禾人影了。

丁放黑着脸转身就走了。

这天晚上，唯一一个开心到笑不停的人，就是赵志勇。之前还以为顾耀东和丁作家有什么，原来他和沈青禾才是那种关系。

凌晨一点多，顾耀东依然在丁放门口站岗。刚刚发生的事情让他完全没了睡意。沈青禾为什么来莫干山？为什么有人要害邵白尘？顾耀东越想越觉得疑窦重重，明天，他一定要去找沈青禾问个明白。

屋外的人心事重重，屋里的人也没有睡意。丁放没有开灯，她站在窗边，默默望着在门口站岗的顾耀东。以为他单纯木讷，不谙男女之事，原来只是对自己木讷；以为他来莫干山会一心一意保护自己，原来他还有更多更想做的事。她不喜欢和陌生人交际的场合，不喜欢成为焦点被人追逐或打探，不喜欢政治，更不喜欢成为别人的负担，自己到底为什么来莫干山？丁放心灰意冷地拉上窗帘，开始收拾行李。

夜越深，山岚便越重了。这个如同世外桃源的半山小镇，只是看起来安宁。

邵白尘在旁人陪同下回了住处，众人检查了门锁，没什么大碍，又见杨奎在安排警员站岗，加强保护，众人这才放下心来，各回了住处。

折腾一夜，邵白尘也打算睡下了。起身关窗时，杨奎正好从楼下经过，他习惯性地伸手摸着后脖子活动颈椎，一抬头，正好和瞪大眼睛的邵白尘对视。

仿佛情景重现一般，邵白尘猛然想起那天清晨在后山崖边看到的一幕，那个挖坑埋尸的人也是这样摸着后脖子活动颈椎，当时看得不真切，这一瞬间，两个人竟完完全全合上了！他赶紧关了窗户，匆匆收起行李。等到杨奎离开了，他才开了门。一开门便看见门口站了两名警察。

"邵先生，这么晚了，你要出去？"

邵白尘知道这两个是杨奎安排的人，犹豫了下，说道："不出去，就是看看门锁好了没有。"

一名警察朝他笑笑："放心。我们在门口守着，保证您安全。"

"那就辛苦二位了。"

邵白尘关了门，灭了灯，假装睡下了。

说话的警察朝同伴递了个眼色，同伴悄悄离开了。

这一切，沈青禾在暗处看得清清楚楚。和顾耀东分开后，她并没有回客栈。如果邵白尘对那些人的威胁已经到了要灭口的地步，那他们一定会再有动作。至于那些人究竟是什么人，沈青禾心中已经隐约有了答案。

杨奎毕竟是多年的刑警队长，自然也意识到邵白尘认出了他。刚跟王科达汇报完，那名守门的警员也敲门进来了。

警员："姓邵的刚刚想出去，手上拿了行李。看见有人守门，又回去了。"

王科达想了想，对警员说道："去把蔡队长叫来。"

警员离开后，杨奎说道："处长，这老头是个祸患。要不我去处理吧。两三下就解决了。"

"邵白尘肯定是不能留了，但不是现在。"王科达一边思考着，一边说，"你想过没有，既然在湖边被打死的是共党交通员，那他来莫干山一定是为了和某人接头。很可能就是这个吹哨子的人。邵白尘也许能把这个人引出来。"

"这哨子吹得也太嚣张了，想装警察？误导我们自己人查自己人？"

"也许就像你说的，对方刻意为之，但还有一种可能……哨子就是顾耀东吹的，他利用沈青禾当了幌子，以为可以洗清嫌疑。"

杨奎诧异："您怀疑顾耀东是共党？不可能吧？"

"我为什么要排除他的嫌疑？"

杨奎一时语塞，蔡队长敲门进来了。

王科达直截了当地说道："邵白尘无论如何不能留了。你是保密局的人，脸生，这件事只能你来办。明天早上五点，我把警卫撤走，给他机会离开。他要回上海，就只能到镇口坐货车下山，去德清县车站。你弄一辆货车，明天一早天不亮，伪装成司机等在镇口。他上车以后，在路上动手。"

蔡队长："好。明天我亲自去。"

王科达："另外，在镇口安排人盯着。如果我是那个吹哨子的人，明天会一路跟着姓邵的出去，半路把他救走。明白我的意思吗？"

蔡队长："明白。谁有动静，谁就有嫌疑。"

一具尸体竟然生出这么多枝节，就像多米诺骨牌被推倒了一样，一步错步步错。王科达原本已经有些失去耐性，但今晚横空冒出一个吹哨子的人，倒是让他意外地提起了兴趣。

邵白尘一夜未眠。大概到了早上五点，天蒙蒙亮了，他看见门口的警卫撤走，便拎着行李匆匆离开了。

镇口没什么人烟，平常等着拉货的司机和车都还没来。除了那家卖咸菜面的小面摊正在生火，路边就只停了一辆卡车，左右镜子上都拴了红布。蔡队长已经换了一身司机的行头，坐在车旁装作等生意。很快，他就看见邵白尘拎着行李过来了。

"老先生，要车拉货吗？"

"不，不拉货，麻烦送我下山，去县城的车站。"

蔡队长一副生意人的样子，计较道："哎哟，到德清县可不近。拉您过去，我就只能空着车回来。"

邵白尘赶紧说："我加些钱包您的车，您就帮帮忙。"

"那行，您上车吧。"

邵白尘上了后面的车厢，蔡队长一边将厢门关了起来，一边看似不经意地朝东边点了点头。

沈青禾在远处的林子里静静看着这一切。东边一条小路里，还停了一辆货车。果然和她估计的一样，警局派了人盯梢。王科达一定认为那个吹哨子救邵白尘的"某人"就是地下党，也认为"某人"一定会一路跟出去，在半路救人。

沈青禾转身从林子里一条隐蔽的小路出了镇口。

蔡队长关好了厢门，刚准备上车，丁放忽然拎着行李跑了过来："等一下！麻烦送我下山，我要去车站。"

蔡队长并不认识她，心想难道这黄毛丫头就是王处长说的共党？但转念一想又不对，昨晚吹哨子的是个男人，于是小声说道："小姐，您坐别的车吧。"

丁放看了看周围："这儿也没别的车啊。"

蔡队长怕邵白尘听见起疑心，更压低了声音："再等一会儿，天一亮肯定就有。我这个车被人包下来了。"

正说着，邵白尘从车厢的小窗户里探头问道："先生，车怎么还不走？"

"邵先生？"丁放拎着行李跑过去，"您也下山？"

"老夫……家中有急事，赶着回上海。"

"正好我跟您同路，我也回上海。"

邵白尘便对蔡队长说道："这位小姐我认识，又正好顺路，让她上车吧。"

蔡队长心想着不让你上车，是怕路上见血的时候吓晕了你，没想到地狱无门偏要闯进来。再推辞下去，怕是姓邵的老头要起疑心，于是答应道："行行行，既然您同意，那就上车走吧。"

停在小路的卡车上，四名保密局队员看着蔡队长的车出了镇口。除此之外，周围没有任何动静，并没有出现预料中会追着邵白尘而去的车或人。

蔡队长的卡车驶出镇口后，沿着山路蜿蜒而下，经过了一处急转弯后，彻底消失在视野中。过了片刻，沈青禾的卡车从路边的林子里开出来，昨天夜里把车藏在这儿以后，她就在车里睡了一夜。看来辛苦没有白费。

　　沈青禾开着车远远跟在后面。天渐渐亮了起来，两辆卡车一前一后，渐渐消失在被茂密修竹掩映的山路远处。

　　虽然昨晚在丁放门口守到凌晨两点才回来睡觉，顾耀东还是雷打不动地五点多就起床了。他怕吵醒赵志勇，所以没有开灯，也没开窗帘，借着一点微光摸摸索索地穿制服。回想昨晚发生的事，他心有余悸，心想着在事情查清之前，自己应该再少睡一点，站岗的时间再多一点。

　　这时，赵志勇像是被人点了穴一样，忽然"噌"地睁开眼睛问道："几点了？"

　　"还不到六点。"

　　赵志勇一个激灵坐起来："都快六点了！"他好像忘了往常不到八点他是不会睁眼的。

　　顾耀东觉得奇怪："赵警官，你今天有事？"

　　赵志勇从被窝里一跃而出，匆匆穿衣服："站岗啊！再不去丁小姐就要起床了！"

　　"没关系，我已经收拾好了。我去吧。"

　　赵志勇一把拉住他："你别去！"

　　顾耀东更奇怪了。

　　赵志勇赶紧放手，一边手忙脚乱穿裤子，一边笑着说："今天换我吧。丁小姐每天一开门，第一个看见的都是你，回去处长问起来，还以为我在莫干山偷懒呢。"

　　顾耀东听懂了，憨厚地笑着说："那我去取早饭。"

　　赵志勇笑呵呵地看着他出了房间，心想着这呆子哪里能懂自己的心思。过去不积极，是以为丁作家和顾耀东真是七仙女和董永。既然现在知道顾耀东和沈小姐才是一对，那就应该是自己好好表现的时候了。

顾耀东去餐厅取早饭，一边往牛皮纸袋里装现烤的黄油面包，一边听着旁人说话。

"听说了吗，邵先生一早就离开了。"

"去哪儿了？"

"应该是回上海了。"

顾耀东心里有些犯嘀咕，怎么走得这么突然？转念一想，也可能是被昨晚的事情吓着了。回去了也好，省得有人再起歹心，在暗处保护他的沈青禾也能放心了。他匆匆吃了一个面包，便去给赵志勇和丁放送饭。

赵志勇正在丁放别墅门口整理发型，顾耀东拎着两袋面包小跑着过来。

顾耀东："丁小姐起来了吗？"

赵志勇一本正经："嘘——小声点，可能还在睡呢。拿了什么好吃的？"

顾耀东递给他一个纸袋："现烤的面包，这是你的。"

"谢谢啊。"赵志勇瞄了一眼他手里，笑嘻嘻地把另一个纸袋也拿了过来，"丁小姐的我来送吧。"

到了八点，平常这个时候丁放也差不多醒了。赵志勇再一次整理了制服和发型，敲了几下门，无人回应。他又用力敲了两下："丁小姐？"

门"吱呀"一声被推开了，门没锁，屋里也没人。二人都很意外，站在屋里看了片刻。

赵志勇嘀咕着："出去散步了？什么时候起的床呀？"

顾耀东："东西都收走了，行李箱也不见了，应该是离开莫干山了。"

"一个人偷偷回上海了？干吗不通知我们？"

顾耀东越想越担心，转身就跑。

赵志勇在后面大喊："你去哪儿——"

"镇口！"他头也不回地跑远了。

刘警官和两名刑一处警员守在入口大门，眼看着顾耀东跑出铁门，朝镇口方向去了。三人互相看了一眼，一名警员朝别墅区里快步跑去。

王科达的房间里，一名保密局队员正在汇报情况。

“姓邵的上了车，还有个女的也上了车。”

王科达立刻警觉起来：“女的？什么人？”

“好像也是一名作家。”

“除了她，还有人跟出去吗？”

“没有了。也没有车离开。”

王科达立刻对杨奎说道：“马上查，走的什么人。”

杨奎刚要离开，那名守门的警员敲门进来了。

“处长，顾耀东走了！”

王科达“噌”地站了起来：“一个人？”

“是！往镇口方向跑了！看起来很着急！”

“通知镇口的人跟着他！”

“抓回来吗？”

王科达想了想，说道：“先看看他到底要干什么。如果他是冲着邵白尘去的，把他控制住，在外面找个地方关起来，我亲自去审。”

杨奎一脸难以置信：“还真是这姓顾的……”

天已经亮了。镇口同往常一样停了四五辆卡车。今天生意不错，陆陆续续有人过来找车拉货，价钱一谈好，司机便开着车离开了。

顾耀东从远处跑过来，喘着气问道：“请问，早上有人看见一位小姐从这儿离开吗？拎着行李，二十岁出头。”

司机们都说不知道，面摊老板在不远处摇着扇子，大声问道：“警官，前两天，是您和一位小姐来我店里吃咸菜面吧？”

“是我。”顾耀东赶紧跑过去。

“您打听的就是那位小姐吗？”

“您看见她了？”

“早走啦！天才蒙蒙亮，我刚起来生火，就看见她坐货车走了。”

“她一个人吗？”

“还有一位老先生，两个人认识。像是要去县城车站，回上海。”

顾耀东立刻想到了在餐厅听到的议论："是不是六十多岁，很瘦，头发花白，胡子有些长？"

"对。"

真是邵白尘。邵白尘走得突然，丁放也走得突然。顾耀东总觉得不踏实，可再一想，他们要回上海也没什么不对，也许是被昨晚的事吓着了，也许是家里有急事，可能是自己大惊小怪了。

顾耀东离开面摊时，一个年轻男人跑进面摊，和他擦肩而过。男人随便找了个位置坐下，朝老板喊道："一碗咸菜面！加两个鸡蛋！"

面摊老板："两个蛋？我这里可不赊账。"

年轻男人笑着摸出几张钞票放桌上："放心，今天是现钱。"

两个小镇居民也过来吃面，一人打趣道："陈三踩了狗屎运，口气都不一样啦！"

面摊老板："发财啦？"

陈三："昨晚上有人来租我的货车，给了我这个数！"

"最近开大会，没有入山许可证都上不来。他租你的车干吗？"

"进不来，出得去啊。人家说有急用，钱又给得痛快，我当然答应了，谁还管他用来干吗。"

顾耀东听身后几人对话，脚步越来越慢。

面摊老板："哦，怪不得我看司机脸生。今天一早我看见的货车应该就是你那辆，镜子上拴了红布。"

顾耀东忽然冲回来，吓了几人一跳："他们上的那辆车，司机是临时换的？"

"是啊。"面摊老板一指年轻男人，"他才是本来的司机，陈三。"

顾耀东越想越不对，一看镇口的卡车都已经走光了，只有面摊旁边停了辆自行车，赶紧掏出身上所有钱放在桌上："老板！借您自行车用用！谢谢！"说罢他跳上自行车就蹬走了。

看着顾耀东出了镇口，保密局的那辆卡车便从小路开出来，远远跟了上去。

山路上，蔡队长一边开车，一边留心着外面的情况。山上不时有货车来往，

362

地方又太狭窄，在这里动手容易被撞见。他想等下了山，就找一处偏僻的地方办事。

后视镜上拴的红布在风里扎眼地抖动着。蔡队长不自觉地瞄了一眼红布，这时，他注意到后方远处跟着一辆卡车。但开了一段路后，那辆车似乎不见了。

当沈青禾的卡车第二次出现在后视镜里时，蔡队长多了个心眼。他在腿边藏好枪，将车靠边停下，然后下了车到路边假装方便，余光一直瞄着后面那辆卡车。车越来越近，他偷偷在胯前握住了手枪，打开了保险栓，但是那辆车毫无异常地开走了。他揣回枪，开车跟了上去。

沈青禾从后视镜看到蔡队长的卡车跟在后面，始终不肯超上来，便知道对方在试探自己。前面是一条岔路，她必须做出选择。最后，沈青禾驾车从小路离开了。

蔡队长沿着大路继续下山，见那辆卡车彻底消失在后视镜里，总算放下心来。

沈青禾并没有掉头返回，而是沿着小路继续开了下去。作为一名联络员，提前熟悉地形，已经是她的习惯。这是一条和大路几乎平行的林间小路，虽然崎岖颠簸，但行走在丛林掩映中，很难被外界发现。每隔一段距离，两条路就会弯曲靠近，这时，沈青禾便能够清楚看到敌人的情况。

大概两个多钟头后，蔡队长的车下了山，从大路拐进了一片荒地。他见周围荒无人烟，故意将车开进一处泥坑，抛了锚。

邵白尘打开车厢门问道："车子怎么了？"

蔡队长揣好枪，下了车："真不好意思，陷泥里走不动了。我去找个能撬轮胎的东西，老先生您帮忙去河边捡两块石头吧，垫在轮胎下面，一撬就好了。"

邵白尘下车一看，轮胎确实陷泥坑里了，于是转头对车厢里的丁放说："丁小姐，那你一个人在这里等等。"

丁放："我也跟着去。"

蔡队长赶紧拦住："那可不行，车子总要有一个人守着。"

丁放："荒山野岭，我一个人害怕呀。"

蔡队长："小姐啊，这大白天有什么可怕的？再说我们找着东西就回来了。"

邵白尘劝道："你把门关上，安心等我们就是了。"

蔡队长朝远处指了指："往前一直走，穿过树林就是河滩了，有的是石头。"

邵白尘朝他指的方向走去，走了一段，他有些奇怪地回头看了蔡队长一眼，心想听他口音也不是当地人，怎么知道那边有河滩？

蔡队长也意识到这个问题，赶紧说道："我常年跑这条路，我去过那边，肯定不会错的！"说罢，他故意朝另一个方向走去，以免让邵白尘起疑心。

丁放见二人都走了，只得在车厢里干坐着，等他们回来。

邵白尘一个人进了树林，走着走着，似乎听见背后有声音。

一回头，蔡队长就站在他身后。

"你刚才不是往那边去了吗？"

蔡队长好像听不见他问话，只笑盈盈地说道："老先生，找着石头了吗？"

邵白尘转身就跑，蔡队长从后面勒住他，掏出了手枪。

树林上空响起一声枪响。

丁放听见声响，赶紧朝周围望去，只见远处的林子里哗啦啦飞起一片麻雀。她心想着可能是邵先生从那里经过，吓着了它们，于是又关上了车厢门。

蔡队长大腿上中了一枪，他赶紧拎过邵白尘当挡箭牌，回头一看——开枪的是昨晚和那个警察钻小树林的女人。果然是他们！

他用枪抵着邵白尘，朝沈青禾吼道："把枪扔了！"

沈青禾用勃朗宁指着他，犹豫着。

"快点！"蔡队长用枪口狠狠戳着人质的脑袋。

沈青禾咬牙扔掉了手枪。

荒地上空再次回响起枪声，第二声，第三声，凄厉而空荡。

丁放下车张望。周围依然不见人影。

就在这时，响起了第四声枪响。这一次丁放听得很清楚，枪声是从树林里传出来的，而邵先生应该就在林子里。她一个人越等越怕，于是壮着胆子朝树林的方向跑去。

林子里光线有些暗，进去没多远，有一个往下的斜坡，下面还是一片树林。

丁放站在斜坡边张望着，既没看见邵白尘，也没看见卡车司机所说的河滩。

"邵先生——邵先生——？"

她喊了几声，没有人回应。树丛中窸窸窣窣，不知是野兔还是山鼠的动物忽然一窜而过，吓得她转身就跑。

一路跌跌撞撞地从林子里跑回卡车边，丁放才喘过气来。周围既没有车经过，也不见人烟。她一个站在荒地中央大喊着："邵先生——！邵先生——！人都去哪儿了？"然而这片荒原太大太空，以至于连回声都没有。

现在太阳已经挂在正空当中，但是丁放一点感觉不到温度。不知道时间，不知道自己身在何处，刚刚还在一起说话的两个同伴，突然之间齐齐消失不见。这一切都令她从心底感到恐惧。她哆嗦着钻进车里，锁上门和窗户，又用行李死死抵住了车门，瘫坐了下来。

顾耀东蹬着自行车沿着山路一路狂奔，然而脚翻得再快，始终还是辆自行车。这让远远跟在后面的四名保密局特务哈欠连天，他们几乎是踩着刹车跟了一路。顾耀东只是一直往前骑，心里只有一个念头：那辆车有问题。一路上他不知道摔了多少次，每次都是一抹脸上的泥就爬起来继续骑，骑不动了就推着走，走累了跳上车又接着骑。就这样，下山两个小时的车程，他花了三倍多的时间。

太阳已经西垂了。丁放从后车厢里醒来，裹紧衣服下了车。周围依然是死一般寂静的荒原，除了渐渐西垂的残阳，周围没有任何光亮。她爬上驾驶座，摸索着想要发动卡车，但尝试了各种办法，最终连火也没能点着。

她终于绝望了。也许是在为自己的冲动任性恼火，也许只是为了壮胆，她哭着按响了喇叭，长长地，重重地，回荡在荒原上。

顾耀东骑在大路上，一个急刹车望向天空，分辨着喇叭声的方向。

车上坐睡着的特务也醒了过来："什么声音？"

开车的特务说道："像是喇叭。"

远处的喇叭声持续不断地传来。

"都别睡了，可能有情况！"

丁放连按了几下喇叭，忽然意识到这喇叭声除了一通发泄便再没有别的用处了，甚至都不会有人听到。她就像一粒米落在荒原上一样，没有人会知道。巨大的恐惧感再次袭来，她蜷缩在驾驶座上低声哭着。

就在这时，远处隐约传来叮叮当当的声音。

丁放怔了怔，确实不是幻觉，她赶紧跳下驾驶座朝远处张望。

她循声望去，只见远远的，一个黑影拼命地蹬着自行车，在没有灯火的荒地上摇晃着朝她骑来。自行车因为颠簸而不断发出哐哐当当的声音，仿佛快要散架。车上的黑影不断按着铃铛，声音越来越近了。

丁放看不清对方的脸，有些害怕地躲到车后张望。自行车渐渐骑近了，当她看清那个黑影是顾耀东时，愣住了。

货车后视镜上拴着红布，是那辆车！顾耀东一个急刹车，将自行车一扔，跑到货车旁猛地拉开车厢："丁小姐！"

车厢里没有人。他一怔，转身一看周围也没有人。"丁放！丁放——！"他不管不顾地大喊了起来。

丁放怔怔地从车头前走出来："我在这儿……"

顾耀东定定地瞪着她，大口喘着气。

丁放望着这个满头大汗的小警察，望着他被汗水湿透的制服，望着他一脸一身一脚连鼻尖上都是泥，再也控制不住，冲上去抱住了他。

顾耀东愣了愣，举着两只泥手，没敢抱她。丁放却将他抱得更紧了。

保密局的卡车远远停在大路上。副驾的特务用望远镜眺望着顾耀东、丁放以及蔡队长的那辆车，觉得奇怪："按理说队长办完事不应该把车停在那里啊。"

"是有点不对劲。"开车的特务说道，"你跟我到周围看看。"他又转头对后座二人说："你们负责那两个活的。"

"怎么负责？"

"那个姓王的处长不是说了吗，找个地方关起来，他亲自来审。能不能活命，就看他们知道多少了。"说罢，他和副驾那人一起下了车。

丁放坐在后车厢边缘，情绪已经稳定了许多："我们的车抛锚，司机说得用石头垫在轮胎下面才能开出泥坑，邵先生就去找石头了，就是朝前面树林走的。"

"走了有多久？"

"我不知道时间。但他们离开的时候天还是亮的。"

"那个司机，说过什么奇怪的话吗？"

丁放想了想："一开始没觉得，但是他们走了以后，我好像听见枪声了，我就去树林里找了找，没看见他说的河滩。会不会……那个司机有问题？"

顾耀东看丁放一脸憔悴，不想再让她受惊吓，于是故作轻松地说："这山上很多猎人，可能只是打猎的声音。"他望向树林的方向，从挎包里摸出手电："你在这儿等着，我去看看。"

丁放一把拉住他："我不想一个人留在这儿！"

顾耀东犹豫了下，从驾驶座的储物箱里翻出一把手电筒给了她。

林子里没有人。顾耀东和丁放走到斜坡边上，举着手电筒朝下面晃了晃，还是没有人。

顾耀东："我下去看看，你留在原地别动。"

他小心翼翼爬下了斜坡。下面还是一片林地，地上厚厚一层腐叶，踩着很松软。顾耀东一边小心翼翼走着，一边用手电筒四处查看。

这时，手电筒光束照在一块石头上，上面赫然淌着血，周围还散布着一团一团沾血的树叶。他赶紧用手电筒照向周围，但并没有发现任何人，或者尸体。

丁放已经看不见顾耀东人了，担心地在山坡上喊："顾耀东——你怎么样——？"

"没事——！"

"找到什么了吗？"

顾耀东正要回答，手电筒忽然晃到地上有一颗小小的东西，在黑褐色的腐叶里泛着微光。他赶紧蹲下身去，从腐叶里捡出来一看，是一颗小小的琉璃花朵。"嗡"地一下，顾耀东的脑子蒙了，那是沈青禾的发夹，上面的琉璃小花，颜色样式，丝毫不差。

是她？这朵琉璃花和这一地的血迹，是沈青禾？顾耀东脑子嗡嗡作响，他将琉璃花朵揣进口袋，强迫自己站了起来。

丁放跟着顾耀东从树林往回走："还是什么都没有？"

"没有。"顾耀东看起来有些无力。

丁放以为他累了，也没在意，自顾自地说着："我之前去看过一次，也是什么都没有。实在太奇怪了，司机把车子扔在这里不要了，邵先生也不知道去了哪里……不过也可能是走太远，迷了路，应该不会有事。"

顾耀东没说话。

丁放小心地问道："现在怎么办？"

"回去以后我马上请求警局支援，肯定能找到他们。我现在的任务是把你安全送回会场。"

"知道了。"她埋头快步朝卡车走去，脸上带着一丝小甜蜜。而顾耀东回头望向了树林，带着忧虑和一丝恐惧。

二人回了货车旁。

顾耀东："上车吧。"

丁放一听，高兴地跳上卡车，却见小警察尴尬地把她的行李箱从车上拎下来："……上自行车。"

顾耀东拼命蹬着自行车，丁放抱着行李箱坐在摇摇晃晃的后车架上，她没想过会有人来找自己，即便有，也没想过会是顾耀东。

荒原上坑坑洼洼，颠簸得厉害。丁放的屁股坐在车架上，疼得她龇牙咧嘴，可她硬是忍着一声没吭。

"我这个警卫太不称职了，连车都不会开。"

"没关系，晚上坐自行车走山路倒也很新鲜。"屁股虽然疼，心里却甜得很。

顾耀东恨不得下一秒就能赶回会场报警求援，于是越蹬越快。丁放却偷偷期待着他能骑得再慢一点，这样和他单独相处的时间就能再长一点。

自行车沿着下坡路冲了下来，哐哐当当仿佛下一秒就要散架。丁放吓得贴在顾耀东背上，一手抓紧行李包，一手紧紧环住了他的腰。

自行车上了大路，又骑了一会儿，保密局那辆卡车从后面开了上来。车上只剩两名特务了。

一人问道："警官，搭顺风车吗？反正顺路，上车载你们一段。"

丁放想和顾耀东单独在一起，小声说道："要不我们还是自己走吧？"

顾耀东看了一眼车里，两个都是陌生人，心里也有些不踏实。

另一名特务赶紧劝道："你们不是本地人吧？这一片走山路很容易遇见野狼！就算你自己不怕，总要替女士想想吧？"

顾耀东一看天色渐晚了，周围也确实不见人烟，只得将自行车放到后车厢，带着丁放上了车。

车开了一段，还算相安无事，他才稍微放下心来。

顾耀东："谢谢你们了。"

开车的特务赶紧接话："要不是遇见我们，你们怕是天亮了也骑不回去。这么晚了，怎么会在山上骑自行车呢？"

丁放："本来打算去车站，结果遇到一个莫名其妙的司机，半路抛锚，人也不见了。幸亏这位警官赶过来接我。"

"还有这种事，司机去哪儿了？"

丁放："不知道，说是去找东西，走了就没见他回来。"

副驾驶座那人多问了一句："那车上其他人呢？"

顾耀东心里咯噔一下："你怎么知道还有其他人？"

开车的特务瞪了一眼同伴，笑着说道："都是拉货的，不用问就知道啊！大老远的从莫干山跑到车站，拉一个人就是亏本买卖，没人会做的。"

丁放："是还有一位老先生，跟着一块儿下车，也没回来。"

"看见他们下车以后干什么了吗？"

"没有。"

顾耀东没再说话，他从背后仔细打量二人，山路有些颠簸，那人伸手去扶车门，衣服绷紧了，后腰衣服里便显出了枪的形状。

上当了。这两个人根本不是普通货车司机，他们一直在套丁放的话。

顾耀东盯着那人的枪，盯了片刻，忽然问道："你们经常在这条路拉货吗？"

"是啊。本地人，就靠这个挣钱糊口。"

"那你们应该认识那个司机吧？"

两名特务没想到他会问这个，显然有些迟疑。

顾耀东："丁小姐，司机长什么样子？让两位先生帮我们认一认，回去也好知道要找的是什么人。"

丁放："四十来岁。瘦瘦高高，眼角有道疤。"

顾耀东："他的货车镜子上拴了红布，很容易认。你们都在镇口拉货，不认识吗？"

开车的特务怕二人起疑心，心想反正他也不认识，糊弄过去就行，于是说道："认识认识！老刘嘛，你一说镜子上拴了红布，我就知道了。我们常年一块儿拉货，熟悉得很！早上我们还在一起吃早饭！"

顾耀东一边应付着二人，一边悄悄示意丁放不要说话。丁放望着他一脸茫然。顾耀东又暗中将她的两只手分别放到两个可以拉住的固定物上，小声耳语道："不要松手。"

开车的特务还在说着："那位先生你们也不用担心，老刘是个好司机，可能遇到什么事耽误了，明天天一亮，他肯定会带那位先生回来的。"

前面是个岔路口，就在车要转弯时，顾耀东看准时机，用警棍勒住了开车那人的脖子。另一人赶紧去背后摸枪，顾耀东一脚踩在他手上。就在这时，卡车失控冲下了山坡……

巨大的撞击声后，只剩下长长的死寂。

"顾耀东？"丁放的声音像是从很远的地方传来的。

他慢慢睁开眼，丁放的脸庞在眼前模糊地晃动着，她脸色苍白，依旧按照他的叮嘱死死抓着把手。她没事。

顾耀东又慢慢转头望去，卡车的前挡风玻璃碎了，发动机在外面冒着烟。开车的男人趴在方向盘上晕了过去，脑袋上鲜血直流。

视野渐渐蒙上了一层红色，他摸了摸，血是从自己头上流下来的。

"顾耀东？……顾耀东？"丁放快要哭出来了。

"我没事。"他挣扎着坐了起来，一阵晕眩后，脑袋渐渐恢复清醒。他忍着剧痛站起来，拉着丁放下了车。

卡车撞在了树上，车头已经变形了，副驾上那个男人趴在地上不省人事，显然是从前窗飞出来的。顾耀东看着他背上那把没来得及抽出来的手枪，最终还是没有去拿。

深夜的山里，雾气又开始弥漫起来。密不透风的古树山竹挡住了月光，丁放的手电筒已经没电了，顾耀东用他那把唯一还能发光的手电筒照亮着，拉着丁放拼命朝山里跑。

丁放一边跑一边问："到底出什么事了？"

"货车司机叫陈三，不姓刘，今天送你们的司机是假冒的！刚刚那两个是同伙，我担心还会有人找来！"

丁放吓得抓紧了顾耀东的手，头也不回地朝深山里跑去。

此时，荒野中已经一片漆黑。另外两名保密局特务正举着手电筒在卡车周围搜查。车上没有异常。于是二人朝顾耀东和丁放最后去过的树林走去。

同顾耀东一样，他们很快发现了那块带血的石头。但两人毕竟受过训练，片刻之后他们就在附近发现了其他血迹，最后延伸到了一处悬崖边。二人站在崖边用手电筒扫着下面，突然，其中一束光停了下来。

"怎么了？"另一人赶紧也将手电筒照了过来。

山崖下面，躺着蔡队长的尸体。

莫干山盛产山货、茶叶，还有各类竹制品，常年都有商贩来这里收货，拉到周围的城市去卖，所以货车在这里供不应求。在半山小镇就有一家货运车行，离会场别墅区不算太远，大概二十分钟车程。车行在一片竹林旁，大门口两侧的门柱上，各有一盏圆球状的路灯，一侧路灯后有块很大的黄色广告牌，上面写着一个大大的"车"字。每当路灯亮起时，这个"车"字就会被照亮。从大门进去后是一处很大的院落，停着二十来辆货车。再往里走，是一栋两层高的小楼，除了两间办公室，其他房间都用作仓库了，有时也租给外来的生意人临时堆货。

就在二楼东边的一间仓库里，亮着微弱的煤油灯。屋子一共内外两间，到处堆着货箱。内屋地上，铺着简易的褥子。邵白尘躺在上面昏迷不醒，小腿上已经绑了绷带，看样子是受了伤。

沈青禾坐在煤油灯前，摩挲着手里的发夹，发夹上的三朵琉璃小花少了一朵。如果不是因为邵白尘带着枪伤过不了山下的关卡，她是不应该再把他带回自己的秘密落脚点的。

作为一名联络员，沈青禾和敌人兵戎相见的时候并不多。想起刚刚在树林里发生的一切，她依然心有余悸——

蔡队长用手枪戳着邵白尘的头，沈青禾不得不扔掉了手枪。

蔡队长："你就是另外一个交通员？"

沈青禾："我不明白你在说什么。"

蔡队长："吕明，湖州地下党二组交通员。你来莫干山是为了见这个人吧？我不跟你兜圈子。吕明已经被打死了，如果你愿意坦白，我可以告诉你吕明死前交代了什么。"

沈青禾："你是货车司机，我也是货车司机，只是恰好路过，看见你对这位老先生起了歹心，想救人一命。"

邵白尘趁二人说话之际，悄悄从长衫里摸出一支笔，两眼一闭牙一咬，将笔朝蔡队长大腿戳了下去。可惜他手无缚鸡之力，只是戳痛了对方。蔡队长气急败坏，推开邵白尘就朝他开了一枪。与此同时沈青禾也迅速拾枪，打中了他的肩膀。

还没来得及补第二枪，蔡队长已经扑过来，用未中枪的一只胳膊勒住了她的脖子。沈青禾殊死反抗，快要窒息之际，她从地上摸起一块石头，砸向对方头部。蔡队长应声倒地。

随着荒原上空响起的第四声枪响，蔡队长从山崖滚了下去。

沈青禾扶着小腿中枪的邵白尘去了树林另一侧的小路。她的货车就停在那里。

发夹上的琉璃花朵，也许就是在和那个男人搏斗时弄丢的。沈青禾看了一眼沉睡的邵白尘，轻声出了房间。她到货运车行旁边的竹林，将那枚发夹埋进了土里。那个男人死了，邵白尘暂时安全了，而自己的痕迹也就此掩埋，今晚的一切也许就此过去了。但是吕明牺牲了，名单交不出去，也没有人来接应，王科达迟早还会对剩下的目标动手，自己一个人应该怎么办？

顾耀东和丁放依然在深山里一前一后走着。当手电筒只剩最后一丝忽明忽暗的光亮时，前方终于出现了一间小木屋。二人一进去，一股阴冷的霉味便扑面而来。屋里破旧潮湿，连木墙上都长出了蘑菇。放眼望去，除了一张茅草床，便只剩破桌烂椅。但这已经是深山老林里能找到的最好的落脚处。

顾耀东脱下制服铺在茅草床上，这样睡着至少能干爽些。

丁放呆呆地站在一旁，想着刚才的事依然惊魂未定。她看顾耀东也心事重重的样子，有些惶恐地问道："顾耀东……邵先生有可能遇害了，是不是？"

过了片刻，顾耀东才回答道："也有可能被人救了。等回去了会弄清楚的。睡吧，我出去守着。"说罢他转身就出去了。

顾耀东坐在门口，从兜里拿出了那枚琉璃小花。刚刚丁放问那个问题时，他本能想到的是沈青禾，她在那里出现过，也许还和人搏斗过，如果邵先生遇害了，这意味着她很可能也凶多吉少。想到这里他不自觉地深吸了一口气……不可能的，她是在被二十多个警察围追堵截时还能开着警车脱身的"白桦"，他亲眼见过，他站在车外，她坐在车里。那时她能脱身，现在也一定能。

他将琉璃小花装回衣兜，拿出警棍到门边站岗，就像在会场里一样。

丁放蜷缩在床上，听见门口没了动静，有些害怕地轻声喊道："顾耀东，你还在吗？"

"嗯，我在。"

过了一会儿，他又听见丁放在屋里轻声喊："顾耀东？"

"嗯？"

"你怎么一点声音都没有？"

顾耀东推开门进了屋："我以为你睡了。"

丁放："我担心你一个人走了。"

顾耀东看她可怜巴巴的样子，这才想起她大概从早上到现在都没吃过东西。

"肚子饿吗?"

"没有!不饿呀!"说完她的肚子咕咕叫了几声,两人都有些尴尬。

"本来行李包里有些干粮,现在行李也弄丢了。"

顾耀东忽然想起什么,赶紧从衣服里掏出一个皱皱巴巴的纸袋:"我这里有面包!早上餐厅里现烤的!本来是给你带的早饭。还好我一直揣在衣服里,没弄脏!"

丁放赶紧兴冲冲打开一看,里面的面包已经挤成了烂面团。

顾耀东不好意思地说:"不想吃的话……"

话没说完,丁放已经把烂面团塞嘴里啃了一大口:"里面夹了好多黄油,味道挺好的。"

"真的?"

丁放把面包朝他一伸:"不信你试试。"

顾耀东傻笑:"我不饿。"

丁放又埋头吃了几口,偷偷看了他两眼,说道:"每次你都是在对我而言最关键的时刻出现。你发现了吗?"

"都是碰巧。"

"这一次呢?不是因为担心我吗?"

"我是你的警卫,这是我的责任。"

"可我还是觉得你担心我。"丁放很坦然,还带着一丝固执。

顾耀东被她说得有点尴尬:"早点休息吧,我去门口了。"

"顾耀东?"丁放叫住了他。

"啊?"

"我好像突然想明白我的新小说应该怎么写了。女主角以前是个很懒的人,从来不争取,也从来不挽留,但是有一天当她遇到男主角,喜欢上他了,她会变主动的,这样故事才能继续下去。"说完,她继续津津有味地吃面包,仿佛真的只是在讲她的小说里的故事。

顾耀东再木讷不堪,也听懂了三分,一时愣在那里不敢动弹。

"你觉得呢？"

半晌地沉默。

"有狼！"

丁放吓一跳："什么？"

"荒山野岭，可能有野狼！我出去守着！"说罢顾耀东逃也似的出了门。

这一天下来，两个人都已经筋疲力尽。丁放以为自己会倒头就睡，可大概是因为山里的气味闻着太清冷，容易让人孤单，她彻夜失眠了。

也不知道是夜里几点，她轻轻推开木门，看见顾耀东就坐在外面台阶上，靠着柱子睡着了。她走过去蹲在他身后，就像坐在自行车后面那样，双手环抱着他，靠在了他背上。终于有暖意了，丁放闭上了眼睛。

山林里的夜晚很安静，偶尔听见树叶窸窣。顾耀东睁开眼，他一动不敢动，就这样让丁放靠在自己背上，静静睡了过去。

货运车行的仓库里，邵白尘已经醒过来了。沈青禾给他送来了水和消炎药。邵白尘千恩万谢，问起身份时，沈青禾只说自己是生意人。邵白尘大概也明白了几分，不再多问让她为难。这时，他忽然想起了丁放。

邵先生："对了，你看见丁小姐了吗？她也在车上！"

沈青禾很诧异："丁放在车上？"

邵先生："她要一起去县城，半路停车的时候，司机让她留在车上了。"

丁放从镇口上车时，沈青禾已经离开了。她从小路一路跟踪到荒野，只看见邵白尘和那名司机下车。再后来便是树林里的四声枪响，救走邵白尘后她便直接从小路上了自己的车，以至于自始至终都不知道车上还有一个丁放。

沈青禾有些不安，思忖片刻说道："丁小姐可能有麻烦。我出去一趟。"

14

    月色正浓，莫干山半山小镇的居民都已经沉沉睡去，在梦里盘算着明天到底是打野兔还是挖山货能卖得更好的价钱。但是会场别墅区里，却没有半点要安宁下来的意思。

    赵志勇正在王科达住处门口焦急地敲门，不断地喊着"王处长"。这天晚上他已经来第三趟了，这一趟又敲又喊了十多分钟。

    杨奎开门不耐烦地嚷道："别喊了！都跟你说几遍了，处长没空！"

    "顾耀东早上出去到现在都没回来，可能真的迷路了！"

    "是不是他出门还得让人牵着手才回得来？"

    赵志勇几乎是哀求道："他是第一次来莫干山。万一现在还在山里，要是掉下悬崖，或者遇见野狼……杨队长，还是派人找找吧！"

    "说不定人家早就回上海了，你在这儿瞎操什么心？"

    "他不是那种不打招呼就走的人！"赵志勇说着要往屋里挤，杨奎一把推开他，推得他后脑勺重重撞在了墙上，半天才缓过来。

    杨奎："一处的任务是保护会场安全，怎么可能为了一个顾耀东满山跑？他搞不清楚自己几斤几两，你还搞不清楚吗？"

    "那丁作家，她是来参加大会的人，她不见了，警察总要管一管吧。"赵志勇从来不敢对比他强的人使用反问句，心里再激烈，说出来也只是商量，甚至笑着乞讨。

"没说不管啊！总得先问一问车站，丁小姐是不是上车走了吧？要是她都回上海了，那还找个屁！"

"就算她回去了，顾耀东也不可能不汇报一声就走。求求你了，夏处长也不在，只有你和王处长能发动大家……"

杨奎看到赵志勇这副样子就厌恶，虽然满脸有情有义，偏偏不知为何只觉得他窝囊，"顾耀东他到底哪点值得你这样啊？你当兄弟情深，人家根本没当回事！说不定他早就和丁作家在上海喝咖啡了！这事你别管了！"他"啪"地关了门。

杨奎的话让赵志勇心里猛地拧了一下。他恹恹地坐在一旁台阶上，心想大概是因为刚才在墙上撞得太重，才会从脑袋到心脏都一阵钝痛。

沈青禾只身来到别墅区，在入口大门遇到刘警官和两名警员，她递上了通行证。

刘警官瞟了两眼证件："找顾警官呀？"

旁边两名警员窃笑。

沈青禾故作腼腆地说："对。有点事情问他。"

"回去吧，他不在。"

沈青禾有些意外："他去哪儿了？"

"这个我就不知道了。"刘警官把证件还给了她。

沈青禾想了想，说道："那我进去等他。"

走到顾耀东住处外时，赵志勇正好从另一条路回来。

"赵警官，我听门口警卫说顾耀东出去了？"

赵志勇有些低落："丁小姐一大早不见了，耀东担心她一个人回上海，追去镇口，到现在两个人都没回来。"他看了看沈青禾，不情愿地问道，"会不会，他们真的两个人一起回上海了？"

这一瞬间，沈青禾脑袋嗡的一下空白了几秒，但她很快恢复了冷静。顾耀东也在车上？他和丁放都在车上？不对，邵先生说同行的只有丁放，"不可能，我订了一批山货。顾耀东昨天答应了帮我一起搬货，他不可能把我扔在这儿自己回去。"

赵志勇看沈青禾的样子，怎么看都像是被心上人遗忘在了莫干山，满腹幽怨，就像自己刚刚的感觉一样。顾耀东喜欢的是沈小姐，怎么可能去和丁作家喝咖啡？就算真的陪她回了上海，也只是因为任务。这么一想，赵志勇便对杨奎方才那番话释怀了，然后继续担心起来。

"那小子连只鸡都打不过，这要是遇到野狼，肯定要出事。我跟杨队长汇报了，杨队长不让我管，王处长也不见我。要不我再去求求他们。"

沈青禾装作想了想，说道："再求也不一定管用，我听说有好多年轻作家是因为仰慕丁作家才来的，能不能动员他们跟王处长请个愿，跟着一起找，这样人多一点，他们也会重视一些。"

"对！对对！我怎么没想到！这就找他们去！"赵志勇匆匆朝文人们的住处跑去，沈青禾跟在后面，将衣领悄悄拉高了一些，以便遮住脖子上被勒出的瘀青。

王科达没工夫见赵志勇，因为发现蔡队长尸体的两名保密局特务，此刻就在房间里向他汇报情况。蔡队长中枪死了，但是他们一路跟着顾耀东，打死蔡队长的并不是他。

那两名撞车的保密局特务也已经被人找回来了，死了一个，醒了一个。根据这个人提供的情况，打死蔡队长的也不像是丁放。

杨奎自言自语："难道是邵白尘？"说这话时他自己也不相信。

一名保密局特务有些不平："蔡队长身手不错，姓邵的怎么可能打得过他？"

王科达和杨奎也都一脸迷惑。

王科达："是啊，怎么可能……难道还有第四个人？"

这时，一名警员敲门进来报告："处长，外面有年轻作家闹事。"

王科达带着杨奎出来时，外面已经站了三十多名青年作家，一看便是要来理论的姿态。

一名女作家问道："警官，我们听说丁作家失踪了。你们为什么不派人搜查？"

王科达："丁作家擅自离开，我们也很头疼啊！"

"不管怎么说，人现在失踪了，你们就应该尽到责任，组织搜救。"

王科达："大家不要冲动，半夜搜山是需要动用很多警力的。"

众人纷纷抗议起来："可你们来莫干山的任务不就是为了保护参加大会的人员安全吗？"

"莫干山接连出事，这里实在太不安全了！警局必须派人搜查！而且我们要求加入！"

赵志勇站在人群最后面，跟着喊了两句。

眼看一群人情绪激动起来，王科达怕事情闹大，坏了警局的正事，只得先安抚下来："好好好，明天一早，我们就安排一辆车，各位和我们的警员一起沿途搜查。大家要相信，有我们上海警察局的人在，莫干山是很安全的，我们的会场更是很安全的！"

沈青禾站在远处听见了这一切。在作家们散去之前，她便悄悄离开了。

王科达和杨奎回屋，杨奎问道："真要去找他们？"

王科达憋着火："这帮愣头青把事情闹大了，名单上的人还怎么上我们的车？天一亮就去找，而且必须找到！"

"找到了……然后呢？"

王科达看了他一眼："那要看他们这一路上知道了多少不该知道的事情。"

山里的清晨，清透到让人忘记这是盛夏时分，没有上海城里的车马喧嚣，人来人往，只有虫鸣鸟叫，不紧不慢。

丁放醒来时，阳光正透过木窗斑驳地照在她身上。她望着那扇朽到仿佛一摸就要烂成渣子的窗户，恍惚记起昨晚是靠在顾耀东背上睡着的，可这会儿她躺在茅草床上，身子下面铺着顾耀东的制服，有泥的一面朝下，干净的一面给了自己。

屋里不见顾耀东的身影。

"顾耀东？"

门外没有人回应。

她有些慌，"噌"地跳下床拉开门，门口也没人。于是她更慌了，心想难道这小警察嫌自己麻烦，一个人连夜跑了？

就在这时，顾耀东从树丛里钻了出来。他只穿了衬衣，用衣角兜着几个苹果。看丁放一脸慌张，赶紧问道："怎么了？"

"我以为你走了。"丁放抱歉地笑了笑，为自己会有刚才那个念头感到脸红，"昨天晚上是你把我放到床上的？"

顾耀东装傻："不是啊。"

"我明明和你一起坐在门口。"

他继续装傻："是吗？我一点都不知道。"

演技还是那么拙劣，丁放忍着笑，装作什么都没看出来。

顾耀东有些拘谨地递了个苹果给她："在林子里摘的，早饭只能吃这个了。吃完我们就往回走。"

丁放美滋滋地咬了口苹果，拿起他铺在床上的制服外套："山里太冷了，借我穿穿。"顾耀东还没说话，她就已经自顾自地穿上了。

山路上，王科达和杨奎坐的警车在前慢慢开道，一辆客运货车紧随其后，沈青禾开着卡车跟在最后面。刑一处的警察和三十多名青年作家沿着山路一边走，一边分散在路两侧的林子里搜索着。

作家们大声喊着："丁放——丁作家——"

赵志勇大声喊着："顾耀东——丁小姐——"下意识里，他还是把顾耀东的名字放在了前面。

顾耀东领着丁放从山里往外走。林子里不知名的鸟儿在此起彼伏地叫着，松鼠在嗖嗖地飞檐走壁。地上铺着厚厚一层松针腐叶，踩上去像是地毯一样柔软。岩石缝里钻出了小花，松树脚下冒出了蘑菇，昨晚还阴森恐怖的深山老林，这会儿忽然处处透着野趣。丁放跟在顾耀东身后，一边走一边看，好像怎么看也看不够。

二人刚能看见大路时，就听见远处有人在喊他们的名字。

顾耀东："有人找来了！"

他快步跑到大路边上躲着，等看清了来找他们的人是那群文人，这才跑出去挥手大喊："我们在这边——！这边——！"

赵志勇一眼看到了顾耀东，赶紧招呼大家跑了过去。

丁放被大家围住，嘘寒问暖。顾耀东则默默退到了一旁。

赵志勇激动地跑过来，一把搂住他的肩膀："没事就好！你把我和沈小姐急坏了。"

听到沈青禾的名字，顾耀东一个激灵："你看见沈青禾了？"

赵志勇指着远处："她也来了啊！就在那边！"

顾耀东赶紧转头望去，但是那边并没有沈青禾的身影。

赵志勇："哎？刚刚她还开着货车跟在后面。"

"她还好吗？"顾耀东问得小心翼翼，带着忐忑。

"很好啊！"

看赵志勇回答得如此笃定，甚至对他这个问题感到莫名其妙，顾耀东长长地松了口气，露出两天来第一个舒心的笑容。

赵志勇又压低了声音说道："昨天大晚上她跑来找你，一听你不见了急得不得了！动员这些作家就是她想的办法。"说罢还朝他挤了挤眼，一副对这段甜蜜恋情喜闻乐见的样子。

被人群围在其中的丁放含情脉脉地望向顾耀东，而顾耀东笑着望向空荡荡的山路。

沈青禾开着卡车，行驶在无人的山路上，两天来这是她第一次觉得自己可以暂时睡个好觉了。留在莫干山是一个正确的决定，不仅因为邵白尘，因为丁放，还因为她不想以后提到"福安弄"三个字时，有愧于心。

人找到了，大队人马也准备返回会场了。顾耀东和赵志勇正要上警车，丁放跟了过来，她想和顾耀东坐同一辆车。

赵志勇讨喜地笑着："丁小姐，没事就好。昨天我担心了一夜。顾耀东他不熟悉山里情况，真怕他把你带迷路了。"

丁放："顾警官对我很照顾，多亏有他在。也谢谢你了，赵警官。"

赵志勇第一次听到丁放认真对自己说话，竟腼腆起来："这没什么。其实我也很……我是说我们，也很担心你。昨天晚上我就想发动大家来找你的，可王处长在忙别的事，所以耽搁……"他鼓起勇气抬头看向丁放，这一抬头，才发现丁放一直看着顾耀东，看到她看顾耀东的眼里满是依恋，猛然明白了什么。

"耽搁了一晚上。"赵志勇草草结束了话题。他觉得自己很聒噪，话也很多余，并没有人想知道他的情况。

丁放朝他笑笑："没关系，山里这一夜对我来说很有意义。"说罢她便上了车。

赵志勇看向顾耀东："你们……发生什么事了吗？"

"都平安回来了，没什么事。"顾耀东也朝他笑笑，上了车。

赵志勇一个人在原地站了半天，像是被迎头泼了一盆冷水。

回去的路上，丁放坐在顾耀东身边，赵志勇坐在二人对面。他一直看着丁放身上的制服，显得二人之间又多了一丝暧昧。车子一颠簸，丁放就抓住顾耀东的胳膊，那是下意识的反应。赵志勇越看越不是滋味。

王科达和杨奎也在警车上。人找到了，该做的戏也做完了，王科达问道："你们一夜未归，大家都很担心呀。听说丁小姐要回上海，怎么又没回去呢？"

顾耀东："她本来是要和邵先生一起回上海的。可是邵先生半路失踪了。他回会场了吗？"

王科达一脸莫名其妙："邵先生已经到上海了呀，哪有什么失踪的事。"

顾耀东和丁放都很意外："已经回去了？"

"是啊，我接到他从上海打来的电话了。"

"莫干山的电话线不是断了吗？"

"断的是外面的电话。我房间里有指挥室，早就派人修好了。"

顾耀东想了想，仍觉得不对："那他和司机为什么把丁小姐一个人扔在那儿？"

王科达意识到顾耀东已经对这件事情起疑心了，敷衍道："电话里听得也不清楚，下次我再仔细问吧。"

"王处长，我总觉得事情没那么简单。我和丁小姐在回来的路上还遇见了可疑的人，他们……"

王科达打断了他："顾警官，大家找了你们一早上也都累了。休息休息，回去我们再慢慢谈。"

顾耀东看着周围警员都哈欠连天的样子，也觉得自己是有些着急了："不好意思，辛苦你们了。"

他笑着看向赵志勇，赵志勇勉强地笑笑，别开了脸。

回了会场，顾耀东和丁放一下车就被刑一处警员左拥右簇，看似保护，实则是控制。

王科达脸上堆着笑："丁小姐，安全起见，你和顾警官搬到我们刑一处的地方吧。二位先喝点水，吃点东西，放松放松再细谈。"

说罢他将顾耀东带进了自己的住处。

丁放想跟着进去，被杨奎横插一脚拦住："丁小姐，你住在旁边那栋。"

丁放被杨奎带到了隔壁楼里，二楼的一个房间已经收拾出来了。她进房间看了看，转身想出去："替我谢谢王处长，我还是想住原来的房间。"

杨奎没有让路的意思："原来的房间已经有人住了。"

"那我去找顾警官。"说着丁放就要出去，竟被杨奎粗鲁地一把推了回去。

她愣住了。

杨奎："丁小姐，我也不愿意伺候人，现在是奉命安顿你，麻烦配合。"

丁放："请你客气一点！"

杨奎关了门，"唰"地拎了把椅子坐下："你别多事，我当然也可以绅士了。我问两句话就走，不打扰你休息。你为什么要上邵白尘的车？"

"我要回上海，正好遇见他，当然就同路了。"

"会还没开完，你为什么突然回上海？"

"这是私人原因，我不想说。"

杨奎冷笑："警察问话，不是不想说就可以不说的。"

丁放被他激怒了："我是犯人吗？"

杨奎不擅长和女人纠缠，显然有些不耐烦了："好吧，最后一个问题。邵白尘下车以后，你看见什么，听见什么了？"

"什么人也没看见，只听见枪声。但是顾警官说山里打猎的人多，有枪声也正常。"说完她忽然觉得不对，"邵先生不是已经平安到上海了吗？你问这个干什么？"

杨奎好像没听见她的问题："这两天你就别出门了。外面不安全。饭菜会有人送来，饿不着你。"

"我要见顾警官！他是我的私人警卫，必须跟我在一起！"

"哦，那我现在就以队长的身份宣布，会场警力不足，从现在开始你的私人警卫被我们征用了。"说完，杨奎起身准备离开。

"这是软禁！"丁放愤怒地喊道。

"你们文人说话就是难听，好心保护，怎么叫软禁呢？"

"还轮不到你一个警察队长用这种下作手段对我。"

说着丁放就要冲出去，杨奎像抓犯人一样擒住了她，丁放挣扎着大喊："顾耀东——顾耀东——！"

杨奎早就一肚子火了，一把将她推在地上："你这么想要警卫，我可以给你当啊。"

"你不配！"

她爬起来跑到窗边，开窗大喊："救命！救命！"

赵志勇正郁闷地独自坐在路边，听见喊声，猛地一惊，像是丁放的声音！他赶紧循声望去，只见一个人影从窗户边被人拉开了。他越想越担心，起身朝那栋楼跑去。

杨奎抓着丁放的头发将她掀在地上，给了她一个耳光，然后锁上了窗户。

丁放倔强地看着他，解恨似的说："芝麻大的官也好意思当我警卫。你连顾耀东一根手指头都比不上！"

杨奎心想他迟早会把顾耀东的手指一根根剁下来，冷冷地说道："你也就是个写字的，别把自己太当回事。"说罢他开了门，招呼两名警员进来："嘴堵上，手也铐上。"

杨奎刚从房间出来，就看到赵志勇冲了进来："怎么了！丁小姐怎么在喊救命？"

"你听错了。"

"她人呢?"赵志勇下意识地想往里走。

杨奎站到他面前,赵志勇抬头和他的目光一接触,就赶紧避开了,唯唯诺诺,不敢对视。

杨奎:"就算在刑二处,你也是最怂的一个,谁给你胆子过问我的事?"

"杨……杨队长,那些年轻作家会找她的。"

"说她不舒服,不想有人打扰。"

赵志勇鼓起勇气说:"能让我看看她吗?"

杨奎盯着他看了片刻,明白了过来,取笑道:"你也想当护花使者?"

赵志勇不说话了。

"行啊,我就给你这个机会。"

他拎着赵志勇的衣领到了房间门口,假惺惺地给他整理着衣服,赵志勇汗水都吓出来了。

杨奎:"人就在这里面。她对我们警察有些误会,怕她胡言乱语扰乱大会秩序,所以暂时扣押了。"

赵志勇愣住了:"扣押了?"

"你不是吵着要看她吗?从现在开始,你来守这个门,我让你从早看到晚。"

赵志勇赶紧退了两步:"我不行的!杨队长!我这就走!求你了别让我当看守!"

"怂什么,我是在替你委屈啊!你又不比顾耀东差,昨天晚上他们没回来,你这么替他们着急,忙前忙后,到处托人,一大早又跟着满山找,结果两个人一回来就没你什么事了!太不仗义了!"

赵志勇又一次被杨奎说中心事,除了失落,更觉得难堪。他习惯性地又去想顾耀东的木讷;想一个还不如自己的底层警员和一个众星捧月的女作家完全是云泥之别;想他们之间从来都只是公事公办的警民关系。但他骗自己已经骗得很吃力了。

"反正我好心给你这个机会,你要是敢溜了,或者放跑她,后果,你就自己担着吧。"说着杨奎开了门。

赵志勇一看丁放的样子，刚刚还胡思乱想的脑子一瞬间空白了。

杨奎亲密地搭住他的肩膀，对丁放说道："丁小姐，顾警官现在没空，换他的好兄弟照顾你。他可比顾耀东会做人多了！"他又坏笑着拍了拍赵志勇："好好看着。有事情我随时来帮忙。"

杨奎离开了，走之前安排了两名手下在门口守着，既看着丁放，也看着赵志勇。比起死硬的顾耀东和丁放，他更厌恶赵志勇，低眉顺眼，像一堆没有骨头的软肉，随便往哪儿一扔他都能趴着活下去。

赵志勇听见门口没动静，赶紧拿掉了塞在丁放嘴上的枕巾。

丁放："顾耀东怎么样了？"

"你自己都这样了，还管什么顾耀东啊！"他有些恼火。

"杨队长他们有问题。快把我解开，我要给上海打个电话。"

赵志勇没有动手。

丁放疑惑了："赵警官？"

"我陪你在这儿。"

丁放没明白："顾耀东可能有麻烦，你陪我在这儿有什么用！"

"应该不会的，他是警察，最多就是例行问话。"他埋着头，说着自己也不相信的话。

丁放终于明白了，只是不敢相信："你是真的要替杨奎看押我？"

赵志勇的头越埋越低，他看不见丁放的眼神，但他知道那一定是充满了和杨奎一样的鄙视。

"你……你口渴吗？我给你倒杯水喝。"他匆匆起身倒了杯水递给丁放，丁放把脸转开了。他识趣地把水杯放在一旁："要是口渴了，你叫我。"

丁放看了他片刻，惨淡地笑了笑，别开脸，不想再和他多说一个字。

顾耀东坐在王科达房间里，也听到了丁放刚才的喊声。

这时杨奎进来了，他赶紧起身问道："杨队长，丁小姐怎么了？"

"累了，已经休息了。"杨奎暗中朝王科达递了个眼神。

王科达坐到了顾耀东对面："好了。你的问题问完了，那就换我问了。丁小姐为什么突然回上海？"

"可能……是在生我的气。"

王科达没听懂："生你什么气？"

顾耀东有些尴尬："那天晚上我和沈青禾去树林，很晚才回来，可能因为我是她的私人警卫，她觉得我不该擅离职守。"

"就因为这个？"

"是。"

虽然王科达认为这是个十分离谱的原因，但顾耀东太坦然了，连尴尬的情绪都那么真实，以至于连他也分辨不出这是实话，还是对方演技太好，只能又问道："她见到你以后，说了什么？"

"她说好像听见有枪声，可能是猎人打猎吧。"

"还说什么了？"他一直盯着顾耀东，似乎想看透点什么。

顾耀东忽然从他的目光里意识到什么，多了一丝警惕。

"就这些。"

"邵白尘下车的时候，她在附近看见过其他人或者车吗？"

"没有，她一直在车上，什么都没看见。"

"那后来，你为什么打伤那两名货车司机？"

顾耀东看了他几秒："王处长，你怎么知道有两名司机？"

"这不是你回来路上自己说的吗？"

"我只说有形迹可疑的人。"

顾耀东看着王科达，等待他的回答，但是王科达没有回答。于是他想起了那晚遇到有人撬邵白尘房门，他告诉沈青禾自己要向王科达汇报时，沈青禾说的那番晦涩的话。当时没有听懂的，现在懂了。他余光瞟着桌上有部电话，应该就是王科达提到的那部莫干山唯一能和外界连通的电话。

"你知道我们遇见的两个人是假司机。"

"话不能乱讲。"

"邵先生根本没有回上海，对不对？"

两人目光对峙着。

过了片刻，王科达低声对警员说道："把他押进去。"

一名警员用枪抵住了顾耀东，另两人押着他进了内屋，用手铐将他铐在墙角的下水管上，然后锁门出去了。顾耀东使劲拽了几下手铐，全是徒劳。

王科达看着杨奎用钥匙反锁了内屋房门，说道："晚上我要跟内政部的人确认名单，还有两天就行动了。这两个人就一直关着吧，不管他们在怀疑什么，关起来，就没办法乱讲话了。"

夏继成从菜场里穿过，朝鸿丰米店走去。组织上已经根据他的建议，派人接触了一名叫杰克的美国记者。对方果然对莫干山交流会很感兴趣，已经决定前去采访。他不是普通记者，齐升平一定会派人全程盯着。今晚的牌局，他会找机会让齐升平主动把这个任务交给自己。湖州方面的同志也已经做好了接应准备。一切都在按计划进行。不知道老董此时让他来接头，是不是出了什么问题。鸿丰米店门口挂着"长期收购大米"的牌子，夏继成看了一眼，进了店。

老董关上密室门后，从抽屉里拿出一张照片，递给夏继成："这次见美国记者，我们有一个意外的发现。"照片上是一对夫妇和一个小女孩的全家福。"这是在杰克收藏的老照片里看见的。能认出来这个小女孩吗？"

夏继成："有些面熟。"

老董："这是一张全家福。这个女孩，是丁放。"

夏继成非常诧异，"丁作家？"他又仔细看了照片，指着照片上的中年男人说，"可是照片上这个男人是……"

"对。所以说很意外。"

夏继成想起了丁放到警局钦点顾耀东做私人警卫的一幕。显然，那个女孩喜欢他。他将照片还给老董，打算第二天去一趟警局档案室，也许有些东西到了莫干山会用得上。

傍晚，沈青禾去货运车行的仓库给邵白尘送了食物和消炎药。他小腿的枪伤只是擦伤，吃消炎药后也没有发炎，这是万幸。可沈青禾看起来忧心忡忡。顾耀东和丁放被救回来后，就失去了联系。反正所有人都认为她和顾耀东是恋人身份，她就索性以恋人身份去了趟会场，但是没能见到顾耀东，只听说他和丁放都搬到了王科达安排的新住处。这是个很不好的信号。

邵白尘见她心不在焉，问道："姑娘，出什么事了吗?"

"有个小警察，他救了丁作家，我担心他回去以后没那么容易脱身。"她想了想，见邵白尘吃了东西，恢复了些许精力，便又说道，"邵先生，有些实话我必须告诉您。现在莫干山的情况很不好。那天带您回莫干山，是因为您伤得太重，路上过关卡容易被发现。其实您不应该再回来的。现在如果您决定离开，我会想办法把您送走。"

"那你呢?"

"我要留下来。我还有自己要做的事情。"

"姑娘，我能猜到你是什么人。虽然我不清楚你要做什么，但我知道警察队伍有问题，我又是唯一的证人，紧要关头说不定能帮上忙。这是我要留下来的理由。"

沈青禾很是感动："谢谢。"

"你救我一命，还不知道该怎么称呼?"

沈青禾想了想，说道："我姓蔚。"

"蔚小姐?"

沈青禾笑了笑："我该走了。邵先生，墙角那排货箱，中间第四个可以打开侧板，里面是空的。如果有情况，您就到箱子里躲一躲。被褥也收进去，别被人发现有住过的痕迹。"

"放心吧，我会照顾好自己。"

邵白尘看着沈青禾，似乎想起了一些故人，感叹道："老夫和蔚姓人家真是有缘。十多年前，沪上曾有一户殷实人家，也姓蔚。男主人开得好几家工厂和公司，女主人满腹诗书，乐善好施。可惜上海沦陷的时候，夫妇两人和他们的女儿都惨死在日本人刀下，从此家破人亡。那时候你还小。应该没听说过这桩惨案。"

沈青禾怔怔地望了他片刻，眼眶有些红了："上海沦陷的时候，我十三岁，已经不小了。"

邵白尘："当年，很多和我一样穷困潦倒的文人，都或多或少接受过他们的帮助。老夫一直心存感激，没想到如今遭此劫难，又是为蔚家人所救。"

沈青禾离开仓库后，在卡车上默默坐了很久。她没有告诉邵白尘，蔚家那个女儿并没有死。那年她十三岁，一个叫邵屹的男人把她从日本人刀口下救了出来。十三年后，邵屹成了上海市警察局刑警二处处长，蔚家女儿成了一名跑单帮的女商人。故人已逝，往事也鲜有人再提及。今天蓦然提起，沈青禾只觉得莫干山的一切仿佛是命中注定，注定她要踏上父母曾走过的路，接着走下去，走得更孤单，但是也更远。

顾耀东依然被关在王科达房间的内屋里。门缝里飘进来饭菜香味，但他感觉不到饿。他注意到下水管道中间有一个铁箍，于是用指甲盖当螺丝刀，忍痛拧开螺丝，松开铁箍，果然，一条缝隙露了出来，那是两段管道的接缝处。他试了试，手铐可以顺利取出。

他用身体挡住缝隙，假装依然被铐着，然后开始在屋里乱踢乱蹬，弄出很大动静，大喊着："我要吃饭！我肚子饿了！"

杨奎和两名警员正在外面抽烟玩牌，他不耐烦地冲内屋吼了一句："别喊了！处长没交代要给你饭吃！"

屋里继续传出顾耀东的吼声："我要见王处长！我也是警察局的人！你们不能这样虐待我！杨奎——！杨奎——！"

"他妈的居然敢叫我名字！"杨奎怒气冲冲地扔下牌，用钥匙打开内屋门便冲了进去。两名警员怕出事，赶紧跟进去。

杨奎过来直接一脚踢在顾耀东肚子上："活得不耐烦了！"

"我也是警察局的人！你们擅自扣押警察！我回上海要向夏处长和副局长举报！"

杨奎更冒火了，使劲踹顾耀东，顾耀东竟也毫不示弱用脚踹他，拼命反击。

两名警员赶紧去拉杨奎："杨队长别冲动啊！万一处长看见了，不好交差！"

杨奎："处长跟内政部的人吃饭去了，我就是把他打死了也没人管！"

顾耀东："你也太小看我了。好歹我是名牌大学毕业的，跟副局长合过影，上过报！打死我了警局能放过你吗？"他知道"名牌大学"四个字对杨奎有怎样的刺激。

果然，杨奎拔出警棍劈头盖脸就朝他打来。两名警员拼命抱着杨奎往远处拉，喊着："杨队长！真要出人命的！"

顾耀东看准时机，从水管缝隙抽出手铐，冲出房间，将门反锁。

杨奎三人一怔，冲过去开门，顾耀东已经在外面用警棍别住了门把手。

杨奎："兔崽子！开门！"

顾耀东几乎是扑到那部电话前，哆嗦着摇电话，拨号："我要接上海市警察局，刑警二处。"

正是下班的时候。刑二处警员结伴走出办公室。李队长走在最后，一边走，一边织着毛衣。

小喇叭："这两天小日子闲得太舒服了，李队长，你这都是给孙子织第三件毛衣了吧？"

李队长笑着："小子长得太快，给他多备几件。"

众人锁了门，刚走两步，电话铃声响了。

肖大头："门都锁了，别接了。"

小喇叭："处长也不在，有事明天再说吧。"

李队长走了两步，犹豫着，最后还是回去开门了："还是接吧。万一是处长呢？"

他慢吞吞开着锁。

顾耀东戴着手铐的手紧紧抓着话筒，焦灼地等着。内屋的三人不断地踹门，撞门。

李队长开了门，慢吞吞走过来，拿起夏继成桌上的电话夹在肩膀上，一边继续织毛衣一边说道："喂？这里是……"

顾耀东仿佛见了救星，冲着电话大喊："队长我是顾耀东！我找处长！"

"你说处长啊？处长他不在啊……你在莫干山玩得开心不？"李队长发现有一针织错了，于是一边专心数着针数，一边心不在焉地闲扯着："去哪儿了？还能去哪儿啊，他去副局长家里，他们有牌局，这会儿可能正打得热火朝天，不好打扰的。你有什么事情先告诉我，回头我再……喂？喂？怎么断了。"他嘟囔着挂了电话。

顾耀东手有些发抖，他强迫自己镇定下来，重新摇电话："喂，我要接上海市警察局齐升平副局长家。"他转头望向房门，杨奎在屋里拼命踢着，一下，又一下，眼看门已经被踢裂了。顾耀东紧紧抓着话筒，满头大汗。

齐升平家里宾朋满座，唱片机里响着轻柔的歌声。齐升平、夏继成和两个男人在打麻将。几名夫人坐在一起聊天，另外几名男客在喝着香槟高谈阔论。

电话响了。

用人接电话："喂。你好。"她放下电话走到麻将桌旁："先生，电话是找夏处长的。"

夏继成诧异："找我？"

齐升平："把电话拿过来。"

用人拖着电话线，将电话送到夏继成身边，递上话筒。

夏继成嘀咕着："谁呀，打到这儿来了。喂？"

顾耀东听到话筒里传出夏继成声音的一瞬间，声音也有些颤抖了："处长……我是顾耀东。"

"莫干山电话线不是断了吗？你怎么打来的？"夏继成一边不动声色地听电话，一边继续打牌。

"我在王处长的房间，整个莫干山只有这一部电话能打通。处长，我觉得莫干山有问题。到这里的第二天，有一名叫邵白尘的作家发现有人埋尸体。因为这个他接连遇到危险，现在……"因为太过紧张，顾耀东说着说着竟然失声了。他清了清嗓子，继续强装镇定地说，"现在下落不明。丁小姐回上海的路上也遇到歹徒，差点被绑架。我担心其他参加大会的人也会遇到危险，因为……因为我怀疑背后下黑手的人是王……"

"和了！"

顾耀东拿着话筒愣住了："什么？"

麻将桌上，夏继成高兴地推倒牌："顾耀东，你是我的福星啊！今天晚上这还是第一把和牌！"他拿开话筒，小声对三位牌友说道："副局长，二位，不好意思，我先把电话处理了。"然后他拎着电话去了一旁："你刚才说什么，我忙着看牌，没听清。"

电话两头都没有人再说话，仿佛是两个黑洞。

顾耀东怔怔地拿着话筒，听着话筒那头稀里哗啦搓麻将的声音，过了好半天才开口说："打扰了。"然后他便挂了电话。杨奎三人破门而出，将他按在了地上。

夏继成还在那头拿着电话说："喂？哎？这臭小子……敢挂我电话！"他不悦地挂了电话。

顾耀东被杨奎按在地上拳打脚踢，警员拼命拉着杨奎，但是他已经打红了眼。

"队长！要出人命的！"

刘警官慌张跑进来："处长回来了！赶紧拉开！"

很快，王科达走了进来。杨奎这才松开顾耀东。王科达不满地瞪了他一眼，然后朝两名警员使了个眼色，二人立刻将顾耀东押回内屋，重新锁上了门。

王科达："还嫌乱子不够多吗？"

杨奎满不在乎地活动着打疼了的拳头，讪笑："他自找的。对不起，处长。我下回注意。"

王科达："带人到姓蔡的中枪现场，再仔细查一遍。现场可能有第四个人，保密局的人找不到线索，不代表真的没有。"

齐副局长家里，牌局依然热火朝天。齐升平喝了口茶，起身下了牌桌："各位太太也来练练牌技吧，我和夏处长谈点事情。"

两位太太说笑着坐了上来，他和夏继成二人去了书房。

齐升平关了门，点了根烟："电话都打到这儿来了，莫干山有情况？"

"电话里听得也不太清楚，大概就是在汇报他保护丁作家的情况。这小子好像是刚知道王处长房间里有电话能打通，大惊小怪的。如果真有什么情况，王处长应该早就跟您汇报了。"夏继成说得很无所谓，似乎那真是一通无关紧要的电话。

"王处长一直没来电话。估计也是没什么可汇报的。不过我这边倒是有个情况。你听说过一个叫杰克·福特的美国记者吗？"

夏继成假装回想了一番："是不是那个美国《生活》杂志的摄影记者？好像是年初才派来上海的吧。"

齐升平吐了口烟，有些心烦："这才来了几个月就搞得不得安宁。一个美国人，跑到上海来专门拍难民、乞丐、妓女，这不是摆明给政府难堪吗？"

"我也看过他的照片，贫富悬殊，街头行刑，市民反抗，大部分都是不适合发表的东西。"

"偏偏就是这个人，主动提出要去莫干山交流会，今天正在向警局申请通行证。我们还不好直接拒绝。"

夏继成假装不解："那就让他去吧。反正交流会也没什么见不得光。"

"继成啊，你不知道……王处长这次是带着任务去的。"

"我知道，保护会场安全嘛。"

齐升平无奈地摇了摇头，"你现在是守着二处，两耳不闻窗外事。大会是内政部办的，人也是他们邀请的，警局动用整整一个处的警力，当然不会只是去当警卫。"他看了看夏继成，压低声音说道，"这几天让他们畅所欲言，是因为他们的言行将决定自己是否还能返回上海。明白我的意思吗？"

夏继成装作恍然大悟，接着又犯起愁来："要是这样……那记者去了可是个麻烦啊！"

"内政部的意思是找个由头拒绝。局长让我来斟酌，这是把难题甩给我了。"

"我倒是觉得直接拒绝不太合适。万一莫干山有一批人回不来被他知道了，会怀疑我们不让他去是因为心里有鬼。到时候在公开场合质疑，我们会很麻烦的。不如就学丁小姐，给他也派一名私人警卫，名义上保护，实则严加防范，保证照片是干净的。"

齐升平思忖着，夏继成安静地坐着，等着他的目光转向自己。

片刻之后，齐升平果然看向了他："那就你亲自去吧，别人我信不过，还是你去我放心。再说，一个处长亲自护送，也能让我们的美国朋友感到警局的诚意。"一番安排，竟让他有几分自诩周到起来。

夏继成："这没问题。我开车送他去莫干山，全程陪同。不过……王处长那边，如果有行动，可能需要提前知会一声，我才好安排记者避开。"

"我会让他把具体行动计划告诉你，你们相互配合。"齐升平意味深长地笑着说，"莫干山秀色可餐，还是值得一拍的嘛。要是再能拍出政府和文化界代表们其乐融融的场面，那就更是皆大欢喜了。"

夏继成也笑着说："您放心，卑职一定带这位记者先生看到，中国并非只有他镜头里的腐败和混乱。"

齐副局长家的牌局散场后，夏继成就去了鸿丰米店。根据老董得到的消息，湖州游击队的同志现在已经到了山脚下的德清县，随时可以参与行动。夏继成在纸上画出了从德清县到莫干山的地图，很快，他和老董就商定好了接下来的行动计划。

夏继成："由湖州方面派一名同志伪装成货车司机上山。我们把人送到他的车上，他负责开车把人转移出去，游击队在路上接应。这是从山上下来的线路，这里是关卡，有警局的人守着，每辆车都会查，肯定过不去。在这之前有一条小路，汽车只能开一小段，但是人可以继续往山下走，一直通到河边。游击队就在这条路上等，从水路转移他们。你看怎么样？

老董："好，我来安排。"

"邵白尘是十二人名单里的其中一个，根据顾耀东提供的情况来看，青禾一直在保护这位邵先生，这说明她暂时是安全的。我明天一早就动身，中午应该就可以见到她。"夏继成一口气说完这些，似乎用了很多力气。当人陷于极度担心的时候，常常会出现这样的疲惫感。

老董知道，沈青禾是他要求亲自前往莫干山的最大理由。那个女孩是他的牵挂，不过现在，他好像还多了一个牵挂。"不得不说，顾耀东这个电话让我对他刮目相看啊，竟然有本事用王科达的电话送回来这么多情报，只身闯虎穴，这是个有胆有谋的人。"

夏继成笑了："胆是有的，谋，估计就……将来再学吧。"

他一字不漏地听清并且记下了顾耀东在电话里说的每句话。这个电话带给他的安慰，是顾耀东永远不会知道的。

一夜过去了。

王科达的房间内屋里，一名警员"唰"地拉开窗帘，盛夏灼热的阳光便射了进来。

顾耀东依然被铐着，遍体鳞伤。为了避免他再有小动作，警员将他一只手铐在下水管，另一只手铐在了床头。这一夜他也不知自己是睡着了还是昏迷了，反正脑子里一直断断续续响着搓麻将的声音，还有夏继成那声欣喜若狂的"和了"，起码在他梦里喊了七八遍。每喊一次，顾耀东的心就凉一次。

一盆水迎头泼来，顾耀东这下是真的凉透了。他猛然清醒过来，看见王科达站在他面前。

"听说，你在电话里控诉我？"王科达不紧不慢地问道。

顾耀东看着他，没说话。

"你以为夏处长会因为你一个电话，就腾云驾雾来替你伸张正义吗？你忘了，我是处长，他也是处长，他当然知道我在莫干山干什么。"

这时，杨奎开了门，但是没进来，只是站在门边朝王科达点了点头。王科达好像知道他要说什么，起身出去了。顾耀东看他们鬼鬼祟祟的样子，便知道背后又有事发生。他死死瞪着杨奎，但是除了瞪他，他不知道自己还能做什么。

杨奎被他瞪着，恨不得将他两只眼珠子抠出来："顾大警官精力过剩，今天也别给他饭吃了。好好休息休息。"说完他朝顾耀东啐了一口，也离开了。

杨奎跟着去了外面客厅，王科达从衣服内兜拿出一张信笺纸，递给他："来得正好，内政部已经确认名单了。除去失踪的邵白尘，一共二十五个人。名单你收起来。回上海的时候，安排他们坐最后一辆车。"

杨奎看了看名单，揣到兜里："知道了。车上的刹车和方向盘都改好了，到时候随便找一名当地司机，让他陪那一车人上西天。"

王科达："嗯。说你的事吧。"

杨奎递给王科达几张照片："我刚从蔡队长中枪的地方回来，这次有发现。在树林旁边发现了一段车辙。地方很偏僻，一般不会有人去。估计就是凶手开车留下的。"

王科达："看这宽度应该是货运卡车。当地车行查了吗？"

"查了，他们只有一种型号的卡车，轮胎花纹和这个对不上。但是，外来车辆有收获。"杨奎把"外来"两个字说得很重，并且朝关押顾耀东的内屋房门看了一眼。"能查到的外来卡车，有五辆轮胎花纹和照片上一样。其中一辆的车主，是沈青禾，不知道这算不算可疑？"

王科达微微一惊："马上查她的住址！"

杨奎示意外面五名警员进来："沈青禾，前两天都见过吧？你们两个分头去客栈查这个女人，她不一定用真名登记，这两天住进来的女人都要查。你们三个，带家伙，等下跟我去抓人。"

警员："是！"

三名被分配带家伙的警员进了内屋，各自准备武器。顾耀东被铐在一旁看着他们。两天两夜没有吃饭，为了打那通愚蠢透顶的电话，他又白挨了一顿打，折腾到现在，顾耀东终于有些体力不支了。

"那女的通共？"一名警员问同伴。

"不是通共，我看杨队长的意思，怀疑她就是共党。"

"沈什么不是副局长的朋友吗？"

一个"沈什么"，让原本已经昏沉下去的顾耀东惊醒了："你们在说谁？谁是共党？"

"你亲爱的沈小姐呀。"一名警员讥诮道。

顾耀东慌了，一股血冲上脑门："她怎么可能是共党！谁告诉你们的？"

"杨队长当然有证据才这么说。是不是，把人带回来一审就知道了。"

"不可能！她是来莫干山做生意的！她来会场送货！水果罐头！你们都吃了！"

没人在意水果罐头。

一名警员打趣道："哎？那天晚上在邵白尘门口吹哨子的就是你和沈青禾吧？夫唱妇随啊！"

"得了吧，他要是共党，撑不过三天，必死无疑。"

顾耀东真的慌了，使劲拽着手铐："警官！警官！"三人热络地闲聊着，根本没人理会旁边这只热锅上的蚂蚁。

"趁还没出发，先去吃点东西吧。"

"行啊，吃什么？"

"听说餐厅今天烤了面包，还不错。"

三名警员闲扯着离开了。

顾耀东拼命挣扎着嘶吼："喂！喂——！"

没人理他。门重新锁上了。

他第一次体会到哭不出来是什么感觉。他恨不得生拉活拽蜕层皮剐层肉也要将手从手铐里拽出来，可是手挤得乌紫了，手铐也陷进肉里了，依然徒劳。他大声喊着，嘴角哆嗦着，血往上冲得眼睛红了，汗往下淋得整个人凉透了。可是这些没有一丁点用处，除了让他越发像只快脱水的公鸡。顾耀东有些绝望了。

王科达很快就搜到了沈青禾用本名登记入住的客栈。房间里一切正常，桌上放了本《王云五小词典》，还有记账本和一些报纸。他翻了一遍，没发现什么有价值的东西。

这时杨奎跑进来汇报说，查到沈青禾还用另外的名字租了一间仓库，就在货运车行。王科达脸上有了笑意，租仓库来干什么？大概不是为了存货，而是为了藏人——那个被她从荒野开车救走了的邵白尘。

沈青禾照例去了仓库。每天她都会带上水和食物，坤包里装上小瓶的消炎药

398

和一小捆绷带，到仓库给邵白尘送饭换药。临走时，她会将用过的旧绷带和棉签全部带走，扔到很远的地方。今天也不例外。邵白尘说这两天都没人来过，门口连走动的脚步声都没有。沈青禾放下心来，收拾好东西就离开了。

她从二楼下来，刚走进院子，就看见一辆警车停在了前面。王科达带着杨奎和三名警员下了车。沈青禾心里一紧，只能硬着头皮走过去。

王科达看上去很惊讶："沈小姐？你怎么在这儿？"

"在这儿租了间仓库堆货。王处长，你们怎么也来了？"

"有人报警，说有形迹可疑的人进了货运车行，一直没出去。我们担心和邵作家看见的那桩杀人案有关，赶紧过来看看。"

"是吗，我在房间里点货，倒是没注意。"沈青禾一边应付，一边回忆着她是否跟邵白尘交代过墙角那排货箱的第四个可以藏身。

"既然你在这儿，我们当然要优先照顾熟人。杨队长，好好查一查沈小姐的仓库，尤其门窗，看有没有被撬的痕迹。万一真有歹徒藏在里面，那就太可怕了。"

"这就不用了吧！我临时租的仓库，就是堆了一些山货，劫财害命也不会盯上我呀。"

"这可不是普通歹徒，大意不得。"说话的时候，王科达已经示意杨奎带人上楼了。

沈青禾情急之下大声喊起来："杨队长——！杨队长——！"

她冲上楼挡在房门外，大声说："怎么搞得好像我才是犯人一样？我租的仓库你们说进就进，不合适吧？"

杨奎："行了，别装蒜了。自己心里明白。"

"杨队长，你什么意思？"她努力提高音量。

"搜出来，大家就不用讲废话了。"杨奎不耐烦地一把推开她："进去搜！"

三名警员跟着进了屋里，沈青禾赶紧跟进去。

之前邵白尘躺着的地方，已经收拾得干干净净。褥子和馒头、水壶都不见了，看不出有人住过的痕迹。她又下意识地看向第四个货箱，没有异常。沈青禾松了口气。

杨奎和三名警员迅速检查内外两个房间。王科达也仔细观察着屋内情况，除了到处堆放的货箱，就是一些脏乱的杂物，没有任何生活用品。

　　王科达看似很随意地问道："沈小姐，你平时住在这里吗？"

　　"当然不是，我住在客栈，那边不方便放货箱。这是用来囤货的地方。"

　　"哦……囤货。"王科达东看看，西看看，摸了摸货箱。

　　沈青禾一直看着王科达，忽然，余光瞥见对方身后的地上有个白色的东西。一看，是给邵白尘的消炎药，不小心掉了一片在地上，王科达只要一回身就能看到，"您看，我这里确实也不像有人进来过的样子。"她一边说着话，一边装作不经意地走到王科达身边，用脚踩住药片悄悄碾碎了，粉末渗进铺地的稻草，没了踪迹。"生意人最怕警察找上门，您就别为难我了。"沈青禾小声说着。

　　王科达回头看着她，似乎对她主动靠过来这个行为有点奇怪。青禾装作识趣地退开了两步。

　　"还是要好好查一查的。搞不好是亡命之徒啊，杀人埋尸被邵作家看见，竟然还找上门来想灭口。可惜那晚让他们跑掉了。"王科达抽出警棍，随意地敲了敲几个货箱，声音沉闷，看来里面确实装了东西。

　　杨奎和另三名警员过来集合了，都摇着头，一无所获。

　　沈青禾："没事就好。辛苦你们了。"

　　杨奎："我再到院子里看看。"刚要出去，王科达叫住了他："杨队长，等一下。"

　　王科达走到靠墙的几排货箱前，问沈青禾："里面装的什么？"

　　"山货。打算拉回上海卖的。"沈青禾不动声色。

　　"哦……那天听你说要收一批山货回上海卖，我就有些动心，想跟你合伙做这笔生意啊。"说着话，王科达忽然用警棍撬开了最上面的货箱盖子，里面堆满了干蘑菇，浓郁的香气扑鼻而来。

　　沈青禾脸色有些不好了："这次是小本生意，不想空着车回上海，所以随便买了点山货和茶叶，赚不了什么钱。王处长，下次吧。"

　　王科达朝杨奎使了个眼色："生意人，怎么能轻易下逐客令呢？"

杨奎立刻示意警员开箱检查。第一个箱子已经被王科达撬开了，杨奎用警棍在干蘑菇里一通乱搅，没发现藏了人。于是又撬开了第二个。

"就是些山里的蘑菇，实在不值几个钱。"沈青禾说着要去拦杨奎，但是被王科达伸手挡住了。

青禾质问道："王处长，我来莫干山夏处长也是知道的，都是合法买卖，这到底什么意思？"

王科达没理会她，只对杨奎说："继续。"

杨奎查完了第二只箱子，又去撬第三只。

沈青禾面如死灰，一步一步后退，暗暗拉开了她的坤包。里面放着她的勃朗宁手枪。

第三只箱子还是山货，只不过从上好的干红蘑变成了清香扑鼻的笋干。眼看杨奎要开第四只箱子，沈青禾已经准备拿枪了，门外忽然响起咔嚓咔嚓的声音。

王科达一惊，立刻示意两人控制沈青禾，一人开门，然后他掏出手枪埋伏在了门边。

门开了。只见夏继成笑盈盈地站在门口。在他身后，一名记者模样的外国人正举着相机到处拍照，咔嚓作响。

大家都愣住了。王科达收了枪，正在撬第四个箱子的杨奎也停了动作。

王科达："夏处长？"

夏继成："哟，这么热闹。"

15

不明来历的外国记者还在不停拍照。杨奎指着他就冲了过来："哎哎哎，这谁啊？谁让你在这儿拍照的？"

杰克没理会这位粗鲁的警官，扭头问夏继成："夏先生，我可以拍这些仓库照片吗？我喜欢记录这些画面。"显然，这一路上他和夏先生相处得很不错。

夏继成一脸绅士，扭头问沈青禾："沈小姐，这是你的仓库吧？"

"是。"

于是夏继成又笑着对杰克说："那您可能需要征求一下这位女士的同意。"

沈青禾也笑着："当然可以，我不介意。"

杰克："谢谢。"他朝杨奎礼貌地笑了笑，从他眼皮子底下进了屋，兴致勃勃地继续拍照。杨奎戳在那里尴尬至极。

王科达一头雾水："夏处长，这是……"

夏继成笑呵呵地说："杰克·福特，美国《生活》杂志社的记者。他想拍一期关于上海文人的专题，副局长让我亲自护送他过来。"他意味深长地压低了声音，"杰克先生以前的照片，大多是反映我们政府的不足之处，影响很大。副局长希望此次莫干山之行能展现一些正面的东西，尤其是政府和民众和谐相处，国泰民安的美好画面。"

王科达会意，示意杨奎停止行动，和另外三名警员都到一边集合站着。

这时，杰克用镜头对准了夏继成和王科达："夏先生，我给你们拍一张合影吧？"夏继成和王科达二人赶紧笑着，杰克给二人拍了一张，然后又去了门口，拍院子里成排的卡车。

王科达瞬间收起笑容，小声埋怨道："怎么能让这种人来？"

夏继成一脸无可奈何："身份敏感，副局长也不好直接拒绝啊！"

"要待多久？"

"待到结束，和我们一起回上海。"

王科达刚要发作，夏继成赶紧安抚道："别急王处长，我知道你有任务，副局长都跟我说了。"他压低了声音，"你负责任务，我负责杰克，该避开的我都让他避开。"

杰克从门口进来，举起相机对准了杨奎一行警员。

杨奎赶紧伸手去挡："哎哎哎！这就别拍了！"

王科达："杨队长，赶紧送杰克先生到车上休息！"

杨奎小声问："处长，那这儿不查了？"

王科达压着火气："没听见要和谐相处吗？相机在这儿举着呢，还查个屁。赶紧把他弄走！"

杨奎不甘心地拍了拍第四个箱子，只得作罢，悻悻地说："杰克先生，请跟我来吧。"

屋里只剩沈青禾、夏继成和王科达了。

王科达想起什么，装作随意地问道："老夏，你怎么知道我们在这儿？"

夏继成装傻："我不知道啊。我不是来找你们，我是来看我的货。"

"这批货是你的？"

夏继成笑而不语。

于是王科达假惺惺地说道："沈小姐怎么不早说，要知道是夏处长的东西，我何必还费这个事呢！"

沈青禾冷笑："您说搜查逃犯，我哪想到连货箱都要打开查呀。"

"我可是见过拿货箱藏犯人的。"王科达开着玩笑，但是三个人都听过一位心理学家的理论——这世上没有所谓的玩笑，所有玩笑里都有认真的成分。

"行了行了，既然是你的货，我还查什么呀？走了。"

夏继成领情地笑着："回上海请你喝酒。我和沈小姐说两句话，马上出来。"

"不打扰你们发财。"王科达又瞟了两眼箱子，离开了。

沈青禾给夏继成使了个眼色，示意屋里有人："夏处长，为了你这批货，我可惹了一身麻烦。"

夏继成很默契地和她谈起了生意："我知道，价格上肯定不会亏待你。"他从随身的公文包里拿了一个信封给她，"数数吧。"

沈青禾数着钱，夏继成开始在屋里找什么东西。

夏继成："有品质好的药材，尽量多收。现在什么东西到了上海价格都能翻上三倍，赚了钱我们四六分。"说话时，他找到了一个还算干净的小盒子。

沈青禾奇怪，刚要问，夏继成示意她不要说话。

王科达下楼走了过来，小声对杨奎说："你回去，找机会查一下剩下的箱子。我应付记者。"

"知道了。"

杨奎上了二楼，躲在暗处，很快，夏继成和沈青禾说着话从仓库房间出来了。

沈青禾："还有些茶叶放在车上了，东西都还不错。"

夏继成："莫干山的黄芽很有名气，货好就多收点。"

杨奎看他们下了楼，心想这二人应该是去车上看货了，于是轻手轻脚进了房间。货箱还放在原地。他刚要去开箱子，夏继成忽然推门进来了："杨队长，还有事？"

杨奎心里骂着娘，脸上赔着笑："钥匙好像落在屋里了。"话已经这么说了，他只得把戏演完，装模作样找起钥匙来。

夏继成笑盈盈地坐到邵白尘所在的第四只箱子上："别找了。跟王处长共事这么多年，我还不了解一处吗？你回来是想看我的箱子。"

杨奎听出不对，赶紧解释："夏处长，莫干山这两天出了点事，您可能不太清

404

楚……"

"我不喜欢说废话。"夏继成从杨奎腰间抽出警棍，直接撬开了第五只箱子。杨奎赶紧凑过去看，箱子里是药材，里面埋了一个小盒子。他刚要伸手去拿，夏继成忽然一脚把箱盖踩下来，压在杨奎手上，然后他不慌不忙拿出枪，抵住了杨奎的头。

夏继成冷冷地说："我已经够给你面子。想动我的货，那就是得寸进尺了。我不插手一处的事，你们也别插手我的生意。想查我的货，让王处长亲自来找我。"

"不不不，王处长没有这个意思！"

"还想看盒子里装的什么吗？"

"不用！已经看清楚了，是药材。"

夏继成看了杨奎片刻，看得他发怵了，然后又问道："真看清楚了？"

"真看清楚了！"

夏继成一改阴冷，笑着收了枪，沈青禾适时地进来了，看二人这神情就知道事情已经解决了。

夏继成装模作样问道："杨队长，钥匙找到了吗？"这话像是在沈小姐面前给他留面子。

处长给台阶下，杨奎便赶紧识趣地下来了："哦，找到了。"

"沈小姐，那我们就告辞了。"夏继成开了门等在门边，杨奎只得先出去。夏继成看了沈青禾一眼，随后也离开了。

沈青禾锁上门，赶紧打开第四个箱子，将藏在里面的邵白尘扶了出来。沈青禾发现邵白尘裤腿上有血渗出来，卷起裤腿一看，果然是小腿的枪伤裂开了。好在不算很严重。她从坤包里拿出每次随身带来的绷带和药，重新处理了伤口，收拾干净拆下来的旧绷带，关上了被王科达一行人撬开的几只箱子，又检查了屋内是否还遗落了不该遗落的东西。一切终于恢复原貌，沈青禾和邵白尘都松了口气。此时的她并没有意识到，自己忽略了一个细节，以至于在一天之后，这个疏漏险些让她丧命。

杨奎灰溜溜地上了警车。王科达看了他一眼，大概明白了怎么回事。

王科达的警车启动了，夏继成跟在后面驶出了货运车行。

回去的路上，杨奎悻悻地汇报："剩下的箱子里是药材，里面还藏了个小盒子。估计装的违禁品。"

王科达显然不太满意："只有这些？"

"我没敢细查，夏处长有些不高兴。"

"他没说什么吧？"

"就是让我别插手他的生意。"

王科达叹了口气："我们还是底气不足啊。要是姓沈的卡车轮胎花纹是唯一一个和树林那辆吻合的，今天就直接抓人了。万一弄错了，回了上海反倒尴尬。"

"处长，虽然没有确凿的证据，但以我的直觉，还是沈青禾嫌疑最大。前两天在邵白尘门口吹哨子的人，保密局虽然说是男的，但是没过多久沈青禾就挽着顾耀东回来了，这太巧了。如果说顾耀东和沈青禾是那种关系，那姓沈的完全可以利用他去做一些事情。"

王科达思忖着："当然不能排除这个女人的嫌疑。但是必须谨慎。副局长和夏继成的买卖都是通过她在经营。万一弄错人，伤了他们的财路，到时候你我都要倒霉。"

两辆车停在了王科达所住的别墅外。一行人下了车。

王科达对随行的三名警员说："安排一个房间，请杰克先生好好休息。"

三人客气地领着杰克离开了。

夏继成走了过来："王处长，刚才记者在场，有件事我不方便问。那天顾耀东打电话来，我听得稀里糊涂，他好像说……你们软禁了一个叫丁放的女作家？"

王科达想了想，说得很谨慎："不是软禁。这几天会场里发生了一些事情，她疑神疑鬼，我担心她乱说话引起大家恐慌，所以对她采取了一些措施。"

夏继成笑着："别误会，我不是要干涉什么。"他从车上拿出一张报纸，递给王科达："这两天在档案室翻资料，偶然看到一张前年的报纸，有点不敢相信。"其实这是夏继成特意去档案室，按照老董给的照片找出来的旧报纸。老董给他看过的那张照片，是杰克送给前几天新认识的记者的，而那名记者就是警委同志假扮的。所以他不能直接给王科达看照片，否则按王科达的性子，如果有心顺着照片往回查，会查出杰克来莫干山并没有那么简单。

王科达接过报纸一看，上面有一张丁家的合照。

王科达："这不是财政局丁局长吗？"

夏继成："你看看照片里的女孩。"

王科达仔细看了片刻，很是诧异："是丁放？"

"对。这是老照片了。丁作家是丁局长的千金。这篇文章是关于政府高官的家庭生活，里面提到丁局长曾经送他的女儿去美国留学，但是不到一个月，她就在美国失踪了。现在看来，丁小姐是偷偷回了上海，隐姓埋名，变成了文坛的东篱君。"

王科达盯着照片反复确认，依然有些不敢相信："丁局长的千金？"

"就这么一个掌上明珠啊，怪不得她当时有底气来警局钦点私人警卫。"夏继成一副很感叹的样子。

王科达猛然想起什么，对门口两名警员说道："去！赶紧把人放出来！"

赵志勇依然在房间里守着丁放。丁放被铐在床头，闭着眼睛一动不动。赵志勇知道她没有睡着，只不过不想看见自己罢了。

敲门声忽然响了。他赶紧去开门，见门外站着两名刑一处警员，有些紧张地问："怎么了？"

警员没理他，直接进去给丁放松绑。这时，夏继成和王科达、杨奎三人也到了门口。

赵志勇又惊又喜地喊道："处长！"

夏继成："你怎么在丁小姐房间里？"

赵志勇看了眼杨奎，赔笑着说："我来帮忙照看丁作家。"

丁放已经松了绑，她拍干净衣服，整理好头发，看起来很平静。

"丁小姐，之前不知道您的身份。误会。"王科达赔着笑，说得很客气。

丁放看也没看他一眼，而是径直走到了赵志勇面前，冷冷地盯着他。赵志勇头越埋越低，心里一边想着丁小姐大概会骂自己几句，一边想着王科达刚刚说不知道丁小姐的身份。她是什么身份？不是作家吗？还好夏处长及时来了。赵志勇思绪混乱地、不断地想着事情，这是他所习惯的逃避办法。丁放一直没有说话，赵志勇便又想，是不是因为处长的缘故，丁小姐不看僧面看佛面原谅自己了？于是他忐忑地抬头看向丁放。

一抬头，丁放挥手给了他一个耳光。

赵志勇愣住了。

丁放推开夏继成，又走到杨奎面前，抬手要打，被杨奎死死抓住了手。

杨奎依然很傲慢："丁小姐，是我们怠慢了，消消气。"

王科达对杨奎和手下警员厉声喝道："你们先出去。"

杨奎甩开丁放的手，带着警员离开了。

夏继成看着赵志勇，心情有些复杂，拍了拍他的肩膀说："你也回去吧。"

赵志勇木然地走出房间，身后的门被关上了。他脸上挨打的地方有些发红，眼神渐渐黯淡了下去。他心想，丁小姐并不是讨厌自己，只是太生气了，以至于忘了自己也是被迫为之。赵志勇从来都是一个擅长自我安慰的人，很多情绪，熬着熬着也就过去了。那时候他并不知道，那些隐而未发的情绪并没有真正被忘记，它们只是沉积在心底，仿佛雪崩前的最后几片雪花，悄无声息。

王科达请丁放坐下了："早知道您是丁局长的千金，就不会有这种误会了。"

丁放有些戒备："你们怎么知道我的事？"

夏继成："只是碰巧。"

王科达："既然是自己人，你也知道哪些话是不能对外讲的了。万一因为风言风语出了岔子，南京追责下来，你麻烦，丁局长也麻烦，那就不值当了。"

"我们家自己的事，轮不到外人操心。"丁放说得不留情面，这让王科达很尴尬，"顾耀东为什么不来接我？"

王科达没说话。

丁放明白了，一声冷笑："你们把他也软禁了。"

"毕竟你们单独在外一夜，警员擅自外出，按纪律我们是要调查的。"

"他是我请来的私人警卫，如果调查完了没问题，麻烦让他尽快回来站岗。"

王科达讪讪地："那当然。"

丁放看了他两眼，又看了看夏继成，面无表情地离开了房间。

房间里只剩下夏继成和王科达了，夏继成仿佛是经丁放这么一提醒，才想起自己还有名手下，于是笑盈盈地问道："王处长，顾耀东呢？"

王科达没好说话，干咳了两声。

顾耀东依然被铐在那间内屋，声嘶力竭地从早上吼到下午，已经耗尽了他的力气。听见有人开门，他猛地惊醒过来。开门进来的是杨奎和王科达。

他有些腿软，一边挣扎着站起来一边大喊："王处长！沈青禾她不可能是共党！你们……"

话音未落，夏继成从门外走了进来。

顾耀东愣住了。

夏继成走过来蹲在他面前，一言不发地打量他。遍体鳞伤，眼睛通红，像只被挂在这里浇了开水等着拔毛的落汤鸡。

就这样看了片刻。

夏继成从一旁捡起顾耀东的警帽，戴在他头上，扶正，然后起身，笑着看向王科达："现在该把人还给我了吧？"没什么疾风骤雨，他只是淡淡地问了一句。

王科达竟有些不寒而栗。

从王科达的房间出来是一条通道。通道有些窄，地上铺着铁锈红的木地板，前方不远就是别墅大门，门上有好看的拱形彩色玻璃，夏继成快步走在前面，顾耀东拖着软成面条的腿，一路跟在后面。走廊里安静得只能听见外面的蝉鸣。阳光穿透彩色玻璃照进来，五光十色，仿佛现在的一切都是半梦半醒间。

顾耀东着急忙慌地追上去，刚喊了句"处长"，夏继成倒是先不紧不慢地说话了："你在这儿遇见沈青禾了？"

他轻松得让顾耀东更心急了："是，王处长他们……"

夏继成咧嘴一笑："我刚见了她。沈小姐让我转告你，下半年的房租她已经赚到了，回去就交钱。"

这下顾耀东愣住了："她没事？"

"没事啊。就是忙着她的生意。"

"王处长怀疑她是共产党!"

"不可能。你看她数钱的样子就知道了。"

"可是一处的人说有证据!"

"你信了?"

顾耀东想了想:"不信!她除了赚钱什么都不会,绝对不可能!"他决定让这几天发生的事成为他和沈青禾之间永久的秘密,他会替她守口如瓶,尤其是在这位处长面前,决不泄露半个字!

"这就对了啊!"夏继成很配合地相信了。

顾耀东还是不太确信,心想这处长一看就不是个谨慎的人,昨天打电话他还在搓麻将,怎么可能今天一来莫干山就弄清楚情况了?他小跑着跟在后面,叽叽咕咕:"王处长真的就这么算了?没有抓她,也没审她?"

"嘭"的一声,顾耀东一头撞在了夏继成身上,也不知道他什么时候停下来了。

夏继成拍了一下他的警帽,一字一句笃定地说:"沈小姐是我的生意搭档,除非有确切证据证明她通共,否则抓她就是断我的财路。王处长不会这么干的。"说罢他转身继续朝外走去,"晚上八点她应该在客栈,要是不相信,你可以自己去问她。"

顾耀东在后面望着夏继成的背影,有些纳闷,这位处长常常让他纳闷。阳光从拱形玻璃直射进来,不时被夏继成挡住,他的背影也变得忽明忽暗。有那么一瞬间,顾耀东觉得处长似乎不是自己看见的那个处长,但是那声欣喜若狂的"和了"立刻就从他脑子里蹦了出来,于是他打消了这个念头。

顾耀东和夏继成敲开丁放的房门时,她已经换了一身干净整洁的衣服。见她安然无恙坐在窗边看书,顾耀东松了口气。

丁放一抬头,看见顾耀东脸上有伤:"你脸怎么这样了?"

"不小心撞了一下,没事。回来以后没有人为难你吧?"问完以后,他就看见丁放看了眼夏继成。

"没有。问了几句话，就让我回来了。"

"没威胁你什么吗？"

丁放闪烁其词："本来有些误会，不过夏处长替我解决了。"

顾耀东狐疑地转头望去，夏继成悠闲地靠在门边，得意地朝他抬了抬眉毛。

"顾警官，其实……"丁放犹豫着是不是应该把软禁的事如实告诉他，但是刚开口就被夏继成打断了。

"顾耀东，没事的话就不要影响丁小姐看书了。"

"那我不打扰你了。"顾耀东转身要出去，又想起什么，"丁小姐？"

丁放有些期待地看着他。

"那个……我的衣服。"

丁放没反应过来："什么？"

顾耀东小心翼翼："我的制服，能还给我吗？"

连夏继成都嫌他不解风情了，他把脏兮兮的制服塞给顾耀东，一把将他推了出去，自己赖在里面，还关了门。

他走到丁放面前，小声说："他和你不一样。你说得越多，会害他越多。"

"我不明白你的意思。"

"王处长是来执行任务的。如果出了问题，他查到顾耀东从你这里知道了一些上层的秘密，你觉得他会放过这小子吗？"

丁放有些惶恐："你们到底要在莫干山干什么？"

"那是王处长的事。我不关心。只有一点，别把顾耀东拉下水。他是个傻子，有时候会拿自己的一切开玩笑。"

丁放见过夏继成几次，几乎每次都是吊儿郎当，和身边认真诚恳的顾耀东截然不同。但说这话时，夏继成难得认真，也难得诚恳，丁放便知道这件事不能由着自己的性子来了。

门开了，夏继成若无其事走了出来，顾耀东看着他只觉得十分可疑，怀疑他刚刚在屋里威胁了丁放什么。

于是他很认真地对丁放说："回上海之前我始终是你的警卫。不管有没有危险我都会守在周围的。"说着他还特地瞟了一眼夏继成,"不用理会别人的话。"

丁放:"放心,王处长和杨队长不会为难我了。这是真心话。"

夏继成一脸嫌弃地看着顾耀东:"别整天疑神疑鬼。莫干山没你想的那么可怕。丁小姐,他两天没吃饭了,我先带他填肚子去。"

顾耀东还犹豫着不肯走,夏继成一把搂住他的肩膀,嫌他丢人现眼似的裹挟着他离开了。一路上顾耀东还挣扎着回头大喊:"不管他们跟你说了什么,你都不用怕!"

丁放望着他,心情复杂。一个在警局不入流的小警察拼尽了全力保护自己,到现在还在担心她的安危。也许在夏继成、王科达和杨奎眼里,顾耀东就是个被丁大局长的女儿戏弄了的傻子。这一刻,她无比希望自己真的只是一个无权无势无背景的东篱君,无比希望自己真的命悬一线甚至最好有个三长两短,至少这样能不枉费他的一番真心。

还是在那家镇口附近的小面摊,顾耀东抱着一大碗咸菜面狼吞虎咽,旁边已经放了两只空面碗。夏继成似乎不饿,坐在一旁津津有味地看他吃。

"为什么给我打电话?"

"我以为你和王处长不一样。"

"哦。现在觉得呢?"

顾耀东看了他一眼:"处长,我该说实话吗?"

夏继成想了想:"算了吧。你可能觉得我还不如王处长呢。玩忽职守,游手好闲?"他明知道这呆子嘴里说不出好话,但莫名又有些期待。

顾耀东看了他片刻,没说话,埋头继续吃面。

夏继成气得嚷嚷:"你个臭小子!三碗面白请你吃了!"

"我两天没吃饭了。"

夏继成闷了半天,转头朝老板喊道:"再煮两碗面!"

顾耀东又吃了几大口,包着一嘴面问道:"处长,你觉得莫干山真的安全吗?"

"不然你怎么能坐在这儿安安稳稳地吃面。"

"邵先生下落不明，那两个假装司机想骗走丁放的人也没查到，还有到这里第一天就发生的杀人案……这么多疑问，我怕这风平浪静是假的，很多东西被掩盖了。然后明天天一亮，就跟什么都没发生过一样。"

"跟我说这些话，不怕我再让人关你禁闭？"

顾耀东苦笑："怕你干什么？你根本不会在乎我说的这些东西。这些对你不重要。"

夏继成看见顾耀东眼里竟多了一丝苍凉。短短这几日，他经历了很多，想了很多，也许心里还有一些东西被动摇甚至摧毁了。但有一点夏继成丝毫不担心，面前这只已经吃了三碗面的饿鬼，依然是那个刚来警局时大声喊着"匡扶正义，保护百姓"的小警察。

"面来了——"老板将两碗热腾腾的咸菜面放到顾耀东面前。

"处长，谢谢您的面。"说完又埋头大口吃起来。

夏继成嘀咕着："都说吃人嘴软，你这小子怎么不按常理呢？"说这话时，他露出了一个不经意的笑容。

太阳已经西斜了，赵志勇一个人站在主楼外，朝入口大门张望着。餐厅就在这栋楼里，饭菜香味已经从里面飘出来了，听说今晚还有煎牛排，他似乎已经能闻见铁锅上的焦香。他刚刚已经在里面找了个好位置，还专门跟服务生交代了，免得被别人占了去，最后他还跟餐厅特别要求加了一瓶红酒。处长大老远从上海过来，当下属的自然应该好好安排，顾耀东是不懂这些人情世故的，只能自己来张罗。

不一会儿，夏继成和顾耀东从外面回来了。

赵志勇赶紧挥手喊着："处长！"

二人走了过来，夏继成拍了拍他的肩膀："你一个人带着这个拖油瓶，累坏了吧？"

赵志勇有些不自在地看了眼顾耀东，"顾警官进步很快，我没帮上什么忙。"他似乎不太想讨论顾耀东，话题一转说道，"处长，这里的餐厅还不错，听说晚上有煎牛排，我在里面找了个好位子，一起吃饭吧？"

夏继成:"不用了。我们吃过了。"

赵志勇很意外:"吃过了?"

夏继成瞪了眼顾耀东:"本来只是想随便请他吃碗面,结果这饿鬼一口气吃了五碗!真是花处长的钱不心疼啊。"

饿鬼还嘴:"您让我吃饱为止的。"

"那是客套话!"

二人你一言我一语,夏继成对顾耀东的抱怨,在赵志勇看来全是偏爱。他被冷落在一旁,心里五味杂陈。

"再顶嘴,面钱从你薪水里扣!气死我了!"夏继成一边嚷着,一边假装气哼哼地离开了。

剩下顾耀东和赵志勇两个人杵着。

顾耀东刚要说话,赵志勇先开了口:"你也吃不下了吧?没关系,我还约了其他人一起。你回去吧。"他勉强挤出一个笑容,自己进了餐厅。

晚餐时间总是很热闹的。服务生依旧端着香槟托盘穿梭其间,美丽的小姐依旧弹着钢琴,周围的文人和刑一处警员都是三三两两一桌,只有赵志勇形单影只,闷头吃饭。晚餐果然有牛排,人人都在夸赞鲜美多汁,焦香四溢,只有他吃着心里发酸。

晚饭过后,赵志勇又在外面一个人坐了会儿,然后才回了屋。赵志勇不像平时那样热情,正在洗衣服的顾耀东和他打招呼他也没回答,只闷头到床边看报纸。顾耀东有些尴尬,只能继续搓衣服。

赵志勇下意识地摸了摸挨耳光的地方。

顾耀东看他脸有一片发红,关心道:"你的脸怎么了?"

赵志勇赶紧放下手:"丁小姐没告诉你吗?"

"没有啊。"

赵志勇看他脸上青一团紫一团,说道:"我没事……你先管好你自己吧。"

两个人之间忽然尴尬了。

顾耀东一边洗制服,一边使劲想着话题。忽然想起一件事:"对了,谢谢你拜托王处长来找我们。"

"是沈小姐的功劳。"

"还是谢谢你。"

赵志勇有些蹿火："你要是实在没什么可聊的，安静洗衣服就行。"

顾耀东不吭声了，自己去窗口晒制服。赵志勇看着那件制服挂在窗口上飘来飘去，就想起了那天丁放把自己裹在制服里的样子。那么脏的衣服，她穿得那么爱不忍释。赵志勇犹豫了会儿，还是没忍住问道："顾耀东，你和丁小姐在山里单独住了一夜……发生什么事了吗？"

顾耀东显然在回避："没有。没什么事。"

"我看见她回来的时候穿着你的衣服。"

"山里太冷，我就借给她了。"

"如果不是因为知道你和沈青禾的关系，我差点都要以为你和丁小姐才是恋人了。你们看起来真的很亲密。"

"这怎么可能，我只是个警卫。"这句话顾耀东说过很多遍，但是这一次，他有点底气不足。

"你当自己是警卫，可她把你当英雄啊。"

顾耀东一时哑然。

赵志勇很失落，他转开脸不去看顾耀东，自言自语着："谁都知道你们不会有危险，我还是担心了一夜。可她只把你当英雄，我反倒成了无耻懦弱的人。连处长也是一样，来了莫干山第一件事就是单独带你去吃饭。跟我呢？说了不超过三句话。我这个人，好像真的没什么用。"

"当然有用！我进警局的第一天，你就教我生存法则，所以我才没被开除，现在还能来莫干山执行任务。赵警官，你真的帮了我很多！"

这不是安慰，是顾耀东的真心话。赵志勇听着却只是苦笑："你什么都不会，却能在警局待到现在，知道为什么吗？不是因为我教了你生存法则，也不是因为你比我勇敢比我聪明，是因为你运气好。"

赵志勇落寞地离开了。顾耀东转头看着镜子里自己的伤，不知该说什么。

夏继成和顾耀东分开后，去了王科达的房间。王科达接了一通齐副局长的电话，讲完电话，他就让杨奎给了夏继成一张名单。

王科达："这是最后确定的名单。内政部的意思是这些人绝不能留了。"

夏继成目不斜视："这个我就不看了，毕竟我又不参加行动。"

"副局长交代了，你还非看不可。"

"我管好杰克就行了，这个看了也用不上啊。再说这涉及保密问题，还是不知道的好，一身轻松。"

王科达直接将名单塞到了他手里："到了这儿你还想躲清闲？副局长刚刚在电话里说了，不光要看，还要记住这些人，防止记者跟他们单独接触。这可是原话！万一他被那些人煽动，搞出几篇反内战反饥饿反迫害的新闻，大家都难堪。"

"我怎么接了这么个烫手山芋！"夏继成牢骚满腹地打开名单，一边默记，一边装作随意地聊着天，"对了，我们上山的时候听关卡警卫说，普通车辆只有每天晚上七点放行一次？"

王科达说得很无奈："邵白尘失踪以后，我们就开始管控关卡了，防止再被共党钻空子。压力太大啊！"

夏继成看完了名单，有些惊讶："这上面二十五个人，都要除掉？"

"对。都是死硬分子。"

"动静这么大，怕不好跟外界交代啊。"

王科达和杨奎对视了一眼，笑着说："这个你放心。回上海的路上，让他们坐同一辆车，路上我们会安排一场交通意外，谁也追究不到我们头上。"

夏继成赶紧做明白状："哦，对，对，意外……行了，这两天我好好看着美国记者，回上海我也亲自开车送他。该回避的都回避。"

看完名单，他递给了杨奎。杨奎顺手将名单装进了左胸前的口袋里，这已经是他的习惯，但今天夏继成格外留意了这个细节。

王科达："夏处长，吃饭了吗？"

"吃过了。和顾耀东一起吃的面。"

王科达想了想，还是说道："顾警官的事，不好意思啊。情况特殊，他又……太有主见，我只能采取这种措施。"

夏继成脸上看不出喜怒："不提这个了。"

"我和杨队长还没吃饭，一块儿再去吃点？"

"你们去吧。我折腾了一天，累了。"夏继成跟着起身朝外走，装作忽然想起来："王处长，我方便在你这儿打个电话吗？"

"这有什么不方便。"王科达嘴上爽快，心里却盘算起来，他对杨奎说，"门口等我一下，我换件外套。"

夏继成也不介意，当着王科达的面摇起电话来。

上海的金门饭店大堂里，老董一身商人打扮，站在吧台边。他看了眼手表，正好八点。这是他和夏继成约好的联络点。

电话准时响了。

服务生接电话："喂，您好。金门饭店咖啡厅……请问，哪位是佟先生？"

"我是。"老董从服务生手里接过电话，"谢谢。"

电话里传来夏继成的声音："佟先生，我今天看了那批药材，品质确实很好，拉回上海就算价格翻三倍也会是硬通货。沈小姐为了收这批货累坏了，今天看见我好一通抱怨。"

王科达换着外套，耳朵听着电话。

"要不是之前答应过分给你两箱，我是真舍不得啊。"夏继成捂着电话，朝王科达笑笑，"生意上的事，见笑了。"

王科达也笑笑："我就不杵在这儿影响你了。"

夏继成目送他离开房间："你的货明天就可以叫人来拉走。东西就在莫干山货运车行的仓库，现在关卡有管控，每天只有晚上七点放行一次。就让你的司机晚上七点上山吧，我让沈小姐八点在仓库等他。"说完他挂断了电话。

一辆黑色轿车停在客栈外。一个穿着风衣，戴着帽子的男人下车，进了客栈。

沈青禾披了件蓝色小开衫，坐在写字台前翻着那本《王云五小词典》。一旁的账本上，画了一个茶叶价格的表格，里面写着几行数字，像是价格和数量。这是只有沈青禾和夏继成能看懂的密码。在苏联接受特训时，他们就开始将情报变成英文字母、数字和汉字交错的代码，隐注在《王云五小词典》里，解码索引则是关于货物交易的手绘表格。这些年来，夏继成和沈青禾的生意不断，情报也不断。夏继成能知道沈青禾的第二个落脚点在货运车行仓库，就是因为看到了她留在账本上的信息。

门外响起敲门声。沈青禾起身去开了门，外面的光线有些昏暗。一个男人风尘仆仆地站在那里，帽檐下，是那张再熟悉不过的面孔。

屋外下起小雨，天色渐暗了。屋里亮着橘色的小台灯，温暖而隐秘。

夏继成靠在窗边，沈青禾坐在书桌前。他一边凭记忆背出名单，她一边在纸上记录。

沈青禾很错愕："二十五个人？这么多？"

"对，比我们预估的多一倍。都是文化界参加反内战运动的领头人。内政部和警局串通好，后天要在回上海的路上动手。所以我们必须提前。"

"我的任务是什么？"

"明晚八点，湖州地下党会有一名同志到货运车行仓库接人，我需要你把这张名单上的人带过来。"

"这没问题。我已经想好了，邵先生可以帮我。"

"邵白尘？"

"对……其实，这个人和我还有些渊源。"

夏继成有些意外地回头看她。

"我也是才知道的，我父母曾经帮过他。上海沦陷的时候，他以为蔚家所有人都死在日本人刀下了。他不知道还有一个蔚青未，被你救了下来……今天又是你……"沈青禾在说自己的往事，但并不悲凉。相反，她得到了那段痛彻心扉的往事留给她的唯一一份礼物，并且一直牢牢捧在手心。那就是夏继成。

往事如大雨倾盆，片刻间他们任自己沉浸其中，当窗外的雨声清晰起来时，他们的思绪便又回到了这间客栈，这盏小台灯下。

再开口，依然是任务。

"王科达如果没有确凿证据，暂时不会再找你麻烦。但还是多加小心。"

"我会的。对不起，我没有按时返回上海。名单交不出去，也找不到人接应，我能想到的办法，就只有留下来了。"

"你不用自责，换了我也会这样做的。"

沈青禾看着他靠在窗边的背影，欣慰地笑了笑，"我本来以为会是警委其他同志来莫干山……"她怀着一丝小心、一丝期待地问，"是你向老董申请的吗？"

"老董派我来的。可能他觉得，以我的身份来莫干山最合适吧。"他说得轻描淡写，也合情合理。说的人一如既往隐瞒了自己的关心，听的人也一如既往相信了。

夏继成："名单记得及时销毁。明晚八点，你把人带到仓库，送他们上了车，你的任务就完成了。其他事交给我。"

"知道了。"沈青禾似乎是随口问道，"对了，顾耀东怎么样？"

夏继成有些意外，但很快就明白过来，忍不住笑了。

"你笑什么？"

"问题不大，还能吃得下五碗面。"

于是沈青禾也一脸傻笑："哦，吃得是有点多。"

夏继成无奈地看了她一眼："我笑的是，他被王科达放出来以后，第一件事就是问你的情况。现在你见了我，也是一样。"

沈青禾半天才反应过来："我明明是最后才想起来，随口一问。这不一样！"

夏继成看了一眼手表，七点五十分。他朝窗外望去，雨已经停了："他说八点到楼下找你。差不多快到了。我先走了。"

夏继成离开了，沈青禾一个人站在屋里，不知道该不该下楼。

黑色轿车慢慢开走了。夏继成一直看着后视镜，不一会儿，那个穿制服的身影出现在了后视镜里。又过了一会儿，那个披着蓝色小开衫的身影也出现在了后视镜里。

夏继成笑了，一丝欣慰，一丝释然。他踩下油门，车子很快便消失在了暮色里。

顾耀东湿漉漉地站在路灯下，看着沈青禾朝自己走来，总算松了口气。她真的安然无恙。

两个人站在路灯下，都有些不自在。

"你来找我有事？"沈青禾先开了口。

顾耀东看了看周围，将她拉到远离路灯的地方，然后从兜里拿出了那颗琉璃小花。

"这是我捡到的。"顾耀东盯着她，"在树林里。"

沈青禾看上去一脸不解："这是什么？"

"你发夹上的花。我不会认错的。树林里开枪的人是你吗？"

"我不明白你在说什么。"

"我不想打探你的身份，只想知道邵先生是不是被你救走了。"

沈青禾有些生气："顾警官，你这样的猜测会给我惹麻烦的。"

顾耀东很诚恳地说："这两天我们一起遇到的事，我没告诉过任何人，包括夏处长，你是可以相信我的。"

他还想再说什么，沈青禾从兜里拿出了一枚发夹，上面的三颗琉璃小花完好无损。"你捡到的东西根本不是我的，我没去过树林，更没开过枪。你让我怎么回答？"

顾耀东看着那三朵小花在发夹上熠熠生辉，愣住了。

"这种发夹是最普通的款式，大街上很多女孩子都有。单凭这个东西就断定我是你要找的人，这太武断了。"

希望变成了失望，他有些泄气："这么说，邵先生还是生死未卜。"

沈青禾觉得自己有些不近人情了，于是缓和了口气："明天大会就结束了。等回了上海，邵先生的下落肯定能弄清楚。会场里还有那么多作家文人需要保护，你不能为了一个人整天心神不定啊！"

顾耀东这才一副醍醐灌顶的样子。

"如果顺利，我明天也能返回上海。最后一天了，我很忙，估计你也会很忙。

顾警官，我们上海见吧。"

顾耀东笑了："上海见。"

沈青禾心情复杂地朝客栈走去。"上海见"，这三个字如同空军飞行员挂在战斗机上的照片，是她最大的牵挂。她眷恋上海，但每一次离开时，她也做好了不能再见的准备。

转眼就到莫干山文化交流大会的最后一天了。参会人员在主楼门口拍大合照，太阳明晃晃地照下来，一群警员用力举着明晃晃的反光板。

杰克："高点！再高点！"

顾耀东将反光板高举过头。相机一闪，晃得他躲在反光板后睁不开眼。

内政部官员激情澎湃地喊道："现在我宣布！经过和平、友好地探讨，本届莫干山文化交流会圆满结束！今天晚上，内政部将在餐厅举办晚宴，为诸位践行！"

掌声四起。文人们互道珍重，官员们四处赠送礼物，表达感激之情。这几天在交流会上，人们尽情讨论了政治和经济，表达了对国民政府的不满和期待，表达了对停止内战的渴望。内政部非但没有任何为难，态度还异常谦逊。于是人们相信这场莫干山交流是一次成功的对话，回上海后，一切都会好转起来。

人们相互握着手，仿佛之前发生的一切只是一场梦。只有顾耀东一个人站得笔直，充满质疑地盯着每一丝风吹草动。

夏继成走过来，"啪"地打了一下他的警帽，帽檐挡住了顾耀东的眼睛。

"放松点！别瞪着眼睛看谁都像犯人！"

顾耀东扶起警帽，还是一副随时准备应战的样子。

杰克举着相机过来了："夏先生，我可以给你们拍一张合影吗？"

夏继成立刻换了副笑脸："当然可以！"

他亲热地搂住顾耀东的肩膀。顾耀东板着脸站得笔直。

夏继成小声说："王处长答应把你放出来可是有条件的。最后一天了，别给人家添麻烦。"

顾耀东还是绷得笔直，像个兵马俑："处长，您不知道这几天莫干山发生了什么。突然的风平浪静才是最可怕的。"

杰克按下快门，于是画面定格了夏继成的笑脸和顾耀东正义凛然的黑脸。

一辆黑色轿车开进会场大门，停在了远离人群的树下。车窗摇下半截，车里的人望向远处的丁放。

几名青年作家正拉着丁放照相，一名警员跑了过来："丁小姐，你有电话。"

电话是打到王科达房间里的。警员将丁放领进来后便离开了。王科达把电话递给丁放："是丁局长。"

父亲严厉的声音从话筒里传来："我派了车去莫干山接你，车已经到楼下了。马上收拾行李回家。"

"我明天和大家一起坐警局的车回来吧，我不想搞得那么特殊。"

"这次你必须听我的！否则我不会再同意让你一个人住在外面。"

父亲说得不容商量，几乎是在命令。电话那头"咔哒"挂断了，丁放只能也无奈地挂掉了。

王科达："丁小姐，车就在楼下。"

丁放："到底为什么要我提前一天走？"

王科达："出于安全考虑，还是提前回去比较好。"

丁放听得疑惑："出于安全考虑是什么意思？"

王科达皮笑肉不笑："明天上车的人多，多少会有些混乱，我怕照顾不周啊。再说你的专车已经到楼下了，你就只管收拾行李，舒舒服服回去。"

丁放望着他愣怔了片刻。她走到窗边，看见了停在树下的黑色轿车。她又朝另一边望去，那里是正在愉快合影留念的文人作家，人们开怀谈笑着，尤其是那一群年轻的作家，看起来无忧无虑。然而丁放心底却涌出一丝恐惧。

"那些人呢？"

"今晚内政部践行，明天一早坐车返回上海。就这样。"

丁放怀疑地看着他："好，我答应回去。不过我要带顾耀东一起。"

王科达不想再多谈，开门送客："他是你的私人警卫，这个随便你。"

杨奎正等在走廊，丁放出来时看了他两眼。

杨奎："看什么，还想打我呀？不想走就不走吧，我还巴不得你留下来。"

王科达呵斥道："杨奎！"

显然，他们有话不能让自己听见。丁放惶惶地转身离开了。

王科达压低声音："跟她说这些干什么！"

杨奎啐了一口："她不是想打我耳光吗？我看她最好也坐那辆车。"

"闭嘴！"

丁放听见身后二人进了屋，门关上了，心底越发恐惧。

顾耀东一直注意着那辆停在树下的黑色轿车，之前没在会场见过，停在那里半天了也不见有人下车，着实可疑。他一边想着，一边走了过去。

夏继成示意一旁的赵志勇过来："看着他点，别让他再惹事。"

赵志勇有些不情愿："是。"

顾耀东走近那辆黑色轿车，敲了敲车窗玻璃，一个男人摇下了车窗。他朝里面张望，车里还坐了两个保镖模样的男人。

顾耀东："你们是什么人？"

刚问完，三个男人忽然一推车门下来了，看这架势像是顾耀东又捅了马蜂窝。赵志勇赶紧过来拉开他："处长让你别惹事！"

"小姐。"两个男人恭敬地喊道。

二人回头一看，原来是丁放过来了。

"他们是我爸爸的手下，来接我回上海。"

丁放说得轻描淡写，但是顾耀东和赵志勇都蒙了。

顾耀东："你爸爸还有手下？"

"他是上海财政局局长，有很多手下。"

顾耀东还是一头雾水："你不是一个人孤苦伶仃在上海，靠写小说维持生计吗？之前你被记者骚扰，连一个能投靠的人都没有，还只能住到我家里。"

丁放沉默片刻，对三名保镖说道："你们在车上等我。"

赵志勇看着丁放，他明白丁放有话要说，但并不想说给自己听。别说正眼，她连自己这个方向都没有看过一眼。于是他也消沉地退到了一旁。

丁放："对不起，我骗了你。我在上海有很好的生活。变成'东篱君'只是为了逃避父母，因为那是我向往成为的人，可我并不是。"

丁放瞥见王科达和杨奎从楼里出来了，王科达跟几名警员交代着什么，杨奎则不时看向自己和顾耀东。

她皱起了眉头："去收拾行李吧，我们回上海。"

顾耀东："我们?"

"我有点私事要提前回去。我在车上等你。"说着，她准备上车了。

"我要留下来。"

丁放意外："什么?"

"我明天和其他人一起回上海。"

"可是……你来莫干山是为了保护我，我都回去了，你还留在这里干什么?"

"这里还有这么多人。"

丁放想起夏继成的暗示，如果把自己的担忧告诉了顾耀东，他只会更坚决地留下来，于是只说道："你是我的私人警卫，你从上海把我送来，就应该把我再送回去!"

顾耀东："如果是以前，我不会这么说。我想现在可以了。即使没有我，他们也会把你安全送回上海的。我要留下来，这里还有我想保护的人。"

丁放怔了片刻："是沈青禾吗?"

顾耀东没说话。

杨奎已经走了过来，假惺惺道："顾警官，你不去收拾行李吗?"

顾耀东："警局任务还没有结束，我要留下来。"

丁放："顾耀东!"

顾耀东："你回去吧。"

丁放急了："你怎么比我还固执!"她恨不得将心里所有的担心、怀疑一股脑说出来，但是这时候，她看到了杨奎的眼神，如果让杨奎看到自己把这些担心、怀疑告诉了顾耀东，他会怎么对顾耀东? 可如果什么都不说，他也许会陷入更大的危险。忽然，丁放走上去，忘情地抱住了顾耀东。

赵志勇一怔，赶紧转开脸。杨奎也以为是离别之前的扭捏，厌烦地看向了别处。

顾耀东像根木头似的被丁放抱着，一动不敢动。这时，丁放在他耳边小声说："离杨奎远点。明天可能会出事。"

他愣住了。丁放松开他，转身上了车。

车开走了。杨奎冷笑一声，朝远处走去。顾耀东转头望向杨奎，赵志勇则望着顾耀东，五味杂陈。

那名在交流会上慷慨陈词的民盟代表闻少群，正和几个朋友站在一起聊天。夏继成和杰克说笑着从他身后走过。

过了片刻，闻少群觉得不对，伸手一摸，发现兜里多了一支笔。他认出那是邵白尘的东西，诧异地回头望去，但是人群里并没有邵白尘的身影。除了几名文人，就只有那名姓夏的警察处长和美国记者在聊天。

邵先生不是回上海了吗？他心生奇怪，单独去了一旁，打开笔帽，只见里面塞了一张字条，画着树林里的凉亭。

很快，夏继成就看到闻少群单独离开了会场。

在树林的凉亭里，闻少群果然见到了邵白尘。当邵白尘把自己的经历以及警察局要在回城路上下毒手的事一五一十告诉他时，惊喜变成了震惊和愤怒。身为国民政府的警察，戴着保护者的面具，竟然在暗地里干刽子手的勾当。

长长的谈话和沉默后，闻少群答应了邵白尘的提议——动员名单上的二十五人，一同撤往延安。这不是当逃兵，而是和志同道合的人一起战斗。

事情一切都很顺利，直到王科达接到齐升平从上海打来的一个电话。

当天晚上的践行宴丰盛到近乎奢侈。餐厅里所有灯都亮起来了，每张餐桌还额外摆上了一篮子矫揉造作的插花，衬得一室生春。服务生端着托盘供应美酒，内政部今晚格外慷慨，红酒、香槟比平常多了许多，连端酒的服务生也增加了好几名，大有让人不醉不归的架势。

顾耀东和赵志勇坐在一桌，顾耀东拿着筷子心不在焉，一块肉夹了半天也没夹起来。他的注意力全在隔壁桌正和刑一处警员吃吃喝喝的杨奎身上。

夏继成和杰克喝着美酒谈笑风生,四处应酬,顾耀东的那点心思全看在他眼里,但现在他更关心的是王科达。践行宴所有人都到场了,唯独王科达不在。这时,一名警员跑进来对杨奎耳语了一番,杨奎便起身离开了。

夏继成借口喝多了有点头晕,从人群里退了出来。经过赵志勇身边时,他小声说:"你看着顾耀东,吃完回房间,晚上别到处瞎跑。"然后就离开了餐厅。

顾耀东根本没注意到夏继成,他一直盯着杨奎,见杨奎出去了,也想跟出去,被赵志勇拉住了:"处长刚交代,吃完饭就回房间。你别为难我。"

他说得冷冰冰的,顾耀东犹豫着只好坐下了。

杨奎刚一进王科达办公室,就听到他交代一名警员:"马上通知上山的关卡关闭,明天我们离开以后才能恢复。"

警员跑步离开了。

杨奎走了进来:"处长,您叫我?"

王科达:"你马上去一趟货运车行,告诉经理从现在开始到明天我们离开,车行里的车一辆都不许动。所有车钥匙封存,如果有人擅自动车,按扰乱治安处理。"

杨奎:"出事了?"

"没事,以防万一。齐副局长刚刚打电话,说是保密局去局长那儿告状了,怪我们警局大意,害他们损失了一个蔡队长。他担心共党会再搞小动作,我们要是再出差错,那就没法替自己说话了。"

"我们害他们?那不是瞎扯淡吗?"

王科达一脸无所谓:"戒严也好,从今晚开始禁止一切车辆进出,明天行动结束以后再解除。一了百了,今晚还能睡个安生觉。"

夏继成敲门进来,见二人在说话,装作要退出去:"哎哟,不知道你们在谈事情。我过会儿再来。"

王科达换了副笑脸:"进来坐啊夏处长,没什么要紧事。"他转头对杨奎说:"你赶紧去吧。"

夏继成似乎没太在意杨奎离开，进来一屁股坐沙发上，抱怨道："没想到这老美还真能喝，喝得我头都大了。来看看你这儿有头疼药没？"

王科达去柜子里找药："还真有。最近老是睡不好，我也隔三岔五头疼。"

夏继成："你呀，还是对自己要求太苛刻，压力太大，连带你手底下的个个都辛苦。这都几点了，还让人家杨队长出去执行任务。"

"没办法，副局长电话打过来了，他吩咐的事，肯定得照办啊。"

夏继成不动声色地给自己倒了杯水："要是有需要我带杰克回避的，提前说。"

餐厅里，顾耀东食不知味，丁放的话在脑子里挥之不去——"离杨奎远点。明天可能会出事"。会出什么事？杨奎他们在密谋什么？他转头望着杨奎的空位，放下了筷子。

"我出去透透气。"

顾耀东起身离开了，赵志勇埋头吃着饭，很想不去理会，可吃了两口，他还是放下筷子跟出去了。

天色渐暗，别墅区里看不见什么人影，大家几乎都在餐厅里吃践行饭。顾耀东从主楼出来，没走多远，就看见杨奎从王科达的别墅里匆匆出来，上了辆警车离开了。

他愣了下，赶紧从一旁推了辆自行车，骑上就追。

赵志勇在后面一边跑一边喊："顾耀东！"顾耀东已经骑远了，他只得也骑了一辆追出去。

夏继成听到王科达说"今晚戒严"四个字时，嘴角微微动了一下，但开口照样是事不关己的调调："戒严不是小动作，可别吓着那些文人。"

"反正他们在会场里面该吃吃该喝喝，再晚点也就睡了，外紧内松，他们应该也察觉不到。"王科达从柜子里找到了药，递给夏继成："一两颗就行，这药吃了容易犯困。"

夏继成笑呵呵地接了过去："无所谓，头疼得厉害，正好吃了蒙头睡一觉。"

夏继成懒懒散散地回了房间，一关门，立刻看了眼手表。这个时间，沈青禾应该快到货运车行了。思忖片刻，他反锁了房门，迅速脱下制服，从行李包里拿出便装换上。他再次查看门锁，确定反锁好了，便从二楼窗户翻了出去。

杨奎的车出了别墅区大门，一路朝西边开去，顾耀东蹬着自行车，远远跟在后面。警车拐了一个弯，消失不见。他飞快地蹬着，朝着汽车消失的方向继续追去。暮色中，依稀能看到在很远的地方，灯光照亮了一块黄色牌子，上面是一个大大的"车"字。

赵志勇追着追着，自行车忽然掉了链子。车子骑不了了，他踮脚朝远处张望，眼见顾耀东朝着那个亮着黄光的"车"字方向而去，很快消失在视野中。他摆弄了几下车链条，还是不行，只得推着自行车调头往回走了。

杨奎已经到了货运车行的经理办公室，趾高气扬地通知对方："明天早上十点之前，你们车行的车禁止使用，钥匙全部封存，违反戒严令的一律按扰乱治安处罚。"

"是，是，警官，我这就锁上。"经理赶紧收拾东西，锁上了存放车钥匙的抽屉。

杨奎靠在门边，望了一眼沈青禾租的那间二楼仓库："那间仓库的东西搬走了吗？"

经理顺着望了一眼："还没有。那位小姐租到明天。"

"哦……"杨奎想了想，悄悄从桌上拿了枚回形针，"行了，锁好就走吧。"

经理离开后，杨奎去了沈青禾的仓库门口，他站在门外想了想，又望了望周围，见没有动静，用回形针开了门。

杨奎没有开灯，借着手电筒的光，看到了那几只依然堆在墙角的货箱。他依次开了箱盖，前三只仍然装着之前看过的干蘑菇、笋干和药材。他撬开那天被夏继成坐在屁股底下的第四只箱子，里面满是药材，也没什么特别。又打开第五只，那个夏继成不让他看的小盒子仍然埋在药材里。杨奎心想，姓夏的宁肯撕破脸都不让我看，估计不是违禁药品就是金条。看一眼放回原处，也不可能有人发现。于是他拿出小盒子，打开一看，里面还是药材，和箱子里的一大堆没什么区别。

这夏继成在故弄什么玄虚？杨奎心里嘀咕着，把小盒子放了回去。屋里也没什么可查的了，他起身打算离开，忽然一个念头闪过。既然是故弄玄虚，那就是为了掩盖他真正想掩盖的东西。是什么？

杨奎停下脚步，转头望向第四只箱子。他第二次打开了这只箱子，一手举着手电筒，一手在满箱子呛鼻的药材里扒拉着，手电筒照在货箱内壁上，赫然出现一团血迹。他立刻把箱子倒空，箱底也有斑斑血迹。原来这才是夏继成和沈青禾的秘密，箱子里藏过身上带伤的人——除了邵白尘，不会是别人。

会场的践行宴结束后，大家就各回房间休息了。一队警察在别墅区内巡逻，等他们走远后，领头的闻少群指挥两名文人在围墙边搭上梯子，然后一队文人依次翻墙爬了出去。

与此同时，沈青禾已经开着卡车到了货运车行。她看了一眼手表，现在是七点四十分，离约定的接人时间还有二十分钟，刚好够把货箱搬上车。路上如果有人问起来，也好说是拉货回上海。

沈青禾走到仓库门口，用钥匙开了门，进屋刚一开灯，一支枪抵住了她的头。

第四只货箱已经被倒空了，药材撒了一地。她立刻明白了怎么回事。

杨奎从门口走出来，轻轻关上了门："沈小姐，这么晚了，来干什么？"

"明天要回上海，过来点货。这违法了吗？"

"那要看你怎么解释箱子里的血迹了。"

"箱子是从货运车行租的，也许人家以前用来装过肉呢？我哪知道是什么血。"沈青禾意识到自己遗漏了一个重要细节，那天邵白尘躲在箱子里，伤口裂开，她只包扎了伤口，但是忘记了检查箱子里是否被蹭上血迹。

"你撒谎了。我来解释吧。上一次我来搜查，你在第四只箱子里藏了人。"杨奎从一旁拿过那只小盒子，扔在地上，"夏继成为了转移我的注意力，拿个破盒子唱了出空城计。我以为他不让我看这只盒子，其实是不想让我看见第四只箱子里藏的人。树林里的车轮印子就是你留下的，箱子里藏的人是邵白尘，对不对？"

沈青禾冷笑："王处长知道你这么污蔑上级长官吗？"

杨奎："我会跟王处长报告的。不光你有问题，夏继成也有问题。"

沈青禾猛地从腰间抽出勃朗宁手枪指向杨奎，被杨奎一脚踢飞。几招交手后，杨奎从背后勒住了她。沈青禾拼命反抗，杨奎越勒越使劲，眼看她已经喘不过气……

杨奎："你演技不错，可惜今天栽我手里了。放心，我不会一枪毙了你，还要留着你去……"

猛地一下，一只货箱砸在杨奎头上，砸得他摔在了地上。杨奎被这突如其来的袭击砸蒙了，踉跄着想站起来，看清背后是什么人。

沈青禾咳嗽着回头望去，只见顾耀东拿着货箱，满头大汗地站在那里。

眼看杨奎晕头转向地要爬起来了，顾耀东举着货箱又一次砸下来。这一次杨奎晕了过去，不再动弹。

王科达始终等不到杨奎回来，开门叫了一名警员过来，问道："杨队长回来了吗?"

"还没有。"

他看了眼手表，杨奎走了已经有一个半小时了。从这里到货运车行，来回只用四十分钟，就算他办事耽误二十分钟，那也晚了半个小时。杨奎不是拖拉的人，一定出了问题。

王科达："给货运车行打电话!"

警员小心地："处长，您忘了，电话切断了。"

"那赶紧叫人去看看啊!"

警员正要离开，王科达又把他叫住了，"等一下!"他想了想，总觉得不踏实，"多带几个人，开车去。如果有情况，马上回来通报。"

警员匆匆离开，又叫了另外五名警员，一共六人，开着警车直奔货运车行而去。

被砸晕的杨奎还趴在地上。

顾耀东抱着货箱，眼神有点发直："你怎么样?"

沈青禾被勒得有些说不出话，她咳了几下，沙哑着喉咙说："你赶紧走。"

"你呢？"

"我还有事要做。"

"你走。我看着他。"

沈青禾忍痛爬起来，捡起地上的勃朗宁手枪："回会场吧！别卷进来。"

"他跑了你就麻烦了！我知道你来莫干山有重要的事，快走！"

"让他看见你，你就再也脱不了身了！"

"那就不脱身吧。"顾耀东说得不假思索，仿佛这是件理所当然的事情。

沈青禾怔怔地看着他，鼻子酸了。

这时，外面有人轻轻敲门。沈青禾立刻示意顾耀东躲开。顾耀东将昏迷的杨奎拖到内屋。沈青禾将子弹上了膛，靠在墙边迅速拉开门。

"邵先生！"

顾耀东一听，连忙探头张望，果然是邵白尘。除了欣喜，他看沈青禾的眼神也更不一样了。

邵白尘见屋里一片狼藉，沈青禾也有些疲惫，担心地问："出什么事了吗？"

"放心，没事。大家到了吗？"

"已经到齐了。他们现在就在竹林旁边的接应点。"

"车应该已经到了。您先去，我马上下来。"

邵白尘离开后，沈青禾关了门，顾耀东从内屋走出来。两人看着对方，虽然什么也没说，但一切都已心照不宣。

沈青禾看了眼手表，已经七点五十五分。杨奎必须除掉了，但不能在这里，王科达知道这是她的仓库，尸体会惹来麻烦。沈青禾迅速找了一根捆货箱的麻绳，给杨奎绑了手。然后卸了杨奎的枪，塞到顾耀东手里："你什么都不用做。送他们上了车，我马上回来处理！"说完她便匆匆离开了。顾耀东看着地上的杨奎，笨拙地将手枪插到腰间，努力镇定下来。

沈青禾匆匆下了楼，从后门出了院子，旁边就是接应点。但是那里并没有停任何车。她又回了院子，朝四周望去，除了货运车行的卡车，就只有自己的那辆车了。已经八点，二十五个人也已经到了，车却迟迟不出现。沈青禾有些着急起来。

忽然一双手将她拉到了墙后隐蔽处。是夏继成。

时间紧急，夏继成正要开口，沈青禾抢先说道："杨奎突然找来了，我暴露了。"

夏继成愣了几秒，然后问道："杨奎呢？"

"在堆货的房间里，顾耀东把他打晕了。"

"谁？"夏继成不敢相信自己的耳朵。

"顾耀东。我把杨奎绑起来了。等他们安全上了车，我马上回去处理。"沈青禾说得有些着急，杨奎随时可能醒过来，她不能让顾耀东一个人面对这种状况。

就在这时，在很远的地方，亮起了星星点点的车灯。半山小镇依山而建，镇内地势高低起伏。货运车行建在地势较高的位置，因此从这里望出去，可以看到从低处有车朝车行方向驶来。

夏继成："杨奎一直没回去，警局的人找过来了。"

沈青禾更着急了："已经八点了，接应的车怎么还不到？"

"计划有变，齐升平突然要求戒严，湖州那名同志上不来了。现在只能靠你和我把他们送下山。"

沈青禾愣住了。

远处，警车车灯正渐渐从几个小光点变亮，变大，它们离车行越来越近了。

"今天晚上不要动你的车，免得王科达怀疑……"夏继成低声对沈青禾说着他的计划。

顾耀东关了灯，反锁了窗户和房门，没注意到杨奎已经醒了。他躺在地上，偷偷挣脱了绳子，趁顾耀东不注意，伸手去摸腰间的枪，才发现枪已经被卸了。

顾耀东察觉到杨奎有动作，刚要去摸枪，杨奎已经扑了上来。他万万没想到，两下把自己砸晕的人会是这条咸鱼。他更没想到的是，原来两三下就能解决的咸鱼，一番肉搏之后，自己不但没解决他，竟然还挨了几下。

杨奎抹了把鼻血，顾耀东也抹了把鼻血。

"行啊顾耀东，有长进了。"

杨奎再次冲向顾耀东，顾耀东也向他扑过来。杨奎却虚晃一下，反手勒着他的脖子将他拎起来，一把按在窗户玻璃上。顾耀东的脸被挤扁了，滑稽地变了形，他几乎要窒息了。他使劲挣扎着，隐隐约约却看见楼下的院子里沈青禾在和什么人说话。那个人被卡车挡住了身子，时隐时现，看不清面孔。过了片刻，那个男人上了一辆卡车。

夏继成搭线启动了一辆车行的卡车，沈青禾朝竹林方向挥了挥手，邵白尘带着文人们跑了过来。大家安静迅速地跳上了货厢。

夏继成熄了火，下车，沈青禾跳上驾驶座。

夏继成低声说道："我先开车把他们引走，然后你再点火。从镇口下山，离关卡一半路程的地方有一条往南的小路。你沿小路一直开，游击队的同志会在路的尽头等你。把人交给他们，你马上返回客栈。明天早上关卡打开以后，再开你的车拉着货回上海。"

沈青禾有些慌神："顾耀东和杨奎怎么办？"

夏继成："杨奎不能死在这儿。但这与你无关。"

沈青禾心跳很快，她死死盯着夏继成，他从来都是镇定的，从来都是有把握的，而自己也从来都是信任他的。但是这一刻她无比希望能从夏继成嘴里再多听到几句信心满满的话。

"我会回来解决。"夏继成知道她在担心什么。

沈青禾松了口气。

夏继成："任务完成你马上回客栈。没时间耽误了。一路顺利！"

沈青禾："一路顺利。"

顾耀东被杨奎按在玻璃窗上，看着院子里的那个男人走到了另一辆卡车旁。

杨奎自顾自说着："刚刚看了货箱，我总算明白了。不光沈青禾有问题，你也有问题。不过最有问题的，是在背后给你们撑腰的夏继成！"

上第二辆卡车前，夏继成犹豫了。他转头望向了仓库二楼。顾耀东就在那个房间里，和杨奎在一起。那个傻小子除了跟看守所犯人学了一招反手擒抱，什么都不会。他一无所知，一无所能。他有什么？

信念。他比任何人都更有信念。

房间里黑着灯，夏继成什么也看不见。他终于还是开门跳上了驾驶座，搭线点火，启动了卡车。

顾耀东被挤成一摊扁肉贴在玻璃窗上，在认出夏继成面孔的一瞬间，震惊，呆若木鸡，恍然大悟。欣喜若狂，还是在无地自容？他不知道自己到底是什么感觉，太多复杂的情绪已经超出了他的认知，以至于连自己湿了眼眶都没有知觉。

就在杨奎伸手抓住他脑袋的瞬间，顾耀东忽然不知从哪里钻出来一股力气，拧住杨奎的手就站了起来……

16

就在顾耀东燃起斗志的同时，杨奎也从窗户看到了跳上卡车的夏继成。那才是他要等的大鱼，终于出现了。

杨奎无心恋战，拎起顾耀东的头狠狠砸在墙上，然后扔下他就往外冲。顾耀东一个反手擒抱死死箍住了他。

杨奎一个过肩摔将他摔在地上，刚想跑，顾耀东又一次顽强地扑上去，用反手擒抱箍住他，并且用尽全身力气，将他扳倒在了地上。

夏继成坐在卡车上，看着三辆警车驶进了货运车行的院子，压低了帽檐。

六名警员下了车，打着手电筒四处查看。

警员大喊："队长——杨队长——"

窗外传来警员的喊声。

顾耀东抢先捡起被打落在地上的枪，指着杨奎："别动。"

杨奎没动："行啊顾耀东，有两下子了。夏继成教你的?"

顾耀东一把抹掉鼻血："处长教我的东西，太多了。"

杨奎啐了一口带血的口水："别一口一个处长了。他和沈青禾有问题。我甚至怀疑姓夏的就是白桦。"

"白桦"两个字让顾耀东微微一惊。

杨奎表面跟顾耀东说着话，其实一直偷偷关注着院内的情况。他看见刑一处的人正在朝仓库楼的方向靠近。

"我相信你是无辜的。就算帮他们做过什么，顶多算被蒙蔽，被利用。你也别在这儿傻拼命了，跟我回去见王处长，我保证不追究你的责任。够仗义了吧？"他一边说话，一边朝窗户挪步过去。

顾耀东举高了手枪："站在那儿，别动。"

一名警员听见有低沉的汽车怠速声，循声找去。很快，他找到了那辆卡车，驾驶座上似乎有人影。他挥手示意两名同伴过来，然后举着手电筒，小心翼翼靠了过去。手电筒的光太微弱，照不清楚里面的人，于是他们越靠越近……

忽然，卡车大灯"唰"地亮了，刺眼的光束射得警员们本能地遮住眼睛。

夏继成空踩了一脚油门，发出轰鸣声。

另外三名警员听见动静，也聚拢过来。

一名警员问道："谁在车里？……杨队长，是你吗？"

夏继成猛地一脚油门，卡车径直朝前冲去，六人赶紧散开。

"上车！都上车追！"六人一边喊一边各自上了警车。

夏继成把油门踩到底，朝会场别墅的方向疾驰而去，三辆警车随后追了出去，喇叭声不断响起。

顾耀东和杨奎都从窗户里往外瞄着，眼看着三辆警车追着一辆卡车冲出院子，杨奎有些沉不住气了："你知道白桦的分量吧？如果夏继成真的是白桦，跟我一起把他揪出来，搞不好将来二处就是你的！这交易不吃亏啊！"

"不是每件事都能用来做交易的。"

"那你只能被他拖下水。自己算算，值得吗？"

"无所谓值不值得，反正我也算不清楚。我就是要帮他们。"

院子里，一切恢复了平静。沈青禾镇定地擦线点火，启动卡车，驶出了车行院子。她从另一条和夏继成不同方向的路，朝镇口方向开去。

顾耀东瞥见另一辆车也驶出了院子，如释重负。

杨奎见两条大鱼都跑了，气红了眼："开枪啊！你有胆子开枪吗？"

顾耀东用枪指着他，一步步退到窗边："其实到现在我也没学会用枪，我连保险栓在哪儿都不知道。但是这对我来说不重要。"说着，他打开窗户把枪扔了出去，那么心平气和，仿佛这枪对他来说只是一个戏弄杨奎的玩具。

杨奎怔了片刻，歇斯底里地扑了上来。两个人像摔跤选手一样纠缠在地上，互相勒住了对方脖子……

王科达在房间里坐立不安，杨奎还是下落不明，又一名警员慌慌张张进来报告说："处长！有人不见了！"

"什么意思？什么人不见了？"

"我们刚刚查房，发现有几间房子空了，民盟的闻少群，还有另外几个……"

王科达一把推开他冲了出去。

别墅区里所有能开的灯全都打开了，晃眼而喧嚣。一群警员在高高低低的别墅间乱窜着，叫嚷着，像极了一群没头苍蝇。

王科达接连踹开几栋别墅的房门，屋里都是空的。

刘警官匆匆跑过来："处长，目前发现少了十二个人！还在接着清点！"

就在这时，外面忽然传来警车喇叭声和枪声。

王科达一个激灵，掏出枪吼道："把人全叫起来！跟我出去！"

警员住的几栋楼外停了一排警车，警哨声急促而尖锐地响着，赵志勇一脸茫然地跟着其他人从楼里匆匆跑出来，拉着身旁的人问道："出什么事了？"

"有人跑了！"

王科达喊道："都上车！"

警员迅速上车，赵志勇扒着车门还在回头朝楼里张望，顾耀东还没有回来吗？

车上警员不耐烦了："你上不上车？"

"上！上！"赵志勇赶紧跟了上去。

王科达的黑色轿车带着警车车队朝外面冲去。

在那间没有开灯的仓库里，顾耀东和杨奎死死勒着对方的脖子……顾耀东想了很多，他想福安弄，想爸妈和姐姐，想晒台上的咸肉和二喵，他和沈青禾说过要在上海见；而处长，他还有很多话想跟处长说，很多很多以前没说过的话。

慢慢地，杨奎晕了过去。顾耀东松开他，想从地上爬起来，然而终于也体力不支晕倒在了地上。

夏继成的卡车呼啸而过，三辆警车追在后面，不断按喇叭、开枪，肆意将小镇的安宁击得粉碎。夏继成特意绕了一个圈，先从车行绕到了会场别墅附近，然后再朝他的目的地开去。他知道自己吸引警力越多，沈青禾带着那一车二十五个人就越安全。

果然，在开到会场附近时，其中一辆警车拐去了别墅区，刚到门口就遇到王科达的车队出来。

警员赶紧报告："处长！有辆卡车从车行冲出来！我们已经鸣枪示警！对方还是没有停车！往湖边方向去了！"

王科达："找到杨队长了吗？"

警员："没有！"

王科达："带路！追！"

车队跟随那辆警车疾驰而去。

夏继成的卡车沿着树丛中的小路疾驰。

湖就在前方不远处了。

他从手套箱拿出扳手，卡在油门上，然后踢开车门纵身一跳，隐匿在了路旁的树丛中。卡车继续朝湖边直冲而去。

跟在后面的两辆警车并没有察觉到有人跳车，只看见那辆卡车直直地冲进了湖里，激起巨大的水浪。

王科达一行人赶到湖边时，卡车正在渐渐下沉。

王科达："车上的人呢？"

最先到这里的一名警员说："报告处长，没看见。"

王科达："下去几个人，搜！"

几名警员跳下湖，朝卡车游去。

王科达在岸边看着，思忖着，越想越觉得不对。他转头望向周围的大群警员，除了固定站岗的警员，几乎所有警力都倾巢而出，被一辆卡车带到了这前不着村后不着店的湖边。

王科达问身边的警员："你们整个会场都仔细搜了？"

警员："所有别墅楼和礼堂、餐厅、仓库都搜了。确实没发现失踪的人。"

王科达越发不踏实，想了想说："你马上开车回去，通知守门的警卫封锁入口。如果杨队长回来了，让他在会场等。"

"是！"警员跳上一辆警车，往回开去。

车行至小路狭窄处时，路中间多了一块石头。他只得停了车，下车将石头搬开，然后绕车查看了一圈，不见有异常，这才回了驾驶座。

就在他下车搬石头时，夏继成已经钻到了车底盘下挂着，警员丝毫没发现。待车辆重新发动后，夏继成无声无息地从底盘爬上来，跳进了后车厢。

湖里的几名警员游到了卡车旁，驾驶座是空的。

"处长，司机不见了！"

王科达："把货厢打开！"

几名警员泡在水里，使劲拽门。

"打不开！锁住了！"

王科达恼羞成怒地掏出枪："都让开！"他发泄般地连开几枪，打烂了锁。

货厢门打开了，里面空空如也。

所有人都愣住了。

夏继成之所以选择这片湖，是因为从湖边返回会场别墅，必定会经过货运车行。

那辆被派回去的警车，一刻不停地从车行外开了过去。过了片刻，当车灯光亮彻底消失在远处，周围一切恢复寂静时，夏继成从暗处走了出来。他站在那块被路灯照亮的写着"车"字的黄色广告牌下，冷冷地望向仓库所在的二层楼房。

漆黑的房间里，杨奎渐渐睁开了眼睛。一阵猛烈地咳嗽，他缓过气来了。

这时他看到了倒在一旁的顾耀东。

枪已经被扔掉了。杨奎挣扎着从地上爬起来，从堆货箱的地方找了只扳手。就在他举着扳手要朝顾耀东的脑袋砸下去时，身后的门"吱呀"一声开了。

他回头望去，只见夏继成气喘吁吁地站在门口。

"杨队长，我说过谁也不能动顾耀东吧？"

杨奎木然地看着一个陌生的夏继成，知道一切都完了。

沈青禾从车行离开后，一路很顺利地下了山。按照夏继成交代的路线，她将卡车开到了那条小路的尽头，前面没路了。一名农夫打扮的中年男人挑着柴从林子里出来，沈青禾打量他几眼，又看了看周围情况，下了车。

男人："姑娘，前面没路了。开车过不了。"

沈青禾："请问，从这儿走路能到河边吗？我有一批货，想从水路运走。"

男人："这么晚，怕是没有船了啊。"

沈青禾："湖州一位叶先生跟我订了五条船的货，今晚必须送走。"

男人心中明了，上前来主动同她握了手："船已经在河边等了，后面的事交给我们吧。"

林子里又出来几名拿枪的游击队同志，他们领着文人从山路朝下面的小河走去，沈青禾同邵白尘握手告别："邵先生，我只能送你们到这儿了。这些是湖州游击队的同志，他们会负责送你们到安全的地方。"

邵白尘："蔚小姐，救命之恩，没齿难忘。"

沈青禾笑了："一路顺利。"

寂静的河边，一行人上了停靠在岸边的五艘小船。船桨在岸边用力一撑，小船便被推向了河心，沿着小河顺流而下，渐渐消失在夜色中。

"嗡呜——嗡呜——"顾耀东耳边响着自行车轮空转的声音，迷迷糊糊中，觉得自己可能在做梦。他慢慢睁开眼，眼前是模糊的楼梯，模糊的地面，一个模糊的后脑勺……过了好一会儿，他才清醒过来，看见自己坐在车行的院子里，面前那个后脑勺是夏继成，他正蹲在一旁安静地修着自行车。

夏继成回头看了他一眼："醒了？"

顾耀东猛地回过神来，慌忙四处张望。

"你找杨奎？"

"他知道你们……是那种人了！"他把声音压得很低，但依旧能听出满肚子的焦灼。

夏继成做了个无奈的表情："哦，知道就知道了吧。"

"他会告诉王处长的！他说这次一定要把白桦揪出来！"

"他不会。"

"他会！"

"不会。"

"他肯定会的！"顾耀东急了，忘了自己应该压低声音说话。

夏继成定定地看着他，一字一句："相信我。他不会了。"

顾耀东也定定地看着他，似乎明白了什么。杨奎不是不会告密，而是不能了。

"沈青禾怎么样？"顾耀东忽然又想起沈青禾来。

"她很好。"

"邵先生呢？"

夏继成不禁笑了："也很好。所有人都很好。一切都过去了。"他知道，如果不这么说，他会一直问下去，这小子操心的事情太多了。

顾耀东松了口气，起身蹲到夏继成身旁，看着他修自行车。

过了片刻，他很小声地问："处长，你真的是白桦？"

"一棵树？"

顾耀东笑了："嗯。"

夏继成："也许，在这个警察局里，我确实就是一棵树吧。"

顾耀东："一半扎根黑暗，一半迎接光明。根扎得越深，看到越多黑暗和腐烂，就会长得越高，越努力争取阳光。"

夏继成也笑了："臭小子，你不应该当警察，你应该去当诗人。"

"谢谢处长！"

夏继成打量他两眼，前两天因为那通电话被杨奎打的旧伤还未愈，今天又添了新伤，这会儿脸上红的紫的青的，五颜六色："你这脸上新伤旧伤堆在一块儿，不仔细看倒也看不出来。回去……"

顾耀东："别对任何人提起来过车行。"

"你也不是看起来那么傻啊！"

"您也不是看起来的只喜欢吃鸡腿打麻将啊。"

两个人心照不宣地笑了。

车修好了。夏继成站了起来，看着顾耀东还蹲在地上一脸傻笑，蓦然想起那一年他初来警局报到时，像只流浪猫一样被人领进刑二处的样子。那时把这只没人要的猫捡进二处，是他做得最正确的选择。

他蹲下去，然后抱了抱他："顾耀东，谢谢。"

顾耀东被抱着，有点蒙也有点腼腆。他也想抱抱夏继成，可又觉得不好意思，两只手在空中悬了半天也不知道该往哪里放，最后只敢用手指尖戳了戳处长的肩膀。

"处长……我有点不习惯这样。"

夏继成放开他，干咳两声："嗯，其实我也不习惯。"他起身拍了拍自行车凳子，"行了，上车！"

夜晚的莫干山小镇已经恢复了平静。夏继成蹬着自行车，载着顾耀东从夜晚无人的街上晃过。自行车嗖嗖冲着，夜风凉凉吹着，顾耀东顶着一张满是伤痕的脸，心底是满满的兴奋和踏实。在这个陌生的山间小镇，在这个看似平凡的夜，他觉得自己找到了一个起点。

王科达的大队人马已经回来了，他们在楼外空地集合，个个灰头土脸。

王科达："杨队长还没消息？"

刘警官："已经派人出去找了。"

一名警员跑过来："处长，刚刚问了关卡，他们今晚没有放行任何人和车，也没有看见可疑人员在周围出现。"

王科达怒火中烧地骂道："在这儿住了四天，天天哄着伺候着，现在吃饱喝足，嘴一抹，说消失就消失！当我们是老妈子吗？"

这时，又有两名警员从楼里出来，一人抱了几个枕头。

"处长！我们被骗了，失踪的是二十五个人，不是十二个。"

"其他人都在被子里塞了枕头，所以我们发现晚了……"

王科达立刻变了脸色，二十五人，不多不少，那就不是巧合了！

队伍里，一名警员小声问赵志勇："顾耀东呢？怎么不来集合？"

王科达一听，扒开人群几步跨到赵志勇面前："顾耀东在哪儿？"

赵志勇支吾："我……我不知道啊。"

一名警员小声说："会不会在夏处长那儿？"

另一人小声说："这么大动静，怎么也不见夏处长出来呢？"

警员们窃窃私语起来。

王科达也起了疑心，目光阴鸷地朝夏继成所住的那栋别墅楼走去。

大门没有锁，王科达轻轻一推便开了。屋里光线昏暗，不像有人的样子。他沿着昏暗的楼道快步朝二楼的卧室走去。到了门口，他直接就去拉门把手，这时门忽然开了，开门的正是顾耀东。

"王处长！"顾耀东似乎被吓了一跳。只见他挽着袖子，拎着热水壶，一脸不知所措地站在门后，"我正要去打开水，您找夏处长吗？"

这时，夏继成穿着睡衣，一边披外套一边睡眼惺忪地出来了："王处长，外面怎么这么吵啊？"

"出事了。"说话时，王科达快速扫了一遍屋里，夏继成的床一看便是在睡觉，另外沙发上放着枕头和被子，还有顾耀东的警帽。

夏继成很茫然："怎么了？"

"你们什么都没听说吗？"

"我吃了你给的头疼药就睡了。没人来通知我出事了啊！顾耀东，有人来过吗？"

顾耀东很笃定："没有。我就睡在沙发上，没听见敲门。"

王科达半信半疑："哦，刚刚有行动，所有人都参加了，就顾警官缺席，我还以为你出去了。"

顾耀东有些不好意思："处长晚上喝多了，人不舒服，我其实听见大家集合出去了……"

夏继成："是我让他留下来的。反正他去了也没什么用，搞不好还添乱，不如在这儿端茶送水。到底怎么了？"

"名单上的人……全跑了。"说完，王科达便仔细看着二人的反应。

夏继成很诧异："跑了？那么多人，怎么跑？"

"是啊。怎么跑？我也想不明白怎么就跑了！"

王科达又看向顾耀东，顾耀东杵在一旁，一脸听不懂的样子："处长，要不我还是去打点热水？屋里没水喝了。"

就在这时，刘警官慌慌张张跑来："处长！出大事了！"

王科达烦躁地："人都跑了还能出什么事？"

"杨队长找到了。"

"让他赶紧过来！"

刘警官沉默了一下，声音低了下去："人在树林里，已经死了。"

顾耀东偷偷看了一眼夏继成，从他脸上看不出丝毫波澜。

尸体是在后山一片树林里发现的。杨奎的警车停在林间，完好无损。他趴在方向盘上，身上没有一点血迹，车上也很干净。

当王科达的手电筒从杨奎脸上晃过时，那张面孔让顾耀东下意识地往后退了两步。

夏继成"啪"地打了一下他的警帽，遮住了他的眼睛："你是警察，怎么吓成这样！"

顾耀东扶起帽子，仍然埋着头："报告，我，我第一次看见尸体……"

赵志勇也跟着来了，看见尸体他也害怕，但是除了害怕，他还有些心事重重。

刘警官检查了尸体："脖子被拧断了。没有枪伤刀伤。"他又伸手去摸杨奎腰间的枪套，顾耀东心里猛地一紧，想起枪被自己从二楼仓库扔进院子里了，正想着在被人发现之前他得再去一趟，把枪扔掉，刘警官从枪套里抽出了手枪："他的配枪还在。"

顾耀东顿时对夏继成的严谨五体投地。

王科达咬牙切齿："杨奎跟了我四年，他什么身手我太清楚了。现在一个伤口都没有就被人弄死，这他妈到底什么人干的？"

刘警官："估计是撞见转移那帮文人的共党了。"

王科达忽然想起什么，他一把推开刘警官，伸手去掏杨奎左胸的口袋，是空的。他又将所有口袋掏了个底朝天，全都是空的。王科达气哆嗦了。

夏继成装傻："怎么了？"

"名单，那张二十五人的名单，一直在他身上。现在没了！"

"会不会放在别处了？"

"不可能，行动之前所有重要材料随身带，这是他的习惯。"

夏继成一脸恍然大悟："怪不得，不多不少，刚好丢了这二十五个人。"

王科达想了想，对刘警官说道："把车行经理控制起来。杨奎最后去的地方是车行，我要亲自去看看。"

赵志勇偷偷看着顾耀东，而顾耀东则有些不安地看向了夏继成。

货运车行院子里，刑一处警员拿着手电筒四处搜查。另一边，夏继成带着顾耀东和赵志勇也装模作样地四处摸摸看看。

赵志勇趁夏继成不注意，拉住顾耀东，小声问道："你晚上一直在处长房间？"

顾耀东支吾着："嗯。"

"没去过其他地方？"

顾耀东避开了赵志勇的眼神："没有。"

他骑自行车跟着顾耀东离开会场，亲眼看他朝这个门口亮着黄牌子的车行来了。他不再说什么，只是心底深深地失望了，带着一丝刺痛。在某些时候，隐瞒也是一种背叛。

院子另一侧，王科达带人上了二楼，显然是朝着沈青禾的仓库去的。

夏继成瞄着对方的行动，问道："有什么发现吗?"

赵志勇看着顾耀东："没有。"

顾耀东心思都在王科达身上，他有些紧张："处长，他们去仓库了!"

赵志勇："你紧张什么?"

夏继成看了眼赵志勇，搭住顾耀东的肩膀："走吧，上去学习学习人家是怎么破案的。"

他暗暗拽着顾耀东走开了，顾耀东小声说："我跟杨奎在房间里打得乱七八糟，一眼就能看出来!"

夏继成低声道："镇定点。"

赵志勇在后面望着他们亲密的背影，越发不是滋味。

王科达一进仓库就皱紧了眉头，这显然不是他预料中的样子。

夏继成搭着顾耀东的肩膀随后也到了，顾耀东进来一看，目瞪口呆。房间里整洁、干净，一切恢复如初，丝毫没有打斗过的痕迹。他诧异地望向夏继成。

夏继成倒是一脸迷茫："杨队长又来查我的货了?"

这问题让王科达很难堪："他怀疑过沈青禾是共党。我以为他会再来这间库房。不过看这情形是没来过了。"他挤出一个扭曲的笑容，"沈小姐的事，杨奎可能误会了。老夏，别见怪啊，我们被人耍了，共党是在有计划、有预谋地愚弄我们。"

这时，刘警官跑进来报告："处长，经理已经被我们控制了。但他说，他收到戒严令后就离开车行回家了。有邻居作证，我觉得他应该没嫌疑。"

王科达本来就憋着气，一股无名火登时就蹿了上来。他直接扇了刘警官一个耳光吼道："你觉得? 都他妈没嫌疑，杨奎是自己死的吗? 接着查!"

刘警官挨了打，不敢吭声。其他警员也都小心翼翼地不说话了。

夏继成赶紧当和事佬："杨队长殉职，知道你心里不好过。节哀吧。事情总会查清楚的。"

王科达发泄了怒气，只剩下心灰意冷："希望渺茫啊。再说二十五个人已经没了，查出来也无济于事。这回，我王科达是彻底败走麦城了。"

离开莫干山的那天，阳光明媚。轿车行驶在绿意盎然的山路间，有凉风习习，有松竹清香。夏继成开着车，顾耀东和赵志勇坐在后面，记者杰克坐在副驾驶座，兴致勃勃地拍着照。

顾耀东一直眼带笑意地盯着夏继成的后脑勺。夏继成一脸狐疑地转头望去，只见顾耀东和赵志勇各自望着窗外，并没有人看他。他只得摸着仿佛被目光灼痛了的后脑勺，纳闷地转了回去。上一次有这样的感觉是一年前了，那时候他带着一帮刑二处警员到黄浦分局给顾耀东讨回证件，回去的路上也是这样。想到这里，他眼里不禁又有了笑意。

顾耀东望向窗外，阳光刚好照在他脸上，亮堂堂的。出发前处长曾说，莫干山山清水秀，是个好地方。他说得没错，这真的是个很好的地方。

赵志勇也望着窗外，一路上都没有说话。他忽然很后悔来莫干山，后悔到了憎恶这个地方。

傍晚，正是福安弄炊烟袅袅的时候。有人在水门汀池子淘米，有人坐在门口整理刚收的晒青菜，几个小孩子在弄口欢喜地买桂花糕，杨一学骑着自行车载着女儿福朵回来。任伯伯家的二喵又趴在窗台上打盹了，一只手忽然在它头上飞快地摸了几下，它懒懒地睁眼，只见顾耀东拎着行李飞奔而过，神采飞扬。

顾耀东刚跑到家门口，正在门口玩水的多多就大喊着冲进屋里："舅舅回来了——舅舅回来了——"

父母惊喜万分地从灶披间跑了出来，母亲手里的菜筐还没来得及放下，父亲拿着锅铲，脖子上搭着毛巾满头大汗。

耀东母亲："回来了回来了，可算回来了！"

顾邦才抹一把汗，嘴硬着："哎呀，他就是去个莫干山，坐坐车大半天就到的地方。"

顾悦西从楼上冲下来，手里还拿着小说："谢天谢地！妈一天问十遍你什么时候回来，再不回来这娘家简直要住不下去了！"

多多给顾耀东拎来拖鞋："舅舅，给你拖鞋！"

顾耀东笑着把警帽扣在他头上："谢谢！"

耀东母亲注意到他脸上的瘀青："脸上怎么了？"

"我最近不是在学擒拿格斗嘛，在莫干山也每天都练，撞的。"

"不是被人打的就好。"

顾悦西挤着眼睛："他是丁小姐钦点去当私人警卫的，谁敢打他。"

多多："舅舅，给我买糖了吗？"

顾耀东从兜里摸了一个小纸袋给他："桂花糕。"

顾耀东收着行李，偷偷看了眼母亲："妈，沈小姐回来了吗？"

"没有啊。"

顾悦西凑过来，在行李包里翻着："别一回来就打听沈小姐。我的礼物呢？"

"什么礼物？"

"你都知道给多多买桂花糕，去莫干山不要给姐姐带礼物的呀？"

顾耀东赶紧从多多手里拿了一块桂花糕过来："正好在弄堂口碰见有人卖桂花糕，就买了一袋。你也要吃么？"

顾悦西气得直叫唤："我是你姐，当我小屁孩呢！又不是不知道我没去过莫干山，随便给我带个什么都好！"

"上海什么都有啊。"顾耀东一脸茫然，像他这样的人很难理解，同样的东西从千里迢迢之外带回来和在家门口买有什么不一样的。

"这能一样吗？"顾悦西背对着门继续叫唤，顾耀东忽然瞥见沈青禾拎着行李从门口进来了，"真是木头，怪不得人家沈小姐看不上你……"

"啪"的一下，顾耀东把桂花糕糊在了她嘴上，沈青禾红着脸只能假装什么都没听见。

她笑着说："几天不见了，顾警官。"

顾耀东也笑着说："是啊几天不见。"

不过一天没见，他望着沈青禾，觉得仿佛已经隔了很长很长的日子。

而沈青禾望着他，只觉得莫名地熟悉，仿佛他们之间认识，也已经有了很长很长的日子。

顾家好多天没这么热闹了。顾邦才难得主厨，一边嚷嚷着"够了够了"，一边又加了两个菜，耀东母亲煮饭时也没往大米里掺红薯。到了开饭的时候，桌上满满摆了六盘菜，一锅雪白晶莹的大米饭，简直就像过节。再没有比一家人吃团圆饭更开心的事情了。

沈青禾带了一堆礼物回来，正在挨个分发。

"平时看顾先生爱喝龙井，这回除了龙井我还带了些莫干山当地的黄芽，您尝尝。"

顾邦才笑呵呵接过茶叶盒子："沈小姐有心啦。"

"这是湖州城里买的折扇，一家老字号的，竹子用料蛮好，图案也精致。我看着不错，给顾太太买了两把。"

耀东母亲："一把就够了，还买两把。"

沈青禾笑着："万一麻将桌上哪个太太看上了，也好顺手送人家一把呀。"

耀东母亲满心欢喜地把弄着扇子："哎呀，看看，画的还是我喜欢的洋水仙。"

"我看家里养了两盆，就猜您应该是喜欢。"

"你这囡囡，办事情也太周到了。"

沈青禾给了顾悦西一个牛皮纸包："这是给多多的鞋子。"然后又给了她一个铁盒："上回听你说身子没力气。这趟去湖州，正好遇见义乌有商人拉了一批红糖来卖，还是最好的'义乌青'，我就给你带了些。"

顾悦西："哎呀，这可是补身子的好东西！鞋子也太及时啦，小孩费鞋子，这下今年都够穿了！谢谢了呀！"说完，她转头就拿着两样礼物在顾耀东面前晃："看看，人家沈小姐出门做生意，给我们每个人都带了礼物，你倒好，连根草都没带回来！"

顾耀东傻笑着不说话。

耀东母亲："这趟一个人跑湖州做生意，怪辛苦吧？"

沈青禾："累是累点，不过现在这世道，要想赚点钱哪有不辛苦的。"

顾悦西："人都瘦了。不像顾耀东，一趟莫干山回来精神抖擞，哪像去执行任务的呀！我看你顶多也就是跟着丁小姐去游山玩水，吃吃喝喝。"

耀东母亲偷偷给了她一下："说弟弟，你回娘家也不见带颗米回来！"

顾悦西扒了一口白米饭，嚷嚷着："大米都六千多块一斤啦！妈，我走的时候给我装二两米带走啊！"

耀东母亲一听就犯愁："二两？哎哟顾邦才，你这个女儿愁死我了，都要三十岁的人了，还是不知道怎么过日子。她还以为二两米能吃多久呢！一会儿给她装两斤带走吧！"

"还是娘家好。"说话间顾悦西已经吃掉了一碗白米饭，笑嘻嘻地添了第二碗。

多多拿筷子敲着碗："外公我要吃肉！吃肉！"

顾邦才一脸得意地起身去了灶披间："端肉端肉！今晚外公掌勺，尝尝外公的红烧肉！"

顾耀东端着饭碗，看着大家叽叽喳喳，一脸傻笑。离开短短几日，他觉得福安弄熟悉琐碎的生活恍如隔世，也更觉得弥足珍贵。

顾悦西："你傻笑什么？"

顾耀东："几天没回来，听见你们说话特别亲切。"

顾悦西嫌弃地看他："怪里怪气，肉麻死了。"

顾邦才从灶披间探了半个身子出来："话说莫干山就在湖州，离得那么近，你和沈小姐没遇见？"

顾耀东和沈青禾看着对方，猛然之间，两人同时想起了那晚仓库里的一幕。

顾耀东匆匆起身去灶披间："爸——！我来帮你端肉！"

沈青禾匆匆起身去倒水："我去喝口水。"

剩下众人一头雾水。

顾邦才嘀咕："我说错话了吗？莫干山是在湖州呀。"

耀东母亲："哎哟顾邦才，就你闲话最多。你的红烧肉到底好了没有呀？"

顾耀东端着红烧肉过来："来了来了。"

耀东母亲："沈小姐也来呀，吃饭了吃饭了！"

沈青禾也红着脸过来了。

桌上六个菜变成了七个菜。一家人终于落座，开始热热闹闹吃饭。

晚饭后，照旧是天井里的骨牌活动。顾耀东回房间换了身衣服，从屋里出来时，他看见对面亭子间开着门，屋子中间放着行李包，于是一脸幸福地笑了。

夜晚月光正好，天井里的几盆花草散发着恬静的香气。这都是些普通品种，要么是顾邦才从花鸟市场淘回来的减价货，要么是别家不想要了，或者养得半死不活了，白送的。没想到这群歪瓜裂枣进了顾家，竟然就挨个蓬勃水灵起来。仿佛这方天地有种魔力，生活在这里的不管是花是草还是人，都极容易生根发芽并且踏踏实实地生长。

耀东父母、顾悦西和沈青禾在天井里玩着骨牌，笑闹声不断。

顾耀东在客堂间给大家切西瓜，多多跑过来喊着要跟他玩捉迷藏。

顾耀东："那你去藏，我来找。"

多多："你数十下再来！"说着便跑开了。

"六，五，四……"他一边数数，一边进了灶披间，走到角落一个柜子前。

'三，二，一。"他打开柜门，多多正蹲在柜子里。

顾耀东："找到了！"

多多愤愤地跑到顾悦西身边："妈！舅舅耍赖偷看！不然怎么我藏柜子里他都能找着？"

顾悦西："傻小子，你舅舅小时候一遇到伤心事就往那个柜子里藏，你藏在那里面不是自投罗网吗！"

耀东母亲："每次还是你妈妈从柜子里把他拎出来的。"

一家人七嘴八舌回忆着顾耀东小时候的糗事，顾耀东尴尬地看向沈青禾，沈青禾也刚好看着他，在莫干山发生的一切仿佛是一场梦。顾悦西回头一看，察觉出二人之间气氛有些微妙。

夜里，家人都睡了。顾耀东没有开灯，蹑手蹑脚下楼去了灶披间。刚一进去，就看见一个人影趴在柜子前翻找东西。他吓得本能地往后一退。对方回过头来，原来是沈青禾。

顾耀东干咳两声："大晚上的，怎么不开灯呀。"

沈青禾："怕影响大家睡觉。我来拿药酒，你又来干什么？"

顾耀东指了指她手里的药瓶子："跟你一样。"

福安弄的居民大多已经睡下了，只有些许年轻人还亮着橘色小台灯，在书桌前看书写字。顾耀东和沈青禾站在晒台边，一切都还是那么熟悉。

顾耀东看着沈青禾脖子上被杨奎勒的瘀青，问道："伤好些了吗？"

沈青禾把药酒瓶放到了他面前："比起你算不得什么。"

"要不是看见你也拿药酒，我都要觉得莫干山的事像一场梦了。"

"如果是以前，我一定会说那晚我去仓库是为了那批货，会说我和杨奎的冲突是因为分赃不均，因为利益。"

"那现在呢？"顾耀东转头望着她。

沈青禾想了想，转头望向远处："邵先生让我给你带个口信。他现在很安全。将来有一天会再回上海的。"

这已经是沈青禾最大的坦诚了，顾耀东笑得很满足："哦。"

"还有……谢谢。"

"哦。"

沈青禾无奈了："为什么每次跟你说真心话，我都觉得自己像个傻子呢？"

顾耀东"呵呵"笑了两声，因为他已经完全不知道该说什么了。

"除了'嗯''哦''呵呵'，没有话想问我吗？"

顾耀东的表情认真起来，其实从莫干山回来的路上他就已经想好了，于是很认真地回答道："如果是以前，我会刨根问底。但是这次在莫干山，我心里面的疑问已经都找到答案了。所以没什么想问的。"

沈青禾看了他片刻："那我有个问题问你。"

"你说。"

"警局押送陈宪民的那天，你说你遇见劫囚车的人了。那个人开着车，你就站在车头外面，其实你看清楚她是谁了，对不对？"这个疑问在她心里已经很长时间了。

顾耀东没说话。

于是一切都明了了。一时间，沈青禾有些感慨："顾耀东，你有时候真让人捉摸不透……能一眼看明白你的，也只有你的夏处长了。知道在夏继成眼里你是什么吗？"

"知道。木头。"

"是还没有发光的金子。"

他眼睛都发光了："真的？处长说我是金子？"

"以前我觉得他瞎了眼。不过现在不得不承认，有些人天生是有慧眼的。"

木头怔了片刻，红着脸小心翼翼地问："这么说，现在你也觉得我是金子？"

沈青禾白了他一眼："都说了'没开始发光'，得意什么？"

她也觉得自己是金子。顾耀东觉得自己太幸福了，以前心里有很多问题，关于沈青禾的，关于处长的。这趟莫干山回来，这些疑问都变成了惊喜。现在感觉就像是有一道光照亮了警察局。"我想好了，我要跟着处长好好干，我要变成和他一样的警察。"他说得意气风发。

沈青禾忍不住笑出来："你真的很像他年轻的时候。"

"你见过年轻时候的处长？"

"不只见过。"

"我和他真的很像？"

"对啊，很像。"

顾耀东好奇："这么说，你跟我在一起，和你跟处长在一起，是一样的感觉？"

"谁说是一样的感觉了？"沈青禾脱口而出，"我和夏处长在一起，只会觉得踏实，根本就不会紧张。只有跟你在一起心里才……"

顾耀东听得很茫然，但是也很认真。沈青禾忽然不敢说了，一旦说出自己和他在一起会紧张，这木头一定会刨根问底。可是为什么会紧张？这问题细究起来，她就更紧张了。

沈青禾一把将药酒瓶塞给他："我伤得不严重，药酒你先用吧。"说完她转身就走。

"沈小姐……"

"还有事？"

顾耀东犹豫着，埋头把弄着药酒瓶子，有几句话他已经在心里反反复复组织排练了很多遍，可憋了半天，临了还是说不出口。

沈青禾仿佛突然明白了，嚷嚷起来："哎，你不会是要我帮你擦药吧？"

顾耀东拿着药瓶一时没反应过来。

"想得美。"沈青禾头也不回地离开了。

自从在饭桌上发现顾耀东和沈青禾古里古怪之后，顾悦西就一直留心着两个人的动静。见这二人大晚上在晒台待那么久，她心里就更有底了。顾耀东一下楼，就被她拽进了自己的房间。

顾悦西关了门，一脸坏笑地看着他。

顾耀东被她看得发怵："干什么？"

"你有事。"

"没事啊！"

"你跟沈小姐好上了。"

"又瞎说什么？"

"好吧，就算没好上，起码我敢肯定你喜欢她，而且她也可能喜欢你。"

顾耀东怔了怔，有些心慌意乱："姐，你最近是不是又看什么小说了。"

"姐姐我看过的爱情小说比你吃过的米还多，所以才能炼出这双火眼金睛啊。你们两个人肯定有事，而且就是这几天发生的事。"

顾耀东像背书一样说："我在山上，她在县城，连面都没见过。"

顾悦西不耐烦："行啦行啦，怎么回事你自己心里有数。我就问你，你不好奇沈小姐对你什么感觉？"

果然，顾耀东一下子不说话了。

"我敢打包票，她对你有好感，不信照我说的试一试就知道了。"

"怎么试？"

"就问她，要是你约别的女孩子去看电影，她介不介意。"

"然后呢？"

"她说不介意，随便约，那就是姐姐看走了眼，人家对你没有好感。"

顾耀东想了想，壮着胆子问道："介意呢？"

"那就等于承认喜欢你呀，傻弟弟！"

顾耀东好半天才回过神来："我不想问。"说完他转身就想溜，顾悦西不依不饶拦在前面："不想问你跟我打听这么多干什么？"

顾耀东猫着腰往外挤："我又不是傻子，她对我什么感觉我当然知道。我只是好奇书里怎么教的，这些通俗小说还真敢胡编乱造，误人子弟！"

"你还不是傻子？通俗小说就是用来教你这种傻子的！"

"姐，我书柜里有很多法律方面的书，你读两本充实一下自己，以后跟邻居吵架还用得上，比通俗小说有意思多了。"说罢他刺溜一下钻了出去。

顾悦西气得在后面嚷嚷。

顾耀东飞快地溜回自己的房间，没想到刚一进去，就看见沈青禾一脸不情愿地站在那里。他一愣："你怎么在这儿？"

沈青禾径直走过来，从他手里一把拿过药瓶和棉球："伤在哪儿了？"她一副气势汹汹的样子，简直像是满腹怨气来这里的。

"后背。"

"就帮你这一次。快点！"

顾耀东红着脸："那我要脱衣服的。"

沈青禾哭笑不得，背过身一边熟练地准备药酒，一边伶牙俐齿地数落着："你是小孩子吗？打针上药当然要脱衣服了！我以前学过护理，在医院给很多病人包扎过，没穿衣服的没穿裤子的，什么样的病人我没见过？"

顾耀东被数落得不敢吭声，心想她说得也有道理，是自己想多了，于是乖乖脱下衬衣。

"你又没什么特别，我完全无所谓的！"沈青禾还嘀嘀咕咕说着，一转身，眼前便杵着顾耀东赤裸的上半身，他竟然比看起来要强壮结实得多。她蓦然想起在莫干山仓库那晚，自己就是紧紧贴在眼前这身体上。刚刚还很有底气的沈青禾顿时连呼吸都要停止了。

沈青禾像换了个人，面红耳赤，眼神躲闪，一开口连声音都有点跑调了："转过去。”

顾耀东赶紧老老实实背过身子，沈青禾一抬眼，看到他一背的伤痕，刚刚的慌乱刹那变成了心疼："都是被杨奎打的?"

"也不是。还有自己练功夫摔的。"

沈青禾听着他说话，默默擦着药酒。

"处长教的反手擒抱，我一直都在练，这次总算派上了用场。在莫干山我没有拖你们的后腿，没给你们帮倒忙，我真的特别高兴。"

"除了高兴，就没有害怕过吗?"

"当然有。自己危险的时候怕过，发现你有危险的时候，更怕。"

顾耀东说着话，抬头时，无意中从镜子里看见身后的沈青禾和平时不一样，似乎因为什么而触动，眼里有他没见过的水光。

他轻声说："刚刚在天台我其实是想说，除了处长，还有一个人，她像一道光照亮了福安弄。从陈宪民得救那天开始就是了。明明她什么都没变，可我就是觉得她成了另外一个人。就好像身边突然有太阳升起来，到处都被照亮了。"

沈青禾沉默了片刻："天上只会有一个太阳发光。如果有人是那个太阳，那就是夏继成。"

药酒擦好了，她埋头收拾着药瓶和棉球，顾耀东拿过衬衣披上。

"这两天注意保暖，别搬重的东西。"说完她便打算走了。

"沈青禾?"

沈青禾站在门边，回头诧异地看着他。

顾耀东："很久以前，处长曾经给过我一张《卡萨布兰卡》的电影票，让我和你一起去国泰看电影。那次你没来。如果现在我再约你看这场电影，你愿意来吗?"

"叫我全名，就为了问这个?"

"啊。"

"你买票我就来，如果正好没生意忙的话。"

"那……那你介意我约其他人看电影吗? 其他女孩子。"

456

沈青禾很错愕。

顾耀东小心翼翼，又充满期待地又问了一次："介意吗？"

任伯伯家的二喵趁着月色出来活动筋骨了，它沿着水管飞檐走壁，一跃而上顾耀东的窗口。屋里站着两个人，隔着窗户，二喵听不见他们在说什么，但能闻见空气里有些说不明道不清的东西。

顾悦西牵着只穿了条裤衩的多多从楼下上来，一边走，一边用毛巾给儿子擦头发，"好不容易把你洗干净了，一会儿乖乖上床睡觉，不许再到处乱窜！"

"再让我玩会儿！"

"都几点了？你看看还有谁像你不睡觉的？这么晚了不睡觉，不是在干坏事就是有鬼！"

刚一上二楼，就遇到沈青禾从顾耀东的房间出来。

三人面面相觑。

过了几秒，多多大喊："青禾阿姨就没睡觉！"

顾悦西尴尬地："沈小姐这么晚了还没睡呀？"

沈青禾支吾："哦，我……我们谈点事情。"

话音刚落，顾耀东也出来了，手上还正在扣衬衣扣子。

多多又一次大喊："舅舅也没睡觉！还在穿衣服！"

顾悦西一把用毛巾捂住多多的眼睛，多多一边挣扎一边喊："让我看看！让我看看呀！"

顾悦西："小孩子瞎看什么！"

顾耀东和沈青禾反应过来，两个人都手足无措，面红耳赤。

"我回房了悦西姐。"沈青禾匆匆回了亭子间，把门一关。

顾悦西眼睛一瞪："顾耀东！你们……"

"姐，都这么晚了多多怎么还没睡觉？小孩子长身体，睡晚了不好的！"说罢顾耀东也刺溜缩回房间，把门一关。

顾悦西左看看亭子间房门，右看看顾耀东房门，一脸不敢相信。

夏继成在老时间去了鸿丰米店，这是个平常的接头日，但是老董给他带来了一个不平常的消息。

　　"两件事。第一，二十五位进步人士全部安全转移到解放区了，他们已经迫不及待加入战斗，要用手里的笔向政府宣战！上级让我对你和青禾同志提出口头嘉奖，你们的努力非常值得！"

　　夏继成很高兴："谢谢。"

　　"第二件事，国防部监察局的调令明天就会到警局。你，要做好去南京的准备了。"

　　这并不是一个突然的消息，夏继成已经为此做了很长时间的准备，但当听到"调令"二字时，他还是怔了几秒："什么时候动身？"

　　"上海的工作交接完，你随时可以动身。吴仲禧监察官已经在南京把一切打点好了。"

　　这一天终于还是到了。

　　"怎么，舍不得上海了？"

　　"总觉得还有很多事没有做完……老董，组织上对顾耀东的考察通过了吗？"

　　"除了经验不足，一切都合格。"

　　"战士都是百炼成钢。这趟莫干山让我更相信他会成为一名优秀的情工，甚至下一个'白桦'。"

　　老董笑了："你真的很喜欢这个小警察。"

　　夏继成也笑了，带着一丝自豪："是。现在不常遇见像这样磊落又温情的年轻人了，我很喜欢他。"

　　"如果现在提出邀请，我相信他会很乐意加入组织，不过，是为了你或者青禾。只因为崇拜某个人而走这条路，我担心走不长远。"

　　"我明白您的意思。困于心，衡于虑，而后作。这是他必须经历的过程。"

　　"离开之前，我会把继续发展他的任务交给青禾。对顾耀东来说，她才是最重要的人。"

　　"青禾能接受顾耀东了吗？"

"其实她早就接受了，只不过她自己没有意识到。而且这一次莫干山之行，让我对他们的关系有了新的考虑。"

老董若有所思。

夏继成看着他，又仿佛在看很远的地方："这两个年轻人在一起搭档，未来会有无限可能。也许用不了多久，我们就会在战场上守望相助了。"

齐副局长的办公室里，气氛不大好。齐升平站在窗边望着外面不说话，他不坐，夏继成和王科达也就不敢坐，三个人站着听收音机。

"历史赋予我们这些文人作家的任务是用笔杆子争取和平，我们必须完成这一任务！我闻少群，还有今日团结在此的二十五位上海文化界同盟，正告国民政府，昆明有李公朴和闻一多，昆明之外还有千千万万个和他们一样，前脚跨出大门，就不准备再回去的战士！正义是杀不完的……"

齐升平关掉了收音机："声音很熟悉吧？听声音就已经能想象他们得意的嘴脸。这还只是从莫干山逃出去的文人中的一个。"

王科达脸色难堪："小人得志。他们也只敢在收音机里叫嚣！"

齐升平冷笑一声："行政院的人，现在大概也和我们一样围在收音机旁边。只不过你在骂娘，人家在骂我们。"

夏继成小心翼翼地问道："副局长，行政院怎么说？"

"还能怎么说？以前觉得警局抓共党比不过保密局是因为没有机会，现在明白了，缺的不是机会是本事。王处长，这么说你没有意见吧？"

"对不起副局长，刑一处的失职，我愿意承担一切后果。"

齐升平看了看他，没有再继续这个话题，转而说道："行政院要警局交一份书面报告，说说各位是怎么被共党愚弄的。让所有参加行动的警员各自写一份自查报告。你们就不必审察了，直接交到我的办公桌上。"对于这种于事无补的请罪，齐升平已经没什么兴致较真了。更何况王科达毕竟损失了一个杨奎，再继续让他难堪，会失了人心。现在也只能是把该走的过场走完罢了。

顾耀东一进刑二处，就精神抖擞地一个立正敬礼："警员顾耀东！回来报到！"

大家齐刷刷地转头看他，都有些惊讶。

小喇叭吹了个长长的口哨："乖乖，这是谁啊！"说着他便和于胖子扑了上去，笑闹着搂住了顾耀东的肩膀。

于胖子："臭小子，去趟莫干山像变了个人！我都不敢认你了！"

赵志勇随后进来了，一进来就看见大家围着顾耀东说话。他也没打招呼，闷头坐到座位上。

小喇叭："红光满面，老实交代有什么喜事？"

于胖子："还能是什么，肯定跟丁大小姐进展顺利呀！"

顾耀东："我是去当警卫，跟丁小姐没什么……"

于胖子："那就是沈小姐！我们都听说了，大晚上的两个人跑出去幽会，是不是呀，赵志勇？"

赵志勇"呵呵"干笑了两声。

顾耀东满脸通红："我还是去扫地吧！"

李队长笑呵呵地看着一群人打闹，一转头，注意到赵志勇似乎心情不好。

李队长："昨晚没睡好吗？"

赵志勇："嗯？不是……"

李队长凑近了小声说："在担心莫干山的事？那是他们一处搞砸的，算不到你头上。"

赵志勇心情复杂地笑笑："知道了，谢谢队长。"

顾耀东很积极地扫地，想躲开小喇叭和于胖子，二人依然追着他叽叽呱呱个没完。

赵志勇实在听不下去，起身就出去了。刚到门口，他就看见丁放拎着一个纸袋朝刑二处走来。然而丁放就像没看见他一样，径直从他身边走了过去。赵志勇一个人僵在那里，听着刑二处里小喇叭和于胖子诡异地笑着把顾耀东推到丁放面前，听着警员们喜闻乐见地起着哄，赵志勇只觉得自己比警局里的一粒灰尘还卑微。

顾耀东和丁放去了楼道角落，那里没什么人经过，两个人好像都有话要跟对方说。

丁放先开了口："回上海，没了私人警卫，突然有点不习惯了。"

"只要你有麻烦，我会随时去帮忙的。还有，谢谢你走之前的提醒。你走了以后，莫干山真的发生了很多事。"

"杨奎的事我听说了。不管是什么人干的，我都不觉得难过。其他人我也不关心，只要你没事就行了。"她几乎是有些冷淡地说完这些，然后把手里的纸袋给了顾耀东，"这是送给你的。"

顾耀东打开一看，是一件崭新的白衬衣，看得出来质地非常好。

"山上过夜那天，我看你的衬衣旧了。就当这是给你的酬劳吧。"

"我是以私人警卫的身份去的莫干山，保护你是我的职责，不能收这个！"

"那我只好给你钱了。"

"什么？"顾耀东以为自己听错了。

"在外面私人警卫是很贵的。反正我钱多，我爸是财政局局长嘛。"每次提及钱，丁放都特别坦然，就好像讨论的不是她的钱。

"我不是那个意思……其实在莫干山赵警官帮了我很多，这不能算我一个人的功劳。"

丁放脸色忽然暗了下来："别在我面前提他。他和杨奎一样，让我恶心。"

顾耀东特别真诚地笑着说："那你肯定是误会什么了。赵警官是最不会招人讨厌的那种人。"

"你很了解他吗？"

"当然。在这个警局，除了处长他就是我最好的朋友。他是个老好人，心地善良。就是因为太好说话，不懂拒绝，他经常会答应做一些不愿意做的事。"

丁放不假思索："这叫懦弱。懦弱的人不过是换一种方式作恶罢了。"顾耀东还想再说什么，被她堵了回去。"你要相信，你看人的眼光真的很不怎么样。好了，我不想再讨论这个人。"她一把将纸袋塞给顾耀东，"礼物反正送给你了，穿不穿随你的便。"

461

不等顾耀东回应，丁放就转身离开了。在走廊转过一个弯，她看见了埋头站在那里的赵志勇。

"丁小姐，那天替杨队长守着你……"

"是囚禁。"丁放打断了他。

"我也是不得已。对不起，我不想这样的。我从来没想过自己会对你做出这种事。真的对不起。"

"赵警官，你这副唯唯诺诺没有原则的样子，真的让我很厌恶。"

丁放说得毫无表情，赵志勇呆呆地站着，看着她离开，只觉得心一直往下沉，往下沉。

他是一个擅长自我安慰或者说自我欺骗的人，在被忽视被伤害的时候，这是他唯一能熬过去的办法。他就这样从当年的伪上海市政府第三警察局熬到现在的上海市警察局，四年光阴，他熬出了一套明哲保身的生存法则，他相信只要接着熬下去，很快就能柳暗花明。顾耀东初来乍到时，他带着弱者的惺惺相惜，同情顾耀东也亲近顾耀东，然而同时又在暗地里幸灾乐祸着，自以为终于熬到了柳暗花明的那一刻，他终于不再是警局的最底层，他很想回到家里的小面摊时能笑着跟母亲说"我现在特别好"。可是现在觉得，顾耀东的出现，只是让他的人生变得更糟心更晦暗。

赵志勇浑浑噩噩地回刑二处时，小喇叭和于胖子正在欣赏丁放送给顾耀东的衬衣。

于胖子："一看就是成衣店订做的高级货啊。"

小喇叭："赵志勇，你的呢？快拿出来看看！"

赵志勇："我哪有。"

肖大头看着报纸，插嘴到："你们一起去的莫干山，怎么顾耀东有，你就没有？"

赵志勇挤出难看的笑容："我又不是她的私人警卫，人家干吗送我东西！"

顾耀东看着赵志勇难堪的表情，有些不忍心。他把衬衣递了过去："赵警官，这尺寸我穿着大了。你穿合适吗？"

赵志勇看着他，强忍着情绪："你不要也不用给我。我不缺衬衣。"

顾耀东只得尴尬地把衬衣拿了回去。

这时，夏继成进了办公室，顾耀东赶紧兴冲冲地喊道："处长！"

"嗯。"意思是听见了。

他刚坐下，顾耀东就跑了过来："您今天喝碧螺春还是普洱？"

夏继成看着他，想了想："以后这些事情不用你来做了。"

"没关系！这也是警局工作的一部分！"

"你也不算新人了，现在开始要多学点有用的东西。"

顾耀东一脸茫然。

夏继成："副局长要求莫干山相关警员自查，你和赵志勇各自写一份杨队长出事当晚的报告，讲清楚你们在什么地方，做了什么看见什么。尽快写好，直接交到副局长办公室。"

到了午饭时间，顾耀东和赵志勇还趴在桌上写报告。赵志勇犹豫着，写写停停，似乎有什么难以下笔的地方。他偷偷瞟向顾耀东。

顾耀东正好写完了，他放下笔问道："赵警官，你写完了吗？"

赵志勇没有抬头："还没有。"

"那我等着你，一块儿交了报告去吃午饭。"

"我可能还要一会儿才能写完。你先去交吧。"

"那好吧。"顾耀东拿上报告起身离开了，"我先走了。"

赵志勇一直看着他出了办公室。刑二处警员都去吃饭了，屋子里只剩下他一个人。他犹豫着，纠结着，最终还是从抽屉里拿出笔记本，一个警局通用信封，然后从笔记本上撕下一页空白纸张，将笔换到左手，下笔写了起来……

齐升平一回办公室，方秘书就拿了一摞报告跟进来。他将报告放在桌上，齐升平随手翻看起来。翻到中间时，看见两份报告中间夹了一个牛皮信封。他有些奇怪，打开来，里面塞了一张从笔记本上撕下的纸，写了一行字——

杨奎被杀当晚，刑二处顾耀东曾尾随其后，前往货运车行。

17

短短一行字，像重锤一样击在齐升平的神经上。他立刻重新查看信封，警局通用的牛皮纸信封，上面什么都没写，信纸上也没有落款。

齐升平叫来方秘书："看见这是谁送来的吗?"

"他们交来的时候只有报告，没见着信封，应该是有人偷偷塞在中间的。"

他又看了一遍匿名信："马上叫夏处长和王处长过来。"

方秘书刚离开，电话响了。

齐升平："喂? 局长，现在吗? 是，我马上过来。"

局长办公室位于北楼五层，电梯上去后，一进屋便能看见高大敞亮的拱形玻璃窗，白色纱帘半掩着，幽静私密。红木地板上铺着一块棕色羊毛地毯，深绿色厚窗帘，黑色皮质沙发，处处都比齐升平的副局长办公室更显气派。段局长穿着质地上乘的衬衣，戴着一副金丝眼镜，头发梳得一丝不苟，站在书柜边擦拭工艺品。

齐升平："局长。"

段局长："嗯，坐吧。"

齐升平坐在了黑色沙发上。茶几上已经摆了一套茶具，茶壶里冒着热气。齐升平很喜欢这套沙发，坐下去时的软硬程度和靠背弧度都刚刚好，皮质也比自己办公室里的更加柔软。

段局长："夏继成这个人，你怎么看？"

"夏处长？能力还是有的，只不过心思经常不在警局，对争名逐利的事也没兴趣。比较务实。"齐升平没想到第一个问题是关于夏继成的。

"务实？"

"就是……喜欢在外面做点小生意。只要不影响警局工作，这种事情我一般也不干涉。"

"他的背景，你了解吗？"

"我记得是陆军大学出身吧，吴石将军的学生。"

段局长笑了笑。

齐升平见状有些忐忑："局长，他出什么问题了吗？"

"桌上有封调令，你看看吧。"

齐升平一脸疑惑地打开，很是诧异："调去国防部？"

"国防部监察局，有人点名要的他。"

齐升平愣了半天。

段局长感叹道："都不是等闲之辈啊。"

"我对他还是比较了解的，从来没听他提过在国防部有关系啊。"

段局长走过来，倒了两杯茶："那只能说，他不喜欢显山露水罢了。"

"以为他是闲云野鹤，没想到在另辟蹊径……"齐升平还是有些回不过神。

段局长递给他一杯茶："尝尝这茶吧。"

二人品茶。

"每次来局长这儿，都能喝到最好的龙井。"

"这是龙井里最好的狮峰。听说夏处长也喜欢喝茶？"

齐升平有些意外："平时是好两口。"

"还有两罐，给他送去吧。祝他到南京一路顺风。"

段局长说得轻描淡写，但这让齐升平立刻意识到夏继成的分量不一样了。

"是。我替他谢谢局长的心意。"

"莫干山的事情调查得怎么样？"

"警员都写了自查报告，刚刚交上来。"

"有什么发现吗？"

有发现，但是齐升平迟疑了。

从副局长办公室交完报告和那个牛皮信封回来后，赵志勇就一直心神不宁。顾耀东看他坐在位置上脸色不大好，关心道："赵警官，你不舒服吗？"

赵志勇失神地抬头看他。

"你满头都是汗。"

赵志勇一摸，这才发觉自己头上全是汗水。

"是不是病了？"

"没事……没什么，太热了。"

"我把窗户打开，你透透气。"顾耀东给他倒了杯水，又去开窗。

赵志勇心不在焉地喝水，悄悄瞥着顾耀东。

这时，方秘书来敲门："夏处长，副局长请您过去一趟。"

赵志勇一听，顿时紧张起来。

夏继成跟着方秘书离开了。顾耀东对这一切没什么反应，依然在专心扫他的办公室，好像在做一件很重要的事。赵志勇心情复杂地看他扫地，心想着天要塌了，这傻子还是只知道抓着眼前这点芝麻大的事，还做得兴高采烈，这大概就是他在警局的最后几天了……这么想着，赵志勇忽然鼻子发酸，他起身过去从顾耀东手里拿过了扫把。

"我来。"

顾耀东笑着拿回去："不用，你不舒服就多休息。"

赵志勇几乎是把扫把抢了过来："我坐得肩膀疼，想活动活动。处长让你干点有用的。翻翻书翻翻档案，有什么想做的，现在就赶紧去做吧。"

这话听着像是以后就没机会去了。顾耀东没听明白，不过也不在意，笑呵呵地道了声谢，说道："那我去把没看完的材料看完。"

赵志勇也不知道自己在胡乱讲些什么，他的脑子比嘴巴还要乱，于是只能去闷头扫地，不敢再看顾耀东。

方秘书带着夏继成进了办公室，王科达已经等在里面了。

夏继成："副局长不在吗？"

方秘书："他被局长叫去了，马上就回来了。请二位再等一等。"

方秘书关门离开了。

王科达一头雾水："什么事啊？"

夏继成笑着："不清楚。等吧。"

齐升平离开段局长办公室后先去了趟法医室。杨奎的尸体从莫干山运回来后，就直接送到了这里。

法医从解剖室出来，摘掉口罩和手套说道："颈椎骨折，窒息而死，没有其他致命伤，胃里也没有药物残留。"

"确定？"

"确定没有。对方可能是个老手，出手力道非常大。"

齐升平若有所思，老手？顾耀东会是个老手吗？

他拿着两罐茶叶回了办公室，夏继成和王科达赶紧起身。

王科达："副局长，是不是莫干山的调查有眉目了？"

齐升平看了看二人："杨奎被害当晚，最后去的地方是货运车行？"

王科达："是。我让他去通知车行当晚戒严。"

他用钥匙开了锁，从抽屉里拿出那封匿名信："我收到这封匿名信。有人举报，我们在莫干山的一名警员，当晚曾经尾随杨奎前往仓库。"

夏继成和王科达都很意外。

王科达："我们的人？谁？"

齐升平迟疑了几秒，然后看着夏继成说："顾耀东。"

夏继成不动声色。

王科达赶紧看举报信："这字迹，鬼画桃符啊。"

夏继成瞄了一眼，脸色隐隐有些阴沉："怕被人认出来，换左手写的吧。"

王科达忽然想起来："不对啊！夏处长那天喝醉了，顾耀东一直在房间照顾他。我没记错吧？"他转头盯着夏继成，想看出点什么来。

他看出了夏继成似有难言之隐。

夏继成："我是喝醉了。"

王科达："你不可能说谎，顾耀东也不会分身术。那就是有人故意冤枉他了？"

齐升平也眯着眼睛打量着夏继成。

夏继成："信上也没说错。他是去了趟仓库，不过是去替我办事的。"

齐升平冷冰冰地："现在还有时间解释。"

夏继成："我有一批货要托沈青禾运到南京。那天突然戒严，关卡又逢车必查，我知道东西跟着她的货车肯定运不出去了，所以让顾耀东去把东西取回来。王处长，那天你的人在场，这种事我不方便说太细，希望你能理解。"

王科达："那批货不就是药材吗？"

夏继成皮笑肉不笑："那是杨队长看见的。还有些生意，不方便给他看。"

齐升平："现在不用保密了。什么生意？"

夏继成看起来很难开这个口："金条。"

齐升平："沈青禾直接送去南京不是更好？为什么转道湖州？"

夏继成："她在湖州有路子送去南京，不必亲自跑一趟。"

"那为什么又上了莫干山？"

"本来是只打算到湖州城里的。刚好会场跟她订了一批酒和罐头，反正莫干山就在湖州境内，她就顺道上山做点小生意。"面对齐升平的咄咄逼问，夏继成倒是越发坦然，给人感觉似乎是觉得反正也瞒不住了，不如和盘托出，免得惹上麻烦。

王科达半信半疑，试探道："二月份，国防最高委员会可是发布了《经济紧急措施方案》，明令禁止买卖黄金啊。夏处长，你这么做，可是很危险的。"

"现在物价都涨成什么样了？越禁，越说明黄金才是硬通货。你看现在各地高级军官，领到军饷钞票都暂不下发，全部装运到上海来抢黄金。运送战备的火车都成他们运钞票的专列了。中央银行连续十个月抛售金条，金价还不是照样日涨夜涨。全国都挤破了头来上海抢黄金，我们守着上海无动于衷，总有点说不过去呀。"

看夏继成振振有词的样子，齐升平的态度缓了下来。毕竟，在他的认知里，这就是夏继成应该有的样子。

王科达："但是去仓库的这段时间，到底做了哪些事情，我觉得还是应该查一查。"

夏继成笑得很无奈，"他能把一件事做好就已经很不错了。"他似乎想到什么，满脸惊讶，"王处长，你不会怀疑他是共党吧？"

王科达指着匿名信："就目前来看，他确实有疑点。"

"没关系，当然可以查。只是顾耀东是什么水平，警局也都知道。你和杨队长也一直认为，他这样的人连给警局扫地都不配啊。"

王科达有些尴尬："也不是这个意思……"

夏继成顺势半开玩笑道："你就不用顾忌我的面子啦！他是我招进来的，几斤几两我还不清楚吗？只不过不好意思承认自己看走眼罢了。要说他是共党……不知道是我眼光太差，还是共党眼光太差。"

齐升平听着二人说话，思忖着，这时他看见了桌上的两罐茶叶……段局长，吴石，顾耀东，杨奎，这几个名字在他脑子里一一闪过。天平左边是段局长和吴将军，搭上一个顾耀东，天平右边是王科达和杨奎，中间放了一个夏继成，孰轻孰重，一看便知。

齐升平："匿名信只提到他也去了货运车行，这说明不了什么问题。刚才局长问起调查情况，我也没有提起这封信。既然现在问清楚了，这封信就到此为止。"王科达还想说什么，齐升平适时打断了他："这么大的行动搞砸了，最后却揪着一个什么都不懂的新人调查，传出去了还以为我们在找替罪羊，姿态未免难看了些。"王科达只得把话咽了回去。

齐升平转而看向夏继成："更何况，我们夏处长一向很照顾顾警官。临到你要调走，多少也要看在你的面子上留个愉快局面。"

夏继成笑了笑："谢谢副局长。"

王科达一头雾水："谁要调走？夏处长要调走？"

齐升平："调令今天刚刚到。去国防部监察局。"

王科达和刚刚在局长办公室的齐升平一样诧异："没听你提过啊，这么突然。"

齐升平："听说是监察局有人点名要你过去。"

"是吴仲禧监察官。"夏继成说得很平常。

原本靠在椅背上的齐升平，睁大眼睛往前挪了半个屁股："就是那个首席监察官？"

夏继成："是。二月份经济管制以后，监察局抽调一半人手组建经济监察团，很缺人手，他就想让我过去。"

"哦……难怪了。你们关系很熟吗？"齐升平语气里带着一丝隐隐的羡慕。

"他和国防部史料局的吴石将军是莫逆之交，吴将军又是我的恩师，所以也算有些渊源。"

夏继成对顾耀东的维护已经摆到台面上了，这也正常，谁都希望走时能善始善终。齐升平暗自庆幸在收到匿名信后，及时知道了夏继成身上的层层关系，否则一旦因为姓顾的小角色撕破脸，难堪的恐怕不是夏继成。

王科达："看不出来啊夏处长，搭上监察局这层关系，你的前途一片光明啊！"

夏继成笑着："说笑了王处长，他们都是党国的栋梁，夏某只是有幸跟着谋点生路罢了。"

齐升平把两罐茶叶放到他面前："这是段局长送给你的茶叶，这些年共事一场也是缘分，祝你到南京一切顺利。"

夏继成赶紧起身，敬礼："谢谢局长和副局长栽培。卑职一定不忘出身，更不会忘了副局长这么多年的关照。"

齐升平意味深长地说道："莫干山的事搞成这样，行政院肯定大为光火。监察局会着手详细过问的，上海警察局肯定要担责任，希望不要影响你的前途才好啊。"

"其实您和王处长已经计划得非常周密了。我个人认为此次行动失败，当地保密局要负主要责任，毕竟是在他们的地盘，而且整件事就是从他们鲁莽杀掉那名湖州交通员开始出错的。这件事我一定会跟吴监察员详细解释。"

到底是自己一手提拔的人,办事从来都这么让人放心,齐升平满意地看着他:"嗯……要走了,还有什么话要说吗?"

夏继成埋着头,沉默了片刻:"二处的警员跟着我这些年,无功无过,都是些老实人,还望今后接替我的处长能多照顾他们。"他很诚恳,带着一丝伤感。这是今天坐在这间办公室里,他说过的唯一一句真心话。

齐升平竟也生出些许伤感,笑着最后说道:"你是个讲情义的人,也不枉我这些年提携。今后你在南京,我们在上海,大家互相关照就是了。"

夏继成和王科达从办公室走了出来。

王科达:"夏处长,晚上一起吃饭,我给你践行。"

"客气了。走得匆忙,还有好多事要办,好意,我心领了。"

夏继成客气得有些距离感。王科达心想着他要高升了,忙着打点各路贵人,这就已经顾不上警局这个跳板了,于是只能悻悻地说道:"行吧。到了南京,可不要忘了我们这些上海的老朋友啊。"

夏继成皮笑肉不笑:"这么说就生疏了。我的心还是在刑二处的。今后还望王处长多多照顾二处警员,尤其是顾耀东。"

王科达犹豫了下,忍不住问道:"老夏,其实我心里一直有个疑问。这顾耀东实在算不上什么人才,你还一直这么照顾他,是不是他跟你……有什么关系啊?"

"是有关系。"夏继成回答得毫不犹豫。

王科达反而怔住了:"真有关系。"

"不是一般的关系。"

"亲戚?"

夏继成笑而不语。

王科达识趣地:"行了行了。副局长已经发话了,匿名信的事就过去了。我不会为难他。那就……祝你在南京一帆风顺,步步高升。"

他朝夏继成伸出手来,夏继成笑着握住了他的手。

刑二处里,警员们像往常一样闲散地做着手头的事情。赵志勇看着桌上的案件资料，但是目光根本没有焦点。顾耀东出去了一直没回来，不知道他是不是被人抓走了。他一边胡思乱想着，一边不时瞟着门口，夏继成一进来，他立刻就紧张起来，想从处长脸上看出点什么结果，可又不敢看。

夏继成看了看他，没说什么，径直回了座位。

李队长："处长，是莫干山的事有眉目了吗？"

夏继成很平静："是其他事。"

肖大头："他们一处不是挺厉害的吗？抓这个抓那个，怎么这回损失了一个杨队长，反而抓瞎了呢？"

李队长："上交了那么多自查报告，什么线索都没有吗？"

"说的都是些无关紧要的皮毛，没有调查价值。"

听到夏继成这句话，一直装作看资料的赵志勇松了口气。这消息竟让他下意识地有些高兴。他这才突然意识到，从匿名信交出去的那一刻开始，自己就已经在后悔了。

这一切夏继成都默默看在眼里。其实当他看到那一行鬼画桃符的匿名信时，就已经明白怎么回事了。刑一处的人要举报顾耀东用不着这种方式，也不必等到现在。

小喇叭叫嚷着从外面跑进来："新闻新闻！特大新闻……处长，您回来啦。"

于胖子："什么新闻？"

小喇叭："我刚听见一处的人在说，有人匿名举报我们顾耀东有嫌疑！"

原本也抬起头以为是什么小道消息的赵志勇，赶紧把头埋了下去，仿佛只要埋着头就能把自己藏起来。

"据说杨队长死之前最后去的地方是货运车行，信上说有人看见顾耀东跟着他去了！"

肖大头："赵志勇，你不是跟顾耀东住一个房间吗？他那晚真去了？"

赵志勇支支吾吾："他是跟我说过要出去，不过……我不清楚他去哪儿，我又没跟出去。好像……好像是去处长那儿了吧。"他求救似的看向夏继成。

夏继成："我刚刚已经在副局长办公室解释过了。顾耀东被我派去仓库取东西，之后一直留在我房间里。我不清楚写信的人到底看见了什么，但他和杨奎的死没有任何关系。这件事到此为止，不要再议论。"

赵志勇心情复杂地埋头继续假装看资料。

夏继成："顾耀东呢？"

李队长："去楼下帮您擦车了。"

夏继成走到窗口边，望向楼下院子里。从这里望下去，顾耀东的身影只是小小一团，正围着自己的黑色轿车忙前忙后。

"谁让他去的？"

李队长："他自己。说是要给您擦得比镜子还亮堂。莫干山回来之后，这小子干什么都特别卖力。"

车边放着水桶，顾耀东洗抹布，擦车，换一桶干净水，又接着洗抹布，擦车。擦完了车身，再用刷子蘸水刷轮胎。他仿佛是一个上山拜师学艺的小徒弟，虔诚而幸福。

夏继成望着他，听着身后警员们叽叽喳喳，心里说不出的难过。

最后要去的地方是人事室。夏继成把所有警局证件和几把钥匙放到了桌上。

在顾耀东卖力擦车的同时，夏继成已经远远地朝警局大门走去了。这段路并不算长，可是他走了很久。

站在门口，他最后望了一眼这四栋灰色的高楼。明天将会是他最后一次走进这里，留恋吗？也许已经由不得他选择记住或是忘却。这是他的青春，曾经也像顾耀东一样喊着"匡扶正义，保护百姓"，在这四栋楼里他学会了将这句话放进心底，永不泯灭；这是他的战场，在这里他从邵屹变成夏继成，又从夏继成变成"白桦"。

走到今天，这场战斗结束了。

踏出这里，便是一个未曾见过的世界。

顾耀东兴冲冲地跑进家门："我回来了！"

一家人围在饭桌前，桌上放着大包小包，顾悦西正在分发一大堆乱七八糟的东西。

耀东母亲笑逐颜开："快来看看，你姐夫出海回来，带了好多东西。"

顾耀东："姐夫这趟去哪儿了？"

顾悦西："广州。这男人花起钱来真要命，买这么一大堆，这趟出海算是白跑了。"

顾耀东："都有什么呀？"

"砂糖橘、陈皮、红茶、南糖。这是给爸爸的树脚眼药散，说是对眼疾有好处。这是给妈的白马菜刀。你见过大老远背菜刀回来送人的吗？"顾悦西抱怨道。

顾邦才："不是还有两桶海鱼吗？"

"鱼是不错，就是这个人太没有情趣了……"顾悦西总是这样，嘴上数落着，心里又想着他的好，最后抱怨就变成了嗔怪。再不解风情的男人，念家爱家也会让人心生温暖。

顾耀东跑过去蹲在水桶前，饶有兴趣地看鱼在桶里游来游去。过了片刻，他忽然抬头问她："姐，能给我一桶吗？"

"干什么？"

"送给我们处长。"

"连你都学会讨好长官了？"

"你不懂。我想跟着他正正经经当警察。"

顾邦才很欣慰："嗯，开窍了。"顾耀东笑嘻嘻地拎起一桶就朝外走。

耀东母亲："哎——明天早上再拿去警局也不迟啊！"

顾耀东一边说话一边已经出了门："万一死一条呢？现在送去最新鲜！我走了！"

已经是傍晚时分了。夏继成在鸿丰米店最后一次向老董汇报完情况出来时，便远远看见沈青禾等在街角。这一刻终于还是到了。

盛夏的傍晚，天边常常被霞光映得极其绚烂，但并不使人觉得温暖。也许是因为白天太过盛大辉煌，这最后的绚烂反倒有种曲终人散的孤寂感。

起风了，沈青禾觉得有些凉，这种感觉原本只应属于离别之秋。她和夏继成沿着大路朝江边走去，远远地便能闻见黄浦江熟悉的气息了。

　　"什么时候动身？"

　　"后天的火车票。"

　　"国防部监察局？"

　　"对。我正打算去找你。出了点问题。"

　　"怎么了？"沈青禾一下子紧张起来。

　　"不是我，是顾耀东。莫干山的事情没有结束。有人给齐升平写了匿名举报信，说看见那天晚上顾耀东跟着杨奎去仓库了。"

　　"他被逮捕了？"

　　"没有。我暂时应付过去了。但是这封信会留在齐升平和王科达的神经上，时不时跳出来作乱。我希望你能配合他渡过这一关。"

　　沈青禾的心情像在美国辛辛那提坐过山车。

　　"怎么配合？"她茫然地问。

　　"莫干山这一趟，刑一处、刑二处几乎所有人都知道你们在谈恋爱了。"

　　"我们只是演戏！是因为……"

　　"因为需要互相掩护，我当然知道。但是现在需要你们继续演下去。我走以后，警局里会有不止一双眼睛在暗处盯着他，观察他。不管顾耀东还是你，都不能让人起疑心，更不能露出任何破绽。"

　　长长的沉默。沉默地想心事，沉默地从南京西路走到了南京东路。

　　"这是任务吗？"

　　"算是吧。"

　　"时限多久的任务？一个月，半年一年，还是无限期？"

　　"这取决于你们的安全状况。"他理性得近乎冷淡。

　　沈青禾停下了脚步："除了顾耀东，还有其他话想对我说吗？"她期待地望向夏继成的背影，夏继成回过头来了，丝毫没有避开她的目光。

　　"今后我不在上海，继续培养他的任务就交给你了。有你在身边，他会很快成长起来的。"

"就这些?"

"就这些。"

前面已经能听见江水的声音。夏继成转回身,朝前走去。

站在黄浦江边,望着江水翻腾着向前,目光便也随着它一路往前,看得久了,便容易让人想起一些很久远的事情。

"等你到了南京,就是你看秦淮河,我看黄浦江了。"

"不都是同样的长江水吗?"

"你知道在你之前,那个位子上曾经牺牲过两名同志吗?"

夏继成笑了笑:"'欲得虎儿须入穴,如今虎穴是南京!'这是南京地下市委的陈书记上任前,她先生写的临别诗。在她之前,南京曾经牺牲过八位市委书记。壮士一去不复还,她是真正的勇士。我不算什么。"

其实沈青禾知道自己不应该问这个问题。他是战士,苟利国家生死以,岂因祸福避趋之?

"如果一切顺利,你还会回上海吗?"

"也许会吧。如果一切顺利,不久的将来我们就会迎来胜利。到那个时候,只需要一张火车票,不管上海南京,还是延安重庆,中国之大,可以去任何地方。我们就是普通人,生活里没有政治,只有山川湖海、柴米油盐。"

沈青禾沉默了一会儿,这个傍晚她沉默了很多次,但也许所有的沉默都是为了说出最后这些话。

"不知道今天该说后会有期,还是后会无期。就当这辈子都不会见了,有些话我今天一定要讲。我喜欢你,这句话我从来没有说出口,今天不怕讲出来。"

夏继成没有意外,但是也没有回应。沈青禾也并不期待他有什么回应,只是望着江水慢慢地说着自己的话。

"在苏联,你抄在床头的诗,我还记得。'我想和你一起生活/在某个小镇/共享无尽的黄昏/和绵绵不绝的钟声……'/其实我也知道,在你心里一直有一个故事。"

"我的故事，已经结束了。很久以前就已经结束了。对不起。"

沈青禾怅然若失，却也释怀了。这些年喜欢他，他只是假装不知道。原来他心里真的有爱人。那就好。她宁肯是这样。

"你应该祝贺我终于可以翻过这一页。也许我现在还不明白，究竟什么是爱情，但总有一天我会找到答案。我是沈青禾，不是一般人，不管接替你的人是谁，他都应该为有我这样的搭档感到幸运。"沈青禾竭力朝他挤出一个洒脱的笑容，足够骄傲，足够倔强。

夏继成笑了："这也是我的幸运。"

他当然知道她的心事。曾经还是邵屹时，他拥有过一段爱情，那段爱情很普通，那个女孩也很平凡，平凡到再也无人能相提并论，以至于那个女孩死后，邵屹也不存在了。在那之后沈青禾是唯一走进过他心里的人，因为珍视，所以更认为她应该有属于她这个年龄和时代的爱情，属于她的青春回忆和轰轰烈烈。

她也当然没有翻过这一页，带着骄傲和洒脱地说出这些，不过是在告诉自己，她应该，也必须放下了。

"但愿今后还会再见。"她朝他伸出右手。

夏继成没有回应她的握手，而是给了她一个深深的拥抱。

"后会有期。"

她愣了片刻，忽然意识到这个她等了很久很久的拥抱，是他们之间第一次，也许也是最后一次。于是她的眼泪静静地流了下来。

电车靠站了。顾耀东拎着一大桶海鱼下了电车，咸腥味惹得司机直皱眉头，他一边老实地笑着道歉，一边小心翼翼地护着水桶，生怕水洒没了，伤着他心爱的鱼。

好不容易到了夏继成的公寓楼，顾耀东拎着水桶在门口敲了半天门，没有人回应。不知道是处长出门了，还是自己找错地方了。他只得又拎着桶下了楼，打算去找门房问问。

快到一楼时，他听见楼下有两个人说话，声音很熟悉。

"夏处长，我们的合作关系到此为止了。到南京以后，多保重。"

"你在上海也保重。"

"祝你大展宏图，一切顺利。"

水桶跌落地上，周围一片死寂，只听见水桶沿着台阶哐哐当当滚下去，仿佛是希望破碎的声音。

水桶一直歪歪扭扭滚到了夏继成面前。他循着水迹朝楼道望去，只见楼道里几条海鱼七零八落地蹦来蹦去，顾耀东埋着头，一个人站在那里，看起来好像有什么东西被抽空了。

他抬头望向夏继成："处长，你要离开上海？"

"对。"

"还回来吗？"

"不知道。"

顾耀东怔怔地望着他，这算是什么回答？

"顾耀东，明天，警局见。"夏继成头也不回地上了楼。那一瞬间，他看见顾耀东又变成了那只被人遗弃在走廊里的流浪猫，就像一年前来警局报到时一样。他真怕再多站一秒钟，面前的小警察就会痛哭出声。到那个时候，还能硬着心肠一走了之吗？

清晨，阴雨依旧绵绵地飘着。杨一学没有出来扫地，于是福安弄就好像没有醒过来一样。炊烟没有升起来，偶尔有不得已早出的人，也是行色匆匆，连声招呼也没有。就像这夏日里的低气压一样，一切都沉闷得让人提不起精神。

一宿未睡，也一宿未动。顾耀东就这样坐在地上，一夜之间消沉了许多，下巴上的胡楂也变青涩了。他的少年感，大概就是从这个夜晚开始褪去的。

刑二处门口围着警员朝里张望，还有些警员来去匆匆，似乎在奔走相告着什么重大新闻。刑二处门里没有人说话，李队长看着夏继成，赵志勇看着夏继成，除了无故旷工的顾耀东，所有人都看着夏继成。气氛和这鬼天气一样压抑。

夏继成已经不再穿警察制服了，他穿了一身便装，桌上放了个箱子，正一件一件把私人物品收进箱子里。

李队长："处长，您要调走，怎么不提前告诉我们呢？这么突然，大家都有点接受不了。"

夏继成："调令也是刚下来的。"

"您以后还回警局吗？"

"这不是我能决定的。我走以后，应该会有新处长调来。我回不回来，你们都不会受影响。"

肖大头愤愤地一脚踹翻了椅子："他妈的肯定是因为那封匿名信！处长替顾耀东扛了这件事，搞得自己要被调走！到底是哪个王八蛋在背后干这种缺德事？"

赵志勇不自觉地缩着身子，耷着头。这不得不让人想起杨奎最厌恶他的一点，就是现在这样像某种令人生厌的软体动物，爬着，腻着。

"这和匿名信没关系，有没有这封信我都会走。"夏继成说得云淡风轻。

于胖子："肯定是一处干的！他们死了个杨队长，又抓不到凶手，想拿我们顾耀东顶罪！"

肖大头："别让我逮着！要逮着了，我让他尝尝被人背后捅真刀子的滋味！"

赵志勇心慌地打翻了杯子，手忙脚乱地擦着。

夏继成看着他的一举一动，没有说话，只是瞪了一眼肖大头："肖德荣，我走以后收收你的脾气。"

肖大头嘀咕："我心里不痛快！"

小喇叭："哎，说了半天，顾耀东呢？"

李队长："还没来。"

肖大头："臭小子，良心坏啦？处长要走他也不来送送！"

夏继成看了看手表，走到窗边，心情复杂地望向小雨中的福州路。

顾邦才在客堂间看报，耀东母亲从灶披间出来："儿子还没起床？"

"没动静。"

"都快中午了，这一觉也睡太久了。"

"兴许在莫干山累着了，愿意睡就多睡睡吧。"

正说着话，一阵咚咚咚的下楼声响起，二人刚朝里望去，一个身影就已经风驰电掣地冲了出去。等耀东母亲追到门口，弄堂里早不见了人影。

一名警员来刑二处敲门："夏处长，有您的信。"

小喇叭接过信，一边看着信封，一边递给夏继成："处长，《生活》杂志社寄来的。"

"谢谢。"他拆开信封，里面是几张照片。随手翻着，翻到其中一张时，夏继成的嘴角肌肉抽了一下，接着又莫名地笑了。他将其他照片放到箱子里，唯独那一张装回信封，揣进了衣服内兜。

李队长："处长，该吃午饭了。一块儿去食堂吧，我们给您践行。"

"不了，你们去吧。晚上我请大家到小绍兴吃饭，每个人都来。"他看了眼手表，心想那傻小子也许不会来了。这样也好。他抱上箱子，起身离开了办公室。

就在他刚走到刑二处门口时，一个人影没命地从走廊远处冲了过来，大概是因为浑身湿透，连鞋子也泡满了水，他每跑一步都会发出像鸭掌拍在地上的"啪嗒"声。就这样一路狼狈一路不管不顾地冲到夏继成面前，他停了下来，喘着粗气，站在那里定定地瞪着他。

也不知身上是汗水还是雨水，顾耀东就像只刚从热锅里捞出来的落汤鸭，头上冒着蒸汽，脚下滴答淌着水。

夏继成笑了。因为顾耀东的样子的确好笑。

过了片刻，他大声嚷嚷道："怎么这么让人操心呢？多大的人了，下雨出门不知道打伞吗？"顾耀东还没来得及说话，夏继成已经走了过来，一手抱着箱子，一手搂住他肩膀朝警局外走去了。

雨依然在下着，而且更大了。两个人站在警察局大楼门边，望着外面出神。

"处长，我肚子饿了。请我吃饭吧。就我们两个人。"

"想吃什么？"

"想去你平时吃饭的地方，是你一个人会去的地方。"

夏继成看了看他："雨这么大，今天我没车了。"

"我没伞。"

"那等雨停吧。"

"不用等雨停，也不用伞。"

"让我跟你一起淋雨?"

"反正你现在也不是刑二处处长了，没人会笑话你。"连"您"都变成了"你"，顾耀东是真的没把他当处长了。

"雨太大了!"

"你不会是想赖账吧?"

于是夏继成只得把话憋了回去。

夏继成将箱子举在头顶，和顾耀东一起跑着。跑到一个路口，顾耀东"嗖"地就朝左边冲出去了。

"反了!"夏继成大吼了一声。

顾耀东"嗖"地掉头往右冲，快得令人瞠目结舌。

夏继成像个老人家在后面一边追一边喊："掏钱的人是我! 你跑那么快干什么?"

目的地是一个冷清的三岔路口上的一间冷清的小饭馆。店门口有一棵巨大的广玉兰，顾耀东站在树下目瞪口呆了好一会儿，满树满树的白花朵在这人迹罕至的地方兀自开着，芬芳着，仿佛树下的小店是另一番隐秘天地的入口。

小店里没有客人，安静得像是到了什么人家里。蒸笼上冒着烟，锅里的水翻滚着，闻着倒是有淡淡的烟火香气。老板娘六十多岁，头发已经花白，朴实而和善："夏先生，今天的饭还是老样子吗?"

夏继成："对。"

她又看着顾耀东："年轻人，你吃什么?"

顾耀东："我要和他一样的。"

"下雨天，也没别的客人，我给你们多做两个小菜吧。"说着她便笑盈盈地离开了。

夏继成看起来熟悉店里的一切。他自己去角落的桌上倒了两杯热水，递给顾

481

耀东一杯。

屋里有扇窗户往下坠着，雨飘了进来。他看了看，是窗户合页的螺丝松了，螺丝拧在木框上，但是木框已经朽了。

他朝灶披间喊道："老板娘——工具拿来吧，窗户又该修修了！"

老板娘小跑着拿来了工具箱："每次来吃饭都帮我修修补补。"

"小事。"

老板娘回了灶披间。夏继成把螺丝拧了下来，又从灶披间门口堆柴火的地方捡了一小截木头，削成筷子那么粗，塞进朽烂的螺丝孔里。

顾耀东看着他修窗户："处长，你经常来这里？"

"对。我做饭实在太难吃。"

"这儿离你住的地方，好像也不算近。"

"刚到警局时，我登记的第一份户籍，就是这里。"

顾耀东有些意外："你也当过户籍警？"

"你曾经问过我，每个人都有一个起点，我的起点是什么。和你一样，我的起点也是查户籍。"

于是顾耀东好像暂时忘记了离别的伤感，为找到自己和夏继成的第一个共同点而开心起来。他总是很容易因为眼前的事而开心。

"这家人的户籍簿上只有老板娘一个人。淞沪会战的时候，她的丈夫和儿子都牺牲了，剩她一个人经营这家店。后来我就经常来这里吃饭。"夏继成突然压低了声音悄悄说，"其实老板娘做饭味道也不怎么样。别让她知道。她要伤心。"

顾耀东咧着嘴笑，看着夏继成继续修窗户。看了一会儿，伤感似乎又重新笼罩了上来："处长，刚刚在警局里听到别人议论，有人写匿名信举报我，是你替我扛下来了。突然从警局调走是因为这个吗？"

"当然不是。"

"那为什么？"

"为了前途。国防部监察局，多少人削尖脑袋想去的地方，为了这个美差我谋划很久了。前途是光明的。"

顾耀东朝他挤出一个比哭还难看的笑容："那我真替你高兴。"

夏继成修好了窗户，关上，严丝合缝刚刚好。

老板娘端来两碗热气腾腾的菜泡饭，一盘切成小段的油条，然后又回了灶披间。

夏继成泡了一小截油条在饭里，吃一口憋好半天才咽下去，小声嘀咕着："老是这么咸，一个月得花多少钱买盐啊……"但他还是一口接一口地吃着。

顾耀东看着他吃饭，有些惆怅地说："原来你喜欢吃菜泡饭。"

"我喜欢一个人来这儿吃饭。每次都是一样的菜泡饭，一样的油条。不用讲话，什么都不用想，对我来说这是很难得的享受。"

"以前，我以为你是个喜欢热闹的人，喜欢约人喝酒、搓麻将，喜欢在办公室吃烤鸡；以为你当警察是为了赚钱，看你走路好像都能听见脑子里的铜板晃得叮当响。现在才发现自己其实一点都不了解你。"

"这就是我的生活，现在你都看到了，也了解了，没什么特别的。"

顾耀东埋头吃了几口，小声问："你什么时候去南京？"

夏继成大口吃着饭，头也不抬："明天。就因为我要走，你今天差点打退堂鼓，不想来警局了？"

"是。"

夏继成"啪"地拍了一下他的警帽，帽檐遮住了他的眼睛："回答得这么干脆。你当初来当警察，是因为我夏继成吗？"

"不是。"

"是为什么？"

"为了匡扶正义，保护百姓。"他忘记了去扶正警帽，处长要走了，好像这些不重要了。

"没忘就好。这才是你留在警察局的理由。"

顾耀东坐着，警帽歪着，每个关节都松垮着。他很少会这样。他想起了第一天去警局报到时，夏继成也问他为什么来当警察，那时候他也是这么回答的"匡扶正义，保护百姓"。然后他就成了大家的笑话……现在好像又回到那天了。只是面前这个男人比那时候熟悉，也比那时候更陌生。

夏继成知道他在想什么："顾耀东，我曾经说过你不适合当警察，现在我收回这句话。我要你留在警局，好好干。"

"我能在警局留到现在，是因为很多事情你替我扛下来了。我怕你走了，我想留也留不下来。"

他盯着顾耀东有些黯然的眼睛，一直盯到他心里："你想留，就接着当一个好警察，做警察该做的事，就没人能把你赶出去。"

"我留在警局，这对你来说重要吗？"

"重要。只要留下来你就能发挥作用，就能帮上沈青禾。最重要的是希望，将来有一天你能接替我。"

顾耀东没想到会是这样的回答，也没想过自己有一天变成了对别人来说很重要的人。"接替"这两个字，让他忽然生出一种叫作责任的东西。当个好警察，一定也是处长年轻时候的梦想。现在他完成了，要走了，于是把这个梦想交到了自己手中。能接过来捧得牢牢的吗？

"不需要现在就呼风唤雨无所不能，但只要留下来，你就是一颗种子，迟早会生根发芽。别让我看错人，也别让我这么多努力白费。能做到吗，顾耀东？"

沉默了很久。

"能……"这个没什么气势的回答像是顾耀东在自己试探自己，能吗？他慢慢醒了过来，坐直了身子用力地喊："报告！能！一定做到！"

"不光好好干，还要好好保护自己！挨了打要懂得还手！"

"是！"

"好好吃饭！好好睡觉！像个战士一样为梦想一路战斗下去！"

"是！"

口号喊完了，夏继成笑了："这才是我认识的顾耀东，吃饭。"

老板娘又端来了一锅菜泡饭："饭还有一大锅，吃完了又加。"

顾耀东学夏继成的样子，吃了一口油条一口菜泡饭，然后就不动了。

老板娘："怎么了？味道不对吗？"

他看了看夏继成："没有！味道刚刚好！"

老板娘欣慰地笑着走了。

他狼吞虎咽，拼命往嘴里塞着咸得发慌的油条和饭，想把眼睛里湿湿的东西塞回去。要像战士了，战士就不应该再像小孩子一样开心就笑伤心就哭了。于是他竭力地笑着，灿烂得像一朵向日葵，可是笑得越灿烂，心底就越是满满的悲伤。

从小饭馆离开时，夏继成朝灶披间喊着："老板娘——明天开始我就不来了——"

老板娘慌忙跑出来，手里拎着个小纸袋："不来了？为什么呀？"

"要离开上海了。饭钱在桌上。多余的钱是留给你换扇新窗户的。"

"以后还回来吗？"

夏继成笑着："如果有一天我回上海了，第一顿一定是到你这里吃菜泡饭。"

老板娘把纸袋子递给他："给你准备好了，你每次都要的小鱼干。夏先生，这些年多亏你一直照顾。那就祝你……一路顺风了。"

雨已经停了。顾耀东跟着夏继成去了附近的一处街角，那里放了一只破烂的旧碗。夏继成把纸袋里的小鱼干倒在碗里，很快，一只野猫便跑过来津津有味地吃了起来。夏继成摸了摸它的脑袋，起身离开了。顾耀东想，原来处长在上海还是有很多牵挂的。

这天夜里，刑二处在小绍兴的酒楼包间吃了最后一顿饭。除了夏继成，所有人都喝得颠三倒四忘了形。

李队长搂着夏继成的肩膀，朝他喷着酒气说："处长，我比你还早当警察，你是晚辈。我已经在警局干大半辈子了。可是现在我不想干了！明天你一走，我立马就去辞职！一把年纪，干不动了！"

肖大头嘴里叼着烟，吐着烟雾："这还算二处吗？老子也不干了！"

小喇叭："我也走！于胖子，你怎么说？"

于胖子："走啊！你们都走了我留下来有什么意思？要走一起走！"

赵志勇蔫蔫地坐在一旁，一杯接一杯地喝酒。

肖大头命令道："赵志勇！说话！走不走？"

赵志勇不吭声。

肖大头又问："顾耀东！你表态！你走不走？"

顾耀东眼神发直："我不走……我的梦想就是当警察。为什么要走？"

一群人总算找到发泄的机会，有人拉扯他，有人拿筷子敲他的头，肖大头歪歪倒倒地挣扎着要过来揍他："狗日的没良心的，处长走了你就不伤心吗？"

顾耀东敢顶嘴了："我不伤心！没用的人才伤心！"

夏继成看着一帮孬兵，板着脸说："都别废话。要是有更好的去处，我不拦着。否则就踏实留在二处好好干，谁也不许走。"

赵志勇一直埋着头不说话，忽然起身出去了。

楼梯拐角的地方，没什么人经过，赵志勇一个人坐在那里抹眼泪。他的伤心和别人不一样。他知道处长偏爱顾耀东，失落过，有过怨气，甚至偷偷想过如果有一天自己在警局出人头地了，他一定要在手底下招很多很多新人，然后对他们每个人都一样好。但是夏继成突然要走了，他能想起的只有两年前抗战胜利时，伪上海市政府第三警察局要被合并成上海警察局，他的留用资格被另一个贿赂人事室的人顶掉了。那时候家里的小面摊生意不好做，连房租都不够交，他以为自己和母亲只能回淮安老家了，是夏继成把他留了下来，带进了刑二处。

"赵警官。"夏继成走到了他身后。

赵志勇赶紧一把抹掉眼泪站起来，"处长。"他一抬头，看到夏继成的目光，又心虚地把头埋了下去，"您被调走，真的不是因为那封匿名信吗？"

"和那封信没关系。"

赵志勇依然很难过。

"赵志勇，其实你有时候和顾耀东很像，单纯，善良。你第一天来警局报到的时候，也和他一样懵懵懂懂，漏洞百出。但你们始终还是两类人。知道区别是什么吗？"

"他比我更坦荡，更磊落。"

"而你比他更懂得审时度势，屈伸有度。这是你的优点，也是你的弱点。"夏继成拍了拍他的肩膀，"话说错了可以收回，但人生不能这样。别走错路。"

赵志勇望着他离开的背影，五味杂陈。

夜里的最后一班电车已经开走了。刑二处的人肩并肩吵吵嚷嚷地走在夜晚的马路中央。肖大头扛着几乎不省人事的李队长，顾耀东扶着走路像踩棉花的肖大头。夏继成默默跟在后面。

李队长住在静安寺附近的小弄堂里。一群人刚把他送到家门口，李太太就赶紧出来扶着他："哎哟，一把年纪的人了还这么灌自己！还能干几年警察呀？不要命啦！"她一边心疼地抱怨，一边朝屋里喊："囡囡，快给你爸爸煮醒酒汤！"

李队长是地道的上海人，和顾家一样，住的是还算体面的石库门房子，三层小楼，家里儿孙满堂，生活安稳。天井晒满了孙子孙女的小衣服，衣柜里塞满了他们的小毛衣小围巾。这才盛夏，李队长就已经把冬天的行头织好了，不仅今年冬天，他把未来两年的都织够了。他还有两年退休，害怕这两年里哪一天出去执行任务就回不来了。从静安寺捕房的小巡捕走到今天，他迎了很多新人，也送了很多老人，看淡了许多事。他知道刑二处在自己就不会走，不过那天夜里，他梦见一大家人去了乡下的院落，喂鸡，看书，玩闹，而他坐在树下织了很多很多的毛衣。

肖大头住在苏州河北岸的厂房区。顾耀东扶着肖大头，替他敲了门。门一开，两个大约四五岁的孩子就欢天喜地跑了出来，一儿一女，各抱着肖大头一只腿摇着，喊着"爸爸"。肖大头一个激灵醒过来，笑着搂住两个孩子："爸爸回来了，快亲亲！"两个孩子一左一右在他脸上鸡啄米似的亲着，肖大头脸上是难得的温柔。顾耀东在一旁看着，也跟他一起笑着。

肖大头一家四口蜗居在棉纱厂给工人安排的平房里，旁边就是大片的棚户区，永远都脏乱糟臭，充斥着烟毒和抢劫盗窃。肖大头最大的心愿就是带着一家人搬到好一点的地方，干净一点文明一点，将来两个孩子要上学了，学校也能安全一点正规一点。所以他没日没夜地算金价，轧金子。

这天夜里，肖大头梦见了十九岁的自己，那天他第一次戴上警帽，格外美好。

于胖子住在菜场里的一间两层小木楼。顾耀东和小喇叭扛着他刚到家门口，于太太就冲了出来，揪着他耳朵就往家里拽。

"还知道回来呀！一天天的薪水不见涨，就知道在外面胡吃海喝！人家看你这一身肥肉还以为我跟着你日子多好过呢！再不拿薪水回来米缸都要空了！"其实她早就用最后一点大米给丈夫熬了暖胃的白粥，粥很清，但已经是家里的全部。

于胖子从小就是孩子群里挨打最多的那个，块头最大，可是比谁都心肠软。他从来没有英雄梦，只想老婆孩子热炕头过好小日子。他想当厨子，父母不同意，硬要他去吃官粮。抗战胜利那年，警察局大量招人，他也不知怎的稀里糊涂就成了一名警察。每天出门怕得要死，辞呈都写了几十份，最后还是不知怎的，稀里糊涂一份也没有递出去。

处长走了。那天夜里，两百来斤的胖子躺在热炕头上抱着老婆哭得嗷嗷直叫，仿佛又变成了小时候那个被孩子群痛打后扔在路上的可怜虫。

小喇叭没有自己的房子，他常常搬家，哪里有便宜房子，他就在哪里租一间。反正单身的日子是很好混的。顾耀东扛着小喇叭进了亭子间，屋里只有一张床，床上乱七八糟堆着洗过的和没洗过的衣服。一放到床上，小喇叭就已经鼾声四起了。

小喇叭叫包一民。宁波人，父母早亡，没有兄弟姐妹，是个一无所有的单身汉。他和于胖子同一年进的警察局，很快就和所有人打得火热。"小喇叭"是肖大头给他取的绰号，因为自从他进了刑二处，办公室里就像多了一个喇叭，上至南京政府的会议决策，下至女明星的桃色新闻，他随时随地都在广播着。其实小喇叭每天下班以后就不爱说话了，除了警局，他在这个城市始终找不到归属感。

处长走了，小喇叭特别惶恐，他害怕还会有人走，害怕刑二处就这样一点一点散了。这天夜里他被噩梦惊醒了很多次，如果有一天刑二处真的没有了，大概他也就会离开这个城市了。

顾耀东和夏继成最后送赵志勇回了小面摊。面摊已经打了烊，赵母正在一个人辛苦地收拾残羹碗筷。赵志勇本来想再对夏继成说点什么，看见一旁的顾耀东，最后只说了句"处长一路顺风"，然后就默默地回了面摊。

赵母："这么晚了怎么还来？快回去睡觉，明天还要去警局呢。"

赵志勇："我帮你一起收拾。"

听着身后赵母和赵志勇说话，顾耀东转身离开了，没走几步，他终于脚一软坐了下去。

末班电车早就没有了，黄包车也回家了，街上到处都已经静悄悄了。于是最后这段路，是夏继成扶着顾耀东走完的。顾耀东像只软塌塌的猫，把全身力气都放在了他身上，没有半点要客气的意思。

到了福安弄，夏继成把顾耀东放到家门口。顾耀东笑着说："处长，不知道以后还能不能见面，给我留个礼物吧。"

夏继成："要走的人是我，不应该是你给我这个前辈送礼物吗？"

于是顾耀东仍然笑眯眯地说："那就告诉你一个秘密吧。其实我一点都不希望你走。在莫干山的时候我都想好了，我要跟着你好好干，我知道跟着你一定会有不一样的人生。这几天我想了很多很多种结果，特别开心，但没想到结果是你要走。来警局这么久了，还总是像个傻子一样。"

一阵沉默，夏继成扶正他的警帽："你是我见过最不傻的傻子。回去吧。"说完，夏继成转身离开了。

顾耀东望着他越走越远，终于忍不住大喊："答应你的事我一定会做到——后会有期——！"

夏继成没有回头，只朝他挥了挥手。

顾耀东朝他的背影敬了个礼，直到连背影也消失在弄堂口，他终于花光了所有力气，坐了下去。这时候，他才察觉到裤兜里有东西，一摸，是一个信封。打开信封，里面的照片就掉了出来。顾耀东木然地看着照片，也许是喝太多酒的缘故，照片越来越模糊了。

顾邦才坐在床上看报，耀东母亲在一旁补衣服。房间外面传来开门声和关门声。等了好一会儿，却没有听见上楼的声音。

顾邦才觉得奇怪："刚才是有人进来了吧？"

耀东母亲："像是耀东回来了。"

二人去顾耀东房间一看，房间里并没有人。于是又去问顾悦西，顾悦西正坐在梳妆镜前擦雪花膏，也说不知道。

顾悦西："会不会听错了？"

耀东母亲："不会的，他开门的声音我能听出来。"

顾悦西想起什么，去敲了亭子间门，沈青禾开了门，她朝里张望着："沈小姐，顾耀东他是不是……"

屋里并没有顾耀东。

"哦，没事。"顾悦西不好意思地笑着走开了。沈青禾大概明白了怎么回事。

顾悦西和父母下了楼，客堂间里黑漆漆一片。

"顾耀东？是你回来了吗？"顾悦西一边问一边开了灯，屋里空无一人。"顾耀东？"她又喊了一声，还是无人回应。

"妈，你肯定听错了。"

耀东母亲一脸纳闷："奇怪了，明明听见有人开门。"

顾邦才："都这么晚了，他也该回来了啊。"

耀东母亲实在不放心，又去天井里看，顾邦才也去门口找了。

顾悦西忽然想到什么，于是下楼又去了灶披间。

灶披间里没有人。角落里，依然安安静静放着那个顾耀东和多多捉迷藏的柜子。顾悦西一步一步走到柜子前，猛地拉开门一看，只见顾耀东缩成一团，躲在小得几乎要装不下他的柜子里，手上攥着一张照片无声地痛哭流涕着。

顾悦西愣住了。

耀东母亲在外面喊了声："悦西？"

她赶紧"啪"地关上了门，逃也似地跑出灶披间。

耀东母亲："找到了吗？"

"没有！"

耀东母亲朝灶披间里张望着，想进去看看："灶披间也没有？"

顾悦西有些紧张地拉住门，把她往客堂间里推："没有！我找过了，没人！"

"难道真是我听错了？这么晚了，不回家去哪儿了呢……"

"你和爸先睡吧，我在楼下等他回来。"

"他回来了记得说说他，以后别这么晚回家。"耀东母亲嘀咕着回了房间。

顾悦西忧心忡忡地望向灶披间。而沈青禾也站在楼梯上望着灶披间，她知道，这个夜晚对自己和顾耀东来说同样难熬。

顾耀东缩在柜子里，手里拿着的那张照片，是他和夏继成在莫干山时那名美国记者拍下的，照片上的夏继成搂着顾耀东的肩膀，夏继成一脸笑容，顾耀东黑着脸绷着身子，像尊正义凛然的兵马俑。这便是他和夏继成唯一一张合影。

他能猜到处长去南京是为了什么。那是一个自己未曾见过，也许永远都不会有交集的世界，而他们也从此就是两个世界的人了。"后会有期"这话是自己说的，可真的会有那一天吗？

成长总是伴随着撕裂的疼痛，就像剥洋葱一般，原本紧紧在一起的人和事被一层层扒开，撕去，最后只剩下一个自己。

夏继成离开上海那天，沈青禾没有去送他，顾耀东也没有去送他。

沈青禾去了鸿丰米店，又有新任务了。老董安排她给三名刚到上海的新同志送去身份证、户籍本。然后她又从保密局的眼皮子底下送了一名濒临暴露的同志去中转点，安全撤往了解放区。那一整天，沈青禾都奔波在上海的大街小巷。战斗在继续，而她的战场依然在这座城市。

顾耀东按时去了警局。夏继成的处长办公室里已经空了，门敞开着，伤感的情绪不断从里面涌进刑二处。他照例打了开水，浇了花，扫了地，出了两次警，一次是把迷路的老太太送回家；一次是制止丈夫当街殴打老婆，那个男人叫嚣着打自己老婆不算犯法，给了顾耀东一拳头。顾耀东给他普及了几条民事法，然后把他逮捕回了警局。那天他在警局做的最后一件事，是把夏继成的办公室从里到外彻底打扫了一遍，地上一尘不染，桌上光可鉴人，然后就关上了办公室门。二处的人都默默看着他。那扇门关上时，刑二处的一个时代仿佛也终结了。

火车站的汽笛声长长地划破天际。夏继成最后望了一眼上海，拎着行李登上了前往南京的火车。车厢里人不多，他坐在靠窗的位置，从行李箱里拿出一本《茨维塔耶娃诗集》。书里夹着一张照片。照片上的女孩大约二十三岁，浅浅笑着，平凡普通。照片背后写着民国二十九年。夹着照片的那页是一首题为《我想和你一起生活》的诗。

　　　　我想和你一起生活

　　　　在某个小镇，

　　　　共享无尽的黄昏

　　　　和绵绵不绝的钟声。

　　　　在这个小镇的旅店里——

　　　　古老时钟敲出的

　　　　微弱响声

　　　　像时间轻轻滴落。

　　　　有时候，在黄昏，自顶楼某个房间传来

　　　　笛声，

　　　　吹笛者倚着窗牖，

　　　　而窗口大朵郁金香。

　　　　…………

窗外的上海渐渐消逝，变成了绵延不绝的绿野。

未来的路，依然无畏而辽阔。

几天后的一个中午，阳光灿烂。国泰大戏院门口依然熙熙攘攘，人头攒动。年轻的男孩女孩们三三两两交谈着，脸上洋溢着甜蜜的笑容。

顾耀东穿了一身很正式的衣服，一只手背在身后，郑重其事地朝剧院大门走去。远远望去，沈青禾的身影出现在人群最后。她一看便也是精心打扮过的，头发清爽地披着，在阳光下泛着深棕色的光泽，映得略施粉黛的脸也有一层柔柔的光。她穿着淡黄色的碎花小洋裙，米色高跟鞋，站在阳光里顾盼生辉。

顾耀东穿过人流，最终停步在她面前。

沈青禾："我要的东西，带来了吗？"

顾耀东拿出了身后的玫瑰花。

"谢谢。"沈青禾淡然地接过玫瑰，又从坤包里拿出两张电影票，朝他笑着说："有时间一起看场电影吗？《卡萨布兰卡》。"

顾耀东怔怔地看着她，她在电话里并没有提到这个。

"约你来这儿，是为了还这笔债，这是我欠你和夏处长的。看完这一场，从今以后就是你约我了，看电影，送花，逛街，就像这周围每一对谈恋爱的男女一样。"

顾耀东沉默了片刻问："这是处长留给你的任务吗？"

沈青禾："这不是我一个人能完成的任务，是留给我们两个人的。"

顾耀东看着她，想起了从莫干山回上海的那天夜里，他问了沈青禾两个问题，她曾经失约过一场《卡萨布兰卡》的电影，如果他再约她去看，她愿意吗？沈青禾无所谓地说愿意啊，只要不忙就愿意。他又问，如果他约别的女孩子去看电影，她介意吗？

那时候沈青禾还是一脸无所谓地说，当然不介意，不仅不介意还替他开心得很！就在顾耀东失落失望的时候，沈青禾又嘀咕说，现在电影票很贵的，她要是顾耀东，才舍不得花那个闲钱去请人看电影！不如倒卖几箱洋酒，一箱变两箱，两箱变四箱，钱滚钱利滚利岂不是更实惠？更何况不是每个女孩子都喜欢看电影！黑咕隆咚坐几十分钟有什么意思？俗气！搞不好他花了钱请人家，最后人家还不一定领情！说话时她一脸财迷心窍，但顾耀东觉得那是他看过最可爱的财迷脸。

而现在，沈青禾就抱着鲜花，俗气地和顾耀东坐在黑咕隆咚的电影院里，看那部她看了很多遍的《卡萨布兰卡》。

故事里，正在上演男女主角在机场最后的告别。

里克："我说的是真话。我们两个人心里都明白，你是属于维克多的。你是他的工作的一部分，是他不断前进的力量。如果飞机起飞了，而你不跟他在一起，你会后悔的。"

伊莉莎："不会的。"

里克："也许不是今天，也许不是明天，但是不久以后，你会后悔的，你会一辈子后悔的。"

伊莉莎："我们怎么办呢?"

里克："你永远不会离开我的。但是现在我也有事情做了。我要去的地方，你是不能跟我去的。我要做的事情，你是不能参加的。我并没有什么值得人尊敬的地方。在这个疯狂的世界上，三个小人物之间的问题，算不了什么大事。有一天你会了解的。"

顾耀东转头望着坐在身边默不作声的沈青禾，看见她眼里有泪光。

那一年夏天，刑二处的一个时代终结了。

而这座城市的最后一点平静时光，也彻底结束了。

黄琛 蒲维 · 著

隐秘而伟大

下

天地出版社 | TIANDI PRESS

18

一九四八年夏天，阳光明晃晃的，有些刺眼。

端午节快到了，南京路上的永安百货和新新百货热闹非凡，楼外悬挂着大大小小关于促销的条幅广告，门口的香车宝马不断走了又来，打扮体面的先生小姐们拎着大小购物纸袋进进出出，谦谦有礼，笑容满面。

永安百货门口的空地上，一支小型乐团正在准备演奏乐曲。他们穿着制作精良的表演服，一边用软布细细擦拭着手里的各式西洋乐器，一边谈笑着，气氛欢乐祥和。

然而就在不远处的外滩，中央银行门口却是一片混乱和惨烈。

大批激愤的民众冲撞着银行紧锁的铁门，刑一处所有警察都到场了，他们拿着盾牌和警棍以最粗暴的方式维持着秩序。

人群里一个男人大声质问："我们昨天夜里就来排队，为什么到现在了还不让我们兑金条？"

"肯定是银行的人在里面搞鬼！"

"怕是根本没有金子可兑！我听说人家有来头的早就把金子装了军车贴了封条，走后门交易了！"

刘警官站了出来。自从杨奎殉职后，刑一处就是他在带队执行任务了。

刘警官："政府和银行的黄金储备肯定没有问题！现在正值警局严打，凡是以讹传讹企图扰乱社会秩序的人，一律逮捕！"

这时，中央银行的侧门开了一条缝，两个男人鬼鬼祟祟地出来。

人群里有人指着他们大喊起来："看！那边又有黄牛出来了！银行和他们内外勾结，真正给我们这些小老百姓的能剩几个呀？我们的钱就要烂在手里啦！"

人们更加愤怒了，高喊着朝银行铁门撞去："把中央银行撞开！今天一定要轧到金子！"

铁门摇摇晃晃，眼看现场就要失控，刘警官瞪红了眼，用尽全力吹响了警哨。

就在尖锐哨声响起的同时，仿佛电影配乐一般，永安百货门口的乐团指挥也挥舞起了指挥棒，美妙的乐曲契合地奏了起来。

于是和着南京路上欢快的音乐，中央银行门口的警察们高举着警棍挥向平民，手起手落，地上已经躺了一片，鲜血横流，呻吟着，哭喊着，然而这所有的哭喊都被掩盖在了欢乐祥和的音乐声中，仿佛一幕人间荒诞剧。

在远离外滩和南京路的一条偏僻小路里，什么声音都没有，一切都安静得像是静止了。刑二处六名警员就蹲在这条小路里，也像是静止了一样，每个人都握着警棍，盯着路口，俨然一群等着抓耗子的猫。

从小路口望出去，正好可以看到一家客栈。他们要抓的耗子就在这间客栈里。

于胖子小声问："队长，一会儿要抓的真是杀人犯？"

李队长："强奸杀人，一尸两命。"

于胖子悄悄把小喇叭推到了自己前面："这种案子以前不都归一处管吗？"

李队长："现在全城严打，连户籍科都出去抓小偷了，你好意思只管些家长里短？犯人出来以后，你、我和顾耀东从这边上，肖大头、小喇叭、赵志勇去那边包抄。"

"是！"

李队长又特意叮嘱了一句："行动时候要注意克制，尤其是手里的武器一定要谨慎，不要伤及平民。"

"明白！"

李队长说得一本正经，众人也回答得一本正经，看上去这真的是一次极严密、极容易血流成河的重大任务。

夏继成已经离开上海快一年了，局里一直没有给二处安排新处长，平时大事由王科达代管，小事就由李队长处理。二处依然延续了一贯的传统，办的大多是造福百姓的民事小案，像今天这样抓杀人犯的重大行动，是屈指可数的。

等了大约十来分钟，一个四十多岁、身形瘦高的男人吊儿郎当地从客栈里出来了。

"出来了，队长！"顾耀东死死盯着路口。

李队长很沉稳："等等。"

犯人在客栈门口左顾右盼磨蹭着，理理头发，拍拍衣服，蹭蹭皮鞋上的灰。见周围没什么异常，他才放松下来，从烟盒里拿出一根香烟叼在嘴上，点燃了。

李队长大喝一声："上！"

犯人忽见两队人马朝自己冲来，吓得把烟一扔，掉头就跑进了客栈。

客栈后门外是一条狭窄的小路，犯人从后门一跃而出，拔腿就跑，刑二处警员随后冲出，紧追不舍。于胖子因为是第一个发现犯人从后门逃走的，没多想就追了出去，结果稀里糊涂就成了跑在第一个的人。

小路上停了辆货车，将原本就狭窄的路占去一大半，剩下仅能容一人侧身通过的窄缝。犯人像只瘦猴般"嗖"地窜了过去，刑二处警员随后追来，个个脸上都带着志在必得、舍我其谁的气势，然而……"嘭"的一声，打头阵的于胖子卡在了车和墙壁中间。于是后面的四个人一个接一个撞上来，像糖葫芦似的堵成了一串。

于胖子哀号："卡住了！"

李队长："都用力气，把他挤出去！"

肖大头："你把肚子往里吸一吸呀！"

于胖子："肚子吸进去屁股就出来了！"

眼看于胖子卡得脸都要发紫了。

李队长哀叹："哎哟，要出人命了，拉回来拉回来！"

几个人死拉活拽卡成红酒瓶塞子的于胖子，眼看犯人已经跑到前面路口了，顾耀东后退几步，铆足了劲，一段助跑冲上货车，踩着车顶越了过去。

　　李队长大喊："顾耀东！看你的了！"

　　"是！"

　　顾耀东捡起掉在地上的警帽胡乱一戴，挥着警棍就追了上去。

　　犯人一直跑，顾耀东一直追。犯人快要跑断气了，回头一看，后面的警察还两眼炯炯有神，于是他只能哭爹喊娘地继续往前跑。

　　一直跑到河边，眼看只差两三步就能抓到他了，就在顾耀东往前一伸手时，犯人跳进了河里。顾耀东一秒钟也没多想就跟着跳了下去，奋力扑腾着。

　　最后，犯人爬上了对岸。他站在岸边看着顾耀东在水里扑腾，看了好半天，神情有些茫然地转身走掉了。

　　等到李队长一行人追到岸边时，顾耀东依然在水里奋力游着，呛着水大喊："站住——回来——"他扑腾得很厉害，但是一直在原地。

　　李队长又是一声哀叹："去个人，把他捞起来吧。"

　　那个下水捞他的人是肖大头。

　　肖大头一边拧着湿答答的衣服，一边教训他："往下跳的时候不知道自己不会游泳吗？"不知不觉，他对顾耀东已经从冷嘲热讽变成了赤诚相待的训斥。

　　落汤鸡理直气壮："我会游啊！我游得很使劲啊！"

　　一群人不说话了。

　　于是顾耀东明白了，那个实在不能称之为会游泳："我怕他跑了……其实我还是会游一点。"他有点沮丧。

　　沉默片刻，被灌了一肚子河水的顾耀东回过味来，恶心得干呕起来。

　　两天过去了。刑二处在一番调查跟踪后，终于再次发现了犯人的行踪。这一次于胖子很老实地跟在了最后面。

　　一群人追着犯人进了一栋八层高的楼房。追到三楼，李队长捂着心脏停了下来："我……我缓缓！你们……接着！"

　　于胖子瘫倒在四楼。小喇叭从两只脚爬楼变成了手脚并用，瘫倒在五楼。剩

498

下肖大头和赵志勇也越爬越慢，最后只剩顾耀东爬上了顶楼，一脚踹开铁门冲到了楼顶的平台上。

犯人被追急了，翻上平台朝外张望，正打算顺着水管滑下去，顾耀东纵身一跃，飞扑过来抓住了对方的腰带。原本跨坐在平台上的犯人被这一扑，整个人翻了出去，被抓着腰带倒吊在空中。

犯人气急败坏，一边踹顾耀东一边骂："你这个疯子！放手！放手！"

只听哧溜一声，他的腰带加上裤子被拉得往下褪到了脚跟，整个人往下滑了一大截。幸亏顾耀东反应及时，抓住了他的双脚。

犯人悬在空中，下半身只剩裤衩，又气又怕地叫唤："我屁股都露出来了！"

顾耀东拽着他，脸都憋红了："要不我松手替你穿裤子？"

对方终于服软了："别别别！快拉我上去吧！我保证不跑了！求你了警官！"

刑二处一行人押着犯人回了市警察局，刚下警车，两名警员从楼里跑过来。

一名警员报告说："李队长，齐副局长要求我们带犯人到一楼统一登记。"

李队长："押走吧。"

"是！"二人押着犯人离开了。

警察局一楼大厅里，乌泱泱地站了好几十名犯人。那几名在中央银行门口闹事的男人也被抓回来了，个个鼻青脸肿。警员正在给他们登记。

刑二处几个人在旁边看着，都有些惊讶。

顾耀东："一处抓了这么多人！"

赵志勇："以前倒也不是没严打过，不过这么大批量抓人的，还是头一回见。"

小喇叭小声说道："我们好歹抓的还是强奸杀人犯，知道他们抓的什么人吗？轧金子闹事的，街上摆摊营业证过期的，连出门忘带证件的都抓了好几个，按理说这点事就地处罚就完了，这都往总局抓。"

"严打嘛，也正常。"李队虽然心里也有点犯嘀咕，但作为队长，这种时候还是管好嘴更重要。

这时，刘警官拿着登记簿走到顾耀东抓的那名强奸杀人犯面前，接过证件看了一眼。

刘警官:"吴连生?"

犯人一怔:"嗯?"

"怎么,自己名字都忘了?"

犯人反应过来:"哦,是我。"

"本地人?"刘警官一边登记,一边打量他。

"是。"

"家里还有什么人?"

犯人犹豫了一下:"没有!我就一个人,上没老下没小。"

刘警官又眯着眼睛看了看他,招呼一名警员过来:"你们接着登记。"

刘警官去了刑一处王科达办公室,很谨慎地关了门,然后把登记簿放到桌上,小声报告道:"处长,又找到一个符合条件的。"

王科达看了看登记簿上"吴连生"的资料:"尽快凑够五个。个人情况一定要问清楚。一定要是死了也没人会问一句的那种。"

这是一个月前,齐升平交给他的一项奇怪的任务。让他从犯人里挑五个男性,三十到四十岁之间,要求无家人无背景,消失了也不会有人过问,并把这戏称为"五只羊"。王科达一直没明白,找五个一穷二白的人能派上什么用场?齐升平三缄其口,只说和马上要实施的行动有关,王科达的任务就是凑人,后面的行动不是警局负责。这项行动,更上层的人称之为"太平计划"。

顾耀东从吴连生身边经过时,对方故意撞了他一下,低声说道:"小子,我从这里出去的时候,会让你亲自来送我的。"

赵志勇拉走了顾耀东:"别理他,强奸杀人,他出不去了。"

顾耀东回头望了犯人一眼,和赵志勇一起上楼了。

自从夏继成离开上海以后,赵志勇对顾耀东的态度缓和了很多。杨奎死了,丁放很长时间没有出现了,随着他们的消失,在莫干山的耳光、难堪和屈辱也似乎渐渐被淡忘了。赵志勇庆幸那封匿名信没有被追查,顾耀东也没有受到任何伤害,这样他就可以把这个秘密永久地埋在心底,然后当作什么事都没发生过一样,继续和顾耀东做朋友。一切终于又恢复了原样。

　　大家都去食堂吃饭了，顾耀东回刑二处拿饭盒。屋子里很安静。在他桌上醒目的位置，放着一个相框，里面是他和夏继成在莫干山的那张合影。

　　他拿了饭盒正要出去，忽然觉得不对。处长办公室的门虚掩着，自从夏继成离开后，那里还没有被打开过。他有些纳闷地推门进去，竟看见一个陌生的中年男人坐在夏继成的位子上，埋头翻看一些文件。

　　那个人也抬头看见了他。他长相和善，大概四十七八岁，穿的是便服。

　　顾耀东："先生，请问您有事吗？"

　　男人笑容可掬："你是刑二处警员？"

　　顾耀东皱了皱眉头，这人没穿制服，但口气听着又对警局很熟悉："对。不好意思，这里是处长办公室，不能随便进来。"

　　"哦，抱歉啊小警官，是我冒昧了。我这就走。"男人一边说话，一边将桌上的文件放回抽屉，起身出去了。

　　经过顾耀东办公桌时，那个男人看见了顾耀东桌上他和夏继成的合照，笑着问道："这张合影在莫干山拍的吧？"

　　"对。"

　　"秀色可餐，是个好地方。"

　　顾耀东更奇怪了："照片上没写，您怎么认出来是莫干山？"

　　"如果莫干山有一百种风景，那我脑子里就存了一百张照片。没有人比我更熟悉那个地方了……那儿的黄茶不错，莫干黄芽。喝过吗？"

　　对方的笑容让顾耀东有些不自在。

　　顾耀东："没有。"

　　"下次有机会，一定尝尝。"

　　"先生，您是警局的人吗？"

　　"我？还不算是。"说罢，男人离开了刑二处办公室。

　　顾耀东轻轻推开处长办公室门，屋里还是老样子。他打开那个男人之前翻看的抽屉。

里面是一些零散的信笺、警员手册和警局内部杂志，都是非保密的文件，他在看什么呢？

午饭之后，齐副局长带着方秘书过来了，对李队长代管二处一事慰劳了几句后，他让方秘书递上了一摞给二处警员的请柬。

方秘书："明晚七点，金门饭店，副局长亲自主持酒会慰劳诸位。另外，也是给你们的新处长接风。"

大家都很意外。

肖大头："什么新处长？"

方秘书："当然是接替夏处长的人啦。刑二处总不能一直没有处长吧？"

齐副局长："你们在外冲锋陷阵，你们的家人担惊受怕，也不容易哪。明天各位把夫人都带来吧，没有成家的带上女伴，轻轻松松地喝喝酒，聊聊天。大家也要享受享受上海的美好生活嘛……顾警官。"

顾耀东："到！"

"听说之前到莫干山执行任务，你和沈小姐的关系羡煞众人呀。"

"沈小姐是我家的租客，她去莫干山做生意，正好遇上了。"

"她是夏处长的老朋友，也算跟警局有点缘分。把她也请来吧。"

齐升平突然提这个要求，顾耀东有些警惕："副局长，我跟她……"

李队长暗中拉了他一下："谢谢副局长关心。明天我们一定按时到，给新处长好好接风。"

事情就这么定下了。顾耀东翻开请柬，上面受邀人的名字写着"顾耀东、沈青禾"。

刑二处的接风宴，王科达本来不想去的，但是齐升平开了口让他去，他只好答应。新处长原是衢州绥靖公署二处处长，来上海警察局，是南京警察总署田副署长钦点的。背靠田副署长，来头不小。一想到这个，王科达心里就有些不舒服。

傍晚，华灯初上，阴雨绵绵。顾耀东和赵志勇在福州路等着坐电车去赴宴。赵志勇刚去理发店新做了个油光水亮的小开发型，说是第一次见新处长，要留个好印象。顾耀东看了看自己湿漉漉的裤腿，皱巴巴的衣角，干咳两声。

电车迟迟不来，眼看要迟到了。

赵志勇："怎么办？"

顾耀东看了眼手表："跑着去吧，还来得及。"

"那怎么行，淋了雨我这身行头就全完了！"

正说着，一辆黄包车经过，赵志勇赶紧挥手大喊："哎哎哎，黄包车！黄包车！"

黄包车应声过来。车夫抬起帽子，是弄堂里的杨一学。

顾耀东："杨先生？"

杨一学："顾警官，是你呀！"

"下雨天你还出来拉车？当心感冒啊。"

杨一学老实巴交地笑着："女儿马上小学毕业了，想攒钱给她买双新皮鞋。总不能穿着露脚趾头的鞋子去读中学吧，会被人家笑话的。你去哪里？我送你们。"

"不用不用！我们等电车。"

赵志勇着急："还等什么呀！这时候了还不来，肯定坏路上了！接风宴不能迟到的！"

顾耀东把他往后拉了拉，小声说："我是晚辈，在福安弄他是看着我长大的，让他给我拉车不合适！"

"都什么时候了你还讲究这些！"

"我实在上不了这个车。赵警官，要不你坐吧，我跑着去。"

赵志勇赶紧拉住顾耀东："我们是要去金门饭店，又不是路边小酒馆，你一身雨水加臭汗地站在新处长面前，那是不尊重上级！再说人家拉黄包车就是为了赚钱养家糊口，都是一个弄堂的，更应该照顾生意呀！"

杨一学擦了把汗水，笑着说："顾警官，下雨天黄包车少。上车吧，别耽误事情。"

"就是！一会儿多给两个钱就是了！"赵志勇搡着顾耀东上了车，"杨先生，麻烦拉我们去金门饭店。"他一边说话，一边往前搡黄包车的雨棚，人往里缩着，唯恐自己淋了雨。

杨一学见状，脱下雨披，抖干净雨水，挡在二人腿上："挡一挡，别弄湿了裤腿。"

赵志勇高兴:"对对对!这个好!"

而顾耀东同时脱口而出:"这个不行!这么大的雨你怎么能不穿雨披!"

赵志勇顿时有些尴尬。

杨一学:"反正我都湿透了,雨衣穿着不透气,更捂得一身汗。"

顾耀东实在过不去心里的坎,想下车,赵志勇一把按住他:"那就辛苦你啦,杨先生!"然后他又小声对顾耀东说:"长官最讨厌下属不守时!今天特殊情况,别拎不清啊!"

顾耀东只能如坐针毡地坐着不动了。

雨越下越大了。杨一学拉着黄包车在雨中吃力地奔跑。赵志勇一直拉扯雨披,唯恐裤子和皮鞋淋到一丁点雨。他小声问顾耀东:"你们弄堂里还有拉黄包车的呀?"

"他原来是会计,今年经济不景气,工厂倒闭了。"

"现在车行租金可不便宜,辛辛苦苦拉一个月的工钱,交完租金就没剩几个了。遇到生意不好的时候还得倒贴钱。来我们家小面摊吃面的,大多都是他这样的人。"

顾耀东有些不理解:"那这不是被车行白白剥削吗?还不如把车还了,另外找事情做。"

赵志勇一副很懂其中门道的样子:"说得容易,开车行的哪个没点背景?岂是你一个小老百姓想走就走的。"

顾耀东望着杨一学湿透的瘦削背影,心酸得不忍再看。

傍晚的金门饭店灯火辉煌,穿着光鲜的达官贵人、名媛淑女进进出出。杨一学将黄包车停在门口。顾耀东给车费,被他挡了回来。

杨一学:"我哪能收你的钱。"

顾耀东不知道该说什么好,闷头把钱硬塞到他手里。

赵志勇匆匆整理着发型和衣服:"杨先生,钱一定要收,我们警察白坐车,被人知道要受处分的。"

杨一学:"可是这太多了。"

顾耀东:"我们两个人坐车,当然要给双份车费。"

504

赵志勇："往后有麻烦尽管来警局找我们，你是顾警官的邻居，有什么事大家都会照顾你。"他一边心不在焉地说话，一边朝饭店里张望。从大门望进去，可以看见刑二处的警员已经都到了。

本来是赵志勇两句无心的客套话，可杨一学是真的遇到了麻烦，也许是想着这里警察多，说出来能解决问题，他嗫嚅着开了口，刚喊了句"耀东"，小喇叭从饭店里跑出来喊着："就等你们了！怎么还不进来？"

杨一学的麻烦最终还是没有开口说出来。顾耀东被赵志勇和小喇叭拽着进了饭店，他回头喊着："杨先生——我回福安弄就去找你——"

杨一学笑着朝他挥了挥手。他望着饭店大门里金碧辉煌，打扮得体的绅士在谈笑风生，大腹便便的官员在和摩登女郎调着情，服务生端着香槟穿梭其间，鲜花，美酒，香气四溢，纸醉金迷。那仿佛是另外一个世界。他站在阴冷的夜色中，哆嗦了两下，拉着车离开了。

顾耀东被拽着进了大堂。沈青禾已经到了，"都等你半天了，哪有约人家来酒会自己还迟到的。"她很自然地走了过来，主动挽住了顾耀东。

顾耀东下意识地要缩回手，被沈青禾暗中拽了一下。他反应过来这是必须要演的戏，于是只能别扭地让她挽着。

"怎么也不收拾收拾就来了。裤腿上都是泥。"

"突然下雨了。"

"早知道这样，我就从家里给你带身衣服来了。"沈青禾嗔怪道。

去宴会厅的路上，沈青禾一直亲昵地挽着顾耀东。顾耀东悄悄瞟了一眼，她倒是落落大方。小喇叭和于胖子跟在后面挤眉弄眼，谁都不会怀疑眼前这是一对甜蜜热恋中的男女。

华丽的宴会厅里，西式取餐台上已经摆好佳肴。旁边有一个很大的露台，从露台可以眺望美丽的夜景。宴会厅的小包房关着门，所有人毕恭毕敬地等待着。过了一会儿，包房门开了。齐副局长和王科达先走了出来。

齐副局长："各位都到了。来见一见你们的新处长吧。"

新处长最后一个从包房里走了出来。

顾耀东愣住了。这位穿着警察制服的新处长，就是他在夏继成办公室里遇到的那个陌生男人。

齐副局长："这位是从绥靖公署调来的钟百鸣钟处长。以后就由他接替刑二处处长的位置。"

钟百鸣一脸和善笑容："初来乍到，希望今后和各位相处愉快。"

宴会厅的留声机放着音乐。警员们吃过饭，拿着酒杯去了露台。齐副局长和王科达、钟百鸣坐在沙发上聊天。

齐副局长："夏处长在的时候，二处主管民事案件，比较闲散。处里的气氛倒是很愉快，就是警员大多平庸。"

钟百鸣一边笑容满面地和二人说话，一边有意无意地瞟着露台上的二处警员："没关系，我这个人正好也喜欢简单的人和环境。"

"这次你带着任务来，他们恐怕帮不上忙。如果需要，我可以给你调两个有能力的警员。"

"谢谢副局长体恤。我还是希望尽量保持二处的愉快气氛，毕竟我才刚来，和大家搞好关系，将来也好开展工作。"

"那好吧。警局里有不清楚的地方，王处长会协助你。"

钟百鸣立刻很谦恭地对王科达说："我刚到上海，两眼一抹黑，恐怕以后还真要经常麻烦王处长。"

王科达不痛不痒地客套了两句。

齐升平打量着钟百鸣，意味深长地问道："不知道钟处长这次调来上海，还有其他特别的任务需要局里协助吗？"

"没有了。"

"之前警局在莫干山栽了跟头，虽然我和王处长内心坦荡，但毕竟难辞其咎。田副署长派你来，如果是需要调查什么，我很乐意配合。"

钟百鸣故作茫然："调查？我没有接到任何命令啊！再说我也不认为这件事的问题出在警局。田副署长交代了，除了协助太平计划，我的任务就是当好刑二处处长，在警局一切听从副局长安排。"

齐升平终于露出满意的表情。

露台上，二处警员一边喝香槟，一边小声议论着他们的新处长。顾耀东手里拿了个装满水果的盘子，一直吃着。

赵志勇："我觉得他看起来蛮和善的，一直笑呵呵，应该不难相处。"

肖大头："脸上朝你笑，心里就在朝你笑吗？"

赵志勇有些尴尬："起码……他看上去应该比夏处长有正形吧？"

一直埋头吃水果的顾耀东抬起了头："夏处长……他做事其实挺认真的。"

赵志勇："那我们二处怎么被人家在背后喊后勤处呢？你来的时间短，你不懂。我们二处也该有个新气象了。"他一边教育顾耀东，一边讨好地拿起香槟瓶子给肖大头倒酒。

肖大头把酒杯放下了，然后很不见外地从顾耀东盘子里拿了一块橘子："别一口一个'我们'。我觉得以前挺好的。二处就是二处，我不想改变什么。"

"我也不是说二处以前就不好……"

肖大头瞥了眼他的新发型："别一来个外人就油头粉面贴上去。"

赵志勇更尴尬了。

李队长看了眼赵志勇，说不清是不忍心，还是失望："行了，别在背后议论长官。犯大忌。"

警员们的家眷聚在露台另一边，聊着女人们的话题。

李队长太太："沈小姐，你和顾警官是大学同学吧？"

沈青禾："不是。我们是因为租房子认识的。"

"那就是缘分了。你们两个站在一起，一看就很登对的。"

"顾警官是东吴大学的高才生，比我强多了。"

"不会的不会的，看你谈吐也不是小家小户出身，你们郎才女貌正合适呀！"

正说着话，李队长走了过来："我们顾警官是个老实人，就是太木讷。沈小姐以后要多包涵啊。"

沈青禾故作腼腆地看了顾耀东一眼："李队长，顾警官特别照顾我，他人很好。"

一旁的警员开始起哄，小喇叭和于胖子把顾耀东拽过来，往沈青禾身边一凑。

小喇叭："正好说说，你们在莫干山的时候到底发生什么了？明明去之前还没什么，回来就好上了，跟演戏似的！"

警员们都跟着起哄打闹，沈青禾和顾耀东很是拘谨。就在沈青禾被推到顾耀东怀里时，她无意中看见钟百鸣一直在屋里注视着他们。那目光看得沈青禾心里不由一紧，她"害羞"地挽住了顾耀东："其实也不是因为莫干山。在那之前，我就租了顾警官家的房子，里里外外的事情他都经常帮我，还有顾先生顾太太、耀东姐姐，他们都特别照顾我。所以……其实我们……"

肖大头朝顾耀东嚷嚷："这种事应该你来讲，怎么让人家女孩子开口呢？"

"嗯？啊……我们，是，是在那之前就在一起了。"顾耀东面红耳赤，偷偷瞟着依偎在自己身边的沈青禾。

一声哀叹，于胖子满脸丧气地掏出钞票："行了行了，我认输。"

小喇叭笑开了花："我们打了赌，我赌你们早就好上了。快点，拿钱。"

众人去了一旁，围观于胖子数钱。

"可以放开了。"顾耀东小声说。

"门里有人。"沈青禾也小声说。

顾耀东装作随意地瞟了一眼，果然看见钟百鸣一边喝酒，一边望着他们。他这才明白沈青禾的用意，犹豫了一下，主动搂住了沈青禾的肩膀。这次换沈青禾面红耳赤了。

顾耀东低头瞟了她一眼，看见她嘴唇粉里透着橘黄："你是不是出门之前喝橘子水，忘擦嘴了？"

沈青禾很茫然："我没喝橘子水啊。"

"那你嘴怎么那么黄？"

一个白眼扔到他脸上："我专门为今晚酒会买的新口红。花掉我大半个月饭钱，不好看？"

顾耀东不会撒谎，于是只能憋着不敢说话。

"嫌不好看，那你送我一支口红啊。"沈青禾语气里带着挑衅。但在旁人听来，这两人完全就是在打情骂俏。

于胖子越发丧气了："真是……输了钱还要看他们打情骂俏。"

这时，钟百鸣端着酒杯推门进来了，脸上依然是那副和蔼可亲的笑容。

众人赶紧立正，敬礼："钟处长。"

钟百鸣："看你们气氛不错，我没有打扰各位聊天吧?"

李队长："怎么会? 本来应该我们向您报到的，看您跟副局长和王处长在谈事情，我们就没敢打扰。"

钟百鸣："看得出来，夏处长在的时候刑二处是个轻松愉快的地方。能来这里是我的福气。我这个人正好也比较随意，不讲究规矩。你们不用太在意我的头衔，呵呵，当我是普通警员就好。"

小喇叭："钟处长，您这么讲，感觉我们大家的距离一下子就拉近了。"

李队长瞪了他一眼："这是处长，注意分寸。"

钟百鸣："没关系，没关系。随便聊聊，不用拘谨。我还想大家带我去上海到处看看，吃吃路边小店呢。"

赵志勇："您是头一回来上海?"

钟百鸣："来过，但都是办公事，来去匆匆。"

小喇叭："钟处长老家是哪里的呀?"

钟百鸣笑了笑："浙江。"

王科达也过来了："在聊什么呢?"

小喇叭："王处长，我们正打听钟处长老家呢。"

王科达："哦……钟处长好像是浙江人吧? 浙江湖州。"

听到"湖州"二字，顾耀东和沈青禾一个激灵，一年前在莫干山发生的事猛然闪过。顾耀东想起钟百鸣说过，他对莫干山很熟悉。这巧合让他和沈青禾心底隐隐不安起来。

钟百鸣赞叹道："警察出身就是不一样啊。我的籍贯没几个人知道。"

王科达假惺惺笑着："对身份信息敏感是警察的本能，别介意。"

"怎么会呢?" 钟百鸣看着顾耀东说，"我确实是湖州人，所以那天看到你桌上的照片，我一眼认出是莫干山了。"

王科达丧气道："别提莫干山了，我在那儿损失了一个队长，保密局派去一起执行任务的也损失了好几个，最后屁也没查出来，不了了之。杨奎是我一手领出来的，这件事想起来就憋火。"

钟百鸣淡淡笑着："保密局湖州分站不光损失了人，还背了私通共党的黑锅。站长被撤职，很多人都被牵连受了处分，整个分站一蹶不振，代价沉重啊。"

王科达："钟处长消息比我们还灵通，该不会真是总署派来调查这件事的吧？"

惊愕之中，顾耀东不小心碰翻了肖大头放在桌上的酒杯。在酒杯掉下的一瞬间，沈青禾下意识地迅速伸手接住了。她立刻意识到自己不应该这样，但还是将酒杯放回了原位。

"身手了得呀！"钟百鸣惊叹道。

李队长："这位是顾警官的女友，沈青禾沈小姐。"

钟百鸣："沈小姐，一个女孩子有你这样的身手，可不简单。"

沈青禾："让您见笑了。在外面跑单帮，多少还是得学点防身的招数。不过我手快可不是因为这个，那是数钱练出来的。您信不信，您在空中不管抛多少个铜板，我都能一个不落地抓住？"

几位夫人被她逗得咯咯笑，钟百鸣也笑着看了她片刻，转回了刚才的话题。

"莫干山的事我也是道听途说。不过要是真查起来，王处长，你觉得……问题会是出在警局内部吗？"

王科达："你的意思，私通共党的鬼也可能在这里？"

钟百鸣半开玩笑："那我就是来抓鬼的。"

赵志勇不合时宜地跟着开玩笑："马上端午节了，我们干脆就在警局挂一挂钟馗像，捉一捉鬼！"

李队长训道："别口无遮拦。这种玩笑是随便开的吗？"

赵志勇不吭声了。这个晚上他已经好几次说错话，也被人训了好几次。那一头为了迎接新处长而特意做的发型显得格外愚蠢，他恨不得立刻找个水池子把头泡进去洗个干净。

"自己人开开玩笑，无妨。不过言归正传，这次来警局，我的职责是接任刑二处处长。其他事情，那就不是我该管，也不是我有权管的了。"气氛有些阴沉，但是钟百鸣依然一副笑脸，"说沉重了。过两天就是端午节，提前祝大家多吃粽子，端午安康。"

一名警员从里面出来："王处长，钟处长，副局长请大家进去跳舞。"

王科达："走吧。"

众人跟着朝里走去。

赵志勇一个人怏怏地朝里走时，钟百鸣走到他身边问道："你是赵警官吧？"

赵志勇受宠若惊地敬了个礼："是！"

"我看过你的档案，老警员了。淮安人？"

"是，老家淮安。"

"呵呵，我父亲老家也是淮安。我们算半个老乡。"

赵志勇更激动了："我妈妈开了一家卖阳春面的小铺子，是淮安的做法，欢迎处长来尝一尝。"

"那一定要来的。"钟百鸣笑着拍了拍他的肩膀，进去跳舞了。

赵志勇一扫刚刚被孤立的阴郁，心里竟有些感动，脸上也不自觉地笑了，笑得带着一丝春风。

接风宴直到夜里九点才结束。刑二处警员各自散去了。钟百鸣趴在露台上，喝着酒，静静地望着沈青禾挽着顾耀东从楼下离开，似乎总想从这对甜蜜恋人身上看出点什么不一样来。

沈青禾挽着顾耀东拐进了一条小路，脱离了钟百鸣的视线。她立刻松了手，两人都不自觉地往两边分开了一些。

顾耀东："莫干山的事，你觉得钟百鸣是在开玩笑吗？"

"你怎么看？"

"我觉得他在撒谎。我撞见他翻处长的东西了，明显是想调查什么。"

"有人曾经匿名举报过你。如果真的调查，你会是第一个被怀疑的对象。"

"那他尽管查好了。反正我什么组织都没有。只要别去调查处长就好，还有你。"

"现在情况不明，只能随时提防。今后你跟他在警局每天都要打照面，千万别再像今天一样慌张了。"

"那个酒杯谢谢你了，幸亏你反应快。"

沈青禾有些忧虑地喃喃自语："这是我的失误，其实我不应该反应那么快……不过今天你配合我演戏演得不错。夏处长走之前交代过，既然在莫干山开了头，那就必须把这个恋人关系演下去。这样大家都安全。"

顾耀东看她心事重重，有些惨淡地问："这是处长给你布置过的……最强人所难的任务了吧?"

沈青禾原本还在担心酒杯会引起钟百鸣怀疑的事，听到顾耀东的问题，这才回过神来。但是这问题让她哑然了。

于是顾耀东以为她默认了。

"其实找个机会，我们大吵一架，这个任务就可以结束了。反正我在警局把每一个人都惹生气过，现在把你惹生气，也没人会怀疑。"

"不行。匿名信说明警局有人在盯着你，再加上这个摸不清底细的钟百鸣，至少现在还不能结束。"

"如果有一天这场戏可以结束了，请你告诉我。"

沈青禾转头看着他："你希望结束吗?"

"我?"顾耀东苦笑，"我只是不希望强人所难。"

当天夜里，钟百鸣回到自己阴暗冷清的公寓后，打了一通电话。接电话的，正是莫干山行动后被撤职的保密局湖州站的崔站长。

电话里，崔站长给顾耀东和沈青禾冠了一个新名号——雌雄大盗。但钟百鸣显然有更深的考虑："那封匿名信虽然举报的是顾耀东，我也怀疑过他和姓沈的女人从莫干山开始就在演戏，但就算他们有问题，也顶多是跑腿的。如果内鬼出在警局，那至少是处长级别，夏，或者王……崔站长，你我是有过命交情的兄弟，湖州分站背的黑锅，我一定查到底。这不光是为你，也是为了我自己在警局的前途。"

19

顾耀东又去了那家开在巨大玉兰树下的小饭馆，吃了碗味道依然不怎么样的菜泡饭。自从夏继成走后，他每个星期都会来这里，帮老板娘修修窗户，补补桌椅。走的时候，也会带走一包小鱼干，去街角喂那只野猫，他还给它取了个名字——三喵。三喵一开始很戒备顾耀东，不过现在已经喜欢用尾巴蹭他的下巴了。

金门饭店之后，顾耀东去了几次杨一学家，但每次家里都没人。杨一学的女儿白天在上学，至于杨一学，邻居说他去拉黄包车了，整天都不休息，回来都是深夜了。

钟百鸣来了之后整天乐呵呵的，没有再提莫干山，似乎真的就只是来接管刑二处处长这个闲职。警局里除了全城严打，暂时也没什么动静。

日子就这么一天天过去，眼看到了端午节。顾家正在热热闹闹地准备端午节晚饭。耀东母亲和顾悦西在灶披间忙前忙后，沈青禾在布置饭桌。耀东母亲看了好几次挂钟，她让顾邦才去菜场买鸡蛋，顶多二十分钟就应该回来的，现在已经四十分钟了还不见人影。

顾邦才拎了一篮鸡蛋，慢悠悠哼着曲子走在回家路上。走到福安弄附近时，他看见杨一学的女儿福朵在街边卖菜。她今年十一岁，眼睛很大，扎两个长辫子，守着一堆荠菜。她的鞋子前面张了口，露着脚趾。看见有人来，赶紧很不好意思

513

地把脚缩到菜筐后面藏着。

顾邦才过去问道："福朵，端午节你不回家，怎么在这里帮人守菜摊子呀？"

"爸爸去租车行了，我先替他守一会儿。"

"这是你家里的菜摊？"

"嗯。爸爸说以后我们要改卖菜了。"

"车子呢？"

"车行说爸爸交不够租金，要把车子收回去了。爸爸说不拉车也好，拉一个月还不够交租金。以后我们自己卖菜，自己挣钱，也不用被人家欺负。"

顾邦才嘀咕："哎，这个杨会计！遇到事也不跟邻里商量。这么多荠菜，卖到什么时候才能回家啊？"

顾邦才又花十分钟返回了菜场，从篮子里捡了四个鸡蛋退给小贩，一边从对方手里接过钱，一边赔着笑："不好意思，买多了点。下次吧，下次又来。"

整整一个小时后，顾邦才终于拎着菜篮子回了家："鸡蛋买回来了——"

耀东母亲匆匆从灶披间擦着手出来："还知道回来呀！我还以为你找不到路了！"她从顾邦才手里接过篮子一看："怎么只有六个？我给了你十个鸡蛋的钱呀！"

顾邦才笑眯眯地从背后拎出一把荠菜："看看——水灵吧？家里六个人，十个蛋怎么分啊？六个正好，多余的钱干脆买了几把荠菜。"

耀东母亲怔了几秒，忽然大吼一声："顾邦才——！"

顾邦才吓一跳："干什么？"

顾悦西和沈青禾拿着锅铲很紧张地从灶披间跑出来。

顾悦西："怎么吵起来了？"

"你轧金子炒股票赔钱就算了，让你去买个蛋也要乱花钱！反正迟早要被你败成穷光蛋，去去去，干脆现在就把钱全都胡乱花掉算了！"

"哎，你这个人真是……老实跟你讲吧，这是从杨会计他们家菜摊上买的。"

耀东母亲愣住了。

顾邦才有些生气："做人再穷不能穷了善心，对吧？我们从小就是这么教育悦西和耀东的，虽然做不到富则兼济天下，但也没穷到只能独善其身的份上！人家家里都这么困难了，我看见了顺手帮一下怎么了？你要实在为了这个跟我生气，那……那大不了这几天把我的鸡蛋扣掉，就当那四个蛋已经被我吃了！"

顾悦西和沈青禾在旁边笑出了声。

顾邦才："你们笑什么?"

顾悦西："爸爸，你进去看一眼就知道了。"

灶披间的墙角，已经堆了好几把荠菜。

顾邦才很惊讶："哪儿来这么多荠菜?"

耀东母亲扔了他一个白眼："我上午就从杨会计那里买了，没告诉你而已。"

顾邦才这才反应过来，笑开了花："早说呀。害我胡讲一通废话。我就知道，我的夫人是天下第一好心的人。"

但是顾家并不只有天下第一好人顾太太和天下第二好人顾邦才。

没多一会儿，顾耀东的声音从门口传来："爸！妈！我带好东西回来了——"

耀东父母和顾悦西、沈青禾跑出来一看，只见他满头大汗地拎着一个麻袋进来。

耀东母亲冲过去拉开麻袋一看，里面果然是绿油油的荠菜，满满一麻袋，映得她脸都绿了。

顾耀东笑呵呵地："蛮水灵的吧？我们家不是爱吃荠菜吗?"

一家人都没说话，沈青禾"扑哧"笑了出来。

弄堂里已经满是端午的气氛。家家户户门口都插上了艾草和菖蒲。

任伯伯一边在门口贴钟馗像，一边念念有词："驱邪除害，祛凶引福。"

孩子们在弄堂里围着圈，边唱边跳："五月五，是端阳。门插艾，香满堂，吃粽子，撒白糖，龙舟下水喜洋洋!"

福朵挑着已经卖空的担子，孤零零地从外面走回了弄堂。她就在家门口台阶上坐着，看着那群小孩子玩闹，也不进家门。家里没有人。母亲在她很小的时候就去世了，杨一学一个人照顾她长大。以前做会计，杨一学都是下班就回家，这个时候已经在给福朵辅导功课了。今年开始拉黄包车后，他就几乎没有在女儿睡觉前回来过。今天原本答应早早回来陪福朵过节，可是到现在了也没回来。

杨一学去了南星租车行。前些日子他就来过一次，办退车手续，可车行不肯退当初缴的押金。他想着可能对方忘了合同，于是今天特地带着合同来，以为很快就能正正规规把车退了，拿着押金回家，没想到事情很不顺利。

南星车行一共两层楼，一楼铁门紧闭，车行经理坐在二楼露台，跷着二郎腿，嗑着瓜子。大概二十多名黄包车夫聚集在车行门口的空地上，拉着"还我血汗钱"的横幅抗议。

领头的车夫朝经理大声喊："当初我们租车的时候都签了合约，现在你们怎么能说涨租金就涨租金？"

车行经理吐了口瓜子皮："合约最后还有一行字，车行有权根据当下物价调整租金。不看清楚就按手印，是你们自己的责任呀！"

杨一学老实地站在角落里，旁边停着他的黄包车。他向来是个守规矩的人，总觉得用争吵的方式解决问题是不对的。他兜里揣着叠得平平整整的租车合同，等着这场争吵结束了，他便好去和他们摆事实，讲道理，拿回属于自己的钱。

一名车夫愤而将帽子摔在地上："这帮牛鬼蛇神吸干我们的血，还想扒皮吃肉，连骨头都不吐！"

"跟他们拼了！"

经理"噌"地站起来，朝楼里大喊："来人！"

铁门打开，一群打手像恶狗般举着长棍一拥而出，车夫们很快就被打倒在地。杨一学被挤在角落也平白挨了几棍子，害怕地一直大喊"别打了，别打了"，可他的声音完全被淹没在了打手的叫嚣声和车夫们的哀号声中。

顾家已经热热闹闹坐了一桌。饭桌上除了一盘粽子，就是满满一片绿色：炒荠菜，荠菜饼，荠菜汤，饭桌正中央还有一大盘垒成山的凉拌荠菜。绿是绿了点，但每个人脸上都是满满的笑意。

顾邦才端起了酒杯："来来来，举个杯。喝了这杯雄黄酒，希望大家都去去晦气。现世不太平，今天我们一家人还能聚在一起吃顿热饭，是福分。"

天已经黑了，福安弄里依然热热闹闹。从顾家晒台上望下去，一群孩子在路灯下打闹着，肆意欢笑着。晒台上弥漫着艾叶和菖蒲的特殊香气。沈青禾一个人在晒台上收衣服，顾耀东犹犹豫豫跟了上来。

沈青禾心生奇怪："有事？"

顾耀东满脸通红地从兜里摸出一支口红，递给她。

"这什么？"

顾耀东的头越埋越低："那天在金门饭店，你说让我送给你一支口红。"

沈青禾半天才反应过来，一时有些慌乱："我……当时就是随口说的！那天是为了演戏给别人看啊！恋人不就是应该像那样吗？女孩子撒撒娇，发发脾气，讨个礼物。都是演戏啊！"看着顾耀东一脸认真的样子，沈青禾忽然觉得"演戏"二字太刺耳，有些说不出口了。

她只能勉强挤着笑容，竭力开着玩笑："怎么还当真了，我的演技那么好吗？看样子以后要是不跑单帮，我还能到电影公司当当演员去！"

顾耀东一本正经："既然演戏，那就演像。你开口要了，我就应该送。这样才能以假乱真。"

沈青禾怔怔地看着他。

"百货公司的人说，这个颜色最近很受欢迎。"说完，顾耀东便手足无措地逃走了。

沈青禾别扭地回了亭子间，将叠好的衣服放进衣柜，转身正好看见梳妆台镜子里的自己，清汤寡水，好像是少了点什么。她别扭地走到镜前，别扭地拿出那支口红，一边嘀咕怎么分不清现实和演戏，一边又像是怕被人偷看了似的，朝屋里东张西望。她拧出口红，在嘴唇上随意抹了一下。口红是好看的梅红色，看着镜里的自己，她似乎觉得还不错，于是竟忘了别扭，仔细对镜涂抹起来。

孩子们在弄堂里打闹，多多举着外婆用艾草和菖蒲编成的长束，假装长剑挥舞着。福朵一个人坐在门口看着他们玩闹，等爸爸回家。

顾邦才端了一盘荠菜饼过来："福朵，你爸爸还没有回来呀？"

"还没有。"

"这是我们家里做的荠菜饼。赶紧吃几个填填肚子，别饿坏了。"

福朵甜甜地笑着："谢谢阿叔。"

那边，多多用艾草菖蒲束假扮长剑，作势朝一个小男孩劈去："看我钟馗的七星斩妖剑斩了你这小妖！"挨劈的小男孩"哇"的一声号啕大哭。

顾邦才见状一拍大腿："哎，你个小兔崽子！"他赶紧跑过去，拎着多多的衣领就往家拽，"你还打人？无法无天了！看你妈一会儿不揍你屁股！"正嚷嚷着，沈青禾从屋里出来了，那梅红色的嘴唇在夜色里泛着紫，甚是扎眼。

顾邦才惊呼："哎呀，沈小姐！你磕着嘴了？"

沈青禾："没有啊。"

"那我看你嘴唇乌紫乌紫的！"正说话，被他拎在手里的多多挣扎着："外公！你快放开我！"

"看你还打人不！"

"我是钟馗，专门捉鬼！"

"我还是钟馗他外公呢！专门捉你这捣蛋鬼！"

"我要拉屎！"

爷孙俩吵吵闹闹地进了屋，剩下沈青禾一脸尴尬地站在原地。

南星租车行的车夫已经散去了。地上一片狼藉，散落着他们被殴打时遗落的鞋子、帽子，踩烂的横幅，以及随处可见的血迹。

车行经理吐了口唾沫，"一帮老鼠臭虫。"他转头对领头的打手说，"明天上财务那儿领钱。"刚要走，杨一学追了过来。对方显然很意外，上下打量着他。

杨一学客客气气地说："我不是来闹事的。前两天我来过一次，为了押金的事。"

对方冷笑道："我记得。我还以为你回去搬救兵了，还是一个人来的呀？"

"车子我确实租不起了，就是想按合约把押金取回来。上次来您说退不了，我特地又回家看了合约，您可能是忘了。"他从兜里拿出一个信封，从里面抽出叠得很平整的合约，"您看，这上面写了归还黄包车时，当初交的押金可以退还。"

经理眼睛都没斜一下："拿合约要挟我？"

杨一学赔着笑："不不不，只是跟您商量。我女儿十一岁，马上要读中学了，脚上还穿的是九岁时候买的鞋，脚趾都露在外面了。我是想拿这笔押金给她买双新鞋子。"

"想买鞋，那就多拉车多攒钱啊！"

"不瞒您说，我拉了三个月的车，起早贪黑，交完租金真的连吃饭钱都不够。我也是实在没办法了……经理，拜托您通融通融，把押金退给我吧。孩子大了，总得要穿双体面的鞋子，我不想她进了中学被人家笑话。"

"你比那些人聪明，还看得懂合约。"

杨一学始终卑微地赔着笑："不是想计较合约，只是……办事情总要讲个信誉。"

经理转头朝楼里喊了声："徐会计——"然后他皮笑肉不笑地对杨一学说："我讲信誉啊！你要给女儿买鞋嘛，应该退。不过按规矩我们要先验车。"

杨一学终于看见了希望，高兴起来。

徐会计带了一名手下来验车，那人绕着黄包车摸摸看看，徐会计拿着算盘等着他报损。

车行经理瞄了杨一学一眼："以前干什么的？"

杨一学："会计。"

徐会计笑道："同行啊。"

杨一学有些尴尬："厂子已经倒闭好长时间了。"

经理："这么辛苦，也没个亲戚朋友的帮你想想办法，找找路子？"

"在上海也不认识什么人，哪里找得到路子呀。"

"哦……那就好办了。"经理朝验车的手下使了个眼色。

手下立刻会意，装腔作势报起来："车身油漆划痕三处，拉手磨损，车轮也有磨损，另有锈斑共五处。"

徐会计噼里啪啦打了一通算盘："扣除上述维修费用，共退还押金一百万块。"

杨一学蒙了："我当初交的是三百万押金。"

经理："车子用坏了，不用花钱修的呀？"

杨一学："可是拉车车轮怎么可能会没有磨损。"

经理笑嘻嘻地走到他面前，挑衅地拍着他的脸，仿佛是一个一个耳光打在脸上："你不是很懂合约，很懂法律吗？我说当初租给你的是新车，你能证明不是？"

杨一学语塞。

"证明不了？那你就得赔我折旧费，维修费。"杨一学被拍着脸步步后退，经理依然不依不饶，"什么背景都没有就敢来南星车行要钱？你在我眼里就是只臭虫，今天把你踩死在这里也不会有人替你吭一声。哦，除了你那个还穿着破鞋子的女儿。"

杨一学忍无可忍，用手挡了一下。经理一把将他推得一屁股坐在地上："要是不满意，你可以去报警，找警察替你申冤啊！到时候肯定能把我吓得屁滚尿流！"

徐会计将一百万朝杨一学脸上一扔，一行人扬长而去，黄包车也被拉走了。杨一学屈辱地在地上坐了片刻，最终还是将散落一地的钞票一张一张捡了起来。

深夜的福安弄空无一人。杨一学轻轻推开家门，福朵已经自己缩在床上睡着了。桌上还有她留给爸爸的两个荠菜饼。

杨一学给女儿盖上被子，默默捡起地上的鞋子看了看。两只鞋子都已经张了口，破旧不堪。

第二天，杨一学去了一家叫田记的皮鞋店。这家店里有一双带蝴蝶结的白色小皮鞋，他已经来看了很多次，也想过很多次，如果福朵穿上这双皮鞋去上中学会有多好看。可是一个月过去了，他没攒够钱，又一个星期过去了，他还是没有攒够钱。

老板："这双鞋我已经给你留了一个礼拜，到底还买不买啦？"

杨一学赔着笑："真的不能再便宜一点吗？"

"现在上街理个发都要三万块，这是小牛皮的鞋子，二百七十万，已经是整条街最便宜的啦！"看杨一学一脸为难，老板又问道，"上回不是听你说，把黄包车退了，押金要回来就够吗？他们赖着不给？"

杨一学苦笑着摇了摇头。

"哎，那没办法了。今天再不买，明天可就要涨到三百万了。现在什么东西都是一天一涨，就跟变魔术一样，我也要吃饭啊。你呀，去找找朋友，托托关系！只要有穿官服的人肯帮你去车行说句话，钱还是有可能要回来的。"

一番话倒是提醒了杨一学。上次送顾耀东去金门饭店时，他就想过咨询关于押金的法律问题，可后来想着自己有合同，白纸黑字，车行肯定不会抵赖，所以就没再去麻烦顾耀东。他向来是不愿意给别人添麻烦的。即便是到了现在这地步，他也不想报警，万一车行经理被抓了进去，多少于心不忍。他想拜托顾耀东帮自己去车行说说理，劝一劝，警察去说理，车行总是要讲理的吧？

这么想着，杨一学便去了顾家。今天是休假日，可不巧警局临时有任务，顾耀东被叫去警局了。于是杨一学又匆匆赶去警局。

顾耀东一早就跟着警局去了街上执勤。最近全城清理小商小贩，总局和分局动用了大批警力城东城西地突击，连两个刑警处也加入了。

刑一处的刘警官已经晋升为刘队长，新官上任自然要烧起三把火，他带着刑一处警员又打又砸，一地蔬菜踩得稀巴烂。

李队长这边的刑二处也在掀摊子，可大家似乎都有所顾忌。肖大头朝一名小贩举起警棍，最终还是没打下去，一脚把他踹在地上："许可执照都没有就敢出来摆摊！活得不耐烦啦！"

顾耀东跑过来拎起小贩就往旁边小路里推，一边大声嚷嚷："大热天的，你这不是存心给我们找麻烦吗！"小贩惊恐地看着他，顾耀东小声说："走啊！"对方这才反应过来，拔腿就跑。

另一名小贩被刘队长追着，朝顾耀东的方向跑来。

刘队长在后面掏出手枪大喊："站住！再跑就开枪了！"

顾耀东一把抓住小贩，反押双手按在地上，大声喊道："刘队长，交给我吧！"

刘队长见状，收了枪："别便宜了这帮刁民！"

小贩还在心痛地大喊："我的菜！"

顾耀东小声说道："命比菜要紧，赶紧走！"

王科达和钟百鸣就坐在树荫下的警车上。王科达闭目养神，钟百鸣冷冷地看着顾耀东将第二名小贩也放走了。

这时，李队长喘着气回了警车上："处长，我身体吃不消了，申请回来喘口气。"

钟百鸣赶紧换了副热心肠面孔："快快，上来坐！"

钟百鸣笑盈盈地问道："李队长呀，那个顾警官，他一直都是这样吗？"

"他怎么了？"

"我看他在偷偷帮小贩脱身。"

钟百鸣说得轻描淡写，李队长看他一脸笑意，反倒有些不安："那小子心软，又是个大学生，没受过警察学校训练，真要跟小贩动起手来他也打不过。您别跟他计较。"

一直在旁边养神的王科达睁开了眼睛："他就是我们警局里的老鼠屎，以后有你头痛的时候。"

钟百鸣只是呵呵笑着，什么也没说。

街上小贩伤的伤，跑的跑，被抓的被抓，只剩下一片狼藉。王科达带刑一处的人撤了以后，钟百鸣看了一眼手表，时间是上午十点。

跟人约好的时间，差不多了。

高恩路 15 弄 20 号是一栋花园洋房，院内草地环绕，大门是气派的黑色雕花铁门。这也是国民政府资源委员会上海分会会长尚荣生的住处。这会儿，尚家门房正被一名记者纠缠着，对方正是两年前骚扰丁放被顾耀东抓回警局的那名小报记者。他想要采访尚家千金小姐，一番死缠烂打，最后还是被挡在了铁门外。

记者不甘心，采访不成，偷拍几张照片也可以赚钱。于是去了附近一栋五层的公寓楼，从楼顶平台望出去，正好可以俯瞰尚家。相机架好了，等待尚小姐现身之际，他无聊地举着镜头朝周围晃去。

镜头里出现了一辆停在小路的无牌吉普车。车上下来五个三十岁左右的男人，一边伸展筋骨一边张望着。记者想着正好可以试试新买的相机，于是用镜头对准五人，一通调整焦距，按下了快门。

这时，尚家小姐尚君怡从洋房里出来了，看这身打扮是要出去逛街。记者赶紧一通猛拍。很快，尚君怡就上了轿车，驶离了尚家。当记者也准备离开时，远远望见尚荣生的轿车从远处驶来。

每个星期天上午，尚荣生都会去游一个小时泳，上午十点准时回家，处理公务。

小路里的五个男人迅速上了吉普车。就在尚荣生的车已经离尚家的黑色雕花铁门不远时，吉普车从小路横冲出来拦在前面，五个蒙面男人持枪冲下去包围了轿车。几乎就在三四分钟之内，尚荣生就被蒙上黑头罩绑走了。

趴在楼顶上的记者目瞪口呆。而这一切，都被他的相机拍了下来。

很快，刑二处警车里的通讯设备就传出了呼叫声："紧急情况！高恩路15弄20号发生绑架案！请刑警二处全体警员立刻前往！"

李队长："处长！好像有大案子了！"

高恩路就在这附近不远，开车十分钟的距离。

钟百鸣看起来不紧张也不意外："叫他们上车吧。"

刑二处一行人很快到了尚家。用人领着警员进了客厅，两名女佣陪着尚君怡从楼上下来。

钟处长："尚小姐，我们接到报警马上赶过来了。我是刑警二处处长钟百鸣，这件案子由我来负责。"

钟百鸣和尚君怡说着话，顾耀东听见有高跟鞋下楼的声音。很快，另一个女人从楼上走了下来，当他看清那个人是沈青禾时，大吃一惊。

沈青禾拿了一件披肩给尚君怡披上，她和顾耀东对视了一眼，倒是很平静。

沈青禾："钟处长。"

钟百鸣眯缝着眼睛，显然也很意外："沈小姐也在啊。"

沈青禾："君怡是我朋友，出这么大的事，我来陪陪她。"

尚君怡很依赖地靠在沈青禾身边，小声问道："你跟他们认识？"

"我跟那位顾警官认识。"她看了眼顾耀东,其实不用看也知道,顾耀东一直盯着自己,并且眼神里充满疑问。

钟百鸣:"尚会长被绑架的时候,还有谁在现场?"

尚君怡:"是我们家的司机和保镖。"

"好。那就麻烦当事人详细讲一讲事情经过。"钟百鸣转头问李队长:"你们一般谁负责做笔录?"

李队长:"顾耀东来吧,他是大学生,笔快。"

顾耀东依然盯着沈青禾,全然没有反应。

赵志勇暗中拉了他一把:"让你做笔录!"

顾耀东这才回过神来,赶紧去翻挎包,找到了笔,笔又掉在了地上,他慌忙捡起来,但是翻来翻去始终找不到本子。

赵志勇干脆把自己的笔记本塞给他,小声说:"你今天怎么了,慌慌张张的。用我的吧。"

"谢谢。"挎包里都是常用的东西,顾耀东很少会这样手忙脚乱的。早上出门去警局时,沈青禾还在门口水池洗衣服,现在她却突然出现在一桩绑架案受害者的家里,他实在无法相信,她只是单纯来照顾朋友的。

尚家的保镖和司机都来了,大致讲了一遍事情经过。

钟百鸣朝前坐了坐,问话时,他在很专注地打量司机和保镖:"二位仔细回忆回忆,关于绑匪,除了带了面罩,是男性,拿着汉奸逮捕证之外还有什么线索可以提供吗?或者,有任何细节,可以帮助我们推测他们的身份。"

保镖和司机面面相觑,沮丧地摇头。

"哦……那确实有些遗憾了。情况我们都了解了。警局会全力调查此案。如果绑匪有消息,也请尚小姐第一时间联络我。"起身时,钟百鸣看了沈青禾一眼,装作随意地说道,"以前只知道沈小姐做生意,没想到做得这么大,跟尚家都有往来。"

沈青禾:"那倒不是。我和君怡是中学同学,在圣玛利亚女中还同桌过一年。"

"哦……那还真是交情很深了。"他又安慰了尚君怡几句,便带着警员朝门口走去。

顾耀东跟在队伍最后面，他似乎对自己写在笔记本上的某个细节很有疑问，走到门口时，他忽然停下脚步回头问那名保镖："您刚才说，他们拿着汉奸逮捕证？"

保镖："是啊。"

已经走到门口的钟百鸣皱着眉头停了下来。

顾耀东："什么颜色？"

保镖想了想："红色吧。"

"仔细看过吗？上面有盖章吗？"

"当时太乱了，没顾得上看。"

钟百鸣："这种东西政府早就回收了。几个混混为了绑架仿造证件，胆子倒是不小。"

顾耀东没再说话，最后看了一眼沈青禾，跟着钟百鸣离开了。

一行人朝警车走去时，顾耀东小声问李队长："队长，您知道汉奸逮捕证回收到什么地方了吗？"

"当时是汤总司令签发的，肃奸行动以后，应该收回警备司令部了吧。"

赵志勇："东西反正都是伪造的，你打听这个干什么？"

顾耀东："有没有可能不是伪造的？"

小喇叭："不可能吧，谁敢从司令部偷东西出来？"

顾耀东："如果真是伪造，那至少是见过的人才能模仿出来。这种东西不是一般人能接触到的，这么推断的话绑匪应该……"

"要想伪造，渠道太多了。"钟百鸣笑盈盈地打断了他的分析，"顾警官可能不了解外面的情况，只要花钱，黑市上你能想到的所有东西都能买到。"

顾耀东想了想："那倒也是。可能是我想多了。"

"不不不，你喜欢观察，喜欢分析，说明你办案认真，这是好事呀！只不过有时候理论要结合实际。"

"不过逮捕证确实是个线索……"顾耀东还想接着再说什么，被李队长推上了警车。

李队长："今天话怎么这么多？别疑神疑鬼。"

"确实很有东大高才生的风范。"钟百鸣似乎一点也不介意，夸赞两句，便上了警车。

一路上，钟百鸣都在和顾耀东闲聊东吴大学，赵志勇在一旁看着很是羡慕。警察局从高等学府出来的人不多，顾耀东这样的更是凤毛麟角。以前觉得他是书呆子，现在看来他才是天之骄子。赵志勇埋头翻着顾耀东写在自己本子上的笔记，字迹工整漂亮，好些个字都不认识。他叹口气，合上了笔记本。自己不过是小学毕业的半文盲，在警局也只是个底层角色，就算和钟处长是半个老乡，人家也不会在意这层关系。

警察离开后，沈青禾去了鸿丰米店。她当然不只是来安慰老同学的。一周前，老董交给她一项新任务，利用跟尚君怡的同学关系接近尚家，以便警委对尚荣生提供保护。但是尚荣生被人盯上，她却没有察觉到，这是重大失误。

沈青禾很自责。然而老董的话让她在自责的同时陷入了更大的震惊中。南京那边传来消息，蒋经国即将来上海治理经济。贪腐成风，上行下效，国民政府已经烂到根里了，谁来也没用。但是这吓到了上海一帮高官。他们蛀空了国库，听说蒋经国要来，开始千方百计弥补亏空。最近打着"征用"的旗子敲诈了不少企业家和工厂主。尚荣生是资委会上海分会会长，管辖上海大小重工企业，可谓一块大蛋糕，偏偏他一直拒绝合作。

沈青禾听得有些错愕："你们怀疑是政府所为？"

"时机，对象，这不得不令人怀疑另有隐情。资委会现有的工矿企业，是中国仅有的一点工业基础，我们有责任把它们保存下来。"

老董看起来心情有些沉重，如果案件背后真如他们所料，那将会是一个黑洞，深不见底。他让沈青禾继续留在尚家，一旦绑匪有消息立刻汇报。临走前，他特地叮嘱沈青禾这件事暂时对顾耀东保密，如果真有隐情，他一旦卷进来是没有能力抽身的。

但是沈青禾知道，这不是件容易事。因为她刚走到福安弄口，就看见顾耀东已经坐在路边等她了。看见沈青禾回来，他赶紧起身。

　　沈青禾："你在等我？"

　　顾耀东有些忐忑地问道："我能打听一下……你今天为什么在尚会长家里吗？"他又很小声地补充了一句："这里只有我们两个人。"

　　"今天当着他们的面，我说的是实话。我和尚小姐是中学同学，以前关系不错。"

　　"你在圣玛利亚女中读的中学？"

　　"对。"

　　"那好像是一所贵族学校。"顾耀东盯着沈青禾，显然，他以为自己抓住了对方谎言的漏洞。

　　沈青禾很坦然："不是好像。那儿一年的学费差不多是普通工人十个月的薪水。我知道呀。"

　　"那你怎么会……"

　　"你想问，我怎么会去那种全是名媛淑女、非富即贵的学校读书？因为我家当年也是上海滩能排上号的富商呀！"

　　沈青禾说得坦坦荡荡，顾耀东听得张口结舌。也就是说她以前是名媛淑女，还很有钱，这让顾耀东忽然觉得自己和她拉开了十万八千里的距离。

　　"还有什么问题吗？"

　　"真的就是这样？只是因为你们是同学，所以你才会出现在尚家？"

　　"对。"

　　"如果你去尚家还有另外的原因，希望你能告诉我。说不定我能帮上忙。"顾耀东说得很认真。

　　"真的没有了。"青禾也说得很认真。

　　对视片刻，顾耀东只好作罢："那好吧。绑架案警局会调查，你最近尽量少到尚家走动。我总觉得案子没那么简单，事情可能还没结束，你去那儿不安全。"

　　两人朝弄堂里走去，刚走两步，顾耀东实在又忍不住问道："你们真的是同学？"

"我跟尚君怡是同学就那么奇怪吗？"沈青禾嚷嚷起来，"我哪里不像读贵族女校的了？哪里不像了？"

顾耀东看她一副咄咄逼人蛮横的样子，不敢再多嘴了。

沈青禾闷头进了弄堂。顾耀东看着她的背影，忽然意识到自己对这个女人一无所知。她的过去，她的家庭，她的生活圈、朋友圈以及社交关系。他认识的，只是那个住在亭子间里的沈青禾。这突然袭来的陌生感，让他觉得有些无力。

杨一学从顾家去了警局，又从警局去了执勤点，然而每一步都恰好与顾耀东错过了。等他赶到执勤的地方时，路上只剩小贩被驱赶后留下的一地狼藉。

他绝望地去了田记皮鞋店外，站在店门口发了一会儿呆，心想这大概是他最后一次来这里了。正要转身离开，一个年轻男人忽然从后面走上来，拉住了他。

"先生，要鞋子吗？"对方小声问道。

杨一学没反应过来："什么？"

"别误会，前两天我去店里买鞋见过你。听你说想给女儿买双新鞋，一直没攒够钱，我这里正好有一双想便宜卖。"年轻男人鬼鬼祟祟从怀里掏出一个牛皮纸包，打开一看，正是那双带蝴蝶结的白色皮鞋。

"实不相瞒，本来我打算买来送人的，结果这两天股市赔了钱，又欠人家债，手头实在紧得慌，只好把能卖的东西都拿出来贱卖了。"

"我当然是愿意要的，就是不知道你打算多少钱卖？"

"你有多少钱？"

杨一学有些不好意思："也就……一百来万。"

没想到对方很爽快："行，那就一百万。交了钱，鞋子归你。"

只要一百万？刚刚还很绝望的杨一学，突然感觉到幸运之神降临在自己头上了。

吃晚饭的时候，顾邦才偶然提起杨一学的事，顾耀东才知道他来找过自己。

吃过晚饭，他便匆匆去了杨家。

开门的是杨一学，他看起来心情很好。

顾耀东："杨先生，您今天找我？"

杨一学笑着说："没事，我去警局看你不在，知道你在忙。"

"不好意思呀，临时出去执勤。什么事？"

"已经解决了，小事小事，不打紧。"他去车行要钱，不过是为了能凑够买鞋的钱。如今鞋子已经买到了，便也不想再为了押金的事去车行大闹一通，更何况那还会给顾耀东添麻烦。

"那前几天您说有法律问题……"

"也解决了，都过去了。谢谢呀顾警官。"

福朵蹦蹦跳跳从屋里出来："耀东哥哥！"

顾耀东看到了她脚上亮眼的新皮鞋："没事就好。福朵，新鞋子很漂亮呀！"
福朵很高兴地说："过几天参加小学毕业典礼，这是爸爸送给我的礼物！"

回家路上，顾耀东又回头望了一眼那对父女，福朵坐在门边，杨一学蹲在地上细心地帮她脚上的皮鞋上鞋油，擦亮堂。顾耀东不禁想起自己刚去警局报到那天，父亲帮他穿上那双古董似的蓝棠旧皮鞋，和眼前这一幕同样温馨美好。

齐升平通知王科达和钟百鸣到自己办公室，王科达一进办公室就急切地问："副局长，绑匪有消息了？"

齐升平看了眼钟百鸣，他进来时不紧不慢，和王科达完全不同："绑匪的事，田副署长应该给钟处长打过招呼吧？"

钟百鸣脸上挂着一贯谦恭的笑容："上层的大事，我也只知道皮毛。"

王科达被他们说得一头雾水："是不是有什么事，就我一个人不知道啊？"看二人不说话，他忽然反应过来，低声问道，"内部人做的？"

沉默，算是默认了。

王科达："保密局？"

钟百鸣："那倒不是。"

王科达眼巴巴地等他说后半截话，等了半天，钟百鸣并没有继续讲的意思。

王科达忽然想起了那"五只羊"。

王科达："副局长，我抓的那'五只羊'，就是为这件事准备的？"

齐副局长："说出来你可能不相信。关于这件事，我知道的一个字都不比你多。"

王科达又看向钟百鸣。

钟百鸣："这个我也不能乱讲。"

王科达："怕是不愿意跟我们讲吧。"

钟百鸣依然是一副笑脸："呵呵，别误会。"

"钟处长从前是保密局出身，吐字如金。王处长也多理解理解吧。"齐升平说得也有些不是滋味。

王科达自嘲地："当然理解，就是被搞糊涂了，这案子到底还查吗？"

齐副局长："当然查。尚家报了案，我们不仅要查，还要把姿态做足。你们两个处要成立联合专案组，显示警局对此案足够重视。至于怎么查，你们商量着演。"

钟百鸣似乎很识趣，主动将专案组组长的位置让给了王科达。他并不想一来警局就树敌，耗费精力。因为他给自己画了一幅蓝图，刑二处处长只是个起点，他要在上海市警察局里走得更远。

王科达是个直来直往的人，情绪全摆在脸上。他的确对钟百鸣充满了排斥，尤其是在今天的谈话之后，更是对那副老好人的面孔厌恶至极。

齐副局长只能劝道："行啦，他是来替田副署长办私事的。蒋总统盯着上海的经济，蒋经国就快来上海亲自督导经济了。不在这之前把漏洞亏空都补上，上海的官商高层怕是要地动山摇。你以为田副署长为什么过问太平计划？他在上海也是有生意的呀。"

王科达总算明白钟百鸣为什么知道很多自己不知道的事："这位钟处长和田副署长的关系够深啊。"

"田副署长能坐到今天这个位置，据说就是因为钟百鸣当年在无锡城防部的时候，替他办成过几件大事。"

王科达万万没想到，走了一个背靠国防部的夏继成，又来了一个背靠南京警察总署的钟百鸣。而钟百鸣显然不是夏继成那样得过且过的人物，这让王科达浑身不自在。

绑架案专案组成立了，成员名单由组长王科达拟定。每个入选的警员都要填一份个人资料的表格，用来制作专案组证件。

刑二处警员排成一排等着领表格。李队长把一摞表格给了排头的肖大头，一个一个传下去。传到排在队伍最后的顾耀东时，他伸手去接，可是赵志勇手里已经是最后一份。

赵志勇："队长，少一张。"

李队长叹了口气："没少。顾耀东不在名单上。"

顾耀东愣了一下，但很快明白了过来。

钟百鸣从办公室出来，笑盈盈地问："都拿到了吧？"

站在队伍最后的顾耀东没说话。

"专案组名单是王处长亲自定的，他是组长，今后关于绑架案的事，你们都直接向他汇报请示。"钟百鸣丝毫没提，不让顾耀东加入专案组是自己的意见。那天顾耀东在尚家提出汉奸逮捕证的问题时，钟百鸣就已经决定将他排除在此案之外了。不过他很乐意将王科达推到前面。

"我初来乍到，希望能尽快了解刑二处。顾警官，既然你不参加专案组，那就麻烦你把最近两年的案件档案分门别类整理出来，我要仔细研究诸位过往的办案情况。"

这显然有点刁难。肖大头想说话，被李队长瞪了回去。

"听王处长说顾警官以前在户籍科干得不错，说明你很擅长枯燥繁琐的工作啊！这不是一般能力。"钟百鸣关怀备至地伸手去扶顾耀东的警帽，"有什么难处吗？"

顾耀东抢在他前面自己扶正了帽子，顺势挡开了他的手："报告！没有难处！一定一丝不苟完成任务！保证让钟处长更全面了解刑二处！"

钟百鸣有些尴尬："那就好。"

中午在食堂，刑二处警员坐了一桌吃饭。顾耀东一口肉一口菜吃得津津有味，看起来并没有任何不高兴或是低沉。其他人都偷偷瞟着他，想问又不好开口。

先沉不住气的仍然是肖大头，"到底什么意思啊？"他筷子一放嚷嚷起来。

小喇叭："小点声！不是说了吗，他要了解二处情况！"

"这就是屁话！整理档案不就是打入冷宫吗？他不帮二处的人争取，反倒跟着一处挤对我们，什么狗屁处长？"

赵志勇："其实我觉得处长人满和善的，对谁说话都客客气气，又关心人，应该没什么坏心吧？"

顾耀东："钟处长说的也有道理，整理档案的工作，还是我最合适。"

赵志勇："你怎么还叫他钟处长？"

顾耀东有些没明白："他是钟处长啊。"

"听着太生疏了，我们都叫他处长了。"那"处长"两个字，赵志勇喊得特别亲切。

"我不太习惯。还是叫钟处长吧，这样显得更尊重。"

"以前夏处长在的时候，你可是一口一个'处长'。"

顾耀东迟疑了一下，继续埋头吃饭。

赵志勇知道他又在执拗了，劝道："夏处长不可能再回来了，别给自己惹麻烦。"

"我心里只有他一个处长，其他的……不一样。"

"这种话千万别让新处长听见。新来的长官，最看不顺眼的就是你这种忠心耿耿的旧党。让你去整理档案，我看也是因为这个。"赵志勇喋喋不休，让李队长觉得很反感，其实他已经让所有人都不舒服了，但他自己并不知道，依然拿着他那套为人处世的道理谆谆教诲，"还有你桌上老摆着跟夏处长的合照，处长嘴上夸你有情有义，心里肯定不痛快。"

"行了！"李队长听得厌恶了，他看了眼顾耀东，"执勤的时候，他和王处长看见顾耀东偷偷帮小贩了。"

于是大家似乎明白顾耀东为什么被排斥在专案组之外了。其实这并不意外，在警察局里，顾耀东从来不是一个能讨得长官喜欢的聪明人。只有夏继成是例外。

赵志勇一副恨铁不成钢的样子："那些菜贩子也不会感谢你。你说你，两头不讨好，到底图什么呢?"

"这是我答应处长的事。"

"夏处长让你帮卖菜的逃命?"

"他让我记住自己当警察的初心。"

众人先是怔住了，然后沉默了。尤其是赵志勇。他们仿佛都被什么东西当头敲了一棒，轻轻地，但是敲得人半天缓不过气。

过了片刻，李队长说："我毕竟还是你们的队长，不希望在我告老还乡之前，有人比我先滚蛋，以后做事都注意点儿。刑二处还是刑二处，但不是每个处长都是夏处长。"

顾耀东朝他笑着："知道了队长。我会加油好好干! 保证比大家都留得更久!"

"会不会说话!"肖大头恶狠狠推了他一把，心里竟有点发酸。

尚荣生出事后，尚君怡每天都提心吊胆，以泪洗面。从小到大，除了母亲病逝，她再也没有遭受过这么大的打击。沈青禾每天都会来陪她，聊聊过去的上学时光。尚君怡被父亲保护得很好，几乎不知道外面的世界有多险恶。这让沈青禾很感慨，中学时她和尚君怡是班上家境最相仿的两个人。后来蔚家遭遇灭顶之灾，她从蔚青未变成了沈青禾。她比任何人都更不希望，同样的悲剧在尚君怡身上重演。

这天，君怡和沈青禾在家里一起吃过了午饭。已经两天了，绑匪没有任何消息，也没有联络尚家。尚君怡觉得胸闷，便让沈青禾陪自己去买几服中药。

司机开车，沈青禾和尚君怡坐在后座。车刚从高恩路转进衡山路，一辆吉普车忽然就从路边蹿出来，直接就朝她们的车冲了过来。司机吓傻了，抓着方向盘没有反应，沈青禾奋不顾身扑到前面，猛地一转方向盘，车子有惊无险躲过了对方，对面车辆迅速逃离了现场。

这时，尚君怡惊声尖叫起来。

沈青禾："你受伤了?"话音刚落，她就看见一滴血滴在自己裙子上，伸手一摸，自己的额上全是血。

20

刑二处的电话急促地响了起来。

肖大头接了电话，"上海市警察局刑警二处……什么位置？有人员伤亡吗？"他看了一眼顾耀东的空位子，"知道了。"他挂了电话，立刻向李队长报告："交通岗亭的电话，衡山路有车祸。"

"怎么打刑警处来了？"

"车上是尚荣生的女儿。司机报的警，说是有人故意开车撞他们。"

众人一听便知不是普通车祸，自觉地穿外套拿警棍，准备去现场。

李队长一边揣警棍，一边说："这事情还没完没了了。有人受伤？"

"有。"

"谁？"

肖大头小声说道："沈青禾。"

只听"哗啦"一声，顾耀东站在门口，手里堆成小山一样的资料掉了一地。

半小时之后，顾耀东已经大汗淋漓地冲回了福安弄的家里。他顾不上敲门，直接推门进了亭子间。沈青禾坐在床边看书，头上戴着帽子。他冲过去掀掉帽子一看，头上果然缠了纱布。

沈青禾被他惊了一下，低声吼道："你干什么！"

她伸手去抢帽子，顾耀东不肯还，只是死死瞪着她。因为跑得太急，他已经喘得说不出话来。

沈青禾关了房门，低声问道："你要干什么？"

又站在原地喘了好半天，顾耀东才稍微缓过来，上气不接下气地问："严重吗？"

"皮外伤。"

"如果真的被那辆车撞上怎么办？"

"那就躺医院啊。"

"你拿自己的命这么不当回事？"他显然被惹恼了。

"根本就没有你说的那么严重！对面司机喝醉了在街上横冲直撞，我们及时躲开了，我不小心撞了一下，这就是一起普通的交通事故，紧张什么？"

"我问过交通警察，肇事司机当时就跑了，你怎么可能知道司机喝醉了？"

沈青禾语塞。

"绑架案是警察局该管的事，你为什么一直往里凑？"

"我关心老同学！"

"根本就不是！"顾耀东低声吼道，"接近尚家是你的任务！你也觉得案子背后有鬼，对不对？你是不是知道什么？"

"绑架案是警察局的事，那应该问你们警察啊！"

这次换顾耀东语塞。

沉默了片刻，他有些低沉地说："你还是什么都不愿意告诉我。这算搭档吗？"

"连我都不知道这件事到底怎么回事，我怎么告诉你？"沈青禾一把抢回帽子。被人不知分寸地关心和紧张，这是她曾经最头疼的事情。可现在被顾耀东吼着，紧张着，责怪着，她只觉得莫名内疚。

"我讨厌这样被蒙在鼓里，只能瞎担心，瞎紧张！"

"不管怎么样，还是谢谢你的关心。"

沈青禾冷淡的安慰让顾耀东终于控制不住了："我关心你是因为我喜欢你！我

关心你但是我更想帮你，你明白吗?"他第一次冲沈青禾发了火，终于还是把心里的话说出来了。

沈青禾愣住了，她努力想继续吵下去，但张了张嘴却不知该如何继续。

"处长走之前，交代我一定要在警局留下来，只要留下来就能发挥作用，就能帮你! 可你什么都不告诉我，我怎么帮?"

顾耀东怒气冲冲地开门出去，没想到一出来就看见母亲和姐姐两个人守在楼梯口。她们在楼下就听见争吵声了。

"我听见你们……好像在吵架?"耀东母亲担心地小声问道。

顾悦西: "到底为了什么事啊?"

顾耀东卡壳了几秒，然后说: "我就说了一句她的帽子不好看。"

这时，亭子间门开了，沈青禾走了出来: "嫌帽子不好看，你可以陪我逛街买好看的呀。可你一天到晚都在警局，什么时候陪过我?"她一脸委屈，仿佛刚刚真的在吵架。

顾耀东很配合: "警局最近任务多，我实在不好请假。再说我们刚才是为了帽子吵架，怎么又说到……"

"你根本就不懂女孩子!"

"这是混淆概念。如果在法庭上，法官也要说你这是逻辑不清，偷换概念。"

"顾耀东! 你是在说我没文化不懂法吗?"沈青禾越发委屈了，她红着眼睛对耀东母亲和顾悦西说: "不好意思呀，吵到大家休息了。"然后楚楚可怜地回了房间。

剩下耀东母亲和顾悦西瞪着顾耀东。

顾耀东: "明明在说帽子……"

"你闭嘴!"

两个女人你一言我一语朝他开火了。

"眼瞎了说帽子不好看!"

"人家跟你谈恋爱，你跟人家谈法律!"

"学傻了!"

536

顾耀东只听着不敢吭声，直到她们气鼓鼓地下楼走了，他才松了口气。但是很快，忧虑又重新笼罩了他。沈青禾有事瞒着，就算再敲开亭子间，她也不会多说一个字。更何况他刚刚还说了很多不该说的话，接下来怎么办？顾耀东脑子一团乱麻。

沈青禾知道顾耀东就站在亭子间门口。她站在门里，一动不敢动。也许刚刚那些话只是因为他气急了，口不择言。能假装什么都没发生，什么都没听见吗？理智给出的答案当然是"能"。但是隐隐地，沈青禾能感觉到，他们之间永远不可能和以前一样了。

午饭时候，顾耀东和赵志勇一起去了警局食堂。顾耀东只要了一小碗面条，似乎没什么胃口。

赵志勇东张西望一番，偷摸着拿出两个鸡蛋，塞给顾耀东一个："早上出门的时候，我妈给煮的。就两个，别让其他人看见。"

顾耀东："你吃吧，我不饿。"

"她专门让我带给你的，面摊上要卖一万块钱一个呢。"

顾耀东有些感动："谢谢……下班我也去帮忙。"

赵志勇遮遮掩掩地剥鸡蛋吃，生怕被人看见："不用，最近生意不好，我妈身体也不舒服，好几天没开张了。"

"伯母怎么了？"

"胃疼，老毛病了。"

"去医院看过吗？"

"看过一次，说是胃里长了个什么东西，除非做手术。她嫌贵死活不肯。我每个月薪水全都偷偷给她买药了，先养着吧。等攒够钱一定要带她去把手术做了。不过这药我骗她说是警局福利，不要钱的。别说漏嘴了啊。"说到这里，赵志勇有些感叹，"干了这么多年我还是个小警察，要是有一天能出人头地，哪怕当个小队长，这笔手术费就容易了……对了，沈小姐的伤不严重吧？"

顾耀东又想起了那场争吵，越发低沉："头撞破了，还好。"

"那就好。要不是她反应快，那个尚家小姐怕是要丢半条命了！交通警察说那辆车一直停在小路上，那摆明了就是在等尚家的车呀！这算谋杀未遂吧？"

"还是那些绑匪吗？"

"不知道，专案组一点头绪都没有。你也劝劝沈小姐吧，她是讲义气，可有的事能帮，有的事还是躲远点好。尚家的事搞不好要出人命的，谁知道那些绑匪会不会再下手呢？"赵志勇一边说着，一边津津有味地吃起鸡蛋来。

一点头绪都没有。警局是这样，沈青禾可能也是这样。越是没有头绪，她就越是只能往深处钻。顾耀东不知道自己应该怎么办，于是他又想，如果是处长，他会怎么办？他会让自己怎么办？而他想得最多的问题是，究竟什么才算搭档？

夜里，顾耀东在房间里心神不宁地看书。对面的亭子间关着门，屋里没人。已经晚上八点多了，沈青禾还没有回来。他看着书，听着楼下的家人说话，一个字也没看进去。

耀东母亲坐在天井里剥豌豆，顾邦才在一旁刷鞋子。

耀东母亲："外面乱糟糟的，一会儿轧金子踩死人，一会儿又是什么绑架案。她老是一个人在外面跑，怪担心的。"

顾邦才："早上遇见杨会计，听他说这几天沈小姐总去帮忙。他白天卖菜，晚上不是又临时找了个电影院里的活吗，回来得晚，沈小姐就去给福朵做了几天晚饭。兴许这会儿就在杨家也说不定。"

两人又说了几句，只听见顾耀东噔噔噔跑下楼来。

耀东母亲："去哪儿？"

顾耀东："去看看福朵，顺便给她送几个煤球。"

门口墙边堆着一排煤球，他往桶里胡乱塞了几个，拎上就朝杨一学家跑去。冲到门口一个急刹车，然后才不慌不忙地走进去。

果然，沈青禾好好地坐在里面，正在给福朵辅导功课。顾耀东只说自己是来送煤球的，放下便打算走了。沈青禾看着他来，又看着他走，似乎无动于衷。

福朵："青禾姐姐，你也回去休息吧，剩下的功课我自己做就行了。"

沈青禾："我帮你吧，反正回家也没什么事。"

福朵："耀东哥哥，那你晚一点能来接青禾姐姐吗？外面太黑了。"

顾耀东不想让沈青禾为难，于是抢在她之前说："她跟一般人不一样，用不着别人担心。"说完便转身走了。

沈青禾一直待到很晚，等杨一学回家了，她才离开。

夜深人静，路灯已经灭了。沈青禾站在杨家门口放眼望去，整条弄堂都是黑黢黢的，唯独顾家门口有一团亮光。她走到门口，抬头望去，顾耀东房间的灯光很亮，刚好把家门口照得亮堂堂的。其实并不只有今晚这样，从很久以前开始，每当她晚归的时候，门口就会亮起这盏特殊的灯。

顾耀东听着沈青禾进了屋，上了楼，这才把那盏很突兀地放在窗台上的台灯挪回了写字台上。他不知道还能做什么，甚至觉得沈青禾只需要自己和她保持距离。但小小一盏灯，也总比什么都不做要好。

第二天上午，沈青禾正陪尚君怡在书房整理尚会长的书信时，绑匪来电话了。五十万美金，当晚八点交钱赎人，必须尚君怡一个人去——这就是对方的全部条件。

沈青禾立刻向老董汇报了情况。显然，老董也有些意外。五十万美金，远不足以弥补国库亏空，难道真的只是一群普通绑匪？最终二人决定，由沈青禾当晚陪尚君怡去交钱，老董安排警委的人跟在周围。如果尚荣生没有现身，沈青禾要想办法套出关押他的地方。不管对方到底什么目的，今天晚上必须先把人救回来。

这天晚上七点，尚君怡已经准备好五十万美金，装在了一只皮箱里。沈青禾跟她借了一件颜色艳丽的旗袍换上，化了装，头上套了短款假发，和刚进门时判若两人。尚君怡在一旁看着她易容术般的乔装技术，瞠目结舌。沈青禾只说以前在电影公司待过，跟演员们学了几招。一切准备妥当，她最后穿上了一件风衣外套。

绑匪约定的地点是苏州河北岸一处废弃的厂房，周围没什么人烟。角落里停着一辆吉普车。沈青禾是开着尚家的轿车来的。她和尚君怡下车后，两个戴面罩的男人从吉普车上下来了。

一名绑匪问道："不是说好了一个人来吗？怎么回事？"

"尚小姐不会开车，带着箱子又不方便坐黄包车。我是她朋友，给她当司机。"沈青禾说起话来软软的，一听便没什么威胁。

对方上下打量沈青禾，看她这身打扮和气质，确实也像是富家小姐，于是半信半疑地问道："钱呢？"

沈青禾："尚先生呢？我们要先看人。"

"人肯定活着。给了钱，就能领人。"

"可我看车上不像有人啊。"

"不见钱，我们怎么可能把尚荣生带出来？万一你们要诈报警了呢？赶紧，钱呢？"

又和他们周旋了几句，见对方死活不肯让她们先看人，沈青禾便大概明白了一二。对方根本没打算放人，所以也根本没把尚荣生带到这附近。既然这样，那就必须把关人的地方打探出来了。

沈青禾："这样吧。尚家说到底也不缺钱，只要让我们先看见人，尚小姐可以再加五万美金。怎么样？"

尚君怡一怔："我……"沈青禾悄悄捏了她一把，君怡立刻反应过来，"我可以给你们写支票！"

沈青禾："只要远远看一眼，知道人活着，我们就交钱，然后你们再放人。这桩生意你们不吃亏呀。"

这个办法果然奏效了。沈青禾开车跟着对方一路从苏州河北开到了十六铺码头，在码头附近，她们终于远远看见了被绑匪押到院子门口的尚荣生。

尚君怡："在那儿！是爸爸！"

沈青禾："你再仔细看看，没什么问题吧？"她一边说话，一边装作不经意地悄悄抬脚，扶了扶高跟鞋。

尚君怡又确认了一次："是他，没错。"

绑匪拿走了皮箱，二人正欢天喜地开箱验钱，两辆警委的卡车从暗处一跃而出，直接撞开了院子大门。整整两支警委行动队的人跳下车，快速控制了绑匪一行人，将尚荣生救回车上，整个过程不到两分钟时间。对方还来不及做出反应，他们便开车离开了。

在警委撞开院门的同时，沈青禾立刻拽着尚君怡跑回轿车，一脚油门离开了码头。两名拿赎金的绑匪跳上吉普车追了上去。沈青禾连开几枪，吉普车失去平衡撞在了路边。趁着对方倒车的空当，沈青禾的车开远了。

又开了一段路之后，她将轿车弃在隐蔽的小路，然后带尚君怡坐黄包车去了警委中转点明香裁缝铺。尚荣生已经安全到了，将尚君怡交给老董后，沈青禾迅速离开了裁缝铺。

她坐电车在北京东路下了车。往前没多远就是福安弄了。然而就在这时，她察觉到后面一直有车跟着自己，于是不动声色拐进了小路。

很快，一辆吉普车就停在了狭窄的小路口，下车的正是那两名绑匪。他们找到了沈青禾弃在小路上的轿车，于是以轿车为圆心，一圈一圈在周围搜索。最终，在沈青禾去电车站的路上，她被盯上了。

顾耀东在福朵家一直留到九点，直到杨一学回来他才离开。就在他走到家门口时，正好看见沈青禾出现在弄堂口。然而沈青禾却没有进福安弄，很奇怪地继续朝前走了。顾耀东正纳闷，忽然看见两个陌生男人也从弄堂口走了过去。

他怔了怔，意识到事情不对，沈青禾可能被人跟踪了。他抄起门边上插在煤球堆上的火钳就朝弄堂口跑去。

沈青禾绕回了电车站，上了车。两名绑匪随后跟了上来。车上还有其他乘客，二人只能按兵不动。

顾耀东追到电车站时，电车已经开走了，他拿着火钳拔腿就追。

两站之后，离福安弄已经足够远了。沈青禾下了车，拐进小路，然后越走越快，一边走一边去拿坤包里的勃朗宁手枪。又走了一段，刚拐过一个弯，一名绑匪忽然迎面出现用枪抵住了她的脑门。

另一名矮个的绑匪从后面走出来，抢走她的坤包打开一看，里面放着枪。二人便知道她并不是什么普通的富家小姐了。

拿枪的绑匪问道："尚荣生女儿呢？"

沈青禾："被人接走了。"

"你到底是什么人？"

"尚小姐的朋友。"

"良家妇女会随身带枪？到底什么来路？"

"生意人。常年在外面做事，备着防身用的。"

拿枪的绑匪用枪口使劲戳住了她的脑门，笃定地："你姓'共'！"

沈青禾冷淡地笑了笑："尚先生德高望重，江湖上愿意出手相救的人多的是，跟姓什么没关系！"

对方哼了一声，转头对同伴说道："管她哪条道的，弄回去再说。"

"在这儿等着，我去弄辆车。"矮个的绑匪转身离开了。

他沿着小路朝外面跑去，刚一转弯，忽地被一火钳劈在脑门上，一时被打蒙了。一路跑步跟来的顾耀东满头大汗，很紧张地握着火钳，喘着气。

对方看清楚顾耀东手里的武器，有些傻眼："火钳？"

顾耀东老实地"嗯"了一声。

绑匪被打得有些发晕，骂骂咧咧去摸枪："什么他妈的怪事，火钳也敢拿来……"话音未落又被顾耀东"啪"的一下打在手上，枪被打掉了。绑匪被激怒了，扑上来扭打成了一团。

另一边，挟持沈青禾的绑匪听见有动静："哎！干什么呢——？"

没人回应。

"喂——！"

还是没声音。

绑匪警惕起来，用枪抵着沈青禾朝同伙离开的方向走去。刚一到拐角，就看见同伙朝自己栽倒下来，趴在了地上。几秒后，顾耀东举着火钳从暗处走了出来。

绑匪愣神之际，沈青禾猛踢一脚挣脱了控制。绑匪下意识地一抓，沈青禾的假发被扯掉，一头秀发披散下来。

绑匪当即朝她开了第一枪，顾耀东不顾一切冲上去扑倒对方，枪放空了。二人扭打时，沈青禾去捡坤包，想拿里面的枪，绑匪又开了第二枪，仍然被顾耀东干扰了。他恼羞成怒，枪口转而指向了顾耀东。在开枪的一瞬间，沈青禾扑上去推开了顾耀东。

枪声响了。

顾耀东一怔："沈青禾！"

"我没事。"沈青禾面无表情地从地上爬起来，拉着顾耀东就跑。

另一名被火钳打晕的绑匪也醒过来了，两人分头包抄将顾耀东和沈青禾逼进了死路。就在这时，两声枪响，两名绑匪应声倒地。但是周围一个人也没有。顾耀东目瞪口呆，好半天才回过神来，赶紧拉着沈青禾看："你怎么样？刚才那一枪……"

沈青禾拉了拉风衣，挡住身子："他打偏了。我没事。"

两名巡警吹着警哨，朝响枪的小路冲过来。

沈青禾："巡警来了！分头走，你赶紧回家，别对人说来过这里。"说着她就要朝相反方向离开，顾耀东想也没想，一把抓住她的手就走："跟我回家！"

他知道沈青禾刚刚为什么不回福安弄，她害怕把危险带进弄堂，所以一个人坐车来了这个谁也不认识的地方。她想干什么？一个人在这里默默战斗甚至默默牺牲吗？一路上，他都死死抓着沈青禾的手，怕她再跑掉。

顾耀东走得很快，沈青禾被他抓着手，一路小跑地跟在后面。她偷偷望着他，只有一把火钳，他就敢从福安弄追到这里跟两个拿枪的男人拼命。世界上还会有第二个如此傻的人吗？……也许会有，但因为自己而犯傻的，他大概是唯一一个。

"刚才差点没认出你。那两个是什么人？"

"可能是附近的小混混，看我一个人走夜路，想抢我的包。"

"我以为你打扮成这样，是有任务。"

没有回应，顾耀东也就明白自己猜对了。可他太过紧张，没注意到沈青禾脸色有些发白，她一直紧紧裹着风衣，用坤包挡着一侧腹部。

青禾忽然拉着他去了旁边的小路。

顾耀东有些奇怪："怎么了？"

沈青禾眼神闪躲："我今天不回福安弄了，要去外地几天，现在就走。"

543

"这么突然，去哪儿？"

"对不起，我知道你担心我，但是不告诉你既是为你的安全，也是为我的。"

"绑架案的事我不该要求你什么。你们有你们的纪律。只要安全就好。"

沈青禾能感觉到自己身上被汗湿透了，嘴唇也开始渐渐发麻，她埋着头，不想让顾耀东看出异样："事出紧急，我没时间回去了，帮我跟顾先生顾太太说一声吧，这次时间可能比较长，房租快到期了，万一我一直没回来……"

顾耀东脱口而出："亭子间会一直空着等你。"

沈青禾怔怔地望着他，鼻子有些酸："我这次有可能……也许会换个地方住，不一定回来了。"

"现在一间过街楼都涨到五千万了。你舍得换房子吗？"

"当然舍不得。"沈青禾勉强挤出一个笑容，望了他片刻，"我没想到你刚才会冲出来。我以为……"

顾耀东忽然一把抱住了她，沈青禾愣住了。这一次她没有再推开他，只是一动不动任由他抱着。

"什么时候走？"

"马上。已经约好人来这附近接我了。如果有人问起来，就说我去跑生意了。我们前两天闹了别扭，我走的时候很还生气，所以是不辞而别，你也不清楚我去哪儿了。在警局当心王科达，当心副局长。尤其是要提防钟百鸣，我总觉得他对莫干山的事很在意。还有绑架案不要过问太深。总之……我不在的时候注意安全。"她一口气说了很多，几乎把能想到的都交代了一遍，她害怕以后没有机会再说。

顾耀东走了，沈青禾一直站在原地，默默看他走远了，这才转身朝小路深处走去。顾耀东回头望了一眼，见沈青禾不紧不慢朝远处走着，看起来没什么异样，这才放心地继续离开了。

拐了一个弯，沈青禾开始有些吃力地扶着墙，汗水一颗接一颗从额头上滚了下来。她一手用坤包捂着腹部，一手扶着墙艰难前行，最终体力不支跪在了地上。风衣松开了，侧腹部血淋淋的——那一枪她并没能躲过去。

就在她要晕倒之际，一辆车停在路边，一个男人下车将她扶了上去，是老董。沈青禾离开明香裁缝铺后，他一直不放心，所以跟了出来。刚刚那两名绑匪就是他开的枪。

"严重吗？"

"不是致命位置。对不起，我大意了。"这句话似乎用尽了沈青禾最后的力气，她靠在后座晕了过去。

老董一脚将油门踩到了底。

福安弄弄口停了一辆警车，弄堂里闹哄哄的，杨一学家里挤满了邻居。顾耀东挤进来时，三名警察正在问话。福朵恐惧地躲在父亲身后。

顾耀东："出什么事了？"

耀东母亲赶紧将他拉进来："警察说杨会计偷了东西。"

杨一学将身份证递给一名警察。

警察："最近你是不是去过田记鞋店？"

杨一学："是去过。我想给女儿买双皮鞋，去看过几次。"

警察瞄了一眼福朵脚上的鞋子："就是这双？"

杨一学："是这个样式，不过这双是我从其他人手里买来的。警官，我惹什么麻烦了吗？"

两名警察粗鲁地将福朵一把拎起来，福朵悬在空中吓得大哭。一名警察检查了其中一只皮鞋底，上面烙有"田记21033"。

顾耀东冲过来护住福朵："到底什么事？"

"我们是上海警察局治安大队巡警。田记鞋店老板报案，丢了一双皮鞋，白色小牛皮带蝴蝶结。就是这双。"

杨一学慌了："不不不，这是我买的，不是偷的！"

警察："买的？跟谁买的？"

"跟一位先生！花了一百万！"

"能把他叫来作证吗？"

"我就是在街上偶然遇见的，他把鞋子卖给我就走掉了，也不知道他姓甚名谁，这……这叫我上哪里去找呀！"

警察冷笑："一百万？这样的鞋子在店里至少也是三百多万。撒谎都不会。铐上！带走！"

顾耀东拦在杨一学前面："我是上海市警察局刑警二处警员，请问你们说杨先生偷了东西，有证据吗？"

三名警察有所收敛，一人说道："根据我们掌握的情况，这位杨先生很想买这双皮鞋，但是一直凑不够钱，作案动机充分。鞋底烙印和编号跟店老板提供的一致，可以确定就是赃物。"

动机充分，人赃俱获。顾耀东眼看着警察给杨一学戴上手铐，很想再说点什么做点什么，可一片茫然。

警察："把赃物也带走！"

两名警察硬生生从福朵脚上拽下了皮鞋，然后拖着杨一学就往外走，杨一学哀求着："鞋子真的是我花钱买的！一百万已经是我全部的钱了！那是我给女儿的礼物，怎么会是偷来的东西！我真的没有偷呀！"可是没有人理会他，福朵的哭声从后面传来，他只能又使劲回头对女儿喊："福朵啊，警察可能弄错了。别哭，爸爸把事情讲清楚了就能回来。"

杨一学踉跄着被押上警车，眼看车门要被关上，顾耀东冲过去挡在车门口大声喊着："杨先生，我明天就去申请调查这个案子！我一定帮你查清楚！"

杨一学："顾警官……"

警察挤开顾耀东，关上了车门："警官，大家都是总局的。我们把人带回去也是关在市局看守所。到时候你再慢慢过问也来得及。"

顾耀东恳求地："拜托你们了，别太为难他。"

警车扬长而去。福朵光着两只脚站在那里号啕大哭。

21

　　第二天天一亮，顾耀东就去了局里的看守所打听，杨一学确实昨晚就关进来了，好消息是因为涉案金额较小，属于治安案件，案子正是上交到刑二处的。只要拿到队长开具的手续，他就可以提审杨一学。于是他马上赶回刑二处，但是二处空着，不知道人都去了哪里。顾耀东只能耐着性子等他们回来。

　　此时，刑二处的警车正在开往尚家的路上。一大早，专案组就接到消息，尚荣生被救了。对不明真相的专案组成员来说，这是个好消息。但对钟百鸣来说，这无疑是个坏消息。田副署长调他来上海警局，目的之一就是为了督促"太平计划"，尚荣生是计划的核心，没想到那几个蠢货为了多拿五万美金，居然把"核心"弄丢了。

　　钟百鸣是昨天晚上接到这个令人懊丧的电话的，但电话里还提到了另一个有些特殊的情况。他似乎想到了什么，问赵志勇要了上一次去尚家调查时做的笔录。那个笔记本是赵志勇的，但笔录是顾耀东写的。

　　他看了几页，随口说道："顾警官的字很漂亮啊。"

　　赵志勇赶紧接话："他是大学生，有文化。"

　　"那天沈小姐也在，我还担心他会心系红颜，心不在焉。没想到笔录做得这么清楚。"

"沈小姐租了顾警官家的房子，两个人天天抬头不见低头见的，估计已经过了您说的那种热恋时候了。"

钟百鸣"哦"了一声，又随意地问道："沈小姐什么时候住进他家里的？"

"很长时间了。好像就是顾警官当警察之后没多久吧。后来他们就好上了。"

"那是两个有缘人呀。"钟百鸣没再问什么，仿佛这就是几句无关紧要的闲聊。他随手翻了翻笔记本，无意中看到其中一页被撕掉了，也没太在意，将笔记本还给了赵志勇。

专案组在尚家并没有见到尚荣生。管家说他被救出来以后，就带着尚君怡离开上海了，但是拒绝透露去向。

钟百鸣在旁边听着，忽然问道："尚小姐当晚去交赎金，还有同行的司机或者保镖吗？"

管家："还有一位朋友陪着小姐。"

"就是那天在这里的沈青禾沈小姐吗？"钟百鸣问得很突然，也很直接，这就是他从昨晚接到电话后就开始琢磨的问题。

"应该不是。沈小姐我是见过的，是长头发，那位小姐是短发，而且声音也不太像。"

"方便的话能和那位小姐见一面吗？也许能帮助我们早日抓到绑匪。"

"这个先生特意交代过，江湖上有规矩，这些人不愿意露脸，怕惹麻烦。希望各位警官理解。"

"那实在遗憾了。"钟百鸣盯着管家看了片刻，没发现什么异常。

管家当然不会让他发现任何异常，因为他是老董安插进尚家的警委成员，他的任务，就是留在这里替沈青禾做掩护。

钟百鸣的怀疑并没有完全打消。从尚家出来后，他去了齐升平的办公室。他没有直接说沈青禾，而是问起了另一件陈年旧事。

钟百鸣："我来警局之前听说过一件事，关于杨奎队长的死，曾经有一封匿名举报信。"

齐升平："事情确实有，信也是交到我这里的。为什么突然提这个？"

"是因为我个人的原因。我在保密局湖州站待过一段时间，跟他们的站长有一些私交。莫干山的事情，他坚信湖州站背了黑锅，托我帮忙调查。这件事我本来没放在心上，但是昨晚听到他们说，陪尚君怡交赎金的还有一个女人，我忽然就想起来一个人了。"

"什么人？"

"沈青禾。"钟百鸣看到齐升平微微惊了一下，"她和警局里的人来往密切，在莫干山出现过，在尚荣生家里也出现过，她和太多事情有千丝万缕的联系。"

齐升平显然有些不悦："沈青禾当初是我介绍给夏处长的生意伙伴。这个来往密切的人，指的是我吗？"

钟百鸣笑着说："您误会了。如果真有一双雌雄大盗，那从莫干山发生的事来看，最有可能的人当然是顾警官。或者……夏处长。"

"这件事情早就已经解释清楚了。顾耀东当晚之所以去仓库，是因为夏继成让他去提货。所谓尾随杨奎只是碰巧。执行任务期间办私事，的确有过失，但和你怀疑的事情是两码事。"

"如果能找出写信的人，这件事也许能查得更确切。不知道这个写匿名信的人，警局查过吗？"

齐升平冷笑着打开抽屉，将那个信封放到了他面前："信就在这里面。你可以自己查。"

那行字并没有什么特别，信纸也就是普通纸张，边缘坑坑洼洼，像是从某个笔记本上撕下来的……钟百鸣觉得好像在什么地方见过同样的痕迹，他忽然想起了什么。

赵志勇跟着李队长他们回警局了。正是吃午饭的时间，钟百鸣在去食堂的路上叫住了他："赵警官，刚刚做的笔录还在吧？"

"报告处长，在包里。"

"嗯。出去找个地方吃饭吧，我正好看一看。"

赵志勇有些不敢相信："您和我两个人？"

"方便请我去你家小面摊吃碗面吗？"

赵志勇愣了半天，这已经不仅仅是"方便"了，这对他来说简直是天大的荣耀。

小面摊上客人不多，赵母一个人正在忙碌。赵志勇殷勤地用袖子给钟百鸣擦干净桌椅："处长，您请坐！简陋了点，怪不好意思的。"

钟百鸣："挺好的，有烟火气。自己人，这种地方吃饭才自在。"

赵志勇受宠若惊到手都没地方放了。钟百鸣笑呵呵地看着他去了炉灶边，于是翻开笔记本，找到之前曾看见过的被撕掉的一页，然后拿出那张匿名信往上一放，严丝合缝。

赵志勇在炉灶边盛面条，赵母问道："那是谁呀？"

"我们新来的处长！"

赵母一听，赶紧去围裙里拿钱："傻小子，怎么把长官往这里带啊！我这里有钱，赶紧请人家去正经饭馆，好一点的！"

赵志勇开心地往面上撒着香葱："不用，处长说在这里吃饭自在。而且他是半个淮安人，可能就想吃一口老家味道的阳春面！"

"人家这么说？"

"是啊，他亲口说这里有烟火气，自己人就应该在这种地方吃饭。妈，我们处长从来不摆架子，人好得很。"

赵志勇一脸灿烂的笑，那样子像极了遇到夏继成的顾耀东。

钟百鸣看赵志勇端着面条回来，不动声色地合上了笔记本。他吃了几口面，夸了两句，然后说道："笔录我看了，做得不错，该记下来的都记了。"

"谢谢处长鼓励！就是……字有点寒碜。我书读得不多，不像顾警官是大学生，笔录写得漂漂亮亮。"

"你对顾警官评价很高嘛。你们一直关系很好？"

"是，他人简单，没什么心眼。他刚来警局那段时间，站也多余，坐也多余，做什么都是错。我就想起我刚到警局的时候，跟他一模一样。我觉得他和自己太像了，所以总想能帮就帮点，后来也就熟悉了。"

钟百鸣笑了："不，这你就说错了。你跟他不一样，你们不是一类人。"

赵志勇愣了愣："这话……以前夏处长也对我说过。"

"夏处长怎么看你我不清楚，在我看来你是个有原则的人，是非分明，也很清楚自己作为国民政府警察的立场。我说得没错吧？"

赵志勇一头雾水："处长，我不太明白您的意思。"

钟百鸣把笔记本递给他："都写在这个本子里了。"

赵志勇以为他是在说笔录，刚翻了几页，一张纸掉在了地上。他愣住了。过了好半天才把那张纸捡起来，上面是再熟悉不过的字迹。钟百鸣没说什么，只是笑着把纸拿过来，从哪一页撕掉的，他就把它放回了哪一页。

之后钟百鸣问了很多问题，关于顾耀东，关于沈青禾，关于夏继成，还有莫干山的一切。赵志勇昏昏然地回答着，脑子嗡嗡作响。他好像听不见自己说话，也不记得说了些什么。直到钟百鸣问他最后一个问题，"你写这封信举报最好的朋友，为什么？"

他怔怔地抬起头，看着钟百鸣。

"是不是怀疑过他和杨奎的死有关？"

赵志勇没有说话。

"你甚至怀疑他通共，对不对？"钟百鸣咄咄逼人地看着他。

赵志勇终于慌了："不不不！我从来没这么想过！谁都有可能，但顾耀东不可能！他就是个读死书的书呆子，二十多岁的人了，除了几本法律书什么都不懂，什么都不会！其实我写完那封信就后悔了！我就不该因为……因为一个女人去做这种事。"

钟百鸣很茫然："女人？什么女人？"

难以启齿的事，终于还是只能说出来："一个叫丁放的女作家，是财政部丁局长的女儿。我喜欢丁小姐很长时间了，到了莫干山才发现，原来丁小姐喜欢的人是顾警官。我当时心里太憋屈了，也可能是嫉妒，所以才写了那封信。"

这理由听着像是个极其拙劣的谎言，让人哭笑不得。但更让钟百鸣无奈的是，他看出来赵志勇没有撒谎。

赵志勇几乎是哀求道："处长，我知道的都说了。其实那封信真的没什么价值！您千万别被误导了。要是因为这封信让人怀疑顾耀东是共党，那真的就太冤枉了！"

钟百鸣吃完最后一口面，喝完最后一口汤，又恢复了平日的和善面孔："我不可能单凭一封信就得出什么结论。再说党政的事也不是我的职责。放心吧，我不会让你在顾警官面前难做的。刚才的话和这封信，我也不会跟任何人提起，这就算是我们两个人之间的秘密吧。"他放下筷子，擦干净了嘴，笑容又堆满了脸，"这碗阳春面很合我的胃口。以后有任何事都可以来找我。赵警官，都是淮安人，我看到你有种亲切感啊。"

赵志勇终于露出了笑容，他笑得很感恩。临走时，他将匿名信揉成一团扔进了煮面的炉子。看着那张纸灰飞烟灭，仿佛得到了钟百鸣的特赦。

顾耀东办好手续去了看守所，赵志勇似乎有话想跟他说，也跟着去了。在登记室签字时，赵志勇没多想，在顾耀东后面签上了自己的名字。

杨一学除了知道自己上当受骗买了赃物，其他什么线索都提供不了，甚至连对方的样子他也记不清了。顾耀东只能宽慰他，就算找不到那个人，总还有其他办法。

杨一学看到了希望："还是有办法的？"

"负责案子的是赵警官，就是那天和我一起坐黄包车去饭店的赵志勇警官。他很有经验！"赵志勇站在牢房门口想着自己的心事，顾耀东硬把他拉了进来，"赵警官是老警察了，他亲自办过很多这种案子，是吧赵警官？"

赵志勇只能配合他："你这个案子确实金额不大，性质也不恶劣，很好解决。我遇到过不少这样的案子，最后都能出去。"

顾耀东："杨先生，我来就是想告诉你，千万别灰心。"

杨一学笑着说："放心吧，我怎么可能灰心？我还等着去参加福朵的小学毕业典礼呢。"

从看守所出来以后，赵志勇说了实话，短时间内替杨一学翻案几乎不可能，除非找到那个小偷对质。但是杨一学连对方的样子都记不清，这太难了。

顾耀东："杨一学没有前科，我想给他申请取保候审，先把人弄出来再说。能少受一天罪是一天。"

"那你得先向处长申请。"刚说完，赵志勇就想起了自己为什么跟着来看守所，"那个……处长今天找过我。问了一些事情。"

"什么事？"

"莫干山，杨队长的事。"

顾耀东一下子愣住了。

"问了你和沈小姐的关系，还问了你和夏处长的关系。"

"是因为那封匿名信？"

赵志勇心虚："那倒不是。我也不知道他是什么意思，反正，他好像对你不是很放心。但是我拍胸脯跟他打包票了，问题不可能出在你身上，谁通共都不可能是你通共！我跟你说这些是想提醒你，最近消停一些。别忘了我们拿的是政府的薪水，要清楚自己的立场。"

"放心，我不会做一个警察不该做的事。"

"还是没明白我的意思。你要搞清楚当警察是在为什么人做事。"

"不是杨一学这样的人吗？"

赵志勇有些着急了："你当的是政府的警察，当然是要为政府做事呀！但是说到底还是为自己。不求飞黄腾达，只求安安稳稳领薪水就好。杨一学的事，如果处长同意你的申请，那当然最好。万一不同意，你也就别固执了。他只是一个拉黄包车的，就算你替他出了头又有什么好处呢？"

顾耀东沉默了。

赵志勇连忙解释："我的意思是，他只是偷了双鞋，就算定罪最多也就关几个月。因为这些小事把自己卷进去不划算呀！处长对你有疑心，你就聪明些，别往枪口上撞。什么都不做，他总不能把你怎么样吧？好好想想。"

赵志勇转身离开了，走了几步又回头问他，像是在确认："你知道我是在为你好吧？"

顾耀东没有回答，他不知道应该怎么回答。赵志勇离开后，他一个人在没人的地方坐了很久，也想了很久。

事情似乎比顾耀东想象的要顺利。钟百鸣不反对取保候审的申请，但有一个要求，"按规矩，警局必须先调查清楚犯人的情况，既然是你的邻居，这件事就我跟你去办吧。只要确认他能做到随传随到，没有外逃倾向，取保候审是没有问题的。"

这是合情合理的要求。顾耀东虽然有一丝疑虑，还是只能带着钟百鸣去了福安弄。

钟百鸣先去了杨一学家。屋里很简陋，没什么可看的，他转了两圈就打算离开了。走之前，他看福朵怯生生地躲在顾耀东身后，脚上依然穿着那双露脚趾的旧皮鞋，便掏了一些钱塞给她，"不管杨会计的案子最后怎么定性，孩子是无辜的。我们当警察的除了讲法，也是要讲人情的嘛。"钟百鸣似乎很同情杨一学的遭遇，摸了摸福朵的脑袋，看起来甚至有些难过。

就在这时，钟百鸣看了眼手表："时间还早。反正都来了，方便请我去你家里喝杯茶吗？"他笑盈盈地看着顾耀东。顾耀东猛然想起了赵志勇的话，但是这时候已经不可能说"不"了。

新处长大驾光临，耀东父母忙里忙外，又是切水果又是端瓜子。顾耀东心不在焉地泡茶，正琢磨着找什么借口才能把钟百鸣请出去，那边顾邦才已经热情洋溢地开口了："钟处长在家里吃晚饭吧？耀东啊，带处长在家里随便看看，我这就去菜场买肉！"

顾耀东赶紧说："局里事情多，处长马上还要回……"

"无所谓啊，我不着急。"钟百鸣打断了他，"顾警官平时喜欢看点什么书？"

不等顾耀东回答，顾邦才就又自告奋勇地给长官带路，去了顾耀东房间。一边走一边介绍自己是如何培养顾耀东从小爱看书的习惯的，仿佛他才是今天的主角。

等到顾邦才走了，钟百鸣才拿起书架上的几本书翻了翻："我来警局也有一段时间了，和你一直比较生疏。今天正好是个机会，来看看你私下的生活，多了解了解。"

"我这个人其实很无聊，除了家里，就是警察局。您看到的就是我的全部生活了，实在没什么花样。"顾耀东尽量装得很平静，钟百鸣的突然闯入除了让他紧张，更让他觉得不自在。看他摸着屋里的每一寸地方，顾耀东都会不自觉地皱眉头。

钟百鸣从书架上拿起了那本英文版的《席勒诗选》："你喜欢读席勒的诗?"

"也没有，就是偶尔翻翻。"

"书柜里全是法律和刑警方面的书，只有这一本例外。应该是别人送的吧?"

"这是我自己买的，我特别喜欢。"顾耀东有些厌恶地看他拿着这本书，伸手想拿回来，但是钟百鸣已经翻开了。

扉页上写着那行字——人，要忠于年轻时的梦想。

钟百鸣笑了笑，觉得这话很幼稚："年轻时的梦想，就应该留在青春年少时。人都是会变的，何必执念于幼稚时期的幻想?你说呢，顾警官?"

"可能这就是信仰吧。"

"那你有信仰吗?"钟百鸣打量着他。

顾耀东看着他目光里的窥探，最终没有开口。钟百鸣忽然觉得众人口中的这个"书呆子"并不是看起来那么幼稚，他的稚气也许只是一种伪装。他笑着将书放回了书架。

从顾耀东房间出来后，对面就是亭子间，门半开着。钟百鸣站在门边朝里张望："这就是沈小姐租的房间?"

顾耀东下意识地去拉上门："是，亭子间。"

"方便让我进去看一看吗?虽然以前来过上海，但是从来没有亲眼看过亭子间，好奇得很哪。"

"女孩子的房间，可能……"

不方便三个字还没说出口，钟百鸣已经进去了。房间很小，走进去站在原地转转头就能把房间看完了："地方不大。"

"条件确实差了点，不过租金便宜。"顾耀东跟在后面警惕地扫视了一遍，唯恐有什么不该有的东西。房间里还是沈青禾走之前的样子，看起来一切正常。

钟百鸣:"我和刑二处的警员都吃过饭了,晚上我请你和沈小姐也一起吃顿饭吧。"

"这怎么好意思,您是长官……"

"和警员尽快熟悉,也是我新官上任的任务之一。你就不要推辞了。"

顾耀东只能硬着头皮说:"沈青禾她不在。"

"没关系,时间还早,我可以等她回来。"

"她不在上海。"

钟百鸣立刻警觉起来:"是吗?这么不凑巧……她去哪儿了?"

"我也不清楚,出门跑生意,哪儿都有可能。"

"她一个女孩子出门,你不问她去什么地方?"钟百鸣显然不相信。

"我们前两天吵了一架,她在气头上,走的时候也没打招呼。"

"用不用我托朋友打听一下,车站,客栈,总能查到她落脚的地方。"说话时,钟百鸣一直在观察屋内情况。床上有几件叠好的衣服,还有几件没来得及叠,窗帘和窗户都开着,杯子里还有喝了一半的水,看起来确实走得很急。

顺着钟百鸣的目光,顾耀东也注意到了这些细节,"不用了。她也没有退租这间亭子间,气头过了总要回来的。"他的语气听着有些埋怨,似乎还在和女友赌气。钟百鸣看着他,顾耀东没有丝毫回避他的目光。

送钟百鸣离开时,顾耀东看起来心情不太好。耀东父母一直跟在旁边替他解释:"哎,他们年轻人,一闹别扭好几天都没精打采。您别见怪。"

钟百鸣:"理解,理解……对了,沈小姐走了多长时间了?"

顾邦才:"就是昨天。杨会计被抓了嘛,我们一直在杨家,回来才知道沈小姐被这小子气跑了。"

钟百鸣嘴上说着齐家才能治国,心里却盘算着时间。昨天,也就是说尚荣生被人救走的同一天,沈青禾就消失了,这太凑巧了。但是他没有再提这件事,临走前,只让顾耀东尽快凑够杨一学的一千万保释金,取保候审应该没什么问题。

钟百鸣显然不是为了杨一学来的,是冲着自己或者沈青禾。

顾耀东去了亭子间,将沈青禾的照片收进抽屉,然后又将床上的衣服塞进衣

556

柜，杯子里的水倒进花瓶，关了窗户，拉上了窗帘。他打量着屋里的一切，心神不宁。他不知道钟百鸣想干什么，也不知道自己是否做对了，一切都是茫然和忐忑。

医院病床上躺着一个昏迷的男人，正是那晚被老董开枪打中的两名绑匪中的一个。病床边上站着六个人——王科达、钟百鸣、淞沪警备司令部稽查处的陶处长，以及他手下的洪队长和两名"绑匪"。

事情走到这一步，"太平计划"已经没法再保密了。稽查处的人奉命绑架了尚荣生，当然不是为了只要五十万美金。索要五十万美金原本是为了让外界相信，这是一起单纯图财的绑架案。没想到办事的五个人动了私心，想着那五十万要上交，但多拿的五万块可以揣进自己腰包，于是暴露了尚荣生，最后成了这样。

洪队长："是我让他们两个人追出去的，发现的时候一死一伤，尚君怡和另外那个女人已经跑了。"

王科达："这个能醒吗？"

洪队长："医生说希望很渺茫。估计他那天晚上看到了不该看的东西，所以对方下了杀手。"

王科达恨不得踹他几脚。"太平计划"原本是一直保密的任务，副局长只让他抓五只"羊"，其他事情一概没有透露。现在出了岔子，他才知道办事的是稽查处，他们办砸了，偏偏上面通知由警察局来善后，最后这破差事就落在了刑一处头上。他王科达成了来收拾烂摊子的人，一想到这个就窝火："陶处长，你最好多留两个人守着，我不想又出什么差错。"

王科达语气很不好听，陶处长想争辩什么，最终还是憋气地咽了回去。

钟百鸣一直没说话。等王科达走了，他才拿出沈青禾的户籍卡，让洪队长和那两名绑匪辨认卡上的照片："当晚陪尚君怡交赎金的，是这个女人吗？"

三个人看了会儿，都摇头，"不像。"

钟百鸣："不像，还是确定不是？"

洪队长："我们三个人站得远，看得不清楚。不过那天晚上来的女人是短发。"

近距离接触过那个神秘女人的，一个死了，一个昏迷不醒。稽查处几个人虽然没说什么，但看得出来他们都认为警局这位处长找错了人。

钟百鸣一笑了之，对他来说，怀疑只需要一瞬间，而打消这个怀疑需要漫长的过程。至于怀疑沈青禾是从哪一个瞬间开始的，也许是接风宴上她接住酒杯的那一刻，也许是她从尚家楼上走下来的那一刻。

也许，就像那天晚上他在打给田副署长的电话里所说，他有种不好的感觉，但是具体的还说不上来。从莫干山行动失败，到现在"太平计划"出问题，中间有一些说不清道不明的联系。有那么几个身影从莫干山一直晃到上海，让他想起机器上的几只齿轮，平时若即若离，事实上它们一直保持着隐秘的联系。在某些关键的点，它们就会咬合在一起，共同运作一件事。

田副署长："一切以"太平计划"为重。需要我提供帮助的地方，你可以尽管开口。"

钟百鸣迟疑了一下，说道："上海这边我会继续调查。但是如果可能……我建议对另一个人也同时进行甄别。"

22

南京政府国防部大礼堂里，参谋总长顾祝同正在主持一场军事检讨会议。

"现在共党的声势日益浩大，诸位如果再不警醒、再不奋起，到明年的这个时候，我们能不能再在这里开会都成问题！诸位都很清楚，共党得势后，你我都将死无葬身之地！"

声声长叹，气氛陷入了更深的凝重。

大概一个小时后，国防部监察局首席监察官吴仲禧离开大礼堂，朝他的办公室走去。就在刚刚的会议上，顾祝同宣布了几项重大人事调令。吴仲禧将以中将部员职衔调往徐州剿总。长江以北正在酝酿一场大决战，调迁剿总就意味着有可能获得掌握军事部署的机会，可谓时机极佳。吴石将军已为他写好了抵达剿总后的引荐信，而他也已经推荐了一个人，全权代理自己在南京的首席监察官的工作。

推开办公室门，一个身着笔挺军装的男人正静静地坐在这里等他。见吴仲禧回来，他立刻起身，敬礼。这个人正是一年前调来监察局的夏继成。

一切都很顺利。按惯例，夏继成会接受一次例行甄别，这对他来说并不是什么难事。唯一的意外情况，就是警察总署突然提议由他们亲自负责这项甄别工作，毕竟他曾隶属警察系统。而此次甄别的负责人，正是那位田副署长。

夏继成听说过田副署长和新任刑二处处长钟百鸣的关系，也猜到这次谈话一定会涉及他在上海期间的情况，包括杨奎之死和那封匿名信。但是当对方有意无意问及自己和顾耀东的关系时，他还是微微一惊。田副署长不可能平白问起一个无名之辈，对自己和顾耀东好奇的，应该是那位远在上海的钟处长。是那傻小子遇到麻烦了，还是惹麻烦了？夏继成正思忖着，敲门声响了。

"进来。"田副署长似乎知道是谁要来。

一个和顾耀东年纪相仿，模样也相仿的年轻男孩走了进来。他望着夏继成，露出一个稚气满满的笑容，像极了一朵向日葵。那一瞬间，夏继成有些愣神。

田副署长对夏继成微微笑道："这是邱秘书。最近你就不要离开南京了，我们需要随时向你了解情况。邱秘书会担任你的助手，协助搜集材料和记录。"

邱秘书灿烂一笑："夏监察官。"

夏继成回过神来，朝他笑了笑。以协助之名，行监视之实，这是见惯不怪的伎俩了。

离开田副署长办公室后，邱秘书就开始寸步不离，像一张狗皮膏药贴在了夏继成身上，"夏监察官，这段时间我当您的助手，所有的勤杂事务您都交给我就行了。千万别拿我当外人，有任何事您都可以告诉我！"

面对邱秘书的献殷勤，夏继成毫无反应。

对方不识趣地继续套着近乎："其实我一直都很想当警察。听说您在上海警察局的时候，也收过不是警察学校出身的人，好像还是学法律的。您看我有希望吗？我也是学法的，我是从日本法政大学毕业的，警局也许也需要我这样的人吧？"

夏继成忽然停下脚步，笑盈盈地看着他："邱秘书，你为什么想当警察？"

"因为都知道警局挣钱容易啊！监察局是个清水衙门，在这儿一个月的薪水，可能还抵不上警察一次从小摊贩那儿收的管理费。"说话时，邱秘书依然稚气满满地笑着，可惜这次刻意了些，以至于露出了藏在少年皮囊里的小聪明和俗气的世故。

夏继成笑而不语地看着他，邱秘书被他看得发怵，只能尴尬地替自己圆场："我是开玩笑的。为什么想当警察……是为了匡扶正义，保护百姓？"

"哎呀，那你当不了警察。能喊出这种口号还能做到的，都是傻子。你是傻子吗？"

邱秘书干笑两声，接不上话了。

杨一学的取保候审没遇到什么大麻烦，除了一个字——钱。保释金一共要一千万，顾耀东从抽屉里翻出存折——还差八百万。

顾悦西正趴在床边专心看小说，顾耀东敲门进来。

"姐，借我点钱。"

"多少？"

"四百万。"

顾悦西头也不抬："去去去，没见我看小说吗？没心思跟你开玩笑。到底多少？"

"八百万。"

"嘭"的一声，顾悦西栽到床下去了，她手忙脚乱爬起来就狮吼："你在外面惹事了？还是去炒股了？轧金子了？你是不是去赌钱了？不想活啦顾耀东！没钱！一分都没有！"

等她一通狮吼完了，顾耀东才找到说话的空档："是杨会计的保释金。要交一千万，我存折上只有两百万。"

一听是为了赎人，顾悦西不吭气了，嘀嘀咕咕去衣柜里翻东西："钱我倒是有一点，就是不多。你把头转过去！"顾耀东只得赶紧背过身子。顾悦西这才从衣柜里很秘密的角落拿出一个小木盒，遮遮掩掩取出一沓钱，"一共就攒了五十万私房钱，本来打算买支新口红的。"

顾悦西数着钱，顾耀东贼兮兮地朝小木盒里张望："不是还有存折吗？"

顾悦西赶紧捂住盒子："那个不能动！……不是不能动，是动不了！存折是你姐夫的名字。再说存折上一共就一百万，都给你了，我喝西北风去啊！反正就这五十万，要不要？"

顾耀东拿了钱就走，顾悦西跟在后面嚷嚷："下个月发了薪水就还我！利息是一支口红！要最近流行的杜鹃红！别买错了！"

顾邦才也把家里的存折和现金都拿出来了，他坐在饭桌边一边剥着花生米吃，一边看顾耀东和顾悦西算账。

耀东母亲拎着一个布口袋从外面回来："弄堂能出钱的都出钱了，一共凑到两百万。"

顾耀东："现在一共六百万，还差四百万。"

耀东母亲一听，转头看向顾邦才："那你去卖两只股票好了呀！"

顾邦才手里的花生米"啪嗒"掉桌上，一家人都看着他。

"卖股票……也不是不行，就是现在行情不好，卖了要亏钱的。"

顾耀东："要不我还是再问问别人吧。"

耀东母亲一把按住他："家里又不是没有钱，干吗要出去欠债？让你爸爸明天就去卖股票，与其放在股市里打水漂，还不如拿出来帮杨会计。"

"哎你这个人！我也没说不把钱取出来……"

"早就该取出来了！一天到晚又是轧金子又是炒股，忙得来哦，不知道的还以为你是每天几千万进出的资本家！结果每次都是一百万进去剩个铜板出来。"

"妇人之见！《观察》周刊都讲了，现在的通货膨胀就是政府在变魔术，今天一百万明天就给你变成一万！我不拿去折腾，还不是照样贬值！"

眼看两人又要吵起来，顾悦西赶紧喊道："爸，妈，不是在说杨会计的事吗？"

一家人吵吵嚷嚷的大混战，顾耀东趴在桌上抱着一堆钞票来来回回地数，还差四百万，卖股票大概需要两三天时间，也就是说福朵只要再等两三天，就能等到她爸爸回家了。一想到这个，顾耀东手里的钞票也开始闪闪发光。

齐升平晚上有私人饭局，出门前，他接到段局长打来的一个电话，电话很长，重点就是催促他尽快为绑架案善后。

段局长叮嘱他尽快走个过场，然后宣布破案，这就是一起社会盗匪为勒索五十万美金而策划的绑架案。最后拿警局准备好的五个人顶包，悄悄执行枪决，这件事就算了结了。一来给外界一个交代，二来案子破了，尚荣生才会再露面。"太平计划"不能因为这个小插曲就此停滞。

齐升平当然明白，向尚荣生索取财力支持，是因为蒋经国要来上海整顿经济。段局长口中的高层，除了警察总署田副署长，还有警备司令部的袁副司令，以及上海市政府财政局的丁局长。他们利用内部消息操纵股票，官商勾结中饱私囊，而市政府的金库却被蛀出了一个大窟窿。想到这里，齐升平倒是觉得一身轻松，和他们比起来，自己简直可以称得上是一琴一鹤，两袖清风了。

打完电话，齐升平便出门上了车。夫人一身精心打扮，已经在车上等了他好半天。

齐升平："到底什么朋友？请客吃饭还这么神神秘秘。"

"下午麻将桌上吕行长介绍的，说对方千托万托，一定要他牵线，今晚就跟你见面。"副局长太太从脖子上摘下一串项链，"这是人家给我的见面礼。红玛瑙的，和总统夫人戴的那条一模一样。"

齐升平迎着车外的灯光端详玛瑙珠子，朦胧透光，确实是一等一的好东西。

车子开到了金门饭店。在包间里候了多时的，是大东船运公司的黄董事长，五十来岁，脑满肠肥。一见齐升平来了，立刻赔着笑端茶倒酒。

原来是前段时间，他弟弟因为一桩强奸杀人案进了警察局。没想到今天下午，他听到消息，他弟弟成了尚荣生绑架案的绑匪，要判死刑。

齐升平皱着眉头想了半天："我记得绑匪名单上没有姓黄的犯人。"

"他是因为强奸杀人的罪名被抓的，怕事情传出去给家门抹黑，所以用了假证件，假名字，警局的人才以为他是个无业游民。"

"哦……这就难怪了。"

"说起来也冤枉，哪有什么强奸杀人。"姓黄的开始一脸愤慨地声讨，"那个女老师家境贫寒，舍弟一直好心资助她，她反倒恩将仇报，勒索钱财。最后勒索不成，自己从楼上跳下去摔死了，结果有人报案说是我弟弟强奸杀人。现在好了，成了死刑犯，这才想起找我救命。"他一边说着，一边示意手下将一只皮箱放到齐升平面前，打开来，左边是金条，右边是美金，"只要您能帮忙从中松动，什么都好说。除了这些，我还已经派人把一辆别克世纪轿车开到您府上了，六缸发动机，市面上已经绝版的。"

齐升平克制着心里的喜悦，淡淡说道："为人兄长，这份苦心还是要体谅的。"

然后又忧国忧民地叹了口气："现在真是乱套啦，像这种为了攀附权贵以死相逼的事情，已经不足为奇了。"

副局长夫人对于自己牵线促成这顿饭局颇为得意。回家路上，她想起饭桌上说的案子，有些好奇："那个女老师，当真跳楼自杀啦?"

"那女人被扔下楼之前，已经被人勒死了，肚子里还怀着孩子。你说呢?"齐升平把玩着箱子里的金条，说得轻描淡写。

夫人恍然大悟，感叹了一句"真够狠啊"，然后便接着欣赏她的红玛瑙项链了。仿佛只是茶余饭后听了一则有些惊悚的桃色新闻，与她没有任何相干，顶多是明天和太太们逛街打牌时，多几句猎奇的谈资。

第二天，齐升平把王科达叫到办公室，将一个信封放到了他面前。王科达打开一看，里面是一沓美金。

齐升平："一个穷酸老师命也不值钱，死就死了吧。他弟弟确实和绑架案无关，但也不是清白人，花钱买命，不算白收他的钱。"

王科达看起来对美金没太大兴趣，不过他还是收下了："那我马上给他办手续。"

"不用手续了，悄悄弄出去了事。不过太子换出去了，还得再找只狸猫。现在这个人顶替的是谁?"

"是那边的洪队长。"

"尚荣生虽然没见到稽查处五个人的样貌，但身高体型是有印象的。一定要找接近的，模样不重要，反正戴上头套也没人看得见。人找好了，马上办发布会。等死刑一执行，事情就结束了，没有人会去翻尸体。"

洪队长身高一百七十二公分，偏瘦。从看守所在押犯人的档案来看，不是太矮就是太胖，直到王科达翻到其中一人，上面写着身高正好是一百七十公分。

王科达在看守所见到了这名身高身形都符合要求的盗窃犯。上海本地人，摆了个小菜摊，无权无势无背景，唯一的小毛病就是家里有个上小学的女儿。但是也不算什么大麻烦，一个十一岁的小丫头，闹不出大事。

王科达转身去了登记室，值班警员徐三赶紧迎上来："王处长，那个叫杨一学的，是您要找的犯人吗？"

王科达："对。一会儿把他头发剃了。"

徐三一愣："不过……那是刑二处的犯人，要不，我先请示一下刑二处？"

王科达看了眼登记簿，最近提审杨一学的签名栏上，写的是"顾耀东"和"赵志勇"。他不屑地笑了笑："刑二处的犯人，刑一处从来都是随便用。这件事我说了算。"

等事情办妥，绑架案就要结案了。局里就会召开新闻发布会宣布案件告破。作为专案组组长，王科达知道自己肯定是要上台发言的。现在该操心的是发言稿如何写漂亮，至于这最后一只替罪羊，反正执行完枪决就要埋土里，是谁都无所谓。

但是王科达万万没想到，接下来的结案工作以及之后的发布会，居然转给了来警局才几个月的钟百鸣负责。一开始段局长提出这个建议时，齐升平也很犹豫。王科达心高气傲，这么一来肯定会伤他的面子，甚至凉他的心，更何况还是自己去当这个恶人。但是段局长点了一句田副署长，齐升平便明白了，让钟百鸣去台上露脸，上报纸，这份诚意不是为了钟百鸣，而是为了给远在南京的田副署长看。比起田副署长的面子，其他人似乎也就没那么重要了。

很快，钟百鸣就接到了通知。他当然谦虚了几句，但是这一次没有推辞。他很乐于成为警局向田副署长献媚的工具，至少在现在，这是自己最大的价值所在。不过这一次被推到台前，钟百鸣就不打算再退下来了。要让自己具备更多价值，而不仅是田副署长伸到上海的触角，就要从现在开始筹谋。找一只听话又忠诚的小狗，是他要做的第一步。

于是，就在顾耀东为杨一学筹措保释金的短短两天内，警局里从上到下，从明到暗，很多人和事都悄无声息地改变了。

钟百鸣把赵志勇叫到处长办公室，关上门，给他递了把椅子，然后告诉他，要让他来主管接下来的绑架案调查，这差点吓坏了赵志勇。

"我不行的处长！虽然我在警局也干了几年了，但是从来没办过什么大案。这么重要的案子，我办不好的！"

"有的人，一生平淡，自得其乐。还有的人，一生平淡，一生不甘。你是第二种。"钟百鸣笑着，直直地看着赵志勇的眼睛，仿佛要一直看进他心底，挖出他藏在心底最隐秘角落里的心事，"也许夏处长更欣赏顾耀东那样的人，但我更看好你。其实你是很聪明的，只要交给你的事情，你都能办妥帖，这就是我挑选自己人的唯一标准。"

在这个警局里，很少会有人把重要的事交给赵志勇。偶尔一两件，他便会觉得受宠若惊。钟百鸣这番话让他觉得眼底和心底都有些潮湿。他想哭，可又觉得幸福。原来被当成自己人是这样的感觉。

"您希望我怎么调查？只要您交代，我一定办妥。"说这些话时，赵志勇脑子里闪过很多他一知半解但又说不全的四字词语，比如两肋插刀，比如能堪重任，比如栋梁之才。这让他觉得自己有一点了不起。

一天之后，警局在礼堂里召开了一场关于案件说明的新闻发布会。站在台上说话的是钟百鸣，台下坐满了记者和警员。

"我们的警员仔细梳理了案件，整理了线索，所以调查进展得非常顺利。"钟百鸣将五张模糊不清的犯人照片贴到黑板上，看起来很是欣慰，"昨天晚上，我的外勤分队已将五名嫌犯抓捕归案。犯人对绑架罪行供认不讳。赎金已悉数追回，物归原主。尚荣生绑架案宣布结案。由于尚荣生身份特殊，案件影响极其恶劣，法院连夜审理此案，并已判处五人死刑。五日后执行。特在此召开新闻发布会，向社会各界做一个案情交代。"

台下所有人都很意外，赵志勇倒是很惊喜："这么快就抓到了！连审都审完了！"

"绑匪一共五人，都是本地无业游民，不学无术，常年以行窃为生。作案动机是为了敲诈五十万美金的赎金。"

顾耀东有些纳闷，小声问赵志勇："你报告里不是提到有一个人不是本地口音吗？处长怎么说都是本地游民？"

赵志勇似乎也觉得奇怪："是跟我写的有点不一样……"

就在这时，钟百鸣喊道："赵警官？"

赵志勇赶紧起立："到！"

"在本次案件中，赵志勇警官做了非常详尽的调查。我们能这么快破案并抓捕嫌犯，也是得益于他全面准确的调查报告。"

钟百鸣一说完，记者的镜头纷纷对准赵志勇，闪光灯不断。赵志勇激动得一个立正，敬礼。

"赵警官，请到台上来。"

"是！"

上台前，赵志勇小声对顾耀东说："案子破了，人也救了，别计较几个文字。"

说完，他便上台站到钟百鸣身边，朝大家敬礼。钟百鸣将一面写着"匡扶正义"的锦旗交到了他手中。

现场掌声雷动，闪光灯此起彼伏。顾耀东似乎也认可了赵志勇的说法，长舒口气，真心替他高兴。

王科达看着风光无限的钟百鸣和赵志勇，也没跟谁打招呼，起身便离开了礼堂。

刘队长赶紧跟出来："处长，后面的不听啦？"

"有什么好听的？案子怎么破的你心里没点数吗？"王科达本来心里就不痛快，被他再一问火"噌"地就蹿了上来。做事的是自己，台上风光的是他们。给稽查处收烂摊子就够窝火了，现在居然还成了给刑二处张罗跑腿的！"让我做嫁衣？他们在警局里还排不上号！"王科达一脚踹翻了礼堂门口的花篮，黑着脸离开了。他当然不会去找齐副局长婆婆妈妈地吵吵，那只会让自己更难堪，但是这口气他也不打算咽下去。

晚饭时间，顾家饭桌上没有饭，反倒是堆满了存折和现金。顾家一家四口人围着一桌子钱，愁容满面。

顾邦才也从纸袋里拿出几捆钞票放在桌上："这两天股市行情不好。两百万的股票，卖了只拿出来一百万。"

耀东母亲："我们家就算还过得去的，弄堂里的人都不宽裕，能出力的人也都出力了，也就只能凑这么多。"

顾耀东："要不我去警局问问，看能不能预支点薪水。"

顾悦西犹豫片刻，从兜里拿出存折放在桌上："我去银行问了。存折是多多爸爸的名字，但是我也可以取。"

"姐……"

"行了行了，这里面也就一百万。我也尽力了。还差两百万，怎么办？"

就在这时，敲门声响了。

顾悦西一开门，看见丁放站在门口："丁作家？"

丁放笑盈盈地问："悦西姐，顾耀东在家吗？"

"在啊。"

"我有点事情找他。"

说着丁放就往里走。顾悦西忽然反应过来，赶紧大喊着追进去，"但是现在不方便！"

顾悦西追进来时，丁放已经站在客堂间。顾耀东和父母齐刷刷地趴在满桌子大捆大捆的钞票上，一边护着钱，一边和丁放大眼瞪小眼。

丁放很茫然："你们在干什么？"

顾悦西："还能干什么，数钱啊。这是我们家所有人的全部财产，万一真闯进来一个小偷强盗，我们家就彻底完蛋了。"

丁放："出什么事了吗？"

顾耀东："是弄堂里的杨会计，遇到点麻烦，进警察局了。我们想凑钱把他保释出来。"

"哦。要多少钱？"

"一千万。"

顾耀东刚说完，顾邦才就嚷嚷起来："我看警局真是穷疯了！哪个平民百姓家里一下子凑得出来这么多钱！又不是个个家里都开银行，想拿多少拿多少！"

"没关系，一千万我有啊。"丁放从坤包里拿出支票本和笔，随手写了一张交给顾耀东。

顾家四个人都愣住了，好像他们刚刚为之殚精竭虑、心力交瘁不是一千万而只是十块钱，接着他们又开始怀疑丁放根本不懂什么叫作一千万。

丁放仍然一脸迷茫："不够吗？那我再写一千万。"

四人好半天才反应过来。

"够了够了！"

"我们只差两百万，这太多了！"

丁放："钱多点不是更好办事吗？"

一家人竟然反驳不了。

顾耀东："你看这样行吗，我跟你借两百万，还款期限你……"

丁放特别认真："两百万能干什么？再说你们把钱全拿出去了，吃饭怎么办？一千万多了，那我就写五百万吧。"说着她就兴冲冲地重新写了一张支票，"唰"地撕下来塞给顾耀东。

耀东父母和顾悦西面面相觑，目瞪口呆。活了几十年，生平第一次遇见有人这么兴高采烈地借钱出去。顾耀东还真是命中不缺贵人啊！

自从杨会计出事后，福朵一直是顾家在照顾。顾耀东去杨一学家给福朵送饭，丁放也赶紧跟着他出去了。

顾耀东刚说了个"谢谢"，丁放就打断了他："我来找你是有别的事。"丁放从坤包里拿出一张报纸，上面是赵志勇从钟百鸣手里接过锦旗的照片，"'匡扶正义'不是你的理想吗？怎么现在成赵志勇的口号了？"

"能这么快抓到绑匪，赵警官确实有功劳。"

"那你呢？"

"钟处长给我安排了其他任务，我没有参与这个案子。"

"尚荣生的案子满城轰动，你真的甘心被打去冷宫，做那些默默无闻的小事？"

"上中学时，我的老师说过一句话，如果我手上在剥一个橘子，那剥好这个橘子就是眼下最重要的事。现在对我来说，最重要的事就是把杨会计保释出来，然后再把盗窃案查清楚，如果他真是被冤枉的，我要还他清白。"

丁放松了口气，原本还担心他会有点失落。看样子自己想错了，他还是自己熟悉的那个小警察。

福朵一听爸爸明天就能回家，惊喜地大口大口吃完了顾耀东和丁放送来的饭菜，恨不得立刻把自己吃成个胖子，好让爸爸不用担心她这几天有没有好好吃饭。

听顾耀东说明天还要给杨一学摆一顿接风宴，福朵包着满满一嘴饭一脸傻笑。丁放看着她，也跟着一脸傻笑。

"丁小姐？"

丁放依然呵呵笑着。

"丁小姐？"顾耀东无奈又喊了几声，她才回过神来，"明天晚上用我去接你吗？"

丁放："我？我还是不来了吧，你们邻居聚会，我一个外人在这里不方便。"

顾耀东半开玩笑："你现在是债主，不算外人。"

虽说是以"债主"的由头邀请丁放，但丁放还是很开心，更何况顾耀东还说自己不是外人："好吧，那我就不客气了！明天我负责买肉！"

三个人兴高采烈地商量着明天的接风宴，又是咸肉豆腐，又是红烧菜心，最重要的是要有一大锅热腾腾香喷喷的白米饭。三个人七嘴八舌，说得口水都快流出来了。杨一学家已经很久没有这么热闹温馨了，福朵觉得自己太幸福了。

王科达把车停在警局院子里，单独叫来了赵志勇。赵志勇忐忑不安地坐上车后，王科达塞了一个信封给他，正是齐升平让自己给强奸犯找替死鬼时塞的好处费，信封连同里面的钱，原封不动。其实王科达拿回去以后连打都没打开过，他从来就不在意这种钱，现在看着觉得更窝火。

赵志勇打开一看，一沓美金，顿时愣住了。

王科达："给你的。"

"给我？"赵志勇想了想问道，"这是尚荣生绑架案的奖金吗？"

"算是吧。"

赵志勇天真地笑着："其实我就是帮钟处长整理了一下调查报告，也算不上多大的功劳，这些奖金太多了。"

"杨一学是你们处的犯人吧？"王科达忽然话锋一转，"我开门见山地说了。你给他做一份口供，也是认罪书，证明他是尚荣生绑架案的五名绑匪之一。"

"不不不，王处长您搞错了，他被抓进来是因为被怀疑偷了一双小孩的皮鞋，而且好像还是被冤枉的，他只是买了赃物。杨一学跟绑架案没有关系！"

"所以是让你给他'做'一份口供。"

"可是记者会上，钟处长说五名绑匪已经抓到了啊。"

王科达冷笑："你真当他这么神通广大？他公布的五个人，就是我从看守所里随便给他找的。杨一学就是其中一个。"

赵志勇终于反应了过来，恐惧得浑身发冷："王处长……这五名犯人，是判了……判了死刑，要被枪毙的。"

"真正的绑匪没抓到，那只能选几个替死鬼。"

赵志勇鼓起勇气："能不能让杨一学留下？他是个老实人，家里还有个十多岁的女儿。"

"他是唯一一个符合条件的。要怪只能怪他命不好。"王科达从公文包里拿出一份空白文件纸和一支笔，递给赵志勇，"就在车上写吧。写完了，马上送这五个人去提篮桥监狱。赵警官你亲自护送，让他们好好记住你的脸。"

赵志勇顿时慌了："我？王处长，口供我可以写，求求你别让我去送！"

"你和你的钟处长不是很风光吗？全上海都知道你们是破获绑架案的英雄。刑一处不跟你们抢风头，但是也不能给你打杂擦屁股。"

说罢，王科达下了车，弯腰从车窗朝赵志勇笑着："赵警官，你在警局混了这么些年都是个跑腿的，难得钟处长看得起你，关键时候要对得起伯乐的信任啊！有些难关，咬咬牙迈过去了，将来就是海阔天空。是上是下，自己选吧。"

王科达关上了车门，靠在车头抽着烟。他在看守所看到过杨一学的提审人上有赵志勇的名字，赵志勇很清楚杨一学是无辜的。王科达曾经担心杨一学有家人，把他弄死了可能会出岔子。但是现在他不在乎了，谁都不如杨一学更合适，因为捏死这只蝼蚁不需要任何代价，却最能折磨赵志勇的良心，让钟百鸣难堪，而这让他觉得浑身舒坦。

赵志勇一个人坐在车里。他看见横在自己面前的是千尺深渊，可又看见深渊旁就是万丈高峰，爬上去翻过去了，也许就真的是海阔天空。

赵志勇去找了钟百鸣。不知道从什么时候起，他在遇到难题时的第一反应已经变成了向钟处长求助，仿佛那不只是他的伯乐，更是他的人生导师。

钟百鸣当然明白王科达的目的。在他看来，王科达犯了一个很多人都会犯的错误，就是在不重要的细节上过分计较高低胜负，这往往会让自己被突然画上句号。而钟百鸣只在乎是否能够顺利地持续地在警局里往前走，只要不影响这件事，那就是旁枝末节，可以略过。既然王科达觉得这么做能解气，那就让他解气好了。至于赵志勇，打发他不会比打发一只小狗更难。

于是钟百鸣叹了口气说道："王处长毕竟是处长，他开了口，志勇啊，你这样让我很为难啊。"

"处长，我真的不是故意拆您的台，实在是……我从来没害过人，一下子这么大一件事情，我实在过不了心里这关啊。"

"既然你实在办不下来，那我也不勉强了。王处长那边我也会跟他解释的。最近也比较辛苦，绑架案的事你就不用过问了，给你放两天假休息休息。事情我找别人去办。总会有合适的人嘛！"

那个"合适的人"会是谁？赵志勇很失落，更觉得伤心，他好像辜负了处长，让他寒心了。

"处长，您是不是对我很失望？"

"那倒也没有。只不过你跟我想象中的有些不一样，可能我看人还是不够准吧。"

钟百鸣始终没有责怪赵志勇一句，甚至还充满了自责，这让赵志勇更难受了。他纠结着走到了门口，然而最终他还是关上门，回到了钟百鸣面前。

他生平最怕辜负人，他想，也就是一次，就这么一次，再肮脏再糟心的事情做完这一次他就把它们全部揉成一个团，永远塞进心底最角落里的小盒子，永远锁上不再打开。也许要不了多久，根本就不会有人记得这些事了。

顾耀东到财务室交完保释金，终于办完了取保候审的全部手续。他拿着盖了大红章的通知书，兴高采烈地跑去了看守所。

看守所大院门口停着一辆高级轿车，黄董事长正坐在车上等他的弟弟。徐三按王科达的吩咐，直接把"吴连生"放出来了。

顾耀东和"吴连生"擦肩而过时，对方忽然拽住了他，笑吟吟地说："警官，又见面了。"

过了好半天，顾耀东才认出来面前这是被他亲手逮捕的强奸杀人犯，他很是诧异："你怎么会……"

"还记得那天我说的话吗？你亲手把我抓进来，从这儿出去的时候，我要让你亲自来送我。"

黄董事长站在车边，厉声喝道："上车！"

"吴连生"放开顾耀东，笑着上了车，扬长而去。

顾耀东急着去保释杨一学，也来不及细想，朝看守所跑去。远远就看见院子里停了一辆囚车。几名警员正在押送五名犯人上车，每个犯人都戴着手铐和黑色头罩。顾耀东看了几眼，也没在意，进了登记室。

他把通知书递给了徐三："徐警官，我来领一名叫杨一学的犯人。这是取保候审的手续。"

徐警官看了一眼通知书："杨一学？刚刚押出去了啊，就在外面囚车上。"

顾耀东一头雾水："要押到哪儿去？"

"提篮桥监狱。"徐三把通知书扔还给他，"绑架尚荣生，已经判了死刑啦。你交多少保释金都没用的。"

顾耀东一怔，赶紧冲出去。

五名囚犯已经全部被押上囚车后车厢了，两名警察刚刚关上车厢门，顾耀东就冲了过来大喊着："你们搞错了！车上有一名犯人不是绑架犯！"

另外两名荷枪实弹的警察立刻过来，用枪挡住顾耀东："退后！马上退后！"

顾耀东举着手里的通知书："这是杨一学取保候审的手续！我已经交了钱办了手续！全部审核都通过了！都是合法的！他应该马上跟我回家！"

"抱歉啊小警官，我们接到的命令是立刻押解提篮桥监狱。"

"可他根本不是绑架犯！"

一名警察翻开名册，看了两眼，举到顾耀东脸面前，上面赫然写着杨一学的名字，还有指印，"看清楚了吗？这是押送名单，名字，手印，一样不差。"说罢他收起名册，对同伴挥了挥："锁门。"

眼看犯人所在的后车厢门要被锁上了，顾耀东不管不顾地推开警察，冲上去拉开车厢门大喊："杨先生！杨一学！！"

一个蒙着黑色头套的人挣扎着扑过来，因为什么也看不见，他摔倒在了车厢里。

顾耀东："杨先生！是你吗？"

两名警察过来拉扯顾耀东，顾耀东拼尽全力拽着车门。

旁边警察吼道："快把他拉开！"

杨一学循着顾耀东的声音往这边爬："顾警官？顾警官……"

"是我！这是怎么回事？"

两名警察用枪瞄准了顾耀东："再不让开开枪了！"

杨一学声音哆嗦了："我没有绑架人……他们说按手印我就按了，我以为是要放我回家……"

顾耀东最终还是被警察合力拽开了，他挣扎着大喊："肯定有什么地方搞错了！我一定救你出去！"

门被关上的瞬间，顾耀东听到杨一学最后绝望的声音："顾警官！耀东——"几名警察将他按倒在地，用枪托狠狠击中了他的头部："哪儿冒出来的疯子！"视线在晕眩中逐渐变得模糊，天旋地转中，顾耀东看着囚车越开越远……

囚车开出了警局后院。坐在副驾驶座上的，是缩成一团浑身哆嗦，咬着手小声哭泣的赵志勇。

23

傍晚，顾耀东一走进福安弄，就看见远处的杨家灯火通明。邻居们正在张罗杨一学的接风宴，几个男人在门口拴鞭炮，还有送菜的，搬椅子的，进进出出很是热闹。

杨家的灶披间里热气腾腾，耀东母亲、顾悦西和另外两名女邻居拴着围裙忙得团团转。

客堂间里，福安弄的邻居悉数到场，热闹喜庆。顾邦才和两名男邻居正合力将大桌子摆到屋子中间，顾悦西端着两盘热菜出来，刚好摆上桌。

丁放也带着大包小包的东西来了，水果、红酒、蛋糕、奶酪……她不断从口袋里往外掏东西，好多都是福安弄居民没见过的洋玩意儿。

福朵举着一红一黄两朵头花从屋里跑出来："悦西姐姐，你看我戴哪个头花好看？"

"红色吧！红色喜庆！"

耀东母亲从灶披间探出半个身子，大声问道："还没有回来呀？咸肉烧豆腐都要炖糊掉啦！"

这时，门口挂鞭炮的男人看见顾耀东走回来了，赶紧朝屋里喊："回来了回来了——！耀东回来了！"

顾悦西朝灶披间喊着传话："妈——！回来了！咸肉烧豆腐能端出来了！"

很快，耀东母亲就在众人夹道欢迎的阵势下，小心翼翼端着一大锅咸肉烧豆腐出来了。福朵说爸爸最爱吃这道菜，所以大家凑齐材料炖了一大锅。

耀东母亲："吃一碗出一身大汗，什么晦气都去得干干净净！"

压轴大菜上了桌，顾耀东也走了进来，所有人都充满期待地看着，可等了半天不见今天的主角。

顾邦才："哎？快叫杨会计进来呀！"

福朵自己跑到门口张望，弄堂里没有人，"耀东哥哥，我爸爸呢？"

"对不起，他今天……暂时还要留在警局。"顾耀东埋着头，终于还是说出口了。

屋里的气氛一时陷入冰点，大家面面相觑，不敢说话。

吴太太躲在人群里小声说："我就知道要空欢喜一场的。"

丁放："是保释金不够吗？"

顾耀东："钱已经交了。"

耀东母亲："给了钱，那警察为什么还不放人呀？"

福朵有些害怕了："他们不同意爸爸回家吗？"

顾耀东勉强朝她笑笑："没有。昨天是我没了解清楚，取保候审的手续比较复杂，不是当天就能放人的。"

顾悦西："那要几天？"

"警局让我等消息。对不起福朵，我第一次办这种事，什么都不了解就跟你许愿了。对不起大家，让你们白忙一场。"顾耀东眼神有些惨淡，丁放看在眼里只觉得心疼。

门口的男人朝屋里喊："里面的给句话呀！鞭炮还点不点啦——"

吴太太喊了回去："人都没回来，点给谁听呀？"整条福安弄，就属她对顾耀东最看不顺眼。一年前学生游行时，她儿子被警察打伤，至今背上还留着伤疤，她便恨屋及乌怨上了顾耀东。

吴先生拿着刚打开的红酒傻眼了："哎呀，我一听外面喊'回来了'，就把红酒开了。"

又是吴太太埋怨道："这酒是给杨会计接风的。回来的又不是杨会计，瞎开浪费钱！"

丁放一听，立刻冷着脸说："酒是我花钱买的，一瓶给杨会计，一瓶给顾警官。不浪费。"吴太太被她噎得不说话了。

大家你一言我一语，有安慰的，有失望的，也有质疑的。只有顾耀东一直没说话，像个做错事的学生一样站在那里，既没分辩也没解释。

邻居们三三两两散去，杨家便冷清了下来。刚刚还被填得满满当当的屋子，此刻显得格外空荡。

顾耀东送丁放离开福安弄，一路上都闷着没说话。等周围都没人了，丁放才小声问他："是不是出意外了？"

"我今天去看守所接他，他突然成了尚荣生绑架案的绑匪。现在人已经押到提篮桥监狱了。"他说得有些无力。

丁放惊讶："他不是因为盗窃案被抓的吗？"

"我也不明白。回来一路上我都在想，还是想不明白。"

丁放不假思索地说："明天我就回我父母家去。我爸爸认识一些有权有势的朋友，只要他开口，那些人肯定会帮忙。顾耀东，别什么事都自己一个人扛。"

顾耀东只能朝她笑笑，说了句谢谢。他并不知道，对丁放来说回父母家是一件很艰难的事，更不会知道，这个决定将会改变所有人的命运。

送走丁放以后，顾耀东在沈青禾的亭子间里站了很久。屋子空着，不知道她什么时候能回来。处长走了，沈青禾也走了。忽然之间要一个人面对这种事，顾耀东觉得自己好像在伸手不见五指的黑洞里，茫然，不安，甚至有些恐惧，但他必须学会自己摸索。

松江郊区的联络点，沈青禾躺在床上醒了过来。她腹部动了手术，子弹已经取出来了，但是伤口还在发炎。

这几天迷迷糊糊躺在床上，沈青禾总有个不好的感觉。也许是因为怕自己突然消失给顾耀东惹麻烦，也许是担心那天救人时留下了破绽，也许只是因为身体太虚弱，容易胡思乱想，她总感觉福安弄好像出事了。沈青禾很想回上海看看，但老董走之前下过命令，她有枪伤，又在绑匪面前露过面，在确认安全之前，不得返回。

就这样不安地等了几天，终于等来了老董派来的联络员。他给沈青禾看了报上登出的五名绑匪的全身照，让她辨认这是否是那晚交赎金时看见的绑匪。照片很模糊，那晚绑匪又都戴着黑色面罩，沈青禾只能看出他们身形是接近的。

从绑匪被抓到法院宣判死刑，这一切都快到令人生疑。审判过程没有公开，更蹊跷的是警局对外宣称已将犯人押往提篮桥监狱，但是在监狱的同志根本没找到这五个人的踪迹。除了警委，上级也已经指示包括保密局、警备司令和市政府在内的其他情报线参与调查。现在一切都只能等消息。

联络员临走时，沈青禾给了他一封信，然后又从脖子上取下一把挂在项链上的钥匙，托他回上海后一并交给顾耀东。

顾耀东想了一夜，忽然想明白了，杨一学被栽赃恰好说明那五名绑匪有问题。

第二天一到警局，他就把赵志勇拉到了院子里没人的地方："你知道杨一学被转到提篮桥监狱去了吗？"

赵志勇心慌了一夜，被他一问顿时更慌了："不知道啊。他不是就偷了一双皮鞋吗？怎么会去提篮桥……"

"我昨天办好取保候审的手续，去看守所领人，可他们说杨一学是尚荣生绑架案的绑匪，要马上转去监狱。他怎么突然就变成绑匪了呢？"顾耀东说得很认真，丝毫没发现赵志勇的异常。

"那可能是……可能是那五个人里有人抓错了，后来发现杨一学才是绑匪。"

"这不可能。"

"耀东啊，连尚荣生自己都不知道绑匪是什么人，你又怎么知道杨一学是不是绑匪呢？他本来就穷，去做这种事也不奇怪。"赵志勇只想尽快敷衍过去，结束这场谈话。但这大概是他说过的最让自己难受的谎言。

"别人可能，他不可能。"

"可你证明不了啊！就算你去找尚荣生，他也不能给你作证。因为他从头到尾就没有看见过绑匪的脸。"

"那证明杨一学是绑匪的证据是什么？钟处长让你负责这个案子，抓错人这么大的事他应该会告诉你吧？"

赵志勇一下慌了手脚："不不不！我从头到尾只是帮忙整理了调查报告，其他根本什么都没做，也不知道！"

"那份报告我帮你整理过，里面提到的好几个细节，钟处长在记者会上都说错了。他为什么篡改报告？"

顾耀东说得特别笃定，也特别倔强。赵志勇怔住了，他最害怕的就是看见顾耀东这样的眼神，让他有种被一口咬住了的恐惧感。

顾耀东还以为他也意识到了这件事有问题，于是更认真地说道："警局里有人在干一些见不得人的事，他们在掩盖一些东西，所以才会这么快抓人，这么快定罪，判死刑！赵警官，我们还有机会翻案，你的那份报告就是证据，我们可以给南京政府写信，向行政院警察总署检举！"

"没有什么证据！"赵志勇忽然情绪失控了，他怕极了自己真的会被咬住不放，"我不明白你在说什么。处长在记者会上念的报告没问题，我就是这么写的，一字不差！"

顾耀东愣住了，"你说有人不是本地口音，你还说绑匪用了汉奸逮捕证……"

"你到底想干什么？顾耀东，你一定要把我拖下水才甘心吗？我从来没写过你说的那些东西！还南京政府，一个拉车的，我凭什么要为了他去和上层作对？我根本不认识杨一学，他绑没绑架尚荣生跟我有什么关系？"

"绑匪已经判了死刑，那是要被枪决的！"顾耀东总觉得是不是赵志勇没听明白或者忘记了，这样下去杨一学是会死的，否则他怎么会说出这样的话？

"你要当齐天大圣去闹天宫我不拦你，别把我拉上。我是个老实人，但是我不傻！你也别总当傻子了行吗？"

二人沉默地对峙着。顾耀东明白了，赵志勇什么都明白，是自己忘记了刚进警局时他教的"生存法则"——长官没点头的案子，不听，不理，不办，耳聋眼瞎才能活得长久。他当然不是坏人，也并不冷酷凉薄，只是不想当傻子而已。

顾耀东笑了笑："可是这世界上怎么可能都是聪明人，总是要有傻子存在的。"

顾耀东转身要走，赵志勇忽然冲上去拉住他："你忘了匿名信了？钟处长对你还有疑心！就算你不替我考虑，总得为自己想想吧？现在你去就是往枪口上撞！"

"那也要试一试。"

"你就这么自信？上次其实是我没告诉你，钟处长根本不是对你不放心这么简单，他是怀疑你通共！通共啊！他觉得警局里有鬼，你现在做的这些事就是一遍一遍提醒他你就是那个鬼！知道一旦被他认定通共会是什么后果吗？值得吗？"

顾耀东看着他沉默了片刻，最终还是拿开了他的手，头也不回地朝警局大楼走去。赵志勇没有再追，刚刚说那些话似乎已经用光了他全部力气。

顾耀东径直去了刑二处处长办公室。面对他的质问，钟百鸣一脸坦然："我看过认罪书，他交代得很清楚，也按了手印。"

"杨一学被押走前我见过他，我听得很清楚他说自己是被骗的。"

"你是东吴大学法学院的高才生。学法律的人不该说出这么外行的话啊。给一个人定罪，是依据警察的感觉和犯人的一面之词吗？杨一学伙同另外四名无业游民，绑架勒索尚荣生。这些他在认罪书里都供认不讳。"钟百鸣说得语重心长，但是今天，顾耀东并不吃这一套。

"关于绑匪的好几个细节，不是本地口音，逮捕证，还有怀疑绑匪根本不是无业游民，这些赵警官的报告里都有，为什么记者会上你说得不一样？"

钟百鸣往后靠了靠，若有所思地打量着他："我记得，你不是专案组成员。你怎么知道这些细节？"

顾耀东没有回答。

"顾警官，你在警察局一直是这么做事的？"

"我不明白您的意思。"

钟百鸣意味深长地说："你现在的态度，很容易让人怀疑你有被赤化的倾向啊。"

"这和政治立场没有关系。我只站在警察的立场。"

"毕竟专案组组长是王处长，我只不过在台上说了几句漂亮话。你可以不信任我，但总要信任王处长吧？他在你们警局这么多年，你现在这样岂不是在质疑他办的案子有问题？"

"作为警察，调查案件不是应该只对真相负责吗？"

"作为警察，别忘了你现在的任务是整理档案啊！"钟百鸣叹了口气，一副为顾耀东操碎了心的老好人样子。

顾耀东并不感恩，他很冷淡地说："已经全部整理完，放到您的书柜里了。"他转身离开，走到门边时，回头对钟百鸣说："钟处长，你那天在我家看到席勒的书，问我有没有信仰。其实我有，我信仰良心。"

离开刑二处后，顾耀东直接去了刑一处，并且不知好歹地推开拦路警员，硬闯进了王科达的办公室。

王科达不仅不生气，反倒还笑容满面，似乎早就等着顾耀东来找自己了："你说杨一学？我知道啊，你们二处的盗窃犯嘛，偷了一双小孩的鞋子。"

顾耀东克制着情绪："他以前是个会计，现在在街上摆了个小摊卖菜，从来不跟人结仇，连一只蚂蚁都舍不得踩死。他是个再普通不过的小老百姓，我知道没有人会去故意害他。可能只是不小心，有什么东西搞错了。"

"不会搞错的。"王科达呵呵笑了两声，"人是你们二处的赵志勇赵警官亲自审的，口供也是他写的，他办事那么认真，怎么可能搞错呢？"

顾耀东愣住了。

"人还是他亲自押送到提篮桥监狱的。这件事他应该最清楚的啊！"王科达似笑非笑地看着他，恨不得下一秒就想看他去和赵志勇斗个你死我活。

顾耀东想过这件事是钟百鸣做的，想过是王科达，也想过如果他们都不承认，他就去找齐副局长甚至段局长举报，他还可以去报社曝光，去南京警察总署投诉，但是万万没想到，会是赵志勇。

李队长在一张大纸板上刷了胶水，然后把刚才从报上剪下的几张照片贴上去，全都是赵志勇在记者会上讲话和领锦旗的照片。墙上挂着那面"匡扶正义"的锦旗，李队长把纸板挂到锦旗旁边。

肖大头："队长，至于吗？"

李队长："处长吩咐了，我照办。赵警官立功，也是我们二处的荣耀。可喜可贺。"

赵志勇只觉得那副锦旗刺眼，跟队长请了病假，精神恍惚地离开了警局。

赵家小面摊上，两个男人在喝酒吃小菜，两个人都喝醉了，吵吵嚷嚷弄得一片狼藉。赵母一个人收拾了残羹剩饭，又去炉灶边煮面。

一名男客人不耐烦地催促："老板娘！面好了没有？"

"来了来了！"赵母赶紧去端面，赵志勇忽然过来把碗接了过去："我来。"

赵母有些高兴："今天这么早就回来了？"

"嗯。处里没什么事。"一抬头，他看见母亲居然和李队长一样，把报纸上领锦旗的照片剪下来挂在伞下面了。他赶紧面红耳赤地要把照片取下来。

"怎么了？"

"也不是多大的事情，太招摇了。"

"现在治安不好，经常有小混混来找麻烦，妈妈把你的照片挂在这儿，心里也踏实一些。"不过赵母还是笑着把照片取了下来，"我们志勇一向是个老实孩子，不喜欢炫耀。不想挂就不挂吧。"

"没关系，你喜欢就挂着。"

赵志勇默默把照片挂了回去，转身去洗碗，却看见了站在远处望着他的顾耀东。他依旧穿着制服，背着挎包，和离开警局时一样，只是看起来低落而疲惫。赵志勇怔了怔，但似乎早料到了这一刻，五味杂陈地朝他笑了笑。

今天是赵志勇亲自煮的面。顾耀东看他熟练地在锅里滚面条，在碗里调作料，又看着蹲在地上一边洗碗一边擦汗的赵母，只觉得心里堵得慌。

很快，赵志勇端了一碗热气腾腾的面条过来，连同筷子，一并放到顾耀东面前。

顾耀东沉默片刻，大口吃起来。

"没想到我还会煮阳春面吧？"

"嗯。"

"味道怎么样？"

"比伯母的手艺还是差一点。"顾耀东竭力显得轻松一些。

赵志勇不好意思地笑着说："我七岁的时候，她就开始卖阳春面了。最早是在老家淮安，后来我们一家人来了上海。每天放学以后我就来她的小面摊，看她一碗一碗地煮面，饿了我就吃一碗，困了就拿两把椅子拼在一起睡一觉。这个小面摊，对我来说就是大上海的全部。"

"你父亲呢？"

"来上海的第二年他就走了，大概是觉得这种日子太难熬，突然就离开了，再没回来。"

顾耀东看着他，想说点安慰的话，可今天怎么也说不出口。

"没关系，其实我不怎么难过。我是很幸福地长大的。本来我想接着把小面摊经营下去，但是我妈不肯教我煮阳春面。她说卖面条什么都好就是太辛苦。后来我当了警察，她特别高兴。"

"赵警官，你想听听福朵的故事吗？"说这话时，顾耀东依然大口吃着面，好像只是在闲聊。

赵志勇沉默了片刻，平静地问："跟我很像吗？"

"很像。她在福安弄出生，她妈妈因为难产去世了。福朵出生的时候我十岁出头，我看着她在弄堂里长大。她和你一样身边只有一个亲人，也和你一样幸运，虽然只有一个亲人但还是很幸福地长大了。一直到今年年初，杨一学上班的公司破产了。他去码头扛过沙子，拉过黄包车，卖过菜，每次有邻居去买菜他都会多给几把。大家都说他不会做生意，一个当过会计的人，怎么会不会算账呢？"

"是啊，总是做亏本买卖。他和我妈妈也很像。"

"福朵马上要上中学了，脚上穿的还是前两年买的鞋，脚趾都从鞋子前面伸出

583

来了。杨一学不想让她进中学被人家笑话，攒了很久的钱想给她买一双新鞋，但是攒钱的速度永远赶不上涨价的速度。他不抱怨官员贪污受贿中饱私囊，也不抱怨政府的不作为让这个国家千疮百孔濒临崩溃，只觉得是自己还不够努力。所以他没日没夜地干活，赚钱，只为了给女儿买一双像样的新皮鞋。赵警官，也许杨一学对别人来说什么都不是，但是对他女儿来说，他就是全世界。"

赵志勇看起来有些漠然："可是已经晚了。认罪书是他亲手按的手印。人也关进死刑犯的房间了，两天后就执行枪决。晚了，谁也没有办法了。"

顾耀东大口吃面，一直没有抬头，他努力控制着情绪，以至于声音有些颤抖："到底还缺什么？不是说只要凑够钱，事情很容易解决吗？能不能告诉我到底什么地方出了问题？是钱不够吗？我可以再去借。多少钱我都可以去借。求你告诉我到底是什么地方出了问题。"

赵志勇默默地看着顾耀东，过了片刻，他遮遮掩掩地从裤兜里摸出王科达给他的信封，从里面抽了几张美元，放到顾耀东的面碗旁："耀东啊，他们给我这些美金的时候，我手都在发抖，这辈子我从来没见过这么多美金。"

顾耀东吃着面，看着美金，筷子顿了顿。他什么也没说，继续埋头吃面，越来越大口，似乎想用满嘴的面条堵住什么："是王科达，还是钟百鸣？"

"都是，又都不是。我不知道这些钱背后到底是什么。算是帮我一个忙，收下这些钱，别再管这件事了。"

"可我是个警察。"

赵志勇苦笑："你有时候就是太像一个警察了。"

顾耀东包着满嘴的面，终于还是停下了筷子。这几张美金除了让他为失去警局里唯一一个朋友感到痛心，更觉得羞耻。

另一边，一个乞丐步履蹒跚地过来向赵母讨饭。

"你怎么又来啦？昨天不是跟你讲过了吗，最近面粉涨价涨得厉害，我做点小本生意不容易，别再来啦。"赵母一边抱怨着，一边给乞丐煮面，"最后一次了，真的最后一次了啊，以后别再来啦。"

两名醉汉拿酒瓶敲着桌子："老板娘！结账！收钱！"

赵母："来了来了！"

"这么慢！还想不想做生意了！"

赵母慌慌张张过去，一个趔趄差点摔倒，刚站稳，就看见赵志勇戴上警帽，走到两名醉汉面前。

一名醉汉嬉皮笑脸道："警官，你也来吃面？"

"先生，一共五万块钱。"赵志勇面无表情地说。

两名醉汉赶紧老实下来，付清了钱，匆匆离开了。

再回头时，顾耀东已经不见了人影。桌上放着阳春面的钱，还有那几张美金。赵志勇坐了下来，盯着那几张美金，眼神空洞。其实那个信封从王科达塞给他那天开始，就没从裤兜里拿出来过。今天是第一次打开。他不知道应该把这些美金放到哪里，用来做什么。这笔钱和他的良心一样无处安放。但是他想，如果重新选择一次他还是会这样，他宁肯当懦夫也不能从警局滚蛋，因为对妈妈来说，他也是她的全世界。

顾耀东一个人走在大街上。周围很热闹，他努力看着，看人来人往，看卖花男孩缠着一对恋人买红玫瑰；看一身灰蓝西服的职员拼命追赶开走的电车；黑色小轿车在烦躁地朝挡路的小贩按喇叭；主妇拎着两把小青菜专注地和菜贩讨价还价。这个盛夏的夜晚如此多姿多彩，而他终于还是忍不住一个人在大街上泪流满面。

宁华弄3号的亭子间，是何祖兴的家。屋里阴暗杂乱，墙上贴满了女明星的照片。桌上放着一张登有五名绑匪全身照的报纸，还有一摞刚冲洗出来的照片。何祖兴正拿着放大镜仔细对比。这个叫何祖兴的男人，正是那天从楼顶拍下了尚荣生绑架案全过程的记者。

绑架案发生前，五名绑匪曾在下车抽烟时摘掉过面罩，而何祖兴刚好把这一幕拍了下来。

虽然报纸上的五个人很模糊，但在反复对比后，何祖兴还是很高兴地确定了一件事，警局公布的五名绑匪是假的。原本想把绑匪照片高价卖给尚家，又怕惹麻烦遭绑匪报复，还在犹豫的时候警局就破了案。现在老天爷赏饭吃，他不打算找尚家要钱了，他要换个目标，而且还要把价格提高一倍。

于胖子从外面回来，顺便把刑二处的信都带回来了。赵志勇去领信的时候，于胖子顺嘴说了一句，信封上怎么只写了收件人"赵志勇"，没有寄件地址。顾耀东在一旁听着，有些纳闷。

赵志勇也没在意，以为是老家亲戚来信了。他拆开信，看见里面有一张从高楼顶拍下的五个男人的照片，心里还嘀咕着这是什么东西。再一看信纸，上面用报纸上剪下的字块拼成了一句话——"绑匪并非警局公布之人，若想此事不被曝光，于收信翌日上午十一时携两万美金到复兴公园假山区凉亭。"最后，信封里还附上了一张从报纸上剪下来的赵志勇举着"匡扶正义"锦旗的照片。

赵志勇面如死灰。他好像听见那根被他抓在手里拉着他往山顶爬的绳子"啪"地断了，他掉进了下面的深潭，越沉越深，深不见底。

小喇叭和于胖子在旁边打闹，于胖子非要看越剧女演员写给小喇叭的信，一边嚷嚷着这两人肯定偷偷好上了，一边去抢。小喇叭躲他的时候，不小心撞在了赵志勇身上。赵志勇如惊弓之鸟猛地一推，把小喇叭推在地上摔蒙了。

于胖子赶紧去扶他："赵志勇，你干什么呀？"

赵志勇死死攥着信纸，瞪着二人。

李队长："赵志勇？你怎么了？"

"离我远点！"

肖大头一下子火了："真当自己上过报纸就了不得了！"

赵志勇仓皇地将信纸和信封塞到衣兜里，跌跌撞撞地离开。

小喇叭揉着屁股爬起来："他撞鬼了呀？"

顾耀东走到刑二处门边，看见赵志勇跑到楼梯口边时，遇到王科达。他慌慌张张说了什么，然后就被王科达拉走了。

王科达把赵志勇拉到了楼梯口的僻静角落。

赵志勇慌了："为什么是我？警局那么多人，参加绑架案调查的也不是只有我一个，为什么这封信要寄给我？"

586

王科达看完了信："恭喜你呀，赵警官。终于也有树大招风的这一天了！你是这起案子的头号功臣，人家当然要找你。"

赵志勇更慌张了："王处长，您就别开玩笑了。这个人拍了照，只要把照片一捅出去，我们就完蛋了！"

王科达把照片和信收进了自己兜里："按他约的时间地点去，直截了当解决了就行。小事一桩。"

"两万美金呀！我哪里凑得出来两万美金？"

"谁让你凑钱？让你去把人解决了。"

赵志勇怔怔地看着他："什么意思？"

"第一天进警局吗？别在我面前装天真。"

"我没干过那种事……王处长，我当警察五年，连枪都没摸过几回。这一下就两条人命！一个杨一学，一个写这封信的人。我不行的！我干不了！赶紧把那五个人从死牢里放出来吧！我们再开一个记者会，承认错误说抓错了人，一切还来得及！我们还有的是时间去抓真正的绑匪啊！"赵志勇已经语无伦次了。

"这不可能。"

"要不……对，我可以告他，他敲诈勒索警察！正大光明地给他判刑！"

"你想让杨一学顶包的事见光？"

赵志勇哑然，只能惶恐地看着他。

"这件事没别的办法。杨一学的口供是你伪造的，五名囚犯的押解手续也是你亲自办的，每一份移交手续上都写着'赵志勇'三个字，你不想干也得干。明天你必须去见这个人，如果他真的有照片，照片和底片都要拿到手，最后把人也处理干净。"王科达轻描淡写地说完，转身就走了，好像刚刚只是交代他去见个朋友那么简单。

赵志勇一个人站了很久。他仿佛看见了一只摇着尾巴想进屋的看门狗，主人心情好时，也许会让它站在门口朝富丽堂皇的屋里看两眼，但是狼群袭来，狗便被扔出去当挡箭牌，而身后那扇门也就关上了。

匿名信虽然看不出对方身份，但至少可以肯定不是共党，否则早就跳出来大做文章了。只要不是共党，这件事就好办，这是齐副局长和两位处长的共识。

齐升平在烟灰缸里烧掉照片，然后把那一页信纸给了钟百鸣："把信还给赵志勇。明天让他按信上说的去。"他特地又强调了一句："记住，是他一个人。"

钟百鸣立刻明白了："这件事就是他和寄信人之间的私人恩怨，如果将来出了问题，赵警官会一个人顶在前面，和警局没有任何关系。"

午餐时间，钟百鸣把赵志勇带去了一家高级西餐厅，给他点了一份最贵的牛排，然后把那封匿名信还给了赵志勇。赵志勇大概已经猜到是怎么回事了，木然地坐着，等着他替王科达下命令。但是钟百鸣并没有下任何命令，而是向他诉起了苦衷。

"这件事说起来背后复杂。也就是对你，我才透露一点。绑匪是政府的人。我们不可能把自己人抓起来，承认绑架案是我们自导自演的吧？"

赵志勇一脸诧异。

"背后牵扯诸多，一旦曝光，恐怕会是地动山摇。所以王处长说的也有道理，写匿名信的人和他手里的照片必须消失。"

"那……那我们就说暂时没有抓到绑匪，悄悄把那五个人放了，这样也不行吗？"

"那只会让人质疑警察局的办事能力，局长和副局长不会同意的。王处长的办法虽然极端，但是保险。再说你也知道，我来警局时间不长，就算我反对也未必能管用。"

"可我觉得灭口实在不是个好办法，一步错，步步错，我会越陷越深的。王处长只想把事情解决干净，他不会管我的死活。"

"勒索信是个意外。这种时候只能选择顾全大局，切忌妇人之仁，因小失大。毕竟，党国的利益是高于一切的。更何况我根本不关心什么绑匪，什么杨一学，还有这个写匿名信的人，他们的死活跟我有什么关系？我关心的是你，我不想你的下半辈子都被人勒着脖子度过啊！"

钟百鸣说得很诚恳，赵志勇一时忘了恐惧，竟有些感动。他想了很久，最后问道："处长，如果将来有一天出了事，我知道自己会是被推到前面去顶罪的人。我只想问一句，到那个时候会有人救我吗？"

"我当然会救你！"钟百鸣说得不假思索，"以我的身份，有些不该说的秘密我也对你说了。我真心待你是自己人，希望你能明白我的苦心。"

赵志勇总算找到一丝安慰："我明白，警局里也只有您是真心为我好。"

"放心吧，你不会越陷越深。过了这一关，你今后的路只会越走越顺利。"

赵志勇只觉得钟处长把所有的希望寄托在了自己身上。这件事钟处长并没有做错什么，要怪只能怪自己当初不该答应王科达。现在能不能过这一关，不仅关系到自己的前途，还关系到钟处长的前途。赵志勇最怕自己辜负人，这让他活得畏缩拘谨，但在某些情况下，他又会矛盾地、莫名地生出一股破釜沉舟的孤胆侠气。

一下午，顾耀东都暗暗盯着赵志勇的一举一动。赵志勇没再有任何可疑的举动，只是闷头坐在座位上，手里一直拿着一把小铁锁，反复地打开，锁上，打开，又锁上。

快下班了，他也终于做出决定了。其实已经没有选择，只是那封匿名信揣在兜里随时都让他心惊肉跳，他不想把这个肮脏可怖的东西带回家。于是他把信封放进了抽屉，然后又把桌上印泥印章一类的私人物品也收了进去，最后，用那把纠结了一下午的小铁锁锁上了。

赵志勇的锁挂在抽屉上晃来晃去，顾耀东的目光也跟着晃来晃去。

办公室里，每个人的办公桌抽屉上都有一把这样的小锁，顾耀东也不例外。这是警局统一采购的用品，几百个锁，大概只有锁芯和配的钥匙不一样。

顾耀东眼睛看着赵志勇的锁，手里摸着自己抽屉上一模一样的锁，思忖片刻，他掏出钥匙，打开锁，取下，揣进了自己的裤兜。

警员们三三两两地离开办公室，赵志勇也在收拾东西，正准备离开，顾耀东走了过来。

"赵警官，能借你的印泥用一用吗？"

赵志勇有些意外："等一下。"他从裤兜里摸出钥匙，打开抽屉上挂的小锁，然后习惯性地取下钥匙放进裤兜，将打开的锁放在了桌上。

趁赵志勇在抽屉里翻找印泥的空当，顾耀东故意碰掉了堆在桌上的一摞书和档案袋，东西掉了一地。他连连抱歉，赵志勇也没在意，蹲下去和他一起捡东西。在赵志勇埋头的同时，顾耀东从裤兜里掏出自己的锁，放在桌上，拿走了赵志勇的锁，装回裤兜。

赵志勇从抽屉里拿出印泥给了顾耀东，然后拿起桌上的小锁锁了抽屉。

"谢谢。"顾耀东说得很淡定。

赵志勇勉强地笑笑："这么客气……你忙吧，我先走了。"

顾耀东看着他离开了刑二处，回到座位上又看了会儿档案，很快，屋子里就只剩下他一个人了。他起身关上了刑二处的门，在门边站了片刻，没有听见响动，于是迅速到赵志勇桌边，用自己的钥匙打开了自己的那把锁，拿出了匿名信。

赵志勇走到楼下时，越想越不踏实，那封信放在办公桌里就像个定时炸弹，万一被人看见……他不敢再想，匆匆又回了警局里。

一推开刑二处的门，赵志勇就看见顾耀东坐在座位上看档案，整个办公室只有他一个人。

顾耀东抬头一脸茫然："怎么回来了？"

赵志勇支吾："哦……忘了点东西。"他匆匆到自己桌前，见那把锁好好地挂在抽屉上，又拽了拽，完好无损，这才松了口气。

看着赵志勇顺利开了锁，拿走了信，顾耀东也暗暗松了口气，要不是他动作快，及时把锁换了回去，那就前功尽弃了。

办公室里只有他们两个人，没有人说话，便会显得格外尴尬。

赵志勇看着面前这个不知还能不能称为好友的人，犹豫了片刻，问道："有时间说两句吗？"

顾耀东没说话，也没离开。

"你刚来警局的时候，我总说自己是老警员，还教你什么生存法则。其实我在警局里连虾兵蟹将都算不上，顶多算只蝼蚁。"赵志勇自嘲地笑了笑，"就算我不说你也早就看出来了吧？蝼蚁是没有选择权利的，一旦出事，也是最先被舍弃的。"

"即便蝼蚁，至少也可以选自己走哪条路。"

"你还是一股书生气。这个世界比你想象的复杂太多了，说它荒诞都一点不为过。大家都这么过日子，我也这么过。大家荒诞，我也荒诞。我不比别人高尚但也不比别人更卑鄙，这难道也不对吗？"

"我不想因为所见世界之荒诞就改变内心标准。因为这不对。"

"这又是夏继成教你的？"

顾耀东沉默片刻，把借的印泥放还到他桌上："谢谢你的印泥。"

赵志勇怔怔地看着顾耀东离开，忽然吼道："总是会有人往上走的！那为什么不能是我？"门外已经没有人回应了。他看起来充满了不甘和愤怒，可更多是落寞。

顾耀东一回家就抱着一摞旧报纸回了房间。他反锁了房门，把报纸一张一张全铺开摊在地上，然后从抽屉里拿出剪刀，寻找他需要的字块，逐个剪下来。

法桐掩映的街道两侧，是一栋栋风格各异的高级花园洋房。一辆黄包车停在其中一栋的雕花铁门外，从车上下来的人是丁放。她戴着眼镜，穿着很普通的旗袍，看起来和她要去的这栋洋房没有任何关系。

在铁门外徘徊半天，最终她还是按下了门铃。

丁乃生这一上午都在书房里关着门打电话。电话那头是段局长，丁乃生听着电话，神情很严肃。刚一挂上，等在一旁的夫人就赶紧问道："段局长怎么说？"

"灭口。只要拍照的人一解决，五名囚犯一死，事情就彻底过去了。"

"真是一波未平一波又起，早知道就不打尚荣生的主意了。"

丁局长显然很不满她这番妇人之见："蒋经国马上来上海经济督导，国库里空空如也，不想办法填满，坐在这儿等着被查个底朝天吗？等这件事过去了，尚荣生的企业迟早还是要拿过来。"

这时，用人来敲书房门："先生太太，小姐回来了。"

丁放站在客厅里，有些拘谨，一身随意朴素的打扮和富丽堂皇的环境格格不入，看起来更像是个客人。

丁乃生和夫人从楼上走了下来。

丁母："回家了怎么也不上来？"

"有点事情，我想找爸爸帮忙。"

"一个月也不见回来一趟，一回来就是提要求。"丁母一边说着话，一边走到她身边，摸了摸她的旗袍袖子，小声抱怨，"这是什么料子呀？看看你这身打扮，穿的都是些什么衣服……不修边幅！"

丁放不想和她争论，转头对父亲说："爸爸，我有点私事想托你帮忙。"

丁母打断了她："你的事一会儿再说，你爸爸拿了几件东西回来，你选两个留下。"

"我不想选。"

丁乃生板着脸："让你去你就去。你现在是想回来就回来，想走就走，我也不过问了，但是别一回来就惹我生气！"

丁放有些委屈，话到嘴边又咽了回去。

每次回家，梳妆台上都放了几个大小不一的精巧盒子，里面是镶着各种宝石的首饰。祖母绿，红宝石，随便哪个都是能保值的硬通货。丁放的回答每次也都只有几个字，"差不多""没兴趣""不喜欢"。

丁母又开始絮叨："你才刚满三岁那天，你爸爸就已经开始帮你准备嫁妆了。这些年但凡经他手的东西，他都把最好的抽出来留给你，恨不得把所有值钱东西都攒给你当嫁妆。这些都是要往市政府里送的，放到旧时候都是贡品呀！你爸爸也是欠了很大人情，才能从里面抽两三样出来。你说没兴趣不喜欢，那不叫懂事，是让人寒心。"

寒心，这两个字从小到大丁放听了很多遍。父亲说自己天性凉薄，不知感恩。其实她也不太理解"父爱"，究竟是父亲太爱自己，所以才为她留下这些硬通货，还是因为他太爱这些硬通货，而自己只是他留下它们的一个借口。

写了这么多小说，父母没有翻开过一本。她有那么多读者，她笔下的人物家喻户晓，但是父母甚至连她是在写书还是演电影都花了很长时间才搞清楚。其实她只想要那种俗气而热烈的关怀。

丁放曾经把这样的故事连载到了报纸上，读者来信几乎都是责怪故事里的女主角身在福中不知福，最值钱的都给你了还想怎样？大概自己就是这样矫情而凉薄吧。她随手拿了一对金镶玉的镯子放进抽屉，算是完成任务了。

丁父丁母坐在双人沙发上喝茶，丁放端正地坐在一旁的单人沙发上。

丁乃生：“自己的女儿，现在是无事不登三宝殿。说吧，你回来找我什么事？”

“是我一个朋友的事情。爸爸，你知道前几天出了件大案子吗？一个叫尚荣生的人被绑架了。”

丁乃生看了夫人一眼：“听说过。怎么了？”

“我有一个朋友，他认识一个叫杨一学的人，是个拉车的老实人。也不知道警局怎么回事，把他当成绑匪抓起来了，还判了死刑。可他明明就不是绑匪，我想您在警局肯定有认识的人，也许能帮忙重新调查这件事，别冤枉了无辜的人。”

丁乃生半晌没说话，丁母脸色也很不好，招呼用人都出去了。

丁乃生：“你说的这位朋友，是什么人？”

“你们不认识。

“是上次送你去莫干山的那个小警察吗？”

丁放想了想：“不是。是我的一个读者。他在找证据，想证明警局抓错人了。”

“如果说能找到证据证明警局抓错了人，他打算怎么做？”

“当然是公之于众啊！警局的职责是匡扶正义，保护百姓，可现在他们在草菅人命。他肯定会想办法让警局道歉，追查真凶。如果有人指使他们袒护罪犯，他还会把这些躲在背后的老鼠都抓出来。”

丁母脱口而出：“越说越不像话！你在外面接触的都是些什么人！”

“我是在说我的朋友呀！我不关心这些事，我的生活就是关起门来写写小说而已。只不过如果能帮他，我是肯定要帮的。"

"这件事我帮不了你。"丁乃生黑着脸起身就走了。

"爸爸！"

丁乃生头也不回地上了楼。丁放有些气恼，起身准备走人："没关系，回来之前我也猜到可能会是这样了。你们不肯帮，我找别人。"

丁母："去哪儿？"

"报社！"

丁母一把拉住她："你到底想干什么？"

"登报。我在报社有的是朋友，明天一早绑架案抓错人的新闻就会传遍大街小巷。到那个时候警察局不想解决也得解决！"

丁母使劲拽了她一下，厉声喝道："囡囡，这些年你无忧无虑，是因为有你爸爸给你当保护伞。现在你二十二岁了，既然你这么明是非，有主见，我看有些事你也应该替家里分担了！"

"什么意思？"

"这件事如果再查下去，你会查到真正的绑匪是淞沪警备司令部的人。策划这起绑架案的，也就是你口中'躲在背后的老鼠'，牵涉上海方方面面高官，为首的便是你的父亲丁乃生！"

丁放呆若木鸡。

用人们在餐厅进进出出，桌上的餐具很精致，连餐巾也是绣着花的。两名用人正在毕恭毕敬地给丁放端饭盛汤。一桌子丰盛佳肴，但是丁乃生和夫人并不打算和女儿共进晚餐。晚上有饭局，来的都是银行业和政界巨头，那才是值得花时间吃的饭。

丁乃生换了一身质地上乘的西服，看起来很体面。丁母则穿了一身剪裁精良的旗袍，戴了珍珠耳环和翡翠镯子。她一向很在意自己的身材，平日保养起来也可谓无所不用其极，因此四十多岁看起来依然风姿绰约。

临走前，丁母不放心，特地又坐到女儿面前交代道："囡囡，事情你现在也知道了，但是可能还不太清楚后果有多可怕。你爸爸当着你的面不愿意讲得太严重。

这次要是被曝光出去，不会是撤职那么简单，搞不好丁家要倾家荡产，我和你爸爸后半辈子也要在牢里度过。去年查办官员贪污，天津、南京可是枪毙过好几个官员的！明白吗？"

丁母挽着丁父离开了。用人关上了餐厅门。过了片刻，丁放听见家里的大门也关上了。偌大的饭厅，满桌的饭菜，只剩下她一个人冷清地坐着。她有些后悔今天回来，如果什么都不知道，她也就什么都不用选择了。

24

匿名信约定见面的那天早晨，赵志勇收到了第二封信。又是一封用报纸字块拼成的信件——"老时间，地点有变。我会在三来澡堂恭候赵警官。"

临时变地点，这倒是勒索案里常见的情况，更何况赵志勇整个人处于紧绷状态，根本没心思分辨真假。时间差不多了，他恍惚地离开了警局。顾耀东见他果真上当了，便匆匆赶往了复兴公园。

按照那封匿名信的内容，顾耀东去了公园假山区的凉亭。时间到了，一个矮个男人很警惕地从假山后面走了出来。顾耀东认出他竟然是那年在丁放家对自己大打出手的记者。

何祖兴也认出了他："怎么是你？赵志勇呢？我约的是他。"

"他害怕，我替他来是一样的。"

何祖兴一想，谁来也无所谓，只要能赶紧拿钱就行："钱呢？"

顾耀东从挎包里翻出一大堆东西，"这是我的存折，因为之前替人凑保释金，大部分都用了，还剩十万。"他又从手腕上摘下表，"这只手表我戴了五年，时间从来没错过，能值些钱。还有这个……这是我们家福安弄那套房子的房契地契。"

何祖兴看傻了眼："我要的是两万美金！你弄这些乱七八糟的来干什么？"

"一天的时间，我凑不到那么多钱。"顾耀东从包里拿出本子和笔，"我可以给你写欠条，纸笔都准备好了。你说怎么写，我就怎么写。那些照片我一定要拿到。"

"警察局让你来见我，连两万美金都不给你准备？"

"我不是替警局来的。我是替那五名被冤枉的囚犯来的。既然你有照片能救这五个人，我愿意拿我所有的东西跟你买这五条人命。"

何祖兴一时有些意外，这警察竟然不是来销毁证据，是来曝光的。但是再一想也就不意外了，那年在丁放家遇到他，他便是这样固执地抱着"正义"二字，又臭又硬，两年过去了他一点没变，还是和这个世界格格不入。

何祖兴并不想被他拖下水，他后退了几步，充满戒备地说："我不跟你谈，让赵志勇来见我！"

然而此时的赵志勇正战战兢兢地站在三来澡堂，怀里揣着王科达给他的一把柯尔特手枪。从前他一直觉得，能有一把属于自己的枪就是成功和荣耀的象征，只是没想到自己的第一把枪，是用来杀人灭口的查不到来源的黑枪。

澡堂子里人来人往，每个人都是一身慵懒，要么去热腾腾的池子里泡着，要么去长椅上舒坦地躺着，只有赵志勇一个人紧绷绷地杵着，贼眉鼠眼地瞟着。每次有人从他面前经过，他都小声问："有照片吗？"

问的多了，招来的白眼也多了。终于，老板不满地走了过来："泡澡吗？不泡就出去！"

赵志勇只能灰溜溜地出去了，站在澡堂门口一脸迷茫，却也松了口气。

王科达奇怪赵志勇怎么会这么快就办完事回来。

"我去了，没见到人。"赵志勇说得很无奈，也带着一丝轻松。

王科达一听临时换了地方，立刻警惕起来。他问赵志勇要了第二封匿名信，信纸上不过是一堆从报纸上剪下来的字块，没什么异常。但是当他看到信封时，很快就发现了不对劲。

信封上没有邮戳，也就是说信不是从邮局寄来，而是有人故意放在赵志勇桌上的。这个人不仅知道赵志勇收到了匿名信，还能随意进出刑二处。更重要的是这个人想要那些照片。赵志勇猛然想起为了杨一学而奔走的顾耀东，顿时面如死灰。

复兴公园里，何祖兴恼羞成怒地嚷着："你把他骗去澡堂了？你这不是断我财路吗？别说五条，就算十条人命跟我又有什么关系？等我把照片卖给赵志勇，你找他要去！反正不见两万美金，你就是说破天我也不可能把照片给你！"

"不就是两万美金吗？我带了。"

二人回头一看，说话的是丁放。

"丁小姐？"顾耀东很是意外，"你怎么来了？"

丁放打开坤包拿出两叠美金，五味杂陈地看着他："来帮你。"

何祖兴一看丁放如此爽快，赶紧接过美金，眉飞色舞地数起来。

顾耀东小声问道："你怎么连这个都知道？"

"赵警官收到信的事，你们段局长告诉我爸爸了。"

顾耀东一脸恍然大悟。

何祖兴数好了钱，从衣服内兜拿出一个信封交给顾耀东，然后兴高采烈地离开了。

信封里装着照片和底片。那几张照片是尚荣生被绑架的全过程，以及五名绑匪抽烟的一幕。顾耀东高兴地指着照片："你看，能看清绑匪的脸，根本没有杨会计，也不像记者会上公布的那五个人！"

丁放看起来不太激动："连房契都偷出来了，你父母知道吗？"

"他们不会反对的。对了，手表和房契先抵给你，剩下的我写一张欠条。"顾耀东一边说，一边拿出纸笔写着："除了每个月的薪水，我晚上再出去找份零工，家里的房子每个月在收租金……"

"不用了。两万美金对我来说不是什么了不起的事。"

"对我来说是。我先把借你的保释金还清。剩下的需要点时间，但是一年之内一定还清。这是欠条。"顾耀东很认真地把东西一一交给她。

丁放犹豫了很久，挣扎了很久："其实，我可以帮你把照片送去报社。这些不是普通照片，报社怕惹麻烦可能不会同意发表。毕竟我还算有点小名气，也认识很多负责出版的朋友，他们也许能帮忙。"丁放木然地听着自己的声音，却好像说话的不是自己，而是一个陌生人。

"那太好了！"小警察两眼闪闪发光。

丁放愣住了。她原本准备了很多说辞用来说服他，却没想到对方只是一句"那太好了"。他凭什么这么相信自己？傻子吗？自以为很了解自己吗？

"一直以为你只想当两耳不闻窗外事的作家，没想到一个最怕麻烦的人，肯为了五个不认识的犯人给自己找这么多麻烦。"顾耀东言语间竟透着一丝敬佩，丁放不敢看他了。

就在这时，一声尖锐的刹车声传来。王科达的警车停在了假山区外面，他带着一群刑一处警员气势汹汹地冲了过来。

顾耀东拉着丁放就跑。

公园里有一处观赏盆景的内花园，花园入口处有道小门。顾耀东一把将丁放推进园子，关了门，把自己和追兵隔离在了门外。

"把门反锁上！"他喊道。

丁放木然地照做，从里面插上了插销，她听见顾耀东在门那边低声说："从园子里能绕出去！照片靠你了！"

"顾耀东，你就这么信任我？"她质问道。

隔着门，顾耀东看不见她脸上的无名火："那当然！我们是在莫干山同生共死过的搭档！"

丁放的鼻子酸了。门外响起杂乱的脚步声，王科达带人追来了。她静静地站在门里，听着顾耀东在外面为自己对抗所有人。

"搜！"

刘队长带着手下对顾耀东一通搜身。

"处长！没有！"

"那就是在女的手上！门打开！"

顾耀东死死贴在门上，大有一夫当关万夫莫开的架势。几名警员上来又拉又拽，铁门被撞得哐当作响。

"松手！"

顾耀东一动不动，也不吭声。

刘队长拔出警棍："我看你是要吃点苦头才行！"

丁放站在门后，听着门那头不断的撞击、刘队长的叫骂，以及警棍打在身上沉闷的声响。她知道顾耀东已经做好了脱不了身的准备，但是他一定会让自己脱身。那一刻丁放觉得自己像披着画皮的鬼，如果有一天他知道自己拼了命保护的人原来是这样，一定很后悔。

一声清脆的"咔哒"声，门后的插销打开，丁放推开门走了出来。顾耀东愣住了，警员趁机一拥而上将他按在了地上。

丁放直直地看着顾耀东说："他们知道我爸爸是什么人，不敢把我怎么样。"

"他们根本……"

"顾耀东，"丁放冷淡地打断了他，"事情我会办妥的。别跟他们斗了。不值得。"

她径直走到王科达身边，低声说道："东西我拿到了，但是我要带回丁家。如果有问题，你可以回去问段局长。"

王科达看了看她，犹豫了几秒，示意刘队长放行："行了，让她走吧。丁局长的千金，招惹不起。"

顾耀东松了口气，暗自庆幸着，眼里闪着光。

丁放最后看了一眼顾耀东，转身离开了。

她多希望在自己说"把照片交给我"时，顾耀东能看穿她的谎言，能咒骂她是冷血的骗子，那样她就可以像个泼妇一样去抢照片，他们就可以撕破脸恶言相向甚至兵戎相见，从此水火不容，势不两立。可是她离开时，分明看见那个被痛打在地上的小警察满眼欢喜。

她静静地走出了假山区，走出了风景如画的公园，眼泪终于止不住流了出来。

顾耀东被带回了警局。关于第二封匿名信和照片的事，不管王科达怎么问，他都是不承认，不清楚，不知道。他很从容地讲了一遍自己为什么在上班时间和丁放去复兴公园，无非就是闲得无聊所以溜号约朋友见了个面。无聊但合情合理。

王科达抽着烟，默默地看着他。眼前的顾耀东似乎什么地方有些不一样了，让他觉得陌生。他抽完最后一口烟，说道："顾耀东啊，有一点，我想你还没搞清楚。夏继成已经去南京了，警局里从今往后再也不可能有人护着你。"

"王处长，这个我知道。"

王科达将烟屁股扔在地上踩烂，转身离开了。他当然没告诉顾耀东丁放临走时说的话，就让他满心欢喜等着吧。这么开心的事，何必戳穿人家呢？

常德路 195 号，602 房间。阳光透过白纱帘照在木地板上，窗明几净，温馨安宁。丁放一夜未睡，将房间里里外外打扫了一遍，然后把所有东西打包装进了箱子。这间公寓有些年头了，但是丁放租住的这几年，一直爱护得很好。每次房东来收租金都会感叹她把房子越养越好了，恨不得她就这么租下去。

丁放曾经也以为，她可以在这个小天地里任性很多年，不被任何人指望地自由自在很多年，但是一切就这么静悄悄地结束了。

天亮时，丁放已经换上了一身符合局长千金身份的洋裙，看起来比平时精致很多，一夜之间也憔悴了很多。

顾耀东兴冲冲地赶来了，一进门就感叹道"今天收拾得真干净啊"，感叹完了，他才注意到之前满满的书架空了，平常散落一地的手稿也都打包成了几捆。所有的个人用品都不见了。正想问，门房敲门走了进来。

丁放："让他们上来拿行李吧。我给这几盆花浇了水就走。"

门房："都要搬走了，还打扫得这么干净。"

丁放有些伤感地笑笑："住了几年，有感情了。"

顾耀东很诧异："你要搬家？"

丁放没说话，门房替她解释道："丁小姐不租这间公寓了，今天就搬走。"

"虽然是租的房子，不过我已经拿它当自己的家了。但愿下一个租客能好好待它。"丁放把门钥匙给了门房，又摘下耳环塞给他，"陈叔，这几年谢谢你替我挡了那么多记者。我随身没带什么值钱东西，这些你留着。"

门房千恩万谢地离开了，屋里只剩下顾耀东和丁放。

两个人都沉默着。

顾耀东看见堆在角落里大包小包的行李，隐隐有种不祥的预感。

"为什么突然搬家？出什么事了吗？"

丁放漠然地说："顾耀东，以后我们可能没什么机会见面了，有些事还是应该让你知道。那天王科达没有搜我的身就让我走了，不是因为疏忽大意。"

"我知道啊，因为你是财政局局长的女儿，他不敢顶撞。"

"你真的以为，王科达会因为我是财政局局长的女儿就让我安然无恙地离开吗？这些照片一旦曝光，会威胁很多人的利益。我能走，是因为他知道我比他更希望这些照片消失。"

"什么意思？"顾耀东有些恐惧，害怕心里的担忧变成真的。

"因为我父亲就是那些'很多人'中间的一个。他不是一个好官员，甚至不算一个好人。总是拿效忠党国做幌子，玩弄权术，中饱私囊。他根本不爱他的党国，在乎的只有利益还有他自己。他对我从来都冷冰冰，从来没有说过一句关心的话，从来不看我写的任何东西。可是他知道我在莫干山有危险的时候马上派人来接我……"丁放有些失声了，她沉默了片刻，机械地说，"现在明白了吗？我根本没有去报社，照片永远不会见报了。"

"可是你知道这些照片关系到杨会计的性命，还有另外四名犯人，他们都是替死鬼。"顾耀东并没有很激动或者愤慨，因为他仍然不相信。

丁放惨淡地笑了："人都是自私的。你要救杨一学，我要救我父亲。"

三名保镖打扮的男人敲门进来，搬走了丁放所有的东西。

丁放从坤包里拿出顾耀东的手表、房契、欠条，一一放到他面前："这些还给你。"

长长的死寂。

常德路 195 号公寓楼外，停着一辆黑色轿车。三名保镖将箱子放进了后备箱。丁放从公寓楼里走了出来，顾耀东冲出来从后面一把拽住她："福朵还在等她爸爸回家！你见过福朵的，她才十一岁，还有那么长的路要走，别让她一个人长大！

求求你了丁小姐！"

丁放不敢看他，埋头拼命往前走，顾耀东依然拉着她不松手。

"杨会计你也见过的！那是个善良到连一只蚂蚁都不舍得踩死的人，他那么努力那么认真地过日子，难道就因为有权有势的人犯了错，他就应该被人当蚂蚁一样踩死吗？像他这样的人不是才最应该过上丰衣足食、安居乐业的日子吗？怎么能连陪自己女儿长大的机会都不给他？"

三名保镖跑过来拉开顾耀东，护着丁放上了车。

"丁放！丁放！"他不顾一切地挣脱，冲到车边拍打着车窗，"离死刑只有两天了！这些照片是他们唯一的机会！如果连杨一学这样的人都没资格活下去，那到底谁才是有资格活着的人？这个国家连他这样的人都容不下，又有什么存在的意义？"

一名保镖用枪托狠狠砸向了顾耀东的后脑勺。一直埋头不敢面对的丁放惊恐地抬起了头，眼睁睁看着顾耀东倒了下去。

车开走了。

顾耀东的身影越来越远。

"停车！"

"小姐，那个人太危险了。"

丁放失控地吼道："再说一个字我就让你滚蛋！"

顾耀东趴在地上，血从后脑勺一直流到脸上，滴在地上。耳边模糊地传来鞋跟的哒哒声，一双高跟鞋停在了鼻尖前。

丁放蹲在顾耀东面前，轻声说："放弃吧顾耀东，这件事背后牵扯得太多，根本不是你这样的小警员能扭转的。这是个无底黑洞，再查下去，连你自己都抽身不了。"

顾耀东仿佛听不见她说话，只是伸手无力地抓住了她的高跟鞋："照片在哪儿？"

丁放绝望了，她冷漠地说："照片是我花两万美金买的，我想怎么处置就怎么处置，天经地义。你不欠我什么，我也不用内疚。保重。"

她掰开顾耀东的手，头也不回地离开了。其实从第一次在这间公寓遇到顾耀东，从看见他替自己赶走那名小报记者开始，就应该知道劝他是多余的。他依然是那个一往无前的小警察，但世间再没有东篱君。

　　天色渐暗，阴雨绵绵。顾耀东拖着沉重的脚步走进福安弄，脸上的血迹混着雨水流了下来，他木然地用袖子擦了擦。福安弄一片萧瑟。杨一学在时，每天都会把弄堂扫得干干净净，如今已是满地泥泞和落叶。
　　一个邮差打扮的男人在顾家门口张望，"先生，请问这里是顾耀东家吗？"
　　"是。"
　　对方递上了一封信："这是给顾先生的信。"
　　顾耀东关上房间门，拆开信，一把钥匙掉了出来。
　　信纸上是沈青禾的字迹——不知家里是否平安。如有事需周转，床下小木箱内之物可帮衬一二。望福安弄一切顺遂。
　　顾耀东从床下拿出小木箱，用钥匙打开。里面是一本存折，一些现金和不算昂贵的首饰，这便是沈青禾的全部家当。这些原本会带来希望的东西，现在却让顾耀东更加难过了。

　　赵家的小面摊热气腾腾。赵母在炉灶旁煮面，赵志勇忙着给客人端面、收钱。
　　一位客人在他身边的桌子坐下，赵志勇一边埋头数钱，一边招呼着："阳春面、清粥小菜都有，您想吃点什么？"抬起头，是顾耀东。
　　"还没吃晚饭吧？有刚熬好的骨汤，配阳春面正好。"
　　"赵警官，我想去提篮桥看看杨一学。"说话时，顾耀东看着别处，眼里没了往日的神采。
　　"你进不去。"
　　"所以我来找你。你把他送进去，总应该有通行证。"
　　"我不想插手杨一学的事。别逼我了。"
　　这似乎是顾耀东意料之中的回答，他无奈地苦笑了一下。

小面摊的客人来了又走，旁边那桌又有新的客人坐下了。

"老板！一碗阳春面——"

"来了——"

赵志勇应了一声，转头对顾耀东说："对不起，我帮不了你。"说完他便回了炉灶前，闷头煮着面条，好像什么都没发生一样。

顾耀东一个人静静坐了片刻，起身离开了。

其实来时便不抱什么希望，只是不知道还能去哪里，还能做点什么，只能像行尸走肉一样在街上晃着。

恍恍惚惚走在街上，仿佛过了很久，赵志勇忽然从后面追上来，气喘吁吁地问他："你带钱了吗？"

"什么？"顾耀东一时没反应过来。

"那天送杨一学他们过去，我看那几名看守很喜欢喝酒。"赵志勇不敢看他，像个做了错事又不敢乞求原谅的孩子。

赵志勇领着顾耀东去了一处废旧防空洞，手里拎着两坛用顾耀东的钱买的酒。那天囚车根本没去提篮桥监狱，而是来了这个防空洞。他不知道自己把顾耀东带来这里能有什么用，但至少能自己安慰自己，他也在赎罪。

洞口竖着"洞内失修不得入内"的牌子。二人穿过黑漆漆的通道朝地下走去。越往下光线越暗，通道尽头是一扇铁门。

赵志勇上前敲门。

"谁呀？"一名负责看守的警员走了出来。

"我是刑二处赵志勇。那天押送犯人来的。"赵志勇递上证件。

"那天走的时候没跟你说吗？这儿不许带外人来。"

赵志勇赶紧递上两坛酒，小声说："里面有个犯人我们认识，您也知道过两天就要……就当积积德，让我们送送他吧。"说完他又把自己的钱都掏出来塞给了对方。

警员瞟了二人几眼，总算给开了门。

通道内阴暗潮湿，一路能听见滴水声和老鼠窸窸窣窣跑过的声音。赵志勇捂着鼻子咳了两声，这里的气味让他有些作呕。

警员白了他一眼："别嫌臭，这些人拉屎拉尿吃饭都在房间里，能不臭吗？这儿就是人间地狱，早死早解脱啊。"

这话仿佛是鞭子抽在赵志勇脸上，他蓦然停下了脚步，心情复杂地朝顾耀东笑笑："耀东，我不过去了。我在外面等你吧。"

顾耀东深吸一口气，强迫自己平静地走下去。最终，他跟着警员到了一排门洞前，每个门洞都有铁门封锁。警员走到其中一间门口，用钥匙打开铁门，里面还有一道铁栏杆门。

"杨一学！"警员大声喊道。

肮脏狭小的门洞里，只有一个砖石砌成的台子，这就是床。墙角放了一只木桶，用来装排泄物。一个瘦削的身影缩在墙角。那个平日里最爱整洁，即便一身旧衣服也永远干净体面的男人，那个几十年如一日天不亮就把福安弄从头到尾扫得一尘不染的老实人，生命里最后一段时日却像老鼠般窝在这样一个恶浊龌龊的角落。

尽管顾耀东已经竭力做好了心理准备，但眼前这一幕还是让他失控了。他拍着门喊着："杨先生！杨先生！"

杨一学抬起头，茫然地望向窗口。

"我是顾耀东！"

于是杨一学眼里有了亮光，他跟跄着起身过来。顾耀东看见他被剃了头，满脸胡子，身上穿着囚服。那个平日里总爱穿一件干净白衬衣的男人，变得如此憔悴邋遢。

"福朵还好吗？哭得厉害吗？"他抓着铁栏杆，眼巴巴地问。

"她很好，放心，弄堂里的邻居都在照顾她。"顾耀东忍着没有哭出来。

杨一学松了口气，又恳切地说："顾警官，你能不能帮我跟他们解释一下，或者帮我借下纸笔，我把事情经过写出来。警察都是讲道理的人，我也没有得罪过什么人，他们不会平白无故就说我是绑架犯呀。是不是我有什么地方做错了，让人家误会了呢？"

顾耀东有些激动："你什么都没有做错！是有人做了错事不敢承认！"

杨一学怔了怔："有人？"

一阵沉默。

"这么说，我是给人家当了替罪羊？"他木然地说。

"我会拿到证据的！我知道有证据能证明你没有绑架人，再给我点时间！"

杨一学抓着铁栏杆的手颤抖了："没关系，我有心理准备。被关在这里，其实我也知道可能出不去了。"

"一定能出去的！我还在努力！"

顾耀东哆嗦着从挎包里拿出取保候审申请书，保释金收据，一一从铁栏杆塞进去，"你看，这是取保候审的手续，已经办好了。这是一千万的保释金收据，钱已经交了，警局既然愿意收钱，那就说明还是有希望保释出来的！这是我的存折，这是沈青禾的存折，还有我们家在福安弄的房契，这些全加起来也是一笔不小的钱！我带着这些再去求钟处长、王处长，求副局长，求局长，总有人愿意收这些钱帮我们的！"

忽然，杨一学从铁栏杆里伸出手，按住了顾耀东的手。他苦涩地朝他笑笑："耀东啊，辛苦你了。"

"对不起。"

"不怪你。要怪只怪我当初不该贪便宜，买了赃物。"他把东西全都还给了顾耀东，"回去吧。别费心了。年轻人在外面谋生本来就不容易，别因为我一个人的事得罪了长官。你是个好警察。"

顾耀东强忍着眼泪："第一天去警局报到时，我说我当警察是为了匡扶正义，保护百姓。大家都像在听笑话，现在看来真的是个笑话。"

"我们是百姓吗？错了，是蝼蚁。"

又是长长的沉默。绝望袭来的瞬间，人总是会有短暂的麻木，总是会本能地让一切静止，让痛苦延后，让自己再残喘最后一刻。

"除了福安弄的房子，我也没有其他东西留下来了。房契在书柜第二个抽屉里。

我在外面没有欠债，也没有得罪人，福朵一个人……"杨一学的嘴唇开始颤抖，他拼命保持着平静，却控制不住微微发抖的声音，"她一个人也可以安心过日子。"

"绑架案当天有人无意中拍下了照片！我亲眼看到过！五名绑匪的脸清清楚楚！照片可以证明警局偷梁换柱拿你们当替死鬼！给我点时间，我能把照片拿回来的！"顾耀东压低声音红着眼睛吼道。

"耀东啊，我以为自己会看着福朵慢慢长大，将来看着她有自己的家庭。也许我还会有当外公的那一天……"他抹掉眼泪，依然强装坚强地笑笑，"替我转告她，一个人长大会比别人更辛苦，但还是要与人为善，认真努力地生活。我……"杨一学哭得跪倒在地上，这个硬撑了很久的老实人终于崩溃了。"就算再艰难，再筋疲力尽，我也从来没有弯过一下腰。我这么努力这么认真地活，为什么临到最后是这样的结局？这个世界不该这样啊！"

低沉的哭声回荡在肮脏阴暗的通道里，锤击着这个见不得光的世界的每个角落，也锤击着赵志勇的良心。他并没有在防空洞外面等顾耀东，而是一个人站在转角咬着袖子无声地啜泣，直到痛哭流涕。

《海上女郎》杂志社的大门被"啪"地推开，顾耀东双眼充血地走了进来。

"我是上海市警察总局刑二处警员。现在有一起勒索案需要你们协助调查。主编在哪儿？"

两年前，那名记者曾经因为骚扰丁放被顾耀东带回警局。警局档案室依然留存了当年的案件记录，顾耀东很快查到记者叫何祖兴，又从户籍科找到户籍卡，查出他的供职处所正是这家《海上女郎》杂志社。

"他去南京了。"主编战战兢兢地迎了出来，"英国政府送的'重庆号'和'灵甫号'要在中山码头靠岸，他不知道从哪儿搞到一张海军总部的茶会邀请函，说是要去登舰参观拍照。"

当天下午，顾耀东就踏上了前往南京的火车。

坐在同一列火车上的，还有赵志勇。就在顾耀东离开杂志社五分钟后，王科达也从丁放那里打听到了《海上女郎》杂志社。于是他又找上了赵志勇。

赵志勇靠在车厢边，木然地望着窗外一棵棵树闪过。原本以为丁局长拿到照片，那个记者也就没有威胁了。但是王科达担心记者哪天缺钱了又会跳出来，再说谁也不能确定他有没有留备份。

离开上海时，赵志勇什么都没问，他已经麻木了，仿佛自己接到的命令不是要去南京杀人灭口，只是去长江边的登舰茶会聊聊天喝喝茶就回来了。

赵志勇走了，顾耀东也走了，刑二处桌上只留了一张外地探亲的请假条。

钟百鸣拿着请假条回了处长办公室。他盯着假条看了片刻，关上门，拿起了电话。电话是打给保密局湖州分站崔站长的。

"保密局湖州分站在南京的眼线，你还能联络上吗？帮我查一个叫顾耀东的人，最近几天是否到了南京……对。就是匿名信举报在莫干山有问题的那名警察。暂时没有找到通共证据，但是嫌疑很大。"

南京中山码头，江水苍茫。天空阴沉沉地下着小雨，江面便更显得烟波浩渺了。顾耀东站在码头上，细雨纷飞落在他身上，只觉得有些清冷。不远处是富丽堂皇的望江饭店，海军总部的登舰茶会就设在那里。

顾耀东在门口被警卫拦下来了。

"先生，请出示证件。"

顾耀东递上了身份证。

"邀请函呢？"

"我从外地过来，是来住店的。"

"不好意思，这几天望江饭店被征用了，现在是海军总部的专用接待点。只有受邀参加的来宾才能入住。"

顾耀东只得去了饭店对面的小吃摊，要了碗馄饨。他心不在焉地拿勺子搅着，目光一直停留在马路对面的望江饭店。

一辆货车从远处驶来，停在饭店侧门。司机下了车，饭店里出来几个穿厨师服的人，从车上往下搬大麻袋。顾耀东似乎想到什么，扔下勺子到就朝饭店跑去。

侧门外，警卫检查完了麻袋里的白菜，示意他们可以搬去后厨了。一名厨师费劲地扛起麻袋，朝侧门走去。顾耀东忽然冒出来，接过他的麻袋，闷头就朝侧门扛去。厨师还以为他是跟着货车司机来帮忙的，没有在意。

　　警卫拦住了他："你是哪儿的？"

　　顾耀东用麻袋遮掩着脸："跟着货车来的，帮忙卸货。"

　　警卫看他快扛不住了，半信半疑地放了行。

　　顾耀东在后厨放好麻袋，顺手拿了件厨师服披上，然后快速穿过安静的走廊从后门进了饭店大堂。鼎沸的人声扑面而来，一群负责迎宾的女大学生举着各种各样的标语和欢迎横幅，挤满了大堂。

　　顾耀东的目光在人群中寻找着，终于，他看见了远处正在等电梯的何祖兴。他一边从人群里往前挤，一边挥手大喊："何记者——何记者——！"学生们的笑闹声盖住了顾耀东的喊声。

　　就在这时，侧门外的警卫带着司机跑了进来，警卫指着顾耀东问："就是那个穿厨师服的！是跟你的货车一起来的吗？"

　　司机："不是啊！我不认识他！"

　　警卫立刻吹响哨子："站住！"

　　顾耀东更拼命地往电梯口挤。电梯门开了，何祖兴第一个挤了进去，就在顾耀东离电梯口只有几步时，被两名警卫冲上来按住了。

　　"何祖兴——！"

　　何祖兴似乎听见有人喊自己，踮起脚朝电梯外张望，然而顾耀东已经被两名警卫狠狠按在了脚下。他什么也没看见，只以为是自己听错了。

　　就在顾耀东被赶出去的同时，赵志勇到了大堂登记处。他出示了王科达给他准备好的通行证和邀请函，顺利拿到了入住客房的钥匙。他拎上行李，漠然地朝楼上走去。

　　顾耀东满身泥泞地坐在小吃摊，面前摆着的还是那碗馄饨。他死死盯着饭店，一脸不甘心的样子。

　　一旁的老板好心问道："你是小报记者吧？"

顾耀东回过神："什么？"

"想混进去拍照呀？行不通的，年轻人，他们查得严着呢！整整两艘军舰要开过来，听说连海军总部司令和国防部副处长都要亲自来！哪有那么容易混进去。"

"我实在有急事。"

"那你得想办法搞通行证。海军总部或者国防部认识人吗？有人就好办事。"

猛然，顾耀东想到了一个人。

黄埔路最北端 1 号，便是南京国民政府国防部。大门外戒备森严，令人望而生畏。顾耀东踌躇片刻，鼓起勇气走上前。

警卫拦住了他："证件。"

顾耀东赶紧从挎包里掏出证件递过去，"我想找监察局一个叫夏继成的监察员。麻烦您通报一声。"刚刚被推出望江饭店时摔了一身泥，这会儿手拿着证件，也蹭得证件满是泥污。

警卫用两根手指嫌弃地夹过去看了两眼："你是警察？"

"是。"

对方显然很怀疑他的身份，上下打量着。顾耀东一身脏兮兮的，穿得又很朴素，实在看不出来他是从大上海来的刑警。顾耀东大概也意识到了这一点，有些尴尬地用袖子擦了擦脸上的泥泞。

警卫把证件还给了他："国防部在开大会，任何人不得入内。"

"麻烦您托人转告一声，我叫顾耀东，我有急事找夏监察官！拜托你了，你告诉他我的名字他会见我的！"

见警卫还在犹豫，顾耀东硬把证件塞还到他手里，苦苦恳求道："人命关天，拜托了！"

大概过了十多分钟后，一名警卫打开了铁锁。终于，伴随着长长的吱呀声，沉重的国防部大门缓缓打开了。高墙环绕的大院内，绿树葱郁。大院正前方，是一栋法国文艺复兴时期的宫殿式建筑，气势逼人。那便是夏继成正在开会的地方——国防部大礼堂。

25

大礼堂中央入口的门廊矗立着八根巨型爱奥尼亚柱,顾耀东从巨柱下经过时,门廊顶部的钟楼敲响了。钟声浑厚庄重,一声声,一下下,低沉地震动着礼堂里的空气。

他跟随警卫穿过大厅朝礼堂大门走去,脚步声回荡在空旷的大厅里,越发衬出身在其中的人的渺小。顾耀东有些拘谨,这是一个他从未来过,甚至从未见过的世界。

礼堂里一名警卫开门出来,顾耀东从门缝朝里张望了几眼,礼堂里高悬着水晶灯,一排排军官正襟危坐。主席台上,一名身穿军装的男人从旁人手里接过委任书,庄严敬礼。在大门关上的瞬间,顾耀东看见那人的侧脸很像夏继成。

也不知道过了多久,会场门终于开了,军官们陆陆续续出来。顾耀东赶紧跑上前,却因为挡了路只能不断退让,像只在人流中迷途的小猫。就在他慌手慌脚时,一个熟悉的身影站到了他面前。顾耀东抬头望去,真的是他。久别重逢,他心底涌着说不出的欣喜和澎湃。

"处长!"他两眼亮闪闪地大喊出声。

然而夏继成只是面无表情地看着他,对于他的出现似乎既不意外,也不激动。

旁边人来人往,一名军官经过时笑容满面地说:"夏监察官,恭喜啦!"

"谢谢。"

那个格格不入的傻子还在激动着,"处长,我刚才看见你……"

"叫我夏监察官。"夏继成冷淡地打断了他。

顾耀东怔住了,就在这时,邱秘书拿着一顶军帽从会议室里跑出来,热络地挥着:"夏监察官!您的帽子!"

夏继成接过军帽戴上,被帽檐阴影盖住的目光显得更加冷峻而疏离了。顾耀东望着他,不敢再开口说话。说不清心里是失落还是难过,也许都有,因为他从未想过一年时间会让处长变得如此陌生。

邱秘书打量着脏兮兮、湿漉漉的顾耀东:"这位是……"

眼前这位国防部的年轻秘书衣着光鲜整洁,尤其是那双皮鞋,擦得油光水亮,顾耀东一时有些自惭形秽:"我……来找夏监察官。"

邱秘书转头问夏继成:"是您的朋友?"

"算不上吧,上海警察局的老部下。"

顾耀东默默往后挪了两步,免得自己的泥污弄脏了他们。

邱秘书倒是一副很热情的样子,主动和他握了手:"你好,我是夏监察官现在的新助手。我姓邱。"

"既然都来了,去我办公室坐会儿吧。"说完,夏继成便转身离开了。

邱秘书赶紧亦步亦趋跟在后面:"刚才会上说要让共军对战略要点'吃不掉',对增援兵团'嚼不烂',我们这是准备一防到底了?"

"现在是重点防御阶段,暂时性的。"

"那将来还会打吗?"

"一定会的,迟早的事。"

"对了,要先恭喜您晋升上校。"

夏继成和邱秘书说着话走远了,顾耀东默默跟在后面,只觉得很羡慕邱秘书。他能和处长无话不谈,而自己甚至已经听不懂他们在说什么。

顾耀东跟着二人进了夏继成的办公室。这里比他从前在刑二处的办公室更敞亮,屋子一角放着一台唱片机,沙发旁的角几上放着几张报纸,屋子窗台上的云竹养得很水灵。夏继成似乎已经彻底融入这里的生活和角色了，到处都收拾得整齐有序，丝毫没了从前散漫的影子。

邱秘书一副东道主姿态，热情地招呼着顾耀东。夏继成坐到自己的位置，冷眼看着二人。

邱秘书给顾耀东端来茶水："还不知道怎么称呼？"

"我姓顾。顾耀东。"

"哦，顾警官。看你风尘仆仆，刚到南京吧？南京这边好山好水，不着急回去的话，可以留在这儿多玩两天呀！"

顾耀东看了看夏继成："谢谢。我来是有案子，办完还要马上回去。"

"哦，这样啊。那你们聊正事。"邱秘书起身到角落摆弄唱片机，但是并没有离开的意思。夏继成装作没在意他。

"夏监察官。"顾耀东有些生硬地称呼道，"上海那边出了一些事。有个案子，我能找到的唯一证人是一名记者，他现在就在南京，但是因为要参加登舰茶会，他住进……"

夏继成忽然打断了他："我已经不在上海警察局了。警局的案子，你来找我会不会找错人了？"

"我实在是没有办法了，来找您是想托您……"

夏继成笑着："你没明白我的意思。刚才你可能也听见了，我刚刚晋升上校，还要代管国防部监察局首席监察官的职务，现在满脑子都是局里的事，大大小小，千头万绪，实在没有精力再过问职责以外的事情。"

"可是这件案子关系到一个无辜平民的性命，这是我最后的希望了。处长……夏监察官，拜托您，帮我一次。"顾耀东恳求道。

"顾警官，我们在上海的时候确实共事过一段时间，但是也仅此而已。现在你突然来南京，要我为了一个素不相识的人，越职过问一桩上海警察局的案子，这个于情于理都让我很为难啊……"

夏继成没有直接拒绝，而是客气地打着官腔。顾耀东眼里满是失望，他宁肯夏继成能直接拒绝甚至骂自己两句，就跟从前一样。

614

"公事我确实帮不上忙，也没什么可说。不过你要跟我叙叙旧，随便聊聊天我还是很乐意的。"夏继成朝邱秘书笑了笑。

邱秘书知道这话是说给自己的，聊天叙旧，再杵在这里就太不识趣了，"夏监察官，那我不妨碍你们聊天了。"邱秘书离开了房间。

但是他并没有真的离开，而是匆匆去了隔壁的房间。屋内有全套的监听设备，他戴上耳机，掏出随身携带的小本子，开始记录。

顾耀东沉默地坐了片刻："抱歉，那我就不打扰了。"他正要起身，夏继成看似随意地走过来，忽然按住了他的肩膀："没关系，既然都来了，喝杯茶再走。"

顾耀东望着他，满是疑惑。

"二处的人都还好吗？"

"还好，就是……很多人和事，和以前不一样了。"

"我还是经常会想起上海的。有时候听听唱片，回想回想过去在警察局的时光，感慨很多啊。"夏继成一边说话，一边朝唱片机走去，"平时喜欢听唱片吗？"

"很少。"

"推荐你听一听这张，励志社音韵部的管弦乐队演奏的。这支乐队在南京很有名气，蒋总统在励志社举行宴会，基本上都是聘请他们演奏名曲。"说着，他示意顾耀东过来。

顾耀东一头雾水地照做了。

"邱秘书，就是刚才那个年轻人。他跟你差不多年龄，日本法政大学毕业的，也是个高才生啊。年纪轻轻办事倒很周到，这张唱片就是他送给我的。"夏继成嘴上说着话，手上示意顾耀东看唱片机背后有一个小按钮。他不动声色地按下一个机关，打开唱片机底座，可以看到里面隐藏了一台正在运转的录音机。

夏继成示意他不要说话。顺着唱片机的电线往上看。顾耀东看见了隐蔽的电线，延伸到天花板，从墙上一个小孔穿了出去。

顾耀东恍然大悟，他诧异地看向夏继成。夏继成淡然地笑了笑，按下唱片机开关，交响乐一时充斥了整个房间，激荡着，澎湃着。夏继成站在唱片机前，似乎沉浸在了另一个世界中。顾耀东望着那个穿着军装的看似陌生的背影，明白了一切。

夏继成送顾耀东到办公室门口时，邱秘书"凑巧"从远处走了过来，笑容满面道："夏监察官，四厅补给处的处长想请您中午吃个饭，庆祝您晋升。"

"在哪儿？"

"新开的一家意大利餐厅，就在中山北路，听说烤肋排很不错。"

顾耀东的肚子咕咕叫了几声，尴尬得无地自容。

夏继成："抱歉啊顾警官，没能帮上忙，也没时间请你吃饭了。"

顾耀东："没关系，是我来得太唐突了……"

夏继成示意楼梯口的警卫送他出去，顾耀东鞠了一躬，说了句"打扰了"，然后便跟着警卫离开了，湿漉漉的背影看起来有些凄凉。

邱秘书跟着夏继成回了办公室，他准备给四厅补给处打电话回绝邀请，刚拿起电话，夏继成问道："海军总司令部的陈司长给了一张请柬吧？"

邱秘书放下电话："是啊，'重庆号'和'灵甫号'今天在中山码头靠岸，望江饭店有茶会，下午还要登舰参观。昨天您没回复，我就收进抽屉里了。"

"林仙级轻巡洋舰啊！应该去开开眼界。"夏继成从抽屉里翻出了请柬。

"我看您不像对军舰感兴趣的人啊。"

夏继成笑笑："当年在大西洋围捕'俾斯麦'战列舰，'欧若拉'护卫'胜利号'击中了德国佬那艘超级武器，我从收音机里听到这个消息的时候，兴奋得从工部局警务处的椅子上摔到地上，四脚朝天。那是民国三十年，你还是个高中生吧？"

"咳咳……差不多。"对于自己的自作聪明，邱秘书也有些尴尬了。

"'欧若拉'现在改名'重庆号'了，值得看看。"

"那四厅补给处这边呢？您不去了吗？"

"我不爱吃意大利菜。"说罢夏继成拿着请柬径直离开了，邱秘书赶紧追了出去。

顾耀东离开国防部没走多远，一辆轿车忽然停在他身边。车窗摇了下来，开车的是夏继成，邱秘书坐在后排。

夏继成："这附近很少有车。正好出门，顺便送你一段吧。"

"不用了，我……"

"上车。"

顾耀东不说话了。他伸手去拉副驾驶座车门，邱秘书热情地叫住了他："顾警官，后边来吧。你可能不知道，夏监察官从来不让人坐他旁边。"说着他挪了挪屁股，腾出一个空位。于是顾耀东赶紧去后面。

夏继成："后面才换的新坐垫，你一身是泥别弄脏了。"

顾耀东手足无措地戳在那里："那……那我把外套脱了？"

还是那么傻不愣登，夏继成无奈了："意思是让你坐前面！"

顾耀东只得又重新回了副驾驶座。邱秘书怏怏地挪回后座中间。

一路上，顾耀东都情绪低沉地望着外面发呆。夏继成说自己要去的地方在中心地段，到了以后他就没工夫再管顾耀东了，要去什么地方，就自己再坐黄包车走。顾耀东应了一声，继续沉浸在低落中。

又过了大概半个多小时，车停了。

"顾警官？……顾警官？我们到了。"

顾耀东这才回过神来，匆忙下车。一下车他便愣住了，在他面前的正是望江饭店。

夏继成："对了，能帮我个忙吗？我车后面放了一箱酒，是送给朋友的。邱秘书是个读书人，没力气。只好麻烦你帮忙搬进去。"

顾耀东克制着激动，配合他演这出戏："好。"

"谢谢。"夏继成朝他笑了笑。

不出意外，门口的警卫又一次拦住了顾耀东，用不着夏继成张口，邱秘书就喝住了他们，"夏监察官是海军部的客人，国防部首席监察官带什么人进去，需要向你们汇报吗？"

警卫偷偷瞟着夏继成，夏继成也不说话，只是黑着脸看着他。警卫赶紧让了路。顾耀东抱着一箱酒，终于进了饭店。

宴会厅里灯火辉煌，弥漫着轻松的音乐，服务生端着盛满水果美酒的托盘，穿梭在军官和太太小姐中间。顾耀东将一大箱酒放到了门口。

夏继成："顾警官，我就不送你了。"

顾耀东望着他欲言又止："谢谢。"

一名军官在远处举着酒杯大声喊道："哎呀！夏监察官大驾光临！老兄啊，我还以为你不肯赏光了。"

夏继成最后看了顾耀东一眼，转过身笑容满面地迎了过去："陈司长的宴会，我怎么能错过呢？"

顾耀东站在门口，望着他融入了另一个世界，转身离开了。

一间客房里拉着窗帘，光线阴暗。桌上放着一瓶酒。赵志勇从牛皮纸袋里拿出手枪，将子弹上了膛，然后将枪别在了腰间，拿起桌上的酒瓶，一饮而尽。

片刻之后，他走出了房间，沿着昏暗安静的走廊朝远处走去。

何祖兴收拾好了照相机，正穿外套准备出门，敲门声响了。

"谁呀？"

门外有人说道："何先生，楼下卫生间天花板漏水了，我上来看看。"

何祖兴开门，狐疑地打量站在门口的男人。

"我是饭店后勤部的。楼下天花板一直滴水，经理让我来看看是不是您这里的卫生间淌水了。"

"什么饭店，才住两天就出毛病。你可得修好，不然我去找经理投诉你。"何祖兴嘟嘟囔囔地领着对方进了门，忽然觉得不对："哎？我没用过水啊，怎么会淌水？"一回头，一支枪已经抵在了他头上。

何祖兴看着他，猛然想起了报纸上领锦旗的那个警察："你，你是那个姓赵的警察……"

赵志勇拿枪的手有些哆嗦。

618

就在这时，敲门声又一次响了，赵志勇一慌神，何祖兴转身就朝屋里跑去，他赶紧追了进去。

顾耀东敲了好半天门，一直无人应答。就在这时，屋里传出一阵响动。他心里一紧，奋力撞开了门。屋内并没有人，但是椅子倒在了地上，一看便是刚刚有过争斗。再仔细一看，地毯上有拖拽痕迹，一直从客厅延伸到里面的房间。他顺手抄起桌上的烟灰缸，小心翼翼朝里面走去。

就在这时，赵志勇走了出来。也许是酒精的原因，他看起来像是失了心智。顾耀东怔了怔，一把推开他冲进里面房间。只见何祖兴倒在墙角，嘴被堵住，手被绑在床头。

一把枪抵住了顾耀东后脑勺，"为什么一定要死死揪着不放呢？"赵志勇声音有些发抖，"从杨一学的事情开始我就没有退路了。耀东啊，松手吧，你从上海追来南京，真的要逼死我吗？"

"我带你回去，现在还能回头！"

"我回不了头了。放过我这一次，事情就过去了。以后我会好好做人的。"

顾耀东激动地转过身直面赵志勇："那这名记者呢？杨一学呢？他们还有以后吗？"

"今天我一定要把事情办成。顾耀东，我拿的是枪，你拿的是烟灰缸，现在走还来得及。"顾耀东一把拽住指着自己的手枪，和赵志勇扭打起来。

赵志勇一脚踢开顾耀东，从地上捡起手枪，指着顾耀东。

"算我求求你了，耀东。就这一次，你当什么都没看见，什么都不知道，安安静静走出去吧。我妈妈！你想想我妈妈！她比杨一学更辛苦更努力，别让她剩下的后半辈子一个人过。只要放过我这一次，我就能在警局里站稳脚，就能多一点选择的权利。人这辈子总会遇到一次自己没得选择的时候！你抬抬手这一关我就过去了！"

"如果伯母真的和杨一学一样，她不会让我把你留下来，自己走出去的。"

"想想你刚进警局的时候我是怎么照顾你的！肖大头他们都看不起你，排挤你，只有我赵志勇拿你当朋友！你是我在警局里唯一的朋友！"

"你也是我在警局里唯一能说真心话的人……"又是一番搏斗，顾耀东终于夺下了手枪，他用枪指向赵志勇，"曾经。"

赵志勇泄气了，苦笑着说："其实我一直不理解，你为什么要给自己设这么多原则。人生哪有那么多必须遵守的东西？你为了这些所谓的原则在警局里横冲直撞，到处招人厌恶，到处惹麻烦。有人欣赏你吗？你有朋友吗？你的人生只剩下一堆干巴巴的原则了。"

"不，我还有良心。"

"我也知道人需要良心！但是大家都没心没肺地泡在臭水缸里，我捧着良心只会变成自己的负担！"

"是一缸臭水我们就把它倒掉！而不是跳进去和他们搅成一锅！"

"干吗要那么辛苦？我没有英雄梦，就想跟所有普通人一样，如果再能比他们过得好那么一点点，我就很满足了。这就是我想要的人生。"

何祖兴挣扎着终于吐出了塞嘴的毛巾，惊恐万分地喊着："他要杀我！警局抓无辜的人顶包被我发现了！他要杀我灭口！"

赵志勇一步步朝窗户后退。

何祖兴大喊："别让他跑了！"

顾耀东用枪指着他，却没有任何动作。

"开枪啊！"

依然没有任何动作。

何祖兴："你不是警察吗？你把他放跑了，他迟早还要祸害人！"

赵志勇："我不是坏人……我真的算不上坏人……"

顾耀东有些哽咽。

何祖兴被绑在床头，使劲挣扎："你是不是不会用枪？给我！我来！"

就在这时，赵志勇忽然纵身跳出了二楼窗户。顾耀东赶紧追到窗边，只见赵志勇摔在外面小路上，捂着脚望着他。顾耀东用枪指着他，然而纠结很久，最终还是没能狠下心开枪。他把枪扔给赵志勇，猛地拉上了窗户，死死抓住窗框不敢松手，似乎只有这样看不见听不见他才能自欺欺人一次。

赵志勇鼻子酸了，最后望了一眼关上的窗户，挣扎着一瘸一拐离开了。

顾耀东给何祖兴一松绑，对方就连滚带爬地去收行李，"他还会回来要我命的！这地方不能住了！"

顾耀东赶紧拉住他："何先生，他们才是应该害怕的人！我需要你拍的那些照片，只要有照片，就能让他们认罪放人！"

"照片不是已经给你了吗？"

犹豫几秒，顾耀东最终还是没有提丁放，"您再想想，尚荣生被绑架的时候您就在附近，还有其他东西能证明绑匪身份吗？我可以给你钱！"

"你救了我一命，要是真有办法我肯定分文不取告诉你。但是确实没有了啊！我拍下那些照片也是凑巧。当时只是为了试试新的相机。早知道有今天的事，我就仔仔细细把整个过程拍下来！"说到这里，何祖兴忽然想起了什么，"你这么一说我倒是想起来，我还有些拍坏了的照片，有的是焦距或者角度不对，有的是冲印的时候没定影充分。本来打算当垃圾扔掉的，有可能可以从里面找到点有用的东西。"

"照片在什么地方？"

"在上海，我家。海宁路鸿得里 12 号。

顾耀东买了最近一趟返回上海的火车。站台上人来人往，他拎着行李包正要上车时，有人在身后喊了一声"顾警官"。一回头，他看见夏继成带着邱秘书站在不远处。

顾耀东完全没想到夏继成会来送自己，一时竟有些结巴起来："处……夏，夏监察官……"他费劲地组织着语言，夏继成呵呵笑两声打断了他，"别多想，主要不是送你，是想托你办件事。"他递给顾耀东一个信封，"回警局以后，帮我把这个交给副局长。"

"要我跟他说什么吗？"因为刚刚的自作多情，顾耀东的脸现在红得像个猴屁股。

"替我问候一声，说句谢谢。火车上鱼龙混杂，东西要随身带着。这里面……"夏继成凑到顾耀东耳边，低声说道，"是你的护身符，务必亲手交给副局长。"

邱秘书也不由自主往前凑，但是什么也没听见。

顾耀东领会了他的意思："您放心，东西我一定完好无损带回上海，亲手交给他。"

"时间差不多了，那就祝你一路顺风。"

"谢谢。"

夏继成转身离开了，顾耀东望着他的背影，忽然喊道："处长！"

夏继成停下了脚步。

"李队长抱了第二个外孙，又当外公了。肖大头轧金子赚了一条小黄鱼但是又被他弟弟借走了。于警官胃口还是那么好。小喇叭终于交女朋友了。赵警官……他很受新来处长的器重。那家小饭馆我经常去，老板娘换了新窗户，门口的猫都被我喂胖了。还有沈青禾，我们还是会吵架，但我再没想过换新房客，她也再没提过要搬走。我们很好，大家都很好！"顾耀东的口舌忽然变得特别伶俐，叽里呱啦一通流水账汇报完了，他舒了口气。

夏继成没有回头，挥了挥手，上了车。

回国防部的路上，夏继成开着车，脸上禁不住露出了一丝笑意。

邱秘书坐在后面，装作随意地问道："夏监察官，您托顾警官带回去的是什么东西呀？"

"一份厚礼。"

"您都不在警察局了，还托他给以前的长官送东西？"

"做人是要讲情义的。有些旧情，很珍贵。"

"难怪您能一路高升。田副署长派我跟在您身边学习，我真是受益匪浅啊！"邱秘书一边说话，一边浑身上下摸笔记本，发现不见了。

"找笔记本吗？好像掉下面了。"

邱秘书一看，正是他的小本子。他赶紧很尴尬地捡起来，写了几句什么。

赵志勇回上海后，去了警察局。钟百鸣领着他去了齐副局长的办公室，再加上王科达也来了，三名长官围着他，赵志勇诚惶诚恐地杵着，觉得自己像一只被豺狼包围的狗。

王科达："都解决干净了？"

赵志勇不敢直视三人："解决干净了。"

"你亲手解决的？"

"是……就，就在江边的树林里解决的。"

"尸体呢？"

"扔进江里了。"

"你撒谎了。"

赵志勇一下子慌了："我……我没有！"

"我问你，你在南京见到顾耀东了吗？"

"什么？"

"你走的当天顾耀东也去南京了。根据钟处长了解到的情况，他也在望江饭店出现过。他明显是去找那个记者的！"

赵志勇一时语塞。

齐副局长："你还有最后说实话的机会。"

赵志勇脑子里反反复复闪过的是那扇突然被关上的窗户，他一咬牙说道："顾耀东是来找过记者，不过来晚了。他找上门的时候，我已经把事情办完了。他没妨碍什么。"

钟百鸣："哦，顾警官找记者想干什么？"

赵志勇："那五个人里，有一个叫杨一学的是他邻居。他想救人，所以一直在找证据，想证明我们抓了五只替罪羊。"

王科达："胡闹，简直是找死！副局长，我就直说了，当初莫干山行动的失败，还有杨奎的死，一直到现在我也没有完全打消对顾耀东的怀疑！他从到莫干山的第一天就惹是生非，我让杨队长收拾他，杨队长出事，我第一直觉就是这小子在搞鬼报复！当初要不是顾忌老夏的面子，我就已经把他交法察处严办了！说他通共，甚至是共党，没有人会惊讶吧？"

钟百鸣思忖着什么："顾耀东这个人，确实让人有点捉摸不透。有时候，我甚至都觉得他太像一个警察，又太不像一个警察了……不像一个国民政府培养出来的警察。"

齐副局长："你也觉得他有通共可能？"

钟百鸣只是笑了笑："我才刚来不久，这种事情，不敢妄言。"

齐副局长："哎，夏处长过去是对他过分庇护了。该检讨啊……"

王科达："一个警佐二级的小警员就敢公然和警局对抗，真要办他，还不就跟踩只蚂蚁一样？"

赵志勇赶紧求情："王处长，事情我已经办成了，顾耀东其实也没有……"话没说完，他看见钟百鸣示意自己闭嘴，于是哑口了。

齐副局长："既然大家都有怀疑，等他回来，该怎么办怎么办。好在记者已经解决掉，照片也在丁局长手上了，这件事不可能再出波折。"

王科达："我看不如今晚就拉那五个人枪决，提前动手，免得夜长梦多。"

齐副局长："钟处长觉得呢？"

钟百鸣依然挂着一脸人畜无害的笑容："这案子是王处长主导负责。警局的事情，王处长决定的我都没有意见。"

"那就今晚吧。"齐升平做了最后决定。

赵志勇惶恐地看着面前三名警察官员，只觉得他们比最丧心病狂的犯人，甚至比鬼还要可怕。

顾耀东蓬头垢面地红着眼睛拼命拍法院大门。

警卫打开门："干什么？"

"我要找法官！我有案子要申诉！"

"这才几点啊！外面等着去！"

顾耀东熬了一夜，眼睛已经有些发直了。他不管不顾推开警卫就朝里冲。警卫赶紧吹着哨子一路猛追，但是很快就连顾耀东的影子都看不见了。

办公室里，几名职员正懒懒散散地准备上班。男职员在打着哈欠穿工作服，女职员在化妆。

顾耀东冲进来就大喊："法官！我有案子要申诉！"

几名职员吓了一跳，一名男职员上来就把他往外推："哪儿来的！这才几点钟呀，还没到上班时间！"

"再晚就来不及了！拜托你们帮帮忙，离行刑没几个小时了，五条人命啊！"

顾耀东看见内屋门上贴着"法官休息室"的标牌，一咬牙冲过去猛拍门，"法官！法官！！"

门口的警卫追了进来，赶紧去拉他："你干什么！"

"拜托开开门！我要替犯人申诉！警局抓错了！法院判错了！我有证据！我请求你们推翻重审！"

一名职员问道："你是律师？"

"我是警察！"

"警察也要按规矩办事，申诉有程序的。"

"按判决结果今天中午就要执行枪决！我没时间再按程序了！"说着他推开警卫，又去拼命拍门。

"好了好了，你别喊了。"男职员怕他吵到法官，态度软了下来，"把材料给我看看吧。"

顾耀东赶紧从挎包拿出照片给他。

男职员看照片："什么案子？"

"尚荣生的案子！"

男职员诧异地抬头看他："什么？"

"尚荣生绑架案！"

办公室里突然变得很安静，过了几秒，众人忽然爆发出一阵哄笑。

顾耀东蒙了。

"你要替那五名绑匪申冤？"

"法院判死刑的五个人根本不是真正的绑匪！我刚刚找到证据！就是这些照

片。这是绑架案当天在……"

男职员笑得直喘："行了你不用说了！你到底哪个警察局的？"

顾耀东一时没明白什么意思："上海市警察局，刑二处。"

"还是总局的呢，没看报吧？犯人已经处决了。"男职员说得轻描淡写。

顾耀东愣住："这不可能……"

男职员把报纸塞给他，"自己看吧，角落上有通告。"

一场闹剧过去，众人三三两两散去，剩下顾耀东呆呆地站在原地。

一切就这么结束了。事情开始得荒诞，结束得轻如鸿毛。顾耀东站在法院气势凌人的罗马柱下，望着街上的车水马龙，一脸茫然和绝望。空中明晃晃的日光照得他头晕目眩。

电话很快就从法院打到了齐升平办公桌上。他挂了电话，一声冷笑，"大闹法院。陈法官到我这儿告状来了。"

王科达："我看这个人真的不能留了。迟早惹出大麻烦。"

"你看着办吧。"齐升平起身走到窗边，眺望着远处的福州路，竟有些感慨："一腔孤勇，抬棺死谏。其情可悯，其途当悲啊……"

王科达去了刑二处，当着钟百鸣的面宣布道："从现在起，任何人，在任何地方见到顾耀东，立刻带回警局查办！不许打草惊蛇，如果发现他有潜逃迹象，不必请示，立刻控制起来！——钟处长，不好意思了啊。"

钟百鸣一脸抱歉："也怪我疏于管教了。该配合的，二处一定配合。"

"如果让我发现有人通风报信，直接送法察处严办！"王科达转头又对一旁的刘队长说道，"马上带人，到他们家守着。"

二处一帮警员面面相觑，噤若寒蝉。所有人都明白，顾耀东这次是难逃一劫了。赵志勇埋着头，脸色难堪。

天黑时，顾耀东才拖着沉重的脚步回了福安弄。邻居们三三两两站在各家门口，拿着报纸窃窃私语。看见顾耀东回来了，他们有的回避，有的嗤之以鼻，有的摇头叹气。从弄堂口到杨一学家这一路，顾耀东的每一步都走得无比艰难。

杨一学家门开着。顾耀东刚走到门口，就看见福朵从灶披间小心翼翼端了一碗面条出来。他下意识地往灯光照不到的阴影里退了两步。

"耀东哥哥？"福朵高兴地喊道。

顾耀东只能强颜欢笑地站了出来。

那只小小的碗里，是清水中间漂着寥寥几根面条。

"这几天，你都是吃这些？"顾耀东心酸地问她。

"白面条已经很好啦。我肚子太小，再多就装不下了，再说还想留给爸爸……耀东哥哥，爸爸的事还是没有消息吗？"

顾耀东不知道该怎么开口，福朵赶紧又说："没关系！我只是想他了。所以问问。"她的懂事，只让顾耀东更加觉得面对她的每一秒都是煎熬："如果你见到爸爸，能在他面前夸夸我吗？就说我每天都好好吃饭好好睡觉了，他听见会高兴的。还有，我的毕业考试公布成绩了，我考了全校第十名！后天是毕业典礼，老师说我要上领奖台，校长会给我们发奖状。"

"我们福朵这么厉害。"

"要是他能看见我站在领奖台上就好了……"

"你爸爸看着我长大，他也想看着你一路从小学生变成大学生，将来有自己的家庭，他还会有当外公的一天。其实他不想缺席你长大的每一步。"顾耀东埋着头，声音有些发抖。

福朵沉默了片刻："耀东哥哥。我爸爸，是不是出事了？"

"家里……"一开口，他的声音已经沙哑了。顾耀东极力忍着不在福朵面前哭出来，憋到满脸通红，憋到声音颤抖，似乎只要稍微松一口气悲痛就会让他溃不成军，"家里的煤球快用光了吧？我再给你拿点。"

福朵看着他匆匆逃走的背影，眼里的光，蓦然黯淡了下去。一个十一岁的女孩，眼里只剩下了苍凉。

顾耀东拎着装煤球的铁桶离开了福朵家，父母就站在家门口等自己，他失控地抽泣了一声又赶紧忍了回去。

耀东母亲快步过来紧紧抱住了他："杨会计的事大家都听说了，只有福朵不知道。"

顾邦才："你也尽力了。回去吧。"

顾耀东好似没听见二人说话，拎着桶木然地朝弄堂口走去。耀东母亲本想喊住儿子，刚开口，就被顾邦才拉住了："让他去吧。"

也不知道要去哪里，他只是闷着头越走越快。就在这时一个人忽然从前面冲过来，拉着他就朝弄堂外跑。

顾耀东怔怔地看着拉着自己手的人，是沈青禾。

就在二人离开后片刻，一辆警车停在弄堂口，刘队长带着几名警员下车进了弄堂。

小路灯光昏暗，空无一人。沈青禾捂着腹部的伤口，急匆匆地拉着顾耀东，一边走一边低声说着："事情我已经都知道了。警局派了人过来，可能知道你去南京的事了。这几天你不能回家，也别去警局。暂时就待在客栈，哪儿都不要去……"

话没说完，顾耀东忽然停下了脚步。沈青禾回头看着他。顾耀东慢慢地无力地蹲了下去，他抱着头，将脸埋进了膝盖。

沈青禾沉默片刻，蹲下去抱住了他："对不起，我回来晚了。"

顾耀东咬着胳膊泪流满面。铁桶上的煤灰蹭了他一身一脸，混合着泪水，到处是黑印，"我不知道该怎么跟她说她爸爸不会回来了……是我的错。如果当时我发现钟百鸣在记者会上撒谎的时候就重视起来，如果我没有把照片交给丁放而是自己送去报社，杨会计就不会是这样的结局。如果，在警局里的人是夏处长，他一定有办法救出杨会计。"

"你尽力了，不要苛责自己。"

"我尽力了可还是失败了，到底该怎么做才对？到底是哪儿出了问题？"

"好，我来告诉你哪儿出了问题。上海的经济彻底失控了，不只是上海，整个国家都出了大问题。国民政府的官员表面喊着同舟共济共渡难关，私底下却干着中饱私囊的勾当。蒋经国奉命要来上海督导经济，那些人就慌了。他们自导自演了尚荣生绑架案，目的就是为了让他交出资委会下属企业的掌控权，用资委会的财产来填补国库亏空。杨会计他们五个人就是绑匪的替罪羊。害死他的刽子手不是警察局的一两个人，而是这个国民政府，是那些人出了问题所以这个世界黑白颠倒了。"

顾耀东在震惊中沉默了很久，猛然，他看见了沈青禾腹部渗出的血，喃喃道："救走尚荣生的人，是你吗？"

"我只是其中的一员。"

"那天晚上在弄堂，那一枪你没有躲过去。"看着沈青禾衣服上渐渐晕开的鲜血，他明白了一切。

沈青禾这才注意到自己的伤口在渗血，强装无所谓地说："没关系，已经从鬼门关回来了。"

"我以为这几天只有我自己经历了天翻地覆，原来你也一样。"

"我们所有人都在经历一场战斗。政府在想方设法让工厂停工，查封仓库，栽赃给尚会长莫须有的罪名，目的就是为了让他屈服。再继续下去，企业会彻底垮掉的。我们一直在应对，但是很艰难。这些重工企业是未来中国仅有的工业基础，我们有责任把这些种子保存下来。要结束这场战斗就必须揭露绑架案背后的真相。这会是一场恶战。顾耀东……你愿意加入我们吗？"

顾耀东望着她。这些是他从来没有听过的话。愿意吗？似乎在很久以前，他心里就有了答案。

刘队长一直带人守在福安弄，但是两天过去了，顾耀东一直没有出现。这天早晨，有巡警突然汇报说在宁波路一家客栈发现了目标。

一个急刹车，三辆警车停在了客栈门口。刘队长刚下车，就看见顾耀东穿着便衣戴着帽子从客栈匆匆出来，似乎要去什么地方。二人对视几秒，顾耀东转身拔腿就跑，刘队长大喝一声："在那边！"一众警察吹着警哨狂追而去。

顾耀东被逼进小路，冲进了一栋五层小楼。肖大头三人和另几名警察随后追了进来。一楼，二楼，三楼……顾耀东拼命朝楼上跑着，推开一扇又一扇不知道通往哪里的门，在楼里穿梭着。

楼越来越高，路越走越少，他冲到走廊尽头推开最后一扇门猛地冲出去，没想到是楼顶平台。周围没有任何相邻的房子，只在正前方三四米之外，有一栋矮楼房。除了跳过去，他没有任何退路。

就在这时，"啪"的一声推门，肖大头和小喇叭追了进来，显然二人也没想到这是一条死路，更没想到会是他们把顾耀东逼到了死路。三人喘着粗气，面面相对。顾耀东眼里没有丝毫退缩。过了片刻，他转头望向几米之外的矮楼房，除了跳过去没有别的办法了，无论如何他不能在今天被抓回警局。

肖大头忽然转头问小喇叭："人呢？"

小喇叭一时没反应过来："啊？"

肖大头装模作样打量四周，仿佛看不见顾耀东一样："明明看见他跑进来了，哪儿去了？"

小喇叭意会："是啊，奇了怪了！哪儿去了？"

二人不约而同转身就走。刚到门边，就看到于胖子喘着大气筋疲力尽推门进来。于胖子看了看站在面前的肖大头和小喇叭，又看了看二人身后独自站在天台的顾耀东，一时有点搞不清楚状况。

肖大头："还看什么？人都跑了。死路一条，没法追了！"

"哦！"于胖子倒是反应很快。

肖大头："你就没有一次不掉队的！回去能不能多练练？"

"哦！"然后于胖子小声嘀咕道，"你们跑得快？跑得快还不是追丢了！"

肖大头哼哼唧唧着在后面踢了他屁股一脚。三人吵闹着离开了。顾耀东默默望着那扇关上的门，红了眼睛。

还是那片荒原，天高地阔，荒草无垠。顾耀东和沈青禾站在杨一学被枪杀的地方，地上的斑斑血迹已经变成了褐红色。

沈青禾："你因为杨一学，我们因为尚荣生，没想到最后我们走到了同一个交汇点。"

顾耀东："剩下的路我想和你们一起走。我要找到真正的绑匪，让有罪恶的人得到惩罚。我救不了杨一学，但至少不能让他悄无声息地死在黑暗里。"

"走上这条路，就像仰面于深海。你真的想清楚了吗？"

"想清楚了。"

"不论对面的敌人有多强大？"

"也许我不了解站在对面的敌人，但我了解自己和谁站在一起，这就足够了。"

沈青禾默默地看了他很久。

"青禾，我在最黑暗的地方跌倒，心却突然明了了。我从来没有像现在这样清楚过自己要做什么。希望你能告诉我这条路应该怎么走。"

"还记得夏处长的话吗？"

"不要忘了当警察的初心。"

"我会把自己知道的一切教给你，教会你隐忍和迂回，教会你用更聪明和隐蔽的手段对付敌人。你可以走得很慢，可以适度妥协，但要铭记初心，永不回头。"

一辆黑色轿车停在齐升平家门口。齐升平刚下车，就看见顾耀东从路边走了过来。他很意外，下意识地看了看周围，并没有其他人。

顾耀东鞠了一躬，然后双手递上夏继成的那封信："副局长，这是夏处长托我交给您的东西。"

齐升平有些迟疑，他没有伸手接信，而是问道："你去南京见了夏处长？"

"是，处长让我替他说一声谢谢，感激这些年您对他的照顾。还有……让我跟您认个错。"

26

　　齐升平半信半疑地打量着顾耀东，显然，他很难相信面前这个人会主动跟人低头认错。

　　顾耀东："我知道，这次去南京肯定让王处长很生气。既然选择来警局，就应该遵守警局的规矩。大家都很辛苦，我做事不顾大局就是在拖累别人。我是真的知道错了。"

　　齐升平一声冷笑："错了，还是怕了？"

　　"我知道王处长要调查我……我实在没想到事情会这么严重。"顾耀东看起来显然是怕了。

　　"那你也应该知道自己被调查的原因了？"

　　"我没有通共。我就是为了救杨一学。说到底还是虚荣心作祟。都是一个弄堂的邻居，杨一学被抓以后，左邻右舍全眼巴巴指望着我，都以为我在警局里很有办法，我一时鬼迷心窍就夸了海口……副局长，我们家就我一个儿子，我父母都是老实人，我不想让他们变成弄堂里的笑话。以前是我不懂规矩，再给我一次机会，我会从头去学怎么当一个好警察。"

　　这理由听上去倒是有几分可信，但齐升平断然不可能为了一个有通共嫌疑的底层警员心软，他冷漠地说："顾警官，你不应该对我开口。以你的警衔，跟我还

632

说不上话。"

顾耀东又鞠了一躬，双手奉上那封信："拜托您！看在夏处长的面子上帮帮我。"

"这里面是夏继成替你求情的信？"

"处长说是送给您的礼物。"

齐升平有些疑惑，犹豫片刻，从他手里接过了信："现在不马上逮捕你，已经是看夏继成的面子。如果你心里没有鬼，那就回警局接受调查。其他的，我爱莫能助。"说罢他转身进了铁门。

顾耀东看起来很失望，在齐升平离开后，他偷偷望了渐渐关上的铁门一眼。

齐升平回家后第一件事，就是关上书房门，在台灯下拆开了那封信。他看完了信，如同顾耀东所预料的一样，他的表情渐渐从严肃变成了欣喜。

黑暗的电影院里，顾耀东一个人看着电影。过了片刻，沈青禾走过来坐到了他旁边。

"顺利吗？"

"顺利。"说完，顾耀东又有些不自信地补了一句，"应该是顺利的。"

"他看了信？"

"没有当着我的面拆开。但是我能看出来，他一听这是处长送的礼物就很感兴趣。"

"那就好。明天等我的消息，如果事情办成了，你就直接回警局，按我们商量的说辞来应付。我们的人也在加紧找那两名有枪伤的绑匪，还需要一点时间。他们是人证，再加上你的照片，人证物证齐全，我们的计划就可以开始了。"

"现在明白处长为什么一定要让我在警局留下来了。只要能重新回警局，我就能发挥作用，能做很多事。"

"他的护身符能给你回警局争取一个机会，但回去以后肯定是一场拷问，能不能扛过去，只能靠你自己了。"沈青禾很担忧，不是因为怀疑，而是因为心疼，因为她已经可以预见顾耀东回去后将是怎样一场腥风血雨，她见过太多人从此再也站不起来。对于前二十多年都是在爱与呵护中长大的顾耀东来说，那将是不可想象的磨难。

顾耀东似乎知道她在想什么，只是轻轻地说："等我的好消息。"

二人沉默地看着电影，显然都想着心事，不知银幕上所云。

过了片刻，他们同时开了口："处长……"

沈青禾："他在南京还好吗？"

"他很好。"

"那就好。希望我们作为搭档的第一仗不会让他失望。"

十六铺码头，一队便衣警察突袭搜查了一艘货船。

船主上前来阻拦，一名便衣问道："周先生？"

船主愣了一下："你认错人了。"

"怎么会认错呢？你跟陈公博做生意的时候，可是很风光的！什么时候从日本回来的？"

"什么日本？我从来没去过日本！"

便衣不再理会，手一挥，示意几名手下搜船。

大概过了半个小时，搜查结束了。领头的便衣匆匆跑到码头远处一辆黑色轿车旁。车窗摇了下来，坐在里面的是齐升平。

"副局长，船上整整十箱货，字画，玉器银器，紫貂皮，还有红木家具，都是稀罕货，正在清点。"

齐升平听得心驰神往："陈公博当年要送汪精卫寿礼，这个周，可是慷慨解囊啊。"

便衣诌媚道："您的消息太及时了。他三天前偷偷从日本回来，肯定就是为了把这一船宝贝运去日本。"

"珍贵的东西就应该留在该留的地方。要是因为这帮汉奸作祟，流落他乡，那我岂不成国家的罪人了吗？"齐升平言语间竟有些愤慨。

那批文物自然要上缴国库，但是齐升平知道，他从清单上划掉的东西，晚上他们就会悉数送到自己府上。毕竟已经为国家挽回了这么大一船文物，拿一点小利犒劳自己，不算罪过。再说从抗战胜利那年国民政府严查严办汉奸开始，哪个官员不是这么干？自己不过照章办事罢了。齐升平心满意足地摇上了车窗。

江边一艘小船上，沈青禾一身渔民打扮，远远望着那几名便衣警察将一箱箱货物从船上搬下来，装上了货车。

警局大楼里安静得像是所有人都消失了一样，就在顾耀东出现的几秒之内，刑一处警员从暗处一拥而上，飞扑着将他按在了地上。刚刚还静悄悄的大厅顿时炸开了锅。

顾耀东被按在地上，脸贴着地，没有挣扎。他看着刘队长的皮鞋走到鼻尖跟前，蹲下。

"还敢大摇大摆走进来。顾耀东，你这次完蛋了。彻底完蛋了。"

赵志勇在远处看着这一切，哆嗦着，纠结着。

顾耀东被刑一处警员押上了楼，二处警员挤在楼梯口担忧地望着他，却都无能为力。

李队长拉住刘队长，小声问道："这是要押他去哪儿？"

"抱歉啊李队长，接到命令，马上送审讯室。"

李队长拉着他还想求两句情，刘队长不耐烦了："两位处长都等着呢。"他只能无奈地松了手。

赵志勇躲在人群最后，当顾耀东被押着从他面前经过时，他忽然挤上前抓住顾耀东的胳膊嚷嚷起来："你说你这是何苦呢？早就劝你了，没那个本事还非要多管闲事！结果现在杨一学还不是死了！记者也死了！"

顾耀东立刻明白了他的意思，他心情复杂地看着焦灼忐忑的昔日好友。

"一会儿王处长问起来千万别再乱讲话！认个错态度好点，事情就过去了！明白了吗？"赵志勇恳切地看着他的眼睛，那一刻，顾耀东相信他是在意自己死活的。

离开南京时，顾耀东已经交代何祖兴去乡下避一段时间，不要去大城市，也不要坐火车和住客栈，以免被人追查到。他决定回警局，唯一要冒的险就是赵志勇，他必须赌赵志勇没有将南京的事情说出去。现在，他赌赢了。

顾耀东戴着手铐，坐在审讯室。齐升平没有来，负责这场审讯的是王科达和钟百鸣。

"副局长把你交给我审了。钟处长的意思呢，他不插手。夏处长远在南京，也救不了你。这也许是我们之间的最后一次谈话。想说点什么？"王科达脸上挂着小人得志的笑。

顾耀东看起来筋疲力尽，情绪低沉："我走了一趟南京，终于看清楚现实了。我当不了英雄。赵警官收到的第二封匿名信是我伪造的，去南京也确实是想找那个姓何的记者。我想救杨一学，但是最后杨一学死了，记者也死了。我尽了全力结果还是一事无成。要开除就开除吧，我认了。"

王科达冷笑两声："你做了这么多，怎么可能开除呢？"

顾耀东故作惊讶："不开除我？"

"当然！不轰轰烈烈地结束，枉费你对他们的一片忠心啊！"

"他们是谁？"

"呵呵呵，别装傻了。你是为了一个拉车的这么拼命吗？根本不是。你这么卖力要找出尚荣生绑架案的绑匪，其实是因为你在给共党做事。"

顾耀东显然慌了手脚："这不可能！我跟共党没有关系！"

"不仅有，而且是从很早开始就有了。在莫干山我怀疑过你和杨奎的死有关，不过那次你命大，有人护着。莫干山让你们得了手，现在又想借尚荣生的绑架案大做文章，搞乱上海。"

"我根本就不关心尚荣生的案子！一开始我连专案组都没参加！要不是因为杨一学，我根本不会卷到这件事里面来！我爸爸在弄堂跟人保证能把人救出去，我不想让他们一把年纪了还被人背后说闲话。"

负责记录的刘队长小心翼翼地问道："处长，这些还记吗？"

"记啊！为什么不记？他说的每一句话都要一字不落记下来。"然后王科达皮笑肉不笑地对顾耀东说，"你现在爱说什么说什么，怎么说都行，我不在乎。反正最后都要送法察处，以通共罪处决。总要满足你一次当英雄的心愿啊！"

"王处长，我在南京没有坏任何事！凭什么定我的罪？"

"你去南京，就是错。"

"你说我不服从警局纪律，办事不顾大局，这些我都认。但是我没有通共，你不能把这顶帽子往我头上扣！"

王科达走到他面前，盯着他的眼睛说："从你刚进警局就开始跟我作对，我早就想把你这颗老鼠屎踢出去了。现在把这顶帽子戴你头上再合适不过呀！"

钟处长一直坐在暗处观察二人，王科达说这话时，他微微皱了皱眉头。

王科达："刘队长，一会儿好好审，认罪书上需要什么，就让他承认什么。警局的刑具不如76号花样多，但对付他足够了。"他转身要走，又想起什么，笑呵呵地说："对了，杨一学最后是我亲手打死的。他可能是这辈子第一次看见枪吧？确实是个老实人啊，吓得都瘫在地上了。早知道就在旁边多挖个坑了，等你因为通共罪被处决了，也好埋在那儿跟他做个伴。"

顾耀东压抑着心里的情绪，手有些哆嗦了："这是栽赃，逼供。"

钟百鸣原本一直盯着顾耀东，但是不知不觉有那么几个片刻，他的目光移向了王科达。

王科达走出审讯室，交代刘队长道："人拉去刑讯室，只要他招了，马上把报告交法察处。我要以通共罪弄死他！"说罢他便扬长而去。

钟百鸣随后出来，他一边走一边思忖着什么，慢慢停下了脚步。

顾耀东被押出审讯室时，钟百鸣忽然走了回来："顾警官，抱歉啊，我也无能为力。王处长毕竟是警局老人，你看……有没有可能让夏处长替你求情呢？听说你去南京还见了他。"

钟百鸣突然提起这个，顾耀东有些意外，他装作有些怨气地说："我是去找过他。但是人家刚刚升了首席监察官，不愿意再管我的事了。"

"他带你去了望江饭店？"

"他去参加宴会，让我帮着搬东西。"

钟百鸣似乎在自言自语："哦，那名记者恰好就住在望江饭店。呵呵，这倒有点巧了。"

顾耀东被人押走了。钟百鸣望着顾耀东的背影，看不出喜怒。

　　码头的几名便衣把齐升平抽出来的古董、珠宝送到了他府上。这一晚上，齐升平和夫人都忙着欣赏各种奇珍异宝。

　　齐升平："这个叫周和钦的汉奸是只肥羊啊，当初陈公博讨好汪精卫，没少从他这儿借花献佛。前两年惩办汉奸，陈公博被处决，他就跑去日本躲着了，估计是看着风头过去了，偷偷溜回来取家当。

　　副局长夫人爱不释手地把玩着一把玉如意："光是玉如意就有六柄。夏继成卖你这么大一个人情，是什么意思？"

　　"他在南京看得见摸不着，给我递这个消息算是卖个人情。只不过这份人情太大，有点头疼啊。"

　　"这有什么可头疼的？"

　　"顾耀东在南京闯了祸，王科达要查他。夏继成让他来送这封信，多少也有托我帮忙照顾的意思。"

　　副局长夫人放下如意，又去试戴项链："他这人重情义，这次你帮一帮他，以后兴许也有用得上他帮忙的时候。"说着她又拿起一个小盒子，打开来，里面是一根翡翠翎管，"升平！"她惊叹地喊道。

　　齐升平接过翎管，迎着灯光欣赏着翡翠透出的盈盈绿光："其实要说这个姓顾的是共党，确实牵强了点。"

　　"一个象牙塔里走出来的书呆子，总是有一点理想主义的。他想当英雄，干出这些事情来也就不奇怪了。"

　　副局长夫人起身打开唱片机，吴莺音软糯的歌声响了起来。看着夫人在书房里心情愉悦地晃着舞步，齐升平若有所思。

　　阴暗的刑讯室里，顾耀东被绑在刑具上，遍体鳞伤。他抬着头，从狭小的天窗望着外面的夜空，平静地等待着。

刘队长正在接电话，是齐副局长打来的，问了几句情况就挂了。

一名警员说道："我还以为要喊停手了。"

"副局长大人怎么可能管他死活？他就是今天晚上死在这儿了，也不会有人过问一句。赶紧审！王处长还等着呢，再不开口就换刑具！总有让他怕的！"

第二天一早，刑二处警员执勤回来，一开门，就看见顾耀东的桌上放了一瓶菊花。众人都愣了。肖大头冲过去直接抱起花瓶就砸了个粉碎。

对面刑一处的门也开着，几名一处警员看到对面的动静，偷偷乐着。

午饭时候，二处警员坐了一桌，气氛依然很沉闷。钟百鸣端着饭盒从旁边经过，听着他们议论。

赵志勇："顾耀东是个书呆子，根本不懂政治。如果警局里真有人通共，把帽子扣在耀东头上，不是反而让真正通共的人躲过去了吗？"

肖大头："赵志勇，你总算说了一次像样的话。"

小喇叭小声说："王处长可能也没找到什么通共的证据，只不过顾耀东得罪过他，所以才倒了霉……"

钟百鸣敲了敲桌子："王处长有证据也不用通告我们。吃完饭都回去做事，管好嘴。"

众人埋头吃饭，不再议论。反倒是钟百鸣陷入了沉思。

齐升平去了刑讯室。一夜过去了，顾耀东依然什么都没招。他进去一看，顾耀东遍体鳞伤，人还醒着。

"用了重刑？"他问刘队长。

"能用的都用了。"

齐升平有些不敢相信："这样都没开口？"

"不，他开口啊，一直在说！但说的也确实都是废话！一点用都没有。"

齐升平沉吟片刻，低声问道："以你的感觉，他会通共吗？"

"副局长，说实话……不像。他就是个书生，早就扛不住了，但确实什么都招不出来。"

又沉默了片刻，齐升平离开了刑讯室。他把王科达和钟百鸣同时叫到了办公室，交代方秘书不能让任何人进来，然后关上了门："叫你们来，是想说说我对顾耀东这件事的看法。"

王科达立刻意识到事情可能有变。

"这两天，我一直在想一个问题。顾耀东这个人，当初招收进警局一时也是传为美谈的。钟处长来得晚可能不知道，王处长应该记得。他是名牌大学高才生，当年对于重塑警局形象大有益处。段局长去南京述职，行政院还专门提起这件事，赞赏有加。本来这一次我的意思也是严办，但是一想到这些就顾虑重重。现在说顾耀东通共，这就等于在承认从局长到各位，大家都是一群糊涂虫。"

王科达："可是……他确实有太多嫌疑了！"

"嫌疑，不是证据。"

"我总能审出来的。"

"三木之下，何求不得？然后呢？承认我们当初选人不慎，用人不当？坐在我这个位置，做事是要上上下下通盘权衡的。"齐升平语气有些重。

王科达不吭声了。

钟百鸣："王处长也是谨慎起见，法察处如果能证明他清白当然最好，如果查出来真的有问题，及时清除，也算好事吧。"

"要说顾耀东这种水平的人是共党，还在警局里潜伏了这么久，我想你们自己也不会相信。至于通共，借警局职务之便干过买卖情报勾当的人，不在少数，不能轻易定性吧？"

王科达："顾耀东和他们不是一类人。这小子干这些不是为了钱那么简单，说什么为了面子也都是屁话。他是有信仰的，他的信仰不是唾沫星子，执着起来是很可怕的。这次就差点酿成大祸！"

齐升平劝道："毕竟没有造成实质性的破坏。五只羊和记者已经死了，证据丁局长也销毁了。我认为就没有必要自揭家丑了。既然顾耀东认了错，表示悔改，我建议再给他最后一次机会。"等了片刻，见王科达和钟百鸣没有表态，齐升平收起了笑容："当初这批警员是我负责招收进来的，我还是希望能给自己保留一点颜面。二位觉得呢？"

王科达欲言又止，最后只能憋气地说："您的安排我当然服从。但我确实不放心这个人，这次没找到证据不代表他清白。我申请把顾耀东调到刑一处，只要让我时时刻刻盯着，不可能抓不住他的尾巴。"

钟百鸣不动声色地看了他一眼。

回刑二处后，钟百鸣立刻给田副署长打了一个电话，结果仍然是令他失望的。田副署长查过顾耀东和夏继成的谈话记录和录音，全都很干净。至于望江饭店，夏继成是去参加海军司令部陈司长的宴会，请柬几天前就发了，有没有顾耀东来他都是要去的，似乎并非他所怀疑的是为了顾耀东而去。

钟百鸣仍然不死心："还有一个疑点。邱秘书说夏继成在火车站交给顾耀东一封信，说是给副局长的礼物。我怀疑就是这份礼物让副局长突然改变态度，宣布停止调查了。这么看来，顾耀东回来自投罗网，有可能是夏继成的安排。他回来不是投降，而是卧薪尝胆。"

"你对夏继成的怀疑，有确凿证据吗？"

"暂时没有。"

"那你确定顾耀东肯定就是通共的那个人吗？"

钟百鸣犹豫了一下说："也不能确定。"

电话那头的田副署长有些不悦："百鸣啊，有些利害关系你是要有数的。夏继成现在已经不是警察系统的人了，我这次能派人到他身边去，也是因为有例行甄别这个契机。如果没有确凿证据，总署是不方便再有动作的。这个人在国防部吃得很深啊，他是两个吴将军底下的人，明白吗？"

话已至此，钟百鸣只能识趣地放下了电话。

沈青禾一直在家门口徘徊，要么反复洗那么几件衣服，要么帮耀东母亲洗菜择菜，就这样从下午一直等到黄昏，还是不见顾耀东的身影。

路灯已经亮起来了，她心神不宁地去了弄口。一名邻居经过时招呼道："沈小姐，等顾警官呀？"

"我没等他啊！"沈青禾口是心非，"任伯伯的猫又跑了，我帮他找找看。二喵——二喵——"她尴尬地一边装作四处找猫，一边朝远处张望。

就在这时，她看见远处黑暗中，一个戴着警帽的人影扶着墙，缓慢地走了过来。她下意识地赶紧退到弄堂里，一边找地方躲，一边手忙脚乱地整理头发和衣服。因为太过慌乱，她躲起来才发现自己脚上只剩一只鞋了，还有一只掉在了路中间。

她想跑出去捡，又怕被顾耀东发现自己在等他，正手足无措时她听见顾耀东轻声问道："青禾，是你吗？"

沈青禾羞得无地自容地转头瞟了他一眼："我出来帮任伯伯……"只一眼，她愣住了。

几步之遥，顾耀东扶着墙站在路灯下，制服穿得整整齐齐，却能看到渗出的血迹。沈青禾怔怔地朝他走过去，全然忘记自己还光着一只脚。

顾耀东咧嘴一个傻笑："我回来了。"

沈青禾红着眼睛扑上去抱住了他，而他终于再也支撑不住，晕了过去。

沈青禾将顾耀东带回了她搬进顾家以前住的公寓。她动作麻利地反锁了房门，拉紧所有窗帘，打开一盏小灯，解开顾耀东的制服，里面的白衬衣已经被深红浅红的血湿透，粘成一片。

刹那间眼泪夺眶而出。

她狠狠地一把抹掉眼泪，迅速扎起头发，从柜子里拿出急救用品，戴上橡胶手套，像熟练的急救医生一样开始清理伤口。她不断提醒自己镇定，提醒自己忘记眼前的人是顾耀东，然而眼泪还是止不住地往外涌。

顾耀东醒过来时，是一个阳光明媚的上午。眼前是一间明亮安宁的公寓房间。阳光从窗户照进来，白纱帘轻轻飘动着。窗口外晒着顾耀东的制服。锅里热气腾腾炖着东西，袅袅白烟里，沈青禾在切菜。

他以为自己在做梦。

沈青禾端着药过来："伤口还疼得厉害吗？"

"好多了。"顾耀东埋头一看伤口，才发现自己上半身没穿衣服，到处是绷带，顿时有些不好意思，"这是哪儿？"

"搬到你家以前，我一直住在这间公寓。等伤好些再回福安弄吧，免得顾先生顾太太看见了担心。"

顾耀东红着脸偷看了她两眼："我扛过来了。他们信了。"

"你担心我扛不住说错话吗？"

"你是什么人我还不清楚吗？"

沈青禾说得很随意，但是顾耀东灿烂地笑了。

"把药喝了吧。炉子上在熬粥，我去看看。"

"那个……"顾耀东红着脸支支吾吾，"一直都是你在照顾我吗？"

"是啊。怎么了？"

"没事。"

沈青禾一走，他就赶紧掀起被子朝被窝里看。

"别看了，裤子在你腿上！"沈青禾头也不回地说。

顾耀东尴尬地放下被子。

从鬼门关回来以后，顾耀东恢复得很快，好像有一股无形的力量在催促着他。他每天大口吃饭，大口喝药。这样大概过了三四天时间，他基本恢复了体力。动心忍性之后，便是增益其所不能。再之后，便应是天降大任了。

这天傍晚，顾耀东主动去了齐升平家，像个学生一样拘谨地坐在书房沙发上，过了好半天，他站起来生涩地鞠了一躬："副局长，谢谢您的救命之恩。属下……卑职……"

"行了，"齐升平挥了挥手示意他坐下，"知道你不擅长这一套。夏处长的人，能关照的我自然要替他关照。"他看了看顾耀东脸上依然可见的伤痕，"身体怎么样？"

"已经没事了。"

"吃一堑长一智，未尝不是好事。今后你打算怎么办？"

"如果能回警局，我一定谨言慎行，警察该做什么我就做什么。这次我是彻底看清楚现实了，自己没有当英雄的本事，也没有当英雄的命，这个英雄梦就不要再做了。"

齐升平笑了笑，起身去书柜里拿了两根金条，放到他面前，"收着吧。"

"是。您放心，我会尽快交给夏处长。"顾耀东正要把金条收进挎包，只听齐升平说："夏处长那份，我单独留了。这是给你的。"

他一愣，赶紧把金条退回去，"副局长，我只是替处长跑腿，这个不能收！"

"这是办事的规矩。你从前就吃亏在办事不按规矩。既然想重新来过，现在就要开始学着做。那封信你送得很及时，这是你应得的。"

顾耀东看着两根金条，有些犹豫地说："处长说，他远在南京，分身乏术，刚好我和沈小姐……又是恋人关系，所以他想把在上海的生意托给我打理。如果您有货要出手，我可以和处长一样通过青禾来周转。跟在处长身边两年，应该怎么做我都清楚。"

齐升平很满意："你在南京走这一趟，看来没有白走啊。"

顾耀东将金条装进了挎包，"今后还望您多多指点，多多提携。耀东一定不忘您今天的救命之恩。"

顾耀东离开后，齐升平坐在客厅沙发上惬意地享用着水果。夫人从旁边小客厅出来，问道："过去不是听你说他很有原则吗？这种事情，在他眼里应该是黑暗透顶才对呀。"

齐升平笑着说："一个人从什么时候开始接受黑暗？从他变成既得利益者开始。"

"他就舍得他当警察的初心？"

"初心都是虚的，人性也都是凉薄的。一根金条舍不得，那就用两根。只要拿更好的来换，一定舍得。"

顾耀东终于回了福安弄，脸上的伤疤已经渐渐淡去了，对家里他只说是这几天去郊外集训摔的，应付了过去。

吃晚饭时，耀东母亲的位置空着，除了她自己的一副碗筷，旁边还多放了一副。

顾邦才正襟危坐，清了清嗓子说道："既然人都齐了，那我就正式宣布一件事。你们也看见了，桌上多了一副碗筷。因为从今天开始我们家要多一位新成员。"

正如大家所料想的一样，耀东母亲牵着福朵进来了。

顾邦才："从今天开始，福朵就是我们顾家的小女儿，由我和你们妈妈来照顾。上女中以后，就要住校了，学费和一切衣食住行，我们会负责到底。钱的事你们不用操心，这些年我们两个人毕竟还是有些积蓄，我每个月有薪水，再加上我的股票不是白炒的，金子也不是白轧的……"

"顾邦才，讲重点！"耀东母亲嚷道。

"总而言之一句话，我们会尽心尽力抚养福朵长大。荣华富贵不能夸口，但一定让你衣食无忧，健康快乐。福朵，你看看耀东哥哥和悦西姐姐，就知道我没有骗人。"顾耀东和顾悦西都笑了。

耀东母亲："住校以后，什么时候想回家，随时回来。以后这里就是你家。"

福朵有些腼腆地往耀东母亲身后靠，多多跑过去，主动将福朵牵到自己身边坐着："我宣布，以后我就有姐姐了，谁也别想欺负我！"

顾悦西："哪还用等以后，现在就已经没人收拾得了你了！"

"也别想欺负我姐！"

"她要是你姐，那还是我小女儿呢。你要是保护不好福朵，有的是人揍你屁股！"

一家人七嘴八舌，温馨而美好。沈青禾住进来那天，顾家从五个人变成了六个人。而从这一天开始，顾家从六个人变成了七个人。

夜里，顾耀东和沈青禾蹲在晒台上，围着两根金条怎么也看不够。

"组织上的意思，这个就不用交上去了。"沈青禾很认真地说。

"两根金条啊！可以买好多东西了，药，衣服，还有枪！"

"我当然知道！"

"那为什么不要?"顾耀东急吼吼地伸手抓金条,"你不要,我去南京交给处长!"

沈青禾一把按住金条,"我也没说不要啊!组织上的意思是给福朵。"

顾耀东怔了怔,笑了。

悲伤的情绪终于如同顾耀东的伤疤一样,随着时间流逝而渐渐消散了,而福朵的眼睛里,也终于重新有了温度。福安弄这间小小的房子似乎有种魔力,能够温暖每一个住进这里的人。曾经的沈青禾,今天的福朵,她们带着悲凉而来,终有一天,会从这里重新走回阳光下。

同德医院二楼的走廊尽头,是216号病房。门口守着两名便衣警员和两名便衣稽查处队员,戒备森严。病房里躺着的,正是被老董开枪打中肺部的那名稽查处队员。昏迷多日后,在这天上午,他的手指忽然动了。

同样在这个上午,顾耀东回警局报到了。他的头发剪短了一些,脸上的伤口也淡去了,穿着一身熨得笔挺的制服,看起来精神抖擞。

刚走到刑二处门口,二处警员就已经一窝蜂挤到门边。

小喇叭:"回来了!"

顾耀东笑着:"嗯,回来了。"

肖大头:"还以为你这次要死在里面,就差往你桌上插菊花了。你怎么就这么不省心呢?"

"别理他!有人往你桌上摆菊花,他第一个冲上去砸了。"

顾耀东一脸幸福地傻笑。李队长慢悠悠地走过来。

顾耀东敬礼:"队长,我回来报到了!"

"回来了就好。"

"局里停止对我的调查了,但是……王处长要调我去一处留一段时间。"

"听说了。一处二处不重要,人在警局就好。"

就在这时,刘队长带着两名警员匆匆跑进了刑一处。

李队长:"赶紧去吧,可能有什么事。好好表现。"

"是!"

众人回了二处，只剩下一直站在角落的赵志勇犹犹豫豫没走。顾耀东看着他，二人心情都有些复杂。赵志勇朝他挤出一个笑容，顾耀东不知该如何回应，只能也生硬地朝他笑了笑，然后转身进了刑一处。

赵志勇僵着一脸多余的笑容，不知该如何收场。

顾耀东一进刑一处，就看见刘队长和刚刚跑进去的两名警员在窃窃私语。王科达的办公室关着门，通常这种情况，就说明里面有重要的事情。

"请问，王处长在里面吗？我来报到。"顾耀东问刘队长。

"等会儿！处长在打电话。"

等了一会儿，办公室门忽然开了，王科达一边打电话一边招呼刘队长进去，刘队长和两名警员赶紧跑了进去，谨慎地关了门。没过多久三人又出来了。

"准备一下，马上过去吧。"刘队长说道。

"命真够大的，那枪都打在肺上了，还能活到现在。"

"所以说天意啊。那天晚上那女的，也就这个人近距离接触过，只有他能认出来。不然处长一直保护着干什么？"

"现在只是有反应。等去了再……"刘队长说着话一转身，看见顾耀东杵在那儿，顿时有些警惕，"你在这儿干什么？"

"我等处长空了，进去报到。"

话音刚落，王科达开门出来了："欢迎啊，顾警官。以后就要天天在一起了，不会觉得有什么不方便吧？"

顾耀东装傻，"不会！都是刑警处，不管二处还是一处，我都会好好做事。"

"最好是这样。我这个人最不相信运气，鬼画张皮往身上一披就能装一辈子人吗？好运气是会用光的，是人是鬼，总会真相大白的。"说罢，王科达带着刘队长三人离开了。

顾耀东忧心忡忡地望向他们的背影。尽管只断断续续听到几句，但他依稀可以判断，当天在弄堂里袭击沈青禾的其中一名绑匪，可能醒了。这意味着沈青禾有可能暴露。

王科达一行人赶到216号病房，刚一进去，就看见一名医生正在给病人做检查。他过去一把拉开医生，质问负责守卫的人："谁让他进来的？"

一名稽查处队员说："我们看见病人手指动了几下，所以就叫医生来检查了。"

王科达打量医生："以前的医生不是你。"

"叶医生父亲去世，他这段时间都请假了。我姓郭，我跟他是同事。"

王科达训斥一名刑一处的便衣警员："我交代过不许随便让人接触病人吧？"

"对不起王处长，是稽查处的人要求马上叫医生……"

医生："哎？我也是医生，我来看我的病人，这有什么不可以？"

王科达："病人什么情况？"

"脑神经开始支配身体有反应了，说明有好转。手指神经系统很发达，恢复动作比较容易，但是人什么时候能醒过来，这个不好说。"

王科达给刘队长使了个眼色，刘队长立刻带手下将医生架了出去。

不一会儿，稽查处陶处长也匆匆赶来了："听说有反应了？"

王科达很不客气地说道："陶处长，你们稽查处的人办事也太不谨慎了！随便一个医生就敢往病房里带，万一有共党混进来呢？"

陶处长没想到他会这么不留情面地兴师问罪，脸色也难堪起来："有反应不叫医生，那你说怎么办？"

这话倒是提醒了王科达。医院人多眼杂，也许是该想个更周全的办法了。

顾耀东一边墩着地，一边观察着王科达的动静。从外面回来后，王科达一直在办公室里踱步。终于，电话铃响了，王科达马上拿起了电话，同时关上了门。

顾耀东假装墩地墩到了办公室门口，但是什么也听不见。

27

这一上午王科达都在忙碌。从刘队长三人透露的只言片语来看，顾耀东猜测王科达出门前后的两个电话，很可能都和那名有苏醒迹象的绑匪有关。如果能查到电话来源，也许就能找到那名见过沈青禾的绑匪。

他一个人去了五楼，走廊西边就是电话接线室。周围警员来来往往，顾耀东装作看墙上的画报，不时偷瞄着接线室。

已经到午饭时间了。没等多久，几名女接线员从里面走了出来，结伴去食堂。"最后出来的锁门啊！"一名接线员朝里面喊道。

最后一名接线员离开时，用钥匙锁了门，顺手把钥匙串拎在了手上。

拎钥匙的女接线员步姿婀娜地走在前面，顾耀东着了魔般地跟在后面，目光跟着她手里的钥匙晃来晃去……一路跟着钥匙晃到了食堂。

几名女接线员坐了一桌，一边吃饭一边说笑。顾耀东正注意着钥匙去向，刑二处警员端着饭盒兴高采烈地过来，围着他坐了一桌。

小喇叭："猜你就是一个人吃饭。"

于胖子："以后你去一处做事，吃饭还是和我们二处一桌。"

顾耀东支吾了两声，心不在焉地瞄着接线员将钥匙揣进了衣兜。

肖大头拿筷子敲他的饭盒："哎哎哎，想什么呢?"

顾耀东这才回过神来。

"你是不是在一处又挨训了？"

"没有，他们顾不上我。"

李队长："好好做自己的事就行了，别去计较别人的态度。你这次遭了一劫，以后多长点心。"

"放心吧队长，我不会再犯傻了。"顾耀东说着话，眼睛仍然盯着那名女接线员。

小喇叭："听说你去南京见夏处长了？他好吗？问起我们了吗？"

"处长很好，刚刚又升了职，我把大家的情况都跟他说了。他挺高兴的。"顾耀东一边应付着，一边瞥见那名女接线员起身走向买饭的窗口。

女接线员刚把饭盒递进窗口，打算再买个小菜，顾耀东忽然冲过来直接把她挤开了："麻烦给我一个鸡腿两个菜包，再来点咸菜！"

女接线员很是恼火："你这个人怎么回事？买饭要排队的呀！"

"对不起，对不起！"顾耀东一脸抱歉地让开了。就在刚刚挤开接线员的同时，他已经摸走了对方衣兜里的钥匙。他偷偷将钥匙揣回自己兜里，又道了几句歉，离开了窗口。

自从南京回来后，赵志勇就觉得顾耀东和自己生疏了很多，望江饭店里发生的事情似乎成了二人之间的阴影。望着顾耀东离开食堂，他犹豫片刻放下了筷子："于警官，麻烦帮我把饭盒带回去。我肚子疼！"

赵志勇追出食堂，看见顾耀东在走廊尽头拐了个弯消失了。

顾耀东直接去了接线室。里面的人都去吃饭了，他用钥匙顺利开了门，进去后下意识地插上了插销，想想觉得不对，又将插销打开了。他快速扫视了一遍屋内情况，记住了每一样东西的位置，然后开始翻找接线记录簿。每一样翻过的东西，他都仔细照原样摆好。

很快，顾耀东就翻到了刑一处的接线记录簿。他从桌上拿了一支笔，然后从兜里拿出了一张准备好的小纸条，正打算抄号码时，猛然听见有人将钥匙插进了门锁。

接线处每名接线员都有钥匙，应该是有人回来了！顾耀东慌忙找地方藏身，但是屋里除了机器就是几张桌子，根本无处藏身……

门开了，一名女接线员打着哈欠走了进来。她昨晚没有睡好，匆匆吃了几口饭便回来了，打算趴桌上小睡一会儿。屋里静悄悄的，看上去没有任何异常。然而只要她再往前走两步，就能看见慌不择路躲在自己桌子下面的顾耀东。

就在这时，门口一名女警叫住了她："她们都玩牌去了，你不去吗？"

"困得很，想睡会儿。"

"走吧，今天缺人，你不去就玩不了了。"

接线员还在犹豫，对方又劝了几句，就进来拉着她一起离开了。

门重新关上了，屋里恢复了安静。

顾耀东抹了一把头上的汗，快速找到刚才的登记簿，将两个电话号码抄在了小纸条上。纸条放裤兜不放心，放衣兜里也不放心，最后他干脆解开衣服，把纸条塞到了缠在胸口的绷带里。他又仔细检查了一遍，确定没有东西放错，然后到门边听了听，确定没有动静。这才开门出去。

一切都那么顺利。顾耀东轻轻关上了门，就在他抬脚要走时，才发现衣服背后有一角被夹在了门缝里，怎么也扯不出来。他赶紧去摸钥匙开门，然而一直到处找他的赵志勇却在这个节骨眼出现了。顾耀东只能把刚要摸出来的钥匙又揣了回去。

"你怎么跑有线股来了？"赵志勇问道。

顾耀东不知道怎么回答，敷衍了两句。

赵志勇以为他不想和自己说话，心里更难受了："最近发生了这么多事，我想跟你聊聊。"

"换个时间行吗？"

"你现在不方便？"

顾耀东有些无奈："下班行吗？下了班我去找你。"一边说话，他一边偷偷拽着背后的衣服。

"我妈胃病又犯了，下班我得去医院照顾她。我知道，你现在可能不太愿意跟我说话，其实我来找你也别扭，但是这么久的朋友，我实在不想这样下去。就几句话，抽个时间给我行吗？"

顾耀东终于还是说不出拒绝的话了。

赵志勇见周围总是有人路过，有些不自在："这儿人来人往的。换个地方吧，去后院。"

"就在这儿说吧！我有点不舒服，不想走了。你找我什么事？"顾耀东一动不敢动，只想赶紧说完话，让赵志勇离开。

"刚刚在食堂，他们开玩笑说什么生存法则。我知道，以前说这个你听不进去，但是这次南京回来，你也说你想通了，不能跟以前一样书生气了，那你现在能明白我说的生存法则了吗？"

"长官没点头的案子，不听，不理，不办。眼瞎耳聋才能活得长久。你确实说得没错。"

"那这么说，你也能理解我做的事了？"赵志勇高兴起来。

顾耀东迟疑了："我自己活得稀里糊涂，没有资格评论别人。"

就在这时，他余光瞥见几名女接线员说说笑笑地从远处走了回来，顿时有点慌了。

赵志勇依然在喋喋不休："你不记恨我就好。南京回来之后，我其实特别怕见你。我怕今后我们真的要变成两种人了。南京的事情就算过去了，以后在警局我们还像以前一样互相照应，没什么难关过不去的，你说对吧？"

顾耀东心不在焉地"嗯"了一声，闷头更使劲地拽衣服。

赵志勇松了口气："看来，有时候吃点苦头，知道害怕，也是好事！"

话音刚落，顾耀东的衣服"嗖"地一下拽了出来，他往前踉跄两步扑在了赵志勇身上。赵志勇还以为他在主动拥抱自己，赶紧热情回应，抱住他拍了拍："行了行了，当我是朋友就好！"

赵志勇真心高兴着，为他和顾耀东又回到了那种熟悉的关系，为他们失而复得的友谊。"走吧，一起回去。"他满心欢喜地转身离开了，全然没注意到好友脸上并没有一丝欣喜，只有深深的伤感。

"赵警官，其实我不是害怕，"顾耀东在后面埋着头说，"我是有所敬畏。"

赵志勇的笑容僵在了脸上，他回头望着熟悉又陌生的顾耀东，只觉得他身上有些什么东西和以前不一样了，而那些是自己一直羡慕，但可能永远也不会有的东西。

几名接线员说笑着回接线室。一名接线员看到门口地上掉了把钥匙："哎？这是谁的钥匙？"

之前负责锁门的女接线员匆匆跑出来："哎呀！我正在包里找呢，是我的！"

接线室的门关上了，顾耀东也离开了，剩下赵志勇一个人呆呆地在那里站了很久。

沈青禾一路忧心忡忡地走着，刚走到福安弄口，顾耀东忽然从后面跑了上来，一把拽着她跑到无人的角落。

"那晚在弄堂里袭击你的两个人，是不是有一个肺部中枪？"顾耀东气喘吁吁地问道。

"是，怎么了？"沈青禾以为出事了，紧张起来。

"我看见王科达打电话特别警惕，又听见刘队长他们议论，说是有人肺部中枪还活着，可能要醒！然后他们就出去了！"

"我已经知道了。"沈青禾有些沮丧，"我们的人今天刚刚确定绑匪在同德医院，但是赶过去已经晚了。王科达知道他有可能醒，提前转移走了。现在又是石沉大海。"

顾耀东忽然开始解制服扣子。

"干什么？"

制服解开了，他又去解衬衣扣子。

"顾耀东，你干什么？"沈青禾红着脸压低声音嚷道。

话音刚落，只见顾耀东从胸口绷带里掏出那张纸条，塞到她手里："这是电话！"

纸条上写着两个号码，沈青禾很茫然地看着他，显然不明白他的意思。

"今天两个打进刑一处找王科达的电话。第一个打进来以后，他马上带刘队长他们出去了。第二个电话，是他回来以后不久接到的。我也不知道这个是不是有用。总觉得和绑匪有关系。应该能派上用场吧？"

沈青禾很诧异："你从哪儿抄来的？"

"有线股的接线室。"

"你一个人？"

"当然啊！一身冷汗，衬衣都湿透了。等这件事办完了，我可能还是得跟你学点技术，开锁之类的。"顾耀东说得很认真。

沈青禾愣了半天，"你还用得着我教吗……顾耀东，你帮大忙了！"

这天夜里，在亭子间昏黄的台灯下，沈青禾把警委的下一步计划告诉了顾耀东。

"人在一家私人诊所，但是我们的人去试过了，需要通行证才能进去。"她拿出了三张通行证，"夏处长在的时候，每种样式的通行证都给过我们，公章也已经都盖好了。但是现在还需要盖一个章。"

"什么章？"

"王科达的私章。"

警局下班时间到了，刑一处的人三三两两离开。顾耀东假装整理文件，看着王科达在办公室里将几份文件和印章全部装进了公文包。

刘队长："王处长，您是今天去赴宴吗？"

"对。晚上如果有事，八点以后再打电话，八点之前我不在家。"

"知道了。那我叫个人送您去酒楼？"

"不用了，我要先回家换身衣服。"

"车子我叫人帮您开去加油。一会儿就回来。"

王科达看了眼手表："那我等会儿。"

顾耀东若有所思，看了一眼手表，现在是下午五点。

沈青禾正在门口水门汀池子洗衣服，顾耀东一路飞奔回来，将她拉回了亭子间。

"我看了，要在警局动手基本没机会。但是王科达有个习惯，每天下班会把所有重要东西带回家，包括印章。"

"你想去他家里？"

"对！今天晚上就有机会！他要参加一个晚宴，印章肯定会留家里，这段时间正好可以动手！"

沈青禾想了想："我马上去汇报！"

"来不及了！他等一会儿回家换衣服，然后就去酒楼，八点左右回来。现在就剩两个多小时，等你把人组织好时间就晚了！"

"那怎么……"沈青禾反应过来，"你的意思，我们两个去？"

"对！我知道他住在哪儿。"

王科达住在跑马厅附近的一栋公寓楼。楼的斜对面，有一间小书店。顾耀东和沈青禾站在店里假装选书。

没过多久，一辆轿车停在了对面公寓楼外。王科达下车，拎着公文包进了楼里。又过了片刻，王科达换了一身西服从楼里出来了，手上没了公文包。在他开车离开后，沈青禾挽着顾耀东去了公寓楼。

"一会儿我负责找印章，你在外面帮我看着周围情况。"

大概用了十秒钟时间，沈青禾用头上的发夹打开了王科达的门锁，没有发出半点响声。顾耀东看得一脸佩服。

"记着有情况敲四下门，一长三短。"沈青禾低声说完，轻轻关了门。

顾耀东找了一个能看见楼下情况的拐角，看了眼手表，在那里守着。

街上没有任何动静。他又看了看楼内情况。这是一栋老式公寓楼，好几户人家在门口拉了绳子，有人晒衣服，有人晒咸鱼，有人门口放着一大摞旧报纸，有人门口放着花盆……

沈青禾戴着手套在屋里找了一遍，没有发现公文包，最后她将目光锁定在了卧室的保险柜上。

王科达开了一段，发现身上的烟抽完了，于是停车去路边香烟店买了两包。出来时，几个小孩举着糖糕大喊大叫着跑过，一个小孩一头撞在王科达身上。

小孩子们嘻嘻哈哈地跑开了，王科达这才看见西服和衬衣蹭了一大片红糖。他憋了一肚子火，只得掉了个头，回去重新换衣服。

就在沈青禾还在屋里专心开保险柜时，顾耀东猛然发现王科达的车停在了楼下。果然，王科达从车里出来了。他赶紧冲到王科达家门口敲了四下门。

沈青禾闻声到窗边一望，也看见了王科达的车，于是迅速收拾东西准备离开。

然后不偏不倚，斜对门的男邻居这时候开门出来送客人。他见顾耀东面生，随口说道："你找王先生呀？我听见他出去了，家里没人。"

沈青禾的手都已经放在门把手上准备开门了，听见这话，猛地把手缩了回来。

顾耀东知道，沈青禾是不可能当着他的面从屋里走出来的，一时有些手足无措。

"你有急事呀？"男邻居送走了客人，又在门口悠哉地整理盆栽。

顾耀东一咬牙，故意提高了音量："那我去楼下等他，也没什么急事，五分钟就能说完。"

说罢他在男邻居奇怪的目光中离开了。

沈青禾看了一眼手表，五分钟，足够了。她快速回到保险柜旁，继续尝试开锁。

离开男邻居的视线后，顾耀东以最快速度跑到堆旧报纸的人家门口，随手抽了几张，又跑去抓了两条别家晒在门外的咸鱼，临走时还不忘塞了一些钱在门缝里，最后飞奔下楼。

王科达刚走到公寓楼入口，面前就愣头愣脑地冲出来一个人——是顾耀东。王科达一下子有点蒙，两人大眼瞪着小眼。

王科达："你怎么从楼上下来？"

"我来找您，邻居说您出去了。"

王科达狐疑地望向楼上："你找我？干什么？"

"前段时间我老是揪着绑架案的事不放，给您和钟处长惹了不少麻烦。是我做事不懂规矩，所以想来道个歉。"

王科达看到了顾耀东拿在手上的报纸裹着的东西，有些纳闷。

顾耀东双手奉上礼物："在一处我是新人，这是一点心意。"

"这不像你的风格啊。"

"我爸说这是应到的礼节。以前我也给夏处长送过鸡蛋的。"

王科达没有接他的礼物，而是冷笑道："想拖我下水？让开。"

他拨开顾耀东要上楼，顾耀东仍然不依不饶："王处长，我是真心来道歉。就耽误您几分钟。既然您已经调我来一处了，那就给我一个机会！"

"你到底想说什么？"

"长官不让办的案子，不听，不理，不办。眼瞎耳聋才能活得长久。这个生存法则我现在记住了！"顾耀东开始一通瞎说。

"记住了你就会照办？我调你来一处不是要给你重新做人的机会，我是要时时刻刻盯着你。明白吗？"

说完王科达一把推开他朝楼里走去，顾耀东又追了上去。

"王处长！我不懂您说的拖下水是什么意思，这就是我的一份心意。不算什么贵重东西，但是真心诚意的！您要是今天不收，我明天还来。我相信精诚所至金石为开！"

王科达被他缠得不耐烦了，一把拿过礼物，三两下拆开层层报纸，最后露出了两条咸鱼。王科达蒙了。

"咸鱼，我妈亲手腌的。"看王科达还冷着，他又小心翼翼补充道，"都是用的好鱼，好料。"

"你拿……你拿两根咸鱼讽刺我？"王科达气哆嗦了。

"这是我的真心实意。"

王科达拿起一根咸鱼，像敲木鱼一样敲着顾耀东的脑袋："顾耀东，两年前你刚到警局报到，就因为两条臭咸鱼去抓小偷，坏了我精心布置的行动。两年了，你还是这么招人厌恶。你就像这楼里晒的咸鱼，每天一出门就戳我眼皮子底下，看见就窝火，闻着就恶心。我去警局还有你这根咸鱼晃来晃去！总有一天我要让你们这堆臭咸鱼彻底滚蛋！"他愤怒地把咸鱼扔向远处，火冒三丈地朝楼里走去。

顾耀东见沈青禾还没现身，实在没办法了，大喊道："王处长！你可以不给我面子，总得给齐副局长面子吧！我回警局是他亲自点的头！我能不能留在警局你说了不算！"

王科达猛地停下了脚步。原本就不满齐副局长突然中止对顾耀东的调查，这话终于彻底激怒了他。他几步冲回去一把揪住了顾耀东的衣领："给副局长塞点好处就算他的人了？你以为你就能跟我平起平坐了？"

"你是处长，我明白自己的位置。但我现在也不是你一脚就能踢出去的人。"

王科达看着顾耀东认真的眼神，竟然怔了几秒："你算个什么东西！"

眼看王科达就要揍他，忽然有人喊道："顾耀东！"

两人转头望去，只见沈青禾从远处走来。顾耀东也有些意外。

"让你来赔礼道歉，你是不是又乱讲话了？"

周围有路人经过，纷纷侧目，王科达只能憋火地放开了顾耀东。

沈青禾走过来一把拉开顾耀东，小声数落他："不是说好了来认错吗？我才晚来几分钟，怎么就弄成这样了？"

"我道歉了呀，该说的都说了，礼也送了。"顾耀东有些委屈。

沈青禾赔着笑："王处长，耀东他嘴笨，您千万别跟他计较。"

"我看他现在讲话很厉害啊。顾耀东，我说话作不作数，警局里见分晓。"他看了二人一眼，气冲冲地进楼去了。

顾耀东小声问："你怎么从外面来的？"

"公寓楼顶可以通到其他楼。我绕过来的。"

王科达恼火地关了门，去衣柜里重新拿干净衣服换上。穿外套时，他从窗户看见沈青禾挽着顾耀东从楼下离开了。

他越想越觉得有点不放心，转身去开了保险柜。公文包好好地在里面。王科达想了想，觉得应该是自己多心了，于是锁上保险柜，匆匆去赴宴了。

周三上午，王科达先去了一趟诊所。中枪的绑匪依然昏迷不醒。

他有些焦躁地质问医生："不能给他注射点什么药吗？强心针那一类的，给他来几针。"

医生："这个确实无能为力。再说就算有，对病人身体的损害也很大啊。"

"谁还管他身体好不好？能弄醒说话就行！"

陶处长："哎？王处长！这好歹也是我们稽查处的人，你乱来会弄出人命的！"

王科达示意刘队长把医生带了出去，然后不客气地说道："乱来的人是我吗？为了五万美金就让尚荣生被人救走了！本来一件立功的事，被你们一通胡搞，什么都没了！"

"这是两码事。我们稽查处的人，你不能做主吧？"

"这要是我的手下，早处置了。也就是你们稽查处还当个宝。"

二人不愉快地吵了几句，王科达黑着脸去了门口，交代一名警员："贴身的事情警局负责，只要醒了，马上通知我！别让其他人靠近。"说罢他便摔门而去。

这已经不是第一次了，王科达总是站在道德制高点把稽查处贬得一文不值，连同陶处长也被他挤对得像个饭桶。陶处长有点想不通，大家都是处长，凭什么自己因为一次失误就永远被他踩在脚底下？他朝王科达的背影狠狠吐了口唾沫。

诊所门口，三名警委行动队队员下车，敲开了诊所门。

一名稽查处队员开了门："干什么的？"

行动队队员出示了通行证："王处长让我们过来看看。"

对方检查了证件，见手续齐全，便也没有起疑，让他们进去了。

楼上一名便衣警员下来，见三人都是陌生面孔，有些警惕。

稽查处队："你们王处长派来的人。"

警员上下打量着三人："王处长的人？我怎么没见过。"

行动队队员："你没见过的人多了。王处长还在麦兰捕房的时候，我们就在一块儿做事。"

警员见对方理直气壮，一时哑口。

行动队队员顺势将他拉到一边，小声说道："出了点状况，人要马上转移走。"

对方小声问道："什么状况？"

"这个不方便说。王处长的密令。"

"我要先请示一下。"警员匆匆去给王科达办公室打电话，响了半天，没有人接听。他挂了电话："王处长不在。"

"你打的哪个电话？"

"王处长办公室。必须他亲口确认了，我才能让你们带人。"

行动队队员装作着急："那你就打刑一处电话问问其他警员啊！问问看能不能找到处长！"

于是警员又拿起了电话。

刑一处的电话响了。

顾耀东镇定地拿起电话："上海市警察局刑警一处。"

"我找王处长。"

"王处长啊，他不在。"

电话里的警员很着急："我有急事，必须跟他通话！"

"他出去了，今天有射击训练。我也不知道什么时候回来。"

"训练场有电话吗？我打过去。"

"不好意思，我刚调来一处，不熟悉情况。我不知道他们去什么地方训练了……对，抱歉。"顾耀东挂了电话。

警员挂了电话抱怨道："什么人啊，一问三不知。"

行动队队员："情况特殊，我们等不了你请示了。回头你再确认吧。"见对方还在犹豫，他又压低声音说道："实话告诉你，门口稽查处的人不可靠，明白了吗？王处长的命令是马上转移走，再耽误出了问题你来负责。"

警员诧异地望向门口站岗的稽查处队员，正好对方也回头看了他一眼，似乎在鬼鬼祟祟地探听他们说话。警员一副恍然大悟的样子。

顾耀东冲进家门，沈青禾也从楼上"噔噔噔"冲下来。

"怎么样？"

"成功了！"沈青禾脸上是抑制不住的兴奋。对她来说这明明是一次很小的行动，可她却比自己执行了九死一生的任务还要激动。

"真的做成了？"顾耀东一时竟有些不敢相信。

"现在不仅人在我们手里，而且已经查出来这个人是警备司令部稽查处的人！你找到的照片能证明他就是绑匪之一！人证物证齐全，明天一早就见报纸！他们赖不掉了！"

顾耀东欣喜万分地看着沈青禾，沈青禾也欣喜万分地看着她，眼看二人就要拥抱在一起……"啪"的一声门被推开了，耀东父母、顾悦西和多多吵吵嚷嚷地拥了进来。两人立刻像弹簧一样分开了。

多多："我先用马桶！我憋不住了！"

顾悦西："你怎么跟你舅舅一个德行！从小跟我抢马桶！"

顾邦才："报纸呢？我看看今天的金价。"

耀东母亲："有那个时间不如帮我择菜，家里这么多人也没个能帮忙的！"

一通嚷嚷完了，三个大人才注意到顾耀东和沈青禾很怪异地戳在那里。

顾悦西："是不是打扰你们干什么了？"

顾耀东和沈青禾脱口而出："没有！"说罢二人逃也似的一个去了楼上，一个去了门口。

丁放已经搬回了丁家的花园洋房，如今终于如他人所愿，从头到脚像个丁局长的千金小姐了。她坐在华丽的客堂沙发上，穿着华丽的洋裙、华丽的拖鞋，却像是小孩穿了大人的衣服，透着滑稽的不相称。桌上放着今天的报纸，上面赫然刊登着被警委劫走的那名绑匪的照片，以及顾耀东找到的五名绑匪抽烟的照片。

楼上书房里，传来愤怒砸东西的声音。

丁父吼着："滚——！都滚出去——！"

丁放喝着英国红茶，脸上看不出喜怒。他果然还是做到了，而这一天到来时，

661

她竟没有丝毫意外。

齐升平的办公室里，收音机也在播报着令他焦躁不安的新闻。

"资委会已于今日向上海市政府提出严正交涉，下属企业及工厂人员悉数罢工，举行游行，要求稽查处公布真相，交出其余涉案人员，严惩真凶。并要求政府立即停止对资委会无休止的发难及调查，还尚荣生以清白，还上海以太平。"

警备司令部和财政局的电话一早就打到局长办公室了，冲着段局长一通发难。段局长又朝齐升平一通发难。现在的齐升平就像只热锅上的蚂蚁，在办公室来回踱步。王科达不知道去哪里了，他只能朝钟百鸣发火。

"让共党查了个底朝天。这下大家都成明星了！"他把报纸扔给钟百鸣，"记者的照片不是交给丁局长了吗？记者人已经死了，这些又是从哪儿来的？还有稽查处这个人，不是在医院吗？怎么会被共党拍了照片，还登到报纸上了？"

"我也是刚知道，王处长把人转移到私人诊所去了。在诊所出的事。"

齐升平的神经跳动了一下："王科达呢？"

"已经赶过去了。"

诊所里一片狼藉。负责守卫的几名稽查处队员不敢吭声，直到陶处长一通乱砸发完了火，一名队员才委屈道："那上面盖了警局的公章，又有王科达的私章，我们几个实在不敢拦呀。"

陶处长警觉："还有私章……还说什么了？"

"说是这儿不安全了。王科达让马上转移。"

"犯人是警局和稽查处共同看管的，他们说转移就转移？为什么不跟我商量？"

"他们说稽查处的人不可靠，消息就是我们走漏出去的。"

陶处长气得又要去踢椅子，但是他忽然停下了动作。思忖片刻，他恍然大悟过来，恶狠狠道："我们这是着了姓王的道啊！"

28

王科达赶到诊所的时候，诊所里外已经全是稽查处的人。他刚要进去，陶处
长出来了，随后，几名在这里共同守卫的刑一处警员被押了出来。

"陶处长，这什么意思？"王科达质问道。

陶处长已经完全不把他放在眼里了："你没接到警局和警备司令部的命令吗？
现在这件事由稽查处全权负责调查。"

"这是我的地方，让开。"说着王科达就往里走，没想到被对方很强硬地推了
回来。

"诊所确实是你的地方，人是你从医院弄过来的，也是你找人接走。临到最
后还要栽赃是稽查处走漏的消息，这如意算盘打得太好了。"

"什么意思？你怀疑我？"王科达瞄着周围人的神色，忽然意识到情况不对
劲了。

"带回稽查处调查！"

几名稽查处队员应声上前，王科达一把掏出了枪："都别动。我是警察局的
人，你们没资格动我。"

"你通共，我就有资格。"

王科达用枪指着他们，一步步朝自己的车后退："姓陶的，事情还在调查，别

往我头上扣帽子。"

"你弄丢的是我们稽查处的人，要查也是稽查处查。给他弄回去！"

一名队员摸出了枪，王科达立刻朝地面开了一枪："说了都别动！"

气氛僵住了。他举着枪退到自己车旁："这是个圈套。这件事我总会给一个交代，但不是现在！"说罢他跳上车，疾驰而去。

钟百鸣查到那名绑匪是受王科达的命令被人从同德医院转移走的，而且就是在自己离开医院几分钟之后，显然他想瞒着自己。这是个很不友好的信号。其实从调来上海警察局那天起，钟百鸣就知道王科达不友好了。而他，偏偏很乐于并且善于利用这种不友好。

钟百鸣将同德医院那名姓郭的医生带到了齐升平办公室。

果不其然，郭医生一直在不满地控诉："那位姓王的长官很是奇怪！那天病人有苏醒迹象，我作为医生有责任去检查的呀！也不知道他为什么冒那么大火，还放话没有他的允许任何人不能靠近，搞得好像病人醒了会告诉我什么秘密一样！"

钟百鸣："他把病人转移走，是什么理由？"

"他说医院人太多，太杂，医院这样不是很正常吗？这算什么借口？"

齐升平听得皱眉头，像赶苍蝇似的挥了挥手，方秘书便把医生带出去了。

钟百鸣："我问过稽查处的人了，和医生的说法一致。"

齐升平："人是稽查处的，按规矩就应该稽查处自己看护，王处长去凑什么热闹？"

"他不放心稽查处办事。结果现在稽查处的陶处长一口咬定这件事是王处长自导自演。"

"这是稽查处的说法。你认为呢？"齐升平看着钟百鸣。

"那名绑匪是在跟踪尚君怡和另一个女人的过程中中的枪，王处长可能是觉得他能提供线索吧，所以才这么紧张，转移的事连我都瞒着。"

钟百鸣看得出，齐升平已经开始怀疑了，王科达如此紧张那名绑匪，可能是因为此人知道了一些不该知道的东西，例如……私通共党救走尚荣生一事，与王科达有关。

齐升平确实有这个怀疑，但不会轻易说出口。至于钟百鸣，他也有这个怀疑，更重要的是他希望让这个怀疑变成事实，哪怕它本来不是。

桌上的电话响了。接完这个电话，齐升平的脸色就更加难看了："王科达在诊所门口跟稽查处的人发生冲突，动枪了。"

"他糊涂呀……！他人呢？"

就在这时急促的敲门声响起，方秘书在门外大声喊着："王处长！副局长在谈事情，您等我通报一下！王处长！"

王科达已经推门冲进来了："副局长，我有急事汇报。"

"什么事？"齐升平冷冰冰地问道。

屋里气氛有些僵冷，王科达看了看二人，很快意识到自己在警局的处境也不妙了："抱歉啊，影响你们讨论正事了。"

钟百鸣："没事，我跟副局长汇报二处最近的情况。已经汇报完了。副局长，那我先回去了。"

"不用，"齐升平显然想摆明立场，"王处长就这么说吧。"

王科达："先跟您负荆请罪，我刚刚从诊所过来，稽查处的人血口喷人，所以我开枪警告了他们。副局长，这件事是有人在背后搞鬼，想栽赃我！"

"我当然愿意相信你，但是通行证上有你的私章，这怎么解释？"

"给我三天时间，一定查清楚。"

"你来找我，就是想让警局给你当挡箭牌？"

"稽查处这帮人想弄死我，我实在没办法了！他们放跑了尚荣生，现在想找个替罪羊，只要把我栽赃成通共，责任就可以全推到我头上来了！您帮帮我，等我过了这一关再跟这帮小人清算！"

齐升平沉吟片刻，叹了口气："我今天就当你没来过警局。但这也是最后一次。"

"谢谢副局长。"王科达又看了一眼钟百鸣，"钟处长，多关照。"

钟百鸣抬头看他，一脸笑容："我听副局长安排。"

王科达看了看二人，转身离开了。

齐升平低声道："找二处的人跟着他。一旦发现有逃跑迹象，或者和共党接触，马上逮捕。"

王科达反锁了刑一处处长办公室门，接连打了几个电话，想要托人从中斡旋，然而那些往日称兄道弟的朋友要么推说早和稽查处不来往了，要么就是在香港，在美国，总之就是不得空，更有人忌惮他通共的传闻直接拒绝了。

"一帮怕死的猢狲！"他压抑着想骂人的冲动，挂了电话。齐升平刚才的态度显然是在划清界限，警局也指望不了，现在只能一切靠自己了。他思忖片刻，匆匆离开了警局。

刑二处警员开车跟了上去。就在王科达开车行经一条小路时，又有两辆稽查处的车开出来，也跟在了后面。

王科达发现自己被跟踪，猛踩油门一个急转弯，甩开三辆车飞快地开远了。

逃回家后他迅速收拾了东西，从保险柜里拿了钱和一把公寓门钥匙。然后换了衣服，匆匆出了门。拎着箱子下楼时，王科达看见一户人家挂在门口的咸鱼，觉得格外眼熟。他想起了顾耀东送自己咸鱼的一幕，以及那个不知从哪儿冒出来的沈青禾……猛地，他停下了脚步。一直觉得顾耀东专程来送礼是件蹊跷又荒唐的事情，这一瞬间，他忽然明白了一切。

王科达去了一处只有他自己知道的公寓。然后从黑市高价买回来了一件东西。从巡捕到警察这十多年时间他从未如此狼狈。要想证明自己清白，就不能对敌人手软，这是王科达一直信奉的真理。他打开箱子，将那件泛着淡淡金色的物件放到了公寓桌上。

局里关于王科达通共的传闻越来越多，几乎所有人都认定他通共了，否则以王科达的能力，不可能被人偷到他的私章。除非是传说中的"白桦"。

一处警员人心惶惶地聚在一起议论着，难道是"白桦"又出现了？整个一处都显得有些慌乱。只有顾耀东坐在角落里不时偷笑，想起"白桦"二字，甚至还

福安弄的家家户户都升起了炊烟。顾家正在热火朝天地准备晚饭。顾耀东回来时，沈青禾端了一大碗红烧肉从灶披间出来，看起来心情很好。

顾悦西馋兮兮地从楼上跑下来："我来拿碗筷！顾耀东也来帮忙啊！今晚有肉吃！香得不得了！"

沈青禾笑着对顾耀东说："我烧了红烧肉，赶紧洗手来吃吧。"

顾耀东不知该如何回应，只能勉强地笑笑。

沈青禾刚把碗放到桌上，顾悦西就要伸手偷吃，被耀东母亲一把打开："能不能矜持点呀？口水都要滴到碗里了！"

"我们家都半个月没开荤了！"

"前两天不是刚吃过猪肉的小笼馒头吗？"

"里面的肉馅儿跟花生米一样大，那也算肉呀？"

"哎哟哟，家里还能吃上大米白面就不错了，你反正是不过日子，不知道猪肉都十多万块钱一斤了，沈小姐肯定是生意又赚钱了吧？"

"是呀，刚刚做成了一笔大买卖，特别重要的买卖。"说着话，她笑盈盈地看向了顾耀东。

二人这一对视，刚好被顾悦西看在了眼里。

耀东母亲："是什么买卖，这么……"

顾悦西悄悄拽了拽母亲，挤着眼睛小声说道："妈，你还没明白？她哪是在为了生意高兴呀，是因为爱情甜如蜜。"说罢她便端着碗坐到顾耀东和沈青禾中间，"饿死我了！开饭开饭！"

耀东母亲一把将她拽到自己身边："知道你还坐在人家中间！"

这一晚上，沈青禾心情都很好。已经很长时间没有这么开心了。吃饭时开心，收碗时开心，到了晒台上晾衣服时，还是开心着，雀跃着。

沈青禾："原来安插在资委会下属工厂的调查员，今天全部撤走了，被查封的工厂，还有冻结的资金，也全部恢复正常了！证据确凿，那群政府官员现在全乱套了！"

"警局里也一样，鸡飞狗跳。"顾耀东有些低沉。

"现在舆论都是一边倒，要不了几天，他们迫于压力肯定会交出其他几名绑匪，公开道歉，审判，我们很快就会等到了！"

顾耀东想着心事，似乎在听她说话，可又像什么都没听进去，"青禾，那天你去王科达家里，没有落下什么东西吧？"

"没有啊。"沈青禾听他忽然问起这个，有些奇怪。

"你再仔细想想，手印，或者鞋印？"

她仔细想了想："不可能。我做了保护措施，离开前也检查过。怎么了？"

"没什么，随便问问。"

"警局里有人调查你？"

"没有。他们在调查王科达，我担心会去他家里搜查。"

青禾松了口气："别瞎猜，我不可能留下证据。"

顾耀东看着她，到嘴边的话还是咽了下去。他转身离开，走到门边时，忽然没头没脑地说道："我这两天在食堂老吃不饱，你要是去菜场，能帮我买些菜回来吗？"

"什么菜？"

"好多，一时半会儿也想不清楚。我晚上列个清单。明天出门前放在桌上的书里。你去菜场前来拿就行。"

当天夜里，顾耀东在小台灯下写好了字条，又去父亲的工具箱里翻出了大中小三把扳手，最后选了一把最大的放进了挎包。

第二天上午九点，顾耀东准时到了欣欣花店对面的电话亭。王科达一直从窗口观察着电话亭的情况，确定他没有带警局或者稽查处的帮手后，王科达拨通了电话。

"电话亭出来往前走，左转，桦森公寓，403 号房。"

403 号房间已经收拾得焕然一新，唱片机里放着轻柔的音乐。

顾耀东坐在沙发上，看起来很拘谨："我不知道您还另有个住处。"

"这儿离以前的麦兰捕房很近。那时候还没有上海警察局，金陵东路还叫公馆马路，我在麦兰捕房当巡捕那几年，一直住在这儿。"

"您是老警员。"

"对，我穿警察制服的时候，你还是个屁都不懂的学生。所以……顾警官，我们就坦诚一点吧，别在我面前演戏了。"

"我不明白您的意思。"

"你心里明白，我没有派人去诊所接人，通行证上的印章根本不是我盖的。"

"那天在电话里，您说有证据能证明是我和沈青禾搞的鬼，王处长，我可没有怀疑过您通共，您也不能栽赃我啊！到底是什么东西，让您对我有这么大的误会？"

王科达笑了："你觉得我会这么轻易把证据给你吗？"他从沙发上起身，看似随意地走到墙角的唱片机前，关掉了音乐。

顾耀东看着他摆弄唱片机，觉得有些似曾相识。

出门前，沈青禾去顾耀东房间拿买菜清单。然而夹在书里的纸条上，写的并不是什么萝卜青菜，而是一句话——王科达约我见面，如果我没有回来，你需要马上撤离。

沈青禾愣了几秒，几乎是出于本能的反应，她从床下小木盒子里拿出手枪，塞进坤包，胡乱穿了件外套，一边扣扣子一边匆匆离开了顾家。

王科达已经可以肯定顾耀东心里有鬼了，否则就算自己说有一百个确凿证据，他也不会相信，更不会来。只有做过的人，才会担心留下证据。

"那天你去我家里，真的只是送咸鱼吗？不是，你来找我根本不是为了送礼，你是冲着我的印章来的。你进过我的屋子，偷用了我的印章，最后共党就是用你盖过章的通行证，把人从诊所弄走的。"王科达顿了顿，悠悠地说道，"这次我有证据。"

顾耀东一脸茫然："我根本没做过您说的事，怎么会……哪会有什么证据呢？"

"不着急，会知道的。"王科达靠在沙发上，面带笑容地看着他。顾耀东依然是一脸茫然。

屋子里很安静。没有音乐，也没有人说话，显得有些别扭。

"平时喜欢听唱片吗?"王科达问道。

"很少。家里没有唱片机。"

就在这一瞬间，顾耀东愣住了。他猛然想起在南京，在夏继成的办公室里，处长曾经问过他一模一样的问题……

这时，外面忽然有人敲门。

王科达立刻掏出手枪指着顾耀东，警告道:"别出声。"然后他小心地走到门后:"谁?"

"门房。"

王科达把枪藏在腰间，开了门出去，并且很谨慎地掩上了门。

"这房子好久没人住了，我看突然亮了灯，上来问问。"门房说道。

趁二人在门口说话，顾耀东快步走到唱片机旁，果然发现背后有一个小按钮。他用和夏继成同样的方法按下机关，露出了里面正在运转的录音机。

王科达打发了门房，回来时，顾耀东仍然坐在沙发上。

"王处长，我没有通共，这是真心话。其他的我实在没办法回答您。"他很委屈地说道。

"现在就只有我们两个人，也没有人偷听，这样你都不肯跟我说一句实话吗?"

"没做过的事，我不能承认啊! 我实在很想看一看，到底是什么证据，让您对我有这么大误会?"

"有人在我屋里留了脚印。"说话时，王科达仔细打量着顾耀东。

顾耀东怔了怔，故作镇定:"是我的脚印?"

"我拍了照，而且做了比对……就是你的脚印。"王科达说得很笃定。

长长的一口气松了下来。原来他根本没有证据。把自己叫来，不过是想从自己的话里套出点什么东西。既然如此，那自己也可以利用录音机做点事情了。

顾耀东看着王科达，一字一句说道:"对了，我在门口敲门的时候，您的邻居刚好出来送客人，他看见我，告诉我您不在。可能看我面生担心是小偷吧，他一直看着我下楼。然后我就在楼下遇到您回来了。这就是全过程。那位先生和客人都可以做证，我根本没有进过您的屋子。"

王科达的耐心已经到了极限。他冷冷地看着顾耀东，掏出了手枪。

警局一直在找王科达，但是他在甩掉警局和稽查处的人之后，就再也没有露面了。对于齐升平来说，这无异于畏罪潜逃。最终，他只能一声长叹，下达了通缉令。

刘队长原本不想汇报那个电话的事，担心自己被无端牵连，但是现在警局要抓王科达，他终于憋不住了，赶紧向钟百鸣汇报了情况。

电话很快就查出来了，是从金陵东路一个电话亭打来的。

刑一处、二处警员匆匆出发，前去抓人。早就等在警局外面的沈青禾悄悄开着卡车跟了上去。

就在他们离开后，附近两辆稽查处的车也跟了上去。

王科达的情绪已经失控了，他拎着顾耀东的衣领，用枪指着他的头。

"从你进警局坏了我的第一次行动开始，我就看你不顺眼。在我这儿没少吃苦头吧？早就对我记恨在心了，是不是？更何况还有杨一学的事，你想给他报仇！"

"我知道杨一学是您亲手打死的，但是就算报仇我也不会拿自己的前途开玩笑啊！您不能因为个人恩怨就硬把通共的帽子往我头上扣吧！"顾耀东依然在努力激怒他，他需要王科达彻底失控，这样才能说出自己需要他说的话。

"我就明白告诉你吧顾耀东，现在你不承认也得承认！这顶帽子谁戴都可以，反正我不能戴！没有证据？你人在我手上，我想要什么证据搞不出来？脚印，手印，我还可以马上伪造一份你承认通共的录音！"

"您到底想要我干什么？"

"承认通共，承认通行证是你搞的鬼！稽查处那个人也是你串通共党从诊所弄走的！只要你顶下这个罪，我保证给你家人一笔抚恤金让他们衣食无忧，否则我

672

现在就可以一枪崩了你!"

几声尖锐的警哨突然从外面传来。

王科达用枪挟持着顾耀东朝十字路口一看,只见两辆警车停在欣欣花店门口的电话亭外,钟百鸣正在指挥警员四散搜查。

顾耀东趁机一把抓住他的手,搏斗中朝天花板扣动了扳机。

清脆的枪响回荡在空中。行人们惊声尖叫着逃窜,街上一时大乱。

肖大头指着马路对面大喊:"枪声好像是从那条路传过来的!"

钟百鸣:"整条街,每栋楼挨着搜!一处路左边,二处路右边!"

警员们迅速开始搜街。沈青禾坐在车内,强迫自己镇定下来,死死盯着外面的动静。

就在这时,又传来两声枪响。

小喇叭大喊:"在那栋公寓里!"

刘队长猛吹警哨,所有警员都朝远处的桦森公寓跑去。

王科达已经红了眼,用尽全力将枪口扳向顾耀东,顾耀东一只手拼命挡着枪,另一只手暗暗在背后摸索,猛地一下,他掏出扳手砸向王科达,趁机跑出门外。王科达从地上挣扎着爬起来,追了出去。

顾耀东跑到楼梯口时,从楼梯间窗户看见警员正朝桦森公寓跑来,还有一段距离就要到楼下。他渐渐停下了脚步。

王科达头上流着血,跌跌撞撞冲出门追下楼,刚一拐弯,顾耀东忽然从暗处扑过来将他死死按在了墙边,手枪也被撞落在地,从楼梯间掉到了一楼。王科达看着仿佛变了一个人的顾耀东,一时愣神了。

顾耀东凑到他耳边,小声说:"事情是我做的。诊所的电话是我从接线室查到的,他们去诊所接人的时间也是我定的,还有通行证、印章,全都是我做的。是想听这些真心话吗?"

王科达呆若木鸡。片刻之后,他彻底疯狂了。

顾耀东跌跌撞撞"逃"出公寓,李队长和刘队长刚好带人赶到。顾耀东惊魂未定地一把抓住李队长："队长，王处长他疯了！他要杀我！"

两名队长立刻带人冲上楼去。顾耀东脸上的惊恐渐渐消失了。

王科达冲回房间，从床下抽出枪械箱，几下组装好一架步枪，歇斯底里地跑上了顶楼。

沈青禾在车上看见顾耀东的身影出现在公寓楼门口时，立刻跳下了车。顾耀东也看见了马路对面的沈青禾，然而就在他要朝卡车跑过去时，一颗子弹忽然打在了他脚尖前。

又是几枪，王科达趴在公寓楼顶朝顾耀东疯狂射击，眼见无辜行人被打伤，他也视若无睹。人们尖叫着逃散，仓皇的人流将顾耀东和沈青禾分隔在了两边。

顾耀东忽然意识到，自己一旦上了沈青禾的车就会将她彻底卷入危险。而沈青禾在看见顾耀东一个急刹车停在对面以后，也意识到了什么。

人潮在路中间涌动，二人遥望对方。

"顾耀东……?"她惶恐地喃喃着。

又是两枪。顾耀东一咬牙，转头朝和沈青禾相反的方向跑去。

王科达从桦森公寓屋顶跳到另一栋公寓屋顶，朝顾耀东的方向追去。

沈青禾跳上卡车，红着眼睛朝顾耀东离开的方向一脚油门追了上去。

顾耀东冲进了一条无人小路，王科达从公寓消防楼梯跑下来，举着步枪死死追在后面。二人跑进了纵横交错的小路。沈青禾的卡车被堵在路口，她从坤包里抽出手枪，跳下车就追了进去。

就在顾耀东一路狂奔时，他猛然发现两辆挂有警备司令部车牌的黑车停在路边——稽查处的人也在找王科达！他灵机一动，迎头就朝两辆车跑去。

王科达追在后面开了一枪。正在附近的陶处长听见枪声，立刻招呼队员循声追去。

顾耀东喘着粗气蹲在稽查处的车后，手里还死死攥着那把扳手。王科达举着枪追过来，他知道人就藏在周围，"顾耀东?"他用枪口指向每一个能够藏身的地方，一边喊着。

周围没有动静。

"老子到今天算是知道了，这世界上有两样东西最不可信，一是巧合，二是信仰。这都是用来蒙骗傻子的。信仰再坚不可摧的人，在子弹面前还不是照样烂泥一摊？"王科达举着步枪一步一步朝前走着，面前就是稽查处的车了。

"就像你扛到现在，还不是只能给我陪葬？"他猛地一转身，枪口对准了藏在车后的顾耀东。

就在这时，一声枪响，王科达的胸口喷出一片血雾。他怔怔地转头望去，开枪的人是陶处长。

王科达："通共的人不是我……"

陶处长："谁关心你通不通共？王科达，你把我们害苦了啊！"

一阵乱枪扫射，王科达像烂泥一样倒在了地上，血流遍地。

枪声回荡了很久。最终声音散去，尘埃落定，一切都恢复了平静。

顾耀东从角落走出来，走到王科达的尸体面前，默默看了他片刻。

"这世界上大多数人最后都是要成烂泥一摊的，我也一样。但有的人不会，有的东西更不会。"

沈青禾怔怔地站在路口，捏着那把小巧的勃朗宁手枪，瞪着路口一动不敢动。枪声在她脑子里反反复复响着，仿佛刚刚的每一枪都打在她的神经上。她完全僵住了，大脑空白，手脚发麻，就这样怔怔地站着，死死地瞪着面前的路口，瞪到眼睛充血，瞪到整个头都在剧烈疼痛，脚下却一步也不敢往前迈。

在漫长的等待后，那个熟悉的身影终于出现在路口。

沈青禾哭着笑了。

"我没事了。"顾耀东傻傻地笑着走到她面前。

劫后余生的重逢，原来是如此温柔。顾耀东终于可以确定一件事了，面前这个女人在意自己，关心自己，怕自己出事怕得要死。一切都过去了，他现在只觉得说不出的幸福，幸福到必须要紧紧抱住面前这个女人……

"啪"的一下，青禾一把推开了顾耀东。什么温柔什么幸福，全都戛然而止。

顾耀东看着面前这怒目圆睁的女人，完全蒙了。

又是"啪"的一下，沈青禾一拳过来打在了他脸上。

回福安弄这一路上，沈青禾都在边开车边冒火。顾耀东像只犯了错的猫窝在副驾驶座，被她劈头盖脸训得脖子都缩到了肩膀里，

"说好了我们是搭档，你怎么能一个人来冒险！"

"对不起……"

"本来我都觉你变成熟了，遇到事情会用脑子分析了，甚至还会制订计划了！这段时间你明明全部都做得很好啊！今天到底为什么这么冲动？"

顾耀东老实地说："王科达说他在屋里发现了证据。我以为你暴露了。"

沈青禾张着嘴还想继续教训点什么，却发现自己什么都说不出口了。她担心，她生气，但这些都抵挡不住瞬间涌来的感动，"他说有证据，那……那你就带把扳手来解决问题？"她还在嘴硬着，可明显变得笨嘴拙舌了，"结果呢？发现什么证据了？"

顾耀东抬头一脸傻笑："什么都没有，他骗我的。"

"幼稚！"沈青禾眼里已经有了泪光，仍在口是心非地喋喋不休："我看你最近是太自信了，居然拿个扳手就想跟刑警处处长拼命。这是以卵击石！"

"以后一定改……"

沉默了片刻，沈青禾实在忍不住问他："你居然真的相信王科达的鬼话，相信我留了证据在他屋里？"

"嗯。"他依然老实得让人下不来台。

"我是那么粗枝大叶的女人吗？"

顾耀东偷偷瞥着沈青禾的外套，因为着急出门，她扣错了好几颗扣子，整件外套都是错位的，她却浑然不知。沈青禾顺着他的目光一看，顿时满脸通红，"还不是因为你！我本来都以为你不是那个愣头青了！哪知道你还是不让人省心！我怎么这么倒霉摊上你这么个搭档！"

沈青禾看起来真的很生气，顾耀东有些沮丧了："对不起，下次不会了。我忘了搭档应该互相信任，毕竟我没有经验，脑子又比较简单，容易上当。"

车子越开越慢了，他丝毫没察觉到，还在闷头道歉："我一个人不跟你商量就

冒险，这样不仅会让自己遇到危险，还可能会……"

轻轻地，卡车停在了路边。

顾耀东回过神来，一下子慌了："我出门忘带钱，你赶我下去我没钱坐电车……"

话音未落，沈青禾忽然拉住他吻了上去。

时间在这一刹那静止了。

卡车静静地停在江边路上，盛夏的阳光照在玻璃上，泛着梦境般的七彩光晕。

"我是你的搭档！你不能甩开我！这是违反纪律！"

"再也不会了！"

钟百鸣将桦森公寓搜到的磁带带回了警局。齐升平在办公室里完整听了一遍，整个过程他几乎都皱着眉头。录音设备藏在唱片机里，这是前几个月才从美国弄回来的新玩意，一般人没见过。在他和钟百鸣看来，顾耀东就更不可能见过了。于是二人也只能相信，顾耀东被录下的话都是在不知情的状态下说的。

齐升平关掉了录音机，叹了口气："歇斯底里，姿态未免太难看啊……"

钟百鸣："录音我反复听了，王科达确实拿不出所谓的证据，他把顾耀东叫去，看样子是想找个替罪羊。其实从南京回来的那次审讯，他就已经有这个苗头了。"

"但是这份录音也只能证明他想栽赃顾耀东，证明不了他通共。还搜出其他证据了吗？"

"暂时还没有。"

"顾耀东呢？"

"在审讯室。"

"走吧，去听一听他怎么说。"齐升平起身，像是忽然想到了什么，"你把录音再往中间倒一倒。"

29

对顾耀东的审讯进行得很快，事情已经没有悬念了。虽然没有证据证明王科达通共，但可以确定他是有预谋地栽赃顾耀东通共，最后因个人过节而死于稽查处的枪口下。

结束时，齐升平问了最后一个问题："录音中间有人来敲过门，是什么人？"

顾耀东想了想，没有提门房的事："王处长自己去开的门，他们在门口说话，我没听见。"

齐升平打量他片刻，没再说什么，离开时只交代钟百鸣去稽查处把尸体要回来，通知家属安葬，算是尽最后一点情分。至于葬礼，不能以警局的名义办。另外，唐总署长和田副署长要从南京过来亲自过问这件事，他让钟百鸣把王科达案件的全部材料整理出来。

零零碎碎交代完，事情就这么告一段落了。

王科达死了，钟百鸣自然心情不错，没想到紧接着还有一个更大的好消息。

田副署长打电话来时，先是旁敲侧击提到尚荣生绑架案的事，钟百鸣明白他是想全身而退，于是将所有罪名推到王科达头上。私下收受贿赂，欺瞒警局，用五名囚犯顶替绑架案真凶，这些都是王科达的私人行为，警局顶多是疏于监管。

显然，这个回答让田副署长非常满意。礼尚往来，他向钟百鸣透露了一个消息，"年底段局长在上海警局的任期就到了，他当然希望风风光光地调到浙江省政府。你这么处理，他就能吃一颗定心丸，你将来在警局的路也就好走了。这次跟总署长过来，我也会建议他再多提拔一名副局长。毕竟警局事物繁杂，现在一共三个副局长，齐副局长一个人要管两个刑警处，太捉襟见肘。"

　　言外之意，那名即将增设的副局长就是钟百鸣无疑了。

　　对于顾耀东从鬼门关走这一遭，刑二处所有人都开心得像是自己有惊无险。只有一个人惶惶不安地到处打听情况，那就是赵志勇。一想到自己有可能被王科达连累，他就又恨又怕。

　　"处长，您现在有时间吗？"赵志勇畏畏缩缩地敲开了钟百鸣的办公室门。

　　钟百鸣大概已经猜到他是为何而来了。绑架犯的事是赵志勇替王科达办的，杨一学的口供，还有五名囚犯从看守所移交出去的手续，上面经手人全都是签的赵志勇的名字。

　　"处长，我不是坏人，就是胆子小了点。姓王的真不是个东西，一边害我，一边还卖情报给共党，他说做这些事是要下地狱的，现在他真的死了……"赵志勇越说越慌张，快要哭出来了，"您不知道，我妈妈的病最近变严重了，胃疼得整夜睡不着，小面摊也开不下去了。她打算回老家养病，让我别管了。我怎么可能不管！我恨不得每一分薪水都拿回去给她看病吃药！我要是出事，她的病就真的没希望了！您帮帮我吧，救我这一次……"

　　钟百鸣没说话，他拉开抽屉，拿出几个牛皮纸袋。

　　"走吧，单独聊聊。"

　　钟百鸣带着赵志勇去了警局大楼楼顶，一把将牛皮纸袋扔在他面前，"打开吧。"

　　赵志勇哆嗦着跪在地上打开，果然，里面每一份档案下面都签有"赵志勇"的名字。他恐慌得啜泣起来。

　　"欶"的一声，钟百鸣划亮火柴，点燃了一份文件。

赵志勇愣住了。

"和你有关的全部东西都在这儿，我早就提前抽出来了。志勇啊，我说过如果有一天出了事，你不会是被推到前面的那个人。你还有我啊，我一定会帮你的。"钟百鸣用那份文件点燃了其他所有文件，"资料现在全部烧掉了。今后再有人问起来，只用咬定一点，所有的事情都是王科达做的。"

望着熊熊火焰，赵志勇仿佛突然之间就被解救，被宽恕了。这把火不仅烧掉了罪证，也烧掉了他的负罪感，仿佛那些糟心龌龊的事情真的就此灰飞烟灭，而他也终于可以像什么都没发生过一样，重新做人了。那一瞬间，他只觉得钟百鸣是除母亲之外最亲的亲人。

"处长，您是我的恩人。今后如果有用得上我的地方，只要是替您办事，我绝不推辞。"

钟百鸣笑着拍了拍他的肩膀："志勇啊，你是个孝子。我相信自己不会看错人的。今天从这里出去，你就干净了。"

钟百鸣按齐升平的要求整理好了档案，但是他并没有去找齐升平，而是直接去了段局长办公室。

"田副署长刚刚电话指示，他和唐总署长要亲自来上海过问王科达通共的事情。这些是王科达案件的全部档案，我整理出来了。"钟百鸣毕恭毕敬地递上档案。

局长若有所思地翻了几页，随口问道："你和田副署长经常通电话？"

"副署长可能是担心我给他丢脸吧，毕竟我是他调来的人。他还特意叮嘱，今后要尽全力协助您的工作。"钟百鸣半开着玩笑。

局长笑着看了他一眼："……平时喜欢喝茶吗？"

"偶尔。"

局长从书柜里拿出了一个精致的小茶叶盒："台湾朋友送的冻顶乌龙。有兴趣的话尝一尝。"

顾耀东被小喇叭搂着脖子拽进二处。

小喇叭："调查结束了，你也恢复自由身了，该回二处了吧？"

李队长织着围巾说道："你这是拿调令当儿戏。别给顾警官惹麻烦。"

"耀东过去不是为了接受王处长监管嘛，王处长都已经……那个了，他还在一处杵着干什么？自己说，想回来不？"

"当然想！"

"那不就行了！"

肖大头看报纸："这种事还是要按规矩来，反正他的位子又没人抢。"

顾耀东一脸傻笑，刑二处依然是情分满满的，而他不知不觉已经成了其中的一员。

众人正说笑着，齐升平忽然走了进来。

一众警员赶紧起立："副局长！"

齐升平迟迟没有收到钟百鸣整理的材料，正好路过刑二处，就顺道过来看看。刚要开口，钟百鸣从外面回来了。

"王科达的档案整理出来了吗？"

"都整理好了。"

"我马上要去行政处一趟。把档案直接放到我办公桌上吧。"

钟百鸣装傻："可是我已经送到局长办公室去了啊。"

"你去交给段局长了？"齐升平显然很意外，而且也很不满，"这是段局长的命令吗？"

"您让我马上整理出来……"钟百鸣假装刚刚反应过来，"对不起副局长，是我搞错了。田副署长打电话说，总署长要亲自向局长过问这件案子，我就以为您是让我帮局长准备汇报材料。"

齐升平看见他手里拿的茶叶盒，立刻明了："这件事当然是段局长去汇报。交上去了就行。"

"我调来时间不长，对王科达了解不多，如果有疏漏我马上补充。"

"这个我不担心，你做事一贯仔细。只不过……以后办事提前跟我商量一下，不是更好吗?"齐升平冷冷地看了他片刻,转身离开了。

而钟百鸣也带着一丝难以觉察的不屑,不以为意地回了办公室。

这一切都被顾耀东看在眼里。忽然,他想到了那卷录音带。那天去见王科达,中途门房来敲门,他们在门口说了几句话,录音没有录下来。他一直觉得可以利用这段空白做点什么。刚刚这一幕正好提醒了他,有个办法,也许能让他和齐升平走得更近,在警局里站得更稳。

上海市警察局从门口到会议室,一路上都有警卫站岗,气氛严肃。段局长毕恭毕敬站在会议室门口,亲自迎接唐总署长和田副署长。一行人进会议室后,警卫立刻关了门。

齐升平坐在办公室里,看似心静如水地翻着书。

方秘书匆匆进来汇报:"段局长已经在里面了。局长秘书让我转告您准备一下,后面一个应该就是见您。"

"周副局长和孙副局长呢?"

"都还没得到通知,见不见还说不定。"方秘书谄媚道。

齐升平暗自有些得意。但凡这种重要场合,段局长之后上场的人必然是他齐升平。说起来局里一共三位副局长,都是平级,但并非平起平坐。齐升平主管两个刑警处,全局上下都知道,他这个副局长的含金量是最高的。这么一想,钟百鸣带来的不悦也稍稍淡去了些,不过只是个处长,平常蹦跶两下也就随他吧。到了这种正式场合,他自然也就明白自己是上不了台面的了。

会议室里气氛凝重。

唐总署长翻着档案,脸色越发难看:"王科达究竟是共党,还是通共?"

局长:"只是通共。他借警局职务之便做情报交易,共党只是其中一部分。"

"为了钱?"

"应该是。"

唐总署长合上档案,沉着脸说道:"内部有人通共的问题暂且放一放。我听说，尚荣生绑架案牵涉了上海的经济问题，某些政府要员，甚至淞沪警备司令部都被牵扯其中。蒋督导员对这件事也有耳闻，他近几日就要从南京过来了，必然会彻查此事。我们警局和这件事没有什么瓜葛吧？"

"本来是没有的。但是王科达私下受贿，用五名普通囚犯顶替了稽查处的五名绑匪，还拉到郊外去偷偷枪毙了。他瞒了所有人，现在搞得我们也很被动啊。"段局长说得很无奈，甚至还带着一丝愤慨，好似他从来不知情。

唐总署长长叹了一声："上海的警察总局，重中之重的地方，竟然混进了这种败类。"

会议室陷入了沉默。

田副署长瞅准时机说道："是应该好好肃清队伍了。不过警局里也不是没有认真做事的人，我看这份报告就做得很不错。"

段局长一听，立刻会意："这是刑二处钟处长做的。他上任时间不长，但是一来就负责了绑架案和王科达案两起大案。"

"那倒是一个有能力做事的人。"唐总署长很是赞许。他看了眼手表，"后面见谁？"

田副署长小声说："应该是三位副局长。不过估计也都是官腔。"

唐总署长想了想，又拿起档案翻看了几页："这样吧，让钟处长来一趟。办实事的人，应该鼓励。"

钟百鸣谦恭地站在会议室里，对总署长的提问，他回答得条理清晰，不卑不亢。看得出来唐总署长很欣赏。

唐总署长："这份报告已经把事件始末讲得很清楚了，还有更多确凿证据吗？"

钟百鸣："我们搜查了王科达的两个住处以及汽车，也调查了和他关系密切的人员，还查了他名下的房产和银行存款。王科达很狡猾，什么证据都没有留下。"

"略有遗憾。不过我听说你来警局时间不长，能做成这样已属不易。辛苦了。"

钟百鸣敬了个礼："卑职分所当为，不敢居功。更何况以卑职在警局的资历，其实很难调查一个老资格的处长。能查实王科达通共，全靠段局长铁面无私。"

不仅唐总署长，段局长也很满意地微微点了点头。

谈话结束后，唐总署长对之后三位副局长的汇报已经兴趣不大了："现在需要的是确凿证据。如果其他人没有关于王科达案的新证据提交，就不必安排见面了。我明天一早回南京。"

得知总署长点名先见了钟百鸣，齐升平在办公室里坐不住了，焦躁地走来走去，方秘书一进来，他就赶紧问："怎么样？"

方秘书小心翼翼："后面的见面取消了。"

齐升平顿时沮丧又窝火。

"也不是说完全不见了！总署长的原话是除非有证据提交，否则谁也不用见了。他明天一早回南京，今晚还来得及见！"

"拿什么去见？空着手，就拿我一张老脸去见吗？出去！"

方秘书赶紧退出去了，刚要关门，顾耀东来了。

"方秘书，我有事想见副局长。"

方秘书小声问："急事吗？不急的话晚点来。"

"再晚我怕总署长就离开上海了。"顾耀东似乎很着急地回道。

齐升平在里面听见，一个激灵："让他进来！"

顾耀东进了办公室，老老实实站着说道："副局长，关于王科达通共的案子，我想起来有件事，觉得应该汇报。他约我见面那天，中途有人敲门，他们一直在门口说话。"

"这个在录音带里已经听过了。"

"我听见王处长在门口很小声问了一句'怎么这个时候来'，听口气不大高兴。审讯那天我太紧张，把这个细节忘了，录音带里应该也没有录下来。"

齐升平果然来了兴趣："然后呢？"

"然后他就回来了，手里拿了一个牛皮纸袋。我看见他放进卧室里了。后来搜查的时候，没有人提到这个牛皮纸袋，估计是漏掉了。"

齐升平喃喃："'怎么这个时候来'……"

"他不想让我看见，会不会是和共党有关？"顾耀东一脸很懵懂的样子。

"方秘书。从保警总队找几个我的人，马上搜查桦森公寓。我就在公寓楼下等，找到东西马上交给我。"齐升平思忖片刻，又叮嘱道，"消息务必保密，尤其是对两个刑警处。"

显然，他指的是钟百鸣。

方秘书离开后，顾耀东很"识趣"地说："副局长，那我也回去做事了。"

"手上有着急的任务吗？"

"没有。"

"如果不着急回家，就跟我一起去趟桦森公寓吧。"

顾耀东暗暗开心："是！"

齐升平的车停在桦森公寓外，保警总队正在楼上搜查。顾耀东和齐升平坐在车上等消息。

两个人都坐在后排，顾耀东看起来很拘谨，特意坐得挨车门很近，以便和身边的副局长保持距离。他和钟百鸣是完全不同的两类人，既不擅长在长官面前说漂亮话，也不懂得如何抓住机会表现自己。难得和位高权重的副局长单独相处，他却只是像个刚毕业不久的学生一样，闷头坐着，不自信地嘀咕："钟处长带人搜了两遍都没有，会不会是我看错了……"

齐升平冷笑："是我没有早早想起这个地方啊。王科达还在麦兰捕房的时候，在这儿住了五年，房子里有的是机关。钟百鸣知道个屁。"

这时，方秘书从楼里出来了，顾耀东注意到他手里拿了一只牛皮纸袋，一只手提箱，这才放下心来。

纸袋里是五根金条。齐升平又打开箱子，里面是一些信件和情报。

顾耀东坐在一旁目不斜视，不用看他也知道里面是什么，因为这所有的东西，都是沈青禾按他的交代通知警委放进桦森公寓的。

齐升平看了几份信件和情报，终于面露喜色："这才叫通共证据。通知保警总队的人可以撤了。我现在去见唐总署长。"

方秘书："那段局长那边呢？我还用不用……去汇报一声？"

齐升平想了想，看了眼手表："再过一个小时他差不多就该离开警局了。自己看好时间再去。"

方秘书会意离去。

顾耀东紧跟着说："副局长，那我也下车了。"说着他就去开车门。

"不跟我一起去见唐总署长吗？这可是你的功劳。"齐升平面带笑意打量着顾耀东的反应。

"我差点遗漏了这么重要的线索，您不追究就已经是很照顾我了。"

"见总署长的机会不是人人都有。你自己想清楚了。"

"副局长，我很清楚自己的位置。要想站在总署长面前，我资格还差得远。"顾耀东不好意思地笑着，"再说我这个人实在不擅长这些事，遇到这种场合，我连手往哪儿放都不知道。"

顾耀东下车后，在车窗外鞠了一躬。车窗摇了下来，齐升平意味深长地说："顾警官，我现在明白夏继成为什么那么看重你了。其实你一点都不傻。"在顾耀东"茫然"的目光中，车子渐渐远去了。

这天晚上，金门饭店里几乎是同时进行了两场会面。

一场是在金碧辉煌的餐厅里，钟百鸣殷勤地为田副署长和段局长倒着酒。田副署长适时提起了增设副局长的事。

局长看了眼钟百鸣，立刻明白这话的意思，顺势说道："其实这次查办王科达的案子，除了肃清了队伍，我还有另外一个收获，就是钟处长。局里正需要这样有能力的人。我已经拟好委任书，提钟处长为第四位副局长。齐副局长一直主管两个刑警处，任务也比较繁重，以后就让他主管刑二处和保警总队，刑一处分给钟处长主管。"

就在钟百鸣终于往前进了一步的同时，另一场会面正在唐总署长的房间里低调地进行着。

从桦森公寓搜出来的金条和情报、信件，已经全部摆在了唐总署长的书桌上。

齐升平一本正经地说道："我一直觉得，王科达的案子找不到确凿证据是有问题的。这个世界上没有任何人做事可以不留痕迹。所以我又带人去他最后住的地方仔细搜了。除了金条，还找到他和共党之间情报交易的信件往来。现在证据确凿，可以确定他通共无疑。"

唐总署长查看了几份信件，将信将疑："段局长说，王科达是一个很狡猾的人。他会留这么多对自己不利的证据？"

"其实王科达不仅是狡猾，还很谨慎。我相信这些证据是他给自己留的后路。如果有一天东窗事发，他要投奔共党活命，这些就是可以证明他替共党做过事的敲门砖。"

总署长终于赞许地点了头："有理有据，很好。这件事是你在亲自办？"

"是。虽然现在这样王科达通共案也可以盖棺定论了，但找不到确凿证据，我始终心里不安。"

"齐副局长，我很欣赏你做事的态度。不管副局长还是底层警员，这才是一个警察应该有的态度。"

"谢谢总署长鼓励。只是属下现在有些忐忑，本来这件事我应该先向段局长汇报。但是我从桦森公寓赶回警局的时候，段局长已经离开了，秘书打电话去他家里也没找到人。我担心您明天一早回南京，这件事就耽搁了，所以只好越级来向您汇报。"

"这件事我会跟段局长解释，你不必有顾虑。另外，王科达事件也暴露出上海警局在管理上存在的问题。段局长任期结束后要调往浙江，这里需要一个尽职尽责的人主持大局。这件事我必须有所考虑。"

齐升平一脸谦逊，但是他心里很明白，自己这个副局长的分量，已经和从前大不一样了。

第二天，段局长将一份拟好的任命书交给秘书，让他马上送人事处。里面的内容正是要提拔钟百鸣为警局第四位副局长。

秘书刚要离开，电话响了。

"喂？段局长办公室……您稍等。"他把电话交给局长，小声地："是唐总署长。"

段局长赶紧接电话，对方在电话里讲了几句什么，他听到后很是惊讶，赶紧手势示意正要去人事处的秘书回来。又讲了几句，他放下了电话，看起来有些茫然。

秘书："局长，怎么了？"

段局长半天回过神来："平时都不显山不露水，知道我要调走了，如今这局里是八仙过海，各显神通啊……"

当天下午，段局长亲自主持了一场人事任命会，这是他调任浙江省政府之前的最后一次任命，但并不是一份，而是两份。

钟百鸣如愿当上了第四名副局长，警官们纷纷祝贺他升职。钟百鸣一脸笑容地应付着，但是显然，他心里并不是很痛快。

"齐副局长，恭喜您了。"他主动走到满面春风的齐升平面前，"以后应该称呼您……齐常务副局长？"

齐副局长假惺惺地笑着："不用纠结于职衔，还是就齐副局长吧。以前副局长就都是副局长，段局长现在突然指定一个常务副局长，搞得大家之间好像还高低有别了。"

钟百鸣也假惺惺笑着："本来也是有别的。以后局长不在的时候，就是您来主持工作，您始终是我的上级。"

"大家都是为警局做事。今后还就要靠大家齐心协力。对了，也要恭喜你啊，钟副局长。"

齐升平转身走了，钟百鸣脸上的笑容也消失了。那句恭喜在他看来，真是莫大的讽刺。

刑一处刘队长是王科达提拔起来的人，王科达出了事，刑一处现在又归钟百鸣管，他自然就被弃用了。而被钟百鸣提拔起来的新任队长，是赵志勇。赵志勇接到这个调令时，没有特别兴奋，但是也没有推辞。

从二处搬走那天，赵志勇一个人收拾东西。刑二处警员各自做着各自的事情，似乎没有人特别在意。赵志勇看着他们有些失落。

李队长一边织着围巾，一边走过来："赵警官。"

"到!"

"你现在也是队长了，不用喊到。"

"在我心里，您还是我的队长。"说这话时，赵志勇很诚恳。

"去了一处好好干。我不担心你跟他们处不好关系，我担心的是你总当好人，事事忍让。以后要学着拒绝别人。"最后几针，李队长正好织完了手上的围巾。他收了毛线签把围巾递给他，"试试。"

赵志勇很惊讶："给我的?"

"我都给家里两个小子织了五六条了，这条你拿着吧。二处这几年，除了夏处长，你是第二个调走的。他们不说话，其实心里都不好受。好在就在对门，虽然以后不是二处的人了，还是天天能打照面。"

这条围巾，就是刑二处给赵志勇的唯一留念了。二处从来比不上一处风光，但是从来没有一名警员主动离开。赵志勇是第一个。

他抱着东西走到门口时，正好遇上顾耀东抱着一箱东西回来。

赵志勇朝他笑笑："回来了。"

"嗯。"

"恭喜你啊。"

"你也是，恭喜你升队长。"

两人之间似乎无话可再说。顾耀东埋头进了二处。

"我们家耀东回来了!"小喇叭大喊着，和于胖子冲过来一把搂住顾耀东拉了进去。

"肖警官专门帮你把桌子擦干净了!"

肖大头看似无动于衷地腿跷桌上看报纸："什么叫专门? 是顺便!"

方秘书来敲门："顾警官在吗?"

小喇叭："在呢，在呢!"

"顾警官，齐副局长晚上在金门饭店宴请朋友，庆祝升职。特地邀请您也参加。"方秘书笑盈盈地递上请柬，态度比以前热情了许多，"警局里的年轻警员，他可就只请了您一位。"

小喇叭惊呼："了不得了！齐副局长的晚宴，专门请你去参加！"

于胖子："肖警官，我们耀东现在也算是上头有人了吧？"

顾耀东被他们说得红透了脸："只是一顿晚饭……"

赵志勇站在一处门口，回头望着那些熟悉的面孔围着顾耀东有说有笑，五味杂陈。二处的门渐渐关上了。在那一瞬间，顾耀东转头望着站在门外形单影只的赵志勇，这名新任队长看起来竟有些凄凉。

赵家的小面摊彻底关了门。炉子早已经冷了，锅也歪在一旁，破败不堪。旁边停了一辆搬家的拖车，上面放着赵母的行李包。她憔悴地站在店里，想最后多看几眼这个支撑了他们母子十多年生计的小地方。

赵志勇往拖车上费劲地搬着桌椅，最后几把椅子快要举不上去时，一个人过来帮忙抬了上去。赵志勇转头一看，是顾耀东。

"我刚听李队长说才知道。伯母怎么突然要回老家？"

"最近几个月都没什么生意。以前来我们家吃面的，都是干体力活的底层百姓，现在物价涨成这样，谁还吃得起啊？再说我妈最近胃疼得厉害，也想回老家养着。"

"有机会还是接回来吧，上海大医院多，总能治好。"

"等我再多攒点钱，条件好点，肯定要接她回来的。"

两个人似乎已经很久没在警局之外的场合见面了，一时竟都有些拘谨。几句寒暄之后，只觉得更生疏了。其实顾耀东真心想要关心赵母的病情，可不知道为什么，他总觉得说出口的话带着几分客套。曾经在这个小面摊，他们无话不谈，后来也是在这个小面摊，他们变得无话可讲。谁也说不清究竟是如何走到这一步的。

临走前，赵母拉着儿子的手说："志勇啊，想吃老家的东西了就写信，妈给你寄。要是想吃阳春面了就回来，妈给你做。妈就是想告诉你，不一定非要留在上海。累了就回来，家里什么都有。"

然后她又拉着顾耀东的手说："顾警官，我们家志勇是个老实孩子，今后在警察局里要是遇到什么过不去的难关，你拉他一把。"

拖车载着赵母离开了。赵志勇坐在空荡荡的面摊里，低声啜泣。顾耀东默默望着孤单而伤心的朋友，却不知应该怎样安慰他。

尚荣生绑架案终于在法院正式宣判了。除了被老董击毙以及被警委劫走的两名绑匪，淞沪警备司令部悉数交出了其他三名参与绑架的稽查处行动队队员。三人最终被判处死刑，而那名被警委劫走的绑匪最终也因肺部枪伤不治身亡了。

上海市政府责令淞沪警备司令部稽查处公开道歉，并将稽查处陶处长撤职查办。财政局丁局长被查封了财产，连带财政局内部所有参与挪用公款亏空国库的职员，一起被撤了职，等待调查。而田副署长和警察局因为有王科达这只替罪羊，侥幸逃脱了制裁。

在这之后，顾耀东又先后逮捕了两个人。一个是花钱买通警局用杨一学当替死鬼的那名强奸杀人犯，另一个，是从鞋店偷走皮鞋并且卖给杨一学的那名小偷。齐升平亲自带着钟百鸣和方秘书到杨一学家致歉，并给福朵提供了一笔抚恤金。

至此，杨一学案算是尘埃落定了。

丁家上下一片慌乱，原本富丽堂皇的客厅里堆满了大小行李箱。丁局长和他的太太正在狼狈地收拾家当，准备出逃。丁放站在一旁，平静地看着这一切，仿佛是个局外人。

丁母将丁放拉到一旁低声说道："囡囡，我和你爸爸要去香港避一避。你就留在上海。我收拾了几箱细软已经放在车上了。一会儿你从后门出去，车就停在门口。你带着那几箱东西去公寓住一段时间，等风头过去了，再带着东西来香港找我们。"

丁放："你们让我一个人留在上海？"

"他们不会为难你，你带着这些细软是最安全的呀！"

生离死别，她以为他们会担心自己的安全，可说来说去，说的还是钱。

几辆警车停在了雕花大铁门外。钟百鸣带着刑一处和刑二处警员跳下车，直接撞开铁门朝里跑去。顾耀东下了车，脚步却迟疑了。他看见了另一辆警车边同样迟疑着的赵志勇。

警员很快就逮捕了躲在书房里的丁局长和太太，钟百鸣亲自给丁局长戴上了手铐，"抱歉了，丁局长。我们奉蒋督察员之命，请您和夫人回去接受调查。李队长，带人搜查全部房间，查封所有财产。赵队长，带人封锁现场。任何人离开之前都必须仔细搜查。从现在开始，这里的一分一毫都不能带走。"

用人都集中在了客厅。一楼已经搜过的房间门上都贴了封条。顾耀东上了二楼，依次将打开门的房间关上，贴上封条。

二楼唯独只有一间房，房门紧闭着。

顾耀东敲门："里面有人吗？"

无人回应。

"我是上海市警察局刑二处警员。现在奉命对丁家进行查封，请配合行动。"

还是无人回应。

顾耀东发现门从里面反锁了，他忽然意识到什么，推门的手停住了。在门的另一边，丁放默默站着。二人之间只有一门之隔，却似乎都不敢打开这扇门。

很快，肖大头、于胖子和小喇叭上来了，见顾耀东盯着一扇门发呆，还以为他拿里面的顽劣分子没办法。

肖大头上来就"啪啪啪"拍了几下门："里面有人吗？"

见没人回应，门又反锁了，三人便一把推开顾耀东，掏出枪围住了房门。

"里面的人听着！警局现在要对这里进行查封！马上出来！不然我踹门进来了！"肖大头刚抬起脚，门缓缓开了。丁放站在里面，冷冰冰地看着他们。

三人怔了怔，看看丁放，又看看顾耀东，然后很默契地收了枪，同时转过了身去。"李队长——楼下要帮忙吗？"三人嚷嚷着下了楼，好像什么也没看见。

丁放朝顾耀东伸出双手："需要戴手铐吗？"

"你不在抓捕名单上。"

"那我现在可以离开吗?"

"门口有警察例行检查,如果没有问题,你就可以离开了。"

"谢谢。警官。"

丁放面无表情地从他身边走过,顾耀东终于还是没忍住叫住了她。

"你在等我的道歉?"丁放淡淡地问道。

"我没想到会是这样的结果。"

丁放回转身望着他,坦然而倔强:"杨一学没做错,你没做错,可是我也没做错。错的不是我们,只是我们共同成全了一个悲剧。"

"今后打算怎么办?"

沉默。

"还留在上海吗?"

丁放笑着摇了摇头。

"如果你需要住处,我可以帮你租一间公寓。或者我可以帮你找一份杂志社的工作,你还可以接着写你喜欢的东西。"

丁放依然笑着摇头:"两个人走着走着就越走越远了,就不应该再有瓜葛。不管怎么说,还是有幸认识过你。"

30

丁放走到门口，被两名刑一处警员拦下。

"对不起，耳环、项链，你身上的所有东西都要留下。"

丁放一脸淡然地摘下所有发饰、首饰、手表，交给对方。警员检查完了坤包，又要搜身。正要动手时，顾耀东抓住了他的手："我已经搜过了。"

"所有离开的人必须由我们一处亲自搜过才能离开，这是上面的命令。"

"不用搜了。"

顾耀东和丁放转头望去，说话的是赵志勇。

赵志勇："顾警官搜过了就行了。"

刘警官走了过来："万一他搜得不仔细呢？我又不是不知道他跟这女的有交情。"

赵志勇："我和丁小姐也有交情。"

"要是出问题谁担责任？"

"刘警官，现在我是队长，当然我担责任。你照办就行。"

赵志勇难得这么强硬，刘警官和另一名警员只得咽下这口气，悻悻地让了道。

丁放最后去看了眼父母，两人被押在警车上，都戴着手铐。一夜之间似乎苍老了许多。风光时，对他们似乎只有怨言，如今落魄，丁放却是满腹心酸和不舍。

她抱住母亲,只听见母亲小声说:"司机在后门上等,我已经提前把值钱东西放到车上了。那些就是家里全部的财产了,比什么都重要。现在全部交给你保管,可千万看好啊!"

终于还是失望透顶。但是她已经麻木了,并没有撕心裂肺的痛。

丁母:"你听见我说话了吗?我和你爸爸总是要回来的,我们一家人后半辈子要想过好日子,就全指望这一车东西了!"

"妈,曾经我什么都有。我有属于自己的小公寓,我喜欢窝在里面读书、写小说,我可以过自己喜欢的小生活,我还有真心喜欢的人。如今那个人还是在那里,他什么都没变,只是再也不可能喜欢我了。"

丁放放开母亲,苦笑着看了看远处望着自己的顾耀东,转身离开了。

那辆停在后门的轿车上堆满了大大小小的箱子、布袋,几乎没有落脚的地方,似乎丁放才是这辆车上最多余的东西。

司机:"小姐,我马上送你去公寓。"

"不去公寓了。"

轿车艰难地开进了狭窄的福安弄,最终停在了杨一学家门口。

丁放随手打开一只手提箱,里面塞满了金条和首饰。她抓了两根金条和一把项链,从坤包里拿出手绢,包好塞给了司机。

司机慌忙推回来:"小姐,这是干什么!"

"你被解雇了。这是最后一笔薪水。"

司机愣住了。

"以后丁家都不再用得上司机了。另外找份工作,好好过日子吧。"

一群孩子举着风车和糖果,笑闹着跑进弄堂。领头的孩子指着远处大喊:"快看!有汽车!"

孩子们一窝蜂跑过去围住了轿车。从车窗望进去,里面全是垒得高高的箱子,其他什么也看不见。他们笑闹着拍着车窗玻璃,齐声念着童谣:"小汽车,嘀嘀嘀!开到东来开到西。看到红灯停一停,看到绿灯向前行。"

车外，孩子们围着稀罕的高级轿车欢天喜地。

车里，丁放蜷成一团躲在大堆箱子中间，痛哭流涕。

傍晚时分，福安弄的路灯亮了起来。顾耀东刚走到福安弄弄口，就看见人们聚集在杨一学家门口，围着一辆轿车议论纷纷。

他以为出事了，赶紧冲了过去："怎么了？"

福朵递给他一把钥匙："我刚一出门，就看见这把钥匙挂在门把手上。"

顾耀东一脸疑惑地用车钥匙开了车门，里面没有人，只有满满一车箱子和布包。他随手打开其中一只，只见里面塞满了美金和金银细软。顾耀东愣了几秒，猛然意识到什么，转头望着沈青禾。

沈青禾："我到这儿的时候，车里已经没有人了。这些应该是她留给福朵的。"

顾耀东冲出福安弄，早已不见丁放的人影。他看着手里的钥匙，百感交集。

日子过得很快。一段时间之后，顾耀东的入党申请通过了。他和沈青禾、老董又去了杨一学遇害的地方。站在苍茫荒野上，他在警委书记老董的引领下完成了宣誓仪式。

顾耀东和沈青禾看着对方，似有千言万语。沈青禾伸手要跟他握手，顾耀东没有握手，而是直接抱住了她。

沈青禾眼里有泪光："特殊时期，仪式比较简单。"

"我不在意。"

"从此以后你就是隐蔽战线的战士了。只有代号，没有名字。只有行动，没有声音。也许将来我们会被人遗忘，也许根本没有人知道我们的存在。"

"我都不在意。宣了誓，我就会为它奋斗终生。我们是同志、搭档，至死不渝。"

然而就在两天之后，齐升平也向顾耀东抛出了橄榄枝。他把顾耀东叫到办公室下象棋时，随口问道："你现在是什么警衔？"

"警佐二级。"

"王科达通共案你有功劳。这两天我会报请局长，把你的警衔升为警正。另外警正只是一个开始。你也该入党了。准备一下申请书吧。"

顾耀东一怔："我？"

齐升平下着棋，轻描淡写地说："你应该不会希望自己永远只是警正吧？你在警察局是可以走得更远的。"

"入党……我够资格吗？"

"我做你的介绍人，这就是你的资格。"

那天傍晚，沈青禾把顾耀东叫到了晒台上，她不停用手绕着衣服角，看起来局促而拘谨。

沈青禾："上级特别批准你同时加入国民党的申请了。这是个机会。但是切记一切以你的安全为主，任何有可能导致暴露的行动，你都有权利拒绝。"

"好。我记住了。"顾耀东回答得特别认真。

"如果他们要求你出入某些场合，你觉得自己应付不了的，我可以配合你去。"

"你去我当然心里踏实，但是有的场合不适合女朋友出现，万一我找不到其他借口怎么办？"

沈青禾吞吞吐吐半天，终于说出了口："我可以以未婚妻的身份。"说完她已经是满脸通红。

顾耀东愣了好半天，不敢相信地问："这也是上级的要求？"

"要是觉得不合适，我可以马上向上级申请取消，再想别的办法！"

"合适！"顾耀东脱口而出，似乎唯恐晚一秒就真的被取消了。

沈青禾红着脸嘟囔："这是为了任务！"

顾耀东笑了："保证完成任务！"

在这之后，顾耀东开始跟着沈青禾学习情工所需的一切技能。跟踪、乔装、开锁、开车，还有用枪。他进步神速，没过多久，射击成绩就已经和沈青禾不相上下了。好几次在顾耀东专注地瞄准枪靶时，沈青禾都恍惚觉得他多了几分夏继成的影子。男孩在长大，稚气在褪去，他变得干练了，也更沉稳更坚定了，但是咧嘴笑起来时，眼里依旧会闪着点点稚气，他依旧是那个喊着"匡扶正义，保护百姓”的少年青年。

转眼到了一九四八年的秋天。

福安弄里一片萧瑟，满地落叶。昏黄的路灯忽明忽暗闪着。弄堂里看不见人影，只有任伯伯抱着二喵，坐在门边大声放着收音机。

“九月二十四日。济南陷落。我军伤亡 2 万余人，被俘 6 万余人，其中将官 20余人。美联社对此评论：‘自今而后，共产党要到何处，就到何处，要攻何城，就攻何城，再没有什么阻挡了……’”

家里家外的日子都不太平。顾耀东父亲轧金子，几乎亏得倾家荡产，父母整日吵闹。福安弄里的居民对隔三岔五的停电也是怨声载道。顾耀东和沈青禾知道，不仅是小小的福安弄，整个上海都笼罩在山雨欲来的阴郁之中。国民党竭尽各种手段如采取分区停电、暗中抄收信号等来侦测中共地下电台。警局借登记户口的名义在不被人怀疑的情况下入户调查，持着“宁肯错杀一千、不肯放过一个”的态度，大肆抓捕。国共双方的情报战越发白热化了。

段局长已经去杭州了。警局关于新局长的任命，要到年底才会决定。临走前，他将局里的事务交给了齐升平。但是齐升平很清楚，田副署长和段局长想要提拔钟百鸣为局长，只需要一个说法。钟百鸣大张旗鼓抓捕共党，抢着立功出风头，显然就是冲着局长的位置来的。他是耐不住性子，要跟自己明刀明枪地开战了。

钟百鸣的第一个战果，就是根据监测的信号，找到了明香裁缝铺。

赵志勇拿着从户籍科找到的资料匆匆进来汇报：“这是明香裁缝铺登记的户籍资料，男老板姓蒲。店里常年有两名男裁缝，最近又新来了一个女的，叫石凤鸣，三十八岁。这个最可疑。”

钟百鸣：“现在人在铺子里吗？”

“我们刚刚去探了情况，只有男老板在。在周围打听了一下，这个女裁缝是隔天上午来，隔天傍晚来。按规律，今天应该是傍晚来。”

抓捕行动就定在了当天傍晚。钟百鸣借鉴保密局的办法，在行动之前将刑一处和刑二处隔离起来。除了参加行动的几人，其余警员都由李队长带着去小绍兴酒楼吃饭。行动结束之前任何人不能离开，也不能和外界联系。

如果是以前，顾耀东在接到当晚全体去小绍兴吃饭的通知时，一定会很高兴地开始盘算自己要吃什么菜。但是现在，他已经能非常敏锐地意识到当晚局里一定有重大行动了。

赵志勇从刑一处出来时，正好在走廊遇到刘警官和几名刑一处警员。

赵志勇："刘警官，晚上去小绍兴，你协助李队长吧。"

刘警官一副爱理不理的样子："赵大队长不去吗？"

"我要跟副局长出去。我不在，你们听李队长指挥就行。"

"千万别跟我说谁指挥谁。我们一处的人该干什么我们自己清楚。李队长管不着我们。"

赵志勇有些无奈："我是一处队长，我总有资格指挥吧？"

"你是队长，但你手底下都是我的弟兄。你说谁是老大？"

看着刘警官嚣张跋扈的样子，赵志勇憋屈到了极点，可他从来就不是愿意和人起冲突的人，只能默默忍着。这时，一名刑一处警员抱着资料从旁边跑过，不小心撞到了赵志勇，资料撒了一地。

赵志勇闷头蹲地上捡资料，警员赶紧来帮忙："赵队长，我来吧。"

"我来。"

"真的不用您动手，我来。"

"让开。"

"您现在都是大队长了……"

赵志勇忽然怒了，一把抓过对方捡的资料，扔了一地："听不懂我说话？我说我来捡，那就我来捡，这堆纸我今天捡定了。谁也别跟我抢！"

他闷头捡完所有资料，垒成一摞，往地上一放。然后看了刑一处围观的人一眼，转身离开。刚走几步，就看见顾耀东和刑二处的人站在那里，大家都有些尴尬。

顾耀东："一块儿去小绍兴吗？"

赵志勇挤出一个难堪的笑容："我晚上有事，不去吃饭了。"

"去哪儿？时间不长的话我们在酒楼等你，好久没一起吃饭了。"

"现在还不清楚。不用等我。你们好好玩儿。"

赵志勇走了，刑一处几人冲着他的背影说着闲话。

"什么玩意儿，真当自己是队长了。"

刘警官不屑地说："钟副局长带去行动的都是我弟兄，他们要去哪儿，要干什么，我知道得比他赵志勇清楚！说到底，他根本进不了这个圈子。"

顾耀东瞥了眼刘警官，若有所思。

回刑二处后，顾耀东给亭子间外面的电话亭响了三声电话，沈青禾很快打回来了。

顾耀东知道，他必须为沈青禾追来小绍兴找一个非常合理的借口，才不会引人怀疑。所有人都知道他和沈青禾前段时间订婚了，于是他想到了一个足够让未婚妻生气的理由。

顾耀东接了电话："喂？青禾啊，我正好想给你打电话。一会儿我去不了了。警局有事，我现在马上要跟李队长他们出去……别生气了，是真的有正经任务，钟副局长专门交代，谁都不许提前回去。"

电话那头的沈青禾很快会意，顺势说道："哦，这么要紧的任务啊……那你们现在去哪儿？晚上起风了，我来给你送件厚衣服。"

顾耀东："我们去小绍兴，酒楼里不冷不用送衣服……别生气了青禾，戒指肯定要订的，明天我就请假。"

挂掉电话，一屋子人在旁边起哄，都要一起订戒指了，看来离喝喜酒也不远了。顾耀东看着他们，只是一脸傻笑。

晚上的小绍兴生意很好。李队长要了一个大包间，刑一处和刑二处警员全都关在这包间里吃饭喝酒。包间里有一名负责倒酒的年轻女郎，另有一名端菜送菜的人可以进出，除此以外，警员不允许和外界有任何交流。

顾耀东就坐在刘警官旁边，看得出刘警官已经喝多了。

刘警官："李队长，叫姑娘给你们倒酒啊！今天反正是钟副局长掏钱！"

李队长呵呵笑着："都是有家室的人了，自己来就好。"

"顾警官没有家室，多喝两杯。"

"我不会喝酒。"顾耀东笑了笑，又故意说道，"再说这酒喝得我心慌啊。我本来答应今天和青禾一起去买戒指的，结果跑小绍兴来了，回家我连局里到底什么行动都说不出来，搞不好还以为我找个借口来喝酒呢。"

一名警员附和道："你这么一说还真是，我回去家里那位肯定也要问。有人知道他们到底什么行动吗？"

没人说话。

"刘警官，你知道吗？"

顾耀东很认真地替刘警官打圆场："这种机密行动，刘警官肯定跟我们一样被蒙在鼓里啊，现在得问赵队长才行。"

果然，对方一拍桌子怒了："问什么赵队长！"

包间里一下子冷场了。

顾耀东赔着笑："别误会，我不是说赵队长厉害。只不过他要参加今晚的行动，肯定知道得比我们多啊。"

"马斯南路！明香裁缝铺！"刘警官脸红脖子粗地嚷道，"怎么样？用得着去问他吗？不去参加行动我照样知道得比他多！他们要去抓共党！你别不相信！钟副局长身边带的都是我的弟兄，我一个字都不会说错！"

顾耀东一副替他着急的样子："刘警官！这种话可不能乱讲！"

李队长："刘警官，你喝多了！"

刘警官猛地站了起来，这口气他已经憋了很多天了。他醉醺醺地敲着桌子嚷道："我没喝多！我当初是王处长指定的队长，钟副局长搞不清楚情况就乱点将！他赵志勇就是个屁！"眼看着他已经摇摇晃晃站不稳了，两名警员赶紧扶着他坐下。

大家都心照不宣地没吭声，这个看似无关紧要的小插曲就这么过去了。但是顾耀东心里已经揪成了一团，他知道刘警官所说的马斯南路明香裁缝铺，正是警委最重要的中转点。

一名警员招呼年轻女郎赶紧倒酒。等到酒杯重新端起来，气氛也总算缓和了下来。轮到顾耀东的酒杯时，他客气地挡住了杯子："我不喝酒，谢谢。"

刘警官带着醉意嚷嚷："谁也别搞特殊！来了就必须喝！给他倒上！"

"不好意思，我不会喝。"

"不会喝，那就灌他喝！"

门"哗啦"一声拉开了。众人齐刷刷转头一看，只见沈青禾站在门口，怒目圆睁。众人又齐刷刷看向顾耀东。年轻女郎正好把酒递在顾耀东嘴边。

"艳福不浅啊。"沈青禾酸溜溜地说完，转身就走。坐在门边位置的小喇叭和于胖子赶紧拉住她，"沈小姐，误会误会！"

顾耀东心虚地解释着："我们……我们来这儿是任务。"

"这也算任务？连戒指都不去买了，我还以为真有多大的事情呢！"沈青禾把外套往顾耀东脸上一扔，"我真是傻到家了！还来给你送外套！结果你在这儿左拥右抱暖和得很！"

顾耀东："来吃饭真的是副局长的命令！"

沈青禾要走，顾耀东手足无措地杵在原地，小喇叭只能把他拉过来，"赶紧啊！"

"你让开！当着这么多人的面我不想吵。明天我就另外租房子搬出去！"沈青禾一把推开他往外走。她知道顾耀东在等一个可以单独相处的机会，但是又不能太主动。

一帮警员都格外热心地往外推着顾耀东。

"这种时候还要什么面子？去啊！"

终于，顾耀东等到了被众人推出去的那一刻，走廊里只有他和沈青禾，"明天我一定请一整天假！明天我们就去买戒指！"他一边道歉一边顺势拉住沈青禾，急速而低声地说道："马斯南路，明香裁缝铺，钟百鸣已经去了。"

沈青禾一把推开他，正好有服务生经过，她拿起对方托盘里的一杯橘子水就朝顾耀东脸上泼去，"谁要跟你买戒指了？要买自己买去吧！"说罢她气冲冲地离开酒楼。顾耀东回来时，像只染了颜色的落汤鸡，令人不忍直视。

裁缝铺斜对面的小路上，停着两辆车。一名便衣从裁缝铺出来上了其中一辆车。

钟百鸣："怎么样？"

"铺子里只有男老板一个人。"

赵志勇："副局长，还等吗？"

"等。那名女发报员才是大鱼。"

钟百鸣要等的那名女发报员正独自走在路上。华灯初上。周围人来人往。远远地，她已经能望见明香裁缝铺了。

就在这同时，老董在鸿丰米店接到了沈青禾的电话。

伙计："我现在去通知他们撤离！"

"来不及了，我马上打电话！"老董拿起电话但立刻又放下了，既然裁缝铺暴露，这时候打进去的电话肯定会被追查，他不能用米店的电话联络了，"你去最近的公用电话亭，马上去！"

米店伙计匆匆去了电话亭，可电话亭已经有人了，他焦急地等了片刻，看了眼手表，匆匆离开了。

伙计去了两条街之外的一间杂货铺，这离米店已经足够远了，应该没有人认识自己。杂货铺只有老板一人百无聊赖地守着空店看报纸。桌上放着一部电话。他警惕地观察片刻，确认周围安全，这才进了铺子。

明香裁缝铺里的电话响了。老板接了电话，听见对方说了几句什么便从容地挂了电话，然后走到橱窗边，装作随意地整理模特衣服，顺手打开了模特头顶的五彩小吊灯。

钟百鸣坐在车里看见彩色小吊灯亮起时，皱了皱眉头："去个人看看。别惊动。"

裁缝铺老板回内屋后，迅速从堆满布匹的角落里拎出一只箱子，箱子里的发报机是整个裁缝铺最重要的东西。外面房梁上还常年藏着几本空白身份证，这里是警委中转点，这些都是为从这里撤离的同志准备的。但是现在要取已经来不及了，他从窗口看见有便衣已经朝铺子走了过来。他迅速拎着发报机箱子，从后窗撤离了裁缝铺。

女发报员远远望见了亮着的小吊灯。她放慢了脚步，在一个路口从容地转弯离开了。

钟百鸣带人冲进裁缝铺时，已经空无一人。几名便衣在屋里搜查。钟百鸣走到橱窗边，望了望外面空无一人的街道，又看向五彩小吊灯，关上，又打开，反复几次，他明白了过来，亮灯是撤离信号。

赵志勇跑过来，递给钟百鸣几本空白身份证："房梁上找到的。一共五本，都是新的。"

钟百鸣翻了一遍："看样子，我们身边还是有老鼠啊。"

"您是说有人从警局往外偷证件？图什么呢？"

"你觉得呢？"

"图钱？"

"图钱，那就好办了……"钟百鸣走到那部电话旁，他拿起电话听了片刻，又放下，若有所思。

夜里，家人都睡了以后，顾耀东去了亭子间。沈青禾给了他一份女发报员的资料。今天被钟百鸣追捕的女人叫周明佩，是上海地下组织的特级发报员。近来情报剧增，周明佩一直辗转几个点发报。明香裁缝铺是其中之一，没想到突然就暴露了。周明佩曾在苏联受过特训，不仅掌握双重加密的超级密码，发报技术也是首屈一指。在情报战日渐白热化之际，这样的人才是极其宝贵的。

沈青禾："安全起见，上级决定先安排她出城，到郊区避一避。出城的时候需要你帮她做一个新身份。这是她的资料。"

顾耀东看过一遍后记了下来："明天正好是礼拜三，户籍科孔科长会约我下象棋，我正好找机会办新证件。"

"还有件事，明香裁缝铺一直在负责转移有暴露危险的同志，所以那里长期备有临时身份证。今天情况太紧急，联络员撤离的时候只带走了发报机，证件在房梁上，没来得及销毁。如果钟百鸣搜到了，肯定会内部调查，你最近在警局里活动一定要谨慎。"

"知道了。"顾耀东忽然想起来，"对了，差点忘了！"他小心翼翼地从兜里摸出一个纸袋，"给你带了好吃的！"

"专门给我带的?"

"啊。"

沈青禾有些甜蜜："什么东西?"

"猜猜。"

"杏仁蛋糕?"

"不是。"

"核桃酥?"

顾耀东笑眯眯地："也不是。"

他打开纸袋："霉豆腐干！"

沈青禾朝纸袋里一看，熏得立刻退避三舍："你给我带霉豆腐干?"不知道什么样的呆子才会想到用既不甜蜜又不浪漫的霉豆腐干给女孩子当礼物。

"小绍兴的招牌！于胖子吃了好几块！他说猪头肉也不错，我没好意思多要，只专门带了一份霉豆腐。又臭又香，真的特别好！"他看沈青禾脸色不好，小心翼翼地问道，"我是不是应该带猪头肉?"

"顾耀东！你是不是觉得我跟他们一样，满脸胡楂子，整天就喜欢喝酒吃猪头肉！"

顾耀东一脸尴尬："那……你要是实在不喜欢，我自己吃。"

沈青禾一把抢过纸袋："想得美！"

晒台上放了只小火盆，二人坐在火盆边，顾耀东把女发报员的旧证件扔进了火里。沈青禾在一旁美滋滋地吃着霉豆腐干。

顾耀东很认真地说："有件事我一直想跟你商量……我是不是应该准备一个代号了?"

"要代号干什么?"

“就像你和处长一样，有了代号，上级在收音机里才能呼叫我，给我布置任务啊！”

“心思还挺多。你想要什么代号？”

顾耀东兴冲冲地说：“我都想好了。叫‘南侠书生’怎么样？”

“什么书生？”

“南侠展昭的南侠啊！他就是我想成为的那种侠客，匡扶正义，除暴安良。再加上我也算警局里的书生。南侠书生，这不是跟我特别符合吗？”

“是呀，你觉得符合，人家也觉得符合。一听就知道是你，那还要代号干什么？”

“南侠书生”想了想，又问道：“那叫咸鱼行不行？咸鱼对我来说有特殊意义。我去警局的第一个案子就和咸鱼有关系。”

“你就不能老老实实叫顾耀东吗？”

顾耀东不吭声了。

明香裁缝铺暴露后，由于顾耀东和沈青禾及时通知撤离，还算有惊无险。周明佩暂停了一切活动，等待警委安排撤离。警委开始动手寻觅替代裁缝铺的新的中转点。裁缝铺老板在安全脱身后，也辗转将发报机交到了老董手中。在情报战白热化的时期，每一台发报机都是极其珍贵的。

刘警官因为在小绍兴乱讲话，被送了法察处，最后连带透露行动给他的警员也一并开除了。不仅如此，时局动荡，外面到处都因为发不出薪水在裁人，最近就连警局也开始了，搞得人心惶惶。顾耀东和二处警员经过人事处时，正好遇见一名户籍科警员拿着牛皮纸袋匆匆跑进去。

小喇叭：“看见他手上的牛皮纸袋了吗？那里面就是要开除的人。每天下午三点，户籍科准时往人事处送资料。”

顾耀东似乎想到了什么，回刑二处后，他打了一个电话给户籍科孔科长，借故将下午约好的棋局提前到了两点半。

棋局准时开始了。顾耀东一直超常发挥，搞得孔科长连输几局，唉声叹气。

正不顺心时，一名警员又拿着几份档案过来找他盖章。孔科长只得不情不愿地从腰间摸出钥匙，起身离开："我进去盖个章。"

"不着急。"顾耀东一边说话，一边趁孔科长起身时故意偷偷挪了一颗棋的位置。

孔科长赶紧回来："哎哎哎！不对！不是放那儿的！"

"是这儿呀。"

孔科长把棋子放回原位，"明明是这儿。我得好好记下位置，免得我一走你趁机动我的棋。以前夏处长就老爱捉弄我，你是他带出来的徒弟，我得提防着点。"

"您要是实在不放心，您在这里看着，我去替您盖章行不行？"

"你去？"孔科长心想这倒正好是个机会，于是狡黠地说道，"行啊，你去盖。印章就在我抽屉里。正好我算算下几步棋怎么走。"

顾耀东接过钥匙和资料："就在这里盖章就行了吗？"

"对对。"说完他又埋头专心研究棋盘，余光瞄着顾耀东去了户籍科的内部档案室，他趁机挪动了一颗棋子，暗自得意。

内部档案室里有一张科长专用办公桌。顾耀东用钥匙打开抽屉，拿出印章在档案上盖了章，然后迅速从衣服内兜拿出给周明佩准备的新身份证和户口簿，依次在上面盖了户籍科的公章，然后揣回内兜，整个过程干净利落。

顾耀东回了棋桌旁，若无其事地把档案交给孔科长："哎？这颗棋子好像不对啊！"

孔科长一脸理直气壮："不会错的，就是在这儿！"

顾耀东装傻："是吗？那是我记错了？"

"肯定是你记错了。"孔科长明显心情转晴，他把资料给了警员，让他赶紧送去人事处。

警员刚跑到门口就一个急刹车停住了。站在他面前的是钟百鸣，身后跟着赵志勇和另两名警员。

"回去。"钟百鸣冷冷地说。

"钟副局长，人事处催我送资料过去。"

707

"没有我的允许，这屋子里的任何人都不能离开。"

顾耀东强装镇定。他看着钟百鸣和孔科长说话，手上一直把玩着棋盘上的象棋。

孔科长："钟副局长，这是什么意思啊？"

钟百鸣将几本身份证放到桌上："这是刚刚从共党联络点搜出来的，还有从黑市收缴的。各种各样的身份证，全新空白的，应有尽有。"

孔科长翻看了几本："您怀疑这是从我们户籍科流出去的？"

"上面盖着上海市警察局户籍科的公章。您也知道我这个人一般不爱说太严厉的话，但是这个房间里，确实有人手脚不干净，在赚不该赚的钱。"

孔科长看着一屋子警员，脸色难堪。

钟百鸣："不好意思了孔科长，今天在座的各位，我都要搜一遍。您理解理解。"

赵志勇三人开始搜查户籍科警员。

孔科长："顾警官，今天这盘棋看样子是没办法下完了。我们改时间再约吧。"

"没关系，本来我也要输了。"说完，顾耀东准备离开。

钟百鸣笑盈盈地叫住了他："顾警官，来陪孔科长下棋呀？"

"对不起，副局长，我马上回去做事。"上班时间偷懒下棋，还被抓了现行，顾耀东看起来一脸惭愧。

但是钟百鸣并不吃这一套，他站到门中间挡着去路："既然在，那就不要搞例外了。免得别人说我不一视同仁。赵队长，顾警官你来负责吧。搜完了，他也好清清白白从这里出去。"

赵志勇和顾耀东看着对方，一个尴尬，一个忐忑。

赵志勇开始从上到下搜查顾耀东的外套和裤子。顾耀东面如死灰。

31

　　就在这时，一名户籍科警员突然推开钟百鸣的人往外冲，赵志勇和另两名警员赶紧冲过去按住那个人。

　　"放开我！我什么都没干！"

　　赵志勇很快就从他身上搜出了几本证件。

　　就在所有人的注意力都被吸引过去时，钟百鸣瞄见顾耀东偷偷捏着一个什么东西，藏进了兜里。

　　户籍科警员瘫软在地，哭着哀求："是我财迷心窍了，我在黑市其实也没赚到多少钱！我家里上有老下有小，薪水实在不够吃饭，所以才偷着干了几回……"

　　钟百鸣一副惋惜的样子，"带去交给法察处吧。看看除了证件，他是不是还泄露过更严重的情报。"说话时，他有意无意地注意着顾耀东，"又是为了钱。这真是王科达的阴魂不散啊……行了，都继续做事吧，别被这种人影响了。"

　　那名警员被押走了，其余人战战兢兢地坐回了位置。

　　顾耀东："钟副局长，那我也回二处做事了。"

　　钟百鸣装作刚想起来："哎？赵警官，检查完了吗？"

　　赵志勇："副局长，人抓到了，还要查吗？"

　　钟百鸣看着顾耀东之前偷偷藏东西的衣兜，故作随意地说道："既然查，那就一视同仁吧，查完再走。"

赵志勇只得接着搜身。顾耀东有些心虚地又一次将手插进了那个衣兜。

"顾警官！"钟百鸣忽然厉声喝道，"把手拿出来。"

"什么？"顾耀东还在装傻。

钟百鸣三两步过去，一把就将他的手抓了出来。顾耀东傻眼了。钟百鸣冷冷地看了他一眼，直接把手伸到他衣兜里将东西掏了出来，是一枚象棋"马"。

孔科长一拍大腿："哎呀！顾警官啊顾警官，我还一直以为你是个老实人。我说你今天这个"马"怎么这么神出鬼没！"

顾耀东无地自容地赔笑，周围人也都窃窃私语着，还以为是什么了不起的东西，结果是下棋作弊，也够丢人的。

钟百鸣很是恼火："以后上班时间，注意纪律！回去做事吧！"

"是。对不起，钟副局长，下次一定注意。"顾耀东强装镇定地离开了户籍科。

钟百鸣："老孔啊，警局里现在乱象丛生，我且当你跟这事没关系，先不追究你的责任，以后还是要加强监管。像顾警官这样的外处警员，进来也最好登记一下。"

孔科长汗都出来了："是是是，我一定注意。"

钟百鸣故作随意地坐到桌旁，摆弄着棋子："顾警官经常来吗？"

"偶尔来陪我下下象棋。一把年纪了，也就这点爱好。"

"顾警官年纪轻轻，性格也比较木讷，难得他在警局还能有你这么个忘年交。"

"当年他刚来警局，还是个新人的时候，就在户籍科做事。我也算他的老上级了。说实话，我很喜欢这个年轻人。"

"那就难怪了……行了，你忙吧。"钟百鸣走到门口，又想起什么，回头问道："今天你们下象棋，是顾耀东主动约你的吗？"

孔科长笑着说："不是，是我约他来的。"

钟百鸣"哦"了一声，看着老孔笑了一下，若有所思地离开了。

顾耀东坐回到刑二处时，依然心有余悸。给发报员做的证件就藏在他的裤腿里。如果刚刚没有用象棋转移钟百鸣的注意力，如果刚才赵志勇搜得再快一点，就会搜到他的裤腿，那就彻底暴露了。

钟百鸣坐在副局长办公室里，在桌上反复转动着那颗"马"。隐隐约约中，他能感觉到顾耀东和从前不一样了。虽然看起来仍是白纸一张，但也许已经用隐形药水在上面画满了东西。大智若愚，大隐于市，那些是真正的高人。顾耀东会是这样的人吗？

赵志勇拿着一份资料匆匆敲门进来："副局长，明香裁缝铺的电话查出来了。最后一个电话是从恩利和路一家杂货铺打进来的，刚好在我们行动前五分钟。但是问了老板夫妇，都说不认识打电话的人。"

钟百鸣一把按住了桌上转动的象棋："带我去见他们。"

这天下班时，方秘书忽然把顾耀东叫去了齐升平办公室。顾耀东一开始以为是户籍科的事，还有些忐忑，没想到齐升平给他发出了一份特殊的邀请。

"晚上有时间的话，来我家里一趟。带上沈小姐。"

顾耀东听得一头雾水："副局长，我不太明白……"

"听说你们已经订婚了。来家里吃个便饭吧，算是给你们庆祝庆祝，另外……顺道给你介绍一些新朋友。"

晚上七点，顾耀东和沈青禾穿着正装，准时站在了齐升平家门口。顾耀东有些用力地牵住了沈青禾的手。这顿饭意义非常，沈青禾知道他在紧张，笑着用力握住了他的手。今天来这里，除了要顺利吃完这顿家宴，他们还有另外一个任务——打探出明香裁缝铺突然暴露的原因。

用人开了门，屋里的音乐声扑面而来。几名中年男人和太太坐在客厅里谈笑风生，气氛轻松随意。

齐升平夹着雪茄笑着走了过来："来了，进来吧。沈小姐也好久不见了。"

"是啊，上次见您还是夏处长在的时候。"沈青禾靠在顾耀东身边，甜甜地笑着。

晚宴上，齐升平正式作了介绍："今天有两位新客人。给大家介绍一下吧。沈小姐你们以前见过的，这位是顾警官，顾耀东。"

一位客人说道："以前好像听夏处长提过。那个学法律的高才生吧？"

"就是他。这几年警局收了这么多人，也就他堪当大用。"

顾耀东有些腼腆地笑着，看起来依然像个涉世未深的大学生。

"这么说升平兄你是沾了夏处长的光啊，他培养了一棵好苗子，最后又留给了你。"

齐升平："不得不说夏处长眼光还是不错的。这个顾警官年纪轻轻，办事倒是比很多人都可靠，最重要的是懂分寸。"

"顾警官，你们齐副局长只带两个人来参加过家宴。一位是夏处长，一位就是你了。什么意思你明白了吧？前途无量啊。"

顾耀东赶紧起立，站得笔直："卑职不敢和夏处长相提并论。一定努力，不辜负副局长信任！"

齐升平："好了好了，坐下吧。说了是家宴，就不必这么正式了。"

"是！"顾耀东红着脸坐了下来。

这年头会脸红的人不多了，一位太太实在觉得顾耀东可爱至极："这位小警官倒是蛮有意思呀！"

齐升平："他是读书人，身上有股傻气。话也不多，千万别指望他能说什么漂亮话把你们哄高兴。"

"我看他蛮好的，我不喜欢那种自作聪明又过分殷勤的年轻人，让人不舒服。"

"这点倒是说对了。比起局里一些太过精明的人，我倒是更喜欢这股傻气。"齐升平说得有几分得意，显然，他已经把顾耀东当成了自己人。

齐太太："顾警官可不傻，不然沈小姐怎么能看上他呢？我们顾警官和沈小姐已经订婚了。各位，我提议给这对年轻人举杯祝贺一下吧！"

众人高举酒杯，在闹哄哄的道贺声中，顾耀东和沈青禾红着脸碰杯，一饮而尽，俨然是一对甜蜜的恋人。

晚宴过后，沈青禾和太太们去了客厅聊天。顾耀东被齐升平单独叫去了小客厅。他注意到旁边一间屋子里支了一张麻将桌，两个中年男人正在准备麻将。

齐升平："我不喜欢一窍不通的人，也不喜欢过分精明的人。这两年你变化很大，尤其是王科达这件事，看得出来你开窍了。"

顾耀东："这两年夏处长教了我很多。更要感激您肯给我机会，不然我在警局早就待不下去了。"

"我能坐上常务副局长的位置，你是功臣。今后在局里遇到棘手的事情，你可以直接来找我。"说罢，齐升平很随意地问道，"会打麻将吗？"

"最近刚跟青禾学了一点。"

"那正好，上桌子打两圈。"

顾耀东愣住了："我？……我这个技术太生了，怕上不了台面。"

"没关系。一回生二回熟。看见那个位置了吗？以前夏处长经常坐那儿。将来你恐怕是要经常坐上这张桌子了。"

麻将桌上已经坐了两个男人，齐升平也坐下了。顾耀东望着最后剩下的那个空位，愣愣地站着，好像看见了夏继成坐在那张椅子上。

齐升平："顾警官？"

"到！"顾耀东回过神来。

"怎么，椅子有什么问题吗？"

"没有。只是看见夏处长的位置，突然有些恍惚了。"

另外两个男人笑了："顾警官是个念旧情的人。"

齐升平也笑了："这个位置对你确实意义不一样。你坐上来，从现在开始就算接替夏继成了。"

顾耀东沉默片刻，坐上了牌桌。大家开始说说笑笑地搓麻将。顾耀东脸上笑着，心里却翻腾着，久久难以平复。他从未想过，在处长离开上海这么长时间后，竟是在一个如此不经意的瞬间，时空交错，让他和处长在冥冥之中完成了某种交接仪式。

沈青禾听着太太们聊天，喝着汽水，无意中回头望了一眼，一时间也愣住了。顾耀东坐在牌桌上，侧影和夏继成竟有几分神似。

副局长太太顺着沈青禾望过去，目光所及原来是顾耀东，不禁打趣道："沈小姐，你真是随时随地心思都在顾警官身上。"

沈青禾红着脸笑了："齐太太，你们慢慢聊，我去阳台透透气。"

夜晚的阳台上清风阵阵。沈青禾一个人站在阳台边，回头望向牌桌上的顾耀东，不禁红了眼睛。她蓦然想起了夏继成离开上海前的最后一个任务——找一个可以接替他在警局继续战斗的人。也许现在终于可以说，他没有错付希望。

顾耀东抓耳挠腮地出了一张牌。

齐升平高兴地："碰！"

"顾警官真会出牌，全是你们齐副局长心里想要的。"

顾耀东傻笑："我哪有这个牌技，碰巧了。"

"回去好好练练。这东西说难也不难，心里有副算盘就行。"

"这才是真的难。我还是多向钟副局长学习，把警局里的事干好再说。"

果然，这话让齐升平很不屑："他？跟他有什么可学的？"

顾耀东继续故意哪壶不开提哪壶："钟副局长最近接连查了好几个共党的联络点，每天都有新发现，每天都马不停蹄。我们私下都在议论，钟副局长抓情报太厉害了。"

"那不是他钟百鸣厉害。他托关系从美国搞了台侦测电台信号的机器，要说厉害，也是他的机器厉害。"

牌桌上一人说道："那天跟保密局的人打牌，听说他们也搞了一台。只要半小时之内重复发报，他们就能用那个什么机器锁定发报地址。"

齐升平："不是半小时，是十分钟就能赶到现场。"

"这么快！离总局远的怎么办？"

"他把分局也指挥起来了，美其名曰全城联动。只要知道了发报点，最近的分局警员几分钟就能赶到。所以说这十分钟，指的就是从定位到抓捕。"

顾耀东装作大开眼界的样子，不动声色地听他们说话。

"哎哟，这么大阵仗，警局这回是要立大功了呀！"

齐升平有点不是滋味："那也是钟副局长的大功。总署特批他建这个电讯室，他现在权力大了呀。"

"现在真是乱啦，到处奇闻怪事，抓人不靠人，变成靠机器了！"

"哗众取宠而已。机器能和人比吗？人，可比机器鬼多了。"

牌桌上二人献媚着，齐升平不置可否地哼了一声。

回家路上，说起牌桌上的谈话，顾耀东和沈青禾心里都有些忐忑。从发现信号到警察赶到只要十分钟，这意味着如果继续发报，一定还会有更多发报点像明香裁缝铺一样暴露。

"保险起见，最近几天还是暂停发报吧。等他们对新机器的兴头过去再说。"顾耀东有些无奈地说，这是他目前能想到的唯一办法了。

"明天我就把情况告诉老董。对了，今天牌桌上输赢如何？"

"按照你交代的，该赢的赢，该输的都输了。"

"齐升平愿意把你带上这个牌桌，就意味着你能进入警局的核心圈子了。夏处长离开以后，警委一直在等这一天，从现在开始，你就算是正式接替他了。"

沈青禾说得很淡然，似乎这是一件很久之前就已经预料到的事，于是这一刻真正来临时，便也应该是波澜不惊的。

然而两人还是沉默了很久。

"虽然今天在牌桌上，我坐了他的位置。但是在我心里，处长的位置没有人能替代。"

"如果他知道坐上这个位置的人是你，他会很高兴的。"

这天晚上，沈青禾交给了顾耀东一个牛皮纸袋。顾耀东打开一看，袋子里是一把手枪和一些子弹。

"那天你在户籍科被搜查，我想起来就后怕。今后在警局，恐怕会经常出现这种突发情况了。这些东西是必须准备的。只是……希望你能用上，又希望你用不上。"

顾耀东轻轻抱住了她："我会安全的。"

"那天你问我，你会不会也有像'白桦'一样的代号？"

"会有吗？"

"夏处长说过，'白桦'从来不是他一个人。是我，也是老董。但从现在开始，是你。"

顾耀东怔怔地望了她片刻，感慨万千地笑了。

米店伙计打电话报信的那间杂货铺，提前打烊了，因为店里来了一位不速之客——钟百鸣。

赵志勇关上门后，把店老板、老板娘和他们十来岁的儿子叫到内屋坐着。钟百鸣穿了一身便衣，笑盈盈地坐到一旁，摘下圆帽放在桌上。老板儿子贪玩好动，伸手去拿他的帽子，被老板娘一把拉了回去，低声训斥道："不要乱拿东西呀！"

钟百鸣将帽子顶在一根手指上，像玩玩具一样转动起来："二位再好好回想回想，打电话的是什么人？"

老板很是委屈："您手下已经来问过一次了，要是认识，我早就告诉你们了。这又不是什么秘密，我没必要撒谎啊！"

钟百鸣笑而不语。男孩一直看着他手上转动的帽子，"你喜欢这个帽子？"他问道。

"嗯。"

钟百鸣笑呵呵地示意他过来，然后把帽子递给了他，教他在手指上转动。男孩欢喜地玩了起来。

"我实在是有要紧事找那个人。二位帮帮忙，再仔细想想。"钟百鸣一边说话，一边示意男孩把帽子扔给自己。于是男孩拿起帽子，像扔飞盘一样朝他扔来。钟百鸣接住帽子，又扔还给男孩，似乎他来杂货铺只是为了跟孩子玩游戏，现在问的这些问题，都不是什么要紧事。两个人来回扔着帽子，钟百鸣不时还哈哈笑着，俨然是个充满亲和力的男人。

看着这一幕，老板娘渐渐不那么紧张了，话匣子也就打开了："哎哟……这个嘛，之前我是怕惹麻烦，所以没讲。看你们也不是什么坏人，其实我看那个年轻人是有点眼熟的，好像买什么东西的时候见过一面。"

赵志勇："能想起来在什么地方吗？"

"那肯定想不起来了。"

钟百鸣从内兜掏出一个信封,示意赵志勇交给二人。老板娘打开一看,是几张美金。

"耽误二位做生意了,这是误工费。来这里打电话,应该不会住太远。只要能把他找出来,我们会再付双倍美金作为酬劳的。"

老板和老板娘满脸惊喜:"好好好,明天我们就到附近,一条街一条街挨着找。"

男孩又一次把帽子飞回给钟百鸣。

"好玩吗?"

"好玩!"

于是钟百鸣走过去,和善地把帽子戴在了男孩头上,朝他笑了笑:"真好啊,无忧无虑,一看就是父母捧在手心里长大的幸福孩子。"

从杂货铺出来时,守在外面的两名便衣警员迎了上来。钟百鸣一边拍着身上的灰尘,一边交代:"把孩子带走。什么时候把人找出来,什么时候让他们见面。赵警官,明天你到新新百货给他买点玩具。小孩子嘛,有玩具就会开心。"

直到上车,钟百鸣脸上始终是与人无害的笑容。赵志勇错愕地看着他,第一次觉得他的笑容让人背后有些发凉。

几天之后,一个平常的星期二。所有人都一如往常地来了警局,没有谁觉得这一天会有什么不同。然而就是从这一天开始,所有事情都变得不一样了。

下午临近下班的时候,刑一处突然集合,不仅如此,赵志勇还领进去了一个陌生男人。男人拎着一只手提箱,看起来干练强壮,桀骜不驯。顾耀东不禁多打量了几眼。

很快,他就从方秘书口中打听到了情况,电讯室监测到凤阳路以北有人发报。青禾明明已经向老董汇报过了关于新机器的情况,怎么会出现这样的纰漏?他忧心忡忡地离开警局,去了附近一家澡堂。澡堂更衣室的一个柜子里,放着他常备的两套便装,以及沈青禾给的手枪。他迅速换好衣服揣好枪,然后去了附近的电话亭，给福安弄外的公共电话亭响了五声，这是他和沈青禾之间约定的紧急联络暗号。两三分钟后，青禾便从亭子间赶到电话亭拨了回来。顾耀东一边接电话，一边紧盯着远处警局大门的情况。

"凤阳路以北有人发报，具体地点不清楚。老董跟你联系过吗？怎么突然有人发报？"

电话里的沈青禾也很诧异："我没接到任何消息啊。而且近期暂停发报的消息，老董已经传达到各个点了。"

"我现在也判断不了是出了纰漏，还是有意外情况，所以必须冒险。一处很快要过去抓人，我打算偷偷跟过去，想办法带我们的人撤离。"

"我先跟老董汇报，派几个行动队的同志支援你！你一个人去太不安全了！"

就在这时，钟百鸣的警车队伍从远处警局大门开了出来。

"来不及了。他们已经出发了。"顾耀东看了一眼手表，现在是晚上六点半，"你开车到凤阳路电车站接应。如果过了七点半我还不到，你马上离开，别回家，找个地方避一避。"

他挂断电话，跳上了停在一旁的自行车。

太阳已经落山，光线渐渐变暗了。凤阳路以北的同德医院已经有提前赶到的分局警员在布控。钟百鸣的车队停在医院外，刑一处队员们鱼贯下车。

"报告！我们是静安分局警员。已经派人去住院楼搜查了！"

钟百鸣："里面什么情况？"

"两栋住院楼，病房密集，人员数量很大，我们的人正在搜查。另外医院西边院子里还有一栋老式住院楼，打算重新翻修，目前是荒废的。"

钟百鸣想了想，对赵志勇说："去老楼。"

顾耀东躲在暗处，一边观察敌人动静，一边将子弹上膛。他的视线停留在最后下车的那个陌生男人身上。当看到对方背着步枪时，顾耀东很震惊。钟百鸣对那个男人耳语了几句什么，男人提前朝里面走去。顾耀东死死盯着他的身影，但对方还是很快消失在了黑暗中。

顾耀东猜得没错，这个陌生男人是钟百鸣刚调来的狙击手。他叫郑新，在武汉城防司令部待过，参加过武汉会战，后来去了南京卫戍司令部警卫大队，实战经验很丰富。钟百鸣一直考虑要给刑一处增配一名枪手，正好和警卫大队队长私下熟识，便向他借了郑新来一用。

医院老楼三楼，有一间光线昏暗的病房，窗口挂着破烂的窗帘，床板早已落满灰尘，输液架和椅子都歪在墙边，看得出这里已经废弃很久了。房间内不断响起"嗒嗒"的发报声，桌上放着明香裁缝铺的那只皮箱。一名男发报员正在专注地发报。另一个男人站在窗帘后，一边观察外面的情况，一边低声口述情报。

"第2、第13、第7、第16共4个兵团和第3、第4、第1、第9共4个绥靖区部队于月中开始收缩兵力，25个军，共约60万人。"说完最后这一条，他看了眼手表，"今天就发这么多。警察应该马上到了，撤吧。"

男发报员立刻关掉机器，拆解装箱。就在这时，窗外一道不太亮的光束晃过。窗边的男人朝远处望去，只见两队警员晃着手电筒朝废弃的住院楼跑来。他摸出了手枪。

"按原计划，他们进楼以后，你从消防通道撤，我掩护你。"

三名荷枪实弹的警员守门，其他警员快速进入老楼内部，兵分两路，跟着钟百鸣和赵志勇从东西两侧开始搜查。

老楼附近有一座与它高度相当的水塔。郑新趴在塔顶，架好了步枪，正用望远镜观察情况。很快，镜头就锁定了楼外的消防通道——那名男发报员正拎着皮箱匆匆下楼，他尽可能减轻脚步声，以免引起楼内敌人的主意，却丝毫不知自己的面孔已经在敌人的望远镜里暴露无遗。

顾耀东一路从门口跟到老楼附近，当他躲在暗处看见那名发报员从消防通道撤离时，心里忽然一紧。钟百鸣让那名狙击手先行进入，很可能是让他寻找制高点，提前做狙击准备。而此刻，他现在应该就无声地藏在某个地方，和自己一样盯着消防通道上的发报员……老楼附近，只有一处制高点，就是水塔。

郑新放下望远镜，拿起步枪，用机械瞄准器瞄准了发报员。消防楼梯在楼外侧面，呈螺旋式下降。由于角度问题，郑新一直没能找到合适的机会开枪。他试图调整位置……

顾耀东的目光正在水塔顶端徘徊时，一个黑影忽然晃了一下，但很快就消失了。果然躲在那里。他死死盯着黑影出没的地方，从腰间抽出手电筒，猛然照了过去。

病房里还剩下那个口述情报的男人。时间差不多了，他正准备撤离，窗外忽然有亮光晃了一下。他立刻回到窗边，警惕地朝外望去。只见一个光团，从对面水塔顶上一晃而过。

郑新原本已经瞄准了发报员，却没想到忽然凭空冒出一个光团从他头顶晃过，他下意识地趴下隐蔽了起来。

与此同时，发报员也被光团警醒，立刻贴身到墙上停止了行动。当郑新再次翻身起来试图瞄准时，从他所在的角度已经看不见目标了。

仿佛有一种心灵感应，病房里的男人迅速将子弹上膛，用枪口对准了对面的水塔。

为了制造手电筒是无意识照到塔顶的假象，顾耀东又朝周围随意晃了晃，然后才又照在了水塔上。如果楼内还有其他同志，他希望能用这个无声的办法发出警示。光团沿着水塔外墙一点一点上移……

病房里的那支枪口，也顺着光团一点一点上移。冥冥之中，那个光团似乎在给他指明危险所在。终于，他看见了趴在对面楼顶只露出一小部分身体的枪手，以及伸出来的步枪枪口。

男发报员躲在消防通道上等了片刻，不见动静，于是当机立断朝下冲去。

郑新迅速瞄准目标，就在他要扣下扳机的一瞬间，病房里的男人干脆地开了枪。郑新猛地侧身隐蔽，脸部被子弹擦伤，而那名男发报员也从消防通道安全撤离，消失在了夜色中。

楼里果然还有同志！顾耀东立刻关掉手电筒，从一楼窗户翻进了楼内。

"枪声在楼上，靠西的方向！"一名警员大喊着。

钟百鸣和赵志勇两路人马会合，从西边楼梯冲上楼去。等他们离开后，顾耀东从相反方向的东边楼梯跑了上去。也来不及多想了，他一口气冲到三楼一间病房，朝窗外开了一枪。

"好像跑到东边去了！"赵志勇大喊道。

果然，枪声吸引着敌人掉转方向追来，西边恢复了安静。顾耀东的枪声给病房里的男人制造了机会，他迅速从西边楼梯撤离了。

顾耀东开完枪，迅速离开病房朝楼梯跑去，但他还是慢了一步，前面已经响起了杂乱的脚步声，警局的人已经包围过来了。他赶紧回头朝另一个方向跑去。走廊两侧是一间又一间的病房，却没有可以藏身的地方。不觉间他的脚步有些慌乱了。就在这时，身后一扇房门忽然打开，有人从背后捂住他的嘴将他拽进了房间。

顾耀东只觉得心脏咚咚狂跳，他奋力挣脱猛地转身用枪指向对方，面前的男人竟然是夏继成。

32

在顾耀东被拉进来的一瞬间,一队警察从他原本想逃走的那个方向冲了上来。如果不是夏继成将他拉进来,他刚刚就和警察迎面撞上了。

屋子里一片寂静。顾耀东死死瞪着夏继成,瞪得眼睛都发酸了他也没眨一下,似乎只有这样瞪着,眼前这个不知是人还是幻象的处长才不会消失。他从未想过和夏继成的重逢会是在这样突然而混乱的状况下。除了意外,更是让人鼻子一酸的惊喜。

开口时,他的声音已经有些颤抖了:"……处……夏监察官。"

"不叫处长了?"夏继成靠在门边淡淡地问道,他通过门上的玻璃观察着外面的情况,心思全在外面,甚至都没正眼看一眼顾耀东。

顾耀东咧嘴笑了,轻轻喊了一声:"处长。"他笑得那么安心,似乎已经忘了门外还有一堆荷枪实弹的警察正在疯狂地搜捕他们。在处长面前,他依然笑得像朵干净阳光的向日葵。

夏继成仍旧没看他,只是伸手扳着他的下巴,将他的脸扳向了正对门口的方向。于是两个男人就这样站在门两侧,用同样的姿势握着枪,同样望着外面。

是年夏天,吴仲禧以国防部中将部员职衔去了徐州剿总后,由于有吴石亲自撰写的介绍信,夏继成得以顺利出入机要室。就在两天前,总司令刘峙和副总司令杜聿明前往前方视察，吴仲禧在刘峙的参谋长李树正的陪同下，在机要室看到了作战地图，二万五千分之一的军用地图上，详细标明了国共双方部队的驻地、番号、兵种等，把东起海州、西至商丘的整条战线的形势反映得清清楚楚。吴仲禧暗中记录下了主要部署，将情报交给了夏继成，并命他即刻返回上海，经上海的情报线将这份对整个战局至关重要的情报发往中央。

老董已经将近来的不利情况全部告诉了夏继成，但这是必发不可的情报，夏继成最终决定将情报拆分成段，分批发送，每次在十分钟之内结束。今天是约定的收发报日子，就在刚刚，第一段情报顺利发出了。

阴暗的走廊里充斥着杂乱的脚步声，手电筒四下晃动着，两队人马正举着枪踹开每个房间门，逐一搜查。顾耀东和夏继成藏身的房间就在走廊的中间位置，眼看敌人从两边合围过来，越来越近了。

顾耀东持枪盯着门外，夏继成走到窗边朝楼下望去。院子里有几名负责巡逻的警察经过。

"长进不小。"夏继成盯着楼下，低声说道。

"我知道。"顾耀东盯着走廊，也低声说道。

两个人终于都笑了。许久未见，如今再见却像是从来没有分开过一样，一切都那么熟悉。千言万语不用说出口，似乎一切都是了然的。

楼下巡逻的警察走远了，院子里恢复了黑暗。

很快，钟百鸣就带人搜到了顾耀东和夏继成藏身的房间门口，他一脚踹开房门，屋里却空无一人，只剩窗户还开着。他冲到窗边一望，窗外墙上有一根下水管一直伸到一楼。显然，他的大鱼就是顺着这根水管逃走了。

院子里响起低沉的油门轰鸣声，一辆黑色轿车从远处一跃而出，朝医院大门方向冲去。钟百鸣从楼里追出来朝轿车开了两枪，子弹击中车尾，火花四溅。

郑新趴在塔顶迅速瞄准朝轿车开了一枪。子弹从驾驶座斜前方的玻璃射入车内。轿车晃了晃，但并没有停下，很快消失在步枪瞄准器的视野中。郑新放下了枪，他非常确定，自己刚刚打中了开车的那个人。

沈青禾的货车停在凤阳路电车站附近。周围很安静，几乎没有人往来。顾耀东在电话里说如果等到七点半还不见他现身，她就必须撤离，可她还是执着地等到了八点。已经八点了，整整晚了半个小时，顾耀东依然没有现身。

　　沈青禾开着货车，以凤阳路电车站为中心，一圈一圈往外搜索。最后开回到了福安弄外。弄堂里很安静，从车里望去，顾家亭子间和顾耀东的房间都黑着灯。顾耀东没有回来。沈青禾只觉得心跳越来越慢，越来越沉。但是不到最后一刻，她依然固执地不肯做任何猜测。在车里坐了片刻，她忽然想到了什么。

　　在顾耀东重回警局遭到严刑拷打的那天，她曾经带他回自己的旧公寓住过几日。一个急刹车，货车停在了公寓外。楼上的房间果然亮着灯，沈青禾终于长长地松了一口气。

　　她匆匆上楼，从过道一个花盆下摸出钥匙开了门。屋里只开了一盏台灯，光线有些暗。一个穿白衬衣的男人背对着她站在卧室里，似乎在收拾什么东西。沈青禾下意识地认为是顾耀东，也没有多看。此时她的注意力还在门外。因为怕被跟踪，她又观察了片刻，确认安全后才关了门。

　　"我在车站等到八点，还以为你出事了！"因为太多担心，沈青禾语速很快，几乎是一股脑地往外倒，"我开车在凤阳路附近转了一大圈，又到福安弄找，看你也没回家，我都不敢去想你是不是……"

　　男人从卧室走了出来，当昏黄的灯光映在他脸上时，沈青禾才看清面前的人是夏继成，一时间愣住了。

　　夏继成笑着关上了卧室门："顾警官这会儿应该到家了。"

　　沈青禾怔怔地望着他，红了眼睛。仿佛老友久别重逢，心有千言无语，却又不知该从何说起。夏继成只是看着她笑了笑，走到窗边静静看着外面的情况。

　　"好久不见。"沈青禾轻声说道。

　　"最近可能会经常见了。"

　　"顾耀东说有人在凤阳路以北发报，是你？"

　　"对。"

　　看得出二人心里都不平静，但却一直在用平静的态度说着无关个人，只关乎任务的事情。

沉默片刻，沈青禾问道："为什么突然回上海？"

"有一份情报，事关长江以北的战斗，要经上海发往中央。"

"警察局和保密局启用了新的侦讯机器，正在全城严查，这段时间电台很容易暴露。"

夏继成没有说话。

沈青禾看着他，明白了过来："这是必须要冒的险。"

"对。"

"你说，需要我们怎么做？"

"我的发报员被枪手看见，可能已经暴露了。我需要重新找一名发报员，手法要熟练，发报速度要快。"

"好，我和顾耀东来想办法，星期三之前一定找到。还有吗？"

"还有，就是要演一出戏。"

夏继成打开卧室门，桌上放着急救用品，还有带血的绷带。沈青禾诧异万分地看向他。果然如她所担心的一样，顾耀东受伤了。夏继成告诉了她事情的整个经过，以及接下来需要他们三个人共同完成的一场戏。枪伤本身并不严重，但中枪这件事严重到足以摧毁顾耀东。

"只要这场戏演好，就能安全过关。"夏继成依然是波澜不惊的样子，他拿起外套，看了眼手表，"我必须回去了。这几天我住在金门饭店，如果有事，就以做生意的名义找我。"

两人擦肩而过时，沈青禾终于还是下定决心拉住了他的胳膊。

"给我几分钟时间，让我做个汇报吧。关于你离开上海这段时间我的所有情况。"

夏继成笑了笑："我从电台听到过上海的情况。很替你们骄傲。"

"不是上海，是我。"

又是片刻的沉默。

"你离开前，留给我的最后一个任务是和顾耀东搭档。这个任务我完成了，但不是仅仅当作任务来完成的。我想我终于找到属于自己的故事了。"

曾经的恋人牺牲后，沈青禾是唯一一个走进过夏继成心里的人。但他最终选择了将这份感情深埋在心底。现在听到这番话，仿佛是兄长听到妹妹说她找到了属于自己的幸福，真心替她高兴。

"不管这个故事平平淡淡还是轰轰烈烈，也不管最后结局如何，对我而言都是无可替代的。所以我现在也终于明白，你的那个已经结束的故事，对你而言有什么样的意义。今天站在这里，我也终于可以诚实地、坦坦荡荡地说一句，我一直很担心你，一直很想你。但这些担心和惦念是作为同志、战友和亲人。"

"从上海到南京，又从南京到上海，这么长时间，这是我听到的最好的汇报。"

"希望这个汇报能让你放心。当年你拼命救下来的那个女孩，现在总算不用你操心了。"

"我现在也可以很坦诚地说，当年救你，对我而言也是一个意义非凡的故事。"

沈青禾笑了，这一次，她大大方方地握住了夏继成的手："老搭档，欢迎回上海。"

福安弄的路灯已经灭了，远远望去，沈青禾看见整条弄堂只有顾耀东家透出灯光。她走到家门口抬头望去，依然是顾耀东在房间的窗口放了一盏台灯，灯光刚好照亮家门口。沈青禾会心一笑，头顶的一片灯光让她备感踏实和温暖。

顾耀东坐在床边，沈青禾替他扣上了睡衣扣子："暂时已经止血了。这段时间你不能去医院和诊所，换药的事就交给我。"

"放心吧，不会有事的，我能演好这场戏。对了，今天处长夸我有长进了。"

"他也夸我终于不用让人操心了。"

二人相视一笑。

"顾耀东，谢谢你。"

"谢我？谢我什么？"

"很多很多。比如……这盏灯，很亮，很温暖。"沈青禾望着他，眼睛里映着小台灯橘黄的光，看起来有着动人的暖意。

从明天开始，他们将要共同接受一场巨大的考验。但此刻他们没有丝毫畏惧，因为现在他们不仅有已经变强大的彼此，还有夏继成。三个原本天各一方的人，命运却奇妙地交汇在了一起。

　　第二天，技术员按照郑新的描述画出了那名发报员的画像，警局很快下达了秘密搜捕令。但这并没有结束，天不亮的时候，钟百鸣就接到消息，那辆被遗弃的黑色轿车在一条僻静的小路里被找到了。驾驶座椅背上发现了弹孔和血迹，按位置和弹道推测，开车的人应该是左侧身体中枪，肩部或者上臂都有可能。郑新没有看见开车的是什么人，不过这个人带着枪伤，要找出来应该不困难。

　　但是钟百鸣心里还有另一团疑云，郑新曾抱怨当时有警察用手电筒乱晃，否则他第一枪就打中发报员了。真的只是乱晃吗？还是有人混在昨晚的队伍里，故意暴露狙击手？

　　就在满腹疑问时，钟百鸣站在刑二处的办公室门口，看见顾耀东的位置空着。

　　"李队长，顾耀东呢？"

　　"早上打电话来，说生病了，请一天假。"

　　钟百鸣警觉起来："顾警官什么病？"

　　"昨天刮大风，那糊涂孩子晚上睡觉没关好窗户，发烧了。"

　　昨天晚上有人中枪，今天他就请病假，事情会这么巧？回办公室后，钟百鸣立刻叫来赵志勇，让他带人和自己一起去"探望"顾耀东。刚穿上外套准备出门，方秘书忽然敲门进来了："钟副局长，齐副局长请您去他办公室一趟。"

　　"现在？"

　　方秘书赔笑："是。他说想介绍您认识一位客人。"

　　钟百鸣也笑着："我现在有重要的事情要办。回来再说吧。"

　　"是位贵客。您还是去一趟吧。"

　　钟百鸣有些憋火："齐副局长的贵客，我见不见应该不重要吧？"

　　"这个……您还是去吧，齐副局长说您会很感兴趣的。"

　　再推辞就显得不识抬举了，钟百鸣只得把外套一扔，恼火地去了齐升平办公室。

门口站了两名穿军装的警卫，里面传出阵阵笑声。他心下纳闷，莫非军队来人了？自己好像和军队没什么瓜葛。敲门进去，只见齐升平和一个男人坐在沙发上谈笑风生，茶几上摆着茶壶和两只杯子。两个人看见他，都没有起身的意思。

"齐副局长，您叫我？"钟百鸣一边说话，一边打量着坐在沙发上的男人。他穿着笔挺的军装，挺阔的军用呢子大衣，皮鞋铮亮，整个人很随意地靠着沙发，跷着二郎腿，手也很随意地搭在沙发背上，一看就和齐升平关系匪浅。

齐升平："给二位介绍一下吧。这位是钟百鸣，钟副局长。"

夏继成瞄了钟百鸣一眼，接着喝茶。

齐升平："这位和你可是有渊源的啊！你当初调来警局刑二处，就是接他的班。"

钟百鸣很是意外，他见过夏继成的照片，一时竟没认出眼前这个军官就是本人。他和警察时期的神态、气质完全不一样了。

"夏处长，久仰大名。"钟百鸣下意识地伸出手去，以为初次见面总是要握个手，但夏继成丝毫没有起身握手的意思。他只能尴尬地把手收了回去。

夏继成一脸客套地笑着："我已经不是警局的人了，还是按规矩称呼吧。别介意啊钟副局长，怕乱套。"

"怎么会呢。久仰大名了，夏监察官。"钟百鸣脸上一直挂着和平常一样的笑容，但心里极不是滋味。

齐升平招呼他坐下了。钟百鸣看着夏继成给齐升平的杯子里倒茶，但并没有人要给他加一只杯子的意思，只觉得更别扭了。两人甚至根本不在意他的存在，自顾自地聊着警局往事。那些都是钟百鸣来警局之前的事，他一无所知，于是也插不进嘴。两人越是热络，便显得杵在旁边的钟百鸣越发难堪。

齐升平："真没想到你这一趟去南京，再回来就已经是少将了。这可是和段局长平级了啊。"

"晚辈始终是晚辈，在您面前就不提这些了。"夏继成一脸谦卑，给足了齐升平面子。

齐升平很满意地笑了，似乎这才想起钟百鸣的存在："在南京，应该经常能见到田副署长吧？我们钟副局长当初就是他钦点调来警局的。他可是田副署长的得意弟子。"

钟百鸣隐隐有些自豪："承蒙田副署长信任，只希望在警局有所作为，不要让他失望才好。"

夏继成一脸淡漠，"哦……我跟田副署长来往不多，跟唐总署长倒是经常一起吃饭打牌。"敷衍了两句，他便转回脸看向了齐升平，"说起当初的王科达通共案，总署长还记忆犹新，夸您办案严谨不苟，堪为典范。"

钟百鸣脸色更难堪了。他总算明白齐升平为什么要让自己来这一趟，什么贵客，什么新老刑二处处长见面，不过是想炫耀他的人脉关系罢了。

正想借故起身告辞的时候，齐升平笑着拍了拍夏继成的左肩膀："那件事，我知道你在南京也没少出力。"只见夏继成身子微微一斜，脸上有些抽搐，似乎被人拍到了痛处。钟百鸣的神经猛然一跳。夏继成换了个坐姿，看起来更像是为了掩饰肩上的疼痛。

钟百鸣："夏监察官……您不舒服吗？"

夏继成装傻："什么？"

"我看您好像肩膀有点……"

"哦。关节痛。上海这天气，一到秋冬交替就湿冷得受不了……钟副局长很细心啊。"

"我刚来上海的时候也是这样。我认识一个很有名的中医，让他给您做做针灸，立竿见影。"

夏继成笑着："好意心领了。我没有这个空闲时间。"

钟百鸣盯着他，半开玩笑道："您这可有讳疾忌医的嫌疑啊。"

齐升平挥挥手示意钟百鸣不用再劝了："你是不了解我这位老弟。他随性惯了，谁劝也没用，等到哪天他自己痛得受不了，自然就知道去找大夫了。"

夏继成哈哈笑着，钟百鸣脸上也堆着笑，眼睛却像鹰一样盯着夏继成，渴望从他的笑容里看出点什么破绽。

齐升平："言归正传。夏监察官这次来上海，是奉国防部监察局之命，参加市政府行政大会督办禁舞案。白天都在市政府，只有晚上得闲，想约警局的各位聚一聚。"

夏继成："我在金门饭店订了包间，钟副局长晚上也赏脸来吃饭吧？"

钟百鸣："钟某的荣幸，一定来为您接风洗尘。"

夏继成回警局的消息很快传回了刑二处。二处警员推推挤挤地站在走廊尽头，朝齐副局长办公室张望着。每个人都在手忙脚乱地整理警服，脸上是抑制不住的兴奋。

赵志勇一个人站在远处，他很想过去站在刑二处的队伍里，可是走了几步又犹豫了。不知道为什么，在刑一处当了这么久队长，潜意识里他还是拿自己当二处的人。可是这一刻，他忽然悲凉地意识到自己已经不是，并且再也不会是刑二处的人了。他黯然地转过身，朝远处走开了。

等了十多分钟，齐升平的办公室开了门。众人赶紧齐刷刷地站直，刑二处这帮警员很少会集体展现出如此飒爽抖擞的精神风貌。

夏继成披着呢子大衣，戴着军帽，身后跟着两名警卫员，意气风发地朝刑二处一帮警员走过来，脸上依然是那副满不在乎的样子。他很清楚，钟百鸣已经上钩了，这会儿他正像一只垂涎猎物的猎犬一样跟在自己后面。

李队长："立正！敬礼！"

"处长好！"

夏继成露出一个客气的笑容："各位，好久不见。"

李队长："处长，欢迎您回警局！去二处坐坐吧！您回来大家都特别高兴，都盼着跟您说说话。"

夏继成："我在市政府还有个会，时间上不允许了。另外，我现在也不是警局的人，这方面还是要注意分寸的。"

刚刚还雀跃的众人，刹那间冷了下来。他们都很茫然地看着昔日最亲密的处长，完全搞不明白他为什么说这些像打官腔一样的话。

钟百鸣笑呵呵地安慰道："夏监察官有公务在身，大家多理解。聊私事，还是等以后有机会再说吧。"

"各位，不打扰你们办案了。"夏继成最后笑着客气了两句，便带着两名警卫离开了。

二处一帮人沉默地站了很久。

钟百鸣正送夏继成朝停车的地方过去，李队长一路小跑从后面追了过来。

"处长……钟副局长。"李队长有些难以启齿地说道，"那个……他们几个年轻人，非要让我来问问您，晚上有没有时间，想请您去老地方吃个饭。"

"晚上我约了警局几位副局长吃饭。"夏继成态度很冷淡。

"那……那明天呢？反正总是要吃饭的，大家就是想给您接个风，说说话。看能不能抽一顿饭的时间，或者今天晚点也行，我们等您，反正我们吃饭都晚……"

"抱歉啊李队长，公务缠身，诸多不便。我尽量吧。"

李队长望着他生分的面孔，最终只能笑了笑："没关系。大家都理解，不能耽误正事。"说完，他失落地回了楼里。

钟百鸣："看得出来，二处这些警员对您感情很深啊。"

"毕竟上下级一场，这些场面上的功夫，谁都是要做的。"这话听着已经不是冷淡，而是冷漠了。

但是钟百鸣依然没死心："那倒未必。我代管过二处一段时间，虽然您人调走了，可他们一直视您为处长啊，尤其是顾警官……"

夏继成半开玩笑地打断了他："你这么说，让别人听见可要对我有意见了。我离开这么久，除了跟齐副局长有交情，跟局里其他人早没有关系了。要说还占着这个处长位置，那是得陇望蜀啊。"

二人说着话，到了吉普车边。一名警卫跳下车开了车门。

见夏继成上了车，钟百鸣忽然问道："夏监察官，您有段时间没回来，上海变化很大啊。晚上就没有到处走走逛逛？"

"我倒是有心，就是市政府那帮官员不肯给我时间啊。"

"也好，现在治安乱，昨晚在同德医院还有交火。就离您住的金门饭店不远，您……肯定听见了吧？"

夏继成皮笑肉不笑地看着他："脱掉警服以后，我好像没那么敏感了。治安的事就交给你们操心吧。钟副局长，晚上见。"

警卫一脚油门，车子开走了。

钟百鸣觉得自己找到些头绪了。住在同德医院附近，左边肩膀有痛感……这位夏监察官恐怕不只是来上海开大会这么简单。也许他就是昨晚在同德医院中枪的共党，但他始终没有忘记另一个人，那就是顾耀东。夏继成和顾耀东的关系之深，他早就有所察觉。一个左边肩膀疼，一个突然请病假，究竟是凑巧，还是他们在唱双簧想要掩饰什么？

如果是唱双簧，那么……是谁在掩护谁？

钟百鸣回办公室后，再次叫来了赵志勇："你现在去一趟顾耀东家，但是别说是我让你去的，就以你个人的名义。去以后想办法看看，他的左肩或者左臂有没有枪伤。"

赵志勇很诧异："您怀疑他是同德医院那个人？"

"我也希望他真的只是发烧了而已啊！"

"可是，局里已经查出来通共的人是王科达……"

"王科达被定罪，是真的通共，还是因为需要拿他应付总署，你我心里应该都有数。再说，谁能判定局里只有一只老鼠呢？也许还有人，他不是通共，而是就是共党。"他和颜悦色地拍了拍赵志勇的肩膀，"我现在当然是希望排除他的嫌疑，万一有事，也避免你被拖下水。这不算为难吧？"

赵志勇心情复杂地朝他笑笑："那我去买点吃的。看病人，总不好空着手。"

钟百鸣掏出钱夹，抽出两张美金给他。

赵志勇推了回去："不用了副局长，耀东是我朋友，他生病，我自己掏钱买点营养品是应该的。"

"行了，你母亲还等着你攒够钱接她来上海动手术。跟我就不要客气了。再说这算办公事。"说着，他很体贴地把钱塞到了赵志勇手里。

赵志勇只能收下了钱，可是没有丝毫感动。自从上次在杂货铺听见钟百鸣下令抓那对夫妻的儿子做人质，他心里就像梗了一块什么东西。钟百鸣依然是那副和善的笑脸，对他也依然照顾有加，可赵志勇再也找不到那种亲近的感觉了。

　　赵志勇在食品公司买营养品时，顾耀东和沈青禾正在家里商量重新找发报员的事。沈青禾刚刚从米店回来，她和顾耀东提议的人选，跟老董想到的人选是同一个——周明佩。沈青禾前几天已经送她到城外安顿了下来，按规矩，明香裁缝铺暴露，她应该暂避一段时间再重新工作，但夏继成的情报非同寻常，而周明佩是目前能找到的最合适的发报员。沈青禾只能再去郊外和她见一面，是否冒这个险，要由周明佩自己决定。

　　临走前，沈青禾给顾耀东的伤口换了纱布。伤口有炎症，他一直在发烧，好在吃了药，好好休息应该没有大碍。沈青禾见时间不早了，只能咬牙匆匆离开。

　　沈青禾走后，赵志勇抱着一纸袋罐头敲开了顾家门。

　　耀东母亲热情地领他进了屋："哦，赵警官呀，知道的知道的，经常听耀东提起你！"

　　"听说耀东病了，我来看看他。"

　　顾耀东正收拾那堆带血的纱布，就听见楼下有说话的声音，他赶紧将带血的纱布藏到衣柜下面。刚躺回床上，母亲就领着赵志勇推门进来了。

　　"耀东，赵警官来看你了。"

　　顾耀东从被窝里探头出来，一脸憔悴。

　　耀东母亲过去摸了摸他额头："还是这么烫。你好好躺着，我下去给你煮点吃的。唉，这孩子。"她转头朝赵志勇说道："让你们警局长官担心了吧？"

　　赵志勇支吾："钟副局长……让他安心休息。没事。"

　　寒暄了两句，耀东母亲下楼熬粥去了。赵志勇有些拘谨地找了个地方坐下。

　　"我……我来看看你。"

　　"没事，就是着凉了有点发烧。"

　　赵志勇犹豫半天，过去很生硬地摸了摸顾耀东的额头，"烫手了！"他脱口而出，但是没有半点替病人着急的意思，反倒是满心高兴。

顾耀东纳闷地看着他。赵志勇赶紧掩饰着自己不合时宜的高兴，他从纸袋里拿出两个马口铁罐头，在身上蹭干净："我的意思是，烧出一身汗很快就好了。吃个水果罐头吧。来看你也不知道买什么合适，看店里写的这是好东西，就买了几个。也不知道味道怎么样。"他一边说话，一边开罐头，怎么也打不开。

顾耀东躺在床上，忽然发现从他的角度能看到衣柜下面露出来的绷带。趁赵志勇不注意，他赶紧起身假装在柜子里找衣服，将绷带又往里塞了塞。

赵志勇依然在絮絮叨叨，笨手笨脚地撬着罐头，当他回头看见顾耀东蹲在衣柜前的背影时，才猛然想起自己并不是真的来探病。他怔怔地盯着顾耀东的左肩，只觉得那地方灼得自己眼睛生疼，于是机械地一步一步走过去，就在他要伸手去拍那只肩膀时，顾耀东拿着外套站了起来。赵志勇仿佛做了什么亏心事，赶紧收回手。

顾耀东朝他笑笑："有点冷，拿件外套。"

"让我拿就行了。你发着烧，再有什么事就叫我。"说完，他心虚地继续埋头开罐头去了。

"这个时候来，得专门请假吧？"

"处里也没什么事，钟副局长……他刚好有事也不在，我就偷溜出来了。"

"其实就是有点低烧，睡一觉就好了。赶紧回去吧。"

赵志勇只顾着撬罐头，"从我认识你到现在，就没见你生过病。你是不知道发烧有多磨人，整个人都要脱层皮。一会儿你尝尝水果罐头，听人家说酸酸甜甜，应该还不错。"说这话时，赵志勇似乎又忘了自己不是来探病的。他到底是个善良的人，一不小心就会忘记那些被人硬塞在脑子里的恶意。

顾耀东看着他手忙脚乱的样子，有些感动。

罐头依然打不开。顾耀东拿过去也研究了半天，用了各种办法，还是打不开。

"早知道不买这洋玩意儿了。"赵志勇抓耳挠腮。

顾耀东忽然笑了出来。

赵志勇很茫然："你笑什么？"

"那年在游行现场维持秩序，我们两个被打得一起住院。我衣服掉了颗扣子，谁也不会缝。你跟我只能大眼瞪小眼，就像现在一样。"

赵志勇也笑了："是啊。那时候躺在一个病房里，有说不完的话。"

"你还教我怎么去检验自己喜不喜欢一个人。"

"都是跟杂志瞎学的，不过起码检验出来你喜欢沈小姐了，当年你还嘴硬不承认！"赵志勇蓦然有些感慨，"现在你们都订婚了。"

时间过得真快，很多事情都变了，但留在过去的那些真挚和开心变不了。一时间，两个人仿佛又回到从前，可以无所顾忌地说笑。

"这些东西，我知道你平时也舍不得买来吃。谢谢。"顾耀东很真心地说。

然而他的话却无心地提醒了赵志勇来顾家的使命，于是脸上的笑容僵住了。他伸出手，迟疑地捏了捏顾耀东的左肩，"跟我就不用客气了。"他生硬地笑着，又顺着往下捏了捏左上臂。

顾耀东一怔，抬头望着他。

赵志勇见他没有任何不舒服的反应，终于松了口气："你没事就好，真的，没事就好。"

这一瞬间，顾耀东忽然明白了赵志勇来的真正原因。刚刚的感动全然变成了笑话。

赵志勇还在自顾自地开着玩笑："当年被一颗扣子难倒，现在被一个罐头难倒，我们两个还真是一点没变。"

"也不算是完全没变吧。"顾耀东说得很失落。

冷场了片刻，赵志勇努力找着话题，他忽然想起什么，兴奋地说道："对了！有个好消息！你猜今天谁来警局了？"见顾耀东不说话，他又自问自答道："夏继成，夏处长！现在是夏监察官！"

顾耀东很冷淡地"哦"了一声。

"你的夏处长啊！不激动吗？等你病好了，回警局肯定还能见到他！"

"在南京的时候就见过，夏监察官高升，我就不去高攀了。"

赵志勇哑然。两个人尴尬地坐着，赵志勇偷偷看了看顾耀东，两人目光对碰时，赵志勇赶紧笑笑，顾耀东回应了一个生硬的笑容，也不知还能再如何面对，他沉默地别开了脸。

送赵志勇离开福安弄时，不知为什么，顾耀东想起了赵志勇的妈妈。

"赵警官——"他朝赵志勇的背影喊道。

赵志勇赶紧停下脚步，回头望着他。

"你妈妈的病好点了吗？"

"半个多月没收到信了，至少没有坏消息吧。"

"还是打算接她来上海动手术吗？"

"我还在攒钱。快了。"

"如果有我能帮得上忙的地方，你尽管开口。这是真心话。"

赵志勇感动地看了他片刻："谢谢。也是真心的。"

赵志勇转身走了。顾耀东望着他消失在弄堂口，只觉得心里特别难过。

这天晚上，在金门饭店富丽堂皇的宴会厅里，钟百鸣的目光一直没有离开过夏继成。席上坐着警局几位副局长以及各处的长官。大家谈笑风生，觥筹交错。夏继成不论做什么，始终都是用右手，左手要么放在桌上要么揣在衣兜里，似乎有什么不方便之处。钟百鸣喝着酒，越发笃定了自己的猜测。

同样是在这个晚上，刑二处一帮警员还是去了以前总和夏处长吃饭的那家小饭馆。桌上摆着酒菜，他们等了整整两个小时，没有人动筷子，抱着一丝执拗的期待，一直等到夜色浓了，街上没有行人了，店里也已经没有其他客人了，连老板都坐在椅子上打起了瞌睡。桌上摆着几盘凉透的菜，四人沉闷地坐着，脸上尽是失落。

"处长可能真的分不开身吧。"于胖子终于忍不住开了口。

小喇叭："处长说尽量，'尽量'的意思，应该就是不来了。"

李队长叹了口气："散了吧。我去付钱。"

四人各自埋头戴警帽。就在这时，一个装烤鸡的纸袋子"啪"地放在桌上。四人抬头一看，夏继成穿着军装风尘仆仆地戳在他们面前，一脸不高兴："我还没来，付什么钱？"

夏继成脱掉军装，把衬衣袖子一撸，一副准备开干的架势："老板！来壶热酒!"

于是四人也争相雀跃着脱掉了警察制服,刚刚还是几条死气沉沉的咸鱼,这会儿全都活了过来,饿成一张皮的肚子也肆无忌惮地叫唤了起来。他们撸起袖子,准备拉开架势大吃一顿,狠狠宰一宰他们亲爱的处长。

夜晚的小饭馆里,一桌人热热闹闹,仿佛一切都回到了曾经的旧时光。

一辆马车停在郊外一处民居门口,周明佩一身村妇打扮,拎着行李箱从屋里出来,她锁了院门,将行李箱放上马车,正要上去,只听见有人喊道:"周太太?"

周明佩回头一看,认出是沈青禾。这么晚了赶来,她立刻意识到可能有事。

"不好意思,有个姐妹来送我,说两句话就走。"她笑着跟车夫解释了两句,便去了沈青禾的卡车旁。

沈青禾:"你要离开这里?"

"我接到命令,这段时间要保持静默。所以我打算回老家去陪陪孩子,大半年没见他了。出什么事了吗?"

"有点突发情况,我们的一名发报员暴露了……"

"现在需要发报员?"

"对。您考虑一下,如果可以……"

周明佩淡然地笑了笑:"不用考虑了。"她转身到车夫跟前,给了他一些钱,"老伯,不好意思,我今天不走了。"

周明佩回到沈青禾面前:"我随时准备恢复工作。"

沈青禾松了口气:"发报时间定在下周星期三。这周末,您到永福路的米亚咖啡馆,警委的同志会提前到那里。您去吧台就说取留给白小姐的东西,一个周福记的点心盒子。他听见就会跟您接头了。住处和发报机都由他来安排……周太太,谢谢。"

赵志勇夜里去见了钟百鸣。他坐在钟百鸣的车里汇报,看起来情绪不太好:"我摸过他的左肩和手臂,里面没有绷带。人也确实在发烧,烧得都烫手了。"

"这就算肯定了？起码要亲眼看见才能说肯定。"

"我很用力摸的，他没有任何不舒服的反应。"

钟百鸣冷笑道："他要真是共党，你就是把骨头给他打碎了，他也不会哼一声。假作真时真亦假，听过这句话吗？"

"没听过。"赵志勇垂着头脱口而出，"其实我也听不懂。但是以后我真的不想再做这种打探朋友的事了。"他很少用这种语气说话，尽管依然是一副软塌的样子，但这已经是他最大的反抗了。

钟百鸣显然很不满："那就多做做你能做好的事。比如杂货铺那对夫妇，你问过了吗？打电话的人找到了吗？"

"老板娘一直在找，她说肯定是附近买东西的时候见过，但是暂时还没找到。"赵志勇想起那个男孩，又难受起来，"孩子在您手上，他们不会耍滑头的。"

"在警局这么长时间了，你还是没长进。看见新来的郑新了吗？这样的人往刑一处一放，你说以后我怎么摆你的位置？你做事不是为了我。说得难听一点，你现在是要拿钱替你母亲多续几年命。以后别再跟我讨价还价。懂了吗？"

赵志勇下了车，看着轿车绝尘而去，只觉得背上和心底都凉透了。

按照计划，顾耀东第二天回了警局。不出所料，钟百鸣亲自带他去了医务室，显然他跟医生也已经事先打过招呼了。

那名医生装模作样地量了下体温，便对顾耀东说道："上衣解开，我要给你打一针。"

"不用了大夫，我已经好多了。"

"你现在还有低烧，不压下去会再烧起来。赶紧，把左边肩膀胳膊都露出来。"

"其实我回家吃点药就行。"顾耀东说着就要起身，结果被医生一把按着坐下。

"你是不是害怕打针？那不行呀！有病一定要及时治疗。你要是病严重了，上面会怪我看病不认真的！"

顾耀东再次起身要走："真的不用了，我自己的身体我自己清楚。"

"哎哎哎，到了医务室就得听我的！再说这么大个人了怎么还怕打针呀！"说着话，他竟拉住顾耀东的领口猛地一拽，从领口到胸前的几颗扣子被一顺溜地拽开了。

就在这时，一直守在门口的钟百鸣适时地走了进来："怎么回事？"说话时他打量着顾耀东。

顾耀东的衬衣从肩膀上滑了下去，整个左肩、左胸和手臂都露了个精光。能够清清楚楚看见，那上面没有任何伤口。钟百鸣冷冷地看着，说不清是失望，还是释怀。顾耀东心里很清楚对方等的就是这一刻。

他委屈地拉上衣服："我说了句不想打针，大夫就拉我衣服！"

钟百鸣挤出笑容："该打的针，还是得打。"

说完悻悻地离开了。既然顾耀东没有枪伤，那夏继成的嫌疑就又多了几分。夏继成不是顾耀东，他该好好想想，要怎么样才能把这位监察官的皮扒下来了。

夜里，沈青禾把消毒药和纱布藏在衣服里去了顾耀东的房间。

"事情都在按处长的计划进行。钟百鸣应该暂时打消对我的怀疑了。"顾耀东一边说话一边解衬衣扣子。

"新的中转点也建起来了，是一家照相馆。老董专门托人弄了些磺胺粉，给你伤口消炎用的，已经放在店里了，明天我就去取。另外，米店伙计明天就会跟周明佩接头，负责在城里把她安顿下来。"

"希望顺利吧。终于感觉一切要回归正轨了。"

顾耀东脱掉了衬衣。就在他背部的中央位置，盖着一块纱布。沈青禾一点一点揭开纱布，赫然露出一道斜长的伤口。

那天在同德医院中枪的人的确是顾耀东，但并不是左肩位置。在郑新枪响的一瞬间，坐在副驾驶座的夏继成一把将顾耀东按在了方向盘上趴着，但还是没能完全躲过去。子弹从左前射进来，擦过顾耀东的背部射入了椅背。

沈青禾小心翼翼地给伤口抹药，伤口又红又肿，发炎得很厉害，这些普通消毒药品已经不起作用了。他在医院打的是退烧针，也只能治标不治本。沈青禾看着伤口心疼不已，更多的则是深深的忧虑："要是子弹再偏一点，或者再深一点，被打中的就是脊柱了。"

顾耀东故作轻松地问道："担心我了？"

"我才不担心。"

"你就不能老老实实说一句你担心我吗？"

沈青禾小声嘀咕："我不是担心。我是后怕。"

顾耀东怔了怔，感动又甜蜜地笑了。

沈青禾蹲在他身后，一边贴纱布，一边轻声说："以前我说过，如果我能走五十步，你能走一百步。其实我希望你能一直走下去，但不用像我们一样，仰面深海。希望你这条路有阳光，有温度，就像这条弄堂一样。你从福安弄走出去，将来有一天，你也要平平安安走回来，还是那个福安弄的顾耀东。"

顾耀东转过身，很认真地看着她说："如果我能走一百步，那你也一定能走一百步。我从福安弄走出去，就一定会带着你走回来。不管路有多远，要走多久，今后的路我们都一起走。"

沈青禾望着他笑了。他捧起她的脸，在她额头上深深地亲了一下。

一切都在步入正轨，危机也似乎快要过去了。等到星期三夏继成发完最后一份电报，任务就完成了。那时候再来应对钟百鸣，会从容得多。

总之，这个夜晚是美好的，此时此刻他们也相信，明天后天未来，都会是美好的。谁也不会预料到，这份美好在天亮以后便戛然而止了。

杂货铺老板夫妇一直在找那晚打电话的人，老板娘总觉得在什么地方见过他，直到这天，当她从铺子一直找到两条街外的鸿丰米店时，终于想起来，她前段时间来这里买过米，那个年轻人就是店里的伙计。

钟百鸣接到消息后，立刻带人去了米店附近。远远望去，米店外挂着"长期收购大米"的牌子，一切正常。

这时候，伙计从米店里出来了。

钟百鸣低声说道："留三个人在这儿，别惊动里面，也许还会有鱼上钩。剩下的跟着伙计。"

这天是警委约定和周明佩见面的日子。伙计去了米亚咖啡，一路上总觉得不对劲，似乎有人跟着，他朝后面张望了几次，但又看不出什么可疑。那晚他去杂货铺打电话的事，回米店后没来得及向老董汇报就出去了。后来见裁缝铺脱险，也没出什么其他问题，他也就没再提这件事。莫非是有人因为那个电话盯上自己了？

伙计站在咖啡馆门口越想越不安，当即决定取消接头。他匆匆上了门口一辆黄包车，拉起了雨棚挡住自己。黄包车刚要离开就被人拦了下来，只见雨棚被掀开，外面是钟百鸣的一张笑脸。

在米亚咖啡馆对面的客栈房间里，伙计被打得血肉模糊，依然什么都不肯招。于是钟百鸣又叫人押来了杂货铺的夫妇。拳头打在自己身上固然痛，但钟百鸣深知对某些人来说，打在别人身上才是真正的不能承受之痛。

钟百鸣笑盈盈地说："既然你不愿意讲，那就换他们讲吧。另外，去个人通知赵队长，把那个可爱的小朋友也带来。"

几名便衣将吓瘫了的老板夫妇绑在椅子上开始用刑，伙计绝望地闭上了眼睛。

顾耀东躺在床上，高烧导致他大汗淋漓，昏昏欲睡。伤口炎症越发严重了，再这样下去，即便钟百鸣不查他，他自己的身体也会扛不住。

"顾耀东？……顾耀东？"沈青禾蹲在床边，轻声喊着，"我马上去取药，再坚持一下。"

"你要去哪儿？"

"就在新的中转点。老董专门托人给你带的磺胺粉，我取了马上回来。"

顾耀东点了点头，沈青禾摸了摸他的额头，匆匆离开了。

老董坐在柜台后算账，余光瞥见外面的菜摊旁有三个人形迹可疑。他假装到门口扫地。三名便衣装作在菜摊上挑挑选选，其中一人无意中和老董对视了一眼，老董立刻意识到对方有问题。

他装作若无其事地摘下"长期收购大米"的牌子，用门口的水桶冲刷了一下，放在地上晾晒，这代表米店不再安全了，看到信号的同志便会自动避开。

老董从容地回了店里，然后迅速从暗处拿出手枪。

沈青禾去了警委新的联络点——雨田照相馆。

照相馆里透着阳光，一切都很平静。墙上密密麻麻挂着上百张照片展示品，都是沈青禾没见过的人和风景。她经历过很多，但其实看过的风景很少。墙上的每一张照片，对她来说都是一个未知的世界。她不知不觉看得出了神，想着今后自己和顾耀东又会是怎样的人生。

负责人岳老板从内屋出来，把磺胺粉交给了沈青禾。

这时，屋里的电话忽然响了。铃声在安静的屋子里显得有些刺耳。

"喂，这里是雨田照相馆……她已经来了。"岳老板听着电话脸色一变，把电话递向沈青禾，"是老董，出事了。"

沈青禾一怔，赶紧接过电话。

老董在电话里声音低沉地说道："米店暴露，伙计可能被跟踪了，要不惜一切代价阻止米亚咖啡馆的接头！"

"你怎么样？"

"我能脱身，不用担心，你马上去咖啡馆！"

电话断了。

沈青禾匆匆挂了电话，将坤包藏到货车驾驶座下，迅速朝米亚咖啡馆开去。

杂货铺的男老板被打得满脸是血，女老板瘫在一边已经哭不出来。就在这时，赵志勇领着他们十岁的儿子来了。男孩跑进来高兴地喊着"妈妈"，老板娘赶紧扑过去抱住儿子，用他头上的圆帽遮住他的眼睛。

老板娘哭着哀求道："求求你，我儿子才十岁……"

赵志勇在一旁呆若木鸡。钟百鸣通知让他把孩子带来，他以为是要让这家人团圆，却没想到是这样凄惨的一幕。

钟百鸣笑着走过去，慢慢地，用力地，从老板娘手里抽掉帽子，让男孩直面这残忍的一幕。伙计再也无法忍受这样的煎熬。

于是钟百鸣笑着拿掉了他嘴里的抹布。

"明香裁缝铺的电话，是我打的。"伙计痛哭流涕，他已经彻底崩溃了。

"你来咖啡馆干什么？"

"接头。"

"暗号？"

"去吧台取留给白小姐的东西，一个周福记的点心盒子。"

货车一个急刹车停在小路边，沈青禾跳下车就朝米亚咖啡馆赶去。当她冲进咖啡馆时，周明佩正朝吧台走去。

沈青禾扫了一眼，立刻认出喝咖啡的客人里有刑一处的便衣。既然来的是刑一处，那说明躲在暗处指挥行动的人就是钟百鸣。自己出现在米亚咖啡馆，必然会成为他的怀疑对象。并且但凡跟自己有接触的，都会被连带调查。如果她现在告诉周明佩撤离，哪怕只是一个手势或者一个眼神，都会让她被钟百鸣盯上。要想让她安全走出咖啡馆，只有一个办法。

沈青禾抢先一步到了吧台，经过周明佩时没有丝毫停留，似乎根本不认识这个人。

服务生："小姐，您喝点什么？"

"你好，我来取留给白小姐的东西，一个周福记的点心盒子。"这句接头暗号是沈青禾亲口告诉周明佩的，她知道这句话说出来也许就意味着牺牲，但此时此刻她没有任何犹豫。

沈青禾的举动让周明佩明白了一切。她不动声色地找了个位置坐下，一切都那么自然。

就在吧台旁边的小房间里，钟百鸣清清楚楚听到了沈青禾说的话。米店伙计猛地起身朝外冲去，期望用最后的努力向沈青禾发出警示。两名便衣立刻冲上去将他按在了地上。

看着他的反应，钟百鸣一切都明了了。他从吧台旁的小房间走了出来，笑盈盈地站到沈青禾面前。

"沈小姐，又见面了。"

33

沈青禾很从容地看着钟百鸣："钟副局长，这么巧。"

钟百鸣笑盈盈地看了她片刻，兴奋，却又不慌不忙，"不巧。我是专门来等白小姐的。"他笑着拿过吧台上的点心盒子，"周福记，很有名啊。介意我打开看看吗？"

"无所谓。"

钟百鸣瞄着她，慢慢打开盒子，里面确实是满满的点心。

"沈小姐，哦，不对，是白小姐。有时间一起喝杯咖啡吗？"

说话时，钟百鸣始终是温和而春风洋溢的，仿佛只是在和一个朋友聊天。而沈青禾也一直挂着淡淡的笑容。

钟百鸣"请"沈青禾和自己同桌坐下了。周围还零星有几桌客人。就在沈青禾身后那张桌子，周明佩独自坐着，喝了口咖啡，镇定地翻着报纸。

钟百鸣很绅士地问道："沈小姐，想喝点什么？咖啡？汽水？还是果汁？"

"白水就行。"

钟百鸣笑了笑，对服务生说道："两杯美式咖啡。"然后他打开了点心盒子，自己拿了一块美滋滋地吃起来，"别客气啊。"他指了指盒子。

"谢谢。我现在不饿。"

钟百鸣直接拿了一块点心放到她面前，直直地盯着她："在咖啡馆，就做在咖啡馆该做的事。"

沈青禾看了他片刻，拿起点心咬了一口，正要放下，钟百鸣忽然又说道："不不不！都吃了！"沈青禾的手下意识抖了一下，"你现在有点紧张，不多吃点一会儿怎么扛得住？"

沈青禾尽力保持着平静，一口一口往嘴里塞着点心。

服务生送来了两杯咖啡。钟百鸣很绅士地道了谢，脸上又恢复了笑容："沈小姐一个人来喝咖啡？"

"对。"

"哎呀，周福记的点心确实不错！"钟百鸣忽东忽西，似乎对这场谈话漫不经心。又吃了两口点心，他才又问道："什么人给你留在吧台的？"

"钟副局长要是喜欢，下次我亲自帮你买一盒。"

"我是问，什么人给你留在吧台的。"

"这是审问吗？我不知道现在连一个人喝咖啡也算犯法了。"

钟百鸣不紧不慢喝了口咖啡："顾耀东应该知道你来这里吧？"

"我习惯一个人出门，不用每件事都跟他汇报。"

"他是你的未婚夫，就不想约他来喝个咖啡，聊聊天？"

"顾警官从来不喝咖啡，他这个人生活很无趣。"

钟百鸣笑了："知道什么样的人最有趣吗？明明很复杂，但看起来却比其他人都简单，甚至简单到像一张白纸，这样的人，才是最有趣的。"

沈青禾也笑了："我一定转告您对他的评价。"

"这不完全是对顾警官。或者说，此时此刻，这是对沈小姐你的评价。"

"谢谢。"沈青禾无所畏惧地直视着钟百鸣。

一名便衣匆匆跑进咖啡馆，手里拿着沈青禾藏在卡车驾驶座下的坤包。他在钟百鸣耳边低声说着什么。那一瞬间，沈青禾便意识到自己不可能再安然无恙走出去了。

钟百鸣笑着慢慢打开坤包，忽然又停了手，把包放到了沈青禾面前："这样好像不太礼貌。沈小姐，还是你自己来吧。"

沉默片刻。沈青禾把包里的东西一样一样拿出来，整整齐齐摆在桌上，仿佛在等待最后的宣判。最后，是一盒磺胺粉。

钟百鸣笑了："磺胺粉。哦……有人受伤了。那让我来猜一猜。"他指了指自己的左肩，"这里，枪伤。对不对？"

沉默。

钟百鸣招手叫来服务生，从钱夹里抽了几张美金给他："多余的不用找了，算是小费吧。"

"谢谢先生。外面下雨了，需要给二位叫黄包车吗？"

"不用。我来负责送这位小姐。"

周明佩喝着咖啡，红了眼眶。

暮色下的上海，阴雨沉沉，悲戚而静默。

一间废弃的工厂厂房里，沈青禾被反绑在刑具上。赵志勇畏畏缩缩地站在角落，甚至连抬头看她一眼的勇气也没有了。沈青禾已经受过了重刑，在咖啡馆时还漂亮整洁的衣服此时已经被打得破烂不堪。在那张沾满血污的脸上，只有那双眼睛依然是干净的，眼里的光依然是明亮而倔强的。

钟百鸣："磺胺粉是送给谁的？"

沈青禾："我没那么大方。药是拿去黑市卖的。"

钟百鸣冷笑着从衣兜里拿出那盒磺胺粉。"既然没有谁等着这盒药救命，那就扔掉也无所谓了。"他打开盒子，将药粉撒了一地，然后将空盒子扔在了地上。

沈青禾咬紧了牙关，忍着没说话。

钟百鸣快步过去，一把抓住她的头发："在同德医院中枪的人是谁？药是送给谁的？"

"我说过了，药是拿去卖的。"

"是不是顾耀东？"

"顾耀东受伤了吗？"沈青禾挑衅地看着他。

746

钟百鸣沉默片刻，松开了她，喃喃道："果然是夏继成。"

"我只是个跑单帮的，你要污蔑夏监察官，别拖我下水。"

沉默片刻，钟百鸣示意一旁的警员开了门，米店伙计被人架着进来了。沈青禾和伙计默默看着对方，一个依然倔强，一个已然绝望。

伙计被推到角落站着，钟百鸣用枪指着沈青禾，转头问他："你的这位沈青禾同志，今天因为你暴露了。多漂亮的小姑娘，不内疚吗？"

伙计木然地看着这一切，脸上除了绝望，什么也没有了。

"随便说点什么吧。比如今天为什么接头？药是给谁的？你开口，她就少受点罪。"

忽然，伙计用力一咬，嘴里有血流了出来。

"他把舌头咬了！"两名警员惊呼着跑上前用力掰开他的嘴。

"怎么不看着点？"

"副局长，送医院吗？"

"人都废了，送去也是徒劳。"钟百鸣恼火地示意两名警员让开，然后转头问沈青禾，"他是你的同志？"

沈青禾一声冷笑："就是个米店伙……"

话音未落，"啪"的一声，钟百鸣头也没转就一枪打中了伙计。沈青禾愣住了。又是两枪，伙计直挺挺倒在了地上。

赵志勇跑上去摸了摸脉搏，吓得一缩手："他死了！"

钟百鸣："后院找个地方埋了。"

赵志勇看着尸体像麻袋一样被人拖走，恐慌地问道："副局长，要是被人知道我们打死人……"

"志勇啊，知道我最喜欢什么时候的上海吗？就是现在。夜晚和白天是不一样的。夜晚的城市不需要警察，因为它不需要规则和秩序，这才是最真实的样子。等到明天太阳升起来，所有的罪恶都会消失得干干净净。"

看着笑容满面的钟百鸣，赵志勇只觉得毛骨悚然。

"把她弄过去。"钟百鸣指了指满是血迹的角落，对赵志勇说道。

赵志勇哆嗦着想说什么，最后咽了回去。他颤抖着手解开反绑着沈青禾的绳子，扶她到墙边。青禾站在伙计被打死的地方，背靠着沾满鲜血的墙壁。钟百鸣用枪对准了她。

青禾看起来很平静。她用尽了全身力气克制着内心的恐惧，可她毕竟只是个二十几岁有血有肉的女孩。当死亡真实来临时，她依然无法做到心如止水。沈青禾将微微颤抖的手藏在了身后。她眼里有泪光，但眼神没有一丝退缩。能做的，只是努力不眨眼，不让眼泪流出来。

如果就要牺牲了，至少要站得像棵白桦树，永不动摇，永不妥协。

"沈小姐，我再问一遍。药是送给夏继成的，对吗？"

沉默。

钟百鸣朝她脸侧开枪，子弹擦破沈青禾的脸射入墙内。

"对吗？"

依然是沉默。

钟百鸣用枪瞄准了她的眉心。

顾耀东躺在床上，高烧，虚弱，一阵一阵莫名的心慌和恐惧。他昏昏沉沉地醒来，看见坐在面前的人是父母。

耀东母亲摸着他的额头："还是烧得厉害。"

顾邦才："这到底是得了什么病呢？一直不见好。"

顾耀东无力地说："就是着凉了，没事。"

耀东母亲："我觉得不像。吃了这么多药，要是着凉早就好了。还是去医院吧！"

顾耀东正要说什么，楼下响起了敲门声。

"可能沈小姐回来了吧？"顾邦才嘀咕着下楼开门去了。

顾耀东一听，赶紧看了眼床头放的钟，已经晚上八点了，他记得青禾出门时还是白天。

很快，顾邦才高兴地领着一个人走了进来："耀东的朋友托大夫来送药，正好帮他看看病。"

朋友？顾耀东望向门口，当看见从父亲身后走进来的人是一身郎中打扮的老董时，他愣住了。一颗心猛然沉入了无底深渊。

老董："我现在就给顾先生把脉。就是……要劳烦二位回避一下。"

耀东母亲："我就在旁边看看，不说话的。"

顾邦才拉着她往外走："人家大夫看病，不习惯有人在的。"

耀东父母叽叽喳喳地下了楼。

门关上了。屋里恢复了安静。

老董低声说道："我只能留五分钟。"

"沈青禾出事了？"顾耀东死死盯着他。

老董摸了摸他的额头，迅速从包里拿出针管和药剂："她暴露了。为了救周明佩。"

顾耀东压抑着情绪，声音有些发抖："被捕了？牺牲了？"

"周明佩看到她被钟百鸣带走了。具体情况还不清楚。"

顾耀东死死盯着他，想说什么，却一句话也说不出来。

老董一边给他打针，一边快速交代着："我现在给你打的是退烧针，然后帮你处理伤口，至少保证你能够自由行动。米店暴露了，警局马上会调查你。现在两条路。第一是你马上撤离。第二是……"

"我留下来。"

"第二是留下来，但这条路的终点可能是牺牲。"

"我要留下来，不管终点是什么。"

老董沉默片刻："好。现在我说营救计划。来之前我见了夏继成，从现在开始需要我们互相配合。"

顾家的敲门声响起时，正在灶披间熬药的耀东父母赶紧出来开门。

"这回应该是沈小姐回来了。"

一开门，站在门口的是赵志勇。顾邦才正要说话，只听见顾耀东也从楼上下来了。耀东母亲赶紧过去把自己的外套给他披上，"你发着烧，怎么穿个睡衣就跑下来了！"

顾耀东看起来很平静："我以为青禾回来了。赵队长啊。这么晚了有事吗？"

"沈小姐托我来取点东西。"赵志勇目光闪躲，不敢看他。

"哦，那辛苦你了。她房间在楼上。"

两名便衣去了亭子间，在屋里翻箱倒柜。

赵志勇有些不忍，低声说道："手轻点。"说着他又偷偷看了眼顾耀东，顾耀东只是在旁边站着，脸色苍白，一直没说话。赵志勇原本还在为难，不知道该怎么开口说这件事，现在看来顾耀东已经什么都明白了。

亭子间在老董来之后就已经收拾过了，老董带走了重要的东西，顾耀东把藏在床底的小木箱带回了自己房间。最终两名便衣一无所获。

下楼时，耀东父母仍旧等在客堂间。

耀东母亲不安地问道："耀东啊，青禾是不是遇到什么麻烦了？"

顾耀东："没事，她临时有点生意要去外地，忘了带通行证。正好遇到赵队长，过来帮她取一下。"

耀东父母期待地望向赵志勇。赵志勇迟疑了一下："……沈小姐在火车站守着一堆货，走不开。我们检查正好遇上，我就来帮她取了送过去。"

"顾警官，"赵志勇终于还是开了口，"局里有点急事，钟副局长请你去一趟。"

警车里的顾耀东已经换上了警服，坐在赵志勇和另一名警员中间，像是被押送的犯人。除了赵志勇，其他人手里都拿着枪。

长久的沉默之后，顾耀东问道："有证据吗？"

赵志勇："证据确凿。"

车内再次陷入沉默。

夜色已经深了。警车停在了一处偏僻而荒凉的院子里。旁边就是那间废弃的工厂，窗户和门缝里透着灯光。

顾耀东下了车，看起来很虚弱。他望着亮灯的地方，僵硬地走了过去。

旁边两名警员一下车就抽起烟来，赵志勇从一名警员手里抽走了刚点燃的烟，"借一根！"他快步追上顾耀东，把烟塞到他手里，"抽根烟再进去吧。"

顾耀东看着手里燃着的烟，有些失神。

"知道你不会。听别人说，抽两口心里能好过点。"

顾耀东颤抖着拿起烟，拿到半空中，还是放下了。他朝工厂走去，每一步都沉重而艰难。

警员将顾耀东带去了工厂值班室。钟百鸣已经坐在这里等着了，他笑着朝顾耀东指了指椅子："顾警官，坐！"

顾耀东默默和他对视片刻，坐在了椅子上。在他侧面有一扇窗户，透过虚掩的窗户，顾耀东余光瞥见工厂厂房里趴着一个人。他知道那就是沈青禾。来之前，他明明迫切地想要知道她的安危，可此时此刻，却不敢转头去看。他像个学生一样端正地坐着，竭力保持着镇定，可全身的血液都在朝头上涌。

钟百鸣笑着走过去，一把推开了虚掩的窗户："没关系，看看吧。"

顾耀东怔怔地转过头去，赫然可见浑身是血的沈青禾躺在地上。尽管他已经竭尽全力做好心理准备，可当这一幕真真实实出现在眼前时，他还是彻底呆住了。

"你的未婚妻是共党，我也很抱歉。想替她说点什么吗？"

顾耀东仿佛没有听见，失魂落魄地坐着。

"那么，你自己有什么想解释的吗？"

依然是沉默。

"好吧，理解你的心情。那就我来问。就从……沈青禾搬进顾家亭子间说起。"

钟百鸣已经胜券在握了。他用居高临下的眼神打量着顾耀东，期待着他崩溃的那一刻到来："沈青禾租住亭子间，是民国三十五年初夏，那时候你刚进警察局不久……"

顾耀东怔怔地望着沈青禾，民国三十五年初夏，他仿佛又闻见那时满街的法桐清香。恍惚中，钟百鸣的声音渐渐变得遥远起来。

沈青禾趴在地上几近昏迷，鲜血将额前的头发糊成了一片，挡住了眼睛。她模糊的视线一直停留在撒了一地的磺胺粉上，她艰难地转头望向另一边，那里扔

751

着装磺胺粉的空药盒。终于，她的手指微微动了动，仿佛被一股力量牵引着，她努力朝空药盒爬去。

旁边两名警员正在抽烟休息，其中一人见有动静，赶紧用胳膊碰了碰同伴："快看。"

对方瞄了一眼，讪笑道："随她吧，再不活动活动，过会儿骨头断了就没机会了。"

沈青禾用尽了全身力气爬过去，捡起空药盒，又努力朝一地粉末爬去。顾耀东怔怔地望着她，望着她用被打得血肿的手，颤抖着一点一点将撒了一地的磺胺粉末装进盒子。对她来说，此时此刻全身的碎骨之痛，或是即将来临的死亡，似乎都不如这一地看上去微不足道的粉末重要。

一帮警员在旁边窃窃私语。

"这女的疯了吧！皮都打烂了还惦记那些药。"

"人家以为自己还能从这儿出去呢，还想着去黑市卖了赚钱呗。"

"要么死硬分子，要么真是想钱想疯了。"

顾耀东湿了眼睛。只有他知道，沈青禾心里的执念是自己。这个在旁人眼里或可笑或不可理喻或嗤之以鼻的举动，对他来说却是震撼。

钟百鸣轻蔑地看着沈青禾，意味深长地说道："顾警官，上海有那么多房子。以你对沈青禾的了解，两年前，她为什么偏偏要搬进顾家的亭子间？"

"你喜欢看电影吗？"顾耀东转回头直直地看着钟百鸣，不再逃避，目光与他硬碰硬地对峙着。钟百鸣一时没反应过来。

"看过一部叫《卡萨布兰卡》的电影吗？'世界上有那么城镇，镇上有那么多酒馆，她却偏偏走进我的。'我很喜欢这句台词。"

"我对虚构的故事不感兴趣。"

"其实生活里多一点艺术，会很美好的。"

钟百鸣冷冷地看了他片刻："那我来告诉你所谓的艺术背后的真相。两年前的你，还是一张白纸。沈青禾之所以搬进顾家亭子间，全都是夏继成的安排。因为他想让沈青禾策反你。"

赵志勇很诧异地看向顾耀东。

顾耀东面不改色："所以您认为我被策反了。"

"还记得明香裁缝铺吧？那天我之所以扑空，是因为有人打电话报了信。这个人就是鸿丰米店的伙计。他是沈青禾的同党，而沈青禾当天曾到刑一处和刑二处吃饭的酒楼找你。环环相扣，所以我不得不怀疑，消息就是从你这里传出去的。"

"刘队长当天泄露过行动信息，也许还有张警官李警官在您不知道的地方也泄露过信息，甚至直接联系过伙计。"

二人直视对方，气氛有些紧张。

钟百鸣忽然笑了，态度缓和下来："你说的我也不是没想过。刚刚这些，都是我的推测。随口一说，别介意。作为个人来讲，我是很愿意相信你的。其实我也不愿意做那个棒打鸳鸯的恶人啊。但是今天，从沈青禾在咖啡馆说出接头暗号那一刻起，谁都无力回天了。她就是共党，否则我实在想不出什么理由，会让她主动宣判自己死刑。"

沉默片刻，顾耀东也笑着说道："副局长，您根本不了解我的未婚妻。"

"今后会了解的。去见见她吧，我这个人还是很讲人情的。"

两名警员将沈青禾架起来扔到受刑的椅子上。她几乎全身都失去知觉了，只有手还一直紧紧攥着那盒磺胺粉。看见一个熟悉的人影朝自己走来，她怔怔地抬头望去，逆着光，恍惚中看见顾耀东走到了自己面前。几乎是下意识地，她埋下头慌乱地用袖子擦着脸，遮掩着那并不美丽的血污，那一瞬间她仿佛是个不小心弄花了脸的小女孩，不愿意让心爱的男孩看到自己这般脏乱。顾耀东一把拉住了她的手。

沈青禾愣住了。她清楚地看见钟百鸣、赵志勇和几名警员就站在周围。傻子吗？这样只会让他也被怀疑！她拼命想要挣脱他的手，顾耀东却死死攥着不肯松手。沈青禾最终放弃了。二人默默看着对方。

顾耀东："青禾，我从福安弄走出来，就一定会带着你走回去。一起走回去。"

沈青禾朝他笑了，笑得泪流满面。

两名警员推搡着带走了顾耀东，他被钟百鸣软禁到了另一个房间，理由是需要隔离调查，尤其是要查清楚他和沈青禾之间的关系。

沈青禾被警员推倒在刑具上躺着。磺胺粉盒子"啪"地落在地上，药粉再次撒了一地。警员们开始卖力地绑绳子。沈青禾一直望着工厂的天窗，努力透过天窗望向遥远的夜空，望向那些隐秘在黑夜中忽明忽暗的星星。她知道接下来又会是一场暴风骤雨，但她已经做好了准备。

工厂一间小房间门口，守着两名荷枪实弹的警卫。屋里亮着一盏昏暗的小灯。顾耀东坐在地上，面前摆着的是钟百鸣差人送来的纸和笔。他让顾耀东写一份自查报告，交代清楚他和沈青禾认识的前后始末，并检举她住进顾家后的可疑之处。写文字对顾耀东来说不是难事，但他久久没有动笔。

老董刚刚来顾家时，曾经说过一句话——以青禾的能力，如果当时只是走进咖啡馆，她是完全有办法脱身的。选择说出暗号，是因为她知道只有这样，钟百鸣才不会再继续调查咖啡馆里的其他人，包括周明佩。

到此刻，顾耀东真正明白了"白桦"这个代号的意义。

警局档案室里拉着窗帘，亮着灯。桌上堆着大摞的旧报纸和档案。钟百鸣在这里翻了一个通宵，终于找到了自己想要的东西。

天一亮，他就拨通了金门饭店的电话。

"请转接国防部监察局夏监察官的房间。"

夏继成穿着睡衣，站在窗边。电话铃响了好一会儿，他才不慌不忙接起来，懒洋洋说道："喂……钟副局长啊。见面？我们前两天才一起吃过饭，刚见过啊。有什么事吗？"

钟百鸣看着桌上的档案，谦虚地说："我知道您在警局的时候，也很关注共党分子白桦的动向。这两天共党很活跃，我发现了一些线索，怀疑是白桦重新出现了。所以我想面见您，请教几个关于白桦的问题。"

"你也知道刑二处过去的情况，这么多年，我对白桦是只闻其声不见其人，找我恐怕就找错人了。"

"不管怎么说，您在警局这么多年，至少比我更熟悉白桦。"

"不在其位不谋其政，这个道理你应该也懂。这件事，你还是另寻高参吧。"

钟百鸣脸上已经有了笑意，夏继成越是推辞，他就越是断定夏继成心里有鬼："那……我想单独约您吃个饭，不谈公事，不知道您有时间吗？"

"抱歉，行政会议事务繁杂，实在分身乏术。如果以后有机会，一定安排专门的时间接待。"

电话"咔哒"一声断了。钟百鸣放下了电话，禁不住扬扬自得起来。

夏继成走到沙发边坐下，沙发上还坐着另一个人——依然一身郎中打扮的老董。

老董："他这是要耐不住性子了。"

夏继成："应该是从警局查到了什么，再加上青禾那盒磺胺粉，他现在是踌躇满志。既然给了他这么大希望，我们也不好让他失望，索性陪他把戏演到底。"

和夏继成通完电话后，钟百鸣立刻叫来了赵志勇。

"有件事要你去办。"

赵志勇一听便明白了，有些厌倦地问道："还是和顾耀东有关吗？"

钟百鸣心情很好，所以他并不在乎赵志勇这点小情绪："对，你现在就回去收拾东西，搬进顾家，借口我已经帮你想好了。住进去以后，你要盯着他警局以外的行踪，尤其是他和夏继成之间的来往。顾耀东信任你，所以这件事只能你去办。"

"副局长，其实我一直不明白，您觉得顾耀东是共党，为什么不逮捕他？"

钟百鸣笑了，只觉得眼前的赵志勇单纯得令人怜悯。他搂住赵志勇的肩膀，亲切地说："对我来说，他已经出局了，但我需要他继续坐在这张牌桌上。"

齐升平一路阴沉着脸，去了钟百鸣办公室。他没有敲门，而是直接一把推开门走了进去："听说，昨天夜里上演了一出大戏啊。"

钟百鸣故作谦逊："确实抓了一名共党。顾耀东的未婚妻，沈青禾。"

"为什么到现在，我既没有收到任何报告，也没有看到任何犯人？"

对于齐升平的突然到来，钟百鸣并不像往常一样反感，反倒表现得很无所谓："正要跟您申请一件事。沈青禾在警局里人脉很广，牵扯的人多。好在我调来得晚，不在那个圈子里。所以我考虑这件案子由我单独调查。如果得罪什么人，也不用牵连警局。"

"你所谓的圈子，也包括我，对吗？"

"齐副局长说笑了，我指的是顾耀东。您比较信任他，所以不想让您为难。"

"在这件事面前，我从来只有一个立场，党国事业高于一切。"

钟百鸣皮笑肉不笑地说道："这个我当然相信。但顾耀东未必和您一样。我刚刚查到一些新的线索，打算重审他的未婚妻。您要是感兴趣，我很欢迎您加入审问。"

齐升平琢磨着他的笑容，翻了翻桌上的几张旧报纸和档案，有些不敢相信。

一名警卫打开工厂小房间的门，钟百鸣和齐升平走了进来。顾耀东依然坐在地上，一夜未眠。钟百鸣拿起那张纸，上面一个字也没有。

钟百鸣："行了，让你检举未婚妻确实有些残忍，我就不为难你了。走吧，邀请你一起去听听沈青禾的故事。"

顾耀东："我不需要从别人口中了解她。"

"你应该感谢齐副局长特批你参加审讯。今天的内容，你会感兴趣的。"

齐升平冷冷地看着顾耀东："希望你听完以后，也能给我一个合理的解释。"

顾耀东看着二人，隐隐有些不安。

顾耀东被单独带去了值班室，从这里能看到沈青禾受刑的地方，但沈青禾看不见他。

钟百鸣："你就在这里吧。让沈小姐看见你，恐怕有的话她会有顾虑。"

说完，他和齐升平去了工厂空地。方秘书坐在旁边记录。沈青禾被警员从刑具上架着下来，放到椅子上。

钟百鸣："沈小姐，又见面了。"

沈青禾虚弱地说："该说的我已经都说了，还有必要再浪费时间吗？"

"昨天见面以后，我去了档案室，坐了一整夜。最后发现了一些很有意思的东西。所以有几个问题要问你。"

"抱歉，你的问题，我想我没有答案。"

"但是这个，你一定有。"钟百鸣起身将旧报纸和照片放到青禾面前，"不知道我应该称呼你，米亚咖啡的白小姐？跑单帮的沈小姐？还是……曾经沪上名商的千金，蔚青未蔚小姐呢？"

沈青禾一怔，但很快恢复了平静。档案里有一张学生合影，是她初中时的毕业照。

"昨天在咖啡馆见到你以后，我忽然想起一件事。我来警局负责的第一桩案子，是尚荣生绑架案。而你曾经提到过，你和尚荣生的女儿是圣玛利亚女中同学。所以我查了那一年的学生名册。最后找到了你，蔚青未。"

"对，十多年前我叫蔚青未。这不是什么秘密。"

"为什么要改名？"

"既然你对我这么好奇，那应该也查到当年关于蔚家灭门惨案的新闻了。我父母死在日本人的枪口下，剩我一个人侥幸活下来，改名字，当然是为了活下去。"

"你父母因为抗日而遇害，我很同情，也很敬佩。不过在我看来你改名还有一个原因，就是因为你父母通共。而你在蔚家出事后不久，就从上海消失了。其实你是去了苏联。也就是从那时候起，你加入了共党。"钟百鸣将另一张发黄的旧照片放到沈青禾面前，"这是你在苏联学习野战特训医务时的照片。照片上这个叫陈婷的女人，就是你。"

沈青禾看着照片上的自己，沉默了。

"还有一件事，我很好奇。蔚家灭门那年，你只有十三岁，根本不可能逃脱日本人的追捕。你能活下来，真的只是因为改了一个名字吗？"

一直平静的沈青禾，似乎被什么触动了。钟百鸣更加胸有成竹。

"我查了民国二十六年的重大刑事案件，其中一件，一名二十多岁的男性青年被指控在法租界枪杀三名日本官员，一共三颗子弹，颗颗直击要害。你能活下来，就是因为那个人救了你，甚至说是他把你从死神那儿拉了回来。案发后，工部局警务处有一名年轻警察消失了，而且他的所有档案都被抹掉了。我又查了你在苏联受训期间，莫斯科东方大学军事学院的学员档案，和那名警察年龄、特征相仿的男人不在少数。我想做个大胆的猜测……那个救了你，并且在苏联带你加入共党的人，就是夏继成，对不对？"

值班室里没有开灯，也没有任何光线。顾耀东一个人静静地坐在黑暗里，呆若木鸡。

片刻的沉默之后，沈青禾微微一笑："我和夏处长是三年前在上海认识的。他是齐副局长介绍给我的生意伙伴。仅此而已。"

齐升平隐隐有些不自在地挪了挪身子。

顾耀东望着沈青禾，陷入了无以复加的震撼中，久久无法平静。

警车送顾耀东到了福安弄弄口，他假装没看见弄口多了几名便衣假扮的补鞋匠和菜贩，道了声谢，便朝弄堂里走去。他其实也猜到了，钟百鸣之所以放自己出来，是想利用自己套出夏继成，这反倒有利于他们实施营救计划。既然弄口有眼线，那就好好利用眼线演这出戏。

一进家门，欢声笑语就扑面而来。多多戴着不知谁的警帽横冲直撞，撞翻了放在屋子中间的一只行李箱。

顾悦西顶着发卷咚咚咚跑下来："臭小子，一分钟都安静不了！"

顾耀东："爸，家里来客人了？"

顾邦才正要张口，耀东母亲一边跟什么人说着话，一边从灶披间走了出来："灶披间就是这里了，家里随时烧得有热水，要喝水或者洗脸就自己来倒好了，不要拿自己当外人。"跟着她从灶披间出来的人是赵志勇。

顾耀东愣住了。

耀东母亲见他回来，赶紧热情地拉着赵志勇的胳膊说道："看看，谁要搬来我们家！"

顾耀东更诧异了："你要搬来我家？"

"本来是想等你回来，跟你商量的。我……"

耀东母亲："行了行了，我来讲吧。赵警官的妈妈不是在老家养病嘛，看病吃药需要用钱，他只好把原来租的房子退掉，省下来的钱寄回去看病。但是一时又租不到更便宜的房子，所以来暂住几天。"

顾悦西："赵警官真是个孝子啊。"

耀东母亲："所以我说，这种事不用商量耀东也会同意的。"

赵志勇赶紧说道："该交的租金我都会交的。"

顾邦才："交什么租金？我们怎么可能收你的租金？安安心心住着，这点事情我们顾家还是帮得上忙的。"

一家人七嘴八舌，热情而热闹。顾耀东看着赵志勇，赵志勇无地自容地躲开了他的目光。顾耀东便明白了，这又是钟百鸣的主意。

赵志勇将行李拿进了顾耀东的房间，顾耀东则收拾书本和衣服，准备搬去亭子间。两人在房间里各自收拾东西，总感觉隔了些什么。

"伯母情况怎么样了？"

"已经一个月没收到信了。我想回家看看，只是……刚好遇到沈小姐的案子。等这件事过去了，我就打算请假回淮安。"赵志勇偷偷瞄了他两眼，"沈小姐的事，你打算瞒多久？"

"至少不是现在。等时间长了，家里人慢慢淡忘了，那时候再告诉他们，也许就不会那么难过了。"

二人沉默片刻。

"耀东，我今天也是刚刚听说蔚青未的事。另外那个人，真的是夏处长吗？"

顾耀东笑了笑，"如果有人告诉我，他们曾经是叱咤风云的英雄，我一点都不意外。不过我认识的只有跑单帮的沈青禾和刑二处的夏处长。其他一无所知。"他从衣柜里拿了套睡衣放在床上，"我的睡衣，你穿吧，大小应该正好。"

顾耀东抱着东西去了亭子间，赵志勇望着他的背影，心情复杂。

第二天一早，顾家的炉灶就生起火来了，整个灶披间热气腾腾，米香四溢。顾邦才和顾耀东正在摆碗筷，耀东母亲端了一锅菜粥从灶披间出来。

多多拿着筷子敲楼梯扶手，朝楼上喊着："妈妈——快下来呀！今天有大米粥！白的大米——"

顾悦西穿着拖鞋就冲了下来："发财啦！半个月没见过大米了！"

耀东母亲："人家赵警官难得来一次，总要拿点好东西招待客人呀！"

赵志勇也下楼了，看到顾家一家人热热闹闹围成一桌吃饭，既羡慕，又心酸。他埋着头就要往外走。

"哎？赵警官下来啦。来吃饭。"说着耀东母亲就把他拉了过来。

赵志勇看到饭桌上留了一个空位，筷子已经摆好了。顾耀东盛了一碗热腾腾的菜粥放到他面前。

赵志勇很意外："我也有？"

耀东母亲理所当然地："我们有，你当然有了！一人一碗呀。"

顾邦才："现在这个天气，一出门就冻得缩手缩脚。不吃暖和了再出门哪里行的？"

赵志勇抱着碗喝了一口，看着身边的顾家人说着话，喝着粥，热闹而温暖。他没有顾耀东的好命，没能生在这样的家庭，但哪怕只是坐在一旁静静看着，也觉得幸福。听着他们七嘴八舌，赵志勇不禁跟着傻笑起来，然而人在幸福时总是容易患得患失。笑着笑着他便笑不出来了。他蓦然想起自己只是个过客，而且是一名心怀鬼胎的过客。于是他脸上开始火辣辣地生疼，仿佛看见自己是一把被人藏在暗处的刀，随时可能龌龊地捅出去，让这满屋的幸福支离破碎。

几名警员站在刑一处门口说话，一看赵志勇和顾耀东前后脚走过来，赶紧把赵志勇拉了过去。

"怎么和他一起来？他未婚妻是共党，当心被牵连啊！"

顾耀东只当没听见，进了刑二处。

二处警员坐在屋子里，都听见了外面说话的声音。顾耀东刚坐下，肖大头"噌"地就起身出去了。

"陈大警官，你娶着老婆啦？"肖大头朝那名讪笑的警员问道。

对方显然没反应过来。

"快三十了还娶不着老婆，你怎么不着急呢？有时间在这儿碎嘴不如先给自己想想办法。"

顾耀东正要劝肖大头，肖大头朝他摆了摆手："行了顾耀东，说句心里话，你要是共党，我救不了你。我有老婆孩子，不想被人拖下水。但现在没有证据，我也听不得别人说风凉话。"

赵志勇站在一处望了顾耀东片刻，默默回了座位。那之后他一直闷头坐在座位上，坐了很久。

两名警员从外面执勤回来，一人拎了个小布袋，里面是一点大米。

一人凑过来问道："又是从鸿丰米店拿的？"

"反正那个窝点都被端了，天天在那儿守着不能白守啊。有机会就拿点。"

"下回换我去捞点。现在能买着米简直就要烧高香了。报上天天说'全力遏制抢米风潮'，都瘪着肚子，神仙也拦不住啊。"

赵志勇想着自己的心事，似乎听不见旁人说话。像是忽然之间决定了什么，他从抽屉里拿出纸笔写了起来。刚回来的警员笑嘻嘻地放了一小布袋米在赵志勇桌上，"赵队长，这是给您的那份。钟副局长面前，您就当不知道这事吧。"

"哎？赵队长，要不你跟局里申请申请，下个月的薪水也直接发大米算了。"

赵志勇仿佛没听见，拿着那张纸去了钟百鸣办公室。

"副局长，这是我的请假申请。您看……顾耀东家能不能另外派个人去。不管他是不是共党，我实在不想再夹在中间了。"

钟百鸣瞄了一眼申请："他怀疑你了？"

"没有。他以为我是真的找不到地方住。"

"那是他们一家人不欢迎你？"

"不是不欢迎，是对我太好了。不知道为什么，住在他家里，我特别想我妈妈。我已经快一个月没收到她的信了，所以也想请假回老家看看。"

钟百鸣看了他片刻，从抽屉里拿出一个信封："正好，这是早上刚收到的信，我顺便帮你拿上来了。"

赵志勇赶紧拆开看信，神色渐渐变得忧虑。

钟百鸣似乎对信的内容一无所知，关切地问道："怎么，家里情况不太好？"

"病情恶化了，让我赶紧寄钱回去。"

"要多少？"

"差不多是我三个月的薪水。"赵志勇快要哭出来了，"副局长，我能不能跟局里申请先预支一部分薪水，我可以写欠条！"

"等财务科批下来，都猴年马月了。"说着，他从抽屉里拿了一个信封，"我手上的美金一共就这么多，你先寄回去，不够的再帮你凑。总之钱的事我可以想办法。但有一件事你要搞清楚，我不是施舍，而是看在你是孝子的份上在帮你。"他把那一信封美金放到了赵志勇面前，"手术费还没攒够吧？"

"是。"

"那就别这么多愁善感，当心矫情过头，耽误你母亲治病的大事。"

"我知道了。"赵志勇没骨气地垂着头，像个做了错事的孩子。

钟百鸣恢复了笑容："请假条我就先收起来了，等沈青禾的案子一结束，我马上给你放假，让你安心回去陪你妈妈。好好盯着顾耀东吧，我也希望这件事尽快结束。"

他拉开抽屉，把请假申请放了进去，然后关上抽屉，上了锁。赵志勇当然不会知道，抽屉里还放着好几封母亲写给他的信。每一封钟百鸣都看过了，刚刚给他的那一封根本不是刚收到的，而是钟百鸣选出来的，因为它最合适。

鸿丰米店暴露后，夏继成和老董改在了江边见面。

老董："按你的计划，警委已经准备好了。现在就等顾耀东的信号。另外，赵志勇搬进顾家了，应该是为了监控顾耀东。"

"算是个好消息。"

"还有，钟百鸣查到青禾的身世，怀疑你和她早就认识。好在工部局和东大军事学院的档案当时就销毁了。他现在的怀疑，反倒有利于我们营救青禾。"

"青禾现在怎么样？"

"受了重刑，一直很坚强。"

夏继成望着江面沉默了。他曾经失去过最重要的人，十年过去了，他绝不会让同样的事情再发生在青禾身上。

今天原本不是下棋的日子，但顾耀东主动约了孔科长，反正闲来无事，切磋两盘。户籍科里除了他们便没有其他警员了。屋里很安静，只能听见象棋落下的声音。

"有段时间没来，科里怎么不见什么人了呢？"

"局里本来就在裁人，科里出了偷卖证件的事，他们就拿我的户籍科开刀，能裁的都给裁了，经费也缩减了。"

"户籍科工作量这么大，人手不增反减，不怕乱套啊？"

孔科长感叹道："且看他们能得意到几时吧。顾警官，这里没有外人，我今天就说一次实话。不只是警局，怕是这政府也迟早要完蛋。"

顾耀东怔了怔："孔科长，这话可不能乱讲啊。"

"大不了他们今天把我也裁了。但是共产党最后是一定会得天下的。你想，到时候警局这些人会有什么下场？"

"什么下场？"

"就两种结果，一部分人会被共产党替代，换上他们的人；还有一部分人，可以继续给共产党做事。"

"那您觉得，什么人能够继续给共产党做事？"

孔科长脸上有些自豪："哪朝哪代都得有人管户籍不是？当年租界工部局用我，国民政府还都南京后用我，以后共产党得天下了，一定还会用我。大上海几百万人姓甚名谁，住哪里，共产党管理上海也得了解情况不是？所以，在警局里混，不是看明面上光鲜不光鲜，而是看你的工作是不是对老百姓有用。"

"哎？我赢了！"老孔兴奋地喊道。今天他似乎格外好运，这一下午，他大获全胜，顾耀东一盘也没有赢。

但是顾耀东一点也不沮丧，他笑着收拾棋盘："孔科长，最近我可能都不会来户籍科了。还有，刚才那些话以后还是放在心里吧。有的东西，时间会证明的。"

没有了沈青禾的亭子间，显得格外空寂。从小到大看了二十多年的房子，竟然忽然变得陌生了起来。

写字台上放了一杯热水，上面倒扣着一本证件。照片背后的胶水已经被蒸汽熏得湿软了。顾耀东从桌上的梳妆盒里拿出修眉小刀，轻轻剔下了潮湿的照片，照片上的人正是沈青禾。他又从衣兜里拿出了一本新的证件，这是下午偷偷从户籍科的失踪人口档案柜里拿出来的。他将那张照片小心翼翼贴在了这本证件上。证件上的人叫"王玉晨"，职业一栏是"纺织工"。从今天起，他的青禾就要变成这个陌生的女人了。

关于制作证件的一切，都是沈青禾教会顾耀东的。他利用户籍科的条件做了很多本证件，送走了很多因为暴露而不得不隐姓埋名背井离乡的同志。即便有的人可以留下来继续潜伏，也会与从前的生活一刀两断，以全新的身份开始全新的生活，从此湮没在茫茫人海里。只是顾耀东从来没有想过，有一天，他要用沈青禾教的办法亲手将她送离自己身边。他摩挲着那本证件，久久凝视着，恋恋不舍。

早饭时，一家人正坐着吃油条，耀东母亲惊喜地拎着一个布袋子从灶披间出来："哎哎哎，一袋子大米呀！谁放在灶披间的？"

赵志勇不好意思地说："是我放的。"

顾悦西惊讶道："赵队长，你也去抢米啦？"

顾邦才："这孩子，都说了住在这里不用掏钱！抢米又不是白抢，也是要掏钱的呀！这些起码得一麻袋金圆券吧？"

"这是一处发的，不收钱，算是一点小福利吧。"

耀东母亲："赵警官，那真是谢谢了呀！"

赵志勇腼腆地笑着："不客气。"看到顾家人因为自己带来的一小袋米如此开心，他备感幸福，恍惚觉得自己真的成了其中一员。

顾耀东穿着便服匆匆下楼，看起来像是有什么急事要赶着出门。

耀东母亲："来吃饭。"

"你们吃吧，我出去买点东西。"

赵志勇怔了怔，赶紧放下碗筷："你们慢慢吃，我也去警局了！"

顾耀东从福安弄出去后，赵志勇和门口假扮修鞋匠、菜贩的便衣警察也悄悄跟了上去。

一路上，顾耀东瞻前顾后，一看便是有事情不想让人知道。走了一段后，他进了路边的公用电话亭。

赵志勇和两名便衣躲在暗处，只看见顾耀东很警惕地打了一个电话，听不见他说了什么，然后就匆匆离开了。

十六铺码头附近有一处黑市，聚集了很多小贩，嘈杂而混乱。顾耀东穿梭其中，赵志勇和两名便衣远远跟在后面。

很快，顾耀东走到了一名小贩面前，遮遮掩掩给了他一些美金，然后从小贩手里接过一个盒子。他很谨慎地用报纸把盒子裹得严严实实，然后才朝远处走去。

顾耀东离开后，赵志勇和两名便衣找上了那名小贩。

赵志勇："打听一下，刚才那位先生买了什么？"

小贩小声地："磺胺粉，这市场就我一个人能搞到。要吗？"

赵志勇诧异地望向顾耀东的背影，终于意识到了什么。

顾耀东去了一间咖啡馆，独自坐在窗边的位置等着什么人。没过多久，一辆黑色轿车停在了咖啡馆门口。透过半摇下的车窗，赵志勇看见开车的人正是夏继成。顾耀东从咖啡馆里出来，将报纸裹着的盒子塞进了车窗。车开走了，顾耀东也离开了。

万分纠结之后，赵志勇最终还是走进电话亭，拨通了钟百鸣的电话。

警车车队停在金门饭店外，二十多名警员跳下车迅速集合。

钟百鸣一下车便气势汹汹地朝饭店走去："把前后门堵起来！扣住监察局的车！跟我上去抓人！"

34

钟百鸣带着警员声势浩大地一路杀到夏继成房间门口。几名国防部监察局警卫冲过来拦住他们。钟百鸣懒得废话，示意手下行动。几名警员一拥而上控制了对方警卫，两名警员直接撞开了房间门。

夏继成穿着睡衣坐在沙发上喝茶看书，几名警员上前直接用枪抵住了夏继成的头。

钟百鸣带着赵志勇和另几名警员进来，客气道："夏监察官，得罪了。打电话希望见面，您分不开身，只好上门来打扰了。"

"这算是见面礼吗？"

"那怎么够分量？您是少将监察官，我肯定得准备一份厚礼才敢来啊。"钟百鸣朝赵志勇递了个眼色。赵志勇会意，立刻带人搜查房间。

"先礼，后兵，这是规矩。礼物会让你满意的。"钟百鸣一边说话，一边在房间里到处摸摸看看，顺手还拿了几颗桌上的蜜饯吃得津津有味，一副胜券在握的模样。"很早以前我就有一个感觉，在这个警察局里，有那么几个身影总是晃来晃去，让我想起机器上的齿轮，平时若即若离，事实上它们一直保持着隐秘的联系。一旦按下开关，这几个齿轮就会咬合在一起，共同运作一件事。"

"我没有耐心听你绕圈子。"

"行，简单点。那天晚上，在同德医院发报，后来左肩中枪的那个人，是你吧？"

夏继成一脸恍然大悟的样子："哦……你怀疑我是共党，还中枪了。"

"沈青禾和顾耀东前仆后继给你送磺胺粉，连我看得都感动了。"

正说着，赵志勇从卧室里拿着那个报纸包着的盒子跑了出来。

钟百鸣掂了掂盒子，笑了："看看吧，这才是我要给你的见面礼。"他扬扬自得地打开了盒子，里面是一盒灸条。

钟百鸣的笑容僵住了。

夏继成笑了："钟副局长，这恐怕是我见过最寒酸的见面礼了。"

钟百鸣怔了片刻，突然吼道："把他衣服扒开！"

两名警员冲到夏继成面前却不敢动手。钟百鸣上前推开二人，一把扯开夏继成的睡衣，肩膀上没有任何伤痕。他还是不敢相信，直接扒掉了夏继成的睡衣。

夏继成赤裸着上半身站在他面前，浑身上下干干净净，"看够了吗？"他冷着脸问道。

钟百鸣哑口无言。

警员们识趣地往后退。

夏继成活动着肩膀："你兴师动众地来找我，就是因为这盒灸条？"

钟百鸣面色苍白，没有说话。

夏继成从他手里拿过睡衣，穿上，发现扣子已经被扯掉了："你知道我左肩的风湿病犯了吧？"

"是，那天在警局见面，你提过。"

"找个大夫，做做针灸，好像也是你建议的？"

钟百鸣挤出难堪的笑容："我不知道这里面是灸条。夏监察官，误会。"

夏继成拿了两颗蜜饯，津津有味地吃了起来："哼，确实误会。误会大了。"

钟百鸣低声对赵志勇说："赶紧把扣的警卫和车放了！"

"钟某也是一心为党国利益，在抓共党这件事上，确实心急了。处置失当，多有冒犯，还望您包涵。改日一定负荆请罪，登门致歉。"

夏继成无所谓地瞟了他一眼，捡起被他们扔在地上的书，拍了拍上面的灰尘："前几日有朋友送了这本《圣女贞德》，萧伯纳的戏写得有意思啊！尤其这句，'人生两出悲剧，一是万念俱灰，一是踌躇满志。'呵呵，送给钟副局长，希望我们共勉。"

钟百鸣站在那里，面如死灰。

夏继成换上了笔挺的军装，和刚才判若两人。他扣上领口最后一颗扣子，拨通了电话："接宪兵司令部。"

钟百鸣带人突袭夏监察官的消息早就传回了警局，虽然大家表面都不吭声，但人人都等待着这场两虎相争的结果。

方秘书匆匆去了齐升平办公室，显然又有新情况了。

齐升平期待地站了起来："夏，还是钟？"

"夏！"

不出多时，宪兵队的卡车和吉普车就一字排开停在了警局大楼外。几十名荷枪实弹的宪兵从车上下来，包围了警局。

夏继成穿着军装和呢子大衣，戴着皮手套，从停在正中间的吉普车里跳了下来。

守门的警察刚有动作，几名宪兵上去就按住了他们。夏继成盛气凌人地带兵进入警局大楼，径直走去钟百鸣办公室。所经过之处，不用他动一根手指头，便会有宪兵带枪控制住每一个房间的警察。

两名宪兵直接踹开门，进去一把按住钟百鸣，卸了他身上的配枪。一旁的郑新下意识要去腰间摸枪，又是两名宪兵直接用枪抵住了他的头。

夏继成冷冷地走了进来。

钟百鸣："这件事是我疏忽，听了下面的不实报告！我会亲自跟总署解释！"

夏继成："钟副局长，我觉得你说的'先礼后兵'特别对。但是我今天没有礼，只有兵。"

钟百鸣瞪着他，不甘地挣扎着。

齐升平把夏继成送给他的画重新挂了起来，并且是在最显眼的位置。他悠闲地调整着角度，左调调，右调调，怎么都觉得不是最好。

方秘书匆匆进来，关门汇报道："副局长，宪兵队驻沪第九团来了六七十个人。六辆卡车，十辆吉普车。把警局围了！"

齐升平似乎心不在焉，光顾着打量画："你往后站点，看看挂正了吗？"

方秘书只得退了几步："左边好像还高了点。"

齐升平又调了调。

"正了。"方秘书又一次小心翼翼道，"副局长，他们已经把人按住了。"

"按了？"

"是啊。"

"哎，宪兵和警察历来就纷争不断。前几年金都大戏院警宪火拼的血案，这么快就忘了？"

方秘书小声地："听说夏监察官被扒了衣服，奇耻大辱啊。只叫宪兵算客气了。他和装甲步兵第一营的钟营长是有私交的，要不是看您的面子，估计装甲车都要开来。"

警察局被人围了，齐升平竟只觉得舒心："这个老夏，脾气什么时候这么火爆了……走吧，劝劝去。"

夏继成盛气凌人地朝外走去，钟百鸣被宪兵押着跟在后面。一路上，被封锁在屋里的警员都争相探头张望。刚走到楼梯口，就遇到齐升平带着方秘书过来了。

夏继成："齐副局长，给您添乱了。"

齐升平装作无可奈何的样子："事情我也是刚刚听说。真的没办法通融了吗？"

"国防部已经通告警察总署，这件事会交给淞沪警备司令部处理。战时诬陷高级军官，我也无能为力。"

"这件事我有责任，对下属疏于管教，训导不力。但毕竟是我的下属……"

夏继成板着脸："抱歉，齐副局长。这个面子，我给不了。"

"哦……这么说，现在我能做的，也只有配合调查了。"

"还望理解。"说罢，夏继成领着一行人浩浩荡荡离开了。

齐升平当然理解了，不仅理解，还一扫刚才的无奈，看起来心情很是不错："哎？方秘书，听说食堂最近多了道荠菜团子，味道还不错？"

"倒是比较爽口。"

"走，尝尝去。"

齐升平春风得意地朝食堂走去，方秘书赶紧跟上，献媚地说："就是菜多肉少，太素了。"

"那就让他们今天中午多加肉，我来解决经费。亏待谁，也不能亏待我们的警员啊。"

宪兵押着钟百鸣到了一辆吉普车外。夏继成慢悠悠地走到他面前，摘下皮手套，示意两边的宪兵让开。宪兵识相地背过了身子。不等钟百鸣反应过来，夏继成直接给了他一拳。

钟百鸣摸着被打出血的下巴："知道你看我不顺眼，挑这个时候公报私仇，不够磊落吧？"

"这一拳，是为了我那件被扯掉扣子的睡衣。"

说完，夏继成又给了他一拳。

钟百鸣好半天才缓过来，吐了口唾沫："这一拳呢？"

夏继成不慌不忙戴上手套："这一拳才是看你不顺眼。押他去警备司令部。"

夏继成跳上吉普车，扬长而去。

那间废弃的工厂大门紧闭，警员有的喝酒，有的打牌，地上到处是空酒瓶和香烟头，一片狼藉。其中一人听见角落里有窸窸窣窣的声音，走过去猛地朝杂物堆里一抓，拎起来一只耗子。

一名警员讪笑道："要不送给里面那位小姐玩玩？"

"怎么玩儿？"

"扔衣服里，领口袖口一扎。她禁得住鞭子、老虎凳，不一定禁得住耗子一口

770

一口啃啊。"

另几人哼哼唧唧讪笑起来。

沈青禾被关在一间没有窗户的房间里，肮脏而阴暗。她遍体鳞伤地靠墙坐着。两名警员拎着耗子进来，上前就拉扯她的衣服。

"你不是什么都不肯招吗？骨头硬没关系，看你细皮嫩肉，正好喂耗子！"

"离我远点！"沈青禾拼命挣扎着。

一名警员刚拉开沈青禾的领口，就被狠狠踢了一脚，痛得一声大叫，手上的耗子也一溜烟跑了。沈青禾起身要往外跑，被对方一把揪住头发拽倒在地，又被他在头部踩了一脚，一时间天晕地旋，她无力地趴在了地上。

那人转身从同伴身上抽了把小刀，按着沈青禾就开始割她的头发："真当自己是天仙碰不得了！我让你出了门也见不得人！"

剩下的警员还在外面玩牌，忽然听见门口有动静。几人警惕起来，摸出手枪。其中两人小心翼翼地走到门边，贴在门上听着。就在这时，工厂大门被猛然撞开，两辆货车一跃而入，直接撞飞了两名贴在门口偷听的警员。另外几人举着手枪，吓呆了。

一名警员慌慌张张地从房间跑出来，大喊着："外面怎么……"

"啪"的一声，他被一枪击毙了。

顾耀东举着手枪，沿着昏暗的走廊一直走到关押沈青禾的房间，他粗暴地一把拎起将沈青禾按在地上的警员，一枪托打得他眼冒金星。对方踉跄着猛扑过来，又被顾耀东一脚踹飞。他快步过去一把拎起对方衣领，一拳一拳清清楚楚地打在他脸上，直到他血肉模糊，成了一摊令人恶心的烂肉，再也醒不过来。

恍恍惚惚中，沈青禾看见了走廊里中枪的警员，看见了外面被撞飞的警员，在牌桌上被击毙的警员，看见了老董，看见了货车，看见了警委行动队的很多人。远处大门外的阳光左右晃动着，越来越亮，离光明也越来越近。

顾耀东背着沈青禾走出了工厂大门。阳光肆无忌惮地洒下来，晃得她睁不开眼。

警委两辆货车一前一后行驶在开阔的郊外路上。路两侧是一望无际的绿色田野，生机盎然。顾耀东开着车，沈青禾裹着他的外套靠在副驾驶座上，风一阵阵吹着她参差不齐的短发。两人谁也没有说话。

　　顾耀东左手开车，右手紧紧握住了沈青禾的手。阳光照在车里，弥漫着劫后余生的平静。

　　车停在了树林口，老董和几名警委队员守在周围。这是警委的撤离通道，从这片树林穿出去，对顾耀东和沈青禾来说就是未知的世界了。

　　沉默很久，顾耀东从驾驶座下拿出沈青禾平时藏在床底的小箱子和钥匙，交给了她："赵志勇来搜查之前，我把这个藏起来了。我知道里面是对你来说很重要的东西，现在物归原主。"更长的沉默后，他终于从胸口内兜里摸出了那本证件，"这是你的新证件。以后，你就不叫沈青禾了。"

　　"家里如果问起来……"沈青禾红着眼睛哽咽了，"就说我出远门做生意，不知道什么时候能再回来。"

　　"在户籍科做了这么多证件，我从来没想过会有一本是给你的，更没想过会是我亲手送你离开。"

　　顾耀东死死地捏着证件，仿佛这一松手就不知道什么时候能够再见。沈青禾紧紧抱住了他。

　　"保重。"

　　"保重。"

　　沈青禾走到老董的车旁，蓦然看见在很远的地方停了一辆黑色轿车。她怔了片刻，明白了什么。沈青禾站直了身子，朝那辆黑色轿车敬了一个军礼。

　　夏继成坐在轿车里望着她，百感交集地笑了。

　　货车载着沈青禾，终于消失在树林深处。

　　耀东父母坐在天井里，心情愉快地给一条腌腊猪肉抹盐。顾耀东走到门口，听到父母兴高采烈地聊天，停下了脚步。

　　顾邦才："三阳南货店的咸肉，我好不容易托关系弄到一根，花了大价钱的！"

耀东母亲："看着是不错，油光水滑的。收拾好了就晒到楼顶去。"

顾邦才："楼顶怎么敢放心呀？就晒天井里，我天天看着，免得被耗子啃了你又要哭天喊地。等耀东和青禾办婚事的时候，这是要拿出来撑场子的宝贝。"

赵志勇从外面回来，见顾耀东默默地站在家门口，他也停下了脚步。

耀东父母仍旧在叽叽喳喳憧憬着未来。

"这两个孩子好得来蜜里调油，我看也该给他们张罗婚事了。"

"新房就用耀东那间屋，把小床换成双人床。"

"墙一定要再粉刷一遍，这个钱不能省的。"

顾耀东转身离开了。赵志勇默默地望着他离开，什么也没说。

那间广玉兰树下的小饭馆生意越发萧条了。桌椅凳子都堆在了墙角。屋里只放了一张桌子。夏继成和顾耀东坐在桌前，桌上放了一锅清粥，一碟咸菜。

钟百鸣被关进宪兵队了，但是关不了太久。后天就是约定的发报时间，也许是最后的机会了。夏继成决定将手摇式发报机换成大功率发报机，保证信号强度，唯一的问题是容易被监测定位。最后两个人同时想到了一个办法——移动发报。警局的电子侦察车上有电力设备，正好满足条件。

夏继成不紧不慢地喝着稀粥："背上的伤怎么样了？"

顾耀东知道他的意思，不假思索地说道："我能参加行动。"

"好。星期三上午十点，你想办法把一辆侦察车开到大沽路139弄弄口，我和周明佩在那儿等你。"

"我会准时到。"

过了片刻，顾耀东又问道："处长，你怪我吗？"

"怪你什么？"

"没有保护好青禾。"

"别什么事都往自己身上揽。"

"当年救了青禾的人，是你，对不对？"

夏继成坦然地说："对。"

"在苏联带她走上这条路的人也是你。你把她从深渊拉上来，但是我差点把她弄丢了。"

"一个人有一个人的命运。顾耀东，知道我为什么要把青禾托付给你吗？因为你是一个底色干净的人。你小时候叫顾耀东，长大了叫顾耀东，以后还叫顾耀东。你在福安弄出生、长大，你有父母、姐姐，有邻居。每一步都清清楚楚，干干净净。只有和你在一起，她才能像普通人一样生活。"

"这是你对她的希望？"

"对。我希望等到胜利那天，她可以像大街上所有年轻女孩一样，喜欢逛街就去逛，想穿裙子就穿，不高兴了就痛痛快快吵一架，心里有秘密也不用藏。这些我从来没对她讲过，这是我的愿望，也是我的私心。"

"以前我也以为，我和她会等到这一天。但是今天送她离开，忽然觉得好像一切又回到原点了。两年前，我们从不同的起点走到了亭子间，现在重新出发，未来路上还会不会再遇见，我不知道。"

夏继成用筷子在圆形的咸菜碟子上画圈。

"你在这一头，她在那一头，就算起点不一样又怎么样？转一个圈还不是会遇见。"

离开时，老板娘照例给了他们一袋小鱼干："夏先生，你远道回来，本来应该给你做顿好吃的。可是实在没办法，现在大家日子都不好过，好多人都去海潮寺施粥所吃救济饭了。过了今天，我也打算关门不做了。"

夏继成给了她一些美金，老板娘惊讶道："就是一锅清汤寡水，哪里要得了这么多？"

"生意的事不用担心，情况很快会好起来的，你的小店肯定也能重新开起来。这就当是我预支的饭钱。"

老板娘笑着："那就借您吉言吧。谢谢了呀。"

夏继成把小鱼干倒在角落。那只野猫很快跑了过来，津津有味地吃起来。

走在夜晚的街上，顾耀东感慨地问道："处长，你也在那个咸菜碟子上，对不对？"

夏继成装傻："什么意思？"

"就算你将来又离开上海了，转来转去，我们也还是会遇见！"

夏继成"啪"地拍了下他的脑袋："我能跟你们一样吗？咸菜碟子那么小，我是处长，起码得在那口大锅上吧？"

顾耀东释然地笑了。路灯下是二人长长的身影。

赵志勇刚到警局，一名警卫就走了过来："赵队长，里面有人在等您。"

"什么人？"

"说是您老家过来的，等一上午了。"

赵志勇匆匆到楼外，只见一名村夫打扮的中年男人蹲在地上，抽着烟袋。

"赵大伯，你怎么蹲在这儿，进去坐着等我啊！"

"要不是看在一个村子，又都姓赵的分上，我都懒得跑这一趟来找你！就在这儿说吧。"赵大伯起身，从衣服里掏出一张汇款单给他，"这是你往家里寄的美金。交你手上，我就回去了。"

"这是寄给我妈看病吃药的钱，给我干什么？"

"人都没了，还吃什么药？"

赵志勇愣住了："什么意思？什么叫没了？"

"你不知道她半个月前就已经不在了呀？三番五次给你写信，让你回去见一面，你就是不吭声！她走的时候身边一个人都没有，悄没声息就断气了。全靠村里几个好心人凑了点钱，草草埋了。志勇啊，你妈妈就不该带你来这大城市。城里待得久了，眼睛看花了，心也凉了。"

赵志勇失魂落魄地从抽屉里拿出钟百鸣给他的那封信。那时候太相信钟百鸣的话，没有仔细看信上的日期。现在他才看清，这已经是一个多月前的来信。

他去了钟百鸣的办公室，钟百鸣还关在宪兵队，办公室里没有人。抽屉上了锁。他拿起桌上的台灯就用灯座砸掉了锁。拉开抽屉，里面果然还有几个信封，收信人都是"赵志勇"。他把所有的信都取了出来，一张张展开，按照日期排好。钟百鸣交给他的这一封关于需要钱治病的信，是放在倒数第三的位置。后面还有两封信，一封是"母病重，盼速回"，最后一封，是"母病故"。

赵志勇拿着所有信离开了办公室。

"赵队长，今天还巡逻吗?"几名刑一处警员经过。

赵志勇失神地："什么?"

"今天轮到一处例行巡逻，都在等你安排。"

"哦……"他好像听见了，又好像没听见，恍恍惚惚地走开了。

"一处在这边！你去哪儿?"

赵志勇依然头也不回地往前走，迎头撞上两名警员，手里有两封信掉在了地上，他似乎完全没有察觉，继续朝前走了。

几名刑一处警员议论着。

"什么意思? 聋了一样。"

"他把钟副局长坑了，可能知道自己要滚蛋了吧?"

顾耀东在一旁看见这一幕，捡起了两封信追了过去。

"赵警官?"

赵志勇没听见。

"你的信，刚刚掉在……"

忽然，赵志勇扶着楼梯扶手踉跄着蹲了下去，他咬着胳膊，发出沉闷的啜泣声。顾耀东怔怔地看着他的好朋友就这样蜷缩在楼梯上，像个小孩子一样再也控制不住地失声痛哭了起来。

赵母生前开的小面摊只剩了一个空架子，曾经热气腾腾的炉灶已经凉透了，地上倒着一两把撤店时没带走的椅子，一片人去楼空的凄凉。

赵志勇扶起一把破椅子坐下，抬头望去，周围高楼林立，华灯初上。这个破旧的小面摊处在繁华都市的最底层，幽暗而逼仄。

顾耀东默默地站在一旁。两个人就这样望着夜空，望了很久。

赵志勇："住在你家这段时间，我去过好几次晒台。从那儿看夜晚的上海，特别漂亮。我第一次知道，上海的夜晚还可以是那样的。我和我妈妈，只能从这个小面摊看这座城市。抬头是五光十色的霓虹灯，低下头，就是揉不完的面粉，洗不完的碗，头顶的繁华永远不属于我们。"

顾耀东："其实进警察局以后，我也在学着从其他人眼里看这个世界。"

"像杨一学那样的人？"

"很多很多，杨一学，齐副局长，肖警官，还有你。"

"刚进警局的时候，我也想过要匡扶正义，保护百姓。可是真正遇到比我还弱小的人向我求助，我才发现自己根本帮不上他们，就像杨一学。如果你真的试过从我的眼里去看这个世界，你应该能理解我做的一切。"

顾耀东心情复杂地看了看他，又望向远处："也许每个人能坚守的东西是有限的，但是该坚守的地方，不能退让。到现在我还是这么想。"

赵志勇笑了，说不清是失望，还是羡慕，"夏继成曾经说过，有时候我和你很像，单纯，善良。但我们始终是两类人。你比我更坦荡，更磊落。其实我也试过从你的眼里去看这个世界，想知道为什么你能比我坦荡和磊落。今天站在这里，我突然明白了。因为你比我幸运。你在上海有家，有爱你的父母和姐姐，有不错的经济条件。耀东啊，如果我也生在那样的环境，我也会和你一样的，也许会做得比你更好。"说完这些，他长舒了一口气，似乎把一切都放下了，"不过现在明不明白都无所谓了。坚持了这么久，到最后想留住的还是没留住。我妈走了，我也算解脱了。"赵志勇从兜里拿出钥匙给他，"这是你家里的门钥匙。明天我就搬出去。"

"搬到哪儿去？"

"来顾家不是因为我没地方住，你肯定也猜到了。不过现在我是真的打算回淮安了。我现在特别想我妈妈，想回家。"

赵志勇起身离开，走了两步停下来："耀东，有个问题，我想听一句实话。那天你去码头买灸条，让我误会是磺胺粉。是故意的吗？"

顾耀东纠结着，最终还是选择了隐瞒真相："我不知道你在附近。"

这似乎是意料之中的答案，赵志勇笑了笑："不管你是什么人，钟百鸣已经认定你是共党了。听我的，别再回警局了。"

顾耀东沉默了很久，抬头望向小面摊上方那块被挤压在高楼之间的狭窄夜空，百感交集。

星期三。这注定是不平凡的一天。

顾耀东像往常一样坐在办公室，做着无关紧要的事。到了上午九点三十分，他起身离开了刑二处。

几乎前后只相隔了十来秒，赵志勇也从刑一处出来了。他拿着辞呈去找齐升平，看见顾耀东朝楼上走去，倒也没在意。

顾耀东去了电讯室隔壁的休息室，熟练地用铁丝开门进了屋。墙上并排挂着几件警员的警服外套。顾耀东摸出衣兜里的证件，选了其中一本照片和自己比较接近的，揣进了兜里。

因为田副署长的斡旋，钟百鸣从宪兵队放出来了。九点四十分，他已经到了警局楼下。

赵志勇在齐升平办公室门口遇到方秘书出来，对方说齐升平不在，可能今天都回不来，不过钟副局长马上就回来了，有事找他也一样。

赵志勇很诧异："他放出来了？"

"对啊，我一早就接到宪兵队的电话。估计这会儿人已经到警局了。"

"最后给他定了什么罪？"

方秘书笑着拍了拍他的肩膀："你别担心，什么罪也没定。说到底也就是一场误会，夏监察官也不好太较真。"

"那处分呢？处分也没有吗？"

"钟副局长上头有人，处分？拖着吧，时间长了，可能就不了了之了。"

失望，愤怒，还有一直压抑在心底的怨恨让赵志勇情绪失控了。他转身就朝钟百鸣办公室走去。刚到楼梯口，就看见钟百鸣带着郑新和几名警员气势汹汹去了刑二处。

"顾耀东呢?!"

李队长："刚刚还在。"

钟百鸣扫视了一圈，转过身，冷冷地对一众警员下了命令："搜。"

赵志勇想起刚刚看见顾耀东去了楼上，于是赶紧跑上楼，一层一层焦急地找他。

顾耀东从电讯休息室闪身出来，刚要下楼，下面忽然传来杂乱的脚步声。钟百鸣已经带人搜上来了。

他立刻朝楼上跑去，冲上天台，四处寻找可以脱身的地方。

就在这时，突然有人喊道："顾耀东。"

他猛一回头，只见赵志勇一个人站在那里。

"我跟你说过，不要再来警局。"

"我是警察，回警局来不是很正常吗？"

赵志勇忽然吼了起来："跟你说了不要回警局为什么还要回来？你就听我一次不行吗？"

顾耀东依然很平静："我还有事情没做完。"

"什么事？"

沉默。

"我看见你从电讯室出来了。你到底在干什么？"

"赵警官，回淮安吧。别管警局里的事了。"说罢顾耀东转身就要从天台翻出去。

"别动。"赵志勇一手用枪指着他，一手反锁了从楼梯通往天台的铁门："我今天是来递辞呈的。要走了，我就想要一句实话。我想知我在警局唯一把他当成朋友的人，到底是什么人……把衣服脱了。"

顾耀东默默看着他。在他的后腰，同样别着一把手枪。最简单的办法就是把枪拔出来直接朝赵志勇开枪，以他现在的能力，也许赵志勇还没反应过来就倒在地上了。然而最后他还是选择了脱掉衣服。

"转过去！"

顾耀东转过身子。背上的伤疤清晰可见。

"真的是你。"赵志勇拿枪的手在颤抖，"你真的是共党。"

楼梯间里传来急促的脚步声，有人在推门。

顾耀东默默穿上了衣服。赵志勇用枪指着他，煎熬着，纠结着。

钟百鸣已经追到了天台铁门外，他一枪崩掉门锁，带人冲了进来。

天台上只有赵志勇一个人。

郑新和几名警员分散到平台各处搜查。

赵志勇："副局长，我正在找你。过了今天我就不当警察了。有些问题我要问你。"

钟百鸣对他已是厌恶至极："顾耀东刚刚是不是在这儿？"

依旧是沉默。

钟百鸣趴在天台边朝下望去，十层高楼，下面什么也没有。他回头看着赵志勇，轻蔑而唾弃地："你知道窝藏共党是什么后果，先掂量掂量自己的分量。"

"锁在抽屉里的那些信，你一句话都不想跟我解释吗？"

"跟你有什么可解释的！"

"我做那么多，不过就是想让我妈活下去。我要的真的不多。为什么连她去世的消息也要瞒着？"

钟百鸣冷笑："这应该怪你的好兄弟顾耀东啊。要不是为了抓他，我也用不着逼你留下来。"

"我妈咽气的时候，身边一个人都没有。"

"那是你自己的事。"钟百鸣不想再浪费时间，转身就要下楼，没想到赵志勇一把拉住了他。钟百鸣很是意外。

"松手。"

"你是个魔鬼，你想把我也变成魔鬼。"

钟百鸣拎着赵志勇的衣领，将他推到了平台边："虽然我要抓的人是顾耀东，我恨不得杀了他，但是在我眼里你还不如他。像你这种人，谁都可以踩在脚底下。你那个卖面条的妈妈也是一样！"

钟百鸣狠狠推开了他。赵志勇已经完全失去了理智，就在钟百鸣转身要走时，他红着眼睛扑上了上去……

在钟百鸣追上天台时，顾耀东就已经沿着外墙水管从天台翻进了顶楼房间。他匆匆从十楼下到一楼，沿着光线阴暗的通道朝停放侦讯车的车库快步走去。

忽然，身后轰然一声巨响。顾耀东猛地停住脚步，回头望去。

阴暗走廊的尽头，是明亮的院子。赵志勇趴在地上，明晃晃的阳光照下来却是格外冰凉。血渐渐从他身下蔓延出来。顾耀东怔怔地看着他。这一刹那，全世界的声音都消失了，他只听见嗡嗡作响的耳鸣。

院子里，警员们从四处围了上来，停止了呼吸的赵志勇渐渐被挡在杂乱的人影后。警员们惊恐、慌乱地大声叫嚷着，奔走着。

十点整，到了侦察车换班的时间。顾耀东红着眼睛混在换班警员中上了其中一辆，出示了偷来的证件。侦察车驶出了警局，他回头望着十层高的警局大楼，直到车子开出大门，那栋大楼渐渐消失在他的视野中。

侦察车顺利停在了大沽路 139 弄弄口。

警委行动队立刻围上来，控制了车上全部警员。

车厢内电子仪器和监听耳机等电子设备一应俱全。周明佩上车后，打开手提箱，迅速准备发报机，安装线圈，架设发射器，并用电线连接了发报机和车上仪器的电源。

夏继成扯掉了连接车顶天线和车内仪器的电线，对顾耀东说："你负责开车，我们在后面发报。电报内容很长，大概需要四十分钟。"

顾耀东应声跳上了驾驶座。

电讯室很快侦测到有人在大沽路一带发报。

钟百鸣带队赶到大沽路路口时，报信的电子侦察车正停在路边。

负责监听的警员赶紧放下耳机："报告副局长，之前我们定位到信号在这一带，但是我们刚到信号就消失了。"

警员们搜查完了周围民居，从四周跑回来。

"报告，屋里没有发现电台。"

车上另一名警员放下耳机喊道："报告，另外一辆侦察车在长乐路发现信号！"

钟百鸣又迅速赶到长乐路，但是同样一无所获。

就在这时，街上巡逻的另外两辆侦察车也从别的地方赶了过来。

车上分别下来两名警员，其中一人问道："怎么回事，我们追着信号到处跑，一会儿强一会儿弱，发报机就跟长了腿在跑一样。"

另一人说道："我们遇到的情况一样，刚才追过来的时候信号还很强。"

钟百鸣心里一惊，冲过去戴上耳机，听见里面的滴滴声时大时小，同时，仪器上的信号灯闪烁时快时慢。这说明信号的位置在变化，离自己时远时近。

钟百鸣望着窗外街上经过的汽车，低声问道："有没有可能，有人在车上发报？"

"手摇式或者自带电池的发报机倒是可以，但是它们功率都不大。这么强的信号，应该是要插电线的大功率发报机。"

钟百鸣的视线停在了一旁的电子仪器上，他顺着电线摸下去，最终视线停留在电源上。

"一共有几辆侦察车？"

"六辆。"

"马上呼叫另外五辆过来集合。"

迎面而来两辆电子侦察车，朝和顾耀东相反的方向开去。擦身而过时，开车的警员还使劲朝顾耀东挥手，示意他掉头。

对方远离后，顾耀东打开连通后车厢的窗户玻璃："他们可能在集合了。"

夏继成看了眼手表："电报还需要二十分钟，继续兜圈子。"

"知道了。"

夏继成继续口述情报，周明佩全神贯注地发报，外界的一切似乎都对她没有任何干扰。

五辆侦察车在钟百鸣所在的位置集合。

"报告！3号车没来！"

"马上通知各分局，追捕3号侦察车！"

迎面而来的警车一个急转弯掉头，跟上了顾耀东的侦察车。与此同时，分布在各条街上的警车陆续得到消息，纷纷朝一个方向追去。

很快，顾耀东车后的追捕者，就从一辆变成了一队。

钟百鸣坐在其中一辆侦察车上，指示灯快速闪动着。

"报告！信号强度非常大，而且很稳定！可以确定就是前面这辆3号侦察车！"

钟百鸣对郑新说道："你到复兴中路东口高位。通知黄浦分局，堵住复兴中路支路出口，把目标往东口逼，在东口设卡。"

郑新拎着枪械箱跳下车，上了随后跟来的一辆警车，拐进了小路。

顾耀东油门踩到底，警车和侦察车追上来左右包抄，子弹打在车身上乒乓作响。

枪林弹雨中，周明佩面不改色地继续发报，夏继成隐蔽在窗口后，一边清晰地口述情报，一边朝车外开枪还击："顾祝同在徐州召集刘峙、邱清泉、黄百韬、李弥，确定部署按第一案，主力沿津浦路排开……"

就在追捕车队越发庞大之际，警委的车队横空插入。它们挤开了敌人的车，像护卫队一样守在顾耀东的侦察车两侧。

分局警察已经用沙袋堵死了主路两侧的小路出口，并在主路尽头设好了关卡，数支枪口对准即将来车的方向。郑新也已经在高楼顶部就位，用步枪瞄准了街上。

车队从远处冲了过来。

郑新瞄准了挡在3号侦察车前面的两辆警委卡车，两声枪响，两名司机分别中枪，卡车冲向了路边。

眼看顾耀东的侦察车暴露在了狙击手的视野范围里，老董一脚油门冲到前面，用他的车掩护住了顾耀东。另外两辆警委卡车也随之冲上来，继续护卫在侦察车两侧。

前面就是关卡，二十多名警员躲在警车后，齐刷刷用枪口指向来车方向。

老董已经做好了冲关卡的准备，也许是因为默契，也许是因为同样抱着殊死一战的决心，后面所有的警委卡车都冲了上来，和老董形成一排并肩作战。

郑新的子弹穿透玻璃击中了老董的肩膀。他踩死油门，带领警委车队冲向关卡，在猛烈的交火和冲撞中，关卡被警委车队冲开了一条血路。

顾耀东红着眼睛，死死踩着油门冲过了关卡。

老董的卡车撞停在路边，数名警察围了上来。然而他已经身中数枪，牺牲在了驾驶座上。

前面就快到苏州河了。那一带原来有很多纺织厂和机械厂，现在都破了产，附近居民逃荒也跑得差不多了，几乎就是一座空城。

钟百鸣坐在侦察车上，用笔在地图上画出了一个螺旋形，从外向内旋转，最终停在一个点。

"通知分局人员，路口设卡，把目标车辆逼到苏州河边的工厂区，然后缩紧包围圈，在纺织厂这个死角集中所有火力。"

顾耀东的侦察车被逼进了工厂区。

后有追兵不断开枪，子弹打穿侦察车，击中了周明佩的手臂。夏继成一边迅速朝后车还击，一边问周明佩："剩下的电报内容，记住了吗?"

"记住了。"

"需要多长时间发完?"

周明佩很镇定，她撕下衣服，快速给自己包扎："速度会受点影响，十分钟吧。"

夏继成看见远处路边有一面巨大的广告牌："顾耀东，看见前面的广告牌了吗? 把它撞断挡住后面的车，然后你带周明佩下车。附近很多工厂已经荒废了，但是电路还在，剩下的电报交给你们。"

"必须下车吗?"

"工厂区很多断头路，钟百鸣把路堵成了一个螺旋圈，不超过五分钟我们就会绕到死路被逼停。"

"那你怎么脱身?"

"你们只管把剩下的电报发完。其他事我负责。"

顾耀东准确撞断广告牌，倒在路上形成路障。一辆警车避之不及撞了上来，彻底堵住了路。后面的警车只得停下来清除路障。

拐进小路后，夏继成扶着周明佩下车，将她和发报机交到了顾耀东手中。

"不惜一切代价。明白吗?"

"明白! 处长，一会儿见!"

跳上侦察车前，夏继成拍了一下顾耀东的警帽: "一会儿见。"

在另一条小路尽头，郑新看到了这一幕。他拿着步枪悄悄下了车。

工厂里破败荒凉，到处是逃荒后留下的空置厂房。

很快，顾耀东在一台大型机器后找到了电源。周明佩迅速躲到机器背后的隐蔽位置，忍着枪伤剧痛继续发报。

就在这时，周围传来轻微的响动。顾耀东立刻警惕起来。厂房有两层楼，底层是大型机器，二楼是一圈走廊。他拿着枪躲在机器后，屏气凝神寻找着可能隐藏在暗处的敌人。

与此同时，郑新的瞄准器也对准了露出小半个身子的顾耀东。

就在这时一声枪响，郑新中枪，翻出二楼栏杆摔了下来。顾耀东立刻又补了一枪，郑新当场毙命。

他转头望去，开枪的是周明佩。

周明佩: "这儿交给我。你赶紧去支援老夏。"

顾耀东从郑新身上摸出车钥匙，望着周明佩，有些犹豫。

"还傻站着干什么? 知道你在担心他! 快去啊!"

顾耀东一咬牙，跳上郑新的车，一脚油门开走了。

夏继成独自驾驶侦察车朝前驶去。

前方已经是死路，路的尽头是纺织厂，那里停着一队警车，还有钟百鸣的侦察车。所有警员已经就位，数支枪口准对了夏继成。

后面清除完路障的警车也追了上来。

前面是死路，后面是追兵，路两侧没有出口。夏继成的目光停在了前方路边的加油站。

"准备——"眼看钟百鸣就要下令开枪扫射。

忽然之间，夏继成猛打方向盘挤着侧面的警车冲进了加油站。警车翻滚着砸向了加油桩，汽油从加油桩底部汩汩地冒了出来……

顾耀东开着郑新的车赶来，刚跳下车，前面轰然一声巨响，火光冲天。巨大的冲击力扑面而来，将他掀翻在地。

钟百鸣望着眼前的火海，以为发报机和发报员都化成了灰烬，一切都结束了。然而就在这时，周围的声音仿佛在一瞬间都消失了，只剩下侦察车里的仪器以缓慢的频率，发出一声声刺耳的"滴——滴——"

他死死盯着闪烁的指示灯，走到侦察车前，拿起耳机，果然，里面依旧可以清晰地听见天线捕捉到的信号声，那台移动的发报机依旧在发报。

他气急败坏地扔掉耳机，从车里抓起电话，正要通知增派人手继续抓捕，一声清脆的枪响，电话滑落了。开枪的人是顾耀东。又是几声枪响，钟百鸣倒地身亡。

电子察讯车里的指示灯，在片刻后，也最终停止了闪动。

工厂里寂静无声。周明佩摘下耳机，关掉了发报机电源。在无数人的前仆后继中，那份对淮海战役起到巨大作用的密电终于完整地发往了中央。

顾耀东拿着枪，默默朝远处走去。身后是钟百鸣的尸体。再远处，是熊熊燃烧的大火……

警局庆功会上，齐升平站在台上春风得意。

"钟副局长在追捕共党白桦小组的行动中，临危不惧，英勇殉职，在此表达我们的缅怀之情……"

齐升平嘴上说着悼词，却没有丝毫悲伤的意味。台下警员也热烈鼓着掌。只有刑二处的五个人，沉默不语。

齐升平哼着曲子回了办公室。段局长在浙江省政府已经正式上任了。最迟下个月，警局局长的任命书就会下来了。钟百鸣死了，除了自己这个常务副局长，局里不会再有其他人选。

方秘书一路跟在屁股后面奉承着："副局长，我们也该准备准备了。您看……用不用提前把局长办公室重新布置一下？"

"依你看呢？"

"我觉得全部翻新一遍都不为过啊！那个墙纸早就发黄了，应该换。新局长，新气象嘛！"

"行啊，你想换就换。"齐升平今天格外大方，"还有那个窗帘，我每次去都觉得暗沉沉的，花纹好像太老式了。"

"我马上叫人量尺寸，去布行订做一副新的。"方秘书拿出笔记本，"我都记下来，叫人一条一条照着办。窗帘您喜欢什么颜色？"

"蓝色吧。蓝色低调，看着也心情愉悦。"

方秘书赶紧写下来。

"地毯也叫总务处换了，这么多人踩来踩去，时间也长了，总觉得有股霉味。"

"没问题。"

这时候，电话响了。

"喂？"电话里是唐总署长，齐升平赶紧一个立正，"是，刚刚给钟副局长开完追悼会，感慨万千啊。大家都在尽力平复情绪。我一定做好善后工作……什么通知？我没有接到您说的通知啊……是吗……"齐升平的神情渐渐从诧异变成了失落，"不会不会，大局为重，我个人服从安排。新任局长上任后，我一定督促全体官佐员警配合工作。是！"

挂了电话，刚刚的春风得意也荡然无存了。

李队长递了辞呈，打算和家人去乡下老宅住一段时间。从警局出来时，他已经换了便装。门口小货车上载着满满的行李。李太太站在车边等他。

小喇叭："队长，您真不回警局了？"

"干了大半辈子，这个警察，我算是当够了。警局里熟悉的人，都走得差不多了，我也该告老还乡啦。"

肖大头："就算不当队长了，也不至于要离开上海啊。"

"二女儿在苏州生了孩子，我这个当外公的一共也就看过一眼。再不去，外孙怕是要不认得我啦。"他从车上拿了一个口袋下来，拿出四条围巾，给了四人一人一条，"也没什么东西留给你们。空闲时候织的小玩意儿，冷的时候随便戴戴吧。"

李队长给于胖子戴上，发现围巾有点短。

于胖子尴尬地笑着："脖子肉多，短了点。"

李队长："这年头身上还能有肉，你也是有福气的人。"

最后，他给顾耀东戴上围巾。

顾耀东："队长，以后还回上海来吗？"

李队长笑着说："年纪大了，很多事情，随遇而安，顺其自然吧。耀东啊，你也是一样，顺其自然吧。"

小货车开走了。警局门口，刑二处只剩下他们四个人。

顾耀东去了齐升平办公室。齐升平背着手站在窗边，望着外面，脸上看不出喜怒。

"齐副局长，您找我？"

"坐吧。随便聊聊。"

顾耀东在沙发坐下。

齐升平依然站在窗边："依你看，那辆侦察车上炸死的，是什么人？"

"有人说看见是夏处长。我不相信。"

"不相信他是白桦，还是不相信他死了？"

"都有。"

齐升平从窗边走了过来，慢悠悠地从顾耀东身后走过。

"警局核查了爆炸现场的所有尸体，支离破碎，面目全非啊。谁也不敢说其中一个就是夏继成。但是从国防部监察局传来的消息，夏继成没有回南京。这个人彻底失踪了。"

片刻的沉默。

顾耀东听见身后"咔嚓"一声，什么东西抵住了他后背。他微微回头看了一眼，只见齐升平用枪指着自己。

"钟百鸣追捕发报员的时候，你在什么地方？"

"那天上午赵志勇出事，我心情不好，所以提前离开警局了。"

"去了什么地方？"

"当时太难过，所以在街上漫无目的地走，具体去过什么地方，确实不记得了。"

"也就是没有证人。"

"没有。"

"顾警官，不要在刀尖上耍小聪明。你可能不知道。有人说，看见你也在那辆侦察车上出现过。"顾耀东哑然，正想着说辞，齐升平忽然笑着收起了枪，"如果是昨天，我一定会把你送进法察处。不过现在我改变想法了。有的时候，人还要学会变通。一条路既然不能再'进'，就要早做'退'的打算。"

"副局长，您把我弄糊涂了。"

"警局要空降一名新局长，姓毛。毛局长。听说了吗？"

顾耀东故作惊讶："是吗？我们都以为钟副局长殉职，您就是……"

齐升平摆了摆手，示意他不用再说了："冠冕堂皇的客套话就免了吧，听着尴尬。钟百鸣和夏继成的事，以后我不会再提，这件事就算过去了。但是，如果有一天上海改姓'共'，希望你记得我今天放过你一马。"

"副局长，您开这个玩笑，我怕是要整晚都睡不着觉了。"

齐升平意味深长地笑了笑："这些话可以当作玩笑，但沈青禾的事，总不是玩笑吧？"他从办公桌里拿出一个档案袋，递给顾耀东，"这是钟百鸣调查沈青禾的全部材料。毕竟我和沈小姐也有这么多年交情，她又是你的未婚妻。我权当相信她手里这些磺胺粉只是为了赚钱。钟副局长殉职，只要我不提，以后没有人会再追究。"

"谢谢您对青禾的信任。"

"说这些，只是想告诉你，我们现在不是敌人，将来，也是可以成为朋友的。"

顾耀东心情复杂地看着他，接过了档案袋。

一九四九年一月，一个清冷的上午，顾耀东坐在那间雨田照相馆，和岳老板一起小声听着收音机。

　　"淮海战役是目前为止，我军歼灭敌人数量最多、政治影响最大、战争模式最复杂的战役……"

　　"我们感谢英勇作战的我军将士，感谢几百万支前的民工，更感谢那些在隐蔽战线上英勇牺牲的同志们！"

　　…………

　　警局里依然没有夏继成的消息。爆炸现场发现了很多尸体，但是大部分都面目全非，连一件完整的衣服都找不到。警局派了大队人马搜寻夏继成的下落，还是一无所获。

　　他的生死，成了一个谜。

　　但是顾耀东知道，他是白桦，他一定在某个地方，一定还活着。

35

转眼到了五月，又是法桐争相吐绿的春天了。

福安弄外的报摊上，很多人在争相购买报纸。

报摊老板高喊着："五月二十二日最新消息！共产党攻占南昌！国民党公报承认，与长江接口的前线要地浏河已经撤空！"

顾邦才一个人站在家门口，望着弄堂里的光景。任伯伯依然抱着二喵坐在家门口听收音机。曹先生家门口停着一辆小货车，一家三口正在搬家。他儿子如今大学毕业了，正是顾耀东那年去警局报到的年纪。比起当年参加游行时青涩的样子，如今稳重温和了许多。

顾邦才大声招呼道："曹先生！这就走啦？"

"走啦，走啦！"曹先生走过来，压低声音说道，"听说共产党把天津管得有声有色，对老百姓很不错，反正儿子在那边找了份差事，我和他妈妈就打算一起过去，过过安稳日子。"

顾邦才有些心酸地笑了笑。路灯下那张下象棋的桌子，以前总是热热闹闹围一群人，如今已经落满灰尘。

饭桌上，顾邦才说起曹先生一家人要搬家的事情。

耀东母亲："真去天津呀？"

"他有亲戚在天津开了个小工厂，打算让他儿子去做事。一家人就干脆都过去投靠了。"

顾耀东："还回来吗？"

顾邦才："肯定会的。共产党能把天津搞好，将来上海一定也会好的。"

耀东母亲："我反正哪儿也不去。"

顾邦才："我们当然坚守福安弄。国民政府把上海搞成这样，早该完蛋了。再熬一熬，好日子马上就要来了。"

顾悦西："多多爸爸从航运公司辞职了，以后不想出海到处跑了，免得一家人总分开。"

顾耀东："姐夫打算换到哪儿工作？"

"还不知道，现在乱哄哄的，只能慢慢找。不过我和多多得搬回去住了。"

耀东母亲："也是好事。都是成了家的人，也该好好经营自己的小家了。"

顾悦西："青禾什么时候回上海？"

顾耀东："她托人带过话，说是今天就能有消息。我们约好下午通个电话。"

耀东母亲："那婚事呢？打算什么时候办？"

顾耀东有些回避："现在这么乱，等外面安定一些再说吧。"

耀东母亲："我知道，夏处长出了事你心里一直难过。但是事情都过去半年了，你也要往前看。"

顾耀东笑了笑，没说什么。

耀东母亲："我看择日不如撞日，今天去照相馆，顺道把你们的结婚照样式一起选了！等青禾回来，你们直接就去拍照。"

钟百鸣死了，警局内部对于沈青禾的一切调查都停止了。这是齐升平自保的筹码。两天前，沈青禾得到警委新任书记的批准得以返回上海。但顾耀东隐隐觉得，这也许会是又一次更久的告别。

沈青禾剪了齐耳短发，穿着旗袍，看起来比以前更清瘦了。她独自去了凤鸣

792

茶楼，和一名陌生的警委联络员见面。

联络员："玉晨同志，上级让我来传达你的新任务。"

沈青禾充满期待地看着他。南昌已经解放了，不出意外下一个就是上海。哪怕还不能恢复"沈青禾"的身份，但至少，也许，她可以用"王玉晨"的身份留在上海，和顾耀东一起迎接解放。

"蒋介石已经调令胡宗南的主要部队集结西南地区，企图以川、康、云、贵为根据地，以重庆为据点，做最后挣扎。战争的重点已经转到大西南了。考虑到你父亲曾经和刘文辉是挚友，上级希望你能前往成都，参与策动川康起义的工作。"

沈青禾愣住了："去成都……那顾耀东呢？"

"上海解放已经是大势所趋。重建警察体系将会是接管城市以后最迫切的任务。我们需要像顾耀东这样的同志来参与重建。他现在的任务就是坚守岗位，保存实力，等待解放。"

"就是说，我们还是要分开执行任务……"她怔怔地呢喃着。

"对。但是否执行这项任务，最终由你决定。"

沉默片刻，沈青禾笑着说："我随时做好出发的准备。"

他交给沈青禾一本证件："那好，这是你的新证件。"

沈青禾翻开一看，上面的名字是"蔚青未"。

"用你的真名执行这次任务，也是上级慎重考虑后的决定。你是蔚家唯一的后人，相信你父亲和刘文辉的特殊关系，能帮助你尽快在那边落脚。"

"什么时候出发？"

"不出意外的话，就在上海解放那天。"

"走之前，我能和顾耀东见一面吗？"

"'沈青禾'这个身份毕竟已经暴露了。你们见面，可能会给他带来危险。"

"知道了。"

"你到成都以后就是'蔚青未'了。出于安全考虑，在你离开上海的时候，关于'沈青禾'的一切档案都要抹掉。尤其是在顾家，不要留下任何能证实身份的东西。"

青禾当然会处理好一切，就像这个人从来没存在过一样。这不是她第一次执行这样的任务，只不过，这次比以往任何一次都更艰难。

顾家一家人去了照相馆，耀东父母和顾悦西、多多在里面轮番照相。顾耀东一个人等在照相馆外的公用电话亭里。过了片刻，电话响了。他迫不及待拿起了电话，电话那头是沈青禾久违的声音："是我。"

"顺利吗？"他忐忑而期待地问道。

沈青禾就站在街角的杂货铺，远远地，她能看见电话亭里的顾耀东。

"顺利。"

顾耀东松了口气："那就好。什么时候能回福安弄？"

照相馆里，顾悦西看见顾耀东在电话亭接电话，赶紧喊道："来了来了，青禾打电话来了！"

她一边说着一边兴冲冲地跑出去，一把拉开公用电话亭门："青禾什么时候……"话说一半，她才发现气氛不对——不仅是不对，是压抑得可怕。她默默关上门，回了照相馆里。

顾耀东死死攥着电话："一张照片也不能留下吗？那能告诉我你要离开多长时间吗？"

"也许一年，也许两三年。没有人知道答案。"

顾耀东长长地吸了一口气，望向天空。

"青禾，如果有一天我们脚下的每一寸土地都解放了，你不用再隐姓埋名，至少我要知道怎么找到你。"

"真的到了那一天，我一定会以沈青禾的身份重新回到你的生活里。"

"我可以不知道你要去哪儿，不知道你会变成什么人，但至少你要知道，我永远在福安弄等你。"

沈青禾红着眼睛笑了："一言为定。"

"一言为定……"

顾耀东咬着牙，准备挂掉电话。就在这时，耀东父母和顾悦西三个人忽然拉开电话亭门冲了进来。

耀东母亲一把抢过电话："青禾！青禾啊！我是妈妈啊！"

沈青禾正要挂电话，忽然听见电话里传出嘈杂的声音。她诧异地转头望去，远远地，她望见了在电话亭里挤作一团的顾家人。刹那间她的双眼涌满了泪水。她下意识地要挂掉电话，害怕那些再熟悉不过的声音会让自己好不容易坚定下来的决心彻底崩溃。然而电话里头不断地喊着："青禾？青禾！"

她终于还是将电话慢慢拿到了耳边。

耀东母亲抓着电话不肯松手，顾邦才和顾悦西争抢着电话，顾耀东则已经被三个人挤到了外面。

也不知电话那头有没有人在听，耀东母亲冲着电话一直说着："亭子间不会再租给别人了，你放心做你的事情，家里什么都不用担心！房子我每天都会打扫，你要是想家了就往楼下的电话亭打电话，在外面要是累了，不想做事了，你就回来……"

顾邦才想抢电话，怎么也抢不到，只能在旁边嚷嚷："哎呀，重点！讲重点呀！"

顾悦西一把抢过电话："青禾，我是姐姐啊！你什么时候想回来了就回来！家里不用担心，顾耀东你也不用担心！我会看着他好好吃饭睡觉，你一个人在外面也要好好吃饭睡觉，别舍不得钱，听见了吗？"

终于顾邦才抢到了电话："哎呀，你们都抓不住重点！还是我来讲！青禾，我是爸爸呀！你一个人在外面，要是遇见坏人，就报耀东的名字，人家一听他是警察就不敢欺负你，明白吗？还有啊，万一……"

沈青禾拿着电话，已是泪流满面，泣不成声。

暮色垂垂。顾耀东一个人站在晒台上，望着远处的城市，小声放着收音机。

战斗还没有结束，他的任务还没有完成。这里依然是需要他坚守的战场。

顾邦才走了过来，顾耀东关掉了收音机。

"青禾真的是要去香港？"

"嗯。她父母生前在香港留了一些产业。那时候青禾太小，一直由她父母的朋友在打理。最近刚刚联系上，他们希望物归原主，让她去接管。"

"将来还回上海吗?"

"也许吧。"

"那你们的事……就这么搁置了?"

顾耀东勉强挤出笑容："看缘分了。"

"那你自己呢?"

"我?"

"以前总想让你吃官饭，觉得体面。现在我算看清楚了，这大锅里的饭早就烂透了，不吃也罢。要是不想当警察了就辞职回来。"

顾耀东一脸傻笑："我不走。"

顾耀东去了户籍科。孔科长照例把这几天新登记的户籍给了他："你每天都来，半年了，到底在找什么人?"

顾耀东笑了笑："一个老朋友。"

"很重要的人吗?"

"是。很重要。"

"可能人家早就离开上海了呢?"

"我也不知道。只是感觉他有一天还会再出现。"

顾耀东翻完，将户籍簿还给他。

"还是没有吗?"

顾耀东摇了摇头。

"这恐怕是我能给你的最后一批户籍登记了。兵临城下，干完今天，我也要彻底告老还乡了。"

"谢谢你，孔科长。保重。"

齐升平在台上做战前动员，看起来慷慨激昂，大义凛然。台下虽然坐满了警员，但全都木讷沉闷，仿佛是一屋子摆设。

一回办公室，齐升平便开始匆匆收拾东西。

方秘书敲门进来："副局长，下午的动员会还是定在两点吗?"

"我有急事要出去，下午的会让周副局长主持吧!"

"周副局长也出去了。"

"那就随便谁，谁愿意主持谁就上台去主持!"

说罢，齐升平拿上外套和公文包，匆匆离开了警局。

刑二处仅剩的四名警员各自坐在座位上，没有人说话，气氛伤感而压抑。

门口几名警员匆匆忙忙跑过，其中一人敲着门喊道："二处的去武器科领枪!
马上要到外白渡桥支援防卫圈! 另外赶紧统计一下人数，交一份子弹申请表!"

二处的人无动于衷，似乎谁也没听见他的话。

小喇叭说："夏处长走了，李队长走了，赵志勇也走了。七个位子，现在空了
三个。"

四个人伤感地坐着，不知道该说什么。

过了片刻，小喇叭又说："去楼顶喝一杯吧。"

肖大头："行啊!"

于胖子："这时候了，哪儿还卖酒给你喝?"

小喇叭笑着从桌子下面拎出四瓶酒："我从家里带了。"

于胖子："但是去楼顶的通道好像已经锁了。"

顾耀东拿出一串钥匙："钥匙在我这里。"

另外三人笑了。

坐在十层楼高的天台上俯瞰这座城市，风景是不一样的。这里看不见人间悲
欢，看不见人间罪恶，于是很多的惆怅、郁结和愤怒，在这个更接近天空的地方
不自觉地消减了。

四个人坐在天台边，一人拿了只酒瓶，喝着酒，漫无边际地聊着天。

肖大头："今后你们打算怎么办?"

于胖子："你有打算吗？"

肖大头："我？呵呵，不知道，没想过。就我这个火爆脾气，除了当警察可能也干不了别的。"

顾耀东："肖警官，后悔来当警察吗？"

"不后悔。我十八岁进捕房，最好的青春都交付在这儿了。只是有点遗憾吧，生错了时代，没能成为我曾经想成为的那种警察。"

"也许以后还会有机会的。"

"不可能啦。早不是年少轻狂的肖德荣了。青春不再，梦想也死在这儿了。"

于胖子："我跟你不一样。其实我根本就不想当警察，从来就不想。我没什么本事，也没什么大理想，就想当个普通人，开个小饭馆，每天炒炒菜，赚点小钱，跟老婆孩子过好小日子。"

小喇叭："你开饭馆，可能会自己把自己吃破产吧？"

两人依然像从前一样开着玩笑，嘻嘻哈哈，只是笑容里多了一丝感伤。

肖大头："小喇叭，你呢？"

正在笑闹的小喇叭忽然沉寂了下来。

"我要结婚了。"他轻声说道。

诧异，接着是激动和欣喜。

于胖子给了他一拳："行啊你！什么时候都到这一步了！居然一直保密！"

小喇叭难以启齿："是在台湾。"

三个人愣住了。

"对不起……她是一个演员，剧团和那些看戏打赏的官太太都要走了，她要演戏也不得不跟着过去。其实我想跟你们在一起。可我一个人这么多年了，好不容易遇上一个喜欢的女孩子也喜欢我，我是真心想跟她结婚。"小喇叭说得特别难过。

顾耀东："这是喜事，大喜事，恭喜你。"

于胖子："你的喜酒我们是喝不上了。这顿就算是提前祝贺吧。"

小喇叭："其实如果你们想一起去台湾，今天晚上就有船。"

于胖子："怎么去？一张船票十多条金子呢。"

小喇叭满怀期待地说："我有个亲戚在船上的炊事房做事。我都问好了！只要进了码头，他能把我们几个人都塞进炊事房，一起过去！从警局里搞到通行证还是很容易的！"

于胖子笑了笑，没说话。四人沉默地喝酒。

肖大头："你呢大学生，今后什么打算？"

顾耀东："留在上海。"

"还当警察？"

"也许会吧。"

"如果将来是共产党的天下呢？"

"不管谁执政，我相信警察的职责是一样的。"

肖大头看了他片刻："顾耀东，跟当年刚来警局的时候相比，你好像一点没变，又好像变了很多。"

"但是有的东西永远不会变，比如匡扶正义，保护百姓，这始终是我想做的事。"二人对视片刻，似乎有个秘密已经心照不宣。

肖大头释然了："其实我一直在想，如果有一天发现你跟我们不是一路人，怎么办？现在知道了，你到底是什么人不重要，反正在我眼里你就是刑二处最傻的顾耀东。"

顾耀东笑了："我最喜欢这个身份。"

肖大头："看来今天是我们最后一次聚在一起喝酒了，干一杯吧。"

"为了刑二处。"

"为了我们七个人。"

顾耀东："为了夏处长和赵志勇。"

阳光下，晶莹剔透的酒瓶闪着光，四个人一饮而尽。

顾耀东从警局回福安弄时，远远地看见一个身影等在弄堂口，是丁放。一旁停了辆黄包车，车上放着行李箱，车夫正在等她。许久不见，丁放看起来又素淡了许多，只是眼里曾经闪耀的那些孤傲和天真，也消失了。

"顾警官，我来跟你告个别。我要离开上海了。"她笑着说。

"一个人打算去哪儿？"

"去杭州投奔姨妈。"

"其实你不一定要去杭州。你喜欢上海，就应该留下来。"

"在上海这二十几年，我好像已经过完了一生一世。我已经知足了。故事要完结的时候自然要完结，不画上句号也不行。"

"在莫干山的那本小说，写完了吗？"

"结局我已经想好了，我会把它写完的。就这样吧。要走了，能最后抱你一下吗？"丁放坦然地望向他，似乎并不抱什么期待。然而没有任何犹豫，顾耀东给了她一个紧紧的拥抱，那一瞬间，丁放的眼泪模糊了双眼。

黄包车离开了福安弄消失在顾耀东的视野中。

车夫一边跑，一边问道："小姐，您是去码头吗？"

"对。"

"我听您跟那位警官说要去杭州，去杭州的话应该坐火车呀。"

"我是要去香港。"

夜里，方秘书开车送齐升平到了码头。岸边停了一艘船。

方秘书："古董和字画都已经打包好了，带不走的红木家具给您换成了金条，还有美金。总之能带走的都装船了。"

齐升平塞给他一些美金："辛苦了。等我安顿好了，马上接你来台湾。"说罢他拎着箱子匆匆下了车。

船上堆满大小箱子，还有白布裹着的各种家什。四名船员看起来一身匪气，互使了个眼色。

其中一人问道："船上这么多箱子，装的什么？"

齐升平有些警惕起来："什么意思？"

"大家生活都不容易。看你一身富贵相，想借点钱花花。"

齐升平瞥见一旁地上扔着一团衣服。他拎起来一看，是军人制服，于是恍然大悟："呵呵，原来是几个逃兵啊。"

对方显然有些慌张起来。

"再说废话，我把你们全都送到军事法庭，一个也别想逃。开船！"

四人显然被他的话逼到了穷凶极恶的境地，一人拿出手枪，踢了踢行李箱："打开。"

"谁敢动我的东西！"

一声枪响，齐升平跪了下去。

又是几枪，他跌入了滚滚江中。

一九四九年五月二十七日。上海解放。

顾耀东一个人站在空荡荡的刑二处。桌上所有的东西都收走了，就像从来没有人存在过一样。他最后看了这个房间一眼，锁上门离开。

局长办公室里的青天白日旗已经撤下了。顾耀东庄严敬礼，郑重将几个牛皮纸袋和钥匙递给了一名共产党军官。

"这是 270 名准备解放后潜伏上海的特务花名册。这是户籍科档案柜的钥匙，里面完整保存了全市 450 余万张人口卡片。"

"辛苦了，顾耀东同志。"

转眼几年时间过去了。

一九五三年。初夏时节的上海城，空气里依然弥漫着法国梧桐的味道。

福州路 185 号。从一九三一年建成时的中央巡捕房，到现如今的上海市人民政府公安局，二十三年光景，这四幢灰色大楼里的人和事，已经同这楼里的木楼梯一样斑驳了。

一间办公室的书柜里，摆着不同的勋章和奖章，墙上挂着"祖国忠诚卫士"的锦旗和很多奖状，看得出办公室主人是一名在公安战线上战绩赫赫的人物。在办公桌最显眼的位置，放着一个相框，里面是年轻稚气的顾耀东与夏继成在莫干山的合影。

"向左——转！向右看齐！"楼下传来振奋的口令声。

身穿公安制服的年轻科长站在窗边，望着楼下院子里的新兵，一排年轻公安推推挤挤地站在一起。队伍虽然算不上整齐，但每个人都昂首挺胸，朝气蓬勃。

一名年轻公安大声喊道："报告！我当公安，是为了匡扶正义！保护人民！"

时间是个神奇的东西。它一去无还，从不留恋，却又会在某个不经意的瞬间忽然流转，或许因为一个人，或许是一句话。或许，只是因为一个季节，一种气味。

窗边那个挺拔而帅气的身影似乎想起了什么，不禁笑了起来。

一名公安敲门进来："这些是今年申请来刑侦科的新人。局长说了，所有材料必须由您亲自审核。"

顾耀东翻着档案，当他翻到其中一份时，蓦然停了下来。

会议室里，两名公安正在和一名男人谈话。

"我十八岁进捕房，三十五岁进上海市警察局刑警处。穿了二十年警察制服，做过好事，也做过不那么光彩的事。我脾气不好，但不算坏人。只要刑侦科用得上我，我愿意无条件留下来。"说话的人，正是肖大头。

公安："你已经干了二十年的警察工作，很多人如果像你这样都会觉得厌倦了。能说一说为什么还想继续做这份工作吗？"

肖大头笑了："因为我曾经遇到过一个人，他让我对当警察重新有了信念。"

谈话没多久便结束了。肖大头从楼上下来时，去顾耀东办公室送档案的那名公安追了上来。

"肖德荣同志？"年轻公安热情地朝他伸出手："欢迎你加入我们的队伍。"

"我被录用了？"

"是。部门是刑侦科。我们科长亲自录用的。"

"小同志？你们刑侦科的科长姓什么？"

年轻公安刚要张口，一个熟悉的声音从肖大头背后传来："姓顾，顾耀东。"

肖大头笑了，他知道从今天起，肖大头终于可以做回肖德荣了。

顾耀东沿着木楼梯一阶一阶走上去。他喜欢从楼梯间透下的狭窄昏暗的光束，喜欢踩在暗红斑驳木头上的吱呀响声，这很有仪式感。

越往上走，人便越少。转过一个弯，走廊的尽头是户籍科。屋里除了一名值班公安，就只有满屋的木质档案柜。屋里弥漫着旧时光般的安静。

见顾耀东进来，那名公安从抽屉里拿出户口登记簿递给他："顾科长，这些是昨天新登记的户籍，刚整理出来。"

"谢谢。"

"四年了，您每天来翻户籍登记簿，到底在找什么人啊？"

"一个老朋友。"

登记簿已经翻到了最后一页。

"还是没有吗？"

些许失落，些许坦然。顾耀东将登记簿整理好，放还到桌上。

"也许，是他觉得还不到见面的时候吧。"

广玉兰树下的小饭馆有了新气象，客人多了，也有了服务员。顾耀东好容易才找到个空位坐下，一名年轻服务员热情地替他擦干净了桌子。

"同志，您要吃什么？"

"麻烦给我一碗菜泡饭。"

服务员去了厨房。顾耀东还和以前一样，从柜子里拿出工具，准备去修窗户。但是他意外地发现窗户一点问题都没有。

服务员正好端了菜泡饭过来。

顾耀东："小同志，这扇窗户有人修过吗？"

"不好意思，我才刚来几天，不清楚。这是您的菜泡饭。"

"谢谢。"顾耀东狐疑地看了窗户一眼，放下工具吃饭。他吃了两口，似乎觉得味道不对，竟然一点都不咸。心想自己有段时间没来，老板的厨艺倒是好多了。

临走时，他照例从罐子里拿了小鱼干。走到街角，正打算把小鱼干放到喂食的地方，却看见有人已经在他之前放了鱼干，那只胖胖的野猫正津津有味地吃着。

顾耀东怔了片刻，忽然转身朝饭馆狂奔而去。他径直冲进了厨房，里面一个人都没有。老板娘正好买菜回来："耀东来啦。"

"夏处长回来了？"

老板娘一脸茫然："什么？"

顾耀东激动地问道："刚才那碗菜泡饭是您给我做的吗？"

"我去买菜了，刚刚不在厨房呀。"

"可是刚才有人给我做了一碗特别好吃的菜泡饭！窗户修好了，猫也喂了！"

老板娘转头问一旁的服务员："小林，厨房刚刚有人吗？"

"没有啊。"

顾耀东蒙了："那你端给我的菜泡饭……"

那名年轻服务员说道："我进厨房的时候，已经放在灶台上了。我以为是老板娘提前做好的。"

顾耀东失魂落魄地走出饭馆。一片硕大的白色花瓣徐徐飘落在他肩上。他抬眼望去，同那年夏继成第一次带他来这里时一样，门口的广玉兰树仍是一树白花，硕大的白色花朵在阳光下耀眼到令人恍惚，仿佛是梦里才能见到的景象。

一声"丁零零"的电话铃声传来。

他蓦然望向街边的电话亭。刹那间，他忽然意识到了什么，冲进电话亭猛地抓起电话。电话里并没有人说话。顾耀东和电话那头的人长久地沉默，时间仿佛静止了。

终于，他忐忑地，充满期待又小心翼翼地开口问道："处长，是你吗？"

电话里的人轻声说道："顾耀东，谢谢你没让我失望。"

又过了片刻，电话"咔哒"断了。

顾耀东紧紧抓着电话，心潮起伏。

顾耀东刚开完会回科长办公室，母亲的电话就打了进来。他以为家里出了什么事，紧张兮兮地一问，结果是通知他亭子间要租出去了。

"妈！不是说好了亭子间不出租吗？……你等我马上回来！"

挂上电话，他匆匆请假离开了公安局。

从解放到现在，已有大约五年光景。福安弄恢复了曾经的烟火气。弄堂里人来人往，晒台上的花草愈发葱郁了，各家各户门口的咸肉和青菜也都晾了起来。任伯伯依旧坐在门口听收音机。二喵又老了五岁，成了名副其实的老猫，不过身手依然矫健。但凡去过福安弄的人，都见过它在晾衣绳上的凌波微步。几个中年男人又在那张桌上下象棋了，周围一群看棋的人没有谁在乎观棋不语，每到焦灼处，他们便开始七嘴八舌地指点江山，热闹平和，生机勃勃。

顾耀东一路狂奔跑进家门，耀东父母、顾悦西、福朵和多多从楼上说说笑笑下来。

顾耀东："妈！不是说好了亭子间不租出去吗？"

"我都在电话里答应人家了。"耀东母亲笑盈盈地说。

"就说家里的原因，临时有变租不了了。"

"不行，租金都收了，反悔不了。"

一行人自顾自聊着天，朝门口走去，似乎没有谁在意顾耀东的心情。于是他只能死乞白赖地跟在后面，说个不停："租金退给人家。"

"那不行。收了钱哪有再退的道理，人家也不会答应。"

顾悦西嚷道："搞不好毁约还要赔人家钱的，那就不划算了呀！"

顾耀东："反悔是我们不对，该赔钱就赔钱吧。"

顾邦才也嚷了起来："哎你个臭小子，当科长了不起啦？家里你说了算还是我们说了算？"

"是你们说了算，可是当初答应过亭子间要一直留着……"

耀东母亲一本正经地说道："你爸爸现在要去下象棋，我呢，要去做头发。你姐姐要带福朵和多多去公园。租客一会儿就来，你就自己在家等着吧。"

说着几个人转身就往外走，顾耀东赶紧去拉他们："爸！妈！再商量商量！"

一家人七手八脚地将他推回门里。

"没得商量！"

"啪"的一声，门关上了。

顾耀东推开亭子间门，屋子收拾得一尘不染，里面的摆设也和沈青禾走时一样。这几年过去，没有人舍得动过一下。他正怅惘，楼下敲门声响了。他一边匆匆下楼开了门，一边说着："爸，这亭子间真的不能租！不是钱的问题……"

话音未落，顾耀东愣住了。地上放着一只行李箱，站在旁边的是长发披肩，穿着连衣裙的沈青禾。

沈青禾故作一脸茫然："亭子间不能租了吗？"

没有人回答。站在门里的人已经说不出话了。

沈青禾："五年前我就交了定金，现在反悔来不及了吧？顾警官。"

顾耀东依旧没有回答，只是紧紧抱住了她。

以前总以为，人生中最难能可贵的是相遇。后来才明白，其实最美好的是久别重逢，别来无恙。那时候没有说再见，是因为知道，我们终会有再相见的一天。